Carpe diem

lieber Joachim, ich wünsche Dir,
daß Du immer einen guten Weg
findest auf Deiner Reise in die
Zukunft.
Möge die Macht mit Dir sein.

J.

Bei diesem Werk handelt es sich um einen Roman. Die dargestellten Personen sind frei erfunden. Etwaige Ähnlichkeiten oder Namensgleichheit mit real existierenden Menschen wären rein zufällig. Alle beschriebenen Handlungen sind zwar an die Realität angelehnt, beziehen sich aber nicht auf konkrete Begebenheiten. Auch hier wären alle Ähnlichkeiten rein zufällig

Impressum
© Gerhard W.H. Köhn

Umschlaggestaltung, Illustration: Nick Denzer
Lektorat, Korrektorat: Alexander Stier, Nick Denzer


ISBN: 9781793011084

Für Stefanie, Jessica und Jasmine die Inspirationen meines Lebens.

Die Gegenwart ist im Verhältnis zur Vergangenheit Zukunft, ebenso wie die Gegenwart der Zukunft gegenüber Vergangenheit ist. Darum, wer die Gegenwart kennt, kann auch die Vergangenheit erkennen. Wer die Vergangenheit erkennt, vermag auch die Zukunft zu erkennen.

(Aus Frühling und Herbst des Lü Bu We, S. 139/140)

Lü Bu We

chinesischer Kaufmann, Politiker und Philosoph

* um 300 v. Chr., † 236 oder 235 v. Chr.

## Danksagung

Ich möchte es nicht versäumen allen, die mich so tatkräftig unterstützt und ermutigt haben, zu danken. Vielen Dank für eure Geduld. Danke besonders auch an Stefanie, Jasmine, Jessica, Romie, Manfred, Daniel, Andrea, Ulli und Alexander, deren Feedback ich zu schätzen lernte.

# Fluch des Chaos

Aufbruch ins Neue

von
Gerhard W. H. Köhn

# Vorwort

Hallo lieber Leser!

Wenn ich so meinen Schreibtisch betrachte, glaube ich beinahe, dass das Chaos nie ein Ende nimmt, egal wie und wann ich etwas ordne oder aufräume. Es liegt wohl in der Natur der Sache, dass beim Arbeiten Unordnung entsteht, deren Beseitigung meist mehr Zeit in Anspruch nimmt, als die Arbeit selbst. So arbeitet und ordnet man Tag für Tag, Jahr für Jahr, bis man am Ende in einem ordentlichen Grab landet, das dann, nach wiederum vielen Jahren der Arbeit und des Ordnens durch die lieben Verwandten, irgendwann im Chaos liegen bleibt oder der Chaos verursachenden Schaufel eines Baggers überlassen wird, bis es wieder ordentlich von Neuem begrünt werden kann. Aber trotzdem streben wir nach dem wohltuenden Gefühl, eine Arbeit beendet zu haben, deren sichtbarer Beweis die Ordnung ist. Wie oft überfällt uns ein ungutes, beklemmendes Gefühl der Furcht, etwas nicht vollendet zu haben. Zum Glück teilen nicht alle unsere Mitmenschen dieses Gefühl. Vielfalt entsteht durch Wandel und dabei bleibt so manches liegen. Wer zu lange zurückschaut auf das, was er zurücklässt, verliert vielleicht seinen Weg und verirrt sich in seinem eigenen Chaos.

Gebraucht der Zeit, sie geht so schnell von hinnen, doch Ordnung lehrt Euch Zeit gewinnen!
(Aus Faust 1, Studierzimmer. (Mephistopheles))

Das schönste Glück des denkenden Menschen ist, das Erforschliche erforscht zu haben und das Unerforschte ruhig zu verehren.
(Aus Maximen und Reflexionen, Nachlass, Über Natur und Naturwissenschaft)
Johann Wolfgang von Goethe * 28.08.1749, † 22.03.1832

Na denn. Vergeuden wir keine Zeit.

Gerhard W.H.Köhn

Einleitung

Definition –
Duden:        http://www.duden.de/rechtschreibung/Chaos
              Download 21.07.2018

# Chaos, das

Wortart: **Substantiv, Neutrum**
Rechtschreibung: Worttrennung: **Cha | os**

BEDEUTUNGSÜBERSICHT
Abwesenheit, Auflösung aller Ordnung; völliges Durcheinander

**Herkunft**: lateinisch chaos < griechisch cháos = der unendliche
leere Raum; die gestaltlose Urmasse (des Weltalls)

**Synonyme**:
Anarchie, Durcheinander, Gewirr, Konfusion, Planlosigkeit, Tohu
wabohu, Tumult, Unordnung,        Verwirrung,        Wirrwarr
(gehoben) Wirrnis, Wirrsal; (bildungssprachlich) Desorganisation,
Hexensabbat;       (umgangssprachlich)        Kladderadatsch,
Kuddelmuddel, Salat; (österreichisch     umgangssprachlich)
Pallawatsch, Ramasuri; (abwertend) Lotterwirtschaft; (salopp
abwertend) Saustall; (norddeutsch) Schurrmurr

Definition –
Duden:         http://www.duden.de/rechtschreibung/Fluch
               Download 21.07.2018

# Fluch, der

Wortart: **Substantiv, Maskulin**
Rechtschreibung: Worttrennung: Fluch

BEDEUTUNGSÜBERSICHT
im Zorn gesprochener Kraftausdruck
böse Verwünschung; Wunsch, dass jemandem ein Unheil
widerfahren soll
Strafe, Unheil, Verderben [das durch einen Fluch bedingt ist]

Herkunft: mittelhochdeutsch vluoch, althochdeutsch fluoh,
rückgebildet aus fluchen

Synonyme:
Fluchwort, Fuhrmannsfluch, Kraftausdruck, Kraftspruch, Kraftwor
t
Verfluchung, Verwünschung; (veraltet) Malediktion; (katholische
Kirche) Exsekration
Verhängnis; (gehoben) Unheil, Unsegen, Verderben

# Kapitel 1
## Urlaubschaos

»Heute Abend sollten wir vielleicht einmal versuchen etwas eher im Speisesaal zu sein«, sagte Marco Brack zu seiner Familie, die sich wie jeden Abend seit nunmehr vier Tagen auf das Buffet im Hotel Pasado Presente in Puerto de la Cruz vorbereitete.

Seit Ihrer Ankunft mussten sie meistens so lange warten bis ein Tisch frei wurde, sodass die warmen Speisen kalt und die kalten bereits warm oder einfach nicht mehr vorhanden waren. Entweder hatten sie es mit Tischnachbarn zu tun, die Markus als „Laberbacken" bezeichnete, oder aber sie mussten sich im „Raucherviertel" niederlassen, was Marco und seiner Frau Lisa überhaupt nicht behagte. Ihr Sohn Markus war da nicht so empfindlich, obwohl auch er allein aus der Tatsache heraus, dass sein Großvater schwer unter Lungenkrebs litt, dem Rauchen eher ablehnend begegnete.

Lisa Brack hatte ihre rotbraune Haarpracht mittlerweile in zwei vollendete Zöpfe, die sie im Nacken mit einem gelben Band raffte, gebändigt. Sie strahlte eine wunderbare Zufriedenheit aus. Ihr Urlaub war bisher durchaus so wohltuend verlaufen, wie sie es sich schon immer gewünscht hatte. Sommer, Sonne, ausgelassene Menschen, Frohsinn, Fröhlichkeit, keine Hektik, kein Stress, keine Probleme. Bis auf den Umstand, dass sie manchmal eben Kompromisse eingehen mussten, was die Aufnahme ihrer Mahlzeiten betraf.

»Hey Mam, wie sieht's denn aus, sind wir fertig zum Ansturm auf das Buffet?«, fragte Markus ironisch.

Er hatte sich angewöhnt, diese Frage jeden Abend zu stellen.

»Der Ansturm könnte beginnen, wenn dein Vater sich entscheiden würde, welche Schuhe er anzieht.«

Marco Brack hielt in der linken Hand ein Paar weiße Turnschuhe, in der rechten ein Paar Sportschuhe aus hellbraunem, weichem Leder und an den Füßen trug er

Sandalen, die sein Vater immer als „Jesuslatschen" bezeichnet hatte. So sahen sie auch aus, ausgelatscht, breitgetreten. Markus nannte das schlicht bequem. Aber Väter haben die Angewohnheit auf das Urteil ihrer Söhne meist nicht einzugehen und die Empfehlungen ihrer Frau zu ignorieren. So zog Marco Brack es vor die Sandalen, sehr zum Ärgernis von Lisa, zum Abendessen zu tragen, um den Ansturm nicht länger hinauszuzögern. Sie machten sich, Marco mit Sandalen, Blue Jeans und einem gelben Polo-Shirt bekleidet, Lisa in ihrem neuen Blumenmuster-Sommerkleid und Markus, wie immer in Jeans und T-Shirt auf den Weg zum Hotelrestaurant.

Sie hatten sich schnell an den Ablauf und die Gegebenheiten hier auf Teneriffa angepasst. Seit ihrem Flug von Frankfurt nach Teneriffa wurde alles nur noch besser, schöner, entspannter. Lisa hatte sich bereits nach zwei Tagen so an das Nichtstun gewöhnt, dass Ihre Erinnerungen an den mühsamen Schichtdienst im Krankenhaus wie weggeblasen waren. Gelegentlich überkam sie ein Anflug von Gewissensbissen, wenn sie an ihre armen Patienten dachte. Marco hat schon immer die Überzeugung geäußert, dass Lisa unter einem Samaritersyndrom leidet und jedem und allen helfen wollte. Sie hatte mittlerweile aber schwerwiegende Erfahrungen gemacht, die sie oft hilflos zurückließen. Wie ein Durstiger, der versucht mit bloßen Händen das durch die Finger rinnende Wasser aufzuhalten, musste sie beobachten, wie vielen Kranken die Lebensenergie entglitt, was unweigerlich zu einer absoluten Endgültigkeit führte, dem Tod.

In letzter Zeit hatten sich die Todesfälle in der Klinik der Stadt Ludwigshafen gehäuft. Es waren immer mehr alte Menschen, die den Umweltbelastungen mit ihren geschwächten Immunsystemen einfach nichts mehr an Abwehr entgegenzusetzen hatten. Noch erschreckender aber waren die auf Unfällen basierenden Todesfälle. Auch hier war die Todesrate gestiegen. Zwar hatte sich die Anzahl der Unfälle insgesamt verringert, die Anzahl der Unfälle aber, die tödlich endeten, hatten sich stark erhöht. Zu viele Menschen wollen immer mehr, immer weiter, immer schneller, immer höher hinaus auf der Suche nach dem ultimativen Kick. Macht es einmal Klick und schon bricht das Genick. Dies alles gehört eben zum Alltag einer Krankenschwester. So richtig fertig und urlaubsreif machte Lisa der gesundheitliche Zustand ihres Schwiegervaters, der im Endstadium an Lungenkrebs litt und dessen Pflege Lisa übernommen hatte.

Opa Brack war sehr rührend gewesen, als er sie in Urlaub schickte und meinte, dass sie es sich schließlich redlich verdient hätte und ihre aufopfernde Hinwendung sei ihm immer Trost gewesen. Zudem freue er sich auch auf die vierzehntägige, hübsche Urlaubsvertretung, die sich Tag und Nacht um ihn kümmere, wobei er Nacht betonte und mit einem anzüglichen Lächeln die Augenbrauen hochzog. Lisa rief jeden zweiten Tag zu Hause an und ließ sich über den Gesundheitszustand berichten, denn nur durch diese Informationen konnte sie gewiss sein, dass es Opa Brack den Umständen entsprechend gut ging und ihre Freizeit tatsächlich genießen. Zudem ruhte in Ihrer Handtasche ein Smartphone für den Notfall, dessen Nummer auch nur die engsten Verwandten kannten. Sie waren angehalten auch nur im äußersten Notfall unter dieser Nummer anzurufen. Lisa wollte und konnte hier neue Kraft schöpfen und ihrer Familie die Zuwendung zukommen lassen, die sie die letzte Zeit vermisst hatte.

»Hey Lisa, wo bist du wieder mit deinen Gedanken?«, fragte Marco und wedelte mit seiner rechten Hand vor Lisas blaugrünen Augen, die deutlich den nach innen gewendeten, starren Blick zeigten.

»Oh! Entschuldige! Ich habe so einiges reflektiert und festgestellt, dass ich mich hier mit meinen beiden Männern recht gut erhole«, gab Lisa mit einem strahlenden Lächeln zurück. Die drei hatten sich mittlerweile im noch recht leeren Speisesaal niedergelassen.

»Boa! Echt prima! Wir sind mal nicht die Letzten und haben sogar einen Tisch im Nichtraucherbereich ergattert! Papa, du solltest ab sofort immer deine Jesuslatschen tragen, das bringt Glück«, sagte Markus, warf sich genüsslich in einen Stuhl, der sich gefährlich nach hinten neigte, wobei er sich gerade noch mit einem gewagten Balanceakt vorm Umstürzen retten konnte.

»Schaukel nicht wieder so rum«, war Marcos einziger Kommentar.

Nachdem der Kellner die bestellten Getränke an den Tisch gebracht hatte, die eindeutig die Besitzansprüche dieses Abends an diesem Tisch verdeutlichten, konnten sich die drei gemeinsam am Buffet bedienen und ihren Genüssen hingeben. Marco ermahnte seinen Sohn, wie fast jeden Abend, sich doch nicht so viel auf einmal zu nehmen und Lisa meinte nur, dass sie doch in Urlaub seien und er den Jungen lassen sollte.

»Wie du meinst, mein Schatz«, war dann meist die Antwort.

Der Speisesaal füllte sich mehr und mehr. Der Geräuschpegel stieg langsam aber stetig an. Wie das Summen in einem Bienenschwarm erklang das Gemurmel und Gelächter der anwesenden Urlauber, unterbrochen von gelegentlichem Klirren und Scheppern von Besteck und Geschirr, als ein verschwommener Brei von Tönen, dessen Auswirkung auf das menschliche Nervensystem unterbewusst erfolgt und einen wesentlichen Stressfaktor darstellt, auch im Urlaub.

Die meisten Gäste, die den Speisesaal verließen, atmeten erst einmal kräftig durch, ohne zu wissen, wieso sie überhaupt so gereizt waren.

Lisa, Marco und Markus genossen ihr Abendessen, konnten sich aber auch nicht dieser allgemeinen Anspannung entziehen. Hier und da erklang immer wieder eine der bekannten Standardklingeltonmelodien eines Smartphones, wobei Lisa jedes Mal leicht zusammenzuckte und auf ihre Handtasche schaute.

»Ich glaube, wir sollten uns einmal überlegen, ob wir nicht einen Tagesausflug machen und dann schön bei Kerzenlicht und Sonnenuntergang in einer kleinen Taverne in einer handyfreien Zone zu Abend essen. Ehrlich gesagt empfinde ich die Essensaufnahme als letzten verbliebenen Stress in unserem Urlaub«, bemerkte Marco mit hochgezogenen Augenbrauen und einem forschenden Blick zu Lisa gewandt.

»Das wäre sicher schön, aber wo gibt es denn so etwas wie eine handyfreie Zone?«, antwortete Lisa.

»Funkloch, Mam! Funkloch«, meinte Markus und steckte sich dabei gerade ein prächtiges Stück Schweineschnitzel in den Mund.

»Rede nicht mit vollem Mund«, kam zur Antwort. Markus zuckte mit den Achseln, wobei er seine Aufmerksamkeit bereits wieder dem Nachbartisch zuwandte.

Sie sah wirklich gut aus, langes, schwarzes, seidiges Haar, schlanke Figur, ein süßes Lächeln und wunderschöne blaue Augen. Sie knabberte gerade an einem Stück Baguette, als sich ihre Blicke trafen. Im ersten Moment vergaß Markus weiter zu kauen, wobei er zum Glück nicht dazu neigte, mit offenem Mund seinem Erstaunen Ausdruck zu verleihen. Sie lächelte Ihn an, sah herausfordernd zu ihm herüber, entblößte ihre schönen weißen Zähne und biss kraftvoll zu. Genüsslich kauend sah sie weiterhin zu Markus herüber, der mittlerweile durch den in seinem Mund angestauten Speichel daran erinnert wurde, dass auch er noch etwas zu kauen hatte. Er löste für einen kurzen Moment den Blickkontakt, um seinen Teller ins Auge zu fassen. Vorbei. Sie war nun in ein Gespräch mit ihrem Tischnachbarn, einem jungen, gutaussehenden Mann, vertieft und scherzte sichtlich lebhaft und erfreut mit ihm.

Während Markus glaubte, eine Gelegenheit verpasst zu haben, waren Marco und Lisa wieder bei Ihrem Dauerthema, Opa Brack angelangt. Marco wollte, dass Lisa endlich total abschalten sollte, was ihr bislang nicht gelingen wollte. So ging es hin und her. Beide einigten sich irgendwann, dass sie wohl in den nächsten Tagen nachfragen würden, wie es Opa Brack denn nun ginge und anschließend einen Ganztagesausflug ohne Handyverbindung in Angriff nehmen wollten.

Es stand nun schon der vierte Abend bevor und Markus hatte bei seinen letzten beiden Besuchen in der Diskothek des Hauses einige hübsche, junge Damen gesichtet, bislang aber noch nicht den Mut gefasst eine von Ihnen anzusprechen. Zudem waren in den letzten Tagen die neuen Eindrücke so vielfältig, dass er sich zuerst einmal an alles gewöhnen wollte. Nach dem Motto – immer langsam voran und genießen was man kann – nahm er alle für ihn wichtigen Impressionen in sein Gedächtnis auf.

Am nächsten Morgen begannen endlich auch die Animationsprogramme der Sportarten, für die er sich interessierte. Zuerst wollte er einmal sehen, was beim Beachvolleyball so los war, bevor er sich dann zum Flagfootball am Strand begeben wollte, wozu er sich schriftlich angemeldet hatte. Es verwunderte ihn schon etwas, dass überhaupt ein solches Angebot hier existierte. Er hätte wohl eher, wenn überhaupt, einen Rugbykurs erwartet. Einen Tag später stand dann Bogenschießen auf dem Programm. Auch eine Sportart von der er keine Ahnung hatte, die er aber immer einmal ausprobieren wollte.

»Na, mein Junge, was hast du denn morgen so vor? Geht`s zum Strand oder zum Pool?«, fragte ihn sein Vater.

»Ich habe mich zum Flagfootball am Strand eingetragen und wollte vorher noch die Beachvolleyballer beobachten«, erwiderte Markus.

»Ich werde mich morgen einmal am Pool sonnen und hoffe, dass dein Vater mich verwöhnt und zum Schutz meiner zarten Haut mit entsprechenden ‚Eincremstreicheleinheiten' dazu beiträgt«, sagte Lisa und lächelte Marco herausfordernd an, der zurücklächelte und ihr einen zärtlichen Kuss aufdrückte.

»Alles klar, ich mach mich auf den Weg, damit ihr ungestört rummachen könnt. Wir sehen uns vielleicht noch nachher beim Abendprogramm«, bemerkte Markus, dem es sichtlich peinlich schien und machte sich davon.

An diesem Abend spielte eine Band live südamerikanische Rhythmen. Ein Animateur mühte sich redlich, den anwesenden Gästen Gruppenunterricht im Merenguetanzen zu geben. Dabei war das gar nicht so schwer mit dem Merengue, einfach rhythmisches Walking. So richtig spannend, interessant oder animierend wirkte das Ganze aber nicht auf Markus.

Er fand sich bald an der Bar wieder und probierte einen neuen Fruchtcocktail aus, ausnahmsweise sogar mit etwas Alkohol, seine Eltern waren ja nicht dabei. Genau genommen hatte er noch nie Geschmack am Alkohol gefunden. Es war lediglich das Wissen, dass der so gemixte Drink nicht nur schmeckte, sondern auch eine bestimmte Wirkung auf den Geist nicht zu verkennen war. Aber wie sein Großvater schon immer sagte, alles mit Maß und Ziel mein Junge, dann geht es dir gut und du kannst lange genug leben, um die schönen Dinge des Lebens zu genießen.

»Halo tu ne pense pas que tu es un peu trop jeune pour l'alcool?«

Die Stimme, die dies sagte, klang voll und melodisch in Markus Rücken. Er drehte sich um und versank sogleich in zwei wunderschönen, tiefblauen Augen.

»Pardon, tu ne parle pas de Français? Do you speak french?«

»Hallo! Echt Französisch klingt mit deiner Stimme wie Gesang!«, erwiderte Markus, setzte sein, nach seinen Vorstellungen, schönstes Lächeln auf, in der Hoffnung damit einen prima Einstand in ein weiteres Gespräch gefunden zu haben.

»Uuhh Allemand«, kam als Antwort. Sie drehte sich um und verschwand in der Menge.

»Na so eine blöde Kuh!«

Mehr zu sich selbst als laut äußernd, stand Markus auf, und versuchte Sie unter den vielen Menschen zu entdecken, was ihm nicht gelang.

Sie war verschwunden. Es störte ihn schon seit jeher, wenn Menschen einfach wegen ihrer Herkunft oder ihrem Aussehen kategorisiert, beurteilt und abgewiesen werden. Ja das fraß ganz schön an seinem Ego und er trank sein Glas wohl auch etwas zu schnell aus, sodass er wankend die Bar verließ. Er fühlte sich total beschissen, da er letztendlich mit dieser spontanen Getränkeleerungsaktion dem Klischee des sich betrinkenden Urlaubers aus Deutschland Nahrung gab. Markus betrachtete sein Smartphone und stellte fest, dass dieses mittlerweile fast 23.00 Uhr zeigte. Die Lust an der Disco oder sonstigen öffentlichen Aktivitäten war ihm vergangen. So schlenderte er aus dem Hotelausgang nach draußen in die warme, frische Abendluft.

Die Sterne am Himmel glitzerten vor sich hin, was wiederum seine Fantasie beflügelte. Vor sich hinträumend spazierte er die Straße entlang und dachte über viele seiner Sehnsüchte und Utopien nach.

Kann man irgendwann so zu den Sternen fliegen, wie wir heute mit dem Flugzeug um die Welt reisen? Gibt es intelligentes Leben außerhalb unseres Sonnensystems? Werden die Geheimnisse dieser Welt irgendwann gelüftet? Eines war ihm schon immer klar, dass mit jedem Geheimnis, das man aufklären konnte, ein neues entstand. Schade erschien ihm aber immer der Verlust der Mystik, die Geheimnissen nun einmal innewohnen.

Er war am Strand angelangt und lauschte dem Rauschen der Wellen. In einiger Entfernung hörte er ein frisches, fröhliches Lachen. Es waren einige Leute unterwegs hier am Strand in der Nacht. Wenn man genau hinhörte, konnte man sogar die ein oder anderen Wortfetzen verstehen, gesprochen in verschiedenen Sprachen, liebevoll oder wütend, fröhlich oder verärgert, flehend oder drohend, das könnte man wohl als die Farbe der Klänge bezeichnen. Zusätzliche Geräusche transformierten das romantische Wellenrauschen wiederum in einen chaotischen Klangteppich. Autohupen aus der Ferne, Musik jeglicher Art, zugeschlagene Türen, das Brummen von Klimaanlagen und Ventilatoren, Motorgeräusche und alles überdeckend das Rauschen der Wellen.

Ein plötzlicher sehr lauter Knall ließ Markus zusammenzucken. Ein heller hin und her zuckender Schweif erklomm den dunklen Himmel und entlud sich in einer Kaskade von hellen Lichtpunkten, die mit den Sternen um das schönste Glitzern wetteiferten. Weitere Raketen ließen nicht lange auf sich warten und bald war der Himmel hell erleuchtet von Lichtblitzen, eingetaucht in den Dunst verpuffender Explosionen und gepaart mit ohrenbetäubendem Knallen. Die frische Meeresluft musste dem schwefligen, verbrannten Geruch der Böller weichen. Etwas überraschend entlud sich dieses Feuerwerk schon, denn es war in keiner Weise irgendwo angekündigt worden.

Die erschrockenen Gesichter der Menschen spiegelten zunächst die Angst vor Anschlägen, die in letzter Zeit fast alltäglich gegenwärtig waren, wider. Aber schließlich gewann die Faszination der Muster und Farben die Oberhand und Angst und Anspannung verpufften mit jeder Lichtkaskade mehr und mehr. Der dunkle Sand der Playa Jardin wirkte nun noch mehr wie ein riesiges Schießpulverlager. Der Lärm der überraschten Urlauber entlud sich in den fortgeschrittenen Abend. Hauptsache die Leute freuten sich und schauten alle nach oben. Denn dadurch merkte keiner, was sonst so passierte.

Marco und Lisa sahen ihrem Sohn noch kurz nach.

»Na, was meinst du, wird unser Großer in diesem Urlaub wohl glücklich werden?«

»Wir werden sehen, Lisa, Hauptsache er langweilt sich nicht und kann sich erholen. Die Schule wird nicht leichter und die Zeit, die die Kids in ihre Ausbildung investieren müssen, wird auch immer umfangreicher.«

»Da hast du wohl Recht, mein lieber Ehemann und Vater. Was fangen wir denn nun mit dem so erfreulich begonnenen Abend an. Wir hatten rechtzeitig ein gutes Abendessen in einer nicht mit Zigarettenrauch verpesteten Umgebung, einen guten Wein. Ich fühl mich im Moment so richtig wohl.«

»Aber ein bisschen laut ist es hier dennoch, oder?«, meinte Marco und blickte sich im Speisesaal um.

»Es werden auch immer weniger Leute und wir sollten uns nun auch bald auf den Weg machen.«

»Auf welchen Weg denn meine Gute? Nach oben? Nach unten? Nach draußen?«

»Aber Marco es ist erst kurz nach zehn. Wir sollten uns vielleicht noch etwas die Beine vertreten, bevor wir weitere Aktivitäten in Erwägung ziehen.«

Lisa lächelte Marco an, der völlig verzaubert von diesem Lächeln nur nickte und sanft Ihre Hand nahm und küsste.

»Ich freue mich, dass du dich hier, nach diesem langen und anstrengenden letzten Jahr entspannen kannst und dein wunderschönes Lachen zurückgekehrt ist«, meinte Marco und zog seine Frau leicht mit sich, als sie aufstanden und den Saal verließen.

Sie durchquerten die Lobby des Hotels und fanden am rechten Ende einen Ständer mit Faltprospekten, Flyern, wie man heute sagte, die verschiedene Ausflüge und Touren in und um die Insel offerierten.

»Schau mal, Marco, das sieht aber toll aus! Viele kleine Buchten von Felsen umgeben und feiner Sandstrand dazwischen. 'Auf den Spuren der Guanchen, die Ureinwohner Teneriffas', Inselrundfahrt mit Zwischenstopps in den schönsten Buchten der Insel«, las Lisa laut vor.

»Hört sich klasse an. Ist bestimmt auch „Handyfrei"! Nimm den Prospekt doch einfach mit«, meinte Marco und legte seinen Arm um die Schulter seiner Frau und drückte Lisa an sich.

Eng aneinandergeschmiegt verließen sie im Gleichschritt das Hotel und tauchten in die warme aber dennoch erfrischende Abendluft ein. Lisa betrachtete zufrieden ihren Marco. Mit seinen mittelblonden Haaren, die langsam lichter wurden, und dem warmen Blick seiner braunen Augen erinnerte er sie immer mehr an ihren ersten Mann, der vor siebzehn Jahren, kurz vor Markus Geburt, tödlich verunglückte. Damals rettete sie lediglich der Gedanke an ihr ungeborenes Kind vor der totalen Aufgabe ihres Lebenswillens.

In dieser schweren Zeit lernte sie Marco kennen, dessen Frau in etwa zur gleichen Zeit im gleichen Betrieb, wie ihr Mann, bei einem Betriebsunfall ums Leben kam. Trotz dieser deprimierenden Erfahrung arbeitet Marco immer noch in diesem Unternehmen. Ob er sich mit verantwortlich fühlt, oder ob er einfach durch seine Tätigkeit als Programmierer und Controller die Sicherheitsvorkehrungen des Unternehmens so mit verbessern wollte, damit so etwas nicht wieder passieren kann, hat er nie mit ihr diskutiert. Sie haben sich gegenseitig Mut und Trost gespendet und dabei sind sie sich nähergekommen. Die warme Abendluft und die kühle Meeresbrise trieben ihre dunklen Erinnerungen davon. Entlang der Uferpromenade schlendernd, bewunderten sie den Sternenhimmel. Nach einiger Zeit des stillen Wanderns durch die lauwarme Nacht schmiegte sich Lisa an Marcos Schulter und flüsterte ihm zärtlich ihre Liebesbekundung ins Ohr, wobei sie genüsslich an seinem Ohrläppchen knabberte. Der plötzliche Knall ließ sie so zusammenschrecken, dass sie Marco versehentlich ins Ohr biss.

»Aaaaauuuhh! Was war denn das!«, schrie er.

»Entschuldige Schatz, aber ich habe mich so erschrocken.«

Im selben Moment entluden sich die farbigen Explosionen am Himmel und die am dunklen Firmament wie bunte Farbkleckse wirkenden Lichter entlockten auch Marco und Lisa Töne der Bewunderung. Marco wunderte sich, wieso niemand von diesem Feuerwerk gewusst hatte.

Er freute sich aber mit seiner Frau, dass dieser schöne Abend mit einem solchen Kracher zu Ende ging. In allen Häusern, in Hotels, Geschäften, Restaurants, Bars, Kneipen, überall liefen die Leute auf die Straße und bewunderten das Feuerwerk.

Gäste und Bedienstete gleichermaßen wohnten dem tollen Schauspiel bei und ließen Ihre Arbeit und Verantwortung für einen Moment der überraschenden Freude außer Acht.

Es war wirklich ein tolles Feuerwerk und dauerte auch recht lange. Marco meinte später, dass laut seiner Uhr nahezu vierzig Minuten vergangen waren, nachdem der erste Feuerwerkskörper indirekt die Blessur an seinem Ohrläppchen verursacht hatte. Auch hier starrten alle in den Himmel, während weiter unten sonderbare Dinge vor sich gingen. Am nächsten Morgen trafen sich die Bracks am Frühstücksbuffet.

»Na, ihr zwei, habt ihr auch das tolle Feuerwerk gesehen?«, fragte Markus seine Eltern.

»Wer hat das wohl nicht gesehen du Schlaumeier. Das war echt überraschend und toll gemacht, so toll, dass mir deine Mutter vor Freude ein Stück von meinem Ohr abgebissen hat«, witzelte Marco und betrachtete lächelnd seine hübsche Frau.

»Sei froh, dass ich vorher gut gegessen hatte und satt war«, gab sie strahlend zur Antwort.

»Ich sehe schon, ihr hattet einen vergnügten Abend. Tja Papa, das mit dem Ohr kommt davon, wenn man in der Öffentlichkeit herummacht«, meinte Markus und setzte sich an einen freien Tisch im Speisesaal, den sie mittlerweile erreicht hatten.

Marco und Lisa setzten sich ihm gegenüber und sahen überrascht an Markus vorbei, der sich ihrem Blick folgend umdrehte. Direkt hinter ihm stand das Mädchen von gestern Abend, so dicht, dass er zunächst nur ihre Brüste im Blick hatte.

Langsam wanderte sein Blick nach oben und traf auf ein etwas verlegen dreinblickendes, wunderschönes Gesicht.

»Entschuldigung«, begann sie mit französischem Akzent und sichtlich nach Worten suchend.

»Ich glaube ich habe gestern Abend Böse gewesen.«

Mehr zu sich selbst ergänzte sie leise:

»Merde je ne parle pas bien allemand. Ich sein nur geschockt, weil Deutsch ist nicht mein' gute Sprache. Ich hasse nur deutsche Sprache, weil ich schlecht in Schule! Aber vielleicht du nachher mich treffen nach Essen?«

Sie atmete erleichtert aus, endlich die vielen unbequemen und fremden Worte herausgebracht zu haben, und sah Markus lächelnd an. Markus konnte seinen starrenden Blick nicht von ihren Augen wenden. Die Sekunden verstrichen und alle warteten eigentlich darauf, dass Markus etwas sagen würde. Aber nein er schwieg und starrte.

»Na, willst du ihr denn keine Antwort geben?«, fragte Lisa flüsternd zu Markus, der daraufhin aus seiner Paralyse aufschreckte.

»Ja, ja natürlich, mais oui.«

Das Mädchen runzelte leicht die Stirn und fragte dann etwas überrascht:»Tu parle Française?«

»Non, non ich kann nur ja und nein und sonst fast nichts.«

»Ohh bon, wir sehen uns dann«, sagte sie und verschwand.

»Oh lala. Ich habe dir doch immer gesagt, dass man nie weiß, wie man seine Fremdsprachenkenntnisse einmal brauchen wird, hättest du mal in der Schule besser aufgepasst in Französisch«, war Marcos erster Kommentar.

»Lass doch den Jungen, die werden sich schon verständigen können. Die meisten sprechen sowieso Englisch, egal wo sie her sind. Aber woher kennst du denn das Mädchen, Markus?«

Markus sah ihr noch immer hinterher und erinnerte sich an den Abend in der Bar, als er sich so furchtbar geärgert hatte.

»Ich kenne sie noch nicht. Ich habe gestern nur einmal kurz mit ihr gesprochen«, erwiderte Markus.

»Du scheinst ja einen bleibenden Eindruck hinterlassen zu haben«, bemerkte Marco, der dabei sein Brötchen abbiss, genüsslich kaute und verschmitzt lächelte.

In der Zwischenzeit bemerkte Lisa, dass im Hintergrund ein hektisches Treiben entstanden war. Personal und Gäste diskutierten erregt miteinander und an der Rezeption hatten sich diverse Menschenansammlungen gebildet. Auch waren mittlerweile uniformierte Personen zu sehen, was Lisa etwas beunruhigte. Auch Markus und Marco hatten nun bemerkt, dass da etwas nicht in Ordnung zu sein schien.

»Was ist denn da los?«, fragte Lisa.

»Keine Ahnung, werden wir wohl nur erfahren, wenn wir uns dazu gesellen und das Chaos noch größer machen«, meinte Marco und genoss weiter sein Frühstück.

»Eins nach dem anderen. Ich frühstücke jetzt zuerst einmal gemütlich zu Ende. Die Probleme anderer kann ich mir dann immer noch später anhören.«

»Da muss aber mehr los sein, wenn so viele aufgebrachte Menschen herumeilen und miteinander streiten, Marco. Du bist wie immer viel zu lässig in solchen Dingen. Vielleicht ist irgendetwas passiert, ein Unfall, Stromausfall, vielleicht gibt es kein Wasser mehr oder ein Anschlag, Terroristen, Oh Gott, oh Gott!«

»Jetzt mal langsam, mach' doch keine Panik, wenn du nicht weißt, was los ist. Ist ja schon gut, wir gehen hin.«

Marco stand auf und Lisa und Markus folgten ihm in Richtung Rezeption, wo der Geräuschpegel entsprechend hoch, und durch die verwendeten diversen Sprachen kaum etwas zu verstehen war.

»Was für eine Hektik«, war Markus spontane Reaktion auf diese Szene. Neben den Bracks standen noch weitere Urlauber zunächst einmal verwundert in der Nähe und verhielten sich ruhig. Nach einigen Minuten schaffte es dann der Hotelmanager, die Menge zu beruhigen und den Beginn einer zivilisierten Informationsweitergabe einzuleiten.

»Meine Damen und Herren, Señores, Señoritas, Mesdames et Messieurs, Ladies and Gentlemen!«

Die tiefe, angenehm klingende Stimme des Managers wirkte beruhigend und trotzdem autoritär und jeder sah sich genötigt, ihm seine Aufmerksamkeit zu schenken.

»Wir möchten Sie bitten Ruhe zu bewahren! Gerüchte helfen Ihnen und uns nicht weiter. Bitte bewahren Sie Ruhe und finden sie sich in einer halben Stunde alle in unserem großen Konferenzsaal ein. Der wird gerade für sie vorbereitet. Sie werden dann umfangreich über die

Geschehnisse von gestern Abend informiert. Die Polizei und die zuständigen Behörden werden sie auch informieren und wenn nötig ihre geschätzte Hilfe erbitten. Es besteht kein Anlass zur Beunruhigung. Es besteht auch keine Gefahr für ihre Gesundheit, Leib oder Leben. Vielen Dank. Unser Rezeptionspersonal wird Ihnen keine Fragen beantworten können. Beschränken sie sich bitte auf die Schlüsselübergabe und haben sie etwas Geduld. Nach der Konferenz steht ihnen unser Personal wieder uneingeschränkt zur Verfügung.«

Danach erfolgte die Ansprache noch in Englisch, Französisch und Spanisch, woraus Markus schlussfolgerte, dass in diesem Hotel wohl überwiegend deutsche Urlauber gastierten. Naja auch egal, aber viel wichtiger erschien die Frage nach den Geschehnissen. Was passierte da gestern Abend?

»So schlimm war das Feuerwerk doch nicht gewesen«, meinte Markus deshalb auch zu seinen Eltern.

»Was war denn das?«, fragten Marco und Lisa fast zur gleichen Zeit.

Alle erwachten endlich aus ihrer Starre, die sie durch diese Ansprache überfallen hatte. Der Manager verschwand Richtung Konferenzraum, nachdem er sich noch einigen Anstürmen erwehrt hatte. Einige Gäste begaben sich direkt zum Konferenzraum und bildeten dort schon eine Warteschlange, andere begaben sich zu ihren Zimmern oder standen einfach weiter da oder diskutierten miteinander. Ein etwas älterer Herr und seine Begleiterin standen unmittelbar neben den Bracks.

»Wissen sie, was hier genau los ist?«, richtete er sich an Marco.

»Keine Ahnung tut mir leid. Wir waren beim Frühstück und dann das hier.«

»Etwas seltsam war uns dieses gestrige Feuerwerk schon vorgekommen, da so etwas noch nie ohne Voranmeldung geschehen ist und wir kommen schließlich schon seit über fünfzehn Jahren jedes Mal hierher«, meinte seine Begleiterin. Nicht lange und um die Gruppe herum standen einige Menschen und unterhielten sich. Die Gerüchteküche brodelte. Mord, Attentat, Staatsstreich, Umwelt-katastrophen von Tsunami und Erdbeben bis hin zum Hurrikane und Meteoriten konnte man den Wortfetzen, die im Raum umherschwirrten, entnehmen. Aber immer öfter hörte Markus auch Raub und Ablenkungsmanöver, was ihn wiederum auf eine etwas beunruhigende Idee brachte.

»Mama, Papa! Wo bewahren wir denn unsere Wertsachen und unsere Pässe auf?«

Marco blickte etwas überrascht mit gerunzelter Stirn zu seinem Sohn und erwiderte, dass sich ihre Pässe noch bei der Rezeption befänden und ihre Reiseschecks und Rückflugtickets im Hotelsafe deponiert seien, sicherheitshalber, wie immer. Das Bargeld hatte man zuvor aufgeteilt und die EC- und Kreditkarten trage jeder bei sich.

»Warum diese Frage, meinst du etwa?«

Marcos Gesichtsausdruck zeigte deutlich, dass ihm scheinbar ein Licht aufgegangen war.

»Da wollen wir mal hören, was da wirklich passiert ist, jetzt werde ich auch etwas unruhig.«

Die Bracks stellten sich schließlich auch in der Schlange zum Konferenzraum an, da es nur noch fünf Minuten waren bis zur angekündigten Konferenz. Es dauerte auch tatsächlich keine fünf Minuten mehr und die Türen wurden geöffnet und die Gäste eingelassen.

Das Hotelpersonal hatte in aller Eile den Saal umgeräumt und an der Front eine Tischreihe mit sechs Stühlen aufgebaut. Im Saal standen Stühle eng gedrängt in Reihen hintereinander, die sich jetzt nach und nach füllten. Servicepersonal wies die Gäste an aufzurücken und für Nachkommende Platz zu machen, damit auch jeder eingelassen werden konnte. Im rechten Bereich ließ man in den ersten beiden Reihen Platz frei, damit auch die beiden Gäste, die auf den Rollstuhl angewiesen waren, Platz fanden.

An der Frontseite gab es eine große Leinwand und an der Decke hing ein Projektionsgerät, ein Beamer, der aber momentan nicht in Betrieb zu sein schien. Auf der linken Seite waren die Schiebefenster weit geöffnet, sodass die frische Morgenluft dafür sorgte, dass man sich trotz der vielen Menschen noch wohl fühlte. Die an der rechten Seite an der Decke angebrachte Klimaanlage war nicht in Betrieb, weshalb das Gemurmel der Gäste in der allgemeinen Stille etwas Bedrohliches hatte.

Nach einer Viertelstunde schließlich erschienen mehrere Personen, die sich auf den Stühlen hinter den Tischen niederließen. Der Hotelmanager und sein Assistent betraten ebenfalls den Raum, blieben aber stehen und sahen sich um, ob noch weitere Gäste zu erwarten waren. Unterdessen waren alle Stühle besetzt und die zuletzt eintreffenden Personen mussten eben stehend dem Vortrag folgen.

»Meine Damen und Herren! Vielen Dank für ihr Verständnis und ihre Geduld. Wir sind sehr traurig darüber, dass wir ihre wohlverdiente Erholung hier in unserem Hotel und auf unserer Insel leider wegen unvorhergesehener Ereignisse trüben müssen. Aber seien sie versichert, dass wir alles daransetzen werden, nachdem alles geklärt wurde, sie diese Vorgänge vergessen zu lassen. Mein Assistent José, Sicherheitsbeauftragter in unserem Hotel, wird sie dann anschließend näher informieren. Alle Informationen werden ihnen von unserer freundlichen Mitarbeiterin Angelina übersetzt werden. Haben Sie also etwas Geduld, wenn die einzelnen Informationen in einer anderen Sprache erklärt werden. Wir sind momentan auch eifrig damit beschäftigt ihnen ein Informationsblatt in Ihrer Sprache zu drucken, damit sie wissen, was geschehen ist und wie sie sich verhalten sollten und was sie tun können.«

»Erzählt endlich was los ist!«, erschallte ein Einwand aus der Menge, was gleich wieder ein allgemeines Murmeln zur Folge hatte. Auch das ein oder andere Handygeklingel begann die Atmosphäre aufzuheizen.

»Bitte, meine Damen und Herren! Ich bitte um Ruhe. Unser Polizeichef und sein Assistent werden sie jetzt über die Vorgänge, die sich gestern Abend ereigneten informieren. Achten Sie bitte auch auf die Wünsche und Anweisungen, damit wir hier jedem helfen und alle eventuellen Probleme beseitigen können. Warten Sie auch bitte mit ihren Fragen, bis sie alle Informationen gehört haben. Señor Cavallia, bitte.«

Nachdem der Manager auf die Bankreihe gedeutet hatte, stand dort ein Herr mittleren Alters, unverkennbar Spanier, oder zumindest Südländer, auf und räusperte sich. Vor ihm auf dem Pult war unterdessen auch ein Mikrofon aufgestellt worden, das nachdem es eingeschaltet wurde, wie fast immer in solchen Situationen, unangenehme Piepstöne von sich gab. »Gracias, Señoras y Señores necesito......«.

Der Polizeichef sprach spanisch, was die Geduld der Bracks und vieler Gäste, die zwar einen kleinen Grundwortschatz für den Urlaub beherrschten aber der Rede nicht folgen konnten, noch weiter strapazierte.

Während der Rede deutete Señor Cavallia immer wieder auf den Mann in Uniform rechts neben sich, wie sich später herausstellte seinen Assistenten, und auf den Herrn im schwarzen Anzug zu seiner linken, einem Mitarbeiter von Interpol. Nach zwanzig Minuten endlich erhob sich die junge, hübsche und freundliche Angelina, die bislang die Gäste an der Rezeption betreut hatte, und übersetzte die Rede des Polizeichefs in Englisch.

Das rief zunächst einmal wieder etwas Unruhe hervor, da, wie Markus schon vermutet hatte, die meisten Gäste aus Deutschland kamen, die ja nicht gerade für ihre Geduld bekannt waren. Schließlich schaffte es Angelina dann auch ihren Vortrag in Deutsch zu halten und alle hörten genau zu. Was war geschehen?

Das tolle Feuerwerk des Vorabends, unangemeldet und ungewöhnlich lange, verursachte zunächst auch bei den Behörden und den ganzen Bewohnern Bestürzung wegen Ängsten vor Anschlägen, dann aber auch Bewunderung und vor allem Unachtsamkeit während der Ausführung. Die einschreitenden Behörden konnten nur feststellen, dass das Feuerwerk von keiner Person beaufsichtigt wurde und völlig eigenständig funktionierte. Der Versuch es vorzeitig zu stoppen dauerte tatsächlich fast eine halbe Stunde, sodass erst nach vierzig Minuten dem Ganzen ein Ende bereitet werden konnte. Bis dann Verkehr und Arbeit wiederaufgenommen werden konnten, vergingen weitere fünfundvierzig Minuten. Das sei natürlich ungewöhnlich aber sicher nicht so schlimm, dass man deshalb eine solche Konferenz einberufen würde.

Was das Ganze zu einem besonderen Vorgang machte war, dass auf der ganzen Insel in allen größeren Orten, zur gleichen Zeit jeweils ein Feuerwerk ausgelöst wurde. In anderen Regionen dauerte es länger oder kürzer bis zum Ende, aber überall begann es zur gleichen Zeit, musste also als bewusst herbeigeführt eingestuft werden. Die Ursache für diese wundersamen Geschehnisse zeigte sich dann am nächsten Morgen, bzw. in manchen Regionen auch schon an dem Abend, nachdem die Mitarbeiter der Hotels ihre Arbeit wiederaufnahmen. In jedem Hotel der Insel sind die Safes ausgeräumt worden. Dabei waren diese nicht einmal aufgebrochen, sondern einfach nur leer! In dem ein oder anderen Hotel waren Mitarbeiter, die der Faszination des Feuerwerks nicht erlegen waren, plötzlich, ohne erkenntlichen Grund fünf Minuten nach Beginn bewusstlos umgefallen und konnten erst wieder durch ihre Kollegen geweckt werden, denn sie hatten tief geschlafen.

In einem kleinen Gästehaus, das abends nur von einem Nachtportier betreut wurde, konnten die Gäste erst wieder in Ihre Zimmer, nachdem sie die Haupteingangstür aufgebrochen hatten, da der Portier die Tür verschlossen hielt und nur nach Aufforderung per Knopfdruck öffnete, diesmal aber wegen seiner Bewusstlosigkeit daran gehindert wurde.

So gab es viele einzelne Geschichten, die man tags darauf in der Presse auch nachlesen konnte, ob wirklich passiert oder erfunden war egal, insgesamt gesehen hatte hier scheinbar eine ganze Räuberbande, denn ohne viel Personalaufwand war eine solche Aktion nicht zu bewältigen, die Urlaubsinsel Teneriffa als Schauplatz für einen unwahrscheinlichen Coup genutzt und Millionen erbeutet.

Neben den Barmitteln und Kreditkarten entwendeten sie auch Reisedokumente und persönliche Ausweisdokumente, was wiederum zu organisatorischen Problemen führte, vor allem hinsichtlich der Urlaubsgäste, die vor Ihrer Heimreise standen. Eine weitere Frage stellte sich natürlich. Wo sind die Diebe geblieben? Teneriffa ist eine Insel. Aber gerade die gestohlenen Dokumente erschwerten den Behörden nun die Fahndung.

Marco reagierte zunächst gelassen, denn nach seiner Ansicht konnte man die Schecks ja sperren lassen und da sie EU-Bürger sind, dürfte es auch kein Problem sein mit den Pässen und zurück nach Hause komme man sicher, da der Reiseveranstalter ja alles im Computer habe.

»Du machst mich noch wahnsinnig mit deiner Ruhe und Gelassenheit. Was ist, wenn wir jetzt angerufen werden und zurückfahren müssen. Ohne Papiere und Schecks bekommen wir doch nie einen Flug und Opa Brack…«

Lisa schlug die Hände vors Gesicht und fing an zu weinen. Marco nahm seine Frau in den Arm.

»Beruhige dich mein Schatz, wir werden das alles schon regeln können und über die Rückreise machen wir uns Gedanken, wenn es so weit ist.«

Derweil konnte man an der Rezeption doppelt so viele Mitarbeiter sehen, die den Gästen Fragen beantworteten, telefonierten und beruhigten.

Markus ergriff die Chance, während seine Eltern, und vor allem seine Mutter, ihre panische Phase bewältigten, die hübsche Angelina anzusprechen, um Informationen zu erhalten.

»Hola Señior Markus cómo está? Wie geht es Ihnen?«, fragte sie ihn mit einem verzaubernden Lächeln.

»Wenn Sie mich anlächeln, geht's mir eigentlich immer gut. Was wollte ich Sie eigentlich fragen?«

»Ich weiß es leider nicht, da hellsehen noch nicht zu meinen bevorzugten Fremdsprachen gehört«, antwortete sie kess.

»Ach ja, die wohl wichtigste Frage ist, wie sieht das mit unseren Flugtickets aus, gibt es da Ersatz und die Pässe, und…und… «.

Markus erhielt auf alle dringenden Fragen eine Antwort und kehrte froh gelaunt zu seinen Eltern zurück, die sich mittlerweile auf einer Bank im Garten vor der Rezeption hingesetzt hatten, jeder mit einer Tasse Tee in den Händen.

»Hallo ihr beiden, alles geklärt. Ersatztickets sind schon unterwegs, die Schecks sind gesperrt und Ersatzpapiere werden von der Botschaft gefaxt, sodass wir jederzeit, wenn es denn überhaupt nötig wäre, loskönnten.«

»Ich danke dir mein Junge, ich war wohl etwas panisch geworden, es tut mir leid«, erwiderte Lisa und ließ seufzend ihre Schultern fallen.

»Ich denke, wir sollten alle jetzt mal eine schöne Tasse Kaffee, Tee, Kakao oder was auch immer trinken und dann planen, wie wir uns weiter erholen wollen, oder?«, kam prompt Marcos Kommentar und alle nickten nur und machten sich auf den Weg zur hoteleigenen Cafeteria.

»Wir sollten wirklich ernsthaft überlegen, ob wir nicht einen dieser Ausflüge buchen«, begann Markus die zuvor unterbrochene Unterhaltung, als sie alle schließlich angekommen waren und nun an einem kleinen Tisch in der Mitte der überfüllten Cafeteria auf ihre Bestellung warteten.

»Ich habe übrigens mal die Flyer an der Rezeption durchstöbert und ein paar davon mitgebracht«, unterbrach Markus die Stille während der Wartezeit auf die Erfrischungen.

»Nummer eins - Auf den Spuren der Guanchen, die Ureinwohner Teneriffas, Inselrundfahrt mit Zwischenstopps in den schönsten Buchten der Insel.«

»Den hatten wir auch schon in der Hand«, erwiderte Lisa geistesabwesend.

»He Mam, nicht mehr grübeln, es hilft eh nichts.«

»Ok Markus, dann zeig mal, was denn da noch so angeboten wird.«

»Nummer zwei – Inselhopping – von Teneriffa über La Gomera, El Hiero und La Palma nach Gran Canaria und zurück. Nummer drei – Einen Tag Orient – Festlandküste – Westsahara und Marokko.«

»Also die Nummer drei kannst du ruhig weglegen, da bringen mich keine zehn Pferde hin. Du kennst meine Einstellung zum Islam und ich werde keine Staaten bereisen, deren Gesetze auch nur teilweise auf die Scharia zurückgehen. Zudem haben die die Westsahara einfach annektiert und na ja du weißt, was ich meine.«

Marco war etwas aufgebracht.

»Ok Paps habe ich vergessen, oder wohl nicht registriert, dass das ja zu deinen einschränkenden Vorurteilen gehört.«

»Nicht Vorurteil, das war vielleicht mal. Ich habe mich sehr wohl informiert und mit vielen Menschen unterschiedlicher Glaubensrichtungen und –auslegungen

33

unterhalten. Ich habe meine ganz persönlichen Probleme damit und möchte uns nicht im Urlaub in Gefahr bringen, nur, weil ich da nicht einfach wegsehen und meinen Mund halten kann, wenn ich irgendwelche meiner Meinung nach ungerechten Situationen erlebe.«

»Und die ungerechten Situationen bei uns? Schreitest du da auch sofort ein oder …«

»Stopp! Bitte!«

Lisa unterbrach die beginnende Diskussion der beiden. »Könnten wir bitte das Gespräch über Glauben, Gott und die Welt auf später vertagen? Ich bin im Moment nicht in der Stimmung dazu. Hast du sonst noch einen Flyer?«

Sie sah etwas verdrießlich zu Markus und streckte ihre Hände nach den Flyern aus, die er ihr dann reichte.

»Nur noch einen für den Loropark – der Zoo um die Ecke hier und dann noch eine Visitenkarte, die habe ich von Angelina bekommen. Ihr Onkel hat ein kleines Motorboot für fünf bis zehn Leute, mit dem er individuelle Bootstouren durchführt. Da gibt es morgen eine Tour. Auf dem Boot sind noch vier Plätze frei«

Marco sprang sofort auf das Individualangebot an und schnappte sich die Visitenkarte.

»Marcos García Álvarez, Excursiónes en barco y aventuras«, las er laut vor, während er sich die Karte genau ansah.

Auf der Frontseite war neben dem Namen und dem Slogan die Adresse und zwei Telefonnummern abgedruckt, einmal Festnetz, einmal Mobil, zusätzlich eine Emailadresse und die Adresse der Internetseite.

»Er hat sogar eine eigene Internetseite.

www.marcos.ga.es. Vielleicht sollten wir uns die einfach mal ansehen, hört sich doch gut an oder? Wenn das Bild auf der Rückseite der Karte ein Bild des Bootes ist, mit dem er die Fahrten macht, dann sieht das doch recht komfortabel aus. Hat Angelina dir irgendwas dazu gesagt? Wer sind denn die anderen Gäste, wenn nur noch vier Plätze frei sind? Was heißt überhaupt - barco y aventuras?«

Markus und Lisa sahen sich an und fingen an zu grinsen. Zu Markus gerichtet meinte Lisa:»Dein Vater hat Blut geleckt, sein Abenteuergeist hat ihn im Griff. Aventuras en el barco con el Señor Marco.«

Beide fingen laut an zu lachen und Marco konnte nicht mehr anders und lachte mit.

»Was heißt das denn jetzt?"

„Barco ist das Boot und Aventura ist das Abenteuer! Zu deinen Fragen kann ich nur sagen, dass ich keine Ahnung habe. Da musst du Angelina fragen«, meinte Markus an seinen Vater gerichtet, während er immer noch lachen musste.

Derweil kam dann auch die Bedienung und brachte Lisa eine Tasse grünen Tee, Marco einen Milchkaffee und Markus einen Eistee. Schließlich konnten sich die Bracks nun wieder etwas entspannen und genossen ihre Getränke, während sie die Möglichkeiten der offerierten Angebote besprachen. Am Ende waren dann alle von Marcos Abenteuergeist erfüllt und beschlossen daher Angelina an der Hotelrezeption näher zu befragen.

Seit dem Frühstück waren einige Stunden vergangen und das Mittagessen ließen die Bracks sowieso meist aus. »Hattest du nicht eine Verabredung heute - nach dem Essen – hatte sie, glaube ich gesagt«, fragte Marco seinen Sohn.

»Mist! Genau, nach welchem Essen meinte sie denn und wo? Ich glaube, ich gehe mal zur Lobby und sehe mich um«, sagte Markus und verschwand.

Marco und Lisa bezahlten Ihre Getränke und schlenderten nach draußen.


Von der Cafeteria führte ein schmaler Weg an vereinzelt stehenden Kiefer- und Lorbeerbäumen vorbei. Neben dem saftigen Grün der Wiesen, fiel vor allem die bunte Pracht der

Blumen und die Vielzahl der Kakteen auf. Marco und Lisa wanderten den Weg entlang zum Strand. Sie entledigten sich ihrer Sandalen und genossen den warmen feinen Sand unter ihren nackten Füßen.

»Sollen wir gleich mal Angelina interviewen? Ich spüre deine Unruhe mein Lieber«, meinte Lisa und lächelte Marco sanft an, der daraufhin zurücklächelte und ihr einen zarten Kuss auf die Wange drückte.

»Du bist einfach die Beste«

In der Lobby des Hotels war immer noch ein reges Treiben und viele Gäste hatten Fragen um Fragen, die die sichtlich überarbeiteten Hotelangestellten freundlich und immer wieder beantworten mussten. Markus lief nun schon einige Zeit in der Lobby auf und ab und beobachtete seine Umgebung. Von der jungen Französin war leider nichts zu sehen. Angelina hatte ihn schon ein paar Mal angelächelt, aber sonst ist nichts weiter passiert. Er fragte sich natürlich immer wieder, warum er denn nicht genauer nachgefragt hatte, als sie an seinem Tisch stand und sich bei ihm entschuldigte. Er versprach sich selbst, daran zu arbeiten, spontaner und zielstrebiger zu werden.

Sein Blick traf wieder den von Angelina, dem man deutlich ansah, dass sie sich fragte, warum er in der Lobby herumlungerte. Markus sah Angelina an und deutete ihr durch das hochziehen der Schultern an, dass er auch nicht so genau wusste, was er hier tat. Angelina winkte ihn zu sich her. Markus näherte sich der Rezeption und Angelina sprach ihn an.

»Hallo, wartest du auf jemanden oder dass etwas passiert? Du siehst etwas verloren aus, wie du hier in der Lobby herumläufst.«

»Genau genommen ja und nein. Ich hatte mich verabredet, nach dem Essen jemanden zu treffen, hatte aber vergessen genau zu fragen nach welchem Essen und wo.«

»Das ist natürlich eine dumme Sache. Weißt du denn den Namen der Person, vielleicht kann ich dir ja helfen?«

»Nein, das habe ich leider vergessen zu erfragen. Sie ist wunderschön, hat langes schwarzes Haar, blaue Augen und spricht französisch. Mehr weiß ich noch nicht.«

»Ok. Das ist nicht viel und da kann ich dir leider auch nicht weiterhelfen, denn wir haben sicher über Hundert weibliche Gäste auf die zu fünfzig Prozent deine Beschreibung passt und davon ist sicher die Hälfte aus Frankreich. Tut mir leid«

»Macht nichts, aber danke.«

»Gerne«

Markus entfernte sich von der Rezeption in Richtung Strand. Er hatte ja für heute Mittag vorgehabt die Beachvolleyballer zu beobachten und Flagfootball zu spielen. Vielleicht läuft sie ihm ja über den Weg.

Marco hielt es nicht länger am Strand. Er wollte nun endlich Antworten auf seine Fragen. In der Lobby angekommen sah er sich um, konnte aber Angelina nicht entdecken.

»Sie ist nicht da! Was machen wir denn jetzt?«, fragte er seine Frau.

»Stell dich doch nicht an wie ein kleiner Junge. Frag doch einfach am Empfang nach, wo sie ist«

Marco eilte zur Rezeption und erfuhr dort, dass Angelina momentan ihre tägliche, rechtlich vorgeschriebene Pause machen würde.

»Du wirst wohl deine Ungeduld zügeln müssen. Ich werde jetzt auf unser Zimmer gehen und andere Badesachen anziehen und es mir dann am Pool etwas gemütlich machen. Ich möchte mich ausruhen. Wie ist es mit dir? Gehst du mit?«

»Ok meine Liebe, das machen wir, die Infos laufen uns ja nicht weg und Angelina hat sich ihre Pause auch sicher verdient.«

Markus hatte das Beachvolleyballspiel am Strand nicht lange beobachtet. Er grübelte die ganze Zeit immer noch über das Geschehene nach. Seltsame Dinge sind passiert und niemand weiß genau was, wie und warum es passiert ist. Dieses Unwissen, dieses Gefühl des Fehlens sind Empfindungen, die ihn nicht nur hilflos zurücklassen, sondern auch noch richtigen Ärger und Wut in ihm erzeugen. Er muss dann an Opa Brack denken, der ihn immer wieder ermahnte. Junge du musst einfach lernen Dinge, die du im Moment nicht begreifen oder verstehen kannst, hinzunehmen und den richtigen Moment abzuwarten dein Wissen zu erweitern. Nutze deine Energie für das Suchen und Finden und nicht für Ärger und Wut. Markus musste bei dem Gedanken lächeln. Ja sein Opa ist schon ein toller Typ, nur leider sehr krank.

Er hatte unterdessen den Strandabschnitt erreicht, wo das Flagfootballspiel stattfinden sollte. Es war noch niemand zu sehen. Es sollte um 16:00 Uhr beginnen und laut seinem Smartphone war es gerade mal 15:43 Uhr. Direkt vor ihm hatte sich jemand die Mühe gemacht und ein recht großes rechteckiges, zweigeteiltes Feld mit roten Bändern abgesteckt. Die längere Seite des Feldes war parallel zur Brandung angelegt worden. Der Strand war in diesem Bereich sehr breit, sodass auch Spaziergänger ausreichend Ausweichmöglichkeiten hatten.

In den letzten Jahren erreichten die Einschaltquoten beim American Football in Deutschland immer höhere Werte und die Berichterstattung über diesen interessanten Sport steigt auch stetig an. In Europa agieren immer mehr Mannschaften auf hohem Niveau, sodass der Sport sich hierzulande zu einem überaus interessanten und kurzweiligen Zeitvertreib für den Zuschauer entwickelt hat. Markus erfuhr durch seine Schule, dass American Football auch in seiner Umgebung angeboten wird. Er trainierte auch schon zwei Mal probeweise bei der Jugend der Rhein-Neckar Bandits mit. Es ist tatsächlich reizvoll auch einmal nicht auszuweichen, sondern die kontrollierte Kollision zu wählen. Aber beim Flagfootball geht es ja um die kollisionsfreie Variante des Sports.

Der Klang und die Vibrationen seines Smartphones ließen Markus kurz zusammenzucken, als er merkte, dass es bereits 15.55 Uhr war. Er hatte sich extra eine Erinnerung programmiert und fragte sich nun, ob er an der richtigen Stelle war, da bislang niemand außer ihm hier auftauchte. Etwa zwanzig Meter hinter dem oberen Ende des Feldes saß eine Gestalt auf dem Boden im Sand und starrte auf das Meer hinaus. Hinter ihr lagen einige Utensilien, die bei näherem Betrachten durchaus als Footballequipment identifiziert werden konnten. Markus ging auf die Gestalt zu. Der junge Spanier sah zu ihm auf und lächelte ihn an.

»Hola, soy Alejandro!«, stellte er sich vor und reichte Markus die Hand.

»Ich bin Markus«, erwiderte dieser und schüttelte ebenso dessen angebotene Hand.

»Ok, Deutschland, schön, Yo sprechen bissken. Leider nix viele people gekommen heute. Genau nur one«, setzte Alejandro die Konversation fort.

»Tja, wohl nicht genug Werbung gemacht, oder es sind nicht genügend Leute da, die der Sport interessiert.«

»May be, aber Flyer und Reklame waren gudd aber nicht so viele hier für Football. Spielst du Football? Ich think richtig Football mit Helmet and Pads?«

»Yes I did and I could enjoy it twice. I'm a beginner.«

Markus und Alejandro unterhielten sich ab diesem Moment auf Englisch und tauschten ihr Interesse am American Football aus. Alejandro ist wie Markus gerade mal 17 Jahre alt und spielt bei einem spanischen Team auf dem Festland. In diesem Jahr absolviert er ein Praktikum auf Teneriffa als Sportanimateur und hatte die Idee mit dem

Football. Leider war wohl Flagfootball nicht so der Renner bei den Leuten hier. Markus meinte noch, dass er wohl besser Kontaktfootball angeboten hätte, was aber nach Aussage von Alejandro schließlich und endlich am fehlenden Equipment gescheitert wäre. So unterhielten sich die beiden angeregt über Sport und die Möglichkeiten in Deutschland und Spanien, die man als erfolgreicher Sportler so hat, bis sie merkten, dass die Sonne sich langsam dem Horizont näherte.

»Oh it's late«, meinte Alejandro.

Markus half ihm dann noch die Feldmarkierungen einzusammeln und wieder zum Hotel zurückzubringen.

In der Hotellobby angekommen, sah er, als er sich von Alejandro verabschiedete, dass seine Eltern gerade die Treppen herunterkamen und sich auf Angelina, die an der Rezeption telefonierte, zubewegten. Er lief ihnen entgegen.

»Hallo Mam, Dad.«

Marco sah seinen Sohn an und die Frage war ihm wie ins Gesicht gedruckt.

»Na und? Wie heißt das Mädchen? Wie war es?«

Markus runzelte die Stirn und murmelte nur, dass er sie nicht gefunden habe. Angelina beendete unterdessen ihr Telefonat und begrüßte sie, wie immer lächelnd.

»Hola Familie Brack. Was kann ich für sie tun?«

Marco ergriff sofort das Wort und überschüttete Angelina mit all seinen Fragen hinsichtlich des Unternehmens ihres Onkels und der geplanten Ausflüge. Angelina wusste nur, dass ihr Onkel immer wieder Individualtouren anbot und dabei die Gäste mit seiner Fahrtroute und den geplanten Aktivitäten gerne überraschte.

Das Boot ist ein neues, gut gewartetes Fahrzeug, das ihn noch nie im Stich gelassen hat und für Verpflegung und Unterhaltung ist auch immer gesorgt. Angelina berichtete auch von Fahrten, die sie als Stewart schon begleitet hatte und die unvergesslich waren. Sie hatte ihrem Onkel aber versprechen müssen, über die Inhalte Stillschweigen zu bewahren. Wegen der Überraschung eben war das sein „Betriebsgeheimnis". Auch seine Gäste bat er um dieses Stillschweigen, was diese auch gerne befolgten.

»Wann ist denn nun die nächste Fahrt bei der noch Plätze frei sind und wie können wir daran teilnehmen? Wer sind denn die anderen Gäste, die bereits gebucht haben?«, fragte Marco.

»Die Fahrt ist am Samstag, also morgen. Abfahrt ist um 07:30 Uhr in der Früh. Angemeldet haben sich bislang eine Familie aus Frankreich mit fünf Personen und eine Einzelperson aus Spanien. Die Leute werden sich dann alle vor der Abfahrt am Strand treffen und da erst mal kennen lernen. Sollte da noch jemand zurückbleiben wollen, kann er das immer noch tun«, erklärte Angelina.

»Ok. Wie buchen wir das? Wo muss ich unterschreiben?«, meinte Marco und nahm schon einmal den an der Rezeption bereitgestellten Kugelschreiber in die Hand.

»Nein, Herr Brack, es ist keine Unterschrift nötig. Wenn Sie an der Reise teilnehmen möchten, dann tragen Sie sich bitte in diese Liste ein.«

Angelina reichte Marco ein Klemmbrett mit einer Namensliste, auf der bereits sechs Namen standen. Markus schielte auf die Liste, während sein Vater ihre Namen ebenfalls eintrug. Da stand fünf Mal der Name Marlonnée mit verschiedenen Vornamen und einmal Alejandro Martinez. Das ist der junge Sportanimateur, den Markus zuvor kennengelernt hatte, was ihn sehr freute, da so, falls mit den Franzosen kein Gespräch möglich sein sollte, jemand mit auf dem Boot war, mit dem er sich unterhalten konnte.

Angelina meinte dann noch an Marco gerichtet, dass sie leichte, sportliche Kleidung, Badesachen und zusätzliches, festes Schuhwerk mitnehmen sollten für zwei Tage. Die Reise würde bis zum Sonntagabend dauern und Unterkunft und volle Verpflegung sind inklusive.

»Ach ja? Zwei Tage? Das war mir gar nicht bewusst. Was sagt ihr dazu?«, fragte Marco an seine Familie gerichtet.

Markus und Lisa stimmten beide zu und so war nur noch die Frage nach den Kosten und der Bezahlung offen.

»Die Reise kostet pro Person 200,00 Euro. Sie erhalten nach der Rückkehr eine Rechnung, die sie dann wie es ihnen beliebt begleichen können«, ergänzte Angelina.

»Markus! Ich habe da noch einen Brief für dich von einer jungen Dame.«

Angelina reichte Markus einen Briefumschlag mit dem Logo des Hotels.

Markus wirkte sichtlich überrascht, nahm den Brief an und öffnete ihn sogleich.

Da stand in einer sehr schönen Handschrift, Folgendes zu lesen:

*Dear Boy! Sorry I forgot to ask your name and I was so sad about what happened the day before that I forgot to tell my name and fix our appointment.*

*Badly tomorrow I have to go with my family to an excursion for two days so maybe we will see us in three days at 10.00h in the Hotel lobby.*

*Yours*
*Fabienne*

Sie hieß also Fabienne und wollte ihn in drei Tagen sehen. Das passte ja gut, da er selbst auch gerade zu einem Zweitagetrip verpflichtet wurde. Moment mal. Markus kontrollierte noch einmal die Liste der Reisenden, die sich morgen früh in die Obhut von Marcos García Álvarez, begeben werden und las da auch den Namen Fabienne Marlonnée. Das konnte kein Zufall sein. Das musste sie sein. Jetzt freute er sich umso mehr auf den morgigen Tag.

Da es schon etwas später geworden war, nahmen die Bracks noch Ihr Abendessen zu sich und ließen dann den Abend mit einem kleinen Drink in der Hotelbar etwas früher ausklingen, da es am nächsten Tag ja sehr früh beginnen würde. Abfahrt sollte um sieben Uhr dreißig sein, was automatisch bedeutete, dass sie sich bereits um fünf Uhr wecken lassen mussten. Frühstück sollte es dann, laut Aussage von Angelina, an Bord geben. Na dann, gute Nacht.

Markus konnte kaum schlafen. Die bevorstehende Reise und das erhoffte Wiedersehen mit „seiner" Fabienne waren wohl der Grund für seinen unruhigen Schlaf. Das Klingeln des Hoteltelefons mit dem Weckruf erfreute ihn dann sichtlich und er sprang aus dem Bett und in das Badezimmer. Seine Eltern buchten ihm meist ein eigenes Zimmer, sodass er alle Ressourcen für sich alleine nutzen konnte und keine Kompromisse eingehen musste.

Markus wünschte sich früher immer wieder einen Bruder oder wenigstens eine Schwester, aber seit er das fünfzehnte Lebensjahr erreichte und seine Eltern ihn in der gemeinsamen Urlaubszeit diesen Freiraum eines eigenen Zimmers ermöglichten, ließ dieser Komfort ihn die Einsamkeit besser ertragen und am Ende gar überwinden.

Er brauchte nicht einmal zwanzig Minuten zum „frischmachen" und zur Vorbereitung seiner Sachen für die Tour. Frische Kleidung, ein Handtuch und Badekleidung, seine Powerbank zum Aufladen des Smartphones, das Smartphone selbst und eine Tüte Lutschbonbons mit Ingwer-Orange-Geschmack, seine Lieblingssorte. Das Zimmer absperren und auf geht's.

Markus lief die Stufen hinunter und vor jedem Treppenabsatz überwand er die letzten vier Stufen immer mit einem großen Sprung. In der Lobby angekommen setzte er sich auf einen der Sessel, die dort aufgestellt sind und wartete auf seine Eltern. Sein Smartphone informierte Ihn darüber, dass er mal wieder viel zu früh war. Fünf Uhr dreißig bedeutete demnach, dass er noch zwei Stunden Warten vor sich hatte. Zum Glück ermöglichen die modernen Multimediawunder von heute nicht nur eindimensionale Nutzung, sondern bieten viele Funktion neben der eigentlichen Funktion des Telefonierens.

Markus packte seine Ohrhörer aus und startete seine Lieblingsmusik. Er hatte sich extra einige Songs von Guns N'Roses, Metallica, Overkill und Nickelback auf sein

Smartphone geladen und ließ sich nun die Ohren zudröhnen. Er schloss seine Augen und träumte von einem großen Konzertsaal, in dem er mit seinen Freunden zur lauten Musik herumsprang und sich freute.

Alles war in Bewegung. Alle Menschen um ihn herum, sprangen oder hüpften rhythmisch zur Musik. Er hörte nicht nur den Klang, er fühlte ihn. Die abgedunkelte Halle wurde von bunten Lichtstrahlen erhellt, die kreuz und quer herumzuckten und durch die schwitzenden und johlenden Körper der Konzertbesucher unterbrochen oder abgelenkt wurden. Durch den Einsatz von Schwarzlicht leuchteten alle weißen Flächen extrem hell und alle Sinneseindrücke zerschmolzen in einem elektrifizierten Gefühl in seiner Brust.

Seine Bewegungen wurden immer langsamer. Seine Arme und Beine fühlten sich an, als würde er durch Gelatine waten. Die Musik wurde immer schneller und die Bewegungen immer langsamer. Dann erstarb alles. Eine Sekunde der absoluten Stille und Schwärze. Und kaum, dass er diese Unterbrechung bemerkte, begann alles von neuem und er spürte es wie ein Hammerschlag. Immer und immer wieder entstanden diese Unterbrechungen und in jeder Unterbrechung sah er von Mal zu Mal deutlicher ein Gesicht. Ein junges Gesicht, dessen Züge aber unscharf waren und irgendwie nicht menschlich wirkten.

Dann sah es wieder aus wie ein kleines Tier. Es sah aus wie eine große Katze oder ein kleiner Löwe, aber mit einem riesigen Kopf und einem Monstermaul mit zwei Reihen kleiner, spitzer Zähne. Es bewegte sich in einer enormen Geschwindigkeit und verschwand wieder.

Es kam immer näher. Markus konnte es riechen, einen unbeschreiblichen Gestank, der von diesem Vieh ausging. Dann war wieder alles still und es begann von neuem. Er spürte einen Druck auf seiner Schulter ohne auch nur zu ahnen wieso. Der Druck wurde immer größer und fester, als läge eine schwere Last auf seinen Schultern. Er fing an, schwer zu atmen, es wurde richtig unangenehm. Erneut erstickte ihn die Stille, und der plötzlich wiedereinsetzende Lärm ließ ihn erschaudern, aber er konnte sich nicht bewegen. Auf seiner Schulter erschien eine Klaue, eine in den bunten, zuckenden Lichtern gestreift wirkende Tatze eines Tigers oder was auch immer für eine Kreatur das sein sollte. Jetzt spürte er ein Ziehen und Stechen an seinem Ohr und hörte seinen Namen, laut gerufen von seiner Mutter und erwachte.

»Markus, was ist los? Bist du eingeschlafen? Es ist schon sieben Uhr vorbei«

Sein Traum dauerte tatsächlich über eine Stunde. Seine Mutter hatte Ihre Hand auf seine Schulter gelegt und die Ohrhörer aus seinen Ohrmuscheln gezogen, weshalb er sie dann auch hören konnte. Aber was war das für ein Albtraum gewesen? Die Musik von Nickelback tönte immer noch aus seinen Ohrhörern und er stellte die Musik ab. Natürlich musste jetzt auch noch sein Vater seinen Kommentar abgeben.

»Bist du noch so müde? Was hast du heute Nacht gemacht, statt zu schlafen? Und bei der Lautstärke deiner Musik musst du dich nicht wundern, wenn du irgendwann Hörschäden hast.«

Markus sagte dazu dann nichts mehr und marschierte voran durch die Lobby zur Hoteltür hinaus. Marco hoffte inständig, dass es ein ordentliches Frühstück geben wird, da er normalerweise keine Aktivitäten beginnt, bevor er nicht etwas gegessen und mindestens zwei Tassen Kaffee getrunken hat. Die Uhr in der Lobby zeigte beim Verlassen, dass es bereits zwanzig Minuten nach sieben war. So schritten sie etwas schneller aus in Richtung Strand zum Treffpunkt.

Tatsächlich wurden sie dort schon erwartet. Ein junger Mann in einer übertrieben kitschigen, blau weiß gestreiften

Seemannsuniform rannte mit wedelnden Armen auf sie zu, wobei er seine etwas zu groß geratene Mütze immer wieder mit einer Hand festhalten musste, damit sie ihm nicht vom Kopf fiel.

»Familia Brack. Hola, Tengo el placer de verlos!«, rief er ihnen entgegen.

»Ja du mich auch. Was sagt der da?«, antwortete Marco mehr an seine Familie, als an den Wedler gerichtet.

»Oh perdón! Entschuldigen Sie bitte. Ich freue mich, Sie begrüßen zu dürfen. Ich hatte vergessen, dass Sie Deutsch reden. Marcos García Álvarez und seine Crew, das bin ich Sancho Vendez und mein Kollege und Zwillingsbruder Fernando Vendez, heißen Sie herzlich willkommen zur Abenteuerfahrt der Sinne. Die anderen Gäste sind bereits mit dem zweiten Beiboot und meinem Bruder zur Jacht gebracht worden. Steigen Sie ein und genießen Sie die Fahrt«

Sancho zeigte auf ein kleines Ruderboot, das am Strand lag und die Bracks stiegen ein. Sancho mühte sich, das Boot in die Brandung zu schieben, was ihm dann mit Hilfe von Markus und Marco auch gelang. Das Rudern funktionierte dann besser.

Es war gar verwunderlich, mit wie viel Kraft und Enthusiasmus er sich ins Zeug legte. Etwas weiter vom Strand entfernt sah Markus die Jacht, wie Sancho das Boot genannt hatte. Es sah besser aus als auf den Bildern, eher doch wie eine Jacht als ein Boot. Er konnte aus der Ferne erkennen, dass gerade Leute damit beschäftigt waren die Jacht über eine Leiter zu betreten.

Markus sah, dass seine Mutter das richtig genoss. Sie strahlte über das ganze Gesicht und spiegelte die ganze freudige Erwartung darin wider. Marco kam etwas gereizt rüber, was wohl an seinem Kaffeeentzug lag. Beide hatten, genauso wie Markus, jeweils einen Rucksack geschultert mit Ihren Sachen für die beiden Tage.

»Sie werden sich sicher wohlfühlen auf unserer Jacht. Wir haben bereits ihr Frühstück bereitet und Sie haben die Möglichkeit nach der Begrüßung die anderen Gäste gemeinsam beim Essen kennen zu lernen. Oder erst kennen lernen und dann Frühstück, weiß nicht mehr. Lassen Sie sich überraschen. Unser Kapitän liebt Überraschungen, deshalb darf ich nicht so viel reden. Aber…«

Und Sancho redete und redete. Er erzählte über die Jacht, wie groß und schnell sie ist, seit wann die Garcia Alvarez Enterprise Gesellschaft schon unterwegs ist und dass die Jacht den Namen Esmeralda trage und und und. Er hörte sich wohl selber gerne reden. Dadurch verging die Zeit im Fluge, oder eher beim Rudern, recht schnell.

So aus der Nähe betrachtet machte das gute Boot jetzt doch was her und Markus beschloss, nie wieder nur Boot zur Esmeralda zu sagen. Sie erklommen nacheinander eine Leiter und betraten die in Palisanderholz gearbeiteten, auf Hochglanz polierten Planken der Jacht.

Die Jacht blitzte und blinkte überall. Alles sah wie neu aus. Es gab zwei Etagen und in der oberen waren große Fenster zu sehen, hinter denen sich wohl das Kommandodeck, die Brücke, befand. Auf dem Dach der zweiten Etage konnte man Liegestühle erkennen und in der Mitte des Schiffs gab es Stufen, die nach unten und nach oben führten. Sancho war nicht mit an Bord gekommen. Er musste wohl das Ruderboot verstauen und seiner Arbeit nachgehen.

»Hallo willkommen Familie Brack.«

Ein groß gewachsener, braun gebrannter, muskulöser Spanier mit einer dunkelblauen Jacke und einer weißen Kapitänsmütze gekleidet, begrüßte sie überschwänglich. Das ist also Kapitän Marcos García Álvarez.

»Hallo Herr García Álvarez!«, erwiderte Lisa.

»Aber aber, nennen sie mich einfach Marcos. Das ist einfacher zu merken oder Captain, das geht auch. Kommen Sie, ich bringe Sie zu den anderen.«

»Ich bin Marco, das ist meine Frau Lisa und mein Sohn Markus«, stellte nun Marco seine Familie vor.

»Ah sehr schön, Marco, Markus und Marcos, wenn das kein Glück bringt«, brachte Marcos herzlich lachend hervor.

Er führte sie auf die gegenüberliegende Seite der Jacht, wo sich an runden Stehtischen bereits fünf Personen befanden, denen Sancho oder vielleicht auch Fernando, gerade etwas zu trinken brachte.

Markus sah sich die Leute an. Da waren ein Mann und eine Frau im Alter seiner Eltern, beide sportlich und schlank. Der Mann war muskulös und hatte schwarzes, volles, kurz geschnittenes Haar. Seine Frau lehnte an seiner Schulter. Sie war sehr attraktiv mit blonden, langen Haaren. Daneben stand ein kleiner Junge, der den anderen in keiner Weise glich. Er hatte rote Haare und war dick. Er unterhielt sich gerade mit einem jüngeren Mädchen so um die elf Jahre alt, das mit seinen schwarzen, langen Haaren recht hübsch aussah.

Fabienne war nicht zu sehen. Da hatte er sich wohl einer falschen Hoffnung hingegeben. Und direkt daneben an einem der Tische stand Alejandro. Markus ging sofort auf ihn zu und begrüßte ihn mit Handschlag und Schulterschluss, wie man das so unter Sportlern macht. Auch Alejandro freute sich, Markus zu sehen. Captain Marcos stellte nun alle Anwesenden vor und Fernando brachte erneut Getränke, diesmal für die Bracks.

Wasser, Kaffee, Tee, alles was man zum oder vor dem Frühstück auch so trinken mag. Marco genoss sichtbar den ersten Schluck Kaffee für diesen Tag. Die Familie Marlonnée war schon etwas früher angekommen.

»Meine lieben Gäste! Ich schlage vor, dass ich Sie alle einzeln mit Namen aufrufe und Sie kurz etwas über sich selbst sagen. Wo Sie herkommen, was Sie so beruflich tun, was Ihnen gerade so einfällt. Und ich schlage auch vor, dass wir uns alle mit „Du" anreden. Meine Recherchen ergaben, dass wir alle der englischen Sprache mächtig sind, was sicher in den meisten Fällen dann der Konversation dienlich sein wird.«

Marcos wiederholte das Ganze noch einmal auf Französisch und alle bestätigten seinen Wunsch mit einem Kopfnicken.

»Wie es scheint kennen sich die beiden jungen Männer ja schon, weshalb ich dann auch einfach einmal mit diesem jungen Spanier anfangen möchte! Meine Damen und Herren – Alejandro Martinez«, begann Marcos mit der persönlichen Vorstellung.

Alejandro trat vor, verneigte sich und nannte noch mal seinen Namen und erwähnte, dass er siebzehn Jahre alt sei und ein Praktikum als Sportanimateur absolviere. Geboren wurde er in Mexico, lebt aber mit seinen Eltern seit zwölf Jahren in Barcelona.

Nach Alejandro war dann Markus an der Reihe und erzählte, dass er auch siebzehn Jahre alt sei, aus Ludwigshafen kommt und mit seinen Eltern hier Urlaub macht. Er besuche das Carl-Bosch-Gymnasium in Ludwigshafen und treibe viel Sport in seiner Freizeit. Marcos bedankte sich auch bei ihm und stellte nun zunächst die Kinder vor.

Das Mädchen nannte sich Marie und sie war zehn Jahre alt und Schülerin. Der junge Rotschopf war Pierre Marlonnée, Maries Cousin, der Sohn der Schwester ihres Vaters. Der Vater folgte dann mit seiner Begrüßung. Er hieß Fabrice Marlonnée und war Hauptkommissar in Paris.

Seine Frau Catherine hat eine eigene Praxis für Physiotherapie und Naturheilkunde in einem großen

Einkaufszentrum bei Versailles. Lisa erzählte kurz über ihren Job im Krankenhaus und Marco über seine Arbeit als Programmierer und Controller.

Captain Marcos versuchte permanent, mit witzigen Einlagen die Atmosphäre mehr und mehr aufzulockern, was ihm denn auch ganz gut gelang.

»Und nun meine Abenteurer möchte ich euch noch eine weitere Mitreisende vorstellen. Die junge Dame zeigte besonders reges Interesse an unseren Motoren und besichtigte diese gerade mit unserem Bootsmann Rodriguez. Und da gesellt sie sich auch schon wieder zu uns. Fabienne, die dritte der Marlonnée Damen«

Markus sprach gerade mit Alejandro, als der den Namen Fabienne hörte und sich sofort zu der Treppe hinwandte, auf der eine junge Frau mit langen, schwarzen Haaren hinauf schritt. Als sie sich endlich zu ihnen umdrehte, fing er sofort den Anblick ihrer blauen Augen mit dem lebensfrohen Lachen und den sanften Lachgrübchen ihrer Wangen auf und hielt den Atem an. Sie war es tatsächlich.

Sein Herz schlug plötzlich nicht mehr im gewohnten Rhythmus. Es startete kurz durch, um dann fast mit einem Mal stehen zu bleiben. Für eine Sekunde wurde er an seinen Albtraum erinnert. Alles wurde schwarz, dann sah er eine verschwommene Gestalt, die von dem Untier zerrissen wurde und eine Millisekunde später war alles wieder weg und da war nur sie.

Markus presste seine Augen zusammen und schüttelte kurz seinen Kopf, dann war alles wieder normal. Außer seinem Herzschlag, der war immer noch auf high speed. Zufall oder nicht, die Tatsache, dass sie gemeinsam diese Abenteuerreise erleben würden, ließ Markus diesen Urlaub sofort als den besten seines Lebens einstufen, obwohl er ja noch nicht einmal wusste, was so alles auf ihn zukommen würde.

Kriminalkommissar Marlonnée entgingen die Blicke, mit denen sich die beiden jungen Leute anlächelten, nicht. Als Markus Herrn Marlonnées etwas verdrießlichen Vaterblick kreuzte, verschwand sein Lachen für einen kurzen Moment, wurde aber in nur einem Augenblick wieder durch das Lächeln Fabiennes zurückgebracht.

Ihm entging auch nicht das Strahlen in den Augen Alejandros, als Fabienne das Deck betrat. Fabienne trug eine dreiviertel lange, weiße Jeans, die ihre Figur besonders betonte und eine orange und weiß gestreifte Bluse aus einem seidenen Chiffonstoff, die über ihrem Bauchnabel mit einem Knoten zusammengehalten wurde und leicht um ihre Hüften flatterte. Darunter trug sie einen blauen Bikini und ihr Haar bändigte ein blaues Band zu einem Pferdeschwanz.

Sie begrüßte die Runde mit einem Hallo und einem leichten Winken ihrer rechten Hand. Sie erzählte, dass sie sechzehn Jahre alt sei und in ihrem Heimatort das Gymnasium besucht. In ihrer Freizeit spielt sie gerne Gitarre und singt dazu.

»Vielen Dank Fabienne. Meine lieben Gäste! Ich nehme an, dass Sie alle noch nicht gefrühstückt haben, weshalb ich Sie nun bitten möchte, mir in unseren Speiseraum zu folgen. Auf dem Weg dahin werde ich Ihnen gerne unsere Jacht zeigen, damit Sie sich hier wohlfühlen und orientieren können. Nach dem Frühstück führe ich Sie zu Ihren Kabinen und erläutere dann unseren Reiseplan, wenn Sie denn keine Einwände haben«, bemerkte Captain Marcos mittlerweile in englischer Sprache.

Im Allgemeinen wechselte die Konversation immer wieder zwischen Französisch, Englisch, Deutsch und Spanisch, wobei das Englische immer mehr die Oberhand gewann.

Markus schickte Fabienne mit einem kurzen Winken seiner rechten Hand ein Hallo entgegen, das sie erwiderte und sich dann zu ihren Eltern stellte. Da niemand intervenierte oder Fragen stellte, ging Captain Marcos voran zur Treppe, die nach oben führte.

Marco deutete mit einer saloppen Bewegung seiner Hand an, dass er der Familie Marlonnée den Vortritt lassen wollte und Markus, Lisa und Alejandro folgten dann am Ende der Reihe.

Captain Marcos erklärte, dass die abwärtsgehenden Stufen zu den Kabinen führen und sich in diesem Bereich auch Toiletten und Duschen befänden. Nach neun Stufen erreichten Sie das nächste Deck, dessen Fußboden auch mit dem edel glänzenden Holz ausgelegt war. Auf der rechten Seite lächelte sie hinter einem Bartresen Sancho oder vielleicht auch Fernando, man konnte sie meist nicht unterscheiden, mit einem breiten Grinsen an und verbeugte sich bei jedem der Gäste, die das Deck erklommen. Direkt voraus öffnete sich ein großer, mit viel Licht durchfluteter Raum. Im Zentrum stützten zwei im gleichen Holz wie der Boden gearbeitete Pfeiler das Deck und große Fenster ließen rundum den Raum im Licht der Morgensonne erstrahlen.

Mitten im Raum stand ein großer, runder Tisch, der insgesamt für zehn Personen gedeckt war. Durch die weiße Tischdecke konnte man nicht erkennen, dass auch dieser aus dem gleichen Holz gefertigt worden war. Auf der rechten Seite, neben dem Tresen, hatten fleißige Hände ein reichhaltiges Frühstücksbuffet aufgebaut.

»Bitte nehmen Sie Platz! Sancho wird Ihre Getränkewünsche entgegennehmen und Sie bedienen. Wählen Sie an unserem Buffet und genießen Sie ihr Frühstück«, lud Captain Marcos alle ein und winkte Sancho zu, sich der Bestellungen anzunehmen.

Pierre und Marie stürmten als erste voran und warfen sich auf die ersten beiden Stühle, die auf ihrem direkten Weg zum Tisch im Weg waren. Fabienne und ihre Eltern steuerten auf die Stühle direkt links daneben zu und Markus sah sein eigentliches Vorhaben durch diese Entwicklung der Platzeroberung gefährdet.

Neben Fabienne wird nun kein Platz mehr frei sein, da die beiden Kids sich dort bereits breitmachten und ihre Rucksäcke über die Stuhllehnen hingen. Alejandro sah Markus direkt an und erkannte in dessen Grübeln das Dilemma.

»Was ist das? Ein Delfin?«, rief er laut und ging zum Fenster hin. Die beiden Kids ließen sofort alles stehen und liegen und rannten zum Fenster. Alejandro zwinkerte Markus noch zu, als er dann vor dem Fenster begann mit den Kindern nach dem vermeintlichen Delfin Ausschau zu halten.

Markus packte schnell die beiden Rucksäcke und hing sie einfach kurzerhand links außen an die Stühle neben den Stühlen der Erwachsenen, die gerade mit der Bestellung von Getränken beschäftigt waren und nichts davon mitbekamen. Fabienne rückte gerade ihren Stuhl zurück und Markus half ihr sofort dabei.

»Thank you«, erklang die melodiöse Antwort in seinen Ohren.

Mit einem »You're welcome« setzte sich Markus direkt neben Fabienne und, wie mittlerweile alle Anwesenden, hing auch er seinen Rucksack über die Stuhllehne.

Alejandro hatte unterdessen die Kinder davon überzeugt, dass sie gerade noch soeben die Schwanzflossen einiger abtauchender Delfine gesehen hatten. Die Kinder verloren, wie Kinder das so oft tun, schnell das Interesse und sie merkten nicht einmal, dass ihre Rucksäcke an anderen Stühlen hingen als zuvor.

Alejandro ließ sich neben Markus nieder und bestellte einen schwarzen Kaffee. Markus orderte einen Ingwertee mit Minze und ein Glas Orangensaft. Seine Eltern nahmen natürlich auch am Tisch Platz, nur nahm Markus davon keine Notiz mehr. Opa Brack hatte Markus immer wieder aus seinem Leben erzählt und ihm einige Lebensweisheiten nähergebracht. Er erinnerte sich immer wieder und auch gerne daran. Sei stets höflich und im Besonderen zu den Damen, egal welchen Alters. Sei bestimmt und gerade aus, nicht zögerlich, dann kommst du weiter. Ok, na dann. Er drehte sich im selben Moment zu Fabienne um, als diese im Begriff war sich zu erheben und sie kamen sich dabei sehr nahe. Zum Glück maß er mindestens zehn Zentimeter mehr als sie, sonst wäre es zu einer Tête-à-Tête Kollision gekommen. So entrang der Moment ihr ein kurzes »Uups« und Markus ein »Sorry, nach dir bitte.«.

»Willst du mit zum Buffet?«, fragte sie dann und die Anspannung verschwand. Beide atmeten einmal kräftig durch, als sie dann zum Buffet schlenderten.

Alejandro sah ihnen nach und grinste von einem Ohr zum anderen.


Die Bracks und die Marlonnées schafften es dann auch in kurzer Zeit eine angeregte Konversation über Frankreich und Deutschland, Paris und Ludwigshafen zu führen. Den Marlonnées war Ludwigshafen tatsächlich bekannt, da Catherine einmal drei Monate in Mannheim und Heidelberg unterschiedliche Seminare während ihrer Ausbildung zur Physiotherapeutin besucht hatte und dabei mehrmals durch Ludwigshafen fahren musste. Captain Marcos überschaute den Raum und nickte zufrieden über die Entwicklung der ersten Kontaktaufnahme der so unterschiedlichen Personen auf diesem Schiff. Er verließ dann auch ungesehen das Geschehen und begab sich eine Etage höher zur Brücke und zu seinem Steuermann Rodriguez.

»Hallo Captain! Volle Fahrt voraus?«, fragte er.

»Volle Kraft voraus, Rodriguez! Auf zur offenen See«


Keiner der Gäste bemerkte, dass die Esmeralda Fahrt aufgenommen hatte. Marcos García Álvarez hatte sich in den letzten fünf Jahren einen guten aber auch geheimnisumwobenen Ruf erarbeitet. Alle Ausflügler, die einmal eine Abenteuerreise mit der Esmeralda genossen hatten, wussten nur Gutes zu berichten und schwelgten in unvergessenen Erinnerungen.

Auch für diese Fahrt standen einige interessante, abenteuerliche, erholsame aber auch körperlich etwas anstrengendere Aktionen auf dem Plan.

Captain Marcos Plan, dass sich alle beim Frühstück näher kennenlernen, ging auf. Marco und Fabrice hatten im Fußball ein Gesprächsthema gefunden, dem sie sich intensiv widmen konnten und Lisa und Catherine hielt das Thema moderne Medizin und die mangelhafte Umsetzung im Gespräch. Fabienne, Markus und Alejandro unterhielten sich derweil über ihre bevorstehenden Schulabschlüsse. Markus und Alejandro überlegten auch bereits, ob und was sie denn studieren wollen.

»Seid ihr beide sicher, dass ihr euren Abschluss schaffen werdet, da ihr so selbstsicher von möglichen Studiengängen redet?«, fragte Fabienne.

»Na da müssen wir wohl durch. Ich habe mir vorgenommen, auf jeden Fall den Abschluss zu schaffen, auch wenn ich dafür im letzten Halbjahr nichts mehr anderes tue als zu lernen«, meinte Markus.

»Und deine Freundin, was sagt die dazu, wenn du dann keine Zeit mehr für sie hast?«, antwortete Fabienne und wartete nun gespannt auf die Antwort, da sie während des Gesprächs schon mehrfach versucht hatte in Erfahrung zu bringen, ob Markus in Deutschland eine Freundin hat oder nicht.

»Du scheinst ja sehr daran interessiert zu sein, ob ich eine Freundin habe. Ich bin froh einen recht großen Freundeskreis zu haben. Durch die Schule und den Sport sind da einige Bekannte zusammengekommen, von denen mir auch einige näherstehen als andere und dabei sind auch einige Mädchen.

Aber mehr als geschwisterliche Gefühle habe ich da keine. Zumindest soweit ich mir das vorstellen kann, denn ich habe keine Geschwister«, antwortete Markus.

»Meine Freunde müssen sich auch auf das Abi vorbereiten, sodass wir da sicher auch gemeinsam einige Aktionen starten können, um unsere Ziele zu erreichen«, ergänzte er und ließ dabei Fabienne nie aus den Augen.

Er fühlte sich besonders zu ihr hingezogen. Ihr Anblick, Ihr Geruch und der Klang ihrer Stimme verursachten in ihm ein wunderbares, wohltuend erregendes Gefühl, dass er Angst verspürte dieses auch nur einen Moment zu missen.

»Ich muss mal kurz weg«, unterbrach Alejandro das Gespräch und erhob sich, um zur Toilette zu gehen.

»Das ist eine gute Idee. Entschuldigst du uns bitte?«, meinte Markus an Fabienne gerichtet und erhob sich ebenfalls.

»Klar doch, oder noch besser, ich gehe auch gleich mal mit, da ich mich auf diesem Schiff noch nicht auskenne. Nicht, dass ich mich verlaufe.«

Fabienne hakte ihren rechten Arm bei Markus und ihren linken bei Alejandro ein und sie bewegten sich im Gleichschritt zu den Stufen, die in das untere Deck führten.

»Warst du nicht schon im Maschinenraum?«, fragte Alejandro.

»Ich glaube eher, dass wir deine Führung in Anspruch nehmen können.«

Fabienne grinste nur und zog die beiden Jungs die Treppen nach unten. Die Jugendlichen waren kaum aus dem Sichtfeld der anderen verschwunden, als es einen kleinen Tumult im Speisesaal gab.

Die Tatsache, dass alle der englischen Sprache mächtig waren, bedeutete nicht, dass immer ein fließendes Gespräch möglich war. Hin und wieder erklangen zwischen den englischen Sätzen französische oder deutsche Wortfetzen oder Unterbrechungen. Mit Umschreibungen und Gesten versuchten sie dann die Lücken zu füllen. Schließlich und endlich bedienten sie sich im äußersten Notfall der Onlinehilfe per Google und Leo, um das richtige Verständnis zu gewährleisten und Missverständnisse zu vermeiden.

Lisa versuchte gerade ein Wort in Leo suchen zu lassen, als ihr Smartphone zeigte, dass sie keinen Empfang mehr hatte.

»Ahhh. Nicht mal mehr einen Balken! Marco, mein Empfang ist weg!«, rief Lisa sichtlich erschrocken und aufgebracht und sprang auf und lief durch den Raum, hielt ihr Handy vor sich und versuchte irgendwo im Raum durch ihr Hin- und Herlaufen wieder einen Empfang zu erhalten.

»Lisa, beruhige dich. Das musste so kommen, wir sind auf einem Schiff und bewegen uns weg vom Land und den Sendeeinrichtungen.«

»Was ist, wenn jetzt was mit Opa Brack ist, wenn uns niemand erreichen kann? Marco was tun wir denn jetzt?«

Die Marlonnées sahen sich überrascht an und verstanden nicht so recht, was denn nun los war und wieso Lisa so aufgebracht umherlief. Captain Marcos betrat unterdessen das Deck und wandte sich direkt an Lisa.

»Lisa, ganz ruhig. Wo liegt denn das Problem?«

Lisa erklärte Captain Marcos das Problem mit Opa Brack und dass sie doch per Handy erreichbar sein wollte. Sie wusste ja, dass sie so weit entfernt nichts ausrichten könnte, sie wollte aber per Telefon darauf Einfluss nehmen können, welche Entscheidungen denn getroffen werden müssen, falls Opa Brack nicht mehr in der Lage sein sollte. Opa Brack vertraute Lisa sehr und hatte sie deshalb in seiner Patientenverfügung auch als Vertrauensperson eingetragen.

»Lisa, du brauchst dir keine Sorgen zu machen. Ihr könnt alle von mir die Zugangsdaten für unser bordeigenes GSM System erhalten und werdet sofort wieder online sein«, beruhigte Captain Marcos alle im Saal, während Marco versuchte den Marlonnées die Situation mit Opa Brack zu erklären.

»Danke Captain. Es tut mir leid. Ich war wohl ein wenig hysterisch. Am besten wir trinken noch eine Tasse Tee und Sie erklären uns dann, wie wir dieses GSM oder was das auch immer ist, nutzen können«, meinte Lisa und konnte schon wieder etwas lächeln.

Im unteren Deck befanden sich mehrere Türen entlang eines langen, engen Gangs, der durch kleine Lichtschächte oben an den Türen und durch Notleuchten entlang des Bodens nur spärlich beleuchtet war. Je weiter sie in den Gang vordrangen, desto mehr Leuchten erwachten aus ihrer Dunkelheit und erhellten den Gang vor ihnen.

»Cool, das sind wohl Bewegungsmelder, macht echt was her diese Jacht«, meinte Alejandro und zeigte auch schon auf eine Tür auf der linken Seite mit der Aufschrift „Women" und genau gegenüber die mit der Aufschrift „Men".

»Ok. Wir sehen uns dann wieder oben«, ergänzte er dann noch und verschwand hinter der rechten Tür.

Fabienne bog nach links ab und Markus wollte Alejandro folgen, musste aber feststellen, dass die Tür abgeschlossen war.

»Sorry Kumpel, es ist nur Platz für einen hier drin«, erklang Alejandros Kommentar sehr gedämpft hinter der Tür.

So stand er nun auf dem engen Flur und wartete. Da die Bewegungsmelder keine Bewegungen mehr registrieren konnten, war es auch wieder dunkel geworden.

Er stand etwas rechts versetzt zur Damentoilette und blickte den Gang hinunter. Sie passierten auf ihrem Weg jeweils drei Türen rechts und links und von seinem Standort aus waren da noch jeweils vier Türen auf jeder Seite. Obwohl die Hauptbeleuchtung ausgeschaltet war, konnte er die

Türen erkennen, da oberhalb jeder Türöffnung am Rahmen eine kleine Notleuchte angebracht war.

Also insgesamt gab es hier dann sieben Türen auf jeder Seite. Ganz am Ende des Ganges, direkt in seinem Blickfeld an der Front des Flures sah er noch eine letzte Tür. Insgesamt waren das denn wohl fünfzehn Türen.

Markus begann sich langsam selbst zu fragen, wieso in ihm hier so ein Interesse an den Türen erwachte, als Alejandro ihm die Tür der Herrentoilette in den Rücken knallte.

Alejandros Entschuldigung und Markus Schmerzlaut erklangen kurz hintereinander. Markus wich dabei zur Gangmitte zurück und machte zwei Schritte nach vorne, als dann auch die Damentoilette geöffnet wurde und er keine Ausweichmöglichkeit mehr hatte, außer zurückzuweichen. Trotz seiner schnellen Reaktion traf ihn auch diese Tür, diesmal am Kopf.

»Poah, Macht mich nur fertig!«, entfuhr es ihm auf Deutsch.

Fabienne erschrak sichtlich, schloss sofort die Tür und wand sich ihm zu.

»Merde. Habe ich dir weh getan? Das tut mir leid.«

Sie streichelte ihm sanft über den Kopf, was er sichtlich genoss.

»Hey Markus, was lungerst du auch hinter den Türen rum? Du hast doch gesehen, dass die nach außen aufgehen, oder?«, meinte Alejandro lachend und schlug ihm kumpelhaft auf die Schulter.

»Ist schon gut! Nichts passiert. Ich muss dann auch mal da rein«, erwiderte Markus und musste auch schon wieder grinsen. Fabienne lächelte auch wieder und Markus schloss die Tür hinter sich.

In dem Toilettenraum gab es ein kleines rundes Fenster mit nicht ganz dreißig Zentimeter Durchmesser. Der Raum selbst wirkte sehr groß und geräumig für eine Toilette. Auf der rechten Seite befand sich ein Spiegel über einem Waschbecken.

Markus inspizierte seinen Kopf vor dem Spiegel stehend und entdeckte unterhalb seines linken Mundwinkels ein kleines, bereits getrocknetes Blutrinnsal. Na denn, wenn es weiter keine Verletzung gab, dann war es ja gut. Er benutzte die Toilette, kehrte anschließend wieder zu dem Spülbecken zurück und begann seine Hände zu waschen. Im Spiegel sah er derweil erneut nach seiner Verletzung und musste feststellen, dass nichts mehr zu erkennen war.

Die Motoren des Schiffes verursachten ein leises Summen, das sich auch in kaum wahrnehmbaren Vibrationen manifestierte, die Markus gerade in diesem Moment, da alles sehr still war, besonders auffielen. Neben der Monotonie des Klanges lag dem ganzen auch noch ein einfacher, stetiger Rhythmus zugrunde.

Markus registrierte plötzlich eine Unterbrechung, die wie ein Gemurmel von mehreren Stimmen klang und vermutete, dass Fabienne und Alejandro sich auf dem Flur unterhielten.

Er öffnete die Tür, aber da war niemand und der Flur war dunkel, total dunkel. Auch durch die Lichtschächte drang kein Strahl in den Raum und die Notleuchten waren ebenfalls tot. Die Beleuchtung war völlig ausgefallen. Die einzige Lichtquelle kam durch das Bullauge der Herrentoilette, deren Tür Markus geöffnet hatte.

Mit einem plötzlichen Knall schlug auch diese Tür zu und Markus war von völliger Dunkelheit, dem monotonen Sound des Schiffes und dem Geflüster von geschätzt fast tausend Stimmen umgeben.

Sein Herz begann schneller zu schlagen. Was war hier los? Hatte sein Kopf vorhin doch etwas abbekommen? Am Ende des Flures blitzten auf einmal einige helle Punkte auf. Entlang des Türrahmens am Ende des Flures bildete sich ein heller Streifen ab.

Die Geräusche wurden immer lauter und es klang, als würde eine große Menge panisch durch eine Halle rennen und sich schreiend, auf der Flucht vor was auch immer, in Richtung Tür bewegen. Dann erreichten sie die Tür.

Markus erschrak und kauerte sich instinktiv zu Boden, als mehrfach hintereinander es sich so anhörte, als wären mehrere Leute gegen die Tür geknallt. Das Licht am Türrahmen vibrierte und flackerte, als hätte es tatsächlich eine intensive Berührung gegeben. Der Lichtrahmen erleuchtete auch nicht mehr kontinuierlich. Markus glaubte, die Schatten von Personen zu erkennen.

Dann erstarb alles mit einem Mal. Kein Laut war mehr zu hören, auch nicht der des Schiffes. Das Licht erstrahlte gleichmäßig hell und wurde schrittweise immer heller. Mit dem heller werden erklang nun auch ein durchgängiger Ton. Zunächst tief vibrierend und von Helligkeitsstufe zu Helligkeitsstufe immer höher werdend finalisierte sich das Ganze in einem schrillen ohrenbetäubenden Pfeifton und einer erblindenden Helligkeit.

Markus hielt sich mit beiden Händen die Ohren, schloss die Augen und beugte sich mit dem Gesicht zu Boden. Die Tür flog mit einem erlösenden Knall auf und eine starke Windböe peitschte Markus kauernden Körper.

Er hörte nur noch ein Atemgeräusch. War das sein eigener Atem oder ein fremder? Markus hob seinen Blick und sah die geöffnete Tür. In der Öffnung erschien eine Gestalt auf vier Beinen, die wegen des hellen Lichtes im dahinterliegenden Raum nur als Silhouette zu erkennen war. Als das Knurren begann, bewegte er sich langsam auf allen Vieren rückwärts in Richtung der Stufen. Das Knurren wurde zu einem Kreischen und das Vieh lief auf ihn zu.

Markus sprang auf und rannte in Richtung der Stufen los, aber der Gang schien auf einmal so lang. Da erschien eine Tür nach der anderen und die Perspektive zog sich in die Unendlichkeit. Stufen? Da waren keine Stufen mehr und er rannte und rannte, sah aber kein Ende. Dann spürte er den Schmerz in seiner Wade und roch den unerträglichen Gestank von faulem, verrottendem Fleisch gemischt mit altem, rohem Fisch. Er fiel mit dem Gesicht zu Boden und schaffte es nicht mehr die Hände zum Schutz vor sich zu bringen. Als er aufschlug, hörte er, wie seine Nase brach.

Fabienne und Alejandro standen in dem Gang und unterhielten sich, während sie auf Markus warteten. Fabienne ließ ihrer Neugier freien Lauf und fragte Alejandro richtig aus.

Vor allem wollte sie wissen, seit wann er denn Markus kenne, und ob er denn etwas von seinen Hobbys oder Vorlieben weiß. Alejandro musste sie leider enttäuschen, da er Markus ja auch erst kennengelernt hatte und nichts anderes wusste, als dass er sportbegeistert ist. So erzählten denn beide von ihrer Schule und den bevorstehenden Prüfungen.

»Ich dachte, ich hätte die Spülung schon vor 5 Minuten gehört. Was macht der so lange da drin?«, fragte Alejandro mehr sich selbst, als an Fabienne gerichtet.

Er klopfte an die Tür und rief Markus Namen. Keine Reaktion. Er klopfte erneut, aber etwas heftiger, um dann im dritten Anlauf, seinen Namen laut rufend, an die Tür zu hämmern. Derweil blieb der Lärm nicht ungehört und Rodriguez der Bordingenieur kam den Gang entlanggelaufen.

»Was gibt's denn Leute?«, fragte er an beide gerichtet.

»Markus ist vor circa 15 Minuten da rein und es rührt sich nichts mehr. Er hatte sich vorher den Kopf gestoßen, nicht, dass da irgendwas nicht stimmt«, antwortete Fabienne jetzt auch sichtlich besorgt.

Rodriguez fackelte nicht lange und nahm ein großes Schlüsselbund aus seiner Jacke, wählte einen Schlüssel aus und öffnete die Tür. Markus lag mit dem Gesicht nach unten am Boden. Als sie ihn anrührten, bewegte er sich plötzlich und starrte sie alle sichtlich desorientiert an. Seine Nase, sein Shirt und der Boden waren voller Blut.

»Oh Gott, was ist denn mit dir passiert?«, fragte Alejandro sichtlich bestürzt.

Fabienne beugte sich sofort zu ihm und nahm seinen Kopf in Ihre Hand und versuchte mit einem Taschentuch seiner Blutung entgegenzuwirken.

»Oh mon Dieu, oh mon Dieu!«, flüsterte sie dabei ständig vor sich hin.

Markus hatte nach dem Aufprall auf dem Boden einen unsäglichen Schmerz in der Nase und in seiner Wade gespürt und schon geglaubt, dass seine letzte Stunde geschlagen habe. Aber da beugte sich kein Untier über ihn, sondern es waren Alejandro und Fabienne und er lag auch nicht im Gang, sondern vor dem Waschbecken auf dem Boden. Markus war sehr verwirrt.

Natürlich fragten sie alle, was denn geschehen sei, aber er wollte wirklich nicht erzählen, was er denn da erlebt hatte. Es geschah zwar für ihn real und hat sich auch in allem real angefühlt, aber erklären konnte er das nicht und da er auch nicht von allen für verrückt erklärt werden wollte, schwieg er. Es war schlimm genug, dass er sich nun wegen dem kleinen Stoß an der Tür untersuchen lassen musste.

Die Vermutung wurde geäußert, dass er eben durch den Schlag am Kopf das Bewusstsein verloren habe und aus diesem Grund zu Boden viel und sich dabei die Nase verletzte, die Gott sei es gedankt, nicht gebrochen war. Lisa und Catherine begannen sofort mit der mütterlichen und auch fachlichen Untersuchung seiner Blessuren.

»Halb so wild«, meinte Lisa.

»Nichts, was man mit einem Pflaster nicht beheben könnte«

»Oder mit einem Stück Tape«, meinte Catherine, und fing an mit Lisa gemeinsam herzhaft zu lachen.

Markus ärgerte sich maßlos darüber, dass Fabienne sich solche Vorwürfe machte wegen der Kollision mit der Tür und es war ihm überaus peinlich, dass ihn alle behandelten, als wäre er noch ein Kleinkind. Er versicherte ihr immer wieder, dass sie dafür doch keine Schuld trifft.

Was ihn dann doch etwas beruhigte, war die Tatsache, dass Fabienne diese kindischen Einwände genauso ignorierte, wie er selbst. Am Ende beruhigten sich alle wieder und Captain Marcos bat sie zu einer Versammlung im Speisesaal.

Die Marlonnées, die Bracks und Alejandro setzten sich wieder an die beim Frühstück gewählten Plätze.

»Liebe Reisende und hoffentlich bald Freunde. Wir haben schon unsere erste Aufregung hinter uns, was mir auch Anlass dazu gibt, einige Dinge zu erklären«, begann Captain Marcos und hatte sofort die Aufmerksamkeit aller Anwesenden.

»Im unteren Bereich, den die jungen Leute schon erkundet haben, befinden sich auch eure Kabinen. Ihr könnt diese von innen verriegeln, wenn ihr das möchtet. Nötig ist es nicht, da wir ja hier unter uns sind und jeder des anderen Privatsphäre berücksichtigen wird.«

Das sagte er mit voller Überzeugung aber so betont, dass es auch als Aufforderung verstanden werden konnte.

Im Allgemeinen verwendete man ja die englische Sprache, sodass das „du" unweigerlich zu einer etwas intimeren Umgangsweise führte. Das passiert oft, wenn sich Menschen, die sich noch nicht sehr lange kennen, in einer Sprache, die nicht ihre Muttersprache ist, unterhalten, die keine besondere Höflichkeitsformel kennt oder im Normalfall verwendet. Captain Marcos fuhr fort.

»Den unteren Bereich nennen wir das Zwischendeck oder Zdeck. Direkt die ersten beiden Türen rechts und links führen zu jeweils zwei Doppelkabinen. Die rechte Seite ist für die Familie Brack und die linke für die Marlonnées vorgesehen. Wir stellten uns das so vor, dass die Eltern die erste Kabine und die Kinder die zweite Kabine verwenden. Die dritte Tür führt auf jeder Seite zu einer Einzelkabine, die von unseren jungen Herren, Alejandro und Pierre verwendet werden können. Aber fühlt euch frei, die Kabinen zu tauschen, wie ihr es möchtet. In der Mitte des zugegebenermaßen etwas schmalen Ganges befinden sich die Toiletten und direkt daneben jeweils ein Badezimmer für Damen und Herren. Bitte achtet beim Öffnen der Türen darauf, dass diese nach Außen aufgemacht werden und eure Kabinen nur deshalb so geräumig sind, weil der Gang so schmal ist. Was da so passieren kann, hat uns Markus ja schon demonstriert.«

Alle sahen Markus an und lachten, außer Fabienne, die bei der Erinnerung an diesen Vorgang eher betroffen wegschaute. Captain Marcos fuhr auch sogleich mit seiner Ausführung fort.

»Fühlt euch frei. Ihr könnt hier überall hin. Wollt ihr etwas zu essen oder zu trinken, dann werdet ihr hier Sancho oder Fernando vorfinden, die euch mit dem Gewünschten versorgen werden. Falls ihr tatsächlich einmal niemanden hier an der Bar antrefft, ist da ein roter Knopf, den ihr betätigen könnt, dann wird einer der beiden in Windeseile bei euch sein.

Zum ZDeck ist noch zu ergänzen, dass nach den Badezimmern die folgenden Türen zu diversen technischen Räumen führen. Computer, Navigation und so weiter. Diese Türen sind zumeist unverschlossen. Sollte jemand da rein sehen wollen, dann kann er das gerne tun, aber bitte nichts anfassen. Das sind übrigens auch die einzigen Räume, die per Video überwacht werden und von der Brücke aus eingesehen werden können. Die letzte Tür am Ende führt nach unten in den Maschinenraum. Solltet ihr da einmal einen Blick drauf werfen wollen, fragt vorher bei Rodriguez nach, der wird euch dann führen«

Als Captain Marcos die letzte Tür erwähnte, musste Markus unweigerlich an sein Erlebnis von vor einer knappen Stunde denken. Was war da nur los mit ihm. Es drängte ihn innerlich, sich jemandem anzuvertrauen. Nur seine Eltern konnte er damit nicht konfrontieren und ob er Fabienne oder Alejandro schon so weit vertrauen sollte, war er sich auch nicht sicher. Vielleicht sollte er einfach mal einen Rundgang mit Rodriguez im Maschinenraum in Erwägung ziehen. Unterdessen erzählte Captain Marcos über ihr bevorstehendes Abenteuer und darüber, was er so geplant hatte.

»Da wir nun das Organisatorische geklärt haben, möchte ich euch zu einer kleinen Informationsrundreise einladen. Wir werden unsere beiden Tage nicht nur an Bord verbringen, sondern uns mit den Kanarischen Inseln - ihren Einwohnern und der wunderbaren Natur –befassen, sie erfassen und begreifen«

Captain Marcos drehte sich während des Vortrags um und ergriff und betätigte eine auf dem Bartresen liegende Fernbedienung. Kurz darauf war ein Summen zu hören gefolgt von einem Geräusch, das entsteht, wenn man einen Rollladen schließt. Dann konnten alle auch sehen, dass die Fenster langsam durch herunterfahrende Blenden verschlossen wurden und der Raum langsam dunkler wurde.

Kurz bevor die Dunkelheit die Aufmerksamkeit unterbinden konnte, schaltete Captain Marcos die Beleuchtung des Raumes ein.

Warmes orangefarbenes Licht erfüllte gleichmäßig den Raum, ohne dass man sehen konnte, wo sich denn die Leuchten befanden.

»Ich werde euch jetzt ein kurzes Informationsvideo vorspielen lassen, das euch etwas über die Inseln in unserem

Umfeld berichtet. Genießt die schönen Bilder und die Musik. Fernando bringt euch gerne noch etwas zu trinken. Sollte noch jemand vorher zur Toilette wollen, dann tut es jetzt. Ihr werdet das Video auf allen Fenstern sehen können und müsst euch nicht verdrehen oder umsetzen.«

Während Captain Marcos Fernando aufforderte noch Getränke zu bringen, besuchten die Erwachsenen noch einmal das ZDeck. Nach zehn Minuten vereinten sich alle wieder im Saal und das Video begann.

Captain Marcos dimmte das Licht, sodass alle einen angenehmen Blick auf das jeweils gegenüberliegende Bild hatten. Der Ton schien mitten im Raum zu entstehen, war angenehm ausgesteuert und machte sich zu Anfang durch schöne, spanische Gitarrenklänge bemerkbar.

Fabienne meinte später, dass es sich um Stücke von Paco de Lucía und Vicente Amigo handelte. Sie kannte die beiden von Konzerten in Paris und liebte ihre Virtuosität.

Das Video zeigte alle Bilder aus der Sicht einer fliegenden Drohne, die dicht über das Meer und in Richtung Strand flog. Die Musik wurde etwas leiser und eine angenehme Stimme erzählte eine Geschichte in englischer Sprache.

»Die Kanarischen Inseln befinden sich bereits auf der Kontinentalplatte Afrikas, gehören aber politisch zu Spanien und damit zu Europa. Die Inseln entstanden auf der Schwelle eines großen zweigeteilten Beckens, dem Kanarischen Becken, in dessen Mittelpunkt das Meer eine Tiefe von 6500 Metern hat. Auf dem nördlichen Beckenrand liegen die Azoren, im Süden begrenzen die Kapverden das Becken«

Während der Erzähler sprach, wechselten die Bilder und zeigten zu der jeweiligen Information Aufnahmen der Regionen und auch immer wieder animierte Grafiken zur Erläuterung der Inhalte.

»Der Archipel besteht aus sieben Haupt-, sowie sechs Nebeninseln und ist vulkanischen Ursprungs. Die

Kanarischen Inseln reihen sich mehr oder weniger auf einer Linie auf. Das aus dem Erdmantel aufsteigende Magma entspringt einer Mantelplume, die sich meist unter sogenannten „Hot-Spot" Vulkanen befindet. Die ältesten Inseln sind Fuerteventura und Lanzarote, dann folgen Gran Canaria, La Gomera und Teneriffa. Die jüngsten Inseln sind La Palma und El Hierro«

Nun folgten einige Aufnahmen der einzelnen Inseln und wieder ein Rundflug über dieselben begleitet durch einen Anstieg der Lautstärke der musikalischen Untermalung.

Was Markus besonders auffiel, waren die Farben, vor allem Grün. Als hätte der Regisseur des Films es beabsichtigt, folgten auch gleich darauf mehrere Landschaftsbilder in sattem Grün, die immer wieder mit Aufnahmen lavaspeiender Vulkane unterbrochen waren, sodass man erahnen konnte, welche Kräfte in der Vergangenheit dafür gesorgt haben, dass die Vegetation heute diese fruchtbare Erde nutzen konnte zur Entwicklung ihrer Vielfalt. Die Musik untermalte wieder im Hintergrund die neu einsetzenden Erzählungen des Sprechers.

»Die Entstehung der Inseln verlief in vier Phasen und begann vor sechsunddreißig Millionen Jahren mit einer Serie submariner Eruptionen. Fuerteventura und Lanzarote entstanden in einem Zeitraum zwischen zweiundzwanzig und fünfzehn Millionen Jahren und bildeten zur letzten Kaltzeit eine Insel. Heute sind sie durch einen zehn Kilometer breiten und nur vierzig Meter tiefen Kanal getrennt. Die dritte Phase dauerte von vierzehn Komma fünf Millionen Jahren bis elf Millionen Jahren und es entstanden Gran Canaria, Teneriffa und La Gomera. Nach einer langen Pause setzte die vierte Entstehungsphase ein. La Palma und El Hierro sind nur zwei bzw. eins Komma zwei Millionen Jahre alt."

Weiterhin folgten wunderbare Bilder der Insel aus allen Perspektiven und dann wieder ein Wechsel zu Bildern mit Vulkankratern und auch Lavaströmen.

»Der prominenteste Vulkan der Kanarischen Inseln ist der Pico del Teide auf Teneriffa. Mit einer Höhe von 3718 Metern ist er zugleich der höchste Berg Spaniens. Sein letzter großer Ausbruch liegt schon einige Jahrhunderte zurück und fand im Jahr 1492 statt. Landschaftlich nicht minder spektakulär sind die Montañas del Fuego im Timanfaya Nationalpark auf der Insel Lanzarote. Das Vulkanfeld monogenetischer Schlackenkegel entstand während einer sechsjährigen Eruptionsphase zwischen 1730 und 1736. Die Einheimischen sind davon überzeugt, dass eine Marienfigur die Lava kurz vor ihrem Dorf stoppte. Einige Jahre später wurde der "Virgen de los Volcanes" eine Kapelle bei Mancha Blanca errichtet. Bei den letzten Ausbrüchen um 1824 stoppte die Lava kurz vor der Kapelle«

Der Film lief so weiter und Markus begann langsam das Interesse zu verlieren, da viel zu viele Einzelinformationen in der Dokumentation aufgeführt wurden, die ihn nicht interessierten.

Dass die Kanarischen Inseln vulkanischen Ursprungs sind, hatte er in der Schule schon gelernt. Das einzig Interessante daran, stellte wohl die Aussicht auf einen eventuellen Ausflug an einen solchen Vulkan dar.

Warum sonst sollte Captain Marcos gerade dieses Video gewählt haben, wenn er nicht vor hatte einen abenteuerlichen Ausflug an einen Vulkan anzubieten.

Ab diesem Moment sah Markus auch nicht mehr auf die Bilder, sondern folgte nur noch der Musik und betrachtete Fabienne, die dem ganzen immer noch aufmerksam folgte.

Sie gefiel ihm sehr und er fühlte sich in ihrer Gegenwart sehr wohl. Er wollte gerne einmal einige Zeit mit ihr alleine verbringen und nicht immer im Beisein der anderen mit ihr reden. Selbst wenn die Eltern beschäftigt waren, schloss sich

Alejandro immer wieder ihren Unternehmungen an. Bislang unternahmen sie ja noch nichts, außer hier im Dunkeln zu sitzen und dem Film zu folgen, aber er konnte sich schon vorstellen, dass Alejandro sicher nicht gerne alleine etwas tun wollte.

Er brauchte unbedingt eine besondere Ablenkung für ihn. Noch während er so überlegte und dabei zu Alejandro hinübersah, spürte er eine sanfte Berührung an seiner Hand. Fabienne strich zart über seine Hand, die er auf der Stuhllehne abgelegt hatte und lächelte ihn an.

Ohne nachzudenken ergriff er ihre Hand und Fabienne ließ es zu, dass er sie festhielt. Sein Herz pochte schneller und er spürte, dass es ihr genau so erging.

Da das Video auf den Bildschirmen die primäre Lichtquelle des Raumes war, blieb dieser zarte Moment fast allen verborgen. Fast allen, denn Alejandro registrierte die kurze Bewegung aus dem Augenwinkel und tat so, als hätte er es nicht bemerkt.

Auf den Bildschirmen wechselte das Szenario und in einem ausführlichen Beitrag wurde die Insel La Gomera vorgestellt.

Insgesamt erreichte der Bericht sein Ziel. Alle Anwesenden verspürten den Wunsch, die dort beschriebenen Orte selbst zu erkunden, zu sehen, zu hören und zu riechen, ob das so gelobte Paradies dort zu finden ist. Hohe, felsige Regionen, traumhafte Küstenpfade, tropisch anmutende Palmenoasen und duftende Lorbeerwälder versprachen einen Tag mit extremem Erinnerungspotenzial.

Captain Marcos unterbrach an der Stelle das Video und die Bildschirme befanden sich auch schon auf ihrem Weg in die Unsichtbarkeit. Das Sonnenlicht strahlte wieder durch die Fenster in den Raum, geflutet von einer kühlen Meeresbrise, nachdem Sancho und Fernando diese noch während der Bildschirmrückführung geöffnet hatten.

Wie in einem Chor erklangen die durch diese Wohltat produzierten Atemgeräusche, die entstehen, wenn wir voller Genuss frische und saubere Luft inhalieren. Markus rückte seinen Stuhl etwas näher zu Fabienne und musste dazu leider ihre Hand wieder loslassen.

Um die Aktion nicht ganz so auffällig erscheinen zu lassen, tat er so als sähe er dadurch besser, was Captain Marcos, der erneut vor die Runde trat und rechts von Ihm Position bezog, vorzutragen hatte.

»Liebe Freunde«, begann er.

Lisa erschien der Übergang von Reisenden zu Freunden recht schnell erfolgt zu sein, weshalb sie auch ihre Stirn leicht in Falten zog. Lisa liebt unkomplizierte Beziehungen, aber Vertrauen sollte man sich erarbeiten und nicht herbeireden.

Captain Marcos erklärte weiter, was er so geplant hatte und bedankte sich auch noch mal für das ihm entgegen gebrachte Vertrauen, als hätte er Lisas Gedanken gelesen.

»Wir sind nun bereits seit fast zwei Stunden auf See, und haben uns schon etwas kennen gelernt. Ich danke euch für euer bisheriges Vertrauen und möchte euch jetzt um euer weiteres Vertrauen für den nächsten bevorstehenden Reiseabschnitt bitten. Wir sind auf dem Weg zur zweitkleinsten Insel der Kanaren, nach La Gomera«

Jetzt war es an Marco die Stirn zu runzeln und Fabrice tat es ihm gleich. Captain Marcos entging dies nicht und er nahm die Reaktion sofort auf.

»Die Fähre benötigt von Teneriffa nach La Gomera gerade mal eine Stunde. Da wir euch die Möglichkeit zum Frühstück und zum Kennenlernen nicht vorenthalten wollten, führt unsere Route nicht direkt zur Insel. Zudem ist der Aufenthalt an Bord auch zur Akklimatisierung wichtig, denn wir wollen ja auch gut schlafen können an Bord."

Nach und nach schienen die Zweifel und angeborenen Vorbehalte bei allen zu schwinden. Nur Fabrice blieb reservierter gegenüber dem Captain und der Crew als alle andern, wohl bedingt durch seine beruflichen Erfahrungen. Captain Marcos fuhr derweil fort.

»Wir werden die Insel in einer halben Stunde erreichen und im Hafen von Vueltas an Land gehen. Sancho und Fernando werden ihnen dann die Insel zeigen. Wir habe vor Ort zwei Landrover zu unserer Verfügung und auch eine etwas anstrengendere Wandertour im Valle Gran Rey geplant. Ich werde unterdessen mit Rodriguez die Insel umrunden und wir werden die erforderlichen Routinewartungsarbeiten durchführen. Wir holen euch dann gegen Abend auf der anderen Seite der Insel wieder ab.«

»Oh Capitaine«, unterbrach diesmal Catherine den Redefluss des Captains mit ihrem unverwechselbaren, französischen Akzent.

»Wir haben aber nur leichte Kleidung eingepackt und sind nicht auf eine größere Wandertour vorbereitet. Was sollen wir denn da anziehen?«

»Das gab mir meine Nichte Angelina zu bedenken. Darum steht euch auch eine kleine, ausreichend ausgestattete Kleiderkammer im ZDeck zur Verfügung. Es sind alles neuwertige, frisch gereinigte Kleidungsstücke und neue Schuhe, die wir für jede Tour von einem unserer Sponsoren bekommen. Es müssten auf jeden Fall eure Größen dabei sein.«

Die Damen brachten ihr Missfallen noch eine Zeit lang zum Ausdruck, ließen sich dann aber von Captain Marcos Charme und Überredungskunst für das Abenteuer begeistern.

»Ok, dann bitte ich euch in der Kleiderkammer, das ist die letzte Tür im Gang rechts vor dem Zugang zum Maschinendeck, zu bedienen und eure Sachen, die ihr nicht mitnehmen wollt, in eurer Kabine zu deponieren. Wir werden jetzt noch etwa zwanzig Minuten brauchen bis wir in Vueltas vor Anker gehen«

Er verließ daraufhin die Gruppe an der Bar vorbei in Richtung Brücke. Marco und Fabrice organisierten unterdessen die Kabinenzuteilung, den Abstieg ins ZDeck und den Zugriff auf die Kleidungsstücke und Schuhe in der Kleiderkammer.

Es bedarf in vielen Fällen einfach einer definitiven Lösungsvorgabe und gerade die gewohnt strukturiert agierenden Personen setzen dann ungefragt den Lösungsvorschlag um. Alternativen oder gar Ablehnungen kamen erst gar nicht in den Sinn.

Markus und Alejandro durften ihr Desinteresse an Wanderausflügen erst gar nicht zum Ausdruck bringen.

»Auf geht's Jungs. Mitgegangen mitgefangen. Nehmt es sportlich und als Herausforderung. Wenn es euch zu langweilig wird, könnt ihr ja eure Ohrstöpsel reintun oder Händchen halten«, meinte Marco und lieferte wieder einmal mehr einen Grund dafür, dass es für Markus peinlich wurde.

Als dann Fabrice an Fabienne gerichtet ähnliche Äußerungen machte, waren die jungen Leute zunächst einmal bedient. Da Marco in Deutsch und Fabrice in Französisch geredet hatten, waren alle verärgert, aber keiner hatte wirklich alles verstanden. Markus zog nur die Schultern hoch und meinte zu Alejandro:

»Väter darf man nicht immer so ernst nehmen. Geh schon mal vor und schau, ob die auch ein paar Schuhe für uns haben«

»Was meinst du mit für uns, und warum soll ich nicht meine Sportschuhe anbehalten, die sind für alles gut«, antwortete Alejandro.

»Wenn wir hier schon darauf eingestimmt werden, dass diese Tour anstrengend werden könnte, dann weiß ich aus Erfahrung, dass gerade bei Bergtouren die richtigen Schuhe wichtig sind. Da hast du schnell ein paar Blasen an den Füßen und kannst dann eine Woche den Sport vergessen. Und mit „für uns" meinte ich, dass die Schuhe nicht nur bequem sein sollten, sondern durchaus auch Stil haben können. Oder?«

Alejandro bestätigte mit einem Kopfnicken Markus Argumente und machte sich auf zum ZDeck. Fabienne wollte ihm gerade folgen, als Markus sie beim Vorbeigehen kurzerhand sanft am Arm festhielt und ihre linke Hand in die seine nahm.

Fabienne lächelte ihn an und blieb unmittelbar vor ihm stehen. Sie sah ihm direkt in die Augen. Ihre Wangen färbten sich leicht rosa und auch Markus merkte, dass die Temperatur seiner Ohren anstieg, was ein eindeutiges Zeichen dafür war, dass sie in Kürze tiefrot sein würden.

»Ich mag dich. Ich fühle mich sehr wohl, wenn ich deine Hand halten darf und du einfach in meiner Nähe bist«, flüsterte Markus.

»Oh c'est bon. Mir gefällt das auch sehr«, flüsterte Fabienne zurück.

Markus ergriff auch ihre rechte Hand und hielt beide fest an seine Brust gedrückt. Er näherte sich langsam ihrem zart rosafarbenen Mund. Bevor er jedoch den Versuch eines Kusses vollenden konnte, war es Pierre, der die Treppen heraufgerannt kam und Fabiennes Namen schrie.

Er leierte auch etwas auf Französisch runter und nahm Fabiennes Hand, die Markus überrascht losgelassen hatte.

»Arrête! Allez vite vite!«, schrie sie zurück und noch etwas mehr, dass Markus nicht verstand, und riss ihre Hand los.

»Mein Vater ruft nach mir, ich habe Pierre zurückgeschickt. Er soll ihm sagen, dass ich auf dem Weg bin«, sagte sie an Markus gerichtet und küsste ihn kurz auf den Mund, löste sich sogleich von ihm und lief die Stufen runter.

Markus genoss das zarte Kribbeln auf seinen Lippen und den Geschmack, den der Kuss hinterlassen hatte noch eine Sekunde mit geschlossenen Augen. Als er seine Augen öffnete, waren die Stufen verschwunden. Für ein paar Sekunden sah er nichts, als hellen weißen Sand. Er spürte die Hitze der Umgebung. Die heiße Luft nahm ihm den Atem und die Helligkeit machte ihn fast blind, sodass er schnell die Augen wieder schloss. Und dann war alles wieder vorbei und normal. Er ging langsam die Stufen nach unten und glaubte, sich daran zu erinnern, dass das Licht, dass er in der Wüste gesehen hatte, von zwei Sonnen gespeist worden war.

Die Schiffsmotoren standen still. Der Wellengang schaukelte das Schiff auf und ab. Nachdem die Esmeralda an der Küste vor Vueltas vor Anker gegangen war, endete auch die ruhige, gleitende Bewegung.

Alle Reisenden befanden sich bereits an Deck und blickten vom Meer aus auf die Küste la Gomeras. Vom Ankerpunkt der Esmeralda aus gesehen erklomm die Sonne zur Rechten den Himmel. Das Schiff lag mit dem Heck Richtung Sonne und war somit nach Westen ausgerichtet. Scheinbar wollte Captain Marcos die Insel La Gomera in nördlicher Richtung umschiffen.

Der erste Anblick konnte den Erwartungen aus dem Video nicht gerecht werden. Links vom Ankerplatz aus gesehen waren neben einer schmalen Uferstraße, die in einen Kreisverkehr führte, vor allem die im Süden so oft vorzufindenden rechteckigen Betonbauten getüncht in unterschiedlichen Farben, ohne Abstimmung in Form und Farbe zu sehen. Hier und da deuteten einige Bäume am Wegesrand darauf hin, dass es hier auch eine Flora gibt, aber viel war davon nicht zu sehen. Dafür aber eine massive Felsformation direkt hinter den Häusern, die sich bis zum rechts zu sehenden Hafen erstreckte und weiter links mit kleinen Unterbrechungen den Horizont ausfüllte. Die einzige Abwechslung in dieser Massivität bildeten die unterschiedlichen Farben der einzelnen Felsschichten von Gelb über Ocker bis zu Rotbraun und die durch die kleinen darüber hinwegziehenden Wolken verursachten Schatten.

Sancho und Fernando ließen bereits die beiden Ruderboote zu Wasser, als Lisa laut nach Markus rief. Sie konnte ihn nirgendwo sehen. Fabienne stand an der Reling neben ihrem Vater und sah sich auch schon suchend um. Alejandro half Sancho und Fernando mit den Booten.

»Hat jemand unseren Sohn gesehen?«, fragte Lisa in die Runde, aber niemand wusste, wo er war.

Auch Fabienne konnte sich nur noch daran erinnern, dass er als letzter zur Kleiderkammer kam, um sich da umzusehen.

»Alejandro? Könntest du bitte einmal nachsehen, wo Markus ist. Er ist nicht hier«, bat Lisa Alejandro, der sich sogleich auf den Weg zum ZDeck machte.

Kurz bevor er die Stufen erreichte, erschien Markus auf dem Hauptdeck und winkte allen zu.

»Alles ok, bin schon da. Ich hatte nur meine Powerbank vergessen«, rief er in die Runde.

Als Alejandro wieder zurück zu den Zwillingsbrüdern wollte, hielt Markus ihn zurück.

»Warte! Ich muss mit dir reden. Aber etwas abseits von den anderen.«

»Was gibt es? Was ist los? Ich weiß, dass du und Fabienne Gefühle füreinander habt und ich werde euch da nicht im Weg sein. Ich werde dich da unterstützen, wenn du das willst Bro«, meinte Alejandro.

»Nein, das ist es nicht. Aber danke und ja das kannst du ruhig machen. Ich war bis jetzt unten in der Kleiderkammer. Meine Sachen packe ich meist schon weit voraus, sodass ich das wichtigste immer dabeihabe und das sind mein Smartphone, mein Geld und meine Powerbank.«

»Warum hast du dann geflunkert?«, wollte Alejandro wissen.

»Pass auf Folgendes ist mir passiert.«


Markus begann zu erzählen. Er suchte in der Kleiderkammer, nachdem die anderen alle Schuhwerk und Kleidung gefunden hatten, nach den für ihn passenden Schuhen. Er wollte nicht auch noch in sandfarbenen Shorts und khakifarbenem Shirt mit einer farblich passenden Baseballmütze der García Álvarez Enterprise umherlaufen und mit seiner Weigerung zu dieser Uniformität auch zeigen, dass er eben nicht alles hinnehmen möchte und seine eigene

Vorstellung hatte. Die Wohnkabinen überraschten alle durch ihre Geräumigkeit, die Kleiderkammer dagegen eher mit genau dem Gegenteil. Sie war eng und ohne Fenster. Sie war gerade mal ein- bis ein Meter fünfzig tief und maß wohl drei Meter in der Breite. Rundum lagen auf fünf Regalreihen unterschiedliche Shirts, Hosen und Mützen. Sie unterschieden sich zumindest in der Größe und Form, aber nicht in der Farbe, sodass er froh war, ein paar T-Shirts mehr eingepackt zu haben.

Er trug sein orangefarbenes Muskelshirt und hatte ein normales weißes Shirt in seinem Rucksack. Unterhalb der fünf Regalreihen waren spezielle nach vorne geneigte Schuregale angebracht, auf denen in drei Reihen rundum Schuhe aufgereiht lagen. Zumeist Outdoor Schuhe, aber auch Sportschuhe und elegante Lederschuhe konnte er da ausmachen.

Ein spendabler Sponsor, dachte er noch bei sich. Man sah der Kammer an, dass zuvor nicht nur Erwachsene, sondern auch jüngere Menschen und Kinder sich in dem Fundus bedient haben, denn Ordnung sieht irgendwie anders aus. An manchen Stellen konnte man noch erahnen, wie ordentlich es zuvor hier ausgesehen haben mag.

Markus fing dann auch an, in den Schuhhaufen nach etwas Besonderem zu suchen. Möglichst ein fester, sportlicher Outdoor Schuh mit hoher Gelenkführung sollte es sein. Er fand dann auch einen und er stach auch noch durch die Farbe hervor. Er war nicht naturfarben, sondern schwarz. Die Freude über den Fund ließ ihn wohl den aufgetürmten Haufen Schuhe direkt unter seinem Standort vergessen, oder es war halt wie immer sein bekanntes Missgeschick, dass ihn auf einen der Schuhe treten ließ und er nach links umknickte.

Um einen Sturz zu vermeiden, versuchte er, sich noch abzufangen und griff nach dem Regal zu seiner Linken. Das wiederum konnte ihm nicht widerstehen und gab nach, es brach aus der Wand heraus und viel mitsamt den darauf liegenden Kleidern zu Boden. Er schlug mit dem Ellbogen gegen die Regalstütze und fluchte laut über den stechenden Schmerz, der seinen Arm hinaufschoss. Da er sein Gleichgewicht nicht halten konnte, musste er der Gravitation nachgeben und landete schließlich doch am Boden in all den herumliegenden Kleidern und Schuhen.

Er atmete kurz durch und schüttelte den Kopf, sichtlich selbst genervt wegen seinem erneuten Pech, stützte sich am Boden ab und wollte sich gerade aufrichten, als er sah, dass in der Wand, an der das Regal befestigt gewesen war, ein augengroßes Loch prangte. Es wäre ihm sicher nicht aufgefallen, wenn nicht immer wieder ein kurzes rotes Blinken durch das Loch seine Aufmerksamkeit geweckt hätte. Vielleicht ist das einer der Nebenräume, dachte er sich.

Aber seine Neugier erwachte, und er versuchte durch das Loch hindurch zu sehen. Das Licht in der Kleiderkammer war zu hell, sodass er nichts sehen konnte. Da das Licht in der Kammer mit dem Türmechanismus verbunden war und auf Bewegung reagierte, schloss er die Tür und versuchte sich kaum zu bewegen. Das Licht erlosch, aber nur so lange, bis er sich in Richtung der Öffnung bewegte. Also nahm er seine Position vor dem Loch ein, und wartete, bis es dunkel war. Dann sah er hindurch.

In dem Raum standen ein Tisch und vier Stühle. Das rote Licht entstand durch eine Kontrollleuchte eines auf dem Tisch stehenden Gerätes, das wie ein Empfangs- oder Sendegerät aussah. Eine Schlussfolgerung, die der Entdeckung folgte, dass direkt vor dem Gerät ein Tischmikrofon daran angeschlossen war. Markus konnte kein Fenster oder irgendeine sonstige Lichtquelle in dem Raum ausmachen.

Der Klang eines Kippschalters und das beim Einschalten von Neonröhren entstehende Summen bereiteten ihn zwar innerlich darauf vor, dass es heller werden würde, verhinderte aber nicht, dass er vor der Helligkeit zurückwich und daraufhin in der Kleiderkammer erneut das Licht erstrahlte. Um zu vermeiden, dass das Loch auf der Gegenseite durch das einfallende Licht von seinem Standort aus entdeckt wird, hielt er seine Hand vor die Öffnung. Im gleichen Moment wurde ihm aber klar, dass das Licht auf der Gegenseite so hell war, dass sein Licht eigentlich nicht auffallen dürfte. Langsam schob er seine Hand zur Seite und sah nun in einen hell erleuchteten, fensterlosen Raum.

Rodriguez betrat den Raum durch eine Tür auf der gegenüberliegenden Wand, woraus Markus schloss, dass dieses Zimmer nicht über den Gang zu erreichen war. Hinter Rodriguez trat eine zweite Person ein, die Markus nicht genau erkennen konnte, da das Loch und die Entfernung zu den beiden Personen nicht sehr groß waren. Rodriguez beugte sich zu dem Mikrofon, drückte einen Knopf und sprach auf Spanisch in das Mikro. Nachdem er den Knopf wieder losgelassen hatte, knackste es im rechts neben dem Gerät stehenden Lautsprecher und Markus hörte eine durch Rauschen und Knacksen beeinträchtigte Antwort, die er ebenso wenig verstand. Eines fiel ihm nur auf, die Antwort erklang eindeutig nicht auf Spanisch.

Markus erinnerte sich an Nachrichten die über einen Anschlag in Marokko berichteten und dabei Originalaufnahmen von Al Jazeera übernommen hatten. Das musste Arabisch sein. Der Typ hinter Rodriguez schob ihn zur Seite. Er machte einen Schritt zurück und stand nun direkt vor der Öffnung in der Wand. Markus starrte genau auf den hinteren Oberschenkel von Rodriguez.

Die zweite Person in dem Raum redete unterdessen in einem sehr aufgeregten Tonfall auf Arabisch. Für einen Moment spürte Markus einen eisigen Hauch in seinem Nacken. Er drehte sich abrupt um und sah dabei auf die Tür der Kleiderkammer, die immer noch geschlossen war. Als träfe ihn ein Blitz direkt in seine Iris, blendete ihn ein heller Strahl und verursachte einen höllischen Schmerz in seinen

Augen. Er musste sich zusammenreißen, um nicht laut loszuschreien.

Er atmete dadurch so schnell, dass er sich zwingen und auf seinen Atem konzentrieren musste, um nicht zu hyperventilieren. Der Schmerz ließ langsam nach und Markus bemerkte, dass das Licht in seiner Kammer wieder verloschen war. Er saß mit dem Rücken zur Öffnung in der Wand und im dahinterliegenden Raum hörte er immer noch die Stimme der zweiten Person. Es dauerte eine Zeit lang, bis Markus bemerkte, dass sich etwas verändert hatte.

Er wusste auf einmal, dass der Redner Faris Ben Nasser hieß und aus Boujdour in Westsahara stammte. Aber Markus konnte sich nicht daran erinnern, jemals irgendetwas über Westsahara gelesen, gesehen oder gehört zu haben, bis ihm dann auffiel, dass er einfach verstand, was da gesprochen wurde.

Faris unterhielt sich mit einem Mustafa über irgendwelche Pakete, die immer noch in Boujdour standen und abgeholt werden sollten. Faris machte Mustafa gerade klar, dass es unmöglich funktionieren konnte mit einer Jacht, die maximal achtzehn Knoten, also etwa vierunddreißig km je Stunde schnell unterwegs sein konnte, innerhalb von acht Stunden dreihundertsechzig km zurückzulegen.

Daraufhin blieb das Funkgerät zunächst eine Zeit lang still, bis schließlich Mustafa erneut zu hören war. Nach Rückfrage erklärte er Faris, dass die erste Fracht zur rechten Zeit in Maspalomas ankommen würde und die Pakete in Boujdour sicher verwahrt worden sind.

Dann fragte Faris noch nach seiner Frau und Mustafa antwortete nur, dass Allah groß und seine Frau in sicheren Händen sei. Markus bemerkte in Faris Unterton, dass er sichtlich nach Fassung rang. Nach einem kurzen Salam unterbrach Faris die Verbindung und unterhielt sich nun mit Rodriguez auf Spanisch.

Erneut merkte Markus, dass er plötzlich alles verstehen konnte, was da geredet wurde. Faris wollte wissen, wann denn die ahnungslosen Touristen endlich von Bord seien, damit sie zum Treffpunkt aufbrechen konnten. Der Treffpunkt mit dem Frachter aus Maspalomas lag etwa neunzig Kilometer vom momentanen Standort, südlich von Teneriffa. Der Frachter musste einhundertzwanzig Kilometer zurücklegen und war bereits seit drei Stunden unterwegs. In drei Stunden mussten sie an dem Treffpunkt sein, weil sonst der Zeitplan nicht mehr funktionieren würde.

Mustafa würde genau an den vereinbarten Koordinaten die Pakete ins Wasser werfen lassen. Sie hatten dann genau noch fünfunddreißig Minuten Zeit, diese wieder einzusammeln, sonst würden sie einfach versinken und das wäre es dann mit dem Stoff, dem Geld und dem Leben seiner Frau.

Das „me esposa" kam so gepresst und laut aus ihm heraus, dass Rodriguez ihn ermahnte vorsichtig zu sein. Faris meinte nur, dass sie ihn die ganze Zeit nicht bemerkt hatten und nun, da alle mit dem Einstieg in die Landungsboote abgelenkt sind, eh keiner mehr hier unten sei. In dem Moment hörte Markus seine Mutter, seinen Namen schreien. Er wollte sofort los, als er noch rechtzeitig bemerkte, dass das Loch in der Wand ihn doch noch verraten könnte. Schnell stopfte er eines der Hemden in das Loch und verließ, so leise es ging, die Kleiderkammer und rannte auf Zehen den Gang entlang und die Treppen hoch, wo ihm Alejandro begegnete.

»Willst du mich verarschen. Gangster an Bord ist schon sehr fantasievoll, aber dass du auf einmal alle Sprachen verstehst, das ist Schwachsinn pur«, polterte Alejandro hervor, nachdem Markus seine Erzählung beendet hatte.

»Ich glaube ja selbst, dass ich langsam verrückt werde. Das ist nicht normal und ich kann es nicht erklären«, schrie

Markus zurück, sodass alle anderen schon in ihre Richtung schauten.

»Was habe ich denn gerade gesagt?«, fragte Alejandro.

»Wieso? Du hast von meiner Fantasie und meinem Schwachsinn geredet«, gab Markus zurück.

»Genau, aber ich habe, seit du geendet hast, nicht mehr Englisch, sondern vor lauter Aufregung Spanisch gesprochen und rede jetzt immer noch Spanisch. Was hörst du?«

»Ich höre die Laute, verstehe aber alles. Es bilden sich die richtigen Bilder dazu in meinem Kopf. Nur die Laute passen irgendwie nicht. Sag irgendein Schimpfwort auf Spanisch, los mach.«

»Viejo hijo de puta«, sagte Alejandro, als just in dem Moment Captain Marcos neben den beiden Jungen auftauchte.

»Das ist aber nicht gerade die feine Art unsere Gäste als alten Hurensohn zu bezeichnen!«, meinte Captain Marcos auf Spanisch zu Alejandro, der daraufhin auf Spanisch antwortete, dass Markus ihn nach einem spanischen Schimpfwort gefragt habe und er seine fremdsprachlichen Bemühungen doch unterstützen müsste.

Captain Marcos fixierte Alejandro mit sehr kalten Augen und einem aufgesetzten Lächeln und meinte immer noch auf Spanisch.

»Pass auf mein Junge, was tu tust und was du sagst. So ein Praktikum kann auch schon mal nicht so gut enden und die hohle Nuss hier versteht eh nicht, was wir reden. Alles klar mein Junge?«

Mit der Frage klopfte er ihm bewusst etwas fester auf die rechte Schulter und ging mit der Aufforderung an beide sich zu beeilen, jetzt wieder in englischer Sprache, an ihnen vorbei in Richtung der unterdessen zu Wasser gelassenen Boote.

Leise meinte Markus zu Alejandro:»Was für ein Arsch. So ein hinterhältiger Wichser.«

Da er es auf Deutsch gesagt hatte, zuckte Alejandro nur mit den Schultern und meinte, dass er leider nicht mit der wundersamen Fähigkeit ausgestattet sei, auf einmal alle Sprachen zu verstehen.

»Sorry«, entschuldigte sich Markus und sprach wieder Englisch.

Sie vereinbarten zunächst, extrem darauf zu achten, dass niemandem dieses Wunder auffiel, bis sie sich intensiver mit der gesamten Situation befassen konnten. Jetzt stand zunächst der Landgang an und keiner sollte etwas merken.

Sancho und Fernando teilten die Leute in beide Boote auf. Im ersten Boot saßen Catherine, Fabrice, Marie und Pierre, im anderen Lisa, Marco und Fabienne. Markus und Alejandro stiegen beide bei seinen Eltern und Fabienne mit ein. Sofort legten Sancho und Fernando sich in die Riemen und ruderten in Richtung der Anlegestellen des kleinen Hafens auf der rechten Seite. Markus sah zurück zur Esmeralda, auf der ihnen Captain Marcos an der Reling stehend zuwinkte. Der erste Gedanke, der Markus durch den Kopf ging war – Heuchler.

Die Beiboote mussten an einer Mauer vorbei gesteuert werden und so erreichten sie nach nicht einmal fünf Minuten die Anlegestelle auf der dahinterliegenden Seite. Von den kleinen Booten aus mussten sich alle zu der nach oben führenden Leiter etwas strecken, da diese doch recht hoch angebracht war. Als Markus die Leiter erklommen hatte und in Richtung Meer nach der Esmeralda Ausschau halten wollte, musste er bemerken, dass die Mauer, die sie umrundet hatten, fast doppelt so hoch war, wie der Landesteg. Sie mussten dann zuerst einmal etwa dreihundert Meter den Weg entlang an einem weißen Kontrollhaus vorbei auf eine direkt hinter den Absperrzäunen liegende Straße, von wo aus ein Blick auf das Meer immer noch nicht möglich war. Direkt dort an dieser Straße standen neben einem Hinweisschild, dass das Campen verboten sei und man tunlichst auch nicht am Strand oder im Auto schlafen sollte, die beiden Landrover.

Wie zuvor in den Booten stiegen alle genauso in beide Gruppen aufgeteilt in die beiden Autos ein. Sancho oder auch Fernando, das erkannte man nicht wirklich, startete den Wagen und fuhr los in Richtung Strand. Die Straße bog an dieser Stelle nach rechts ab und nach weiteren vierhundert Metern verschwanden dann auch die auf der linken Seite zwischen Straße und Strand aufgehäuften Felsbrocken und Markus konnte wieder auf das Meer blicken. Nichts war mehr zu sehen. Die Esmeralda hatte La Gomera schon verlassen.

Die beiden Landrover Defender wurden von Sancho und Fernando gesteuert. Beide fuhren dicht hintereinander und mit flottem Tempo über die Straßen von Vuelta in der Provinz Santa Cruz. Oder sollte man denn eher sagen, sie flogen über die Straßen, sofern das möglich war. Hier folgten mehrere kleinere Ortsteile, die sie durchfahren mussten. Das Vorurteil über rasante und riskante Fahrweisen der Südländer fand hier weitere Nahrung zum Missfallen der Reisegäste, die trotz mehrfacher Aufrufe zu gemächlicherem Fahrstil, ungehört blieben.

Beide Fahrzeuge verfügten an beiden Seiten über große, schiebbare Fenster, durch die ein ständiger, kühler Fahrtwind herein blies, da sie komplett geöffnet waren. Markus erfuhr denn auch, dass Sancho ihren Wagen steuerte und verfolgte aufmerksam die Fahrt, vor allem die Route, die sie nahmen.

Nachdem sie im Kreisverkehr direkt der ersten Ausfahrt gefolgt waren, fuhren sie auf der Avenue El Llano durch den Ort Borbalan, um dann wieder an einem Kreisverkehr eine Straße zu nehmen, die zwischen den beiden Felsformationen hindurch weg vom Strand führte zu den dahinterliegenden hohen Bergen.

In dem direkt nach dem Kreisverkehr folgenden Ort La Calera gab es nicht viele Häuser und auch keine riesigen Hotelbauten. Am Ende der Ortschaft direkt hinter den Häusern stiegen die Felsen steil an und einige der Gebäude waren dann auch auf verschiedenen Stufen, der Felsformation folgend, gebaut worden. Hier und da sahen sie auch einige Sträucher und Bäume. Vor allem Strandflieder, diverse Wolfsmilchgewächse, Agaven und Feigenkakteen gedeihen in Küstennähe, da hier der Salzgehalt der Luft zu deren Wachstum beiträgt. Immer wieder konnten sie auch Palmen und die kanarische Kiefer sehen.

Innerhalb der Ortschaften wurde ihre Fahrt durch schwarze Kunststoffwellen auf der Fahrbahn verlangsamt. Nachdem sie aber den Ort verlassen hatten, gaben Fernando und Sancho Gas. Markus staunte wie hoch und steil die Felswände sich rechts und links erhoben. Rechts neben der Straße fiel das Gelände etwa zwei bis drei Meter ab und in dem schmalen ausgetrockneten Tal konnte er kahle Felsen, Sand, aber auch Palmen, Bananenfelder und halb fertige Bauten, Maschinen und auch viel Geröll und Müll sehen. Insgesamt überlagerten aber die direkt dahinter beginnenden stufenförmig angeordneten Felder den Gesamtblick auf seiner rechten Seite. Links stiegen die Terrassen direkt und sehr steil in die Felsen auf. Es dauerte nicht lange und sie erreichten den Ortseingang von El Guro.

Fernando stoppte seine Fahrt und parkte den Landrover auf der rechten Seite der Straße, in deren Verlauf ein Parkstreifen zu erkennen war. Mehrere Fahrzeuge standen da nebeneinander aufgereiht. Auch Sancho parkte das Fahrzeug direkt daneben.

Genau gegenüber der Parkposition hinter einem der typischen Häuser der Region stieg das Gelände schnell an bis zu den hoch aufragenden Felsen. Das Äußere des Gebäudes hatte schon bessere Tage gesehen, denn Farbe und Putz verloren langsam den Halt, und es schien unbewohnt zu sein. Dazwischen aber lagen kleine Häuser mit wunderschönen Gärten in die Steigung und die Landschaftsstruktur eingepasst. Direkt neben dem Haus führte eine Treppe auf einen Weg, der von der Straße wegführte.

Sancho bat alle um Aufmerksamkeit.

»Hola, Señoras y Señores. Wir warten jetzt hier einen Augenblick auf unsere beiden Wanderführer. Pietro und María werden Sie hier durch diesen schönen Künstlerort führen, durch das Tal am Flussbett des Barranco de Arure vorbei zu einem schönen kleinen Wasserfall. Nehmen Sie sich genügend Wasser zum Trinken mit und tragen sie ihre Wanderschuhe. Es geht über Stock und Stein und macht viel Spaß. Wir haben Ihnen Wasserflaschen und etwas Proviant und auch Sonnencreme vorbereitet. Sie werden etwa zwei bis drei Stunden unterwegs sein. Wir werden Sie dann hier wieder abholen und nach Arure in ein kleines Restaurant, El Jape, bringen, wo Ihr dann auch gerne etwas essen könnt«

»Werter Sancho, Ich weiß zwar, dass ich da bei Ihnen sicher an der falschen Adresse bin, aber hatten sich die Leute vor uns nicht darüber beschwert, dass sie da ständig von einer Person zur nächsten weitergereicht wurden?«, verschaffte sich Fabrice gehör und alle anderen nickten zustimmend.

»Wir kennen diese María und diesen Pietro ja nicht einmal und Sie lassen uns dann mit den beiden alleine durch die Wildnis wandern.«

»Oh sicher, diese Ungewissheiten kann man als beängstigend oder aber als Abenteuer empfinden. Sie werden sehen, dass die beiden sehr nett, sehr jung und fit sind. Sie sprechen auch fließend Englisch, Deutsch und Französisch. Beide haben eine Grundausbildung als Sanitäter und sind hier geboren, kennen sich also wirklich gut aus. Eine bessere Versorgung können wir nicht für euch erreichen. Außerdem möchten mein Bruder und ich auch die weitere Tour vorbereiten.«

Fabrice blickte zwar weiter skeptisch, wollte und konnte aber jetzt nicht weiter den Spielverderber mimen.

Markus betrachtete das gegenüberliegende Haus und bemerkte, dass auf der heruntergekommenen Fassade mit blauer Farbe das Wort „Wasserfall" in Deutsch aufgemalt war. Das W konnte man nicht mehr lesen, da der Putz und damit auch der Buchstabe herausgebrochen waren. Er wollte Sancho gerade fragen, ob der Weg zum Wasserfall dahinauf führt, als ein junger, muskulöser Spanier die Straße herunter gelaufen kam.

An seiner Hand hielt er eine sehr hübsche, junge Frau. Beide fielen durch ihr langes, tiefschwarzes Haar und ihr freundliches Lachen auf. Sie trugen outdoortaugliche, leichte Kleidung und Wanderschuhe, sowie jeweils einen Rucksack mit Wasser, Verpflegung und Medikits, wie sich später herausstellen sollte. Die beiden jungen Leute begrüßten Sancho und Fernando mit einer Umarmung und reichten anschließend allen Anwesenden persönlich die Hand und begrüßten sie in deren Muttersprache.

Pietro und María sind Geschwister und schon seit zwei Jahren, während ihres Studiums, immer wieder als Reiseleiter in ihrer Heimat unterwegs. Pietro studiert Betriebswirtschaft und Tourismus und María Biologie und Pharmazie. Beide sind an der La Laguna, der Universität Teneriffas, eingeschrieben.

Alejandro bekundete sofort sein Interesse an der Uni auf Teneriffa, da auch er gerne dort studieren würde. María und Pietro versprachen ihm dann auch während der Wanderung einige Infos und Tipps zukommen zu lassen. Während das Geschwisterpaar die Gruppe sammelte, um ihnen den Verlauf der Wanderung vorab zu erklären, belauschte Markus Sancho und Fernando. Beide wussten natürlich nicht, dass Markus sie verstehen konnte und er ließ sich auch nichts anmerken.

»Wir sollten jetzt los. El Capitan will das wir die Touries mindestens bis 22 Uhr beschäftigen. Bis dahin haben sie die Ladung in Punta de los Percebes verstaut. Die können dann von den Takoli Brüdern dort abgeholt werden. Die Esmeralda wird dann nicht mehr lange benötigen bis nach Santa Catalina. Hast du im Restaurante El Jape Bescheid gegeben, dass wir mit zehn Personen da hinkommen?«

»Ja klar. Martínez weiß auch, dass wir kommen. Also bleib ruhig und fahr jetzt nicht so schnell. Die müssen ja nicht merken, dass wir es eilig haben.«

Beide stiegen in Ihre Wagen und fuhren, beobachtet von Markus, davon. Sie fuhren zurück in die Richtung, aus der sie gekommen waren und nicht zu ihrem Treffpunkt, der, wenn Markus das vorhin richtig verstanden hatte, eigentlich vor ihnen liegen müsste. Markus wollte unbedingt mit Alejandro darüber reden, dessen Augen aber hingen an María Lippen, die gerade ihre Ansprache beendete.

»Also dann folgt mir bitte die Stufen hoch und seht euch die schönen kunstvollen Häuser, die verschiedenen Bilder und Malereien an. Achtet auch darauf, dass immer wieder durch gezeichnete Pfeile auf Steinen und am Boden, der Weg zu unserem Ziel markiert ist«, endete María und erklomm bereits die Stufen. Alle folgten ihr und Pietro ließ als letzter Markus den Vortritt.

Während ihres sehr mühsamen Aufstiegs über steile schräg ansteigende Stufen erfuhren sie, dass hier heute viele Künstler leben, die dem Ort eine „malerische" Atmosphäre verleihen. So zumindest zählte auch María die Informationen auf, die man in jedem Reiseführer oder auf diversen Homepages lesen konnte. Aber eher traf wohl die Tatsache zu, dass nicht nur die Künstler und Hippies, sondern auch deren Werke und Gebäude mittlerweile in die Jahre gekommen sind. Selbstgemalte Schilder wiesen tatsächlich den Weg in Richtung Wasserfall.

Im Ort bog die Route dann – mit einem grünen, selbstgemalten Pfeil markiert – nach rechts ab. Kurz vor einem Haus mit einer auffälligen Statue hielten sie sich links. Zu beiden Seiten wurde der Weg nun meist durch weiß getünchte Gebäudemauern, in denen immer wieder Natursteine oder selbst erstellte Skulpturen eingearbeitet waren, begrenzt. Über und hinter den Mauern wuchsen Bäume und Sträucher mit prachtvollen Blüten in allen Farben. Aber auch hier wurden die Mauern von kleinen Lücken mit verwahrlosten Ruinen unterbrochen.

Sobald die Gruppe die letzten Häuser von El Guro hinter sich gelassen hatte, forderte Pietro sie auf, besonders auf den Weg zu achten, da der Pfad rechts steil abfiel in das Flussbett des Arure, das voll mit Palmen, Farnen und verschiedenen Stauden bewachsen war. Der Fluss selbst glich eher einem Rinnsal, das aus dieser Entfernung nicht zu sehen, das fließende in steinerne Kanäle geleitete Wasser aber deutlich zu hören war. Links von ihrem Standpunkt stieg die Felswand steil an, bewachsen mit Kakteen, Wolfsmilchgewächsen und Aloestauden. Sie folgten weiterhin dem gut erkennbaren Weg. Und immer wieder ragten Palmen in dem Feld der hüft- bis schulterhohen Gewächse hervor.

Der zwischen vier und sieben Fuß breite sandige Pfad leitete sie über Steine und Felsen direkt auf eine schmale, mit dichtem Grün bewachsene, einer Kerbe gleichenden Lücke, die zwischen den hoch aufragenden Felswänden bergaufwärts führte. Der Blick ins Tal und auf die an der Straße wie an einer Perlenschnur aufgereihten, parkenden Fahrzeuge wurde lediglich durch die ein oder andere höhere Palme unterbrochen.

Der freie Blick auf die gegenüberliegende Talseite ließ alle erahnen, wie steil und atemberaubend hier die Ausblicke sind. Pietro erzählte Ihnen an dieser Stelle auch einiges über die vulkanische Entstehungsgeschichte der Insel und über die jetzt noch sichtbaren Formationen und Felsschichten, die auf der Gegenseite zu sehen waren.

Fabienne hörte interessiert zu, Markus hatte nur Augen für Fabienne, Alejandro nur welche für María, Marco und Lisa staunten die hohen Felsen an und die Marlonnées ließen nicht ab, permanent die beiden Kids auf den gefährlichen Weg aufmerksam zu machen.

An einer Stelle verlief ein Wasserrohr direkt vom oberen Fels nach unten, kreuze ihren Weg und lief dann teilweise parallel zu ihrem Pfad. Marco flüsterte etwas von »so was gehört doch unter die Erde« und merkte dann sofort selbst, dass dies bei den geologischen Gegebenheiten sehr aufwändig, wenn nicht sogar eher unmöglich war, zuckte mit den Schultern, stieg wie alle anderen auch über das Rohr und folgte dem Pfad, der nun leicht nach unten führte. Sie gelangten an eine in den Felsen gehauene Folge von Stufen, die nach rechts unten führten. Am Ende der Stufen gabelte sich der Weg.

Die Kids hatten mittlerweile einen Wettbewerb daraus gemacht, die weiterführenden Wegzeichen zu finden. Da stürmten sie zum Unwillen von Catherine oft zu weit vor. Pietro und María versicherten ihr, dass sie ein besonderes Auge auf die beiden haben würden. Trotzdem verspürten alle die Anspannung von Fabrice und Catherine.

Pierre entdeckte auf einem Felsen mit weißer Farbe geschrieben den Schriftzug El Sedro und Marie die gewellten Linien, die den Weg zum Wasserfall anzeigten, was ihr ein triumphales Grinsen ins Gesicht trieb, da sie ja den weiterführenden Weg gefunden hatte. Dafür entdeckte Pierre dann den Schriftzug, der darauf hinwies, dass sie aus El Guro gekommen waren.

Sie folgten den Wellenlinien bachaufwärts. Diese schmalen Täler wurden Barranco genannt und dieser hier war der Barranco de Arure. Wie Pietro ihnen erzählte, begann dieser Bach seinen Lauf oberhalb der Stadt Arure, wo sich ein Auffangbecken und somit ein Wasserreservoir befand. Die fließenden Gewässer, die kleinen Bäche, die sich aus dem Zentrum der Insel, dem Nationalpark Garajonay Richtung Meer ergießen, führen klares, frisches, gesundes und trinkbares Wasser.

Den Quellen bei Epinal sagte man sogar heilende und mystische Wirkung nach. Auf ihrem Weg den Barranco hinauf rückten ihnen die Pflanzen immer mehr auf die Pelle. Farne, Kakteen und immer wieder auch Bambus wuchsen am Rand des Weges. Pietro nahm einige der am Boden liegenden Bambusstangen und bearbeitete sie mit seinem Taschenmesser. Anschließend reichte er sie den Wanderern als Stock zur Hilfe beim immer schwieriger werdenden Aufstieg.

Der Weg leitete sie nicht nur über Steine und große Felsstufen, sondern auch über den Bach selbst, den sie mehr als einmal überschreiten mussten. Einmal reichte ein weiter Schritt beim anderen Mal musste man nach Felsen im Bachbett suchen, die einem Trittfestigkeit signalisierten.

Die Kids machten sich da weniger Gedanken und wateten auch schon mal direkt durch das flache Bett des Barranco Arure. Als sie dann eine Stelle erreichten an der das Wasser aus einer Höhe von etwa zwei Metern nach unten strömte, meinte Fabrice, dass das wohl sicher nicht der Wasserfall sei. Direkt am linken Rand neben dem Wasserfall erkannte Markus dann eine selbst gefertigte Holzleiter die direkt zu einem darüber liegenden schmalen Pfad führte. Damit der Wanderer hier auch nicht das Gleichgewicht verlort und nach unten stürzte, half ein extra oberhalb der Leiter angebrachtes Tau beim Aufstieg, da das obere Ende der Leiter direkt unterhalb des Pfades endete und daher auch keinen weiteren Halt mehr bot.

»Das wird ja immer abenteuerlicher hier«, raunte Fabrice auf Französisch und Catherine meinte nur, dass das ja auch Sinn eines solchen Ausflugs sein sollte.

Die gemalten Pfeile auf den Steinen wiesen ihnen den Weg durch die dichte Vegetation. Durch die vielen Eindrücke und Unebenheiten auf der Strecke abgelenkt, gelang es Markus bislang nicht, mit Alejandro zu reden. Zudem wollte er auch bei Fabienne sein und half ihr immer wieder über Steine oder am Dickicht vorbei, was sie sich auch gerne gefallen ließ. So konnten beide auch unbemerkt durch die anderen Berührungen austauschen. Zudem sah es auch so aus, als hätte Alejandro mehr als nur ein informatives Interesse an María, die seine Blicke auch erwiderte.

Pietro kümmerte sich besonders um Pierre und Marie, die sich einen Spaß daraus machten ihn ständig nach allen Pflanzen und landschaftlich besonders aussehenden Felsformationen zu fragen. Da er dies auch noch in perfektem Französisch tat, fühlten sich die Kids dabei fast wie zu Hause.

Die Vegetation verdichtete sich immer mehr und sie wateten mehr als einmal direkt durch den Bach. Dichte Gräser, Farne und Sträucher zwangen sie oft, über glitschige Steine zu krabbeln. Ganz plötzlich erschien dann eine massive, steile Felswand vor ihnen. Direkt davor sammelte sich das über einen kleinen Wasserfall herunterstürzende Wasser in einem kleinen Teich. Die Luftfeuchtigkeit wirkte erfrischend und alle suchten sich einen Stein zum Hinsetzen. Die Geräusche des stürzenden Wassers und die Gespräche der Gruppe hallten in dieser rund verlaufenden Formation wider, wie in einer großen Halle.

Während Marco und Fabrice begannen ihre Wegverpflegung zu verzehren, fand Markus einen etwas größeren Stein und setzte sich nieder. Da in seiner direkten Umgebung keine weiteren Steine mehr zum Sitzen animierten, ließ sich Fabienne kurzerhand auf seinem Knie nieder.

»Schau dir diese Felsen an«, forderte er Fabienne auf.

»Krass, wie dieses Lavagestein da angeordnet ist. Teilweise wirkt das Ganze so künstlich, als hätte jemand da senkrechte Balken aus dem Felsen gehauen.«

»Das sieht echt toll aus, so fremd als hätte jemand Schaumstoff über die Felsen gesprüht, der jetzt in Blubbern und Streifen herunterhängt, mal dunkel, mal hell, braun oder rötlich schimmernd und immer wieder vom Grün der Pflanzen unterbrochen ist das irgendwie magisch«, meinte Fabienne.

Markus versuchte Fabienne dadurch zu stützen, dass er seine rechte Hand um ihre Taille herum auf ihre rechte Hüfte legte, was sie sofort zum Anlass nahm ihren Oberkörper an seine Brust zu drücken und ihren Kopf auf seiner Schulter abzulegen.

»Ein wunderbarer Moment. Würde er doch nur etwas länger dauern«, hauchte sie mehr zu sich selbst, als an Markus gerichtet, der darauf mit einem »ja, wem sagst du das«, antwortete.

Fabienne wich überrascht ein paar Zentimeter zurück und sah ihm direkt in die Augen.

»Seit wann verstehst du Französisch?«, wunderte sie sich, denn sie hatte gedankenverloren in ihrer Muttersprache gesprochen.

Markus zuckte kurz zusammen und überlegte einen Augenblick, ob er sich ihr anvertrauen sollte oder nicht. Fabienne deutete sein Zögern wohl falsch, als sie aufsprang und sich begann weiter auf Französisch zu ereifern.

»Hast du mich verarscht, oder was ist mit dir los? Hat dir jemand einen Übersetzungschip eingebaut, oder was?«

Während dieser verbale Wasserfall auf Markus hereinbrach, stellte er fest, dass sich an seiner neuen Fähigkeit nichts geändert hatte, außer dass er sich mittlerweile so daran gewöhnt hatte, dass ihm, wie in diesem Fall, nicht mehr auffiel, dass Sprachmelodie und Sprachinhalt nicht übereinstimmten.

»Halt, stopp, ich will versuchen dir das zu erklären«, begann er Fabienne zu beruhigen, ergriff ihre Hand und führte sie weg von der Gruppe zurück auf dem Weg, den sie gekommen waren.

Da der Weg gleich wieder steil bergab führte, überquerte er kurzerhand den Bach und konnte hinter einigen Büschen hinter der Felswand einen weiteren großen Stein ausmachen, auf den sie sich niederließen. Hier war der Widerhall weitaus geringer, als im Bereich des Wasserfalls.

Fabienne sprach jetzt nur noch Französisch und Markus kam zu dem Schluss, dass er, da er auch auf alle Aussagen entsprechend reagiert hatte, Fabienne seine Geschichte erklären musste.

»Also dann erzähl mal bitte. Hat es dir Spaß gemacht, meine in meiner Muttersprache geäußerten Unsicherheiten zu belauschen, und was sollte deine Reaktion als wir uns das erste Mal sahen?«

»Langsam Fabienne. Es ist nicht gerade leicht für mich, dir alles zu erklären. Ich habe dich damals nicht verstanden. Ich kann das erst, seit wir auf der Esmeralda unterwegs sind.«

»Das höre ich mir nicht an, das gibt es doch nicht. Sag mir die Wahrheit. Wie soll das gehen? So schnell kann man keine Sprache lernen.«

Sie unterbrach ihn, entzog ihm ihre Hand und wollte zurück zu den anderen. Markus hielt sie an der Schulter zurück.

»Bitte, hör mir einfach zu und unterbrich mich nicht! Englisch ist nicht meine Muttersprache! Ich versuche es dir so gut es geht zu erklären.«

Markus begann zu erzählen. Von seinem Traum in der Hotellobby, von seinem Erlebnis auf der Esmeralda und von den Machenschaften des Captains und seiner Mannschaft.

Sie sah ihm intensiv in die Augen, schüttelte den Kopf und drehte sich von ihm weg.

»Weißt du, wie unglaubwürdig das klingt? Wie verrückt?«

»Na klar. Ich bin selbst total verwirrt und konnte noch mit niemandem richtig darüber reden. Das kurze Gespräch mit Alejandro war nicht sehr hilfreich und die Gedanken, die ich mir wegen dieser Verbrecher mache, blockieren mich zusätzlich. Fuck!"

Markus blickte flehentlich in den wolkenlosen Himmel und raunte dann auf Deutsch:

»Da steht nun die schönste Frau der Welt, ich kann auf einmal alle Sprachen verstehen, komme aber rüber wie der letzte Depp.«

Fabienne überraschte ihn plötzlich mit einem zarten Lächeln.

»Bin ich wirklich die schönste Frau der Welt für dich?«, fragte sie ihn. Verwundert fixierte er Fabienne.

»Wieso verstehst du jetzt auf einmal Deutsch?«

»Wieso? Ich kann kein Deutsch. Du hast Englisch gesprochen«

»Nein, habe ich nicht und ich rede im Moment auch in meiner Muttersprache, sowie du in deiner«

Fabienne riss ihre Augen weit auf.

»Oh mein Gott, wie geht das, was passiert mit uns?«, presste sie hervor und warf sich in Markus Arme, der sie sofort fest an sich zog.

Beide fühlten und hörten den schnellen Herzschlag des anderen. Sie hielten sich fest umschlungen und schlossen beide für einen Moment die Augen.

Markus spürte, roch und fühlte, dass sich die Luft in ihrer unmittelbaren Umgebung abrupt verändert hatte. Fabienne öffnete zuerst ihre Augen und schrie laut auf. Markus sah sofort, dass sie nun beide nicht mehr da waren, wo sie sein sollten.

»Markus, wo sind wir, was ist das hier? Mach etwas«, forderte Fabienne Markus hysterisch auf und krallte dabei beide Hände fest in seinen Unterarm.

Um sie herum schimmerte alles strahlend hell. Ihre Füße versanken fast zwei Zentimeter tief in feinem, weißen Sand. Die Temperatur erreichte Grade, die das Atmen immer schwerer machten und am Himmel standen zwei Sonnen, deren Strahlen ihren Körpern alle Kraft zu entziehen schienen. Fabienne weinte und vergrub ihr Gesicht an seiner Brust.

Dann hörten sie ein Rufen. Fabiennes und Markus wurden gerufen. Am spanischen Akzent erkannten sie, dass wohl Alejandro nach ihnen suchte. Beide zitterten plötzlich, als sie sich wieder in ihrem ursprünglichen Umfeld inmitten der grünen Vegetation und der feuchtigkeitsdurchtränkten Luft vorfanden und das nur einen Wimpernschlag danach. Beide atmeten tief durch und setzten sich zu Boden.

»Das war jetzt das dritte Mal. Glaubst du mir jetzt?«

Fabienne umarmte ihn und küsste ihn auf beide Wangen.

»Ja, ja ich glaube dir! Was machen wir jetzt?«

Alejandro erreichte ihren Standort sichtlich überrascht. »Sie redet Französisch und du Deutsch und ich kann nichts verstehen? Wie macht ihr das? Hast du sie eingeweiht. Soll ich wieder gehen?«, meinte Alejandro auf Spanisch.

Sie waren beide wieder aufgestanden und Markus fragte Fabienne, ob sie ihn denn verstanden hätte und sie nickte ihm zu.

»Würdet ihr bitte Englisch oder Spanisch reden, damit ich auch mitreden kann?«, fuhr Alejandro dazwischen.

»Ok, ok! Ganz ruhig bleiben. Wir wollen dem ganzen jetzt mal auf den Grund gehen. Wir reden jetzt mal alle wieder in der Sprache, die wir alle verstehen«, beruhigte Markus den jungen Spanier.

»Ich verstehe euch alle, obwohl ich keine der Sprachen je gelernt habe, kann mich aber nicht in der Sprache unterhalten. Wenn ich in meiner Muttersprache rede, kann Fabienne mich verstehen, du aber nicht Alejandro«, fasste Markus zusammen und wartete, dass die beiden anderen seine Aussage durch ihr Nicken bestätigten.

»Machen wir doch mal ein Experiment. Alejandro, sag etwas auf Spanisch«, forderte Markus ihn auf Englisch auf.

»Ok, man sollte dich und deine Braut einsperren. Ihr seid gefährlich«, bemerkte er und Fabienne holte mit einem vorwurfsvollen Blick einmal tief Luft.

»Gut, das haben wir beide verstanden.«

»Jetzt du Fabienne, sag etwas auf Französisch«

»Ich liebe dich und den spanischen Schoßhund sollten wir los werden.«

Markus grinste, merkte aber an Alejandros Reaktion, dass er nichts verstanden hatte.

»Ok, also nur wir beide können unterschiedliche Sprachen verstehen«, meinte Markus und deutete dabei auf Fabienne und sich selbst.

»Das hatten wir vorhin schon bemerkt«, brachte Alejandro vor.

Markus hegte die Vermutung, dass seine emotionale Beziehung zu Fabienne die Ursache dafür sein konnte, dass seine neue Errungenschaft auch auf sie sozusagen übersprang. Markus überlegte und strich dabei mit seiner rechten Hand über seine linke Wange und verharrte dann mit der Hand an seinem Kinn, in der immer wieder gesehenen Denkermanier.

»Gut. Würdet ihr mir einen Gefallen tun und hierbleiben? , fragte Markus seine beiden Gefährten.

»Ich gehe zurück zu den anderen und mache so, als würde ich mir etwas zu essen holen und komme dann wieder. Ich will etwas ausprobieren.«

»Ja gut. Bring uns auch was mit und Wasser«, antwortete Alejandro.

Markus nickte, küsste Fabienne auf die Wange und lief in Richtung Wasserfall. Als er dort ankam, fiel ihm auf, dass sich die Eltern bei einem Picknick unterhielten und die Kids im Wasser tollten. María und Pietro standen am Rand des Felsdomes und unterhielten sich leise auf Spanisch. Er schlenderte zunächst zu der Wasserstelle, und fragte, mit allem, was er an französischen Worten in seinem Gedächtnis hervorkramen konnte, ob die beiden denn Spaß hätten. Pierre meinte daraufhin zu Marie, dass Markus sich sicher in die Hose machen würde, wenn er wüsste, wie scheiße sein Französisch klang und lachte dabei, da er annahm das Markus ihn nicht versteht.

Markus erwiderte dann auf Deutsch, dass sie zwei kleine Monster seien, was aber keine Reaktion bei den Kids hervorrief. Auf eine etwas fragwürdigere Beschimpfung reagierten sie auch nicht, was sein Experiment beendete und er gerade auf den Rückweg einlenken wollte, als ihm einfiel, dass er ja etwas mitnehmen wollte, sozusagen als Alibi.

Er näherte sich seiner Mutter und fragte nach etwas zu Essen für sich und Fabienne. Fabrice sah dabei kurz auf und sagte leise zu seiner Frau auf Französisch, dass er nicht damit einverstanden sei, dass Fabienne zu viel mit diesem Weichei herumhänge. Markus ließ sich nichts anmerken und forderte seine Mutter auf, doch auch noch etwas für Alejandro dazuzulegen, da sie gemeinsam etwas abseits picknicken würden. Fabrice sah kurz auf und schien kurzfristig etwas beruhigter zu sein.

Markus nahm die Verpflegung und lief zurück zu Alejandro und Fabienne. Dort angekommen konnte er beobachten, dass beide sich gegenseitig in ihrer Muttersprache unterhielten.

»Tja liebe Fabienne, du kannst mir sagen, was du willst, ich kann dich nicht verstehen, egal was du da plapperst.«

»Ich habe kein Wort von dem verstanden, was du die ganze Zeit gesagt hast, seit Markus gegangen ist, verstehe ich dich nicht. Und ich plappere nicht.«

Fabienne sah verwundert auf, denn mit Markus Erscheinen konnte sie Alejandro auf einmal wieder verstehen.

»Wir sind dem Rätsel auf der Spur«, meinte sie dann an Markus gewandt, der beiden jeweils ein belegtes Brötchen und eine Flasche Wasser reichte.

»Ok, ich habe es gerade bemerkt. Es liegt wohl an mir. Aber ich habe diese Wirkung nur auf dich Fabienne. Bei den Kids oder deinen Eltern wirkte das nicht.«

Alejandro meldete sich zu Wort und meinte, dass sie für diese Ursache dieser Fähigkeit sicher hier draußen keine Lösung finden würden. Es sei daher besser, diese zunächst einmal hinzunehmen und zu nutzen. Er meinte, dass man die anderen nicht einweihen sollte und fand damit Zustimmung bei Markus und Fabienne.

»Wir sollten uns besser darüber Gedanken machen, was wir wegen Captain Marcos unternehmen. Irgendwie scheint dieser Faris von dem Mustafa erpresst zu werden und was die da schmuggeln wüsste ich auch gerne«, ergänzte Alejandro.

»Ich werde einfach mal mit María und Pietro plaudern. Vielleicht finde ich heraus, wie sie zu Captain Marcos und seiner Crew stehen. Vielleicht hängen die ja mit drin. Ich täusche einfach vor, dass ich nur deutsch und englisch verstehe, vielleicht kann ich ja dann eine privatere Konversation der beiden auf Spanisch belauschen.«

Markus sah beide mit hochgezogenen Brauen in Erwartung einer Zustimmung an.

Beide fanden, dass das eine ganz gute Idee sei, und verspeisten dann gemeinsam mit Markus ihre Wegzehrung.

Nachdem sie in völliger Stille gegessen hatten, steckten sie den Verpackungsmüll in ihre Rucksäcke und machten sich auf den Rückweg. Markus ergriff Fabiennes Hand und sie folgten Alejandro, der bereits vorauseilte.

»Hallo! Kommt doch bitte alle einmal her«, rief Pietro alle zu sich gerade als Markus und seine Freunde zu der Gruppe zurückkehrten.

»Sancho und Fernando werden euch am Ortsausgang von El Guro abholen. Wir werden zurück einen etwas anderen Weg gehen. Ihr habt auf dem Hinweg die Gabelung schon gesehen, die nach El Sedro führt. Die werden wir auf dem Rückweg nehmen.«

Als Pietro die Wanderer informierte, fuhr ein herzzerreißender Schrei auf einmal allen in die Glieder. Marie war beim Herausklettern aus der Wasserstelle ausgerutscht und blutete nun am linken Knie. Pietro sprang direkt zu ihr und verarztete sie sofort. Da sie nach dem Sturz nun auch humpelte, übernahm María Pietros Rucksack, Pietro nahm Marie huckepack und sie traten den Rückweg an.

Zurück führten die beiden Einheimischen die Gruppe auf dem gleichen Weg nach unten. Markus bemerkte, dass der Weg zurück, da er ihn jetzt schon kannte, irgendwie einfacher und kürzer erschien. Das lag wohl an der Erfahrung, der erlangten Kenntnis, dem Erlernten.

Wieder gingen sie auf schmalen, felsigen Pfaden am Bach entlang, vorbei an riesigen Gräsern und Sträuchern zunächst in Richtung El Guro und folgten dann dem linken Zeichen in Richtung El Sedro. Von hier aus hatten sie dann einen weiten Blick auf das schöne Tal. Rechts und links entlang der Felsen konnte man die terrassenförmig angelegten Gärten und die vielen kleinen Häuser bewundern. Überall wuchsen Palmen und bunte Blumen.

Während ihres Abstiegs konnte Markus von Pietro erfahren, dass Captain Marcos ein alter Bekannter ihres Großvaters war, der leider vor zwei Jahren bei einem Unfall vor der Küste im Nordosten der Insel ums Leben gekommen sei. El Capitan, wie sie Marcos nannten, habe danach seine Familie immer wieder mal besucht, und wenn es nötig war sie auch unterstützt. Gerade die geführten Touren auf La Gomera waren eine wichtige Einnahmequelle für seine Familie.

Während der Wanderung zurück zum Ortsausgang von El Guro konnte Markus auch immer wieder die Einwände und Zwischenbemerkungen von María auffangen, die sie ihrem Bruder auf Spanisch entgegenwarf.

»Erzähl bloß nicht so viel von El Capitan. Du weißt, wie geheimnisvoll er immer gerne macht um die Touristen mit seinen Abenteuern zu ködern, dabei nutzt er sie nur aus!«, bemerkte sie, als Pietro gerade von dem Tod seines Opas erzählte.

»Ich wünsche mir manchmal, Opa hätte den Typen nie angeschleppt, vielleicht würde er dann noch leben«, meinte sie ergänzend.

»Wir sollten nicht unhöflich sein und zu viel Spanisch reden, das fällt auf«, wandte Pietro ein und die Konversation wurde wieder oberflächlich.

Markus verspürte ab diesem Moment aber, dass die beiden jungen Leute ihrem El Capitan nicht so recht vertrauten und in ihm auch eine zwielichtige Gestalt sahen. Plötzlich klingelte ein Handy. Lisa erschrak und zuckte sofort zusammen, da der Klingelton ihrem sehr ähnelte.

»Entschuldigung«, rief María, »das ist meines. Sancho wollte mich zurückrufen. Das wird er wohl sein.«

María nahm den Anruf an. Lisa fasste sich an die Brust, atmete tief durch und ließ sich von Marco wieder beruhigen. Fabrice meinte gerade auf Französisch zu seiner Frau, dass die hysterische Ziege ihm langsam auf den Nerv ginge, als Markus in dem Wissen, dass sie und er alles genau verstanden haben, Fabienne ansah, die Schultern hochzog und nur meinte, seinen rechten Zeigefinger an den Mund führend »Psst. C'est la vie«.

Fabienne lächelte ihn an und drückte seine linke Hand, ihm damit andeutend, dass sie verstanden hatte, etwas fester. Beide verfolgten sie die Wortfetzen von María während ihres Telefonats.

»Was meinst du mit, wir sollen sie noch etwas beschäftigen? Was geht mich El Capitan an, der ist dein Problem. Was? Das Doppelte? Na gut dann! Wir nehmen sie mit zu Großmutter und zeigen ihnen, wie die Gärten hier angelegt sind, und bieten ihnen von unseren selbst gezüchteten Bananen an. Wann seid ihr denn dann hier. Du wolltest doch noch mit ihnen zum Los Roques. Ok ja alles klar. Ich frag Oma.«

María legte auf und schaute etwas verdrießlich drein. Sie blickte suchend in der Gruppe umher und sah, dass Alejandro ganz vorne neben Marco und Lisa ging und sich mit Ihnen unterhielt.

»Was siehst du immer nach diesem Typen, was willst du von dem?«, fragte Pietro seine Schwester immer noch auf Spanisch.

»Halte mir keine Rede, er ist nett«, erwiderte María immer noch recht griesgrämig.

»Ich will nur nicht bei allen Interna, die wir bereden, belauscht werden. Er ist schließlich der Einzige, der uns versteht und die beiden Verliebten hinter uns haben sowieso keine Ahnung von Irgendetwas.«

»Was ist los kleine Schwester?«

»Sancho geht mir auf die Nerven. Sie sind mit irgendwas in der Nähe von Agulo beschäftigt und können erst in zwei Stunden wieder da sein. Es wird also halb drei werden. Bis dahin sollen wir die Leute beschäftigen.«

»Er hat uns aber nur bis um zwei bezahlt, was meint er mit „beschäftigen", die Leute haben doch sicher auch Hunger und wollen etwas essen.«

»Er meinte nur, dass wir das doppelte Honorar bekommen und wir sollen dafür sorgen, dass die Gruppe zusammenbleibt, zu essen bekommt und etwas Interessantes zu tun. Ich habe ihm gesagt, dass wir sie mit zu Oma nehmen, die wird sich sicher über Besuch freuen und den Leuten gerne unsere Gärten zeigen.«

»Na dann, doppelt hört sich gut an«, beendete Pietro die Konversation, da Marie ihn wegen der Aussicht ansprach und wissen wollte, wie viele Ziegen denn hier so lebten.

Markus ließ sich nichts anmerken und fragte María ganz unwissend, wie lange denn der Abstieg auf dieser Seite dauern würde und ob die beiden Wagen denn schon bereitstehen würden, wenn sie ankommen, da er gerne vor der Weiterfahrt noch zur Toilette wollte.

»Nein, Markus, Sancho und Fernando haben noch zu tun. Wir werden euch die Plantage meiner Oma zeigen, da kannst du auch zur Toilette«, antwortete sie ihm auf Deutsch.

»Das ist gut, denn ich muss auch zur Toilette«, meinte Fabienne auf Französisch.

Markus erschrak, denn er hatte sich mit María auf Deutsch unterhalten.

»Kein Problem, Fabienne. Du scheinst schon etwas mehr auf Deutsch zu verstehen. So ein Freund hilft doch enorm eine fremde Sprache zu erlernen«, fügte María lächelnd hinzu.

Fabienne sah etwas verlegen drein und antwortete ihr auf Französisch, dass das Hören und Verstehen immer besser werde, aber das Sprechen ihr noch sehr schwerfalle. Markus atmete innerlich durch, da die Situation somit gerettet schien. Nach weiteren zwanzig Minuten erreichten sie die Hauptstraße.

Der Weg führte sie linker Hand direkt an der hoch aufragenden Felswand vorbei. Zur Rechten tauchten wieder Häuser auf und mehrere Palmen säumten den Weg, der nun gepflastert über Stufen hinunter zur Straße führte. Die Hauptstraße selbst stieg nach links folgend an und verlief in einer Rechts-links-Kombination so kurvig, dass man den von links kommenden Verkehr nicht einsehen konnte. Die Gruppe stoppte daher am Straßenrand und wartete auf Pietro und María, die ganz am Ende gegangen waren direkt vor Markus und Fabienne. Gegenüber, auf der anderen Straßenseite, führte der Weg weiter runter ins Tal.

Da der Blick dort auf die Dächer der Häuser fiel, lagen diese unterhalb des Straßenniveaus, was einen weiteren Abstieg zur Folge hatte. Vor ihnen zeigten, die weißen Streifen auf der Straße einen Fußgängerüberweg an und anschließend die Verlängerung des Weges, der etwas steil, aber gepflastert in einem Linksschwung weiter nach unten führte. Rechts davon tat sich ein Blick über Bäume und Sträucher zwischen zwei Felsformationen hindurch in Richtung Meer auf, das man aber nicht sehen, sondern nur erahnen konnte.

»Einfach rübergehen und dann dem Weg nach unten folgen«, gab María die Richtung vor und alle folgten ihren Anweisungen.

Sie gingen den Weg an einigen Häusern vorbei mehrere Stufen nach unten durch das Tal bis das Gelände erneut anstieg und im Hintergrund die terrassenförmig angelegten Felder zu sehen waren. An dieser Stelle erreichten Sie eine große Treppe, die über einhundert Stufen nach oben führte, wo dann rechts von Ihnen eine Kapelle lag, die Ermita de los Santos Reyes, die, wie Pietro erklärte sehr oft als Startpunkt für Wanderungen durch das Tal des großen Königs dient. Die Einheimischen nutzen den Platz um die Kapelle auch sehr gerne und oft für Ihre Feste.

Ihr Weg führte nach links, an den bewachsenen Terrassen vorbei in Richtung Nordosten. Markus konnte sich nachher nicht mehr daran erinnern, wie lange sie denn durch die Terrassenfelder und entlang am Fuß des Berges auf engen, steilen Wegen und herauf- und herunterführenden Stufen, entlang an vielen bunt blühenden Pflanzen und Stauden gelaufen waren, bis sie schließlich wieder über eine Menge

Stufen eine Straße erreichten. Sie wanderten noch eine ganze Zeit entlang der Straße vorbei an Lavasteinmauern hinter, beziehungsweise oberhalb derer immer wieder Pflanzungen mit Bananen oder Palmen und anderen Gewächsen, die Markus nicht kannte, zu sehen waren. Immer wieder konnte er auch das ein oder andere Haus ausmachen, das in den Fels gebaut war, oberhalb der an der Straße angrenzenden Häuser. Dazwischen führten Stufen zu den im Hintergrund liegenden Gebäuden.

»Ist es denn noch weit?«, wollte Fabrice dann schließlich wissen, da der ein oder andere mittlerweile auch bestimmte Bedürfnisse angemeldet hatte.

»Es ist nicht mehr weit«, antwortete María.

»Wir folgen nur noch dieser Mauer und direkt im Anschluss ist ein Haus zu sehen. Danach geht ein Pfad nach oben zu Oma Yaiza.«

Hinter dem Haus reichten die Felder etwas höher in den Berg hinein und es waren auch einige Palmen und Bäume zu sehen, die fast zu symmetrisch aufgereiht waren, als dass sie so natürlich gewachsen wären.

Sie hatten ihr Teilziel erreicht, der Ort, an dem sie denn auf ihre Weiterfahrt warten sollten. Nur wussten alle nicht, außer Markus und Fabienne, dass das noch etwas länger dauern sollte.

Das Gebäude selbst unterschied sich äußerlich doch sehr von den vielen Bauten, die sie auf ihrem Weg gesehen hatten. Dieses Gebäude hatte zwei Etagen und war mit Natursteinen gemauert und nicht verputzt, sondern in diesem bei vielen spanischen Fincas verwendeten Stil in seinem ursprünglichen Erscheinungsbild erhalten geblieben. Die am Berghang gewonnenen Felder werden alle durch dunkelgraue Natursteinmauern begrenzt und führen auch entlang der Wege und Straßen.

Das Untergeschoss des Hauses fügte sich genau in diese Mauer und reichte nach hinten in den Berg. An der zur

Straße gerichteten Seite verfügte das Haus im oberen Geschoss über ein Fenster mit Holzrahmen und Holzläden in einem dunkel ockerfarbenen Ton. Da unmittelbar rechts neben dem Haus eine große Kanarische Kiefer stand, war der Dachaufbau zunächst nicht genau zu erkennen. Markus sah sich genauer um und erkannte, dass die Front des Hauses im rechten Winkel zur Straße verlief und sie somit direkt auf die Stirnseite blickten. Rechts und links neben dem Haus, das an dieser Stelle etwa vier Meter breit war, wuchsen dickblättrige, bodendeckende Pflanzen auf der Mauer und auf dem Gelände hinter der Mauer, dessen Niveau mit der Mauerhöhe begann, standen dichte Sträucher und Büsche. Einen Meter weiter tat sich eine Öffnung in der Mauer auf, die von einer leicht nach rechts geschwungenen Treppe ausgefüllt wurde. Auf der rechten Mauer neben der Treppe, war ein Rohr in der gleichen dunkelgrauen Farbe, wie die Steine der Mauer, befestigt auf dem in weißer Schrift der Name „Yaiza Idaria Deriva" zu lesen war.

Innerhalb des Rohres befand sich eine spanische Tageszeitung. Pietro griff in das Rohr, nahm die Zeitung und sagte zu María, sie sollte allen alles einmal erklären, er bereite Oma schon darauf vor. Er setzte Marie ab und bat ihren Vater auf sie zu achten und lief die Treppen hoch, während María alle anderen zu sich rief.

»Kommt doch alle etwas näher! Ich möchte euch kurz informieren, was wir denn hier wollen«

Sie zeigte auf das Haus und das dahinterliegende Gelände und begann zu erzählen.

»Das hier ist das Haus meiner Großmutter, die schon seit ihrer Geburt hier lebt. Genauso wie zuvor ihre Mutter und deren Mutter. Sie behauptet, dass hier früher eine Höhle gewesen sei, in der bereits ihr Vorfahre, der Guanchenhäuptling Hupalupa gewohnt habe und fortan dieses Domizil von Generation zu Generation weitergegeben wurde. Vor die Höhle wurde ein kleines Haus gebaut, dann erweiterte die nächste Generation den Bau, bis am Ende ein Teil des Gebäudes im Felsen verschwand und der Rest hier zu sehen ist. Nachdem die Felder und Plantagen angelegt worden waren, erhielt diese Region so langsam ihr jetziges Aussehen. Meine Oma verfügt über ein paar sehr alte Artefakte aus ihrer Guanchenfamilie und über genauso viele spannende Geschichten, von denen sie gerne welche preisgibt.«

Fabrice unterbrach María Erzählung.

»Moment bitte María. Wir machen hier also Rast. Ist ihre Oma da auch entsprechend ausgestattet. Gibt es Toiletten und Räumlichkeiten zum frisch machen? Wie lange werden wir hier bleiben und gibt es hier ein Restaurant?«

»Macht euch keine Sorgen. Ihr werdet gleich verwundert sein, wenn ihr das Haus von innen sehen werdet. Ihr könnt hier nur den Giebel sehen. Der Hauptteil des Gebäudes ist an die Felswand gebaut und verfügt im Innern nicht nur über die beiden sichtbaren Etagen.«

María warb so um Verständnis, das ihr auch ohne weiteres gewährt wurde.

»Meine Oma beherbergt immer wieder Gäste, Freunde vom Festland, Individualtouristen, die auf Empfehlung hier unterkommen oder gelegentlich auch spontan hier eintreffende Wanderer. Sie wird, wenn es denn nötig ist, von einem Koch und zwei Hausdienerinnen unterstützt, die sie immer wieder gerne aufsuchen und ihr helfen.«

Während María noch erzählte, rannte Pietro bereits den Weg in Richtung der Reisegruppe und überwand die letzten Stufen mit einem schwungvollen Sprung. Er strahlte eine frische und energievolle Freude aus, die zuvor nicht zu seinem Erscheinungsbild gehörte. Freudig teilte er allen mit, dass Oma Yaiza, wie er sie nannte, über ihren Besuch sehr erfreut sei, erfasste Maries und Pierres Hände und führte sie die Stufen und den Weg in Richtung des Hauses gefolgt von den Marlonnées, den Bracks und María. Nur Markus, Fabienne und Alejandro blieben zurück.

»Na, habt ihr etwas erfahren können?«, fragte Alejandro während er den anderen nachsah, dass auch niemand sie belauschen konnte. Markus berichtete:
»Nicht viel. Sie erhielten den Auftrag, sich um uns zu kümmern, und uns bis vierzehn Uhr dreißig zu beschäftigen. So lange brauchen die Brüder noch mit dem, was immer sie da auch aushecken. Dafür erhalten María und Pietro dann die doppelte Gage. Interessant war auch, dass María Captain Marcos auch nicht so recht traut. Aber sonst haben sie nicht viel geredet.«
»Wir sollten weiter vorsichtig sein und uns daher auch nicht so lange hier aufhalten, das fällt sonst auf«, meinte Fabienne und deutete mit einer Handbewegung in Richtung des Hauses an, dass Alejandro vorgehen sollte, was dieser dann auch sofort tat.

Fabienne legte ihre Hand um Markus Hüfte, worauf dieser seinen über ihre Schulter legte und so gingen sie im Gleichschritt auf das Haus zu. Als Markus den Weg zurück blickte, sah er in einiger Entfernung die Gestalt eines jungen Mannes, der ihm irgendwie bekannt vorkam. Aus der Entfernung konnte er aber nicht genau feststellen, wer das denn war. Unterdessen zog Fabienne ihn weiter und der junge Mann entschwand seinem Blick. Als er sich noch einmal nach ihm umdrehte, war er verschwunden und der Weg zum Haus ließ keinen weiteren Blick mehr auf die Straße zu.
Sobald Markus und Fabienne die Stufen erklommen hatten, erstaunte sie der Anblick des Hauses dermaßen, dass Markus zunächst befürchtete, wie bei seinen bisherigen Flashs, die Realität erneut verlassen zu haben. Er sah

Fabienne an und erkannte sofort, dass es ihr auch nicht anders erging.

»Alles ok! Wir sind noch hier, oder?«, fragte sie und er nickte ihr zustimmend zu.

Von der Straße aus konnten sie nicht sehen oder auch nur erahnen, wie weit das Haus nach hinten reichte. Markus wunderte sich stets aufs Neue, wenn er diese Mauern scheinbar lose zusammengesetzter Steine unterschiedlicher Größe und Farbe betrachtete, die durch irgendeine Magie zusammengehalten wurden. In diesem Fall erstaunte ihn nicht nur das alte Gemäuer, nein die Art und Weise, wie hier alles arrangiert, variiert und in die Natur integriert wurde, war faszinierend und erschreckend zugleich. Die Kanarische Kiefer ließ ihre großen Äste nicht nur über die Giebelseite des Hauses hängen, sondern überragte mit ihrem weiteren Geäst den Rest des zweistöckigen Gebäudes, das nach etwa fünf Metern scheinbar einer Etage beraubt worden war.

Das Untergeschoss verlief weiter und endete nach etwa acht Metern an einem weiteren Gebäude, das in einem rechten Winkel an dieses angrenzte und einem riesigen mit graubraunen Kieselsteinen beklebten Würfel ähnelte, an dessen Ende wiederum ein erneuter Flachbau angebaut war.

Alles passte zusammen aber doch wiederum nicht. Genau betrachtet strebte dieses Gesamtgebilde den Zusammenhalt als Einheit an, ohne seine Einzelteile verlieren zu wollen. Wie in einer großen Patchworkfamilie zeugte dieses Bauwerk für den eigenwilligen und individuellen Baustil einer jeden Generation, für unterschiedliche Zielsetzungen, abweichende Beweggründe, individuelle Bedürfnisse aber doch als eine Einheit, eine Familie, ein Heim. Das letzte Gebäude, der Anbau am Würfel, berührte an seiner hinteren Fassade die unmittelbar dahinter beginnende Felswand. Ob Farbe oder Materialien, ob Fenster, Türen, Läden oder die vielen kleinen Accessoires, der Krimskrams, der ein Gebäude zu einem Heim macht, alles passte zu dem jeweiligen Gebäude aber nicht zum Gesamtbild insgesamt. Der erste Blick, die Wucht der Vielfalt ließ nur eine Vokabel zu, Chaos. Aber die Liebe, die im Detail steckt, wird erst beim zweiten und dritten Anschauen sichtbar und genau die brauchten Markus und Fabienne hier, um diese kleinen Welten in der Großen zu entdecken.

All diese bauliche Vielfalt begründete nur zu einem kleinen Teil das Erstaunen, dass durch die wundervolle Pflanzenwelt hervorgerufen wurde. Flankiert von Palmen am äußeren Ende, wucherten vor dem Haus eine Menge Sträucher und Büsche entlang des Weges. Die wilde Sommerwiese fesselte die Augen in rot, gelb und blau nur um sie genüsslich beim Inhalieren der exotischen Düfte wieder zu schließen. Direkt neben dem Eingang zum mittleren Gebäude stand eine Gartenbank auf der eine vom Alter gebeugte Frau mit strahlenden Augen und einem gewinnenden, großmütterlichen Lächeln Pietro und die Kinder mit offenen Armen empfing.

Markus und Fabienne hörten nicht die Worte, sahen aber, dass alle Ankommenden herzlich empfangen wurden, als käme der lange verschollene Sohn oder die vom Weg abgekommene Tochter endlich zurück nach Hause. María lief schließlich auch die letzten Schritte auf Oma Yaiza zu, die sich unterdessen, gestützt auf einen filigran geschnitzten Spazierstock von ihrer Bank erhoben hatte, und umarmte sie mit so einer Inbrunst, dass man meinen könnte, sie fürchte sie zu verlieren.

Markus und Fabienne erreichten als letzte die Gruppe und warteten geduldig bis María und Oma Yaiza ihre Begrüßung und ihr kurzes Gespräch beendet hatten.

»Wer sind denn diese hübschen jungen Leute?«, ertönte die für eine Frau recht tiefe aber sehr weiche und angenehme Stimme von Oma Yaiza auf Spanisch.

Beide ließen sich nicht anmerken, dass sie die Frage sehr wohl verstanden hatten. Sie warteten bis María übersetzt hatte. Markus reichte Oma Yaiza die Hand und nannte seinen Namen gefolgt von einem spanischen »Hola Señora« und Fabienne tat es ihm gleich.

»Ihr könnt mich ruhig Oma Yaiza nennen, das tun hier alle und mir gefällt das«, erwiderte Yaiza und María übersetzte.

Yaiza wandte sich an María: »Das sind aber nette, junge Leute, so höflich und so unschuldig.«

Markus schien etwas überrascht, denn ihm fiel sofort auf, dass Oma Yaiza nicht geredet hatte. Sie artikulierte sich durch eine schnelle Folge von Pfeiftönen. Zumindest hörte es sich so an.

»Oma, Spanisch«, hallte ein kurzes Pfeifen von María zurück.

Markus erinnerte sich an das Infovideo von Captain Marcos, dem er nach einiger Zeit nicht mehr so intensiv hatte folgen können. Da war auch von einer alten Verständigungsform der Guanchen die Rede gewesen. Der Erzähler meinte sogar, dass auf La Gomera noch ein paar Tausend Leute El Silbo, wie er diese Sprache nannte, beherrschen würden.

Nun vereint vor dem Heim von Oma Yaiza, warteten alle darauf zu erfahren, wie es denn nun weitergehen sollte. Yaiza wandte ihnen den Rücken zu und schlurfte, gestützt auf ihren Stock, pfeifend in Richtung der Eingangstür. Ja diese Eingangstür war nicht nur eine Tür, es war ein künstlerisches Gebilde der eigenen Art. Einladend groß mit einer weit aufgestoßenen, doppelten Flügeltür glich die Öffnung eher einer Garageneinfahrt, denn einer Eingangstür. Jedoch eroberten entlang der Türlaibung Ranken und Blüten in orange, gelb, blau und grün den ganzen Zugang. Der frische, feine Duft der Blüten und die warme Luft der Umgebung betörten die Sinne aller. Die steinerne Türeinfassung fesselte zudem die Blicke. Die feinen in den Stein gemeißelten Zeichen und Ornamente erinnerten

Markus an einen früheren Urlaub an der spanischen Küste, als er mit seinen Eltern die Alhambra in Granada besuchte. Die Sonne strahlte von ihrem Standpunkt aus von rechts diagonal auf das Gebäude und hinterließ dadurch am Eingang ein schwarzes Loch aus dem eine sanfte, kühle, modrig aber doch frische Brise in ihnen den Wunsch wachsen ließ das Innere zu erkunden.

Markus richtete seine Aufmerksamkeit wieder auf das Pfeifen Yaizas.

»Ich hoffe, diese netten Menschen werden nicht, wie schon so oft von Marcos für seine gemeinen Geschäfte missbraucht«, pfiff Yaiza ungeachtet der anderen in Richtung María und Pietro.

»Jetzt hör endlich auf mit der Pfeiferei. Wir können nachher darüber reden. Die Leute müssen ja meinen, dass du sie nicht mehr alle hast mit deiner Pfeiferei und ich mache da auch noch mit. Jetzt ist Schluss.«

María fiel in das Gepfeife ein und alle sahen sich schon verwundert an, beachteten die Szene aber nicht weiter, da sie zu sehr mit den optischen Eindrücken des Gebäudes beschäftigt waren.

Nachdem sie die Türschwelle überschritten hatten, umgab sie eine angenehme Kühle, und ein hell beleuchteter Raum öffnete sich direkt vor ihnen. Die gegenüberliegende Wand bestand zu neunzig Prozent aus Glas und ließ dadurch eine komplette Durchflutung des Raumes mit Tageslicht zu. Da das Gebäude scheinbar noch Nordosten ausgerichtet war, würde hier nie eine direkte Sonneneinstrahlung die Einwohner blenden, aber morgens beim Sonnenaufgang tolle Lichtspiele produzieren. Im Innern luden drei Sitzgruppen mit Sesseln und kleinen Tischen zum Ausruhen ein und der Blick durch die große Glasfläche zeigte ein faszinierendes Panorama vorbei an Bananenstauden und Palmen auf die Terrassen und Berge im Hintergrund. Markus spürte plötzlich, dass ihn jemand am Ärmel zupfte. Es war Marie.

»Du Markus. Ich soll dir sagen, dass Fabienne draußen auf der Bank auf dich wartet. Ich weiß zwar nicht, ob du das verstehst. Aber sie meinte ich soll dir das einfach sagen«, sprach' s und verschwand wieder.

Yaiza lud alle anderen gerade dazu ein, es sich im Ruhebereich auf den Sesseln bequem zu machen. Markus hatte Fabienne, abgelenkt durch all die Eindrücke, völlig aus den Augen verloren. Er drehte sofort um und verließ das Gebäude hinein in die warme, heiß strahlende Sonne. Er musste seine Augen vor den starken Sonnenstrahlen schützen und hob seine rechte Hand. Er blinzelte unter der Hand hindurch in die Richtung, in der die Parkbank stehen müsste und sah nichts.

Als würde er auf einer heißen Kochplatte stehen, verspürte er ein Brennen unter seinen Füßen und ringsum sah er nur noch weiß. Vom heißen Sand reflektierte Sonnenstrahlen blendeten ihn und er brauchte einige Zeit, um zu erkennen, dass er mal wieder irgendwo war, wo er eigentlich nicht sein dürfte. Trotz der Hitze ging er in die Hocke, um sich zu beruhigen und zu orientieren.

Wo war er?

Er öffnete langsam die Augen, die er zuvor vor Schreck geschlossen hatte und versuchte sich an die Umgebung zu gewöhnen. Sich daran erinnernd, dass er ja einen Rucksack mit seinen Sachen dabeihatte, griff er in das hintere Fach und suchte nach der dort verstauten Sonnenbrille. Mit der Sonnenbrille auf der Nase fiel es ihm leichter, die Umgebung zu sondieren. Vor ihm lag eine weite, nicht gerade sehr einladende Sandfläche mit großen Dünen im Hintergrund. Er drehte sich langsam im Uhrzeigersinn und entdeckte zunächst eine große Bergkette, die einige Kilometer entfernt von ihm lag. Direkt hinter ihm wuchsen circa acht bis neunhundert Meter entfernt seltsam aussehende Gebilde, die wohl dem am nächsten kam, was er als Baum definieren würde. Die Farben verwirrten ihn nur sehr. Die Stämme leuchteten blau und die Blätter in Rot und Orange. Er schloss erneut seine Augen, nahm die Sonnenbrille ab und blickte erneut blinzelnd auf den Wald.

Jetzt klärten sich die Farben, als hätte er sich an den Anblick gewöhnt, sahen die Gewächse aus, wie die Bäume normalerweise aussehen. Direkt am Rande des Waldes konnte er zwei Gestalten sehen. Gekleidet, wie Buschläufer aus Afrika und mit sonnengebräunter Haut hüpften sie am Waldrand auf und ab und wedelten mit den Armen. Dabei schrien sie laut in einer Sprache, die er zunächst auf die Entfernung hin nicht verstehen konnte. Er bewegte sich vorsichtig auf die beiden zu und konnte dann auch verstehen, was sie da riefen.

»Komm her, lauf du bist in Gefahr, lauf!«

Markus sah sich um und konnte keine Gefahr entdecken. War das eine Falle? Dann stieg mit dem auftretenden Gestank in seinem Umfeld die Erinnerung an das Erlebnis auf der Jacht in sein Bewusstsein. Er sprang auf und rannte los. Im gleichen Moment merkte er schon, dass hier etwas nicht stimmte. Er fühlte sich extrem leicht, als würde der fliegen können. Im selben Moment flog eine Gestalt mit einer furchtbar hässlichen Fratze an ihm vorbei und er sah aus dem Augenwinkel gerade noch, wie sie eine weitere dieser Bestien, die ihn verfolgt hatte, ansprang und die beiden übereinander herfielen. Laute Knurr- und Quietschgeräusche, Angst- und Wutgeschrei paarten sich mit den Geräuschen von zerfetzendem Fleisch und spritzendem Blut. Markus drehte sich von dem schrecklichen Szenario weg und erfasste gerade noch das dämonische Gesicht eines weiteren dieser Monster.

Wie in Zeitlupe flog es, nachdem es zu einem gewaltigen Sprung angesetzt hatte, auf ihn zu und er blickte in ein riesiges, schwarzes, stinkendes Maul mit drei Reihen spitzer Zähne. Er schloss die Augen und kauerte sich hin, den Einschlag und sein Ende erwartend. Es geschah aber nichts.

»Markus! Was ist los mit dir?«, hörte er Fabiennes Stimme und öffnete die Augen.

Er befand sich auf ein Knie gebeugt direkt vor der Bank vor Yaizas Haus und Fabienne sah ihn verängstigt an.

»Wieso, was hast du denn gesehen?«, fragte er Fabienne. »Du kamst zur Tür heraus und hast deine Augen vor der Sonne mit deinen Händen geschützt. Dann hast du dich ganz plötzlich hier niedergekauert. Und wie kommt es, dass du jetzt plötzlich eine Sonnenbrille trägst?«

Fabienne stand auf und umarmte ihn. Er erwiderte ihre Umarmung und drückte sie fest an sich.

»Ich bin froh dich zu sehen und hier zu sein, denn es geschehen sonderbare Dinge und ich werde langsam verrückt«, flüsterte er ihr ins Ohr.

»Was ist passiert? Erzähle es mir.«

Markus erzählte ihr, was er gerade erlebt hatte und schüttelte dabei verzweifelt die Schultern hebend den Kopf.

»Oh mein Gott, was machen wir denn jetzt?«, meinte Fabienne, während sie ihm mit der Hand über den Kopf streichelte.

»Es ist mir hier unheimlich«, fügte Fabienne hinzu.

»Ich konnte diese alte Frau nicht länger anschauen. Immer wenn ich in ihre Richtung blicke, sehe ich eine hell leuchtende Silhouette um sie herum. Ich glaube, mit meinen Augen stimmt etwas nicht. Auch bei all den anderen sehe ich, seit wir hier eingetroffen sind, immer wieder farbige Silhouetten die der Kontur ihres Körpers folgen. Papa ist hellrot, Mama ist orange und die Kinder sind alle grün. Du strahlst in einem hellen Gelb. Was stimmt da nicht Markus. Ich habe Angst.«

Markus drückte Fabienne noch fester an sich und sprach sanft und beruhigend auf sie ein.

»Schließ deine Augen und beruhige dich! Konzentriere dich auf dich selbst. Blende alles um uns herum aus. Wir werden dem ganzen auf den Grund gehen müssen, sonst werden wir beide noch verrückt.«

Markus führte Fabienne zur Bank, und half ihr sich darauf zu setzen.

»Öffne wieder langsam deine Augen«, forderte er sie auf, führte sein Gesicht direkt vor das ihre, dass sich ihre Nasen berührten.

Er blickte direkt in ihre Augen.

»Danke, dass du da bist«, hauchte sie ihm entgegen, schloss erneut die Augen und küsste ihn.

Er erwiderte ihren Kuss und beide gaben sich ihren Gefühlen hin. Markus löste sanft seine Lippen von ihren. Fabienne öffnete die Augen und atmete erleichtert aus. »Es ist weg. Die Farben sind weg.«

»Gut. Ich weiß noch nicht, ob wir jemanden einweihen sollten. Die Eltern machen sich sicher sofort Sorgen und wollen uns ins Krankenhaus bringen lassen oder dergleichen. Alejandro ist zwar involviert, aber ich weiß wirklich nicht, wie er damit umgehen wird, da er ja selbst nicht betroffen ist.«

Markus küsste Fabienne erneut.

Im Innern des Hauses genossen alle die bequemen Sitzmöglichkeiten zu einer willkommenen Pause. María reichte allen unterstützt von Pietro kühle Getränke und feine Tapas.

Yaiza verließ unbemerkt die Gruppe und schlurfte wieder die Eingangstür hinaus. Dort beobachtete sie die beiden jungen Leute, ohne dass diese sie kommen sahen oder hörten. Markus spürte, während er Fabienne küsste, ein leichtes Kribbeln im Nacken, das eindeutig nicht auf seine Erregung wegen der Intimität zurückzuführen war und unterbrach sanft den Kuss. Er drehte sich um und sah direkt in Oma Yaizas faltiges Gesicht.

Dieses Antlitz strahlte eine Vertrautheit, aber auch gleichzeitig eine leidvolle Erfahrung aus, die man oft bei alten Menschen erkennen konnte, wenn man sich die Mühe machte, etwas länger hinzuschauen. Er erinnerte sich sofort an Opa Brack. Die vielen Falten basieren alle auf einer Erinnerung, pflegte er zu sagen. Yaiza muss sehr viele Erinnerungen mit sich herumtragen. Die Form ihres Gesichtes, der Schnitt ihrer Wangen und die markante Nase könnten einem Eskimo oder einer Berberin gehören. Aber diese dunkel ockerbraunen Augen erfassten ihn sofort, beruhigten ihn und gaben ihm das Gefühl, dass alles gut werden wird. Auch Fabienne sah Yaiza direkt an, löste sich von ihm und fiel ihr in die Arme, die sie festhielt und tröstend über ihren Rücken streichelte.

»Es ist schwierig und schwer zu verstehen für euch beide. Aber ich werde euch helfen, wenn ihr das wollt. Ich weiß, dass ihr kein Spanisch sprechen könnt, aber ich weiß auch, dass ihr mich versteht. Ich weiß zwar noch nicht, wieso ihr das beide könnt, aber ich weiß, dass es so ist.«

Yaizas Stimme klang sehr beruhigend. Markus fühlte sich hin und her gerissen. Er wollte ihr gerne alles erzählen, wollte ihr aber dennoch nicht so einfach vertrauen.

»Ich weiß, wie es euch geht. Mein Mann und ich teilten ein ähnliches Schicksal, wie ihr beiden. Nur hatten wir niemanden, der uns informiert oder gar geholfen hätte. Ich werde euch alles erklären und erzählen, was ich weiß. Ihr könnt dann selbst entscheiden und sehen, was ihr denn dann tun möchtet.«

Yaiza führte beide wieder zurück in das Gebäude.

# Kapitel 2
## Eine fremde Welt

Ich muss lange zurückdenken bis zu der Zeit, als wir noch in der großen Steppe lebten, die wir Sikahil nannten. Mein Vater erzählte mir damals, dass der Gott des Lebens aus einer Handvoll Sand, zehn Schalen Wasser und Lehm einen Körper formte, der vom Gott des Windes mit Atem erfüllt wurde. Diese Entstehungsgeschichte meiner Spezies erschien mir merkwürdig, aber ich konnte mir auch keine andere vorstellen.

Das Land um uns herum, die Sikahil, verlangte von uns großen Mut und Überlebenswillen. Ich wuchs zusammen mit fünf Brüdern und sieben Schwestern auf. Mein Vater wollte eigentlich, dass ich Lato heiße, wie er und sein Vater und Großvater, aber Mutter konnte es ihm ausreden. Es war damals für mich seltsam, aber der Name hatte eine besonders wichtige Bedeutung. Er diente nicht nur zur Unterscheidung und Benennung von Personen. Die Zukunft eines jeden stand in enger Verbindung zu dessen Namen. Die Aufgabe eines jeden in der Gemeinschaft wurde durch den Namen bestimmt. So hieß jemand, der Tiere hütete, in unserer Sprache, der, der die Tiere hütet. Lato bedeutet, der, der die Krieger anführt, und dazu sah mich meine Mutter nicht geboren. Sie schenkte meinem Vater noch weitere Söhne und mein Bruder hieß Lato und sollte nach meines Vaters Tod die Krieger anführen. Ich heiße Gadni. Das bedeutet, der, der denkt. Ich weiß, dass mir dieser Name viele Freiheiten ließ. Er belastete mich aber auch.

Lorson brannte immer heiß vom Himmel herab. Lorson versengte die Sikahil. Das gelbbraune Gras war sehr trocken und wir mussten viel wandern. Kuron der kleine Bruder von Lorson erschien meist etwas später und verursachte eher, dass der Tag etwas kühler wurde. Wir freuten uns meist auf sein Erscheinen.

Mein Vater schenkte mir, als ich sechs Jahre alt wurde, meinen ersten Skull, eine gefährliche Waffe, deren Gebrauch ich erlernen musste. Er zwang mich dazu, obwohl ich es nicht sehr gerne tat, aber ich sollte lernen zu überleben. Man kann den Skull leicht handhaben, wenn man ihn beherrscht. Genauso gefährlich ist es aber auch für den Ungeübten, weshalb man auch erst mit sechs Jahren im Skullen unterrichtet wurde. Jeder musste mit seinem persönlichen Skull üben, da man sich an dessen Gewicht und Schwerpunkt gewöhnen musste. Jeder Skull wurde individuell angefertigt.

Ich beherrschte den Skull nie sehr gut, musste aber gegen Raubtiere der Sikahil oft Gebrauch von ihm machen. Der Bruder meiner Mutter brauchte immer zwölf Tage, um einen Skull herzustellen. Er verbrannte bestimmte Steinsorten und schuf so eine helle, glühende Flüssigkeit, die mit Drachenblut in einer Steinform erstarrt wurde. Die entstandene, gebogene Klinge konnte nur mit einem Drachenzahn geschliffen werden. Es gab nur zwei Dinge, die härter waren als der Skull. Ein Drachenzahn oder ein Sonnenstein. Aber Sonnensteine existierten nur noch in den Legenden vergangener Zeiten.

Der Bruder meiner Mutter besaß drei Drachenzähne. Er erlegte zusammen mit fünf weiteren Männern einen Drachen, erzählten die Ältesten des Stammes zumindest so in unseren Lagerfeuergeschichten. Die Zähne teilten sie auf. Das Fleisch nährte den ganzen Stamm fast acht Monate. Sie trockneten es und hatten reichlich zu essen. Die Zähne behielten die Jäger, als Symbol ihrer Tat, zum Ruhm und als Arbeitswerkzeuge. An seinen Taten wird man im Reich der Toten gemessen. Früher glaubte ich fest daran, dass man den Ruhm und das Ansehen im Stamm mit ins Totenreich nimmt. Mein Onkel verlor bereits drei Söhne. Er nannte jeden nach seinem Namen, Zoltai, der, der den Drachen tötet. Aber der Drache tötete seine Söhne. Zoltai trauerte sehr lange, bis ihm seine Frau neben dreizehn Töchtern, den vierten Sohn gebar, der ebenfalls Zoltai genannt wurde.

Zoltai ist zwei Monate jünger als ich. Er lernte bei meinem Vater das Skullen. Wir wurden gute Freunde.

Zoltai triumphierte, als er mich zum dritten Mal besiegte. Vater schüttelte den Kopf.

»Gadni, du solltest mehr auf deinen Namen achten und auch beim Skullen denken«, sagte er lächelnd.

»Ich weiß Vater. Aber es macht mir einfach keinen Spaß. Außerdem kämpfe ich nicht gerne gegen einen Freund«

»Du brauchst die Blutstrafe nicht zu fürchten, mein Sohn. Warum denkst du wohl, dass ich hier bei euch bin. Und eben, weil ihr so gute Freunde seid, könnt ihr miteinander üben. Würdet ihr euch hassen, könnte ich niemals zulassen, dass ihr miteinander kämpft. Ihr würdet einander töten und Blutschuld auf euch nehmen. Ich verstehe dich, mein Junge, aber ihr müsst immer üben. In der nächsten Minute könnte uns eine fremde Horde überfallen oder ein Sikuta angreifen«

Bei dem Gedanken einem Sikuta zu begegnen lief es mir eiskalt den Rücken herunter.

Ein Sikuta maß nur einen Meter bis eins zwanzig. Davon nahm das Maul gut die Hälfte ein. Bei einer Schulterhöhe von achtzig Zentimetern und dem riesigen Kopf war das ein furchterregender Anblick. Zudem gehörte der Sikuta zu den schnellsten Lebewesen der Sikahil. Sein sandbraunes Fell tarnte ihn hervorragend. Meistens sah man ihn gar nicht, sondern spürte nur, wenn er sich festgebissen hatte. Es verging kein Tag, ohne dass mir mein Vater einschärfte, den Sand zu beobachten, die Augen aufzuhalten und tief einzuatmen. Ein Sikuta stank. Er stank bestialisch im wahrsten Sinne des Wortes.

An diesem Tag roch ich ihn zum ersten Mal. Ich vergaß diesen Geruch bis heute nicht. Vater rümpfte die Nase und schwang seinen Skull. Wir stellten uns sofort Rücken an Rücken in einem Dreieck auf, wie wir es gelernt hatten. Zoltai atmete schwer und mir viel es auch nicht leicht. Wir bewegten uns langsam im Kreis und beobachteten den Sand.

Ich starrte in eine gelbbraune Leere. Meine Augen schmerzten und mein Herzschlag raste. Wir schwangen und schleuderten unsere Skulls im Kreise. Ein Angriff wäre für den Sikuta in diesem Moment sicher tödlich ausgegangen. Aber diese Bestie überlebte in der Sikahil, weil sie intelligent war und wartete. Wir bewegten uns langsam auf unsere Zelte zu, immer Rücken an Rücken im Kreis drehend, die Skulls schleudernd. Ich sah nur noch Sand, meine Glieder schmerzten und der Schweiß kochte auf meiner Stirn. Der ätzend brennende Geruch verbreitete sich überall. Der Sikuta musste uns umrundet haben.

»Immer weiter schleudern Jungs und nicht nachlassen. Es ist unsere einzige Chance. Wo das Vieh sich festbeißt, wächst nichts mehr.«

Die Stimme meines Vaters beruhigte mich. Vielleicht war ich deshalb unaufmerksam. Die Sandkristalle spiegelten Lorsons Strahlen. Mein Starren in den Sand verursachte Übelkeit in mir. Die Hitze wurde unerträglich. Die Luft flimmerte über dem heißen Boden. Ich sah den Stein nicht und stürzte.

Noch ehe ich den Boden berührte, fuhr mir dieser ätzende Geruch mit einer schauerlichen Intensität in die Nase. Ich riss meinen Arm hoch und sah, während ich einen höllischen Schmerz im Oberarm verspürte, in zwei kleine, hässlich funkelnde Augen. Lange, nach Fäulnis stinkende, mit Blut befleckte Zähne gruben sich tiefer und tiefer in meinen Arm. Dann schlug ich auf dem Boden auf. Mein Vater trennte den Kopf des Sikuta von dessen Leib und Zoltai spaltete seinen Schädel. Heißes, kochendes Blut spritzte mir ins Gesicht. Ich musste mich übergeben, und es umhüllte mich nur noch Dunkelheit.

Meine Mutter erzählte mir später, dass ich vier Tage bewusstlos gewesen war. Unser Heiler, Jasote, opferte drei schlaflose Nächte, um mein Leben zu retten. Ein dicker Verband aus Kräutern und Säften bedeckte meinen Arm und wurde stündlich gewechselt. Es erforderte lange Tagesreisen, um diese Kräuter aufzutreiben.

Ich spürte nichts. Mir war, als besäße ich keinen Arm mehr. Ich sah ihn zwar, konnte ihn jedoch nicht fühlen. Fieber erfasste mich und immer wiederkehrende Träume plagten mich von Nacht zu Nacht.

Ich saß auf einer Erhebung aus Sand. So schien es zumindest. Plötzlich regte sich der Sand und verwandelte sich in Sikutas. Alle bissen sich an mir fest. Ich sah nur noch hämisch grinsende Sikutas. Jeder trabte mit einem Teil von mir davon. Ich soll in meinen Träumen geschrien haben.

Meine Mutter saß am Feuer und betete zu Lawi, unserem Stammesgott, dass er beim Göttervater Retus ein gutes Wort für mich einlegt. Ich dachte viel über die Götter nach. Viel Ruhm und Ehre hatte ich ja noch nicht erlangt. Die Aussichten auf ewige Frondienste im Jenseits ließen meinen Lebenswillen wachsen. Vater sagte mir, dass der Gott des Lebens jederzeit, wann er wollte, meinen Lebenshauch ausblasen könnte. Ich konnte nicht ganz daran glauben. Wieso lebten die schlimmsten Gotteslästerer dann noch? Sie mussten zur Strafe in der Sikahil weiterleben, hieß die Antwort. Dann werden wir doch auch bestraft. Aber das war etwas Anderes. Unsere Lebensuhren liefen noch. Wir mussten noch leben und durften noch leben, um Ruhm und Ehre zu ernten.

Ich heiße der, der denkt. Also dachte ich nach, welchen Gott ich als meinen Fürsprecher und Schutzgott aussuchen möchte. Meine Eltern lehrten mich, nicht um irgendetwas herum zu reden, sondern offen, direkt und frei zu sein. Also wählte ich Retus. Denn, was nützt es, wenn ich einen guten Mittler habe, wenn ich persönlich doch meine Gefühle vortragen kann. Wer sollte das besser können als ich selbst. Ich fürchtete Retus nicht. Ich fasse diesen Entschluss ein halbes Jahr vor der Götterweihe, als ich aus dem Fieber erwachte.

Doch vor dieser Feier stand mir noch eine Verhandlung bevor. Ich musste mich, wegen meines Fehlverhaltens vorm Rat verantworten. Warum war auch gerade ich so blöd, über diesen Stein zu stürzen. Ich bat Retus um Beistand.

Zu dieser Anhörung lud man neben den Beteiligten auch die Ausbilder des Betroffenen, sowie dessen Eltern vor. Wir begaben uns alle in ein großes Zelt. Mein Vater und Zoltai saßen rechts und links von mir. Gegenüber ließen sich die Stammesältesten, sieben an der Zahl, nieder. Mutter saß auf der linken Seite bei den Frauen, die mich in meiner Kindheit betreuten. Rechts saßen meine Lehrer.

In der Mitte brannte ein Feuer, dessen blassblauer Qualm durch eine große Öffnung in der Decke des Zeltes abzog.

Ein Alter legte zwei ekelhaft stinkende Blätter ins Feuer. Das Ritual sah vor, dass jemand, der diesen Geruch nicht ertragen konnte, das Zelt verlassen musste, weil es ihm an Konzentration mangelte. Mir wurde übel.

Die Versammelten erwarteten den ältesten Stammesführer. Niemand durfte vor ihm reden, sich bewegen oder gar irgendeinen Laut von sich geben. Ich hielt die Augen geschlossen, den Kopf gesenkt und die Hände gefaltet, und ich wartete. In solchen Momenten wird die Sekunde zur Stunde und die Minute zum Jahr. Aber Geduld gehörte zu einer meiner Stärken. Und diese wurde auf die Probe gestellt, als eine Fliege im Zelt umherschwirrte. Ihr Brummen erweckte in mir das Verlangen meinen Kopf zu heben, und ihr nachzuschauen. Sie zu hören wurde zur Qual, sie zu spüren unerträglich. Ausgerechnet auf meiner Nase ließ sie sich nieder. Sie krabbelte hin und her in meinem Gesicht. Ich flehte Retus um Hilfe an, doch er schien mich zu verhöhnen. Nachdem die Fliege ihren Kopf dreimal in mein Nasenloch gesteckt hatte, konnte ich mein Niesen nicht mehr zurückhalten.

Es brach aus mir heraus, wie ein Sandsturm, der plötzlich beginnt und die Stille verdrängt. Dabei öffnete ich meine Augen und sah in vorwurfsvolle Gesichter. Zu allem Unglück trat im selben Moment auch noch der Stammesführer ein. Ich betete zu Retus, damit er mir Kraft gebe und ein mildes Urteil.

Der Alte blieb stehen und atmete schwer. Ich hätte mich gerne entschuldigt, aber jedes Wort konnte mich nur noch mehr belasten. Er setzte sich nieder und sprach:

»Möge Retus uns die Erleuchtung geben gerecht zu sein. Möge Lawi uns beistehen. Oh großer Retus erhöre uns. Möge er uns auch weiterhin Zeichen geben, um die Wahrheit zu finden. So wie er eine Fliege senden konnte«

Ich kochte innerlich vor Wut. Ob ich auf die Fliege oder auf Retus, den Alten oder sonst etwas wütend war, weiß ich nicht mehr. Mein bandagierter Arm schmerzte sehr und steigerte diese Wut. Vater sah mich mit weit geöffneten Augen an. Ich wusste, dass er mich damit zur Besonnenheit mahnen wollte. Ich sah den Ältesten an und lächelte. Daraufhin verfinsterte sich dessen Gesicht noch mehr. Ich beschloss vorerst, starr wie ein Stein zu bleiben, da ich scheinbar alles falsch anpackte. Und auf Hilfe von Retus konnte ich bislang nicht vertrauen.

Der Alte sprach weiter:»,Lato berichte uns ausführlich den Ablauf des Tages, an dem das Blut deines Sohnes floss und die kostbare Flüssigkeit seines Körpers vergeudet wurde«

Mein Vater erhob sich auf Geheiß und begann zu erzählen. Ich hörte genau hin. Mein Vater konnte gut erzählen. Er ließ nichts aus, unser Frühstück, das morgendliche Training, meine Niederlage gegen Zoltai, der Angriff des Sikuta, mein Ungeschick und das Ende des Sikuta. Er erzählte alles lückenlos und genau. Als er beschrieb, wie der Sikuta sich festbiss, ging ein Raunen durch die Menge. Die Frauen stimmten einen Trauergesang an:

»Oh du unglückseliges Geschöpf
Wärst du im Krieg gefallen,

Ehre wäre dir gewiss.
Dein Leben für ein anderes gegeben,
Ehre wäre dir gewiss.

Oh du unglückseliges Geschöpf
Bete zu Lawi, erflehe seine Fürsprache,
Retus sei gnädig! Verfluche nicht dein Volk!«

Sie wiederholten die letzten Zeilen zwei Mal und fielen dann in einen rhythmischen Jammergesang. Der Alte setzte dem Ganzen nach fast fünf Minuten mit einer Handbewegung ein Ende. Alle verstummten.

»Die Lehrer mögen sprechen«, fuhr der Alte fort.

Meine Lehrer erzählten nun alle nacheinander, dass ich gut und willig lernte und auch über eine schnelle Auffassungsgabe verfügte. Aber alle hielten nicht damit zurück, dass ich schon immer ungern Gewalt einsetzte.

Sie zeichneten ein Bild vom lieben kleinen Jungen, den man nicht verantwortlich machen konnte. Dies würde bedeuten, dass ich meine Manneswürde und Götterweihe nur über eine Prüfung erhalten würde.

Ich kann einfach nicht verstehen, wieso immer Gewalt und Grausamkeit als Mittel zur Führung eines Volkes verwendet werden müssen. Die Männer in der Runde betrachteten mich mitleidig und die Frauen kicherten. Der Alte sorgte mit einem energischen Blick für den nötigen Respekt.

»Wir haben jetzt von Lato gehört, wie alles geschah und die Lehrer lehrten uns den Jungen kennen. Die Alten werden nun entscheiden«

Die Alten erhoben sich und verließen das Zelt. Die Frauen folgten ihnen, um ihnen Speisen zu bringen und sie zu bewirten. Wir warteten. Die Hitze im Zelt wurde fast unerträglich. Es roch penetrant nach Schweiß. Die Kräuter waren längst verbrannt. Ich schloss meine Augen. Dunkelrot schwirrten schnelle Blitze dahin. Konzentration ermüdet den Leib und die Sinne. Müdigkeit überfiel mich. Ich durfte nicht gähnen und nicht schlafen, denn das Ritual verlangte es, bis zur Entscheidung durch den Rat körperlich und geistig anwesend zu sein.

Ich fragte mich, wieso mir dies alles widerfuhr. Es erschien mir so unmöglich, dass ein Gott diese Geschicke lenkt. Ein Gott existiert doch nur, weil es Talatijasus gibt, die ihn ehren und um die er sich kümmern kann. Ein Gott ohne Talatijasus wäre doch zur Tatenlosigkeit degradiert. Aber was taten die Götter, bevor sie die Talatijasus schufen und warum schufen sie sie? Ich glaubte damals, dass die Götter die Talatijasus zu ihrer Unterhaltung schufen, weil sie sich untereinander langweilten. Somit fand ich auch eine einleuchtende Erklärung für meine Lage. Die zweite Möglichkeit wies ich zunächst von mir, da sie mir sehr erschreckend erschien. Es bestand nämlich auch die Möglichkeit, dass es gar keine Götter gibt und die Menschen Ihre Geschicke selber lenken und sich etwas vormachen. Vor diesem Gedanken hatte ich Angst.

Ich wog die Möglichkeiten, die sich für meine Verurteilung boten ab. Im schlimmsten Fall stand mir eine Verstoßung bevor, ohne Wasser in der Wüste. Im günstigsten Falle konnte ich mit einer Verwarnung rechnen, die aber auch schlimme Folgen haben würde, da dies bei meiner Götterweihe einen Mannestest erfordern könnte.

Ich lernte in meinen eigenen Gedanken zu lesen. Ich lernte, dass alles zwei Seiten hat oder gar mehr. Die Wichtigkeit des Standpunktes, aus der man etwas betrachtet, wurde mir bewusst. Je mehr ich nachdachte, desto vertrauter erschienen mir meine Gedanken. Gadni, der, der denkt. Dachte ich jetzt nur so nach, weil ich Gadni hieß, oder denken die andern auch so? Wenn die andern von ähnlichen Gedanken geplagt wurden, befürchtete ich, meinen Namen umsonst bekommen zu haben. Furcht, aber auch Stolz sorgte dafür, dass mir schwer ums Herz wurde.

Ein monotones Trommeln kündigte die Rückkehr der Frauen an. Ich musste bislang noch nie einem Gerichtsritual beiwohnen. Man lehrte uns wohl den Ablauf der einzelnen Riten, aber das war alles Theorie. Niemand erzählte mir, wie die Gefühle der Beteiligten beeinflusst wurden.

Der Rhythmus der Trommeln umschloss mein Herz. Mein Herzrhythmus passte sich dem Trommelschlag an, der langsam schneller wurde. Ich weiß nicht, ob ich mehr meinen Herzschlag oder die Trommeln hörte. Die Stammesmitglieder, die sich mit mir im Zelt befanden, wiegten ihre Oberkörper mit dem Trommelklang hin und her. Mein Herz schien mir die Brust auseinanderzureißen. Ich zwang mich, nicht zu schreien. Das plötzliche Verstummen der Trommeln riss alle aus einer tiefen Trance. Ich glaubte, mein Herz stehe still. Die Frauen saßen wieder auf ihren Plätzen. Die Alten traten ein. Unser Stammesführer, der Zatakus, stand mit vor der Brust gekreuzten Armen vor uns. Er sprach:

»Nun höre mein Volk, was die Alten als angemessenes Urteil ansehen.«

Er setzte sich und der erste Alte erhob sich schwerfällig.

»Ich erachte eine Verstoßung aus dem Stamm für drei Tage und drei Nächte ohne Wasser und Nahrung für angemessen«

Der zweite Alte stand auf. Der Erste blieb stehen. Der zweite Urteilsvorschlag:

»Blut für Blut. Gefahr muss vom Stamm ferngehalten und bekämpft werden. Deshalb fordere ich Ausstoßung aus dem Stamm«

Der dritte Urteilsvorschlag:
»Junges Blut ist unbesonnen und unachtsam. Wir können nicht alle Kinder töten, die Fehler in Ihrer Ausbildung begehen. Der Schmerz und der Schreck, den er davongetragen hat, werden ihm eine Lehre sein. Erfahrung ist ein kluger Lehrmeister. Ich bin daher dafür, dem Jungen weitere Lasten zu ersparen«

Der vierte Urteilsvorschlag:
»Ein Jahr vor der Götterweihe sollte ein junger Mann für seine Fehler schon einstehen können. Eine Verstoßung erscheint mir als unnötiges Opfer. Ich bin der Meinung, dass wir ihn vor seiner Götterweihe dem Drachentest unterziehen sollten, um Retus' Forderungen gerecht zu werden«

Der fünfte Urteilsvorschlag:
»Verstoßung für zwei Tage und zwei Nächte. Drachentest und Sikutaprobe vor der Götterweihe scheinen mir gerecht«

Der sechste Urteilsvorschlag:
»Lasst den Jungen nach Hause gehen.«

Der siebte Urteilsvorschlag:
»Ausstoßung aus dem Stamm für ein Jahr. Zur Götterweihe sollte man ihn, wenn er mindestens drei Drachenzähne mitbringt, wiederaufnehmen«

Ich schluckte schwer. Meine Zukunft schien nicht sehr rosig zu sein.
Der Zatakus hatte nun das letzte Wort. Seine Entscheidung konnte nur noch durch mich angefochten

werden. Wenn ich das Urteil nicht annehme, musste ich einen Tag und eine Nacht in der Wüste allein mit meinem Skull bewaffnet bleiben.

Das schwierige daran war, dass der Zatakus festlegte, in welchem Gebiet man ausgesetzt wurde. Es konnte leicht geschehen, dass man in bestimmten Gebieten mehr Sikutas begegnet, als man in seinem ganzen Leben zu sehen bekommt, von den legendären Drachenhöhlen ganz zu schweigen.

Ich erwartete das Urteil.

»Ich, der Zatakus der Talatijasus spreche folgendes Urteil über unser Stammesmitglied Gadni aus. Lawi möge mich führen. Retus stehe mir bei.

Da Gadni ein noch sehr junges Stammesmitglied ist, können wir die Maßstäbe nicht so setzen, als hätten wir einen geweihten Kämpfer vor uns stehen. Möge Gadni dem Ruf seines Namens folgen und vor seiner Götterweihe zeigen, dass er die Würde eines Talatijasus tragen kann. Die Verwarnung und Ermahnung zur Vorsicht im Interesse des Stammes sollte vorerst ausreichend sein. Zur Götterweihe wird eine Prüfung auferlegt werden. Es steht Gadni frei, wann er sich dieser Prüfung unterziehen wird. Die Art der Prüfung werde ich verkünden, wenn dieses Urteil angenommen wird.«

Nun starrten alle auf mich. Es lag an mir, dieses eigentlich milde Urteil anzunehmen oder abzulehnen. Ich erfuhr, dass eine der schwierigsten Dinge im Leben das Treffen von Entscheidungen ist. Stimmte ich dem Urteil zu, so würde ich als Schwächling so lange verlacht werden, bis ich meinen Test bestanden habe, wenn ich ihn bestehen würde. Ich konnte schließlich nicht wissen, was sich der Zatakus ausgedacht hatte. Ich konnte das meinem Vater nicht antun. Er befehligte schließlich die Krieger. So bliebe nur der

Widerspruch. Aber auch dann brächte ich meinen Vater und meinen besten Freund in Verlegenheit. Ich müsste meinen besten Freund öffentlich bitten mir zur Seite zu stehen. Ich müsste sein Leben aufs Spiel setzen, denn es ginge bei diesem Tag und dieser Nacht um unser beider Leben. Das Gebiet, in das man ausgesetzt wurde, durfte nicht verlassen werden. Die Krieger bewachten die Region und meldeten jeden Übertritt. Der Befehlshaber der Krieger, mein Vater, musste dann entscheiden, was geschieht. Verlässt man die Region dreimal oder entfernt sich mehr als dreißig Schritte von ihr musste er diesen Übertritt mit dem Tode bestrafen und diese Entscheidung selbst ausführen.

Zudem konnte der Zatakus zusätzliche Auflagen an die Beteiligten stellen.

Ich sah meinen Vater an, der langsam den Kopf schüttelte und mich flehend ansah. Ich wusste, dass er mich lieber ehrenvoll sterben sah, als gemieden und verspottet. Zoltai sah mich offen und lächelnd an. Ich wusste, dass er zu mir stehen würde.

Ich stand auf. Ich sah den Zatakus an. Alte, grüngraue, durchdringende Augen blickten mir entgegen. Sie schienen geheimnisvoll und unergründlich. Ich glaube aber auch, einen Schimmer von Qual und Lebenslast gesehen zu haben.

Ich atmete tief ein und sprach:
»Ich lehne das Urteil des Zatakus ab.«

Mehr kam nicht über meine Lippen. Eine Begründung ist nicht notwendig, eher überflüssig. Mein Vater sah erleichtert aus und Zoltai strahlte. Ich fühlte mich unwohl. Ich war gezwungen Menschen, die ich liebe, in Gefahr zu bringen, damit ich dieselben Menschen nicht in aller Öffentlichkeit beschäme. Ich hätte weinen können, doch es war verboten.

Der Zatakus erhob sich. Der hagere, alte Mann lächelte. »Mein Volk soll stolz sein auf diesen jungen Mann, der den

Zeitpunkt für seinen Test sofort wählte. Er wird einen Tag und eine Nacht ausgesetzt werden. Als Bewaffnung werden ihm sein Skull und ein Schild zugesprochen. Er darf in dieser Zeit weder essen, trinken, sprechen, noch schlafen. Falls bei der üblichen Beistandsbitte jemand dazu bereit ist, ihm zur Seite zu stehen, erhält dieser von mir eine zusätzliche Auflage, die ich dann verkünden werde«, sprach der Zatakus und fixierte mich.

Ich erhob mich, um die offizielle Form der Beistandsbitte auszusprechen. Sollten sich mehr als einer melden, mussten sie sich einigen oder darum kämpfen mir beistehen zu dürfen. Mein Vater konnte sich nicht melden, da er sonst sein Amt als Führer der Krieger hätte niederlegen müssen.

»Einen Tag und eine Nacht allein mit mir verbracht. Wer wagt sein Leben mit dem meinen, in Freundschaft stärkend zu vereinen. Ehre oder Tod, Leben oder Not. Wer wagt es, zu mir zu stehen und mit mir hinaus zu gehen?«

Zoltai sprang auf noch bevor ich geendet hatte.

»Ich wage diesen Schritt und gehe mit dir mit. Meinen Skull und mein Leben für deines gegeben«, sagte er dem Kodex entsprechend.

Der Zatakus nickte und fragte Zoltai: »Zoltai wählte selbst und ohne Zwang?«

»Ja, oh Zatakus der Talatijasus.«

»Ich der Zatakus der Talatijasus mache dir folgende Auflage zur Erfüllung deiner Aufgabe. Neben Skull und Schild erhältst du jede Stunde Nahrung und Wasser, die du zu dir nehmen musst. Du darfst bei der Nahrungseinnahme nicht von Gadnis Seite weichen. Ein Verstoß wird mit dem Tode bestraft«

Ich sah, dass Zoltai erschrak. Er wurde dazu gezwungen, mich zu quälen. Wir durften nicht miteinander reden, nicht miteinander fasten. Wir durften nur gemeinsam kämpfen. Der Zatakus sprach weiter:

»Das Urteil wird nach einem Festmahl, an dem die Beteiligten noch einmal gemeinsam teilnehmen müssen, vollstreckt. Lato bereite die Krieger vor, das Gebiet abzuschirmen. Gadni und Zoltai werden im Sikutaterritorium vor den Drachenhöhlen im südlichsten Teil der Wüste ausgesetzt. Wir reisen sofort dorthin und schlagen unser Lager westlich des Gebietes auf, wo das Fest stattfinden wird. Mögen Lawi und Retus uns beistehen«

Der Zatakus erhob sich und verließ gefolgt von den Alten das Zelt. Wir waren schockiert. Noch nie wurde jemand für einen Tag und eine Nacht dort ausgesetzt. In dieses Gebiet wagten sich normal nur Gruppen von mindestens fünf erwachsenen Kriegern.

Das Urteil war gesprochen und konnte nicht mehr angefochten werden. Jetzt wurde mir klar, wieso der Zatakus ein so mildes Urteil wählte. Ein hartes Urteil hätte bei einem Widerspruch nicht so viel Wirkung erzielt.

So wurde dem Volk vorgeführt, dass man stark sein muss, wenn man den Entscheidungen des Rates widerspricht. Der Zatakus hatte seine Macht geschickt demonstriert, und ich habe das Leben meines Freundes in Gefahr gebracht und das Gewissen meines Vaters belastet.


Als Lorson am Horizont erschien und seine mörderische Hitze entfachte, fanden seine Strahlen im ausgetrockneten Flussbett des Wadrusus nur noch die Überreste eines in der Nacht geräumten Lagers.

Die Talatijasus zogen nach Süden. Tagsüber lagerten sie, um der Hitze Lorsons in Ihren Zelten zu entgehen. Des Nachts zogen sie weiter. Ich schien etwas niedergeschlagen zu wirken. Zoltai brachte sein Jaru neben das meine und sprach mich an.

»Was bedrückt dich, Gadni?«, fragte er.

Ich sah auf und blickte in zwei strahlende Augen, die seine scheinbar gute Laune unterstrichen.

»Selten komische Frage. Soll ich etwa darüber jubeln, dass mein bester Freund durch meine Schuld in eine Gefahr gebracht wird, der er wohl nicht mehr lebend entrinnen wird?«, gab ich etwas schroff zurück.

»Na Gadni! Mach dir darüber im Moment nur keine Sorgen. Erstens ist es noch nicht so weit, dass wir uns der Gefahr aussetzen müssen, und zweitens heißt es noch lange nicht, dass wir sterben werden, denn ich bin sehr zuversichtlich. Ich glaube, du tätest besser daran etwas nachzudenken, als dich in Kummer zu vergraben«

»Wie meinst du das? Ich soll nachdenken? Was gibt es da noch nachzudenken? Wir werden entweder von zehn bis zwanzig Sikutas zerfetzt oder von einem Drachen zermalmt. Beides keine schönen Aussichten.«

»Überlege doch einmal wie lange wir noch brauchen bis wir im Süden sind und welche Jahreszeit uns dann bevorsteht«, gab er zurück.

»Ich weiß nicht, was das soll! Wir werden bestimmt noch zwei Wochen unterwegs sein. Und dann haben wir die Zeit der Kälte. Und die Sikutas werden noch mehr Hunger haben als sonst, weil viele kleinere Tiere Kälteschlaf halten«, konnte ich nur anmerken, schien aber wohl doch durch das Urteil so geschockt zu sein, dass mir das Naheliegende nicht einfiel.

»Du vergisst etwas sehr Wichtiges. In der Kältezeit verlassen die Drachen selten ihre Höhlen, da sie bis zu dieser Zeit Ihre Vorräte bereits eingebracht haben«

Ich wusste immer noch nicht, worauf er hinauswollte.

»Pass auf! Die Möglichkeit, dass ein Drache herumläuft, der uns zermalmt, wie du sagst, ist also sehr gering. Die Sikutas haben zu dieser Zeit auch andere wichtige Dinge zu tun«

»Wie? Was gibt es Wichtigeres für den Sikuta, als zu fressen? «

Ich war damals etwas einfältig. Das muss ich selbst zugeben. Als Zoltai mich schließlich und endlich darauf hinwies, dass unsere Ankunft im Sikutagebiet in die Paarungszeit der Sikutas fiel, wurde mir klar, dass wir eine kleine Chance hatten, diesen Test zu überstehen. Die Sikutas taten nämlich alles mit Sorgfalt. Wenn sie etwas taten, dann richtig. Sie ließen sich dann von nichts unterbrechen. Die Paarungszeit war für den Sikuta sogar gefährlich. Deshalb hatte der Sikuta auch ein besonderes Liebesritual entwickelt.

Wie ich bereits erzählt habe, sind die Sikutas sehr schnell und meistens in Bewegung. Zum Ruhen graben sie sich in die Erde ein, um ihren Geruch zu überdecken. Sie jagen immer dann, wenn sie Hunger haben und ruhen, wenn sie müde sind. Sie haben keine speziellen Jagdzeiten, weshalb man zu jeder Zeit, ob Tag oder Nacht, mit einem Sikutaangriff rechnen konnte. In der Kältezeit, wenn Lorson nicht mehr so hoch am Himmel stand, zogen auch die Sikutas nach Süden. In den etwas wärmeren Regionen der Sikahil kam es zu einer Ansammlung von vielen Sikutas. Die meisten Tiere vergruben sich oder zogen sich in Höhlen zurück, da die Nächte sehr kalt wurden und die Stürme über die Sikahil zogen. Das Nahrungsangebot war also sehr gering. Die Natur hatte hier dafür gesorgt, dass gerade diese Gegebenheit den Fortpflanzungstrieb des Sikutas weckte. Zunächst rannten in den ersten Tagen alle wie wild durch die Gegend. Es geschah nicht selten, dass sie sich gegenseitig töteten oder sogar fraßen. Nach drei Tagen waren die Männchen dann so wild, dass sie über jedes Weibchen herfielen, dass ihnen über den Weg lief. Es kam sogar vor, dass ein stärkerer Sikuta einen schwächeren, der gerade ein Weibchen erfreute, verjagte, damit er als der Stärkere weitermachen konnte. Ab dieser Phase konnte es eher passieren, dass man von einem Sikuta vergewaltigt wurde, als dass er biss.

Die Begattung lief dabei genauso schnell ab, wie der Sikuta flink war. Die Weibchen wurden in kürzester Zeit von mehreren Männchen bestiegen. Das geschah alles so schnell, dass man kaum zusehen konnte. Unsere Chance bestand also darin, uns möglichst ruhig zu verhalten und uns nicht bemerkbar zu machen. Der Sikuta sprang nämlich nur sich bewegende Dinge an oder Weibchen, die den gewissen Geruch beziehungsweise Gestank verbreiteten.

Wir zogen weiter, ständig nach Süden, Unser Sternendeuter, Sokotalis, irrte nie. Er war ein alter, korpulenter Mann mit langem, grauem Haar. Sein Sohn, der ihm stets zur Seite stand, ritt jetzt neben mir. Ich sprach ihn an:

»Wie lange werden wir noch unterwegs sein, Sokotalis?«

Er sah mich überrascht an.

»Noch genau siebzehn Nächte und sechzehn Tage, wenn wir am Tage rasten und in der Nacht wandern«, meinte er.

»Wann werden eigentlich die Stürme über die Sikahil ziehen?«, fragte ich.

»Ich bin sicher dass wir in einundzwanzig Tagen unsere Zelte verlieren, wenn wir keine Höhlen finden, Gadni.«

»Ich danke dir Sokotalis.«

Er zog verwundert die Augenbrauen hoch und sah mir ungläubig nach, als ich mein Jaru antrieb, um wieder zu Zoltai aufzuschließen, der mich mit meinen Gedanken allein gelassen hatte und vorausritt.

Ich saß fest und sicher zwischen den zwei Höckern meines Jaru, das zufrieden mit der Zunge schnalzte während seine schaukelnden Auf- und Abbewegungen mich in meinen Gedanken festhielten. Ich gelangte immer mehr zu der Überzeugung, dass die Ursachen für die vielen mich bewegenden Gedanken nicht in meinem Namen zu suchen waren.

Viele unserer Stammesmitglieder hatten die gleichen Namen, da viele mit den gleichen Tätigkeiten beauftragt waren. Trotzdem konnten wir uns voneinander unterscheiden. Die Unterscheidung zwischen Vater und Sohn erlangte man einfach dadurch, dass der Name des Vaters anders betont wurde. So lag die Betonung des Vaternamens auf der ersten Silbe, die des Sohnes auf der zweiten. Ansonsten unterschieden wir die Namen einfach durch nähere Beschreibungen, wie der mit den langen Haaren, oder der mit der Narbe am Auge. Auf jeden Fall funktionierte es sehr gut.

Etwas sonderbar war es lediglich mit den älteren Menschen. Sie wurden einfach als Alte bezeichnet. Die Alten mussten nicht mehr arbeiten. Wenn sie zu den Ratsältesten berufen wurden, weilten sie dort noch lange im Stamm. Ansonsten kam irgendwann der Moment, dass sich die Alten einfach in die Wüste setzten und starben. Sie gingen so in Retus' Reich ein und behielten ihre Würde und Anerkennung im Stamm, dem sie nicht mehr zur Last fielen.

Angst befiel mich immer, wenn ich mich mit diesen Gedanken befasste. Aber zunächst plagte mich eine weit akutere Angst umso mehr.

Ich musste dem Schicksal etwas nachhelfen, denn, wenn Sokotalis Recht hatte, kamen wir genau vier Nächte zu früh an. Nach unserer Ankunft würden das Fest und die Vorbereitungen zwar zwei Tage in Anspruch nehmen die Sikutas aber erst zwei Tage nach den großen Stürmen mit ihrem Paarungsakt beginnen. Wir mussten verhindern, in der Zeit der großen Fressjagd der Sikutas ausgesetzt zu werden.

Also galt es die Horde irgendwie aufzuhalten. Der Zatakus ritt jetzt mit Sokotalis am Kopf der Horde. Der Anblick, der sich mir bot, wirkte so lächerlich, dass ich mich zurückhalten musste, um nicht laut zu lachen. Der Zatakus glich einem im Wind wehenden Grashalm, an dessen Spitze sich ein dicker grauer Mistkäfer festgesetzt hatte. Der Wind blies den grauen Bart des Alten ständig über seine schmale, linke Schulter. Trotz seines hageren Aussehens sah man ihm an, dass er stark und ausdauernd war. Er ritt ein äußerst korpulentes Jaru, während sich unter Sokotalis, dessen weitaus größeres Gewicht deutlich erkennbar war, ein dünnes klappriges Tier redlich mühte. Zum Glück verschluckte die Dunkelheit während unserer Wanderung meist diese belustigenden Anblicke, da der Zatakus von einem Gelächter in seiner Nähe nicht erbaut wäre.

Ich überlegte mir, wie ich es anstellen konnte, ohne dass ein Verdacht auf mich und Zoltai fiel, einen Aufenthalt zu verursachen. Da fiel mir auf, dass Zoltai seit einiger Zeit neben Namina ritt. In unserem Stamm erlaubte man den heranwachsenden, jungen Menschen sich miteinander zu vergnügen, solange die Beteiligten das wollten. Nach der Götterweihe jedoch, die gleichzeitig mit der sexuellen Reife vollzogen wurde, sollte ein Mann in kürzester Zeit mit einem Weib für immer vereint sein. Unsere Frauen hatten natürlich die Wahl der Zu- oder Absage. Die Frau bekleidet eine weitaus bedeutendere Rolle, als man annehmen mag. Sie verwaltete nicht nur den Besitz und sorgte für die kleinen Kinder, sondern war für viele rituelle und gesellschaftliche Abläufe im Stamm verantwortlich. Ihre Stellung gegenüber dem Mann war keineswegs von untergeordneter Art. Eine Verbindung band beide Personen. Es geschah selten, dass sich bereits vereinte Talatijasus wieder trennten und das sicher nicht nur, weil es ein schwieriges Ritual zur Folge hatte.

Ihre Art miteinander zu leben, forderte Ihre volle Hingabe. Auseinandersetzungen breiteten sich stets dann aus, wenn zwei junge Männer um die gleiche Frau warben.

Da überkam mich ein rettender Gedanke. Namina strahlte eine natürliche Attraktivität aus, die mich beeindruckte. Ich zeigte zwar sonst wenig Interesse an ihr, wusste aber, dass bei einem Streit um Namina Zeit zu gewinnen war. Zoltai ritt rechts von ihr. Ich trieb mein Jaru an und gesellte mich links von Naminas Jaru zu den beiden. Ihre dunkelbraunen Augen sahen mich verwundert an. Auch Zoltai schien etwas verwirrt und runzelte nachdenklich die Stirn.

»Ich glaube, du hast dich geirrt Gadni, du solltest neben mir reiten«, sagte er.

»Da wäre ich an deiner Stelle nicht so sicher«, gab ich zurück.

Namina war sehr schön. Ihr kastanienbraunes, in der Mitte gescheiteltes Haar wellte sich sanft über ihren Rücken bis fast hin zu ihrem süßen Po. Selbst ihre weit geschnittene, braune Tunika konnte die feine Ästhetik ihrer Formen nicht verbergen.

»Hallo Namina. Erlaubst du mir, an deiner Seite zu reiten?«, sprach ich sie an.

»Du tust es doch schon, Gadni«, antwortete sie.

Ihre Stimme verzauberte mich. Ein ruhiger, melodiöser Klang war ihr eigen.

»Deine Stimme klingt wie Honigtau an einem frischen Sommermorgen«, versuchte ich ihr zu schmeicheln.

»Sag mir bitte, wenn dir meine Anwesenheit unangenehm sein sollte.«

»Es ist mir nicht unangenehm, Gadni! Es ist nur unerwartet.«

»Mir ist es aber unangenehm«, fuhr Zoltai dazwischen.

»Dann musst du irgendwo anders reiten Zoltai«, gab ich zurück.

Und nun zeigte sich auch das diplomatische Geschick Naminas.

»Bleibt doch bitte beide und streitet euch nicht. Zwei Beschützer sind besser als einer. Und noch bin ich mit keinem von euch beiden fest verbunden.«

Zoltai murrte vor sich hin und verunstaltete seine feinen, angenehmen Gesichtszüge mit einer faltendurchzogenen Stirn. Ich sah Namina an.

»Schöne Namina, willst du dich mit mir verbinden und allen das große Glück verkünden?«

Da ich die offizielle Vereinigungsformel benutzte, sah mich Namina zunächst nur überrascht an, wobei mehr und mehr die Erkenntnis der Bedeutung meiner Worte in ihren sich immer weiter öffnenden Augen zu sehen war.

Überrascht versuchte ich, Zoltai zu finden, dessen Jaru mit leerem Sattel neben Namina ritt. Ungefähr zehn Jaruschritte hinter uns schienen meine Worte ihn aus der Fassung und aus dem Sattel gebracht zu haben. Während er hinter uns herrannte, schrie er:

»Nein. Nein, Namina wird meine Frau. Ich habe sie zuerst gefragt!«

Wir hielten an und warteten auf ihn.

»Also gut Zoltai. Hör zu. Ich möchte mit Namina kurz alleine sprechen und stelle mich dann ihrer Wahl.«

»In Ordnung«, gab er zurück.

»Das gleiche Recht auch für mich.«

»Jetzt seit ruhig ihr beiden«, unterbrach uns Namina. »Bei der nächsten Rast reden wir darüber.«

Wir waren am späten Nachmittag aufgebrochen. Lorson verschwand am Horizont und hinterließ einen blutroten Nebel, der langsam der undurchdringlichen, schwarzen Nacht wich. Nach einiger Zeit der Finsternis zeigte sich Paluki. Der kleine goldgelbe Himmelskörper erhellte unsere Kolonne spärlich. Lediglich die in Abständen von einhundert Schritten von eigens dafür ausgebildeten Trägern mitgeführten brennenden Fackeln erhellten zusätzlich unseren Weg. Ich konnte trotz der Dunkelheit erkennen, dass Zoltai von Zweifeln geplagt wurde. Ich lenkte mein Jaru an Zoltais Seite und berührte seine Schulter mit meiner linken Hand. Er zeigte keine Regung.

»Was immer geschieht Zoltai, ich bin dein Freund«, sprach ich ihn an.

Seine traurigen Augen schienen mir ein verzweifeltes ‚warum' entgegenzuschleudern.

»Zoltai! Vertraue mir. Es muss sein, glaube mir. Ich kann es dir jetzt nicht erklären mein Freund«

Ich redete und redete auf ihn ein, doch zeigte er keine Regung. Die Nacht war fast zu Ende und ein warmer Windhauch, der sich langsam zu einem heißen höllischen Sturm steigern würde, kündigte das Erscheinen Lorsons an.

Wir schlugen unsere Zelte auf. Schopah, unser Wasserwächter, verteilte die Rationen und beauftragte zwei Krieger mit der Aushebung eines Schachtes zur Kühlung des Wasservorrates. Er versuchte so, der hohen Verdunstung entgegenzuwirken. Alle Gruppenführer schrien ihre Befehle hinaus und ein immer wiederkehrender Vorgang, in das Bewusstsein eingebrannt seit Generationen, begann. Gräben wurden ausgehoben, Zelte aufgebaut und vertäut, Gatter wurden errichtet für das Vieh. Jeder folgte seiner Aufgabe, dem Ruf seines Namens. In Windeseile erschufen die Talatijasus ihre Heimstätte und teilten Krieger und Arbeiter zur Überwachung am Tage ein. Das sind übrigens die Einzigen, die des Nachts schlafen und am Tage arbeiten.

Ich betrat das Zelt Naminas, die mich etwas verärgert ansah.

»Was hast du eigentlich vor? Warum musst du deinen besten Freund so quälen? Ich liebe Zoltai und das kannst auch du nicht ändern, Gadni.«

»Langsam Namina. Immer langsam. Ich bat um dieses Gespräch, um es dir zu erklären. Du musst mich auch zu Wort kommen lassen.«

»Entschuldige bitte. Setz dich und erzähle«, lud sie mich ein.

»Du weißt, dass Zoltai mich begleiten wird, wenn ich ausgesetzt werde?«, fragte ich sie.

»Ja, leider tut er das. Aber du bist halt sein Freund.«

»Gut. Wir werden, wenn nichts dazwischen kommt, vier Tage zu früh im Sikutaterritorium sein! Während der großen Fressjagd werden wir nicht überleben. Und darum muss ich dafür sorgen, dass etwas ,dazwischen' kommt.«

Ich brachte meine Erklärung vor und wartete auf Naminas Reaktion.

Sie starrte mich verständnislos an.

»Du bist wirklich sehr schön und ich würde sicher um dich werben, wenn Zoltai nicht mein Freund wäre. So tue ich dies nur, um uns beide zu retten«, versuchte ich es weiter.

»Ich verstehe deine Besorgnis, Gadni, aber was hat das mit mir und deinem Antrag zu tun?«

Diese Antwort zeigte mir, dass sie absolut nicht wusste, was ich meinte, sodass ich es ihr erklären musste.

»Du kannst dich entscheiden. Nur du kannst sagen, wen du nehmen möchtest. Nimmst du mich, wird Zoltai auf sein Recht bestehen, um dich zu kämpfen. Das wird uns fünf Tage aufhalten. Und glaube mir, Zoltai wird gewinnen. Ich werde rechtzeitig aufgeben. Du darfst ihm nur nichts erzählen, sonst wird es als Scheinkampf auffallen und alles wäre verloren.«


Der Zatakus saß in einem nach vorne geöffneten Wagen. Seine Augen waren geschlossen und seine Arme vor seiner Brust gekreuzt. Gleich einem Aasfresser, der seine Flügel ausbreitet, hob er langsam seine Hände in Richtung Lorson und sah zum Himmel.

»Oh Retus, erhöre uns! Stehe deinem Volk bei«, durchschnitt seine Stimme die Stille. Der ganze Stamm hatte sich versammelt. Namina musste ihren Vater unterrichtet haben.

»Mein Volk. Wir werden hier zwei Tage lagern«, fuhr der Zatakus fort. Ein Raunen ging durch die Menge.

»Ein Jüngling begehrt Namina und hat offiziell die Forderungsformel ausgesprochen. Namina hat zugestimmt.

So werden wir heute die Vereinigung feiern, zwei Nächte lang, da beide ihre Götterweihe noch nicht erhalten haben. Gadni trete vor!«

Ich trat vor und konnte in Zoltais Augen Hass und Wut erkennen, die sich jetzt nicht mehr nur gegen mich zu richten schien.

»So stelle ich jetzt und hier die Frage! Ist noch jemand unter uns, der dieses Mädchen zu seiner Frau nehmen möchte?«

Zoltai blickte zu Boden und ballte die Fäuste. Namina sah mich erschrocken an, da Zoltai immer noch nichts zu sagen beabsichtigte. Ich presste meine Lippen zusammen. Ich konnte und durfte jetzt nichts sagen, sonst wäre alles verloren. Aber, wenn Zoltai sein Recht nicht geltend machen würde, wäre alles, aber auch alles falsch gelaufen.

Der Zatakus holte so tief Luft, dass man es in weitem Umkreis deutlich hören konnte.

»Ich möchte Namina zur Frau!«

Als ich die Stimme vernahm, fuhr ich zusammen, denn es war nicht Zoltais Stimme. Aus der Menge trat ein hochgewachsener, junger Mann hervor, mit breiten Schultern und schulterlangen, blonden Haaren. Seine tiefschwarzen Augen sahen mich lächelnd an. Es war mein Bruder, Lato.

Ich wünschte mir, im Boden zu versinken. Ich durfte nicht gegen meinen eigenen Bruder kämpfen, das war gegen das Gesetz. Ich müsste wieder jemanden finden, der für mich kämpft.

»Sind sonst noch Bewerber da?«, fragte der Zatakus.

Ich sah Zoltai in seine braunen Augen und glaubte einen Anschein von Lächeln erblickt zu haben. Mit steinernem Blick meldete er sich schließlich zu Wort.

»Ich möchte Namina zur Frau!«

»Namina möge entscheiden«, donnerte der Zatakus.

»Möge der Stärkere mein Gefährte sein«, hauchte Namina.

Zoltai wirkte sehr wütend. Sowohl auf mich, meinen Bruder, als auch auf Namina.

Jetzt musste er gegen Lato und dann auch noch gegen mich antreten. Zeitaufschub gab es nun genug, glaubte ich zumindest. Doch der Wille Retus ist oft seltsam. Der Zatakus unterhielt sich kurz mit einem der Alten und nickte dann zufrieden. Er erhob sich und verkündete seinen Beschluss.

»Wir werden hier einen Tag und eine Nacht verweilen. Lato und Zoltai werden um ihr Vorrecht, den Antragsteller herauszufordern, nachdem Lorson verschwunden ist, kämpfen. Der Kampf mit Gadni wird erst nach dessen Prüfung stattfinden, sodass sich ein Kampf vielleicht sogar erübrigt. Die Vereinigungsfeier wird danach stattfinden. So soll es sein«

Ich sah zu Zoltai, Namina und Lato. Sie standen alle drei mit gesenkten Köpfen und niedergeschlagenem Blick in der Menge. Der Zatakus verzog hämisch grinsend seine Mundwinkel, als wolle er mir zeigen, dass er alles durchschaut hatte. Einen Tag gewonnen. Einen einzigen Tag. Wieder hatte ich Menschen, die ich liebte in Gefahr gebracht. Meinen Bruder Lato, Zoltai und auch Namina.

Aber ich fragte mich natürlich, was in Lato gefahren war, sich hier einzumischen. Wir verließen alle den Platz und begaben uns zu den Zelten, da Lorson jetzt zu heftig auf uns schien. Zur Mittagszeit zogen sich alle in die Zelte zurück, um zu ruhen. Wir konnten natürlich nicht ruhen, sondern ich musste mit Lato reden. Als ich ihn darauf ansprach erzählte er mir, dass er schon sehr lange mit Namina befreundet sei, aber ihr Interesse nicht erwiderte. Sie wurden gute Vertraute und redeten sehr oft miteinander. Bevor Namina zu ihrem Vater gegangen war, hatte sie mit Lato über das Problem gesprochen, dem sofort klar wurde, wie wichtig es war, die Reise zu verzögern. So hatten sie dann diesen Plan gefasst und tatsächlich auch Zoltai eingeweiht.

»Was habt ihr euch da nur gedacht?«, fragte ich sie alle.

»Wie sollen wir denn jetzt aus dieser Sache wieder rauskommen, ohne dass jemand zu Schaden kommt?«

„Jetzt mach mal langsam. Du hast ja wohl auch nicht näher nachgedacht oder? Deine Idee hätte ja wohl auch nicht besser geklappt", meinte mein jüngerer Bruder.

»Außerdem wird jeder glauben, wenn ich gegen Zoltai verliere, dass das daran liegt, dass er eben älter ist als ich und niemand wird es mir oder ihm negativ zur Last legen«, ergänzte Lato seinen Einwand.

»Wir müssen das jetzt so durchziehen und glaubwürdig bleiben«, meinte Zoltai.

"Der Zatakus wäre nicht sehr amüsiert, wenn er erfahren würde, dass das nur vorgetäuscht war."

Ich war mir da nicht so sicher, da das Verhalten des Zatakus eindeutig darauf hindeutete, dass er wohl irgendeinen Groll gegen mich hegt und auch unsere Bemühungen durchschaut. Namina brachte genau das auch zur Sprache, als sie mich fragte, was denn der Zatakus nur gegen mich habe. Lato stimmte mit mir überein, dass wir da wohl unseren Vater befragen sollten, um darüber Klarheit zu erlangen.

Am Ende entschieden wir, erst einmal eine Runde zu schlafen, und uns auszuruhen, damit wir den morgigen Tag überstehen konnten. Die Hitze und die hellen Strahlen Lorsons ließen das nur eingeschränkt zu.

Mir gelang es irgendwie nicht abzuschalten und ich fiel in einen beunruhigenden Schlaf, heimgesucht von einem Albtraum. Mein Bruder lag in einer großen Lache Blut im glühenden Sand, umringt von Sikutas, die niemanden zu ihm ließen. Milliliter für Milliliter rissen sie Fleisch aus seinem Körper bis ein zur Unkenntlichkeit reduzierter Fleischklumpen übrig blieb. Jeder Biss, jede Bewegung dieser gefräßigen Mäuler quälte meine Ohren mit ekelhaften Geräuschen, die unerträglich wuchsen und in spürbaren, körperlichen Schmerzen endeten. Mein Herz raste, mein Puls ließ meine Adern fast explodieren und trotz meiner unsagbaren Wut, konnte ich mich nicht bewegen. Ich betrachtete meinen Körper von oben bis unten und sah nur noch rohes Fleisch und spürte das heiße in pulsierenden Schüben aus mir herausspritzende Blut. Das war das Ende. Ich erwachte schweißgebadet und beobachtete die anderen, die ebenfalls sehr unruhig schliefen. Lorson befand sich bereits auf dem Weg zum Horizont. Somit ruhte mein Körper zwar schon fast sechs Stunden, aber Erholung sah anders aus. Ich erhob mich und verließ das Zelt, um mir etwas Wasser zu besorgen, um dann eine am Rande der Lagerstätten eingerichtete Fäkalienzone aufzusuchen. Ja wir sind schon ein sehr reinliches Volk. Zudem versuchen wir es wohl, den Sikutas gleich zu tun, die durch ihren Gestank andere abschreckten. Lorson berührte bereits den Rand der Berge, deren Silhouette sich direkt vor mir eindrucksvoll erhob. Am rechten Rand des Lagers erstreckte sich über die gesamte Breite ein etwa fünf Schritte tiefer Graben, den die Reinheitswächter ausgehoben hatten. Durch Fell- und Stoffbahnen versuchte man, eine gewisse Privatsphäre zu ermöglichen. Da bei unseren Wanderungen Wasser durchaus rar werden konnte, verwendeten wir zur Reinigung zunächst den Sand und dann speziell dafür gesammelt weiche Blätter eines unserer am häufigsten am Rande der Sikahil wachsenden Bäume, dem Barukal. Die Blätter wuchsen sehr üppig an Zweigen und sogar am Stamm, wurden groß wie eine Handfläche und waren sehr weich. Wir führten sie in großen Holzkisten mit uns und füllten sie immer wieder auf. Ich entnahm einer der Kisten ein paar Blätter und verschwand hinter einem der Fellvorhänge. Unser weiterer Weg wird genau über diese Stelle hinwegführen, sodass am Ende der dann aufgefüllte Graben vom ganzen Stamm wieder verdichtet werden würde. In der Ferne, jenseits des Fäkaliengrabens schimmerte noch ein letzter Strahl Lorsons und der Umriss des weit entfernten Waldes lag düster davor.

Dorthin führte mich mein Weg, direkt über die Scheiße in die Scheiße.

Auf meinem Rückweg fiel mir auf, dass die ersten Fackeln entzündet worden waren und ein allgemeines Raunen und Murmeln quer durch das Lager zog. Ein Kampf, eine willkommene Abwechslung stand an und Zoltai und Lato mussten sich vorbereiten. Im Zentrum des Lagers errichteten die Baumeister bereits eine Arena. Ein großes Rechteck gebildet von mehreren Transportwagen, die als eine Art Tribüne verwendet wurden, sollte das Kampfgebiet werden, in dem sich Zoltai und Lato dann begegnen sollten. Am kürzeren Ende des Rechteckes zeigte der große Wagen des Zatakus an, wer hier das Sagen hatte. Normalerweise hissten die beiden Kontrahenten ihre Fahnen, zwei in den Farben der Familie gefertigte Tücher, rechts und links neben dem Wagen des Anführers. Alle Stammesmitglieder wussten daher, wer hier mit wem kämpfte. Der Zatakus sorgte nun mit einem entsprechenden Tuch, das er über den Rand seines Wagens hängte dafür, dass der Grund und die Art des Kampfes sofort erkennbar waren.

Rot stand für den Kampf der Liebe und Blau für den Kampf ohne Waffen. Ich sah da aber Rot und Schwarz und konnte nicht glauben, was meine Augen da sahen. Schwarz bedeutet, dass ein Kampf stattfindet mit allen vorhandenen Waffen bis zum Tod eines Kontrahenten.

Da musste ein Fehler vorliegen. Ich rannte den Rest des Weges bis zur Arena, wo mein Vater, Zoltais Vater, Zoltai, Lato und Naminas Familie bereits mit dem Zatakus stritten.

»Zatakus!«, schrie mein Vater den Zatakus an.

»Du solltest langsam deinem Stand gerecht werden und dein Volk ohne Groll führen. Warum willst du unseren Familien schaden? Das widerspricht all unseren Traditionen. Seit wann wird ein Liebeskampf bis zum Tode geführt?«

Der starre, zynische Blick des Zatakus zeigte keine weitere Regung. Er ignorierte die messerscharfe Anrede und den wütenden Blick meines Vaters.

»Der Zatakus entscheidet am Ende immer«, gab er nur zur Antwort.

»Du solltest dir darüber im Klaren sein, dass keiner der Krieger, keiner der Baumeister, nicht einmal die Jäger und Sammler dieses Vorgehen gutheißen werden«, brachte Zoltais Vater vor.

Der Zatakus katapultierte seinen dünnen, drahtigen Körper blitzschnell von seinem Schemel. Ich befürchtete tatsächlich, dass er Zoltai würgen wollte. Er tat aber nichts dergleichen, sondern entfernte lediglich das schwarze Tuch und ersetzte es durch ein Blaues.

»Falsche Farbe«, rief er lachend in die Menge, deren Anspannung daraufhin über ein Aufatmen in ein fröhliches Gelächter überging.

Wir verließen alle den Zatakus und begaben uns in die Arena. Lato und meine Familie besetzten die rechte Seite, wo auch unser grünes Tuch mit orangefarbenem Rand hing. Gegenüber lagerten die Zoltais unter ihrer blauen Fahne mit grünem Kreuz. Namina und ihre Familie standen am anderen Ende des Rechtecks, genau gegenüber dem Zatakus. In der Länge maß das Feld einhundertfünfzig Schritte und am kurzen Ende einhundert. Um das Feld herum vor den Wagen standen und saßen zunächst die Kinder und die kleineren Personen. Dahinter standen die nächsten Leute und in den Wagen saßen und standen weitere Stammesmitglieder. Einfach alle waren versammelt und freuten sich auf den Kampf. Lato und Zoltai legten ihre Kampfkleidung an. Beide trugen lederne Hemden und Ihre Arme und Beine schützten dicke Felle, die mit Lederbändern befestigt wurden. Die komplette Kluft ermöglichte ihnen beiden sich sehr frei zu bewegen und trotzdem die Schwachstellen des Körpers zu schützen. Da sie nicht mit

Waffen kämpfen würden, waren schwerere Rüstungen nicht angebracht. Beide bändigten ihre langen Haare mit einem um den Kopf gebundenen Tuch in der Farbe ihrer Familie.

Der versammelte Stamm begann bereits rhythmisch zu klatschen und mit den Füßen zu stampfen. Immer zwei Mal klatschen einmal Stampfen. Das Tempo der Sequenz steigerte sich langsam und nach der gefühlten zwanzigsten Wiederholung schlugen die Herzen aller in diesem Takt und zu dem Stampfen erschall aus allen Stammeskehlen der Ruf Kampf. Kampf, Kampf, Kampf. Ich blickte in die Augen der umstehenden und fragte mich in diesem Moment, ob der Talatijasus nicht doch von einem der wilden Tiere der Sikahil abstammte. Verstand, Angst um die Kontrahenten, Unbehagen oder gar Ekel wegen der zu erwartenden Gewalt konnte ich nur bei Namina und den Müttern der beiden Kämpfer erkennen. Der Rest der Meute strahlte vor erregter Erwartung. Zum ersten Mal konnte ich mich tatsächlich diesem Massenphänomen entziehen. Mein Herzschlag blieb ruhig. Alle starrten auf die Arena und Lato und Zoltai, die sich, jeder auf seiner Seite des Areals, aufwärmten und dehnten. Anschließend liefen sie beide an der Seite auf und ab und animierten die Anwesenden dazu, sie anzufeuern. Das Volk schrie zum einen Zoltais und zum anderen Latos Namen oder skandierte einfach weiter den Schlachtruf

»Kampf!«

zum rhythmischen Klatschen und Stampfen. Da ich dem Rhythmus nicht folgen konnte, spürte ich nur Unbehagen und fühlte mich durch das Chaos richtig bedroht. Ich hielt mir die Ohren zu, schloss die Augen und kauerte mich nieder in der Hoffnung, dem Ganzen für einen Moment zu entkommen. Niemand bemerkte oder beachtete mich in dem ganzen Enthusiasmus. Und tatsächlich empfand ich ganz plötzlich richtige, beruhigende Stille. Ich konnte sogar Vogelgezwitscher hören und öffnete langsam die Augen. Jetzt fing mein Herz plötzlich an zu rasen. Ich befand mich umringt von schulterhohen Büschen auf einer mit grünem Gras bewachsenen Fläche und Lorson und Kuron strahlten beide hell links am Horizont. Ich stand nicht mehr am selben Ort, noch zur selben Zeit, wo ich noch vor einer Sekunde verweilte.

Da Kuron noch deutlich zu sehen war, konnte es erst früher Vormittag sein. In den Blüten der im Hintergrund wachsenden Bäume wimmelte es nur so von Insekten. Einige davon wuchsen bis zur Größe einer Faust, und konnten sich durch einen, ihnen eigenen, Stachel auch zur Wehr setzten. Manchmal gingen wir tatsächlich auch auf die Jagd nach den großen Brummern. Sie verursachten, je größer sie waren, einen tief brummenden Klang. Auf jeden Fall schmeckten sie gegrillt sehr gut. Daneben nervten mich aber immer die besonders kleinen Exemplare einer verwandten Spezies dieser Brummer. Sie hatten keinen Stachel, dafür bissen sie und hinterließen kleine, blutende Wunden. Eines dieser unliebsamen Tierchen fand mich wohl sehr schmackhaft und biss mich gerade in den Unterarm, als ich jenseits der Büsche Stimmen vernahm.

Scheinbar unterhielten sich da zwei Frauen über ihre Kinder. Langsam näherte ich mich den Büschen, und versuchte eine Lücke zu finden, um die Personen zu den Stimmen ausmachen zu können. Da ich nicht wusste, wie ich hierher gelangt war, erschien es mir auch nicht sehr ratsam, mich zu erkennen zu geben. Was ich dann sah, verleitete mich fast dazu, sofort aufzuspringen und mich den Leuten anzuschließen. Da saßen doch tatsächlich meine Mutter, und eine andere Frau am Rand der Wüste im Sand und unterhielten sich. Vor Ihnen spielten zwei Kinder im Sand. Von rechts näherten sich zwei Männer, deren Erscheinen mich dann doch zurückhielt.

Da kamen doch tatsächlich mein Vater und der Zatakus. Ich hörte nun genauer hin.

»Ach Lato, du bist mein bester Freund, ich weiß nicht, ob ich den Wünschen meines Vaters gerecht werden kann«, sagte der Zatakus an Lato gewandt.

»Ich soll unser Volk anführen. Er hat mir tatsächlich gesagt, dass es nun nicht mehr lange dauern wird, bis er in die Sikahil aufbricht, um sich mit unseren Ahnen zu vereinen, wie er immer sein Sterben zu umschreiben versucht.«

»Tja Baku, das wird nun mal deine Aufgabe werden. Die Bakus haben schon immer den Führer der Talatijasus unter sich ausgemacht.«

»Ich habe gerade erst vor einem Mondzyklus zusammen mit Tanjala eine Familie gegründet und unser Kleiner fängt gerade erst mal an zu krabbeln. Ich bin nicht bereit dazu, einen großen Kampf um die Stammesführung auszutragen.«

»Ich werde dir helfen. Das werden wir schon hinbekommen. Labanka und ich haben auch erst unser erstes Kind zur Welt gebracht. Wir stehen noch ganz am Anfang unserer Aufgaben. Ich werde auch in den nächsten Jahren Verantwortung bei den Kriegern übernehmen müssen.«

Jetzt überkamen mich doch Zweifel an dieser Szene. Labanka war der Name meiner Großmutter gewesen. Laut den Erzählungen meiner Eltern starben beide Großeltern vor Jahren bei einem Sikutaangriff in der Sikahil. Mein Vater und der Zatakus waren die einzigen Überlebenden gewesen. Der Zatakus erhielt damals die Führung des Stammes zum ersten Mal ohne weitere Prüfung, da alle zustimmten, dass er durch seinen aufopfernden Einsatz für das Leben des kleinen Lato ausreichend geprüft worden war.

Demnach musste der Kleine, der gerade auf Labanka zu krabbelte, mein Vater Lato sein. Er sah so süß aus, dass ich lächeln musste. Im selben Augenblick jedoch gefror mir das Blut in den Adern und das Lächeln wurde mir durch den stummen Schrei, der durch mich hindurchdrang, aus dem Gesicht gerissen. Der kleine Baku verschwand im Maul eines

Sikutas, der plötzlich aus dem Sand geschossen war. Lato und Baku rissen sofort ihre Skulls heraus und die Frauen taten es ihnen gleich. Labanka schnappte sich klein Lato und bemerkte dadurch nicht wie ein weiterer Sikuta sie von hinten anfiel und sich in ihre Schulter verbiss.

Als hätte jemand einen Schalter umgelegt, hörte ich mit einem Schlag die Angstschreie und die wütenden Rufe der Kämpfenden. Zu dem Geschrei verbanden sich das Zischen der geschwungenen Skulls und der bestialische Gestank zu einem chaotischen Höllenszenario, das mich in ungläubiger Erstarrung verweilen ließ.

In der nächsten Sekunde hatte Lato auch schon den Sikuta, der sich in Labankas Rücken verbissen hatte, mit einem Hieb seines Skulls von deren Körper gelöst. Die Hälfte des Sikutakopfes hing noch an ihrer Schulter, als sie zu Boden viel. Tanjala wurde im selben Moment von zwei der Bestien in zwei Stücke zerrissen, als Baku zwei weitere Sikutas tötete. Direkt hinter Lato erschienen weitere Sikutas.

Lato schrie in Richtung Labanka: »Nimm Lato und lauf zu dem Wald! Sofort! Die Monster verlassen nie den Sand.«

Labanka sprang auf, wankte aber sehr, aufgrund des Blutverlustes. Baku wollte ihr den Rücken freihalten, kam aber zu spät. Ein weiterer Sikuta hatte sich an ihrer Wade festgebissen. Im Arm hielt sie klein Lato, der in Todesangst schrie und sah Baku flehentlich an, ihn ihr abzunehmen.

Mit ihrer freien Hand schlug sie wie wild mit ihrem Skull auf den Sikuta ein. Baku ergriff das Kind und lief los. Dadurch, dass er seine Position verlassen hatte, stand Lato nun in alle Richtungen ungedeckt mitten im Sand und wurde von vier weiteren Sikutas gleichzeitig angegriffen. Er schleuderte unermüdlich seinen Skull. Labanka quälte sich auf die Beine, nachdem sie sich von dem Sikuta an ihrer Wade befreit hatte. Beide kämpften nun ihre Skulls schleudernd Rücken an Rücken.

Labanka verließen aufgrund ihrer schweren Verwundungen langsam die Kräfte. Baku erreichte unterdessen den Waldrand und legte klein Lato direkt hinter einem der Büsche ab. Ich erwartete in diesem Moment, dass er sofort wieder den beiden in ihrem Kampf beistehen würde. Aber Baku kauerte sich hinter die Büsche und starrte in Richtung des Kampfes. Die Sikutas folgten ihm nicht. Sie konzentrierten ihren Angriff auf meine Großeltern, die langsam ermüdeten. Es verblieben nicht mehr viele Sikutas und mit Bakus Hilfe hätten sie es vielleicht geschafft. Ich wollte gerade aufspringen und ihnen zur Hilfe eilen, als mir Baku direkt in die Augen sah und ich den leidvollen Blick des Zatakus wiedererkennen konnte.

Im nächsten Moment aber befand ich mich wieder vor der Arena und rannte in die vor mir stehende Gruppe, die sich lautstark wegen der Unterbrechung durch mich beschwerte. Ich entschuldigte mich und wich einige Schritte zurück. Lato und Zoltai trafen sich in der Mitte der Arena und gaben sich als Symbol für einen fairen Kampf die Hände. An den vier Ecken des Areals standen, wie es die Regeln vorgaben, Krieger in voller Kampfausrüstung und überwachten die Einhaltung der Regeln. Einer davon war mein Vater, Lato, dessen Überleben ich gerade beobachtet hatte. Er konnte sich daran sicher nicht erinnern, denn er war viel zu klein gewesen. Hatte ich das wirklich erlebt? War ich dabei gewesen, oder habe ich das nur geträumt, oder konnte ich vielleicht die Erinnerungen des Zatakus empfangen? Mein Unterarm juckte wie wild. Als ich mich kratzte, bemerkte ich die blutende Bisswunde, die die Kalimücke hinterlassen hatte. Ich schien doch dabei gewesen zu sein. In dieser Jahreszeit und an diesem Ort gab es keine Kalimücken. Die Krieger trugen ihre Lederharnische und neben dem Langspeer und dem Schild auch jeder einen Bogen und einen

Köcher mit Pfeilen über den Rücken geschnallt. Vor jedem der Krieger hatte man ein Fass mit Flüssigkeit platziert. Die Flüssigkeit selbst enthielt neben dem Hauptanteil Wasser auch verschiedene Kräuter und Salze, die zum einen das Schmerzempfinden lindern und zum anderen die Ausdauer steigern sollten.

Während des Kampfes gab es insgesamt vier Unterbrechungen, während derer die Kontrahenten an dem jeweils gegenüberliegenden Fass Flüssigkeit zu sich nehmen konnten. Zoltai und Lato standen Rücken an Rücken im Zentrum der Arena und warteten auf das Startzeichen. Der Zatakus erhob sich und reckte seinen rechten Arm in den Himmel. Alle verstummten. Er wartete einige Sekunden, formte seine rechte Hand zur Faust und schlug sich damit auf die Brust.

Mit diesem Signal starteten die Trommeln und der Kampf begann. Zoltai und Lato machten beide einen Schritt nach vorne und drehten sich synchron im Uhrzeigersinn, sodass sie sich nun gegenüberstanden. Beide verlagerten ihren Schwerpunkt nach vorne und griffen sich an ihren Kragen. Jeder der beiden versuchte den Griff des anderen durch Gewichtsverlagerung und wegschlagen der Hände zu lösen. Zoltai griff plötzlich mit beiden Händen zu und warf sich mit seinem gesamten Gewicht nach hinten, sodass Lato direkt über ihn hinweg katapultiert wurde und mit dem Gesicht voran im Sand landete. Das Volk grölte und jubelte. Lato rollte sich zur Seite und sprang auf seine Füße um im nächsten Augenblick nach Zoltais Beinen zu treten, was diesen sofort aus dem Gleichgewicht brachte und zu Boden warf. Zoltai rollte sich zweimal um seine eigene Achse und landete ebenfalls auf seinen Füßen. Ein jeder behielt den anderen genau im Blick und beide bewegten sich im Kreis und suchten nach den Schwachstellen des anderen. Ich konnte kaum hinsehen.

Warum nur mussten wir immer Kämpfen und uns wehtun. Warum nur machte uns das auch noch Spaß? Zoltai und Lato sahen sich gegenseitig an und grinsten berauscht durch die Adrenalinschübe, die ihre Körper durchströmten. Wieder ertönte aus hunderten Kehlen der Aufruf: Kampf, Kampf, Kampf. Zoltai stürmte nach vorne und umgriff Latos Hüfte. Er drückte ihn fest an sich, als wolle er alle Luft aus seinem Körper pressen. Lato drückte Zoltai mit beiden Händen von sich und versuchte sich dadurch zu befreien, was ihm nicht gelang. Plötzlich hieb er mit voller Wucht seinen Schädel gegen Zoltais Schulter, sodass dieser ihn loslassen musste. Lato blutete aus einer kleinen Wunde an seiner rechten Schläfe. Wieder begannen beide im Kreis gebeugt einander zu belauern. Plötzlich verstummten die Trommeln.

Die erste Unterbrechung stand an. Zoltai lief in die rechte hintere Ecke zu dem Krieger und nahm einen großen Schluck der Flüssigkeit in einem großen hölzernen Krug entgegen und leerte ihn in einem Zug. Lato tat es ihm in der gegenüberliegenden Ecke gleich. Ich beobachtete beide und bemerkte, dass sie die Flüssigkeit nicht gerade genossen haben. Zudem schüttelten beide den Kopf, als wären sie durch das Getränk in ihrer Wahrnehmung beeinträchtigt worden, was normalerweise nicht sein sollte. Als ich in die Augen meines Bruders sah, erkannte ich dort nur noch Wut und Ärger. Vernunft, Freude, Spaß und Verständnis waren total verschwunden. Was hatten die beiden da nur getrunken?

Wie wilde Tiere stürmten sie aufeinander zu und versuchten einander in eine Art Würgegriff zu bekommen. Lato gelang es zuerst, seinen rechten Arm um Zoltais Hals zu legen und mit seiner zweiten Hand so zu verschränken, dass er anschließend fest zudrücken konnte und Zoltai um Luft rang. In seiner Not versuchte er, den kleinen Finger von Latos linker Hand zu erreichen, was ihm schließlich gelang.

Er bog ihn so lange nach hinten, bis er brach und Lato laut aufschreiend seinen Griff lockerte. Mit einem Kopfstoß unter Latos Kinn befreite sich Zoltai endgültig aus Latos Griff. Lato achtete nicht weiter auf den Schmerz seiner linken Hand und stürmte mit Schaum vor dem Mund auf Zoltai zu, der seinerseits es ihm gleichtat und auf ihn zu rannte. Beide trafen sich genau in der Mitte und knallten mit voller Wucht mit ihren Schultern gegeneinander. Beide umgriffen gegenseitig ihre Hälse und drückten zu. Sie drehten sich im Kreis, einer um den anderen. Es sah aus wie ein grotesker Tanz, der aber zu bitterem Ernst mutiert war. Beide knurrten und schrien wie verrückt und rangen gemeinsam nach Luft. Sie drehten sich immer schneller, bis sie schließlich einander loslassen mussten, und ein jeder an den jeweils gegenüberliegenden Rand der Arena geschleudert wurde, nur um direkt wieder aufzuspringen und aufeinander zu zu rennen. Die Trommeln verstummten erneut.

Die zweite Pause stand an, aber Zoltai und Lato reagierten nicht. Sie schlugen beide aufeinander ein, sie kratzten, bissen, traten, schrien und fluchten. Sie waren völlig durchgedreht und achteten nicht mehr auf ihr Umfeld, sondern wollten nur einander umbringen. Das Volk verstummte ebenfalls. Nur noch das Schreien der beiden Kämpfer tötete die Stille. Die Krieger mussten nun handeln.

Die Regel war gebrochen worden. In den Kampfpausen mussten die Kampfhandlungen unterbrochen werden. Zwei der Krieger stürmten auf die beiden Kampfhähne zu und trennten sie voneinander. Es fiel ihnen nicht leicht die beiden durchgedrehten Kerle zurückzuhalten. Schließlich blieb ihnen nichts anderes übrig, als beide durch einen gezielten Schlag in tiefe Bewusstlosigkeit zu befördern. Alle Augen richteten sich auf Lato, Zoltai und die beiden Krieger. Keiner außer mir beobachtete den Zatakus, der den beiden anderen Kriegern zunickte, worauf hin diese die Fässer mit den Flüssigkeiten umstießen, sodass diese im Sand versickerten.

Mein und Zoltais Vater rannten zu den beiden jungen Leuten und sahen sich deren Augen und Rachen genau an. Die Rötung der Augen und die blaue Verfärbung der Zunge und des Rachens zeigten deutlich, dass hier dem Wasser, wie es aussah, Rakubeeren zugemischt worden waren, die eine enthemmende und berauschende Wirkung und deren Verwendung Tobsucht und Wutanfälle zur Folge hatten. Die meisten Krieger verwendeten sie nur in Kriegszeiten oder bei Sikuta Großangriffen. Lato und Zoltai suchten gemeinsam fast synchron den Zatakus, da sie ihn beide verdächtigten, hier Ursache dieser hässlichen Entwicklung des Kampfes zu sein. Unterdessen gesellte sich der Medizinmann Lukatos zu der Gruppe hinzu und bestätigte die geäußerte Vermutung der beiden Väter. Der Zatakus war nicht zu sehen.

Die Kriegerwachen tauchten in der Masse der Stammesmitglieder unter und niemand konnte mehr nachvollziehen, wieso das Wasser so manipuliert worden war. Da Lukatos die Kräutermischung dem Fass beigefügt hatte, musste sich danach jemand an den Fässern zu schaffen gemacht haben. Weil alle in freudiger Erwartung auf den Kampf sich nur auf die beiden jungen Leute konzentriert hatten, ist es niemandem aufgefallen, dass sich jemand den Fässern genähert hatte. Jasote, unser Heiler kümmerte sich derweil um die beiden Kämpfer und bestätigte auch, dass beide eine recht hohe Dosis der Rauschbeeren genossen haben mussten. Dass die Krieger hier auf Anweisung des Zatakus gehandelt haben könnten, kam niemandem in den Sinn. Nach meinem Erlebnis in der Vergangenheit, erschien sich immer mehr mein Verdacht zu bestätigen, dass der Zatakus einen persönlichen Groll mir und meiner Familie gegenüber hegt. Plötzlich ertönte ein Hornsignal.

Der Zatakus stand auf seinem Wagen und neben ihm blies einer seiner persönlichen Wachen das Signalhorn.

»Volk der Talatijasus«, ertönte seine durchdringende Stimme und alle sahen zu ihm.

»Die Regeln wurden gebrochen. Der Kampf ist somit ungültig und wir werden über die Bestrafung der Kämpfer beraten. Da wir wegen der bevorstehenden Stürme nicht länger aufgehalten werden dürfen, werden wir nach der morgigen Rast zu Beginn des Untergangs von Lorson, sobald Paluki zu sehen ist, aufbrechen. Die Verhandlungen der beiden Kämpfer wegen ihrer unerlaubten Verwendung der Rauschbeeren werden wir nach Gadnis Prüfung durchführen und dann über die Brautwerbung entscheiden.«

Sofort startete ein Stimmengewirr und Gemurmel. Dann wurden Stimmen laut, die dem Zatakus widersprachen. »Das kann doch nicht sein Zatakus. Die Jungs wurden vergiftet, das hat jeder gesehen. Zatakus sei nicht ungerecht, sonst müssen wir deine Führung in Frage stellen.«

Die aufkommenden Zweifel gegenüber dem Zatakus vertieften seine Falten auf der Stirn. Er beugte sich zu seinem Berater hin und flüsterte ihm etwas ins Ohr. Daraufhin ertönte erneut das Hornsignal und alle verstummten. Der Zatakus verließ während der letzten Kampfszenen seine Position, da er sich zur Toilette begab und hatte somit erneut eine Ausrede für seine Entscheidung. Es solle daher keine Verhandlung aber wohl eine Untersuchung geben, damit die Ursachen ermittelt werden. Aber auch das sollte erst nach der Ankunft im Prüfungsgebiet und nach meiner Prüfung erfolgen.

»Oh großer Zatakus! Höre mich an«, durchdrang eine junge helle Stimme die Stille.

Namina meldete sich zu Wort: »Zatakus. Ich habe beide Kämpfer gesehen und mich entschieden.«

»Ich möchte und werde Zoltais Frau werden«, ließ sie laut und deutlich vernehmen.

»Dann soll es so sein. Morgen brechen wir auf. Die Brautfeier findet nach Gadnis Prüfung statt«, bekundete der Zatakus und lächelte zufrieden, als er sich entfernte.

Da es noch recht früh am Abend war, begannen bereits die Aufräum- und Reinigungsarbeiten. Zum Aufgang Lorsons stünde alles bereit und nur noch die Zelte müssten nach der Ruhezeit abgebaut und verstaut werden. Bevor ich zu meinem Ruhezelt schlenderte, besuchte ich noch einmal Lato und Zoltai, die immer noch bewusstlos waren und von Jasote behandelt wurden. Die Dosis der verwendeten Rakubeeren war doch sehr hoch gewesen. Noch während Jasote mir erzählte, dass die hohe Dosis Ursache für die lang anhaltende Bewusstlosigkeit sei, erschien mein Vater und berichtete uns, dass man angeblich die Fässer vertauscht hatte und das von Lukatos gemischte Kräuterwasser in Rakubeerenfässer abgefüllt worden war, die noch über die Hälfte mit gegorenen Beeren gefüllt gewesen waren. Niemand erinnerte sich daran, wer denn nun das Umfüllen ausgeführt hatte, sodass schließlich und endlich niemand für die Tat verantwortlich gemacht werden konnte und alle Konzentration jetzt auf das Erwachen der beiden jungen Männer gerichtet wurde.

Ich erreichte mein Ruhezelt. Dunkel und kalt klaffte die Zeltöffnung mir entgegen. Ich spürte mit einem Mal, dass die Lufttemperatur rapide gesunken war. Ich musste zittern und schalt mich einen Narren, da ich mein ledernes Hemd zuvor noch wegen der Hitze beim Kampf abgelegt hatte. Ich führte es in meinem quer über den Rücken laufenden Ledergurt, in dem sich auch mein Skull befand. Ich sah dabei über meine Schulter, um das Hemd aus der Gürtelschlaufe zu nehmen, als mir bewusst wurde, dass ich nichts mehr sah.

Mein Umfeld war schwarz, als hätte ich die Augen geschlossen, Paluki war verschwunden. Mein Herz schlug schneller. Was geschah nun schon wieder. Träumte ich schon wieder? Ich erinnerte mich noch an den so realen Tagtraum, als ich den Zatakus in der Vergangenheit beobachtete. Das konnte nicht wirklich passiert sein. Auch der Kalistich überzeugte mich nicht davon, dass dies alles wirklich geschehen war. Ich fror. Auch das Lederhemd, das ich nun angezogen hatte, half nicht mein Zittern zu unterbinden. Mein Atem kondensierte direkt vor meinen Augen, bei jedem Atemstoß, der meinen Mund verließ. Das Atmen viel mir plötzlich immer schwerer. Die Luft roch verbrannt, ölig und ranzig zugleich, sodass ich anfing zu husten und mich auf ein Knie niederbeugte. Im gleichen Moment explodierte die Welt um mich herum. Der Boden unter meinen Füßen verwandelte sich in schwarzen, harten Stein. Die Luft stank immer mehr und lautes Dröhnen, Wimmern und Summen quälte meine Ohren. Zudem brach auf einmal aus allen Richtungen helles Licht durch die Dunkelheit.

Direkt vor mir erschienen riesige Gebilde aus Stein und mit durchsichtigen Öffnungen aus denen helles Licht nach außen flutete. Seltsame Schriftzeichen wie von Zauberhand an die Gebilde geheftet änderten ständig ihr Erscheinen. Sie blinkten, erschienen, verschwanden wieder und überall liefen seltsame Gestalten umher, alle mit dicken Fellen bedeckt. Direkt vor mir bewegte sich ein Wagen ohne Jaru mit enormer Geschwindigkeit auf mich zu und gab laute, ohrenbetäubende Geräusche von sich. Ein lautes Quietschen durchdrang mich bis ins Mark und das Gefährt blieb unmittelbar vor mir stehen. An der Seite öffnete sich eine Tür und eine der Gestalten krabbelte aus dem Gefährt und schrie mich an. Die Töne ergaben zunächst keinen Sinn, dann aber durchfuhr ein stechender Schmerz meinen Kopf und ich konnte alles verstehen.

»Hey du Penner, mach dich von der Straße und zieh dir was an, da friert man ja schon beim Hinsehen.«

Die Gestalt verschwand wieder in dem Gefährt und im Hintergrund erklang seltsam laute Musik über den Weg und rundherum bewegten sich immer mehr dieser seltsamen Fahrzeuge und Gestalten. Ich konnte nicht mehr aufhören zu husten und warf mich schließlich, die Arme vor der Brust gekreuzt, zu Boden und krümmte mich vor Schmerz.

Es endete so abrupt, wie es begann. Ich lag vor meinem Zelt und Paluki stand kurz über dem Horizont, dessen sanftes Leuchten das Erscheinen Lorsons ankündigte. Ich atmete tief ein. Frische saubere Luft durchströmte meine Lungen und ein letztes Husten ließ die Erinnerung an das Erlebte verblassen. Es konnte kein Albtraum gewesen sein. Noch nie in meinem Leben sind mir solche Dinge begegnet oder gar in den Sinn gekommen.

Ich stellte mir zwar viele Dinge vor und meine Mutter meinte sehr oft, dass wohl meine Fantasie mit mir durchginge, aber so etwas käme mir nie in den Sinn. Ich weiß ja nicht einmal was das genau war. Auch die Gestalten mit den dicken Fellen. Sie sahen zwar aus wie die Talatijasus aber sie erschienen mir alle viel Größer und auch dicker. Ihre Arme waren kürzer und ihre Beine Länger als unsere. In diesem Moment glaubte ich verrückt zu werden. Ich getraute mich auch nicht irgendjemandem davon zu erzählen. Es geschah schon öfter, dass verwirrte Stammesmitglieder Halluzinationen hatten und fantasierten. Jasote stellte sie dann zumeist für einen längeren Zeitraum durch Kräutertränke still und sollte sich der Geisteszustand nicht bessern, wurden sie in der Sikahil zurück gelassen.

Also beschloss ich in diesem Moment, dass das alles nur ein Traum gewesen war und legte mich in meinem Zelt zur Ruhe. Vielleicht fehlte mir nur ein wenig Schlaf.

Ich schlief lange an diesem Tag. Kuron hatte sich schon zu Lorson gesellt, als Zoltai in meinem Zelt erschien.

»Na du Langschläfer. Man könnte meinen, dass du gestern einen Rakubeerenrausch erdulden musstest, so lange wie du geschlafen hast«.

Ich sprang auf und umarmte Zoltai.

»Mann, Zoltai, geht es dir gut, ist alles ok? Was macht Lato?«, wollte ich sofort wissen.

»Alles ok, Jasote und seinen Kräutern sei Dank, wir haben nur noch ein wenig Kopfschmerzen, aber sonst ist alles ok. Vor allem da Namina nun auch für klare Verhältnisse gesorgt hat.«

Zoltai strahlte dabei übers das ganze Gesicht.

»Nur, dass unser Problem mit der Ankunft im Sikutagebiet immer noch gegenwärtig ist. Wir haben gerade mal einen Tag gewonnen«

Als ich das zu bedenken gab, öffnete sich die Zeltplane und Lato und Namina betraten mein Zelt.

»Wir haben gerade mit Sokotalis gesprochen. Es gibt Anzeichen dafür, dass die Stürme dieses Jahr etwas früher einsetzen werden. Der Zatakus verbreitet schon Panik, da er befürchtet, dass wir es nicht rechtzeitig zu den Sommerhöhlen schaffen könnten.«

Lato erwähnte diese Bedenken, als er das Zelt mit einem dicken Verband um seinen kleinen Finger betrat.

Wir kamen überein, dass wir zunächst einmal keine überstürzten Aktionen mehr starten würden und alle unsere Überlegungen teilen wollten. Der Zatakus teilte alle Stammesglieder wegen der befürchteten Stürme in Gruppen ein, um den bevorstehenden Schwierigkeiten bestmöglich zu begegnen. Neue Seile mussten geknüpft werden. Kisten mussten neu gezimmert werden. Wir brauchten mehr Werkzeuge, mehr schwere Steine für die Beschwerung und Befestigung der Wagen. Auch galt es ausreichend Lebensmittel zu sichern. Pflanzen und Früchte, Fleisch musste getrocknet werden und der Wasservorrat musste extra gesichert werden.

Unser Weg zu den Sommerhöhlen führte auf direktem Weg zu dem am Ende der Sikahil liegenden Wald. Vorbei am Rand des Waldes führte ein großer Pfad auf die dahinterliegenden Berge zu. Der rechte Pfad führte dann durch den Wald zu den Drachenhöhlen. Der linke Pfad führte am Sikutagebiet vorbei zu den Sommerhöhlen der Talatijasus.

Jenseits der Berge lebten weitere Stämme, mit denen wir uns nach dem Sommerende im großen Tal einmal im Jahr trafen und den Winteranfang feierten. Zu dieser Zeit wechselten auch oft Stammesmitglieder zu anderen Stämmen. Vor allem die jüngeren Leute suchten neue Kontakte und wechselten öfter den Stamm. Es geschah auch nicht selten, dass ein Stammeshäuptling nachfragte, ob ein Stammesmitglied mit bestimmten Fähigkeiten, die im anfragenden Stamm nicht vertreten waren, zu einem Wechsel bereit wäre.

Die Stürme entstanden meistens über dem Zentrum der Sikahil. Trockene heiße Luft strömte nach oben und traf dabei auf kalte absinkende Luft. Durch starke Druckunterschiede in den verschiedenen Höhen der Atmosphäre entstanden sehr starke Winde, die durch die Thermik über der Sikahil zu Verwirbelungen führten. Die Kälte der Nächte und die damit einhergehenden Kondensationen führten tatsächlich zu plötzlichen, starken Regenfällen und elektrischen Entladungen, die sich in starken Gewittern manifestierten. Mein Vater erzählt zu dieser Zeit immer wieder gerne eine Geschichte aus seiner Jugend, als die Talatijasus tatsächlich vier Tage von der Waldgrenze entfernt waren, als die Stürme sie überraschten. Der alte Sterndeuter, Sokotalis Großvater, verstarb während der Reise zu den Sommerhöhlen plötzlich, als ein Jaru durchging und er von einem Wagen überrollt wurde. Er brach sich dabei das Genick und war sofort tot. Sein Sohn Sokotalis übernahm zwar die Aufgaben des Sterndeuters und kannte sich da auch schon gut aus, da er ja seit seiner Kindheit an die Aufgaben herangeführt worden war, aber die Trauer und auch die Neustrukturierung innerhalb seiner Familie ließen ihn die besonderen Zeichen übersehen, die die verfrühten Stürme anzeigten. Durch die Trauerfeier verzögerte sich die Anreise zusätzlich um zwei Tage. Als dann der erste Sturm auf den ziehenden Stamm traf, verloren sie nicht nur Zelte, Wagen, Materialien und Lebensmittel für den Winter, sondern es starben auch Stammesmitglieder und Tiere. Nur der Vorsicht Latos und des Zatakus, die ähnlich wie wir es jetzt taten, Vorkehrungen trafen, war es zu verdanken, dass der Stamm am Ende ausreichende Ressourcen für einen neuen Start vorweisen konnte.

Wir arbeiteten alle recht lange und intensiv, damit auch alles getan wurde, was getan werden konnte. Lato ermöglichte es, dass wir gemeinsam in einem Team arbeiten konnten. Stricke knüpfen und Kisten zimmern ging uns in diesen Tagen in Fleisch und Blut über und plagte uns am Ende sogar im Schlaf. Die folgenden fünf Tage brachten uns auch keine Abwechslung. Die sich ständig wiederholenden Tätigkeiten führten beim ganzen Stamm zu einer Lethargie, die die zeitlichen Vorgaben schnell aus dem Blickfeld drängten. Der Zatakus und Lato achteten darauf, dass wir hier unser Zeitfenster auch einhalten konnten. Trotz all der Bemühungen lagen wir im Plan immer noch zwei Tage zurück. Wir arbeiteten unterdessen bereits bis in den frühen Vormittag und reduzierten die Ruhephasen bis auf fünf Stunden.

Sokotalis konnte unterdessen den Tag der einsetzenden Stürme bis auf drei Tage eingrenzen. Die registrierbaren, atmosphärischen Störungen traten in regelmäßigen Abständen auf, sodass die Verlässlichkeit der Ergebnisse von Tag zu Tag stieg. Durch die starke Belastung der Stammesmitglieder mit zusätzlichen Aufgaben kam es zudem auch zu vermehrten, erschöpfungsbedingten Erkrankungen. Jasote und Lukatos gaben auch schon zu bedenken, dass bei fortschreitender erhöhter Wasser- und Kräuterverwendung, die Reserven schneller aufgebraucht sein könnten und wir zur Beschaffung entsprechende Umwege in Betracht ziehen müssten.

Bei dem ganzen Stress verschwand meine Prüfung aus dem Fokus des Interesses, sogar beim Zatakus. Wenn unsere Annahmen eintreten sollten, würden wir die Stürme wohl gerade in letzter Sekunde in unserem Sommerlager überstehen können. Zwei Tage nach den Stürmen verlassen die Talatijasus nie ihre Schutzzone und dann konnten wir darauf drängen die Vorbereitungen für meinen Test etwas in die Länge zu ziehen und somit die schwierigsten Momente der Sikutafressphase überbrücken. Die anschließende Paarungszeit der Monster sollte bei angepasster Vorsicht kein Problem mehr darstellen.

So arbeiteten wir und machten unsere Scherze über die vergangenen, misslungenen Versuche die Anreise zu verzögern. Derweil vergaß ich völlig meine seltsamen Erlebnisse, die ich wohl endgültig als Tagträume abgehakt hatte. Einige der Arbeiten konnten auch während der Wanderung ausgeführt werden.

Wir waren recht früh aufgebrochen und Lorson erhellte unseren Weg noch einige Stunden. So saßen wir balancierend auf unseren Jaru und knüpften Stricke, als Lato, der für seinen sehr guten und scharfen Blick bekannt war, östlich unserer Route zwei Gestalten erblickte.

»Schaut mal da drüben, da stehen zwei Leute. Einer hat kurze und der andere lange dunkle Haare«

Er zeigte in die Richtung und Zoltai, der ihm in Punkto Augenschärfe in nichts nachstand meinte nur:

»Tatsächlich, aber das eine scheint eine Frau zu sein. Ja das sind ein Mann und eine Frau. Beide sind aber sehr seltsam gekleidet.«

Zoltai und Lato sahen sich an und zuckten mit den Schultern. Wieso sind da plötzlich zwei Gestalten und woher sind sie gekommen. Bei der weiten offenen Ebene hätten sie sie längst vorher sehen müssen.

»Vielleicht habt ihr zuvor nur nie in die Richtung geschaut. Ich sehe übrigens nichts in dieser Richtung. So schlecht sind meine Augen nun auch wieder nicht. Vielleicht war das eine Sinnestäuschung.«

Lato und Zoltai sahen mich ungläubig an und hielten erneut Ausschau nach ihrer Entdeckung, mussten aber feststellen, dass da nichts mehr war.

»Vielleicht sollten wir Schopah nach etwas mehr Wasser fragen. Arbeit macht durstig und Wassermangel führt zu ‚Sinnestäuschungen' wie unser Denker bemerkte.«

Zoltai grinste mal wieder bei dieser Bemerkung.

So wanderten, ruhten und arbeiteten wir in einem stetigen Rhythmus sechs Tage lang, bis dann nichts Gutes verheißende Zeichen auftauchten, die unsere Pläne beziehungsweise die des Zatakus beeinträchtigen sollten. Der Aushub des Sanitärgrabens, der Aufbau der Wälle, Zäune und Zelte begann mit den ersten Strahlen der Morgendämmerung. Die letzten Anstrengungen aller Talatijasus erklangen nicht nur in dem Murren und Klagen der Arbeiter und Arbeiterinnen, sondern in einem gleichmäßigen Gesang eines steten und anspornenden Liedes.

Während wir alle sangen und im gleichen Takt arbeiteten fiel es zunächst nicht auf, dass der Wind etwas stärker und auch lauter blies als üblich. Als dann die Zeltplanen immer mehr umherflatterten und es sichtlich schwerer wurde, diese zu befestigen, fiel es auch dem letzten auf, dass die Vorboten der Stürme angekommen waren. Der Wind würde ab sofort nicht mehr nachlassen und die Ruhephasen entsprechend schwierig gestalten. Der Zatakus berief an diesem Morgen eine Versammlung nach dem Ende des Aufbaus, vor der Ruhephase ein. Wir waren alle sichtlich erschöpft wegen des bislang geleisteten Arbeitspensums und warteten sehnsüchtig auf unsere Schlafstätte. Alle warteten geduldig und schweigend vor dem Zelt des Zatakus, der auch nicht lange auf sich warten ließ. Er trat vor sein Zelt und hob die Arme um wie üblich für Ruhe zu sorgen, bis er merkte, dass alles, außer dem stürmischen Wind, den er auch wenn er es gerne wollte, nicht zur Ruhe zwingen konnte, still war.

»Liebe Talatijasus«, begann er.

»Wir, die Ältesten, Lato und ich, haben lange abgewogen, wie wir die aufkommende Sturmzeit am besten überstehen können. Sokotalis sei Dank, dass wir bereits so viele Informationen haben, um uns hier optimal vorbereiten zu können«.

Er machte eine kurze Pause und erreichte damit die Aufmerksamkeit auch derer, die gerade dabei waren einzuschlafen.

»Wir werden definitiv unsere Sommerhöhlen nicht vor Beginn des Sturmhochs erreichen können.«

Ein allgemeines Raunen und Murmeln begann und der Zatakus sorgte wieder durch das Ausstrecken seiner beiden Arme für Ruhe bevor er fortfuhr.

»Alle nötigen und möglichen Vorbereitungen haben wir getroffen. Es ist alles verpackt, verzurrt und gesichert. Uns fehlt nur noch ein sicherer, fester Unterschlupf«

Wieder pausierte er etwas länger, um dem Folgenden mehr Gewicht zu verleihen.

»Wie ihr alle wisst, ist auf unserer Route nur ein Gebirgszug, der über nicht bewohnte Höhlen verfügt, in der verfügbaren Zeit erreichbar.«

Wieder setzten Gemurmel und jetzt auch Zwischenrufe ein. »Das kann nicht euer Ernst sein! Die Drachenhöhlen? Die meiden wir schon seit fünf Jahren und da wollen wir auch sicher nicht hin.«

Ähnliche Zwischenrufe veranlassten den Zatakus erneut für Ruhe zu sorgen.

»Das ist die erfolgversprechendste Alternative. Die Stürme reiben uns hier draußen auf und wir werden Leben verlieren. Wenn wir uns die Höhlen im Randgebiet der Drachenberge als Ziel nehmen und Zoltai mit seinen Leuten, die sichersten, nicht bewohnten Höhlen ausfindig gemacht hat, müssen wir es nur schaffen zwei Tage und Nächte in Stille zu verbringen und keiner der Drachen, die gerade ihre Ruhephase begonnen haben, wird uns gefährlich werden. Ruht euch jetzt aus, wir werden heute Abend unsere Richtung ändern und auf die Drachenberge zu marschieren. Zoltai ist bereits auf dem Weg dahin.«

Der Zatakus drehte sich um und verschwand in seinem Zelt. Da standen wir nun und mussten uns mit dem neuen Abenteuer vertraut machen. Seit ich denken kann, und das ist schon relativ lange, denn ich heiße schließlich auch so, habe ich bislang noch nie einen Drachen zu sehen bekommen. In der Kindheit erzählte man uns Schauermärchen über riesengroße Monster, die kleine Kinder fressen, zumeist dann, wenn wir den Eltern zuwider handelten.

Ich bin davon überzeugt, dass Zoltai der einzige war, der jemals in seinem Leben einen leibhaftigen Drachen gesehen hatte. Mein Freund Zoltai erzählte mir von seinem Vater Zoltai, der nicht gerne über seine erfolgreiche Jagd auf einen Drachen redete. Wenn wir die Alten danach fragten, berichteten diese nur, dass die Drachenjäger zwei Wochen verschwunden waren, bevor sie mit viel Fleisch und Drachenzähnen zurückkamen.

Keiner hatte je wirklich einen gesehen aber alle hatten Angst davor. Und die Drachenjäger schwiegen. Wenn diese Wesen wirklich so groß sein sollten, wie alle das annahmen, fragte ich mich, wie die wenigen Jäger mit den verfügbaren Waffen ein solches Wesen zur Strecke gebracht haben sollten. Unterdessen patrouillierten bereits die Wachen und Lorson begann bereits sein feuerintensives Tageswerk. Wir suchten unsere Zelte auf. Ich betrat mein Zelt und stand plötzlich mitten in der Dunkelheit.

Meine Hände direkt vor meine Augen zu halten, war meine erste Reaktion. Mein Augenlicht ist mir erhalten geblieben, denn ich sah deutlich die Rillen meiner Handfläche. Es war nur einfach sehr dunkel. Im zweiten Moment erinnerte ich mich dann an meine früheren Erlebnisse und kauerte mich sofort zu Boden. Um mich herum war nichts zu sehen. Kein Strauch, kein Baum, kein Zelt. Ich befand mich wieder einmal irgendwo anders. Vielleicht auch irgendwann anders, denn das konnte ich beim besten Willen nicht feststellen. Ein leichtes Glimmen erschien am Horizont und wie es aussah, machte sich Paluki gerade auf seinen Weg durch die Nacht. Jetzt konnte ich in dem leichten Schimmern ungefähr zweihundert Meter von mir entfernt eine Person direkt vor einem Strauch stehen sehen. Direkt rechts neben mir stand ein etwas größerer Busch, hinter dem ich Deckung suchte. Ein Krieger stand da und beobachtete permanent die hinter den Büschen beginnende Wüste und die links ansteigenden Berge. Direkt neben ihm, geschützt hinter dem Strauchwerk, lagen mehrere Männer schlafend auf dem Boden. Im selben Moment, wie der Krieger seinen Speer fest umklammerte, zuckte ich zusammen, als ein markerschütterndes Gewimmer gefolgt von einem Schmerzens- ja eher sogar Todesschrei auch bei mir physischen Schmerz hinterließ und ich stellte vorübergehend das Atmen ein. Ich konnte mich nicht erinnern, je in meinem Leben einen so klagenden Ton gehört zu haben. Leise ausatmend versuchte ich den Aufruhr in mir zu bändigen. Um den Wächter herum standen jetzt sieben weitere Männer und sahen in Richtung der Berge, von woher die Wehklage gekommen zu sein schien.

»War das etwa ein Drache? Zumindest klang es so grausam, wie ich mir das bei einem Drachen vorstelle«, sagte einer der Männer.

In Palukis immer heller werdendem Schein konnte ich langsam die Konturen der Gesichter erkennen, aber es kam mir niemand bekannt vor.

»Das werden wir sehen, wenn wir einen erlegen werden«, war die Antwort des Anführers in der Gruppe.

»Da der Drache ja irgendwann auch einmal schlafen muss, haben wir vielleicht eine gute Chance.«

Der Anführer der Jäger versammelte alle um sich und gab Anweisungen das Nachtlager abzubauen. Unter maximaler Vorsicht und ohne auch nur einen Laut zu erzeugen sammelten sich alle in kürzester Zeit an der Öffnung der Lichtung, wo ein kleiner Durchgang durch den Saum der Büsche und Bäume zur Sikahil führte. Sie rückten äußerst achtsam vor. Zwei liefen drei Schritte voraus und sicherten nach links und rechts ab, dann folgten die nächsten zwei und so weiter bis die letzten beiden Jäger durch das Spalier der anderen vorrücken konnten und die beiden am Ende nach hinten immer absicherten - so bewegte sich die ganze Gruppe vorwärts. Bei den Talatijasus unterschieden wir meist zwischen Jägern und Kriegern. Es kam aber schon vor, dass beide gemeinsam unterwegs waren. Hier erschien mir das genauso, da die Operation äußerst kampftaktisch organisiert war.

Es waren insgesamt vierzehn Jäger oder auch Krieger in der Gruppe. Ich folgte lautlos und stets in Deckung der Büsche bis zum Rand der Lichtung und versteckte mich hinter den Sträuchern. Ich legte mich flach auf den Boden und konnte durch das untere Geäst der Sträucher gut hindurchsehen, da hier das Blattwerk noch nicht begann und die Äste zwar dick aber nicht sehr zahlreich waren.

Die Gruppe rückte vor bis zum Saum der Wüste. Man konnte deutlich den Übergang des Grases zum Sand sehen. Wie ein gezogener Strich verlief diese Grenze am Rande des Waldes. Plötzlich stürmten alle Krieger vorwärts und rannten auf eine Gestalt zu, die in einiger Entfernung im

Sand lag. Ich kroch zurück zur Lichtung und rannte entlang der Büsche parallel zum Waldrand. Am Ende der Lichtung drang ich in den Wald ein und arbeitete mich erneut auf dem Boden kriechend nach vorne, um entsprechende Sicht auf die Sikahil zu erlangen. Was ich dann sah schockierte mich zutiefst und ließ mich erstarren.

Links von meinem Beobachtungsposten standen die vierzehn Krieger bewegungslos und starrten nach vorne auf die Sikahil. Rechts von meiner Position verharrte eine weitere Gruppe von Kriegern, die wie ich erkennen konnte zu den Talatijasus gehören mussten, auf jeweils einem Knie und starrten ebenfalls auf die Sikahil. Ich folgte ihren Blicken und mir stockte der Atem.

Da lag mitten im Sand eine Kreatur, die man wohl als Drache bezeichnen würde, da man sich diese wohl allgemein so vorstellte. Sie hatte lange, kräftige Beine und einen relativ kleinen Oberkörper, der in einen langen Schwanz überging. Den großen ovalen Kopf dominierten ein großes Maul und die auf der Oberseite der Schnauze in einem Dreieck angeordneten drei Augen, deren Pupillen sich verwirrt in alle Richtungen drehten. An jeder Seite des Schädels konnte man je eine Höröffnung ohne Ohrenmuschel sehen.

Der Drache wand sich auf dem Boden und bäumte sich immer wieder auf. Seine Kehle war total zerrissen und Blut und Leben sprühten aus der Kreatur, während überall auf seinem Körper, vor allem an seiner Kehle Sikutas an ihm rissen und zerrten. Im selben Moment zerbiss ein Sikuta eines der drei Augen und der Drache bäumte seinen langen Hals noch einmal auf und fiel dann mit einem Donnern auf den Sand der Sikahil. Die Sikutas kämpften um jedes Stück Fleisch und attackierten sich sogar gegenseitig.

Der Todesschrei blieb nicht ungehört. Nachdem die Sikutas die Kehle des Drachen zerstört hatten, verstummten zwar die Laute des Drachen, aber links von unserem Standort aus den Bergen hallten tierische Schreie zu uns herüber und die Silhouetten von drei weiteren Drachen waren zu sehen, die in wahnsinnigem Tempo auf uns zustürmten. Die Sikutas stießen plötzlich kurze aber laute Warntöne aus und verschwanden im Sand. Je näher die Drachen kamen desto besser konnte man ihre Statur erkennen. Hoch aufgerichtet waren sie etwa doppelt so groß wie ein Talatijasus, aber lange nicht so riesig wie in den Märchen beschrieben. Die über ihren Zähnen gespannten Lippen verliehen ihnen ein bizarres Grinsen und hatte man einmal die drei Augen angesehen, konnte man den Blick nicht mehr davon abwenden. Sie fixierten ihr Gegenüber dermaßen, dass man wie paralysiert in Bewegungslosigkeit verharrte und nur durch einen äußeren Reiz aus dieser Hypnose entkommen konnte.

Die vierzehn Krieger starrten den Monstern entgegen und rührten sich nicht. Auch Zoltai und seine Krieger regten sich nicht mehr. Das führende der drei Tiere beschnupperte den Kadaver des Artgenossen, hob dann den langen Hals in den Nachthimmel und stieß einen schrillen Klageschrei aus, in den seine Mitstreiter sofort einfielen. Ich musste mir die Ohren zuhalten und schloss dabei die Augen. Beide Kriegergruppen erwachten bei dem schrecklichen Klang sofort aus ihrer Starre und zogen sich umgehend zum Waldrand zurück. Zum Glück lag ich etwas abseits im Dickicht und wurde daher nicht entdeckt. Die drei Drachen umrundeten noch zweimal den Kadaver und gaben seltsam Laute von sich, als wollten sie sagen:

»Da ist nichts mehr zu machen"

Ich war mir in diesem Moment nicht sicher, aber ich glaubte verstanden zu haben, dass der Anführer sagte:

»Überlassen wir ihn den Würmern am grünen Rand und lasst uns die Fressköpfe jagen.«

Mit den Würmern meinte er wohl uns und mit den Fressköpfen die Sikutas. Im selben Moment drehten sie auch schon um, und rannten in die Sikahil zur Sikutajagd. Jetzt rührten sich auch die Krieger beider Stämme wieder und Zoltai, der eher meinem Freund denn seinem Vater glich, schritt auf den Anführer der vierzehn Krieger zu und begrüßte ihn.

»Sei gegrüßt Taktak vom Stamm der Tawaren. Ihr seid weit von euren Zelten entfernt«, sprach er Taktak an.

»Hallo Zoltai! Dein Volk wird auch mehrere Tage auf deine Rückkehr warten müssen! Seid ihr auch auf der Jagd nach einem Drachen? Wir brauchen mehr Fleisch für diesen Winter und unsere Klingen werden stumpf, wir brauchen Drachenzähne.«

Zoltai nickte und umfasste mit seiner rechten Hand Taktaks rechten Oberarm, der es ihm gleich tat und sie legten jeweils ihre linke Hand auf die rechte Schulter des anderen.

Zoltai erzählte mir einst von diesen rituellen Handlungen unter Kriegern, an die ich mich aber nicht mehr erinnern konnte. Auf jeden Fall schienen sie sich zu kennen, zu respektieren und zu verstehen, da auch die anderen Krieger sich jetzt untereinander begrüßten.

»Wir sollten das Fleisch und die Zähne aufteilen«, hörte ich gerade noch, als ich plötzlich wieder in meinem Zelt, im Eingang auf dem Boden lag.

Dieser Tagtraum war wieder sehr intensiv und ich begann daran zu zweifeln, dass es sich wirklich um einen Traum handelte. Ich befand mich tatsächlich dort, zu einer anderen Zeit an einem anderen Ort. Meine Knie und Oberschenkel schmerzten noch und waren auch vom Boden auf dem ich gerobbt war, immer noch verdreckt. Aber warum gerade zu dieser Zeit an diesem Ort. Warum der letzte Trip zum Schicksalstag des Zatakus und dann dieser unbeschreibliche Ort mit den Lichtern, dem Gestank und den lärmenden, selbstfahrenden Wagen. Zumindest die beiden mir bekannten Orte und die Geschehnisse standen in Zusammenhang mit den Fragen, die ich mir immer wieder stellte. Sollte ich tatsächlich die Fähigkeit haben mich zu Ereignissen zu transportieren, die meine Fragen beantworten können? Eine weitere Frage drängte sich mir auf. War ich nun wirklich und somit auch für andere sichtbar dort gewesen und wie konnte ich diese Fähigkeit steuern? Jetzt musste ich zunächst einmal schlafen und beschloss daher mit den Eigenexperimenten noch etwas zu warten. Lorson erhitzte bereits unser Lager, als ich dann endlich in einen traumlosen, tiefen Schlaf fiel.

# Kapitel 3
## Im Chaos der Zeit

Markus und Fabienne ließen sich von Yaiza in einen kühlen, gemütlichen Raum führen. Sie leitete sie an der Empfangshalle vorbei in den hinteren Bereich des Gebäudes. Auf der linken Seite, in dem an den Felsen angelehnten Anbau befand sich das durch ein großes Fenster hell erleuchtete Zimmer, in dessen Mitte ein rechteckiger, niedriger Tisch, der, so wie er aussah, selbst gezimmert worden war, und vier sehr bequeme Schwingsessel standen. Stilistisch passte hier nichts zusammen, aber Yaiza meinte, dass dies ihr Ruhezimmer sei und der Tisch noch von ihrem Mann angefertigt worden war, bevor er verschwand.

»Was meinen Sie mit verschwand?«, fragte Markus.

»Du kannst ruhig Du und Yaiza zu mir sagen, mein Junge«, erwiderte sie.

»Ok, Yaiza wieso verschwand dein Mann?«

»Mein Mann, Diego Banot, ist mit der gleichen Gabe gesegnet oder verflucht, je nachdem wie man das sehen möchte, wie du mein Junge«, begann Yaiza ihre Erzählung. Da Markus nicht genau zuordnen konnte, was sie mit „Gabe" meinte, widersprach er ihr zunächst, jedoch bestand sie darauf, dass er eine Gabe habe und erklärte dann auch, was sie damit meinte.

»Ich erzähle euch beiden jetzt einmal eine Geschichte. Eine Liebesgeschichte aus einer lange vergangenen Zeit. Aber vorher solltet ihr zuerst einmal etwas trinken, bevor ihr hier dehydriert. Was möchtet Ihr denn trinken?«

Markus und Fabienne entging in diesem Moment, dass Yaiza nicht gesprochen, sondern gepfiffen hatte. Trotzdem verstanden sie ihre Frage und wünschten sich gekühltes Wasser. Als Yaiza sie dann auf den Umstand ihrer Verwendung von Silbo hinwies, bewies dies auch gleich Markus' Gabe. María brachte eine Karaffe gefüllt mit Wasser und Eiswürfeln und drei Gläser. Yaiza fuhr dann fort mit ihrer Erzählung.

»Diego und ich erblickten beide das Licht dieser Welt hier auf La Gomera. Ich im Süden der Insel und er im Norden. Unsere Eltern unterhielten geschäftliche Beziehungen im Tourismussektor und so lernten wir uns schon recht früh kennen. Ich war gerade mal acht Jahre alt, als ich ihm zum ersten Mal begegnete. Ein kleiner Lausbub mit zehn Jahren, der sich nicht für Mädchen interessierte. So sahen wir uns jedes Jahr mindestens zwei bis drei Mal und das fast sieben Jahre lang, bis Diego endlich sein Interesse an mir entdeckte. Vorher spielten wir Ball und dann spazierten wir händchenhaltend durch die Lorbeerwälder von La Gomera.«

Yaiza unterbrach ihre Geschichte und nahm einen Schluck Wasser zu sich, was Markus und Fabienne auch dazu verleitete etwas zu trinken.

»Oh, wie romantisch«, meinte Fabienne.

»Das war es sicherlich mein Kind«, fuhr Yaiza fort.

»Wir unternahmen ab diesem Zeitpunkt sehr viel zusammen. Nicht nur in der Freizeit, auch beruflich stiegen wir beide bei unseren Eltern im Betrieb mit ein und lernten Reisen zu organisieren, zu veranstalten und zu betreuen. Es gibt sehr viele Legenden über die Guanchen hier auf La Gomera und in jeder steckt ein kleines Stück Wahrheit. Diego und ich gewöhnten uns an, unseren Gästen immer spannende oder tragisch-romantische Geschichten zu erzählen und damit wir uns da auch nicht widersprachen, erschufen wir unsere eigene phantastische Legendenwelt, die aber immer auf den allgemein bekannten, erzählten Überlieferungen basierte.«

Yaiza mühte sich aus ihrem Schwingsessel und schlurfte zu einem Regal rechts neben dem Fenster. Sie nahm ein kleines Buch, eher ein Heftchen, so wie sie Markus aus der Schule vom Verlag Reclam kannte, heraus und brachte es mit zurück zu ihrem Sitzplatz. Die beiden jungen Leute konnten in großen Buchstaben lesen: La leyenda de Gara y Jonay - Die Legende von Gara und Jonay. Yaiza ließ sich langsam wieder nieder und lächelte dabei abwesend, als suchte sie eine angenehme Erinnerung heim. Markus erinnerte sich daran gelesen zu haben, dass der Nationalpark hier auf La Gomera Garajonay heißt.

»Genau. Das ist eine der vielen Legenden. Aber diese Geschichte geht weit über Legenden hinaus. Lasst euch erzählen«, fuhr Yaiza fort.

Diego rief mich an diesem Morgen gegen zehn Uhr an, um mir mitzuteilen, dass seine Reisegruppe bereits früher angekommen sei. Wir begannen zu der Zeit mit gemeinsamen Führungen unter dem Motto „Abenteuer mit Diego und Yaiza - mehr als Legenden". Euer Kapitän Marcos arbeitete damals bei meinem Vater als Bootsmann und unterstützte uns immer wieder mit kleinen Fahrten entlang der Küste. Ich sprach gerade mit dem Leiter des Hotels El Cabrito in El Cabrito, als die Empfangssekretärin mich ans Telefon rief. Mobiltelefon gab es zu der Zeit noch nicht. Straßen nach El Cabrito von San Sebastian aus gibt es keine, sodass man sich entweder zu Wasser oder über Bergpfade zu Fuß auf den Weg machen musste. Durch die Berge und das Meer ergab sich meist, dass der Weg übers Wasser der schnellste war. Da mich mein Vater zuvor von Marcos mit dem Motorboot in El Cabrito absetzen ließ, blieb mir nur die Möglichkeit zu warten, bis er mich wieder abholen würde, oder Diego mich abholt, was nun leider nicht möglich war, da unsere Reisegruppe früher eintraf. Wir wanderten damals sehr oft und sehr viel über die Wanderwege durch die Berge und entlang der Küste.

Das Hotel Finca El Cabrito wird von mehreren Personen einer Genossenschaft geführt und gemeinsam bewirtschaftet. Einer der Marineros, der die Gäste mit dem Boot abholte, hörte wohl von meinem Dilemma und bot mir an, mich nach San Sebastian zu bringen.

Ruben, das war sein Name, brachte mich noch rechtzeitig zurück. Während der Fahrt stellte mir Ruben einige Fragen über Marcos, der sich scheinbar damals schon mit einigen zwielichtigen Gestalten traf und sich bei den anderen Marineros auf La Gomera bislang keinen guten Ruf erarbeiten konnte.

Diego staunte nicht schlecht, als ich plötzlich vor ihm stand und wir uns gemeinsam um unsere Gruppe kümmern konnten. Während der Rückfahrt von El Cabrito ist mir einiges klarer geworden. Marcos verhielt sich in der letzten Zeit immer seltsamer und hatte sogar seine ständigen Versuche, mir den Hof zu machen, oder wie man heute sagt, mich anzubaggern, eingestellt, was so gar nicht zu ihm passte. Wir wollten uns mit einer Reisegruppe von fünf Rücksacktouristen auf den Weg machen.

Drei junge Männer waren aus den USA über Madrid, Teneriffa und dann mit der Fähre bis zu uns gelangt. Dazu gesellte sich ein junges Pärchen aus Australien. Die Gruppe buchte uns als Führer für den ganzen Tag und wollte über Los Roques bis in den Nationalpark Garajonay und zur Casa Rupal Los Patos, um dort zu übernachten. Das Haus liegt mitten im Lorbeerwald Laurisilva und ist einfach und heimelig ausgestattet. Mit unseren Gästen war das Haus mit seinen drei Zimmern belegt, weshalb wir schon am Tag zuvor unsere beiden Geländemotorräder am Haus für die Rückfahrt abgestellt hatten.

Wir bestellten die Gruppe an die Plaza de las Américas, wo sie bereits auf uns warteten und sich auf der kleinen Mauer, die die Plaza zur Straße abgrenzte, niedergelassen hatten. Die drei jungen Männer saßen auf der Mauer und das Pärchen schlenderte über den Platz. Meinen Eltern gehörte damals das Haus direkt an der Ecke an der Plaza de las Américas. Heute findet ihr dort nur noch Regierungsgebäude, wie die Stadtverwaltung und die Polizei.

Diego hatte die Gruppe ursprünglich für vierzehn Uhr eingeplant und nun den Start auf zwölf Uhr dreißig vorverlegt. Durch das Entgegenkommen von Ruben sparte ich durch die schnelle Bootsfahrt viel Zeit und begrüßte nun Diego bereits um elf Uhr dreißig, sodass wir noch etwas Zeit hatten, bevor wir die Gäste in Empfang nehmen würden. Die drei Amerikaner schlenderten derweil über die Plaza und fanden dann am Ende in der nordwestlichen Ecke der Plaza einige Läden und verschwanden aus meinem Blickfeld. Das

Pärchen beobachtete noch einige Zeit den Wellengang des Meeres und suchte dann auch eine Möglichkeit noch ein kleines, zweites Frühstück zu sich zu nehmen.

Ich besprach unterdessen mit Diego die Route und die Geschichten, mit denen wir unsere Gäste überraschen wollten. Wir saßen an einem kleinen Tisch direkt vor unserem Reisebüro in der Sonne und überlegten uns, welche Legende wir in unseren Erzählungen ausschmücken wollten. Da unser Weg ja zum Nationalpark Garajonay führte, lag es auch nahe, die Geschichte von der Guanchenprinzessin Gara und dem Jüngling Jonay zu erzählen. Gara, die Tochter einer Adelsfamilie auf La Gomera verliebte sich in den Bauernjungen Jonay aus Teneriffa, der mit einem selbstgebauten Floß aus Ziegenhäuten die Strecke von fünfunddreißig Kilometern von Teneriffa nach La Gomera überwand um seine Geliebte zu treffen. Auf unserer Strecke von San Sebastian nach Los Roques gab es einige Stationen, die wir einfach mal so als Rastpunkte der Verliebten deklarierten und somit die Romantik greifbar machen wollten. In der Legende finden die Liebenden keinen Ausweg und wählen den Freitod, indem sie sich gemeinsam aufspießen.

Aber dieses Ende hat mir nie so gefallen, obwohl Diego manchmal ganz theatralisch das Ende vorführte und dazu auch extra einen langen, an beiden Enden angespitzten Lorbeerstab vorbereitete, um die Verzweiflung der beiden noch intensiver nachvollziehen zu können. An diesem Tag kam alles anders und mein Verständnis für Gara und Jonay sollte sich auch grundlegend ändern.

Wir trafen uns mit den jungen Leuten zur abgemachten Zeit am vereinbarten Ort und starteten auch sogleich über die Plaza de Las Américas am Strand entlang bis zur Avenida. del y Centenario, der wir Landeinwärts folgten. Auf dem Weg, immer weiter ins Landesinnere, vorbei an einem alten, restaurierten Kalkofen, weiter am Krankenhaus entlang, auf nun neben der Straße verlaufenden Wanderwegen erfuhren wir auch einiges über unsere Reisegruppe.

Die drei Amerikaner waren Studenten der Universität von Virginia und stammten alle aus Fredricksburg und Umgebung, einem kleinen Ort in der Nähe von Charlotteville, wo sich auch die Uni befindet. Alle drei waren sportlich aktiv, was dann auch während der Wanderung durch ihre außerordentliche Kondition untermauert wurde. Ihre Namen waren Marc, Frank und Keon. Keons Vorfahren waren Cherokee-Indianer, Franks Ahnen wanderten vor Jahren aus Kamerun in die Vereinigten Staaten ein und Marcs Vorfahren kamen ursprünglich aus Dänemark. Die beiden Australier hießen Sebastian und Sybille, die aus einem kleinen Ort an der südöstlichen Küste Australiens stammten. In Baytehaven, wo sie herkamen, verschrieb man sich vor allem dem Wassersport. Beide begeisterten sich sehr für Surfen, Segeln, Wasserski fahren und fürs Schwimmen. Sebastian arbeitete als Internist im Baytemans Bay Hospital, einem Krankenhaus mit knapp fünfzig Betten und Sybille absolvierte dort ihr Praktikum als Assistenzärztin. So lernten sie sich auch kennen. Eine bunt gemischte Truppe, die sich recht schnell, auch wegen der gemeinsamen Sprache, sehr gut verstand.

Die Hauptstraße teilt sich am Ende des Tales. Eine Straße führt in Richtung Westen in die Schlucht Barranco de Villa. Wir erklommen am westlichen Hang der Schlucht die Berge und wanderten am Grad entlang in Richtung Los Roques. Zunächst überschauten wir zu unserer Rechten das Tal der Barranco de Villa bis wir dann die höheren Regionen um El Jorado erreichten, wo wir alle den tollen Ausblick bis hin zum Meer genießen konnten.

Das Wetter spielte an diesem Tag mit und zeigte sich von seiner sonnigsten Seite. Wir kamen gut voran, da auch alle mit sehr guten Wanderschuhen ausgestattet waren und der sehr steile, sandige und steinige Weg kein Problem darstellte. Wir passierten gerade einen kleinen Kakteenhain bei Ayamosna, als es zum ersten Mal geschah.

Auf dem schmalen, jetzt asphaltierten Weg blieb Diego plötzlich stehen und fasste sich an den Kopf, als plage ihn ein plötzlicher Schmerz. Nur ein paar Sekunden später spürte ich dann selbst diesen stechenden und bohrenden Schmerz in der vorderen Stirn. Der Schmerz wuchs ständig an und wurde so unerträglich, dass wir uns beide krümmten und Diego sich sogar zu Boden setzte, bis auf einen Schlag der Schmerz sofort verschwunden war und eine totale Euphorie und ein übermäßiges Glücksgefühl in mir aufstieg, das mir die Tränen in die Augen trieb. Diego erging es nicht anders. Er sprang sofort wieder auf und umarmte mich überschwänglich und wollte mich gar nicht mehr loslassen, bis ich ihn an unsere „Touries" erinnerte.

Die fünf standen beieinander und gaben ihrer Verwunderung dadurch Ausdruck, dass sie einander mit großen Augen ansahen und die Schultern fragend hochzogen. In dem Moment, als ich die jungen Leute ansah, fiel mir sofort auf, dass sich etwas in meiner Wahrnehmung geändert hatte. Es dauerte einige Zeit, bis ich mir darüber klar werden konnte.

Diego merkte zu diesem Zeitpunkt noch nicht, dass sich auch bei ihm etwas verändert hatte, da wir uns alle in Englisch unterhielten, fiel ihm das erst viel später auf. Er richtete sich dann an die Grupp: »Alles klar Leute. Wir sollten eine kleine Pause machen und etwas trinken. Zu wenig Wasser und man bekommt sehr schnell Kopfschmerzen«.

Die anderen stimmten ihm zu und wir setzten uns auf die an der rechten Straßenseite in der Vegetation verstreuten Felsbrocken und tranken alle etwas Wasser.

Noch hatten wir keine gemeinsame Gruppe, sondern drei Gruppen mit dem gleichen Ziel. Die drei Amerikaner, das australische Pärchen und wir saßen, jede Gruppe getrennt von der anderen, beieinander. So konnte ich dann auch, während wir rasteten, mit Diego reden. Wir konnten das daher auch leise und auf Spanisch tun.

»Was war das vorhin, Diego?«, fragte ich ihn.

»Ich weiß es nicht meine Liebe. Ich glaubte, dass mein Schädel platzt. So einen Schmerz hatte ich wirklich noch nie«.

»Mir ging es genauso. Aber irgendwie hat sich etwas verändert«.

»Ja genau. Ich fühle mich, als könnte ich Bäume ausreißen und all meine Müdigkeit und Bedenken sind wie weggefegt«

»So geht es mir auch mein Liebster. Nur glaube ich, dass mit meinen Augen etwas nicht stimmt«

»Wieso, was hast du?«, fragte er sichtlich besorgt.

Ich beschrieb ihm, wie ich in diesem Moment alles um mich herum wahrnahm. Die Farben aller Dinge um mich herum erstrahlten heller und satter als je zuvor und alle Lebewesen, ob Pflanzen oder Tiere, ummantelte ein leicht in unterschiedlichen Farben leuchtender, transparenter Schein. Da wuchsen Aloe Vera Pflanzen in dunklem grün, die aber einmal leicht milchig weiß zum anderen leicht gelb bis hin zu tief violett glühten. Es wirkte so, als wäre alles und jeder mit einer Glas- oder Eisschicht in verschiedenen Farben überzogen.

»Das hört sich wirklich seltsam an. Sollen wir abbrechen?«, fragte Diego, »Möchtest du zurück? Ich kann auch alleine weiter machen.«

Ich verneinte und meinte, dass ich sicher nur etwas ausruhen müsste. Tatsächlich veränderten sich meine Wahrnehmungen auch nach der kurzen Rast mit geschlossenen Augen wieder und alles sah ganz normal aus.

Yaiza hielt kurz in Ihrer Erzählung inne, um etwas Wasser zu trinken. Fabienne nutzte diese kurze Pause für eine Zwischenfrage.

»War dieses Leuchten ein Flimmern, wie die Luft bei großer Hitze über dem Boden flimmert?«

»Ja, genau mein Kind. Du weißt, was ich meine.«

Yaiza berichtete weiter, ohne zunächst auf Fabiennes Bemerkung einzugehen.

Das Phänomen ließ mir natürlich keine Ruhe. Während wir weiter wanderten, versuchte ich immer wieder, bestimmte Pflanzen, Steine oder auch die Leute um mich herum, genauer zu betrachten und merkte bald, dass ich mit ein bisschen Konzentration tatsächlich diesen anderen Blick auf meine Umwelt aktivieren konnte. Nach einiger Zeit fiel mir dabei auf, dass nicht alle Objekte immer die gleiche Farbe aufwiesen. Da waren sonst identische Pflanzen, die einmal weiß und zum anderen gelb oder orange erschienen. Ich machte mir dann einmal die Mühe und sah etwas genauer hin. Tatsächlich konnte ich erkennen, dass je dunkler die Farbe wurde, desto verwelkter, beschädigter oder kranker war die jeweilige Pflanze.

Im letzten Jahr verletzte sich Diego an der Schulter und litt auch noch einige Zeit an den Folgen der Verletzung, die zu einer Einschränkung bei der Schulterrotation geführt hatte. Jetzt betrachtete ich Diego ausführlich, wie er so voraus ging und stellte fest, dass er in einem hellen Gelb leuchtete aber seine Schulter tief orange strahlte. Bei genauerem Betrachten der einzelnen Körperpartien sah ich dann die Farben immer differenzierter. Die Narbe der Schnittwunde an seiner Hand leuchtete hellrot und sein verstauchter Knöchel dunkelrot. Ich kam daraufhin zu dem Schluss, dass sich mir hier tatsächlich eine Gabe aufgedrängt hatte, mit der ich sehen konnte, ob etwas gut oder schlecht, gesund oder krank war. Ich fühlte mich in diesem Moment gesegnet und quoll über vor Euphorie.

Mir wurde später erst bewusst, dass diese Gabe auch ein Fluch sein kann. Es ist nicht immer gut, zu sehen ob jemand krank ist oder nicht. Was ich dabei auch feststellen konnte war, dass es bei allen und allem anderen funktionierte, nur nicht bei mir selbst. Da sah ich gar keine Farben. Auch im Spiegel konnte ich nicht mal einen schimmernden Farbtupfer erkennen. Ich fühlte mich damals wie ein schwarzweißes Abziehbild auf einem leuchtenden Regenbogen. Aber wie bereits gesagt, die Euphorie ließ mich das alles zunächst noch nicht erkennen.

Unser Weg führte uns weiter bis nach Mirador Degollada De Peraza. Ein paar natürlich angelegte Stufen führten uns ein Stück aufwärts zur Straße GM-2, an der direkt diese Aussichtsplattform eingerichtet worden war. Die rechteckig angelegte Plattform war mit Natursteinen gepflastert und verfügte über aus Stein gefertigte Sitzgelegenheiten, die wir dann auch zur Rast nutzten. Zu diesem Zeitpunkt waren auch noch keine sonstigen Reisegruppen, die hier immer wieder Halt machten, zu sehen.

Ich hatte in meinem Rucksack ein paar Tapas für uns alle eingepackt, die ich jetzt verteilte. Alle bedankten sich freundlich und fühlten sich offensichtlich froh und beschwingt. Scheinbar übertrug sich unser Elan auf die ganze Gruppe. Nach einer halben Stunde Rast packten wir alles wieder ein, entsorgten unseren Verpackungsmüll in den dafür vorgesehenen Behältern.

Wir machten uns gerade auf den Weg zum rechten Ende der Plattform, wo mehrere Stufen zunächst nach unten auf einen Pfad führten, der dann den Felsen entlang in unseren weiteren Wanderpfad überging, als ein kleiner Reisebus mit japanischen Touristen an der Plattform anhielt. Es stiegen etwa fünfzehn Personen aus, die sich munter unterhielten, auf Japanisch. Einer der Männer fragte gerade seinen

Nachbarn, was denn der Unterschied zwischen Chinesen und Japanern sei, woraufhin dieser antwortete, dass die einen immer lachen und die andern immer strahlen, wobei sie sich dann vor Lachen die Bäuche hielten.

Diego und ich sahen uns an und mussten wegen des etwas dürftigen Witzes grinsen. Uns gefror das Lachen im Gesicht, als wir realisierten, dass wir die gesamte Konversation verfolgen konnten, obwohl sie in Japanisch geführt wurde.

Ab diesem Moment verstanden wir alle Sprachen, die in unserem Beisein gesprochen wurden. Nur selbst sprechen konnten wir sie nicht. Genau genommen stellten wir fest, dass es die besondere Gabe von Diego war, die Sprachen zu verstehen und ich nur in seiner unmittelbaren Nähe diese auch mitnutzen konnte. Wir hielten uns noch einige Momente im Umfeld der Japaner auf, da wir es zunächst nicht glauben konnten, was da geschah. Erst als unsere drei Amerikaner anfingen auf den Felsen herum zu klettern, merkten wir, dass es Zeit war, weiter zu wandern.

Wir verloren die Plattform aus unserem Blickfeld, als Diego ganz plötzlich einfach stehen blieb, als hätte jemand den Stecker gezogen. Er stand da fast eine halbe Minute regungslos, als sei er eingefroren. Selbst seine Augen blinzelten nicht und sein Blick richtete sich starr auf den Boden vor seinen Füßen. Da ich vorausgegangen war und Diego die Nachhut bildete, bemerkte ich es zuerst nicht. Ich blickte aber immer wieder zurück und rannte auch sogleich zu ihm, als es mir auffiel. Ich versuchte an ihm zu rütteln, aber er fühlte sich an, als sei er aus Stein.

Mein Herz begann zu rasen. Noch mehr Unvorhergesehenes wollte und konnte ich nicht ertragen. Gerade als Sybille und Sebastian, unsere beiden australischen Ärzte, uns erreichten, kehrte auch das Leben in Diego zurück. Er schüttelte sich leicht und meinte nur, dass wir weiter gehen sollten. Er sah mir tief in die Augen, aber sein

Blick konnte mich nicht beruhigen. Ich erkannte, dass er um Geduld bat, mindestens bis zur nächsten Rast oder zu unserem Ziel müsste ich wohl warten.

»Hallo Leute, wartet mal bitte einen Moment!«, rief er dann laut an die voraneilenden Amerikaner gerichtet.

»Seht ihr da oben in etwa drei Kilometer Entfernung die Weggabelung?«

Diego zeigte dabei in Richtung Nordwesten zu einer deutlich sichtbaren Verzweigung des Weges.

»Dort befindet sich eine kleine Quelle. Geht schon mal vor, wir folgen euch. Ich möchte gerne noch etwas mit Yaiza besprechen. Ich danke euch.«

Die fünf Wanderer stellten keine weiteren Fragen, drehten sich einfach um und folgten sich rege unterhaltend dem Weg. Diego drehte sich zu mir um und hielt mich fest im Arm.

»Oh, mein Gott. Du glaubst nicht, was mir passiert ist. Ich glaube es selbst kaum.«

»Ist dir aufgefallen, dass ich länger weg war?«, fragte er mich sichtlich verunsichert.

»Du warst fast eine halbe Minute wie erstarrt da gestanden. Ich glaubte schon, dich habe jemand in Stein verwandelt, wie im Märchen«, gab ich ihm zur Antwort.

»Was? Nur eine halbe Minute. Ich habe eine echt krasse Sache in dieser kurzen Zeit durchlebt.«

»Es kam mir so vor, als wäre ich echt dort gewesen und habe auch alles gespürt, gerochen und gehört", quoll es aus ihm hervor.

»Ich tat einen Schritt vor den anderen, als ich ganz plötzlich mit einem weiteren Schritt in einer anderen Welt stand. Es war genau genommen keine andere Welt. Es war La Gomera aber zu einer anderen Zeit. Der Himmel war bedeckt von Wolken, oder eher Rauch. Es roch auch nach verbrannter Erde und in der Ferne konnte man den Teide auf Teneriffa sehen, der riesige Rauchschwaden ausspie. Ich befand mich tief im Lorbeerwald und um mich herum breitete sich eine Totenstille aus. Verwirrt und etwas schwindelig ging ich in die Hocke, um mich zu sammeln. Ich schloss die Augen und versuchte mich zu konzentrieren. Nichts geschah. Es war sehr heiß und ich fing furchtbar an zu schwitzen.«

Wir schlenderten während Diego erzählte weiter hinter unserer Reisegruppe her. Dabei fiel mir auf, dass Diego wirklich stark verschwitzt war.

»Nach einigen Minuten hörte ich dann die ersten Rufe. Mehrere Personen durchstöberten scheinbar den Wald auf der Suche nach Flüchtigen. Ich versteckte mich auf einem stark belaubten Baum und starrte durch das Geäst. Unter mir erschienen mehrere Soldaten in alten spanischen Uniformen, bewaffnet mit alten Gewehren und Schwertern. Sie stocherten damit im Gebüsch herum, woraufhin ich sogleich froh war über die Entscheidung, mich im Geäst statt im Gebüsch zu verstecken. Etwas weiter entfernt im Rücken der Soldaten, sah ich einige Gestalten, die sich von Dickicht zu Dickicht vorarbeiteten, sichtlich bemüht im Rücken der Soldaten zu bleiben und nicht aufzufallen. Sie trugen alle Kleidung, wie wir sie von unseren Urahnen kennen. Die Guanchen waren hier auf der Flucht. Der Anführer der Soldaten schrie seine Leute an, sie sollen sich anstrengen, es gäbe schließlich eine große Belohnung für die Ergreifung des Häuptlings Hupalupa.«

Ich hielt in diesem Moment inne und ergriff Diego am Arm. »Du willst mir sagen, dass du in der Zeit meines Urururururgroßvaters warst?«, unterbrach ich Diegos Erzählung.

»Ich weiß es nicht. Ich erzähle dir nur, was ich erlebte und es war so real. Die Soldaten verschwanden aus meinem Blickfeld und die Flüchtlinge kamen meinem Versteck immer näher. Es waren Männer, Frauen und Kinder darunter. Einer schaute direkt zu mir hoch und duckte sich sofort, als er mich bemerkte und hob seinen Speer, den er trug. Ich führte meinen Zeigefinger zum Mund und gab ihm damit zu verstehen, dass er ruhig bleiben sollte und ihm keine Gefahr durch mich drohe. In gleichen Moment traf mich etwas Hartes am Schädel und ich wurde bewusstlos.

Einer der anderen Ureinwohner hatte sich unbemerkt von hinten an mein Versteck herangeschlichen und mir mit einem dicken Ast auf den Kopf geschlagen. Zum Glück verkeilte ich mich so im Geäst, dass ich nicht herunterfiel. Als ich erwachte brummte mir der Schädel. Ich hing kopfüber im Geäst und blickte geradewegs in den Lauf eines Gewehres, an dessen Ende ein aufgeregter Spanier hin und her tänzelte und laut nach seinen Mitstreitern rief. Ich versuchte mich aus meiner Astgabel zu befreien, musste aber feststellen, dass die Einheimischen mir meine Füße über dem Ast zusammengebunden hatten, sodass ich mich nicht lösen konnte. Ich schwang vor und zurück und wollte mich nach oben hangeln, als ich einen Schuss hörte und plötzlich wieder hier neben dir auf dem Weg stand.«

Ich sah ihn mit weit aufgerissenen Augen an.

»Willst du mich verarschen?«, fragte ich ihn etwas verärgert und verwirrt zugleich.

»Nein! Sowas könnte ich nie erfinden. Es ist mir passiert. Sieh dir meinen Kopf an, da ist immer noch eine Beule.«

Ich untersuchte ihn und da war wirklich eine üble Beule. Zudem konnte ich auch an der dunklen fast violetten Farbe erkennen, dass er sich wirklich richtig verletzt hatte. »Yaiza, das macht mir wirklich Angst. Ich weiß nicht wo und wann ich war und wie ich da hingekommen bin oder gar, wie ich da wieder raus kam.«

Ich versuchte dann ihn zuerst einmal zu beruhigen, da wir ja noch einen Job zu erledigen hatten. Wir erreichten auch schon die Mitglieder unserer Gruppe, die an einem kleinen Wasserrinnsal saßen und frisches Quellwasser schlürften.

Yaiza machte eine kurze Pause und mühte sich wieder zum Bücherregal. Dort entnahm sie ein weiteres kleines Buch, das sich als Tagebuch ihrer Großmutter entpuppte.

»Dieses Tagebuch hat mir meine Großmutter vermacht. Sie beschreibt darin, was sie so alles erlebt hat und auch was ihre Eltern und Großeltern so erzählt hatten. Es ist so Tradition in unsere Familie, dass immer die erste Tochter des Hauses Aufzeichnungen über die aktuellen Geschehnisse, aber auch über die Erzählungen der Alten vornimmt.«

»Hier, da ist es«, sagte sie und zeigte mit dem Zeigefinger auf eine Stelle auf einer der ersten Seiten des Tagebuches. Dort stand in schöner aber schon leicht verblasster Schrift auf stark vergilbtem Papier:

»Meine Großmutter liebte es immer wieder die Geschichte zu erzählen, warum ihre Großmutter, die Schwester des großen Häuptlings Hupalupa damals der großen Hetzjagd auf die Guanchen entkommen ist. Sie war mit ihren Kindern, ihrem Mann und dessen Bruder, wie alle Familien, auf der Flucht im Wald untergetaucht. Ein unachtsamer Festlandspanier mit sonderbarer Kleidung hatte sie im Geäst beobachtet. Ihr Schwager hat ihn hinterrücks überwältigt und sie haben ihn an den Ästen hängen lassen. Durch dieses Ablenkungsmanöver konnten sie alle an den Soldaten vorbei in Richtung des Val del Rei entkommen und sich in den Höhlen, vor denen unsere heutige Residenz aufgebaut wurde, flüchten«

Markus und Fabienne sahen sie beide an und Markus fragte Yaiza, ob das denn wirklich ihr Diego gewesen sei, von dem da die Rede war. Yaiza lächelte und nickte zufrieden.

»Ihr scheint so langsam zu verstehen, worum es hier geht.«

»Nicht wirklich«, war Markus Antwort.

Yaiza erreichte unterdessen wieder ihren Sessel, ließ sich nieder und wollte gerade weitererzählen, als es an der Tür klopfte.

»Herein!«, rief sie laut.

María streckte den Kopf zur Tür herein.

»Wollt ihr etwas zu essen haben?«, fragte sie höflich, »Die anderen sind schon versorgt.«

»Du könntest mir ein paar Tapas bringen«, meinte Yaiza und fragte dann auch Markus und Fabienne, die beide nickten.

María brachte daraufhin drei Teller mit ausgewähltem Fingerfood vorbei und wollte dann noch wissen, ob sich Markus und Fabienne der Führung durch das Anwesen anschließen würden, was diese verneinten, da sie gespannt auf die Fortführung von Yaizas Geschichte warteten. Während sie etwas aßen und an ihrem Wasser nippten, rutsche Markus ungeduldig auf seinem Stuhl hin und her.

»Na gut, ich sehe, dass du es nicht erwarten kannst.«

Yaiza stellte ihren Teller zur Seite und setzte ihre Erzählung fort.


Diego kühlte sich an der Quelle seine Beule und beide tranken wir etwas von dem frischen Wasser, ließen uns aber nichts anmerken. Die fünf jungen Menschen unterhielten sich mittlerweile auch angeregt miteinander und tauschten Informationen und Erfahrungen aus. Aus zwei Grüppchen entstand langsam eine Gruppe. Der weitere Weg, entlang des Berggrades, ermöglichte allen eine tolle Aussicht und verlangte auch keine große Anstrengung. Direkt unterhalb unseres Weges verlief auch die Hauptstraße, die aber zu dieser Zeit nicht stark befahren war. Ich kann euch nicht sagen, ob dann hier eine höhere Macht oder der Zufall Auslöser war. Jedenfalls rutschte Diego, der sich recht nahe am Abgrund bewegte und auch mit seinen Gedanken scheinbar irgendwo anders verweilte, aus und wedelte wie wild mit den Armen, um nicht nach unten zu stürzen. Ich sprang nach vorne und bekam seinen rechten Arm zu fassen. Er verlor seinen Halt und glitt in Richtung Abgrund.

Geistesgegenwärtig packte ich den Arm mit beiden Händen, setzte mich auf die Erde und stemmte beide Füße in den Boden. Diegos Gewicht jedoch zog uns im selben Moment nach unten und ich stürzte kopfüber nach vorne, über Diego hinweg, der nun wiederum mich versuchte abzufangen, wodurch wir dann beide im freien Fall aneinandergeklammert nach untern stürzten, dem Asphalt der Straße entgegen, auf der sich im selben Moment der Bus mit den Japanern näherte. Ich schloss in diesem Moment die Augen und hielt den Atem an, denn ich erwartete jede Sekunde den Aufprall. Ich hoffte in diesem Moment, dass wir hinter dem Bus auf der Straße aufschlagen, denn die Fallhöhe maß vielleicht fünf bis acht Meter und im unteren Bereich der Böschung gab es auch einige Pflanzen, die unseren Aufprall vielleicht abfedern konnten. Aber es geschah nichts dergleichen.

Ich spürte plötzlich mehrere Schläge. Es schlug in meinen Rücken, auf meinen Oberarmen und auf meinen Oberschenkeln ein, als würde jemand mit einem großen Weidenstock auf mich einprügeln. Dann spürte ich Blätter und Geäst durch mein Gesicht streifen und zurückschlagende Äste peitschten alle meine Körperteile ohne dass ich auch nur eine Sekunde locker ließ und Diego fest umklammert hielt. Schließlich glitten wir am Ende mehr als wir fielen und landeten unversehrt, bis auf ein paar blaue Flecken und Striemen, auf weichem Waldboden.

Als ich die Augen öffnete viel mir sofort auf, dass es düster war und der stechende Geruch von brennendem Holz stieg mir in die Nase. Diego stand direkt vor mir und starrte über mich hinweg mit weit aufgerissenen Augen in den Wald. Darin spiegelten sich rot und gelb zuckende Blitze. In dem Moment als ich mich umdrehte, wurde mir auf einmal auch das laute Knistern und Knacken bewusst und ich sah die lodernden Flammen direkt hinter uns.

»Lauf!«, schrie Diego, nahm mich an der Hand und rannte los, weg von dem Flammen.

Das Atmen fiel besonders schwer, da die Luft etwas weiter weg von den Flammen von einem beißenden Rauch erfüllt war. Wir stürzten dann beide über eine Wurzel und stellten dabei fest, dass in Bodennähe die Luft noch atembar war. Rechts von uns befand sich eine Lichtung auf die wir sofort zu krochen. Als wir den hellen Fleck unter dem Rauch und zwischen den eng stehenden Baumstämmen erreichten, befanden wir uns an einer Klippe, die gut fünfzehn Meter steil nach unten führte.

»Wir müssen versuchen zu springen, sonst verbrennen wir!«, schrie mir Diego zu, denn der Lärm des brennenden Waldes war unterdessen zu einem lauten Kreischen, Zischen und Knacken mutiert.

Im selben Moment fielen mir die rechts von unserer Position aus dem Erdreich unterhalb der Klippenkante herauswachsenden Wurzeln auf.

»Warte!«, schrie ich Diego an, der bereits meine Hand gepackt hatte und zum Sprung ansetzte.

»Da!«

Ich deutete auf die Wurzeln.

»Wir sollten versuchen, so weit wie möglich an den Wurzeln nach unten zu klettern und uns dann die restlichen Meter fallen lassen. Das sind dann vielleicht nur noch zwei bis drei Meter statt zehn.«

Diego kniff die Augen zusammen und zog die Schultern hoch. Der Lärm übertönte alles. Aber er folgte dem Zeigen meiner Hand und zog die gleichen Schlüsse. Wir griffen die Wurzeln und schwangen uns über den Rand. Nach einer Minute erreichten wir die Wurzelenden und ließen uns den Rest nach unten fallen, wo wir in hohem, weichem Gras landeten. Diego nahm wieder meine Hand und wir rannten von der Klippe weg.

Aus einiger Entfernung sahen wir dann das Ausmaß der Katastrophe. Wir befanden uns irgendwo im Nationalpark Garajonay. Der Lorbeerwald vor uns stand in Flammen und aus dem Wald flüchteten eine Menge Tiere, aber auch Menschen stürmten weiter über die Lichtung hinweg in den gegenüberliegenden Wald hinein. Und es waren keine normal gekleideten Touristen oder Bewohner dieser Insel. Wir waren definitiv nicht mehr in unserer Zeit. Eingeborene und Soldaten stürmten aus dem Wald heraus. Alle flohen sie vor den Flammen. Die Flammen schlugen, wie Fäuste eines riesigen Monsters, in den Himmel, schlugen nach allen Seiten und Feuersäulen griffen scheinbar, wie mit unsichtbarer Hand nach den Flüchtenden. Brennende Menschen rannten schreiend an uns vorbei und trugen die Früchte der Zerstörung auch in das hohe Gras. Auch wir warteten nicht lange und rannten weg von dem Feuer. Diego nahm dabei unbewusst eine Route, die nicht nur vom Feuer sondern auch von den Flüchtenden wegführte.

Ich weiß nicht mehr, wie lange wir gerannt waren, bis wir schließlich auf dem Waldboden ausgelaugt und erschöpft zusammenbrachen.

Wir lagen auf dem Rücken und starrten durch die leicht im Wind wehenden Blätter der Bäume in den Himmel und rangen angestrengt nach Atem. Noch keuchend fragte mich Diego, ob ich ihm jetzt glauben würde. Mit Tränen in den Augen antwortete ich ihm: »Es tut mir leid. Was passiert hier mit uns? Ich habe Angst, Diego.«

Diego nahm mich fest in den Arm und auch er hatte Tränen in den Augen, was aber, laut seiner Aussage, nur von dem beißenden Rauch kam. Ich schluchzte immer noch, als er mir mit einem »Psst« andeutete ruhig zu sein.

Ich vernahm dann auch in unserer unmittelbaren Nähe Redefetzen von zwei sich wohl streitenden Menschen. Diego schob mich behutsam in Richtung eines großen Palmfarns, der uns sicher verbergen konnte. Zu unserer Überraschung fanden wir hier eine ganze Gruppe von kreisförmig angeordneten Palmfarnbüschen, in deren Mitte wir ein gutes Versteck vorfanden. Im unteren Bereich der Pflanzen ließ der Bewuchs einige Lücken, durch die wir hindurchsehen konnten. Wir richteten unsere Position in unserem Versteck so aus, dass wir uns in Richtung der zu uns dringenden Stimmen flach auf den Boden legten und an den schwingenden und raschelnden Blättern der Büsche und kleinen Bäume erahnen konnten, dass da jemand auf uns zukam. Je mehr sich uns die Bewegungen näherten, desto deutlicher verstanden wir auch, was geredet wurde. Dem Tonfall und den Inhalten folgend, musste es sich um zwei Personen handeln. Eine Frau und ein Mann kamen da auf uns zu.

»Schatz jetzt warte doch!«, rief die männlich klingende Stimme nun schon zum zweiten Mal.

»Wir müssen darüber reden. Das kannst du nicht so einfach tun«

»Ich kann sehr wohl und ich werde es auch tun!«, schrie sie ihn an

»Niemand nimmt mich ernst. Mein Vater hört mir nur zu, wenn das, was ich erzähle für ihn von Vorteil ist und die anderen glauben mir nicht und beschimpfen mich. Ja sie fangen sogar schon an mich als Ketzerin und Hexe zu beschimpfen. Und du? Du willst, dass ich mich ruhig verhalte und nichts tue.«

Zwischen den Bäumen direkt vor uns brach dann eine schlanke Gestalt durch das Unterholz. Eine hübsche, junge Frau mit dunkelbraunen Haaren, die mit einem Lederband zusammengebunden waren, bekleidet mit einer ärmellosen Lederjacke, einem hellen Leinenhemd und Lederhosen verfing sich mit ihren Lederstiefeln in den am Boden wuchernden hellen Beifußgewächsen und fiel flach auf den

Waldboden, wobei ihr ihre letzte Atemluft nach ihrem Redeschwall mit einem lauten »Uff« entglitt. Kurz hinter ihr erschien ein junger Mann mit freiem Oberkörper und einer schon sehr abgewetzten Lederhose gekleidet und sprang sofort zu ihr, um ihr aufzuhelfen.

»Lass mich los! Ich komm schon alleine klar«, fuhr sie ihn an und schlug seine helfenden Hände weg.

»Bitte! Lass uns reden. Bleib einfach sitzen und wir reden. Das Feuer liegt weit hinter uns und du hattest ja Recht. Bitte!«

Die junge Frau schaute noch immer etwas mürrisch, setzte sich mit überkreuzten Beinen und verschränkten Armen vor ihn hin. Der Mann kniete direkt vor ihr und setzte sich auf seine Fersen zurück.

»Na gut, reden wir. Aber bitte nicht wieder nur Vorwürfe und versuch erst gar nicht zu argumentieren, warum ich mich zurückhalten muss.«

»Ok, fangen wir ganz langsam an. Ich bin nur Jäger und Sammler und seit die Spanier hier sind halt ein einfacher Krieger, aber ich liebe dich nun mal, auch wenn du die Tochter des Königs bist.«

Ich sah Diego an, der mir mit dem Zeigefinger andeutete ruhig zu bleiben. Wir lauschten weiter.

»Nun gut.«

Die junge Frau beruhigte sich etwas und konnte auch wieder normal atmen.

»Ich habe dir mehrfach schon erzählt, dass mich mein Vater immer wieder gerne um Rat fragte, da er eben die Erfahrung gemacht hat, dass ich bestimmte Dinge im Voraus sehen konnte. Ich weiß auch nicht wie, aber ich sehe plötzlich Dinge vor meinen Augen passieren, die dann kurze Zeit darauf auch wirklich stattfinden. Als die Spanier damals mit Vater zusammentrafen und er versuchte einen Friedensvertrag auszuhandeln, habe ich gesehen, dass dieser Peraza meine kleine Schwester vergewaltigt und seine

Soldaten unsere Leute ermorden, während du noch Bananen pflücktest. Und die Ausbrüche des Teides habe ich zuvor immer wieder vorausgesehen, genauso wie die Überflutungen und die Stürme, die Missernten und den Befall mit dem Ungeziefer, das die Spanier mitgebracht haben.«

Sie wurde immer leiser und fing an zu schluchzen. Er strich ihr zart über die Schulter und nahm sie in den Arm.

»Es ist ok. Es hört sich so fantastisch an und unglaublich. Verzeih mir, dass ich so unfähig bin, dir einfach zu glauben. Und dabei habe ich es ja auch selbst gesehen. Du kannst das wirklich. Ich habe nur Angst um dich. Dein Vater schützt dich, so lange er noch lebt. Aber diese Spanier und vor allem auch die spanischen Siedler, die sich hier niedergelassen haben, werden immer schlimmer. Ich fürchte, dass irgendwann ein Pfaffe da sein wird, der nicht eher Ruhe gibt, bis du als Hexe verbrannt wirst.«

»Es tut mir Leid mein Liebster. Ich habe nur an mich gedacht. Aber glaube mir, auch das würde ich voraussehen.«

»Gut denn. Du weißt, dass dein Vater diesen spanischen Herrscher umbringen lassen will, das habe ich verstanden, aber warum läufst du weg? Was passiert mit deinem Vater?«

»Mein Bruder wird ihn verraten. Peraza wird nichts geschehen. Ich werde meinen Vater auch nicht davon abhalten können, deswegen seinen eigenen Sohn zu töten. Was soll ich tun? Informiere ich meinen Vater und der tötet dann meinen Bruder oder informiere ich ihn nicht und er wird von Peraza getötet, der dann auch noch schlimmer gegen unser Volk vorgehen wird.«

»Oh, Jara, ich weiß nicht, wie ich dir helfen kann«

Jara oder Gara? Sollte das die schöne Prinzessin sein, die sich in den einfachen Jonay verliebt hatte. Sie war die Tochter von Hupalupa dem Guanchenhäuptling? Wieder schaute ich Diego an, der die Schultern hochzog und mich mit großen Augen ansah.

»Oh, Jonas, du musst einfach nur bei mir bleiben, dann werden wir wenigstens uns haben, egal wie das ausgehen wird.«

Also doch, Gara und Jonay oder Jara und Jonas. Jetzt war ich extrem neugierig und Diego sah mir das an. Er legte mir seine Hand auf die Schulter, um mich zu beruhigen. Wir durften unser Versteck auf keinen Fall preisgeben.

Jara sprach weiter.

»Wir sollten uns hier nicht so lange aufhalten, du weißt, dass viel zu viele von diesen Soldaten herumziehen, um freie Guanchen, die sich nicht versklaven lassen wollen, nur aus Spaß zu töten. Da kommt jemand.«

Jara warf sich sofort, Jonas mit sich ziehend, flach auf den Waldboden. Auch wir hörten jetzt die Geräusche. Schnelle durch den Waldboden abgefederte Schritte eines Läufers, der sich keine Mühe machte Leise zu sein und Ast für Ast und Strauch für Strauch zur Seite wischte. Jara und Jonas hatten hinter den Bäumen Deckung gesucht und spähten an diesen vorbei in Richtung der Geräusche.

»Es ist einer von uns«, beruhigte Jonas Jara, stand auf und winkte in Richtung der herannahenden Person.

»Es ist einer unserer Kommandeure. Das ist Hauta.«

Der Läufer erreichte die beiden und begrüßte sie. Hauta war überrascht die Prinzessin hier zu sehen. Er freute sich sichtlich, dass sie hier war, denn auf dem Anwesen des Königs hatte es ein Attentat auf den König gegeben, der überlebt hat und dann nach seinem Sohn fahnden ließ, da dieser wohl mit Perazas Leuten kollaborierte. Jonas meinte zu Jara nur, dass sie sich ja dann wohl keine Gedanken mehr machen müsse, wegen ihrem Dilemma.

»Deinem Vater geht es gut. Dein Bruder ist leider tot. Dein Vater hat ihm auf dem Marktplatz vor allen Leuten und auch in Beisein von Peraza und dessen Frau Beatrize den Kopf abgeschlagen. Sie suchen übrigens nach dir, Jara. Und du Jonas solltest auch untertauchen. Peraza und seine Frau haben deinem Vater das Versprechen abgerungen, dass du an Stelle deiner Schwester dem Regenten zu Diensten sein sollst. Die Soldaten haben zur Vergeltung des geplanten Attentats zwanzig Dorfbewohner ermordet. Dein Vater ist auf den Handel scheinbar eingegangen, hat mich aber sofort losgeschickt, um alle Stämme zu informieren und dich zu warnen. Peraza hat verkünden lassen, dass du und dein Geliebter die Vasallen des Teufels seid und jeder, der euch sieht den Auftrag hat, euch zu töten und eure Leichname zu verbrennen. Es sind schon einige getötet und verbrannt worden, die man mit euch beiden verwechselte. Jetzt brennt auch der Wald."

Jara wischte sich die Tränen von den Wangen, nahm Jonas Hand und entließ Hauta damit dieser seinen Auftrag erfüllen konnte.

»Oh Jonas, wir können doch nicht zulassen, dass Unschuldige wegen uns sterben?«, schluchzte sie Jonas zu. »Nein. Aber es ist Krieg und egal was wir auch tun oder nicht tun, es werden trotzdem Unschuldige sterben.«

Jonas blickte starr und verbissen in den Himmel. Voller Wut und Zorn endete er mit einem gepressten »Wir müssen kämpfen.«

Die beiden wanderten unterdessen weiter. Ein kleiner Pfad öffnete sich links von unserem Versteck und führte leicht bergauf. Diego nahm meine Hand und wir versuchten unbemerkt den beiden zu folgen, wobei wir jeden Baum und jeden Strauch als Schutz nutzten.

Der Weg führte über eine kleine Anhöhe und dahinter nach unten in Richtung eines kleinen Tales. Die beiden entschwanden, als wir noch beim Aufstieg waren, gerade unseren Blicken, als ein lautes Geschrei und Geklirre uns zusammenfahren ließ. Sofort verließen wir den Weg und arbeiteten uns parallel dazu durch das Dickicht. Der wieder nach unten verlaufende Pfad führte zu einer kleinen Lichtung, an der sich der Weg gabelte. Dort waren aus den

Büschen vier Soldaten mit Schwertern gesprungen, die nun auf Jonas und Jara einschlugen. Beide wehrten sich mit großen Stöcken, die sie scheinbar auf dem Waldboden aufgesammelt hatten. Diego deutete direkt neben mich auf den Boden, wo auch mehrere dicke, gerade gewachsene Lorbeerholzstangen lagen. Unbewusst packte ich eine und gab sie Diego, bevor ich dann den zweiten Stab an mich nahm.

Jara und Jonas standen Rücken an Rücken und je zwei Soldaten schlugen auf jeden der beiden ein. Jonas parierte gerade einen von links geführten Hieb mit dem Stockende und schwang dann in einer gleitenden Bewegung direkt in das Gesicht des zweiten Angreifers, der sein Schwert fallen ließ und mit beiden Händen sein Gesicht bedeckte, aus dem Blut in Strömen schoss. Beflügelt von seinem Erfolg drosch er nun wild auf den verbliebenen Angreifer ein und bemerkte nicht, dass sich einer der beiden Soldaten, die mit Jara kämpften von ihr löste. Jonas machte einen Schritt nach dem anderen nach vorne und drängte den Angreifer zurück, der sich nur noch mit erhobenem Schwert versuchte zu schützen. Dabei entblößte er aber seinen Rücken. Jara nun auch nur noch mit einem Angreifer beschäftigt, wich dessen Hieb aus und rammte das Ende des Stabes mit aller Gewalt in das rechte Auge ihres Angreifers, der nach hinten fiel. Der Stab durchdrang seinen Schädel und beim Rückwärtsfallen entriss er Jara den Stab. Der Soldat lag am Boden auf dem Rücken und der Stab ragte in voller Länge gen Himmel. Jara versuchte den Stab wieder aus dem Schädel zu ziehen, was ihr aber nicht gelang. Sie packte das Schwert des toten Soldaten und konnte, als sie sich herumdrehte gerade sehen, wie ein Schwerthieb des zweiten Angreifers Jonas im Rücken traf. Dieser ließ vor Schmerz den Stab fallen und der vor ihm kauernde Angreifer trieb sein Schwert direkt bis zum Heft durch seinen Bauch, sodass die Spitze auf der anderen Seite zwischen seinen Schulterblättern wieder hervor trat.

Jara schrie: »Nein! Jonas!«

Sie schlug wild um sich, jedoch war das Schwert viel zu schwer für sie. Sie konnte es nicht richtig anheben und daher dauerte es nicht lange, bis einer der Soldaten es ihr entwenden konnte und sie festhielt. Der zweite sprang sofort hinzu und schlug sie mit voller Wucht ins Gesicht. »Ha, jetzt haben wir unseren Spaß!«, schrie er und riss ihr Bluse und Weste vom Leib, während der andere Soldat sie weiter festhielt.

Ich starrte verwirrt, wie paralysiert auf die groteske Szene. Sie wirkte so unglaublich, unmoralisch, grausam, brutal unmenschlich. Ich hielt den Atem an in der Hoffnung, dass der große Held auf der Bildfläche erscheint und alles zum Guten wendet, war mir aber tief im Innern bewusst, dass das hier kein Film war, dessen Handlung von einem Drehbuch abhing.

Noch während ich den Atem in mich einsog kreuzte ein Schatten mein Blickfeld und in der nächsten Sekunde durchfuhr mein Hirn ein lauter Schrei der Wut. Die Gestalt raste auf den Soldaten, der mit dem Rücken zu ihr stand zu und schlug diesem mit voller Wucht so gegen den Hals, dass sein Kopf zur Seite wegknickte. Das Geräusch des brechenden Halswirbels schallte lauter zu mir rüber als der dumpfe Klang des Schlages. Jara spürte, dass der Soldat, der sie festhielt so überrascht wurde, dass er seinen Griff lockerte. Sie fasste sofort nach dessen Schwert und trieb es ihm, immer noch mit dem Rücken zu ihm stehend, in den Bauch und rannte sofort zu Jonas, der auf seinen Knien nach vorne gebeugt auf dem Schwert steckte.

Erst jetzt erkannte ich, dass es Diego gewesen war, der mit dem langen Lorbeerstab den zweiten Soldaten niedergestreckt hatte. Er stand nun da vor dem letzten

Soldaten aus dessen Bauch die Gedärme hervorquollen, der versuchte diese mit beiden Händen aufzuhalten und erbärmlich schrie vor Schmerzen. Diego holte mit dem Stab weit aus und zertrümmerte ihm den Schädel. Ich sprang nun selbst auf und rannte zu Diego. Als ich ihn dann erreichte, konnten wir gerade noch sehen, wie sich Jara verzweifelt mit schmerzverzerrtem Gesicht auf Jonas und in das aus seinem Rücken ragende Schwert stürzte. Die Klinge durchdrang auch sie und ein Blutrinnsal entkam ihrem Mundwinkel. Sie schloss die Augen ein letztes Mal, vereint mit ihrem Geliebten.

Ich zitterte am ganzen Körper und hätte mich Diego in diesem Moment nicht gestützt, ich wäre sicher sofort an Ort und Stelle umgefallen. Ich wimmerte.

»Diego. Was tun wir jetzt? Warum sind wir hier? Ich will nach Hause.«

Im selben Moment vernahmen wir wieder Geräusche. Erneut näherten sich Menschen. Sie kamen über den Hügel, den wir zuvor erklommen hatten. Diego nahm sofort meine Hand und wir rannten davon. In einem nahestehenden Gebüsch versteckten wir uns gerade in dem Moment als die Soldaten über den Hügel zu dem Kampfplatz eilten. Es waren zehn Männer mit Rüstung, Schwertern und alten Gewehren bewaffnet, die den Platz stürmten.

»Teuflische Brut!«, ertönte eine laute Stimme über die Szene.

»Was ist hier passiert? Sichert sofort das Gelände und haltet Ausschau nach weiteren Kollaborateuren.«

Die Soldaten verteilten sich um die herumliegenden Leichen. Einer der Soldaten starrte direkt auf unser Versteck, sodass ich erneut voller Angst den Atem anhielt. »Kapitan, wir haben hier vier Soldaten und zwei Zivilisten. Einen Bauernjungen und eine junge Frau, die aussieht, wie die Tochter des Königs«, berichtete einer der Soldaten. »Was? Schon wieder eine Tochter des Königs. Wie viele

Doppelgänger laufen denn hier noch herum?«, kam prompt dessen Antwort.

»Wir haben das hier bei den Kleidern der Toten gefunden«, erwiderte der Soldat und reichte dem Kommandanten eine Kette.

»Das ist das Symbol des Königs. Also scheint es zu stimmen. Das wird unserem Conde nicht gefallen. Niemand soll erfahren, dass die Soldaten von Peraza dahinterstecken.«

»Sollen wir alles verbrennen, wie immer Capitan?«, fragte der Soldat.

»Nein. Nehmt eure toten Kameraden mit und lasst die beiden hier«, wies der Kommandant an und die Soldaten folgten seinem Befehl.

»Jemand anderes sollte sie finden. Zieht das Schwert heraus, spitzt einen der Lorbeerstäbe an beiden Enden an und spießt sie damit durch die Schwertwunden auf. Sollen die anderen denken, dass sie sich selbst gerichtet haben,«

Ich musste mich sehr beherrschen, um nicht los zu heulen. Gara und Jonay haben nicht den Freitod aus Liebe gewählt, sondern wurden ermordet, wie so viele Guanchen in dieser Zeit.

War das der Grund unseres Hierseins, sollten wir diese Wahrheit mitnehmen und weitertragen? Das würde uns niemand glauben. Gerade in diesem Moment krabbelte ein fast zwanzig Zentimeter langer Hundertfüßer, ein Scolopendra Morsitans direkt über meinen Fuß.

Ich stieß einen spitzen, hellen Schrei aus. Meine Angst vor dem doch sehr giftigen Insekt war größer als die Vorsicht und im Nu rannte auch schon der Wachsoldat auf unser Versteck zu. Diego ergriff wieder mal meine Hand und begann zu laufen. Ich hörte einen sehr lauten Knall und spürte dann einen enormen Schmerz und Druck direkt in meinem Rücken. Ich stürzte nach vorne und befand mich in derselben Sekunde an unserer Absturzstelle an der alles begann, genau zu dem Zeitpunkt, als Diego das Gleichgewicht verlor.

Ich sprang diesmal sofort zu ihm hin, griff mit beiden Armen um seine Hüfte und ließ mich nach hinten fallen, sodass wir beide dem Absturz entkamen. Dabei fiel ich direkt auf meinen Rücken, der daraufhin höllisch brannte. Diego lag auf mir und sah mir in die Augen. Ich konnte darin sehen, dass wir das, was da geschehen war tatsächlich gemeinsam erlebt hatten und er froh war, wieder hier zu sein.

Markus holte tief Luft und unterbrach Yaiza.

»Das war eine wirklich spannende Geschichte. Ich tue mich nur schwer damit, das alles zu glauben. Habt ihr denn herausgefunden, wie das alles funktioniert und wie das zusammenhängt, beziehungsweise würde es mich brennend interessieren, ob und wie man das steuern kann.«

»Tja mein Junge, genau das fragten wir uns damals auch. Wir führten unsere Gruppe übrigens zügig zu unserem Ziel und erzählten auch nur die allgemein bekannten Geschichten über Gara und Jonay, denn wir wollten schnellstens nach Hause und die Geschehnisse noch einmal durchsprechen und nach Antworten suchen. Eines konnten wir auf jeden Fall klar erkennen, nur Diego konnte durch Raum und Zeit springen. Ich musste schon in seiner Nähe sein und mit ihm körperlichen Kontakt halten, damit ich dann mit hineingezogen werden konnte. Genauso wie die Fähigkeit fremde Sprachen zu verstehen nur funktionierte, wenn ich mich in seiner Hörweite befand.«

»Genau die Erfahrung haben wir auch bereits gemacht«, meinte Fabienne.

Sie sprach dabei auf Französisch, was in diesem Moment nur Markus auffiel, genauso wie die Erkenntnis, das Yaiza sie scheinbar trotzdem verstanden hatte.

Markus runzelte die Stirn und fragte Yaiza dann: »Und seit wann hast du die Fähigkeit erlangt? Denn Diego ist ja nicht hier aber du verstehst uns trotzdem.«

»Was meinst du wohl?«, erwiderte sie und sah Markus lächelnd an.

Der zog nur die Schultern hoch und schüttelte den Kopf.

»Das bist du mein Junge. Ich kann das nur in deinem Beisein. Du bist genau wie mein Diego und ich hoffe du hilfst mir, ihn wieder zu finden.«

Markus sah Yaiza verwundert an und fragte sie, wie und wann Diego verschwunden sei.

»Das ist noch eine wichtige Geschichte. Aber ich denke, dass wir zuerst einmal sehen müssen, was die anderen denn so tun und wie lange ihr noch hier verweilen könnt«, sagte Yaiza, stand auf und verließ das Zimmer, ohne sich umzudrehen.

Dabei ließ sie bewusst die Tür offen stehen, damit Markus und Fabienne ihr folgen konnten.

# Kapitel 4
## Ungewisse Pfade

Mit lautem Gejohle und durchdringenden Weckrufen stürmten Zoltai, Lato und Namina in mein Zelt.

»Auf geht's du junger Gedankenkrieger!«, rief Zoltai überschwänglich und zog meine Decke weg.

»Große Taten warten auf uns. Die Drachen freuen sich schon auf ihr frisches, laufendes Frühstück auf zwei Beinen«

»Lass das, ich bin noch nicht fertig angekleidet und muss zur Toilette«, gab ich mürrisch zurück, entwand ihm das Stück Stoff, wickelte es um meinen Unterkörper, nahm meine Kleider und lief in Richtung der Sanitärzone, die teilweise bereits abgebaut worden war.

Nachdem ich dann soweit hergerichtet war, kehrte ich zu meinen Freunden zurück, die mir ein kleines Frühstück offerierten.

»Hier Gadni, das Henkersmal für die Todgeweihten, Brot, getrocknetes Kadu und Wasser zum runterspülen."

Es war wieder Zoltai, der maßlos übertrieb.

»Was ist los mit dir? Drehst du durch, oder wieso bist du so pessimistisch? Du wirst übrigens mit mir zur Prüfung gehen, falls du das vergessen haben solltest.«

Als ich ihm antwortete rannte Zoltai unterdessen schon weiter und sammelte alle möglichen Gegenstände, die noch herumlagen ein und platzierte sie auf den dafür vorgesehenen Transportmitteln. Das Kadufleisch aß sich etwas zäh, wenn es getrocknet wurde, sättigte mich aber ausreichend. Momentan konnten wir uns einen längeren Aufenthalt zum Braten eines der Kadu nicht leisten und außerdem brachte jetzt auch niemand die Zeit auf, eines zu scheren und mit der vielen Wolle auf dem Körper war eine Zubereitung zum Essen unmöglich.

Unsere Kaduherden waren in der letzten Zeit auch gewachsen und erst nach erreichen der Lagerstätten würde die Zeit des Scherens und Schlachtens losgehen. Jetzt liefen halt ein paar mehr Wollknäule durch die Gegend. Da sie meist nur bis maximal zu den Knien reichten und nicht länger als fünfzig Zentimeter waren, sah das mitunter sehr belustigend aus.

»Hör einfach nicht hin Gadni«, meinte Namina.

»Er ist total aufgeregt, weil sein Vater und weitere zehn Krieger das Lager bereits heute Mittag verlassen haben und noch immer nicht zurück sind. Zudem ist er stinksauer, dass er nicht mit ihnen mitgehen durfte. Er soll schließlich irgendwann in die Fußstapfen seines Vaters treten.«

Jetzt verstand ich teilweise sein aufgebrachtes Gehabe. Die Krieger sollten ja die Höhlen erforschen. Ich machte mir dabei nach den Erlebnissen vom Vortag eher Gedanken um die Sikutas, denn um die Drachen.

Unterdessen verließ uns Lorson und Kuron folgte ihm schon dicht auf. Paluki und damit unsere Abfahrt kündigten sich schon an. Wir halfen dann gemeinsam beim Aufladen, sattelten unsere Jaru und schlossen uns dem Tross an, der sich in Richtung der Drachenhöhlen aufmachte.

Obwohl Zoltai und seine Krieger noch nicht zurückgekehrt waren, mussten wir die verbleibende Zeit nutzen, unserem Ziel näher zu kommen. Das Wetter wandelte sich von Minute zu Minute. Der permanente heiße Wind verstärkte zunehmend seine Intensität und gelegentliche, eiskalte Böen deuteten immer öfter auf die bevorstehende Sturmphase hin. Der aufgewirbelte Sand fand Stellen am Körper die normalerweise stets bedeckt waren und tat sein eigenes dazu, dass die Stimmung immer unbehaglicher wurde. Paluki leuchtete still vor sich hin, konnte aber die immer dichter werdenden Sandwirbel teilweise nicht mehr durchdringen. Man sagte Sokotalis nach, dass er einen inneren Kompass, ein Gespür für Richtung und Zeit habe, sodass wir uns auch voll auf ihn verließen. Manchmal befürchtete ich aber auch, dass wir es nur dem Zufall verdanken, dass wir keinen Schaden nahmen.

Nach fast sechs Stunden rasteten wir kurz, um Mensch und Tier eine Trinkpause zu gönnen. Wie durch Geisterhand herrschte in diesem Moment für einige Minuten völlig Windstille und der Sand setzte sich mit einem leichten Rascheln sanft am Boden nieder. Paluki strahlte in seiner vollen Pracht und Sokotalis konnte dann auch erkennen, dass er tatsächlich kaum von seinem Kurs abgekommen war. In diesem Moment sahen wir denn auch in der Ferne den Staub, den die zurückkehrenden Krieger um Zoltai aufwirbelten. Am Ende der Pause hatten sie uns erreicht und Zoltai berichtete, dass sie drei kleinere Höhlen und eine etwas größere gefunden hätten. Alle seien sie verlassen und zum Lagern geeignet. Der treibende Wind setzte fast zeitgleich mit unserem Aufbruch erneut ein, diesmal noch stärker und heftiger, sodass die Sandkörner alle freien Hautstellen aufreiben konnten.

Am darauffolgenden Tag marschierten wir weiter. Bis auf kurze Wasserpausen gab es keinen Halt. Lorson brannte vom Himmel, der Wind und der Sand quälten uns weiter. Zudem hörten wir nun immer wieder das unheilvolle Donnern in der Ferne. Wenn man genau hinsah, konnte man trotz der glitzernden Helligkeit Lorsons immer wieder durch Blitze initiierte, flackernde Lichtschemen erkennen. Das allgemeine Reisetempo, das zu Anfang eher moderat anmutete, verdoppelte sich zu einem schnellen Eilen.

Die Felsformationen in der Ferne vergrößerten sich auch zusehends, sodass wir die Hoffnung hatten, die Höhlen noch rechtzeitig zu erreichen. Als Lorson und Kuron sich dem Horizont näherten fing es plötzlich und unvorbereitet an. Dicke, fette Regentropfen klatschten auf unsere Köpfe und spülten den Sand in breiten Matschrinnsalen vom Körper. Die Felsen erhoben sich jetzt steil vor uns.

»In einer Stunde sind wir da!«, schrie Zoltai dem Zatakus entgegen, der derweil direkt vor uns ritt.

Das Blitzen und Donnern wiederholte sich in immer kürzeren Abständen und wurde durch das Krachen der einschlagenden Blitze vervollständigt. Zusätzlich erhielt dieser zermürbende, chaotische Krach noch Unterstützung durch ein anhaltendes, permanent in der Lautstärke ansteigendes Grollen.

»Vorwärts, Schneller!«, schrie Zoltai auf einmal und spornte sein Jaru an.

Die ganze Karawane raste plötzlich unsortiert und geradewegs auf die Felsen zu.

»Wasser!«, hörte ich nun die Schreie aus vielen Kehlen. Unser Weg führte in Richtung der Felsen durch ein ausgetrocknetes Flussbett. Die plötzlichen, sintflutartigen Regenfälle führten immer wieder dazu, dass unbedachte Wanderer in dieser Zeit hier eher ertranken als dass sie verdursteten. Die herannahenden Wassermassen erzeugten das Grollen. Wir konnten auch nicht unbedingt erkennen, aus welcher Richtung diese uns erreichen würden, da Paluki noch nicht wieder zurück war, Lorson verschwunden und Kuron spärlich, nur zur Hälfte sichtbar, schimmerte.

Der Regen machte es umso schwerer, schnell voran zu kommen. Wir alle trieben jetzt unsere Tiere an und die erste Gruppe erreichte auch schon das Felsplateau, als hinter uns erschütternde Todesschreie zu uns drangen. Der Flusslauf verlief Quer zu unserer Zugrichtung und spülte mit einem Schlag fast zwanzig Menschen und eine der größten Kaduherden, die wir hatten, einfach davon. Der Schlamm und die mittreibenden Pflanzenreste in der Brühe ließen auch guten Schwimmern keine Chance. Frauen, Kinder, Männer, Tiere, alle hinweggespült und allen anderen blieb nicht der Hauch einer Chance ihnen in irgendeiner Weise zu helfen. Als wir das Felsplateau erreichten, fiel mir auf, dass an dieser Stelle sofort jeglicher Sand verschwunden war. Drei bis vier Meter weiter wurden die Felsplatten von dunkler Erde bedeckt, auf denen kleine Pflanzen wuchsen. Je weiter wir kamen, desto dichter wurde die Vegetation und umso größer und höher die Felsen. Zoltai stand am Anfang des Plateaus auf seinem Jaru sitzend auf einer Anhöhe, beobachtete das Vorankommen und trieb alle weiter zur Eile an. Durch den enger werdenden Weg auf dem Plateau staute sich nun der Zugang zu den Felsen. Die bereits in Sicherheit befindlichen Talatijasus durften nicht langsamer werden, da sonst der Rest der Gruppe dem immer näher kommenden Wasser nicht mehr entkommen würde. »Zoltai, Lato, Gadni!«, schrie uns Zoltais Vater entgegen. »Reitet nach vorne und treibt die Gruppe weiter an. Wir brauchen Platz, sie sollen sich beeilen. Es bleibt nicht mehr viel Zeit.«

Wir trieben unsere Reittiere noch schneller an und flogen an dem Zatakus und seinen Begleitern vorbei an Karren, Wagen, Fußvolk und Herden und schrien aus Leibeskräften, sie sollten schneller machen, da das Unheil von hinten naht. Schließlich erreichten wir die Spitze und merkten, dass die Flüchtenden bereits ihr Tempo verlangsamt hatten. Wir feuerten sie an schneller zu werden, damit die nachfolgenden eine Chance haben, als wir dann vor uns eine große freie, sandbedeckte Fläche entdeckten, von der aus mehrere Wege zu den Höhlen führten. Dort warteten auch schon Zoltais Krieger und verteilten die ankommenden auf dem freien Areal.

Wir verloren an diesem Tag nur noch einen Wagen aber kein Leben mehr. Der letzte Karren, der mit Wasserfässern beladen war, schaffte es nicht mehr zum Plateau.

Der Lenker des Gefährts kappte geistesgegenwärtig das Geschirr mit seinem Skull und sprang auf eines der Tiere, die dann in letzter Sekunde mit ihm gemeinsam das Felsplateau erreichten. Rund um den Felsen herum erblickten wir keinen Sand mehr, sondern nur noch ein Meer aus Wasser und Schlamm. Von den Verunglückten und der Herde konnten sich tatsächlich einige retten. Sie konnten herumtreibende Äste und Stämme zu Hilfe nehmen und sich an den Rand der

Felsen treiben lassen. Insgesamt aber waren vierzehn Menschen und fast hundert Kadu gestorben. Obwohl diese panische und chaotische Flucht sehr viel Lärm verursachte, befürchteten Lato und Zoltai keine dadurch provozierten Drachenangriffe, da der Sturm jetzt so stark und auch laut war, dass der Krach des Stammes dabei unterging.

Jeder wollte nur so schnell es ging in eine trockene Höhle. Die Herden und die dafür zuständigen Familien und Stammesmitglieder begaben sich zu der großen Höhle, ebenso ein Teil der Krieger. Die restlichen Leute verteilten sich auf die drei kleinen Höhlen. In zweien fanden jeweils zweihundert Leute und Reittiere Platz und in der letzten, in der wir dann auch zusammen mit Zoltai, Lato, Zatakus, Sokotalis und den letzten Kriegern, die die Verteilung beaufsichtigten, unter kamen, hatte gut Platz für einhundert Talatijasus und Reittiere.

»In diesen Höhlen werden die Laute weit getragen. Wir sollten daher unnötigen Lärm vermeiden. Wir haben in allen Höhlen Krieger positioniert, die auch dort für Ruhe sorgen werden. Wir sollten uns jetzt erst einmal einrichten und dann versuchen etwas zu schlafen.«

Lato gab weitere Anweisungen das Lager in der Höhle aufzubauen. Am Höhleneingang postierte er zwei Wachen. Uns schickte er los, im hinteren Bereich der Höhle getrocknetes Holz für ein Feuer zu holen. Da es hier doch sehr dunkel war, gab er uns einen als Fackel vorbereiteten Stab und entzündete diesen.

»Deshalb hatten die so lange gebraucht«, meinte mein Bruder Lato, »Sie mussten die Höhlen nicht nur finden und deren Verwendbarkeit prüfen, sondern auch noch vorbereiten. Das war mal umsichtig, sonst hätten wir jetzt sicher kein trockenes Holz.«

Er ging mit der Fackel voran. Zoltai war immer noch mürrisch.

»Da hätte er mich doch erst Recht mitnehmen können. Ich will auch mal einen Drachen sehen«, meinte er vor sich hin grummelnd.

»So überwältigend sehen die auch nicht aus«, kam mir über die Lippen und mir wurde sofort klar, dass ich jetzt entweder eine Notlüge hervorzaubern oder ihnen alles erzählen musste.

»Hast du denn schon einen gesehen, oder denkst du nur wieder mal, dass das so sei?«, warf Namina ein.

Zoltai in seinem Groll wusste nichts Besseres zu tun, als meine Aussage zu belächeln, was mich dann wiederum verärgerte und ich konnte mich nicht mehr zurückhalten. Ich stoppte Lato und forderte alle auf sich kurz hin zu setzen. Ich erzähle ihnen dann von meinem Erlebnis mit den Drachen, den Talatijasus, den Tawaren und vor allem von der Zerstörungswut der Sikutas.

»Die sollen also so klein sein und drei Augen haben?«, war es wieder Zoltai, der dabei ungläubig die Augenbrauen hoch zog.

»Und wir sollen dir das glauben?«

Es war tatsächlich mein Bruder Lato, der mir dann eher folgen wollte.

»Warte mal Zoltai. Nicht so schnell urteilen. Obwohl es eine krasse Geschichte ist. Unser Vater erzählte mir tatsächlich einmal eine Geschichte, in der er mit einem befreundeten Stamm Jagd auf Sikutas gemacht hatte und Zoltai und der Anführer der anderen Gruppe sich bereits kannten, da sie laut eigener Aussage bei ihrem letzten Drachen gemeinsam agiert hatten. Die nannten sich Tawaren, das stimmt.‟

»Vielleicht hat er dabei auch zugehört, als dein Vater das erzählte«, wand Namina ein.

»Nein, Gadni war nicht dabei gewesen. Mein Vater sagte mir sogar den Namen des Anführers.«

»Kennst du den Namen?«, fragte Lato mich und flüsterte Namina und Zoltai etwas ins Ohr.

»Ja, Zoltai nannte ihn Taktak«, gab ich zur Antwort.

Alle drei sahen sich verwundert an.

»Ok! Jetzt machst du mich neugierig Bruder. Woher weißt du das? Hat Vater darüber mit dir geredet?«.

»Nein, das hat er nicht. Ich habe es euch doch erzählt. Es ist wie es ist. Ich habe das erlebt.«

»Beim nächsten Mal muss ich wohl ein Beweisstück mitbringen.«, meinte ich nun selbst etwas verärgert.

Aus der Höhle ertönte plötzlich ein Ruf:

»Wo bleibt das Holz?«

Daraufhin packte jeder von uns einen Stapel von dem im hinteren Teil der Höhle gestapelten Geäst und wir machten uns auf den Rückweg.

»Bitte erzählt nichts davon den Erwachsenen, sonst schicken die sofort nach Lukatos und ich habe keine Lust hier seine Wahnsinnstränke zu kosten«, bat ich die anderen.

»Genau. Vielleicht bist du ja verrückt«, meinte Zoltai ergänzte aber sofort, dass sie nichts sagen würden, wir aber später nochmal darüber reden sollten.

»Vor allem, wenn es stimmt, wie erklären wir den Alten, dass nicht die Drachen, sondern die Sikutas die Gefahr sind?«

Wir brachten das trockene Holz zu den anderen und schichteten es dort in einem Stapel auf. Lato, mein Vater, entnahm einige Stücke und legte sie in ein von ihm zuvor mit Steinen gefertigten Feuerkreis, nahm eine der brennenden Fackeln und entzündete den Holzhaufen. Die Höhle durchflutete nun eine sanfte, angenehme Helligkeit und die Temperatur stieg auch sofort etwas an, sodass sie sich alle wärmen und ihre Kleidung trocknen konnte. Ich betrachtete die Höhle genauer und bemerkte, dass sie etwa drei- bis vier Mal so hoch war, wie ein durchschnittlicher Talatijasus. Der Höhleneingang maß vier große Schritte und dahinter öffnete sich ein kleiner, runder Vorraum, in dem sich nun auch unsere Feuerstelle befand, mit einem fast zwanzig Schritte großen Durchmesser. Dahinter erstreckten sich in der Höhle mit einer Breite von zwei bis drei Schritten mehrere mannshohe Tunnel. Durch einen der Tunnel gelangten wir zu der Sackgasse mit dem Raum in dem das Holz aufbewahrt wurde.

»Habt ihr alle diese Tunnel erforscht, als ihr zuvor hier wart?«, fragte ich unsere Eltern.

Zoltai erklärte, dass er zumindest alle entsprechend angewiesen habe, jeden auch noch so kleinen Durchgang bis zum Ende zu erforschen. Auch in den anderen Höhlen durchkämmten sie alle Gänge und lagerten trockenes Holz ein.

»Wir haben auch darauf geachtet, dass in den Höhlen eine Luftzirkulation festzustellen war, damit wir trotz der notwendigen Feuer nicht Gefahr laufen zu ersticken«, ergänzte Zoltai noch.

Ich bemerkte tatsächlich, dass die Flammen unruhig hin und her zuckten, was wohl von den unterschiedlichen Luftströmungen herrührte, die man hier spüren konnte. Dieser Luftzug erfrischte uns angenehm. Alle besorgten sich Decken und bereiteten sich ein Ruhelager. Sokotalis verteilte einige Streifen getrocknetes Kadu und gab lautstark seiner Hoffnung Ausdruck, dass genügend Tiere für eine weitere Zucht übrig geblieben sind.

»Wir sollten vielleicht nicht so laut reden«, warf dann der Zatakus ein, da er sich sicher wegen der unklaren Lage bezüglich der Drachen etwas unwohl fühlte.

»Habt ihr eigentlich schon einmal mehrere Sikutas zusammen jagen sehen, ich meine so als Herde?«

Ich fragte möglichst unauffällig in die Gruppe gerichtet.

»Im Hinblick auf eure bevorstehende Prüfung ist das eine gute Frage mein Junge«, antwortete mein Vater.

»Ich selbst hatte es bislang nur mit einzelnen Tieren zu tun. Hier in den Sikuta Hauptgebieten hörte man auch schon Geschichten über vereinzelte Angriffe von Sikutagruppen von drei bis vier Tieren. Fragt mal Zoltai, der kennt auch die Stämme in dieser Region der Sikahil.«

Alle sahen nun zu Zoltai, der daraufhin tief einatmete und zu erzählen begann.

»Wir streiften schon öfters hier durch die Gegend und begegneten auch vereinzelten Sikutas. Größere Herden von Sikutas sind mir dabei noch nicht begegnet. Mein Freund Taktak von den Tawaren erzählte mir einst, dass er gesehen habe, wie ein Drache mit fast zwanzig Sikutas gekämpft habe. Jedoch will sich niemand länger irgendwo aufhalten, wo die gefährlichsten Wesen von Kanto gemeinsam erscheinen und miteinander kämpfen.«

Er sah dabei von uns weg, irgendwie unangenehm berührt, als wolle er nicht weiter davon erzählen.

»Du weißt ja hoffentlich noch, dass nach den Stürmen die Paarungszeit der kleinen Monster ansteht und ihr euch dann verstecken müsst«, ergänzte er noch und begann nochmal über das Paarungsverhalten und das große Fressen davor zu erzählen.

Alles Informationen, die man uns schon als kleine Kinder immer wieder eingetrichtert hatte. Ich wollte irgendwie mehr erfahren.

»Als uns der Sikuta damals angriff erschien mir das Vieh irgendwie doch recht schlau zu sein. Da wundert es mich doch sehr, dass die da nicht untereinander irgendwie kommunizieren oder gemeinsam jagen. Das wäre sicher eine besondere Gefahr für uns alle hier, wenn die plötzlich in Rudeln auftauchen würden.«

Ich gab mich recht naiv und hoffte so, die Aufmerksamkeit darauf lenken zu können. Lato und Zoltai riefen alle zusammen, teilten Wachen ein und ordneten allgemein Ruhe an. Wir sollten uns alle zumindest die nächsten fünf Stunden ausruhen. Meine innere Unruhe, das Gefühl der Ungewissheit, die immer größer werdenden Geheimnisse und die Anspannung darüber, nicht alles mit jemandem teilen zu können, waren nur ein paar der Gründe, weshalb es mir erneut sehr schwer fiel zu schlafen. Ich döste so vor mich hin und erwartete schon fast, oder hoffte es wohl insgeheim, irgendwo oder irgendwann aufzuwachen, nur nicht in dieser Höhle, um dann vielleicht auf die Suche nach Erklärungen gehen zu können. Aber nichts dergleichen passierte. Stille breitete sich in der Höhle aus und je ruhiger es in unserer Schutzzone wurde, desto lauter vernahmen wir den Klang der Zerstörung und das wutentladende Getöse der tobenden Stürme außerhalb. Bei genauer Betrachtung bemerkte ich, dass wir trotz der starken Winde, des fast waagerecht peitschenden Regens und des doch recht großen Höhleneingangs vor Turbulenzen innerhalb unseres Aufenthaltsortes verschont wurden. Alle Höhleneingänge öffneten sich in die den Sturmwinden entgegengesetzte Richtung. Ob diese Tatsache nun einem natürlichen Phänomen entsprang oder gar durch manuellen Einfluss entstanden war, werde ich wohl nie erfahren. Aber in diesem Moment war ich froh darum, dass es so war. Irgendwann übermannte mich dann wohl doch die Müdigkeit und ich fiel in einen traumlosen Tiefschlaf.

Ich erwachte tatsächlich auch nicht selbst, sondern wurde unsanft aus dem Schlaf geschüttelt.

»He! Aufwachen du Penner«, durchfuhr mich eine tiefe und trotzdem schrille und laute Stimme, während mein Körper hin und her geschüttelt wurde.

»Das ist hier kein Campingplatz und die öffentlichen Parkeinrichtungen sind für alle da. Mach, dass du Land gewinnst und suche dir das nächste Mal einen Platz im Obdachlosenasyl oder schlaf irgendwo, wo es niemand sieht. Und schau zu, dass du bei der Heilsarmee ein paar ordentliche Kleider bekommst, da erfriert man ja schon beim Hinschauen.«

Ich öffnete die Augen und blinzelte in eine rot und gelb leuchtende Kugel am Horizont. Da war tatsächlich nur eine Sonne und es war nicht Lorson. Und vor mir Stand ein Mann, der seltsam gekleidet war. Er trug tatsächlich nicht nur Beinkleider sondern auch den Oberkörper, die Arme, ja sogar den Kopf umhüllten Stoffe und Schutzkleider, deren Materialien und Farben ich noch nie gesehen hatte. Beim Atmen entstieg aus seinem Mund ein stetiger heller Rauch. Ich bemerkte dann, dass es wirklich sehr kalt war, da auch mein Atem in der Luft vor mir kondensierte. Um mich herum konnte ich einige Bäume sehen und die gesamte Fläche zwischen den Bäumen war mit kurzem, grünem Gras bewachsen. Hellgraue Linien durchzogen diese Flächen. Jetzt erst erkannte ich, dass auf diesen Linien Gestalten unterwegs waren. Niemand ging hier den direkten Weg über diese Flächen, sondern folgte stets den vorgegebenen Linien, auch wenn sie dadurch einen fast doppelt so langen Umweg machen mussten. Ein seltsamer Ort. Der schreiende Mann schubste mich derweil von meinem Liegeplatz und ich bemerkte jetzt erst, dass ich nicht auf dem Boden lag, sondern auf einer festen und harten Vorrichtung aus hölzernen, glatt geschliffenen Streben, die so angeordnet waren, dass man darauf sitzen konnte und gleichzeitig eine Rückenlehne hatte, und die so groß war, dass man bequem darauf liegen konnte. Durch die leichte Neigung in Richtung der Lehne rollte man beim Liegen automatisch etwas in deren Richtung, was einen vor dem Herunterfallen schützte. In diesem Moment aber bekam ich einen Schub und landete auf dem Boden. Ich trug meine Lederhosen, hatte aber mein Hemd ausgezogen, als ich mich unter der Kadudecke zum Schlafen legte. Jetzt lag ich da mit freiem Oberkörper und zitterte vor Kälte.

»Steh auf Mann und verzieh dich!'«, schrie mich der Mann weiter an.

»Wir wollen euch Kiffbrüder hier nicht in unserem Park!« Ich ergriff meine Decke und lief davon in Richtung Sonne. Als ich mich umdrehte konnte ich den Mann sehen, der zum nächsten Schlafgestell ging und dort erneut jemanden recht unsanft vertrieb.

Mein Blick folgte einem kleinen Vogel, der von meiner Schlafstätte aus quer über die Wiese und direkt über den Mann hinweg weiterflog. Als meine Augen dann das Ende der Baumkronen erreichten, hielt ich vor Schreck den Atem an. So etwas hatte ich schon einmal gesehen. Ganz kurz, als ich plötzlich in einem Lichtkegel gestanden hatte und kaum Luft bekam, umringt von komischen Fahrzeugen und ich wurde auch damals schon so angeschrien. Dieser seltsame Ort erschien mir nun bei Tag nicht mehr ganz so fürchterlich, obwohl die riesigen Steinquader mit den seltsamen Mustern an jeder Seite mich total verwirrten. Ich torkelte weiter über die Wiese und durch mein Schuhwerk hindurch spürte ich jede Unebenheit und die Kälte, die in mir hochstieg. Wieso blieb ich so lange hier. Das letzte Mal endete dieser Ausflug nach nur ein paar Sekunden. Ich blieb stehen, beugte meine Knie und schloss meine Augen. Ich musste Ruhe bewahren. Ich spürte plötzlich eine Hand auf meiner Schulter und drehte mich abrupt in Richtung der Berührung um.

»Hallo! Keine Angst! Ich tue Ihnen nichts. Ich möchte Ihnen nur helfen. Können Sie mich verstehen?«

Ein Mann blickte mir direkt in die Augen, legte seine rechte Hand auf meine Schulter und half mir mit der linken auf. Er trug eine dicke Jacke und auf dem Kopf eine Mütze. Seine Hände wurden durch dicke Überzüge geschützt.

»Hier nehmen Sie meine Jacke, meine Handschuhe und meine Mütze. Sie müssen ja furchtbar frieren«, sagte er, zog seine Jacke, seine Kopfbedeckung und die Handüberzüge aus und reichte sie mir.

Nun wusste ich, dass es, wo immer ich hier auch war, nicht nur unfreundliche Gestalten gab und dass die Handüberzüge Handschuhe hießen. Ich nickte ihm zu, nahm die Sachen und zog sie an. Sie wärmten mich sofort. Ich bedankte mich bei ihm und wollte wissen, ob er denn nun nicht frieren würde. Er sah mich an, zuckte mit den Schultern und schüttelte den Kopf. Er zeigte mir damit, dass er mich nicht verstanden hatte.

»Kommen Sie mit, ich bringe Sie zu einer Obdachlosenstation, da bekommen Sie etwas zum anziehen, zu essen und ich kann dann meine Sachen wieder mitnehmen.«

Ich nickte ihm zu, was ihn etwas verwirrte, da ich ihn wohl verstanden hatte, aber nicht in seiner Sprache antworten konnte. Die Klänge aus seinem Mund waren auch für mich unverständlich, trotzdem konnte ich alles verstehen und wusste, was er meinte. Ich folgte ihm. Er lächelte mich ständig an und führte mich, indem er seine linke Hand unter meinen rechten Ellenbogen hielt, quer über das Gras auf die grauen Wege. Wir folgten einigen dieser Wege zu den großen quadratischen Felsen. Je näher wir diesen kamen, desto deutlicher konnte ich erkennen, dass die Felsen tatsächlich wohl Höhlen enthielten, denn ständig gingen dort Leute rein und es kamen andere heraus. Sehr viele, seltsam und bunt gekleidete Personen liefen hier kreuz und quer umher, scheinbar ohne Ziel aber dennoch schnell und bestimmt unterwegs. Die Geräusche drangen nun auch in meine Ohren und verursachten erneut ein Gefühl der Gefahr und Angst. Vor allem die mir so ganz unbekannten, Schmerzen erzeugenden, kreischenden Töne, die durch die vielen rollenden Kisten verursacht wurden, ließen mein Herz rasen und ich begann immer schneller zu atmen. Je mehr und je schneller ich atmete, desto schwindeliger wurde mir. Ich nahm nun auch wieder diesen Gestank nach verbranntem Stein war und mir viel das Atmen immer schwerer.

»Ganz ruhig, mein Junge, wir sind gleich da«, meinte mein Begleiter.

Wir näherten uns nun den Höhlen so weit, dass ich in die kleinen quadratischen Rahmen hineinsehen konnte, in denen sich auch Menschen befanden. Die Öffnungen schienen mit durchsichtigen Steinen abgedeckt, durch die man hinein- und auch herausblicken konnte. Auf eine dieser Höhlen steuerten wir nun zu. Direkt neben einem großen Eingang führten mehrere übereinandergestapelte Felsbrocken zu einer kleineren Öffnung, die mit einer beweglichen Wand aus Holz verschlossen war. Genau gegen diese Wand klopfte er nun und sie öffnete sich nach innen. Hinter der Wand stand ein weiterer Mann in dicken Sachen gekleidet und bat uns herein.

Er sagte: »Kommt herein und macht die Tür zu. Die Heizung ist ausgefallen und wir wollen doch nicht erfrieren.«

Die bewegliche Wand hieß also Tür. Was eine Heizung ist weiß ich nicht, aber irgendwie hatte ich bei den Lauten das Gefühl von einem warmen Lagerfeuer. Scheinbar meinte der Mann damit, dass wohl ihr Feuer ausgegangen war.

Im Innern gab es einen großen Raum mit mehreren Liegestätten und Sitzgelegenheiten. Im hinteren Bereich füllten mehrere Leute eine dampfende Masse in Schalen, die sie dann anderen Leuten gaben, die wiederum mit einem glänzenden Stab mit einem breiten, abgeflachten Ende diese Masse in ihren Mund führten und aßen. Auch ich verspürte plötzlich Hunger und vor allem auch Durst.

»Hallo Mike! Wen hast du denn da gefunden? Wieder jemand ohne Papiere?«, fragte der bärtige Mann, der uns zuvor die Tür geöffnet hatte.

Mein Begleiter, Mike, wie ich nun wusste, bat ihn um Kleidung und Essen für mich, damit er dann auch weiter könne. Greg, der Bärtige wurde so genannt, führte mich zu einer weiteren Tür, öffnete diese und im Innern des dahinter liegenden Raumes erblickte ich eine große Menge der seltsamen Kleidungsstücke. Er sah mich genauer an und sagte dann wohl mehr zu sich selbst:

»Na ja! Du bist recht groß, wohl sechs Fuß, wenn nicht mehr. Hier probiere das mal an.«

Er reichte mir ein dickes, wärmendes Hemd in einer leuchtend blauen Farbe. Ich legte Mikes Jacke zur Seite und stülpte mir den Pulli, wie Greg das Kleidungsstück nannte, über den Kopf. Es lag eng am Körper an, nur die Ärmel waren etwas kurz.

»Du hast ungewöhnlich lange Arme, mein Junge. Wie ist denn dein Name?«, fragte Greg.

»Gadni«, gab ich zurück.

»Ok Gadni, du scheinst mich ja zu verstehen, nur das mit dem Sprechen klappt wohl nicht so recht.«

Ich nickte ihm zu, obwohl ich nicht so genau einordnen konnte, was er denn mit „klappt" meinte. So erhielt ich denn eine dunkelgrüne Hose und eine graue Jacke mit Kapuze. Die Jacke enthielt ein dickes Innenfell, sodass mir recht schnell warm wurde.

»Ok, das sieht gut aus. Hey Mike! Hier deine Jacke!«, rief Greg nach Mike und reichte ihm seine Jacke, seine Mütze und seine Handschuhe.

»Danke, Greg. Ich mach mich dann mal auf den Weg. Soll ich dem Spanier Bescheid geben? Vielleicht versteht ja unser Sprachtalent, was unser Freund hier so sagt«

»Tu das. Ich glaube, er wollte sowieso heute hier vorbei kommen«, antwortete Greg und winkte Mike zum Abschied zu.

Ich trat einen Schritt auf Mike zu, nahm seine rechte Hand in meine beiden Hände, verbeugte mich vor ihm und führte seine Hand an meine Stirn. Ich hatte zuvor beobachtet, dass sich hier die Leute so begrüßten, indem sie sich die Hände reichten. Ich hoffte somit, dass Mike verstehen würde, dass ich ihm danken wollte.

»Alles klar, ich hab verstanden, Gadni. Gern geschehen«, sagte er und verschwand durch die Tür, durch die wir gekommen waren.

Greg führte mich nun zu den Menschen, die diese essbare Masse verteilten. Sie reichten mir ein weißes Gefäß aus weichem Material, das sie Becher nannten und einen Teller, auf dem man die Speisen hier bereitete. Zudem erhielt ich auch eines dieser Stöckchen, die sie Löffel nannten. Alle diese neuen Eindrücke und Erfahrungen überwältigten mich. Ich setzte mich an der Wand auf den Boden und trank den Becher, den sie mir mit einer klaren, sauberen und sehr frisch schmeckenden Flüssigkeit gefüllt hatten in einem Zug aus. Es war Wasser. Nie hatte ich bisher so ein sauberes und klares Wasser getrunken. Es hatte zwar einen etwas metallischen Nachgeschmack, der mich aber nicht weiter störte. Das Essen, das Sie Brei nannten, schmeckte leicht süß und sättigte enorm.

Greg versorgte unterdessen bereits den nächsten Ankömmling und ich saß dann da mit meinem leeren Teller und dem Becher an der Wand.

»Hey du! Bist wohl neu hier. Den Becher und den Teller solltest du wieder zurückbringen. Da an der Seite werden die Sachen eingesammelt«, meinte ein sehr alter, von der Zeit gezeichneter Mann, der direkt vor mir auf einer der Schlafliegen saß.

Ich stand sofort auf und folgte seiner Aufforderung. Ich wollte hier nichts falsch machen und schon gar nicht auffallen. Ich wusste schließlich nicht, wie lange das hier noch dauern würde.

Immer mehr Menschen kamen und gingen. Greg begrüßte derweil einen Charles, der sich wohl mit dem Feuer, oder wie sie hier sagten, der Heizung, auskannte. Greg führte ihn zu einer der vielen Türen. Auf dem Weg dahin begrüßte er einige Leute. Dabei deutete er bei einem Mann, mit dunklen Haaren und einer etwas dunkleren Haut als Greg, aber doch helleren als die meisten der hier wartenden Gestalten, auf mich. Der Mann lächelte ihn an, gab ihm die Hand und kam zu mir rüber. Ich beobachtete ihn genau. Mit einem leichten wiegenden Schritt kam er auf mich zu. Seine vollen, lockigen Haare waren fast schulterlang und über seiner Lippe wuchsen ebenfalls Haare. Seine Stirn erschien recht groß gegenüber den doch sehr kleinen Ohren, die in gleicher Höhe mit seiner Nase verliefen. Bei unserem Volk lagen die Ohren auch seitlich am Kopf aber meist etwas oberhalb der Nasenflügel positioniert, was mir gerade in diesem Moment besonders auffiel.

»Hallo! Greg sagte mir, dein Name sei Gadni. Mein Name ist Diego. Diego Banot.«

Diego beugte sich zu mir herunter, reichte mir die Hand und half mir auf, da ich mich im gleichen Moment erhoben hatte, als er mich ansprach! Ich versuchte die Laute der Leute hier nachzumachen und sagte einfach nur: »Hallo, Diego.«

»Dann erzähl mir doch einmal deine Geschichte, Gadni. Woher kommst du denn und was machst du hier in New York im Central Park?«, setzte Diego seine Ansprache fort.

»Ich weiß nicht, ob du mich verstehen kannst? Ich bin Gadni von den Talatijasus und komme aus der Sikahil auf Kanto«, antwortete ich ihm, ohne wirklich zu erwarten, dass er mich verstehen würde.

Als er dann antwortete überraschte er mich doch merklich. »Schön dich kennen zu lernen Gadni von den Talatijasus aus der Sikahil auf Kanto, wo immer das auch sein mag. Ich bin wirklich froh endlich jemanden wie dich gefunden zu haben.«

»Du kannst mich verstehen? Dann kannst du mir sagen, wo ich hier bin und wieso ich hier bin und wann ich wieder zurück kann?«

»Langsam Gadni! Ich weiß auch nicht alles. Zunächst einmal du bist auf der Erde. So heißt unser Planet und diese Stadt heißt New York und die Bewohner hier sind Menschen.

Wir sollten uns aber zuerst einmal einen anderen Ort suchen, wo wir ungestört sind. Es könnte Schwierigkeiten geben, wenn du dich nicht ausweisen kannst und die Behörden feststellen, dass du eine Sprache sprichst, die nicht von dieser Welt ist.«

»Was heißt ausweisen und was sind Behörden?«, fragte ich Diego.

»Das ist sehr schwierig zu erklären und braucht auch etwas Zeit. Komm mit«, antwortete Diego und führte mich am Ellenbogen haltend zu der Tür, durch die ich mit Mike gekommen war.

»Was sind das für seltsame Wege und diese Kisten mit den Rädern, die alleine fahren?«

Ich hatte Fragen über Fragen und wollte alles wissen und am besten sofort. Diego informierte mich Stück für Stück. Nannte die Namen der seltsamen Dinge und führte mich weiter über die Gehwege und Straßen, vorbei an Autos, Bussen und Fahrrädern. Er zeigte mir Verkehrsampeln, die Stangen mit den bunt leuchtenden Köpfen, Hochhäuser, die riesigen Höhlen waren Zelte aus Stein, und vieles mehr, sodass mir diese Wunderwelt nicht mehr ganz so beängstigend erschien. Wir erreichten wieder den Park und setzten uns dort auf eine Parkbank, wie Diego das Sitzgestell nannte.

»So, Gadni. Hier sollten wir ein wenig mehr Ruhe haben. Ich hoffe dir ist nicht kalt, sonst müssten wir in eines der Häuser gehen und ich weiß nicht, ob du dich da wohl fühlst.«

»Nein, es ist schon in Ordnung, Diego. Die Kleidung und die Schuhe die ich bekommen habe und auch die Mütze und diese Handschuhe sind ganz toll und wärmen großartig«, gab ich ihm zur Antwort.

Diego erzählte mir dann eine Geschichte und stellte mir einige Fragen.

»Wie ich schon bemerkt habe, verstehst du meine Sprache und ich verstehe deine. Auch hast du bereits erwähnt, dass du von einer anderen Welt stammst. Somit musst du irgendwie hierher gelangt sein. Mir erging es ähnlich. Ich habe schon andere Planeten besucht und hier auf der Erde bin ich auch etwas herum gekommen«, begann Diego und untermalte das Ganze mit einer weit ausladenden Handbewegung.

»Ich selbst stamme nicht hier aus den Vereinigten Staaten. Deshalb nennen sie mich auch den Spanier. Ich komme ursprünglich aus Spanien, von einer kleinen Insel. Auch ich teleportierte durch Raum und Zeit. Dabei konnte ich sogar Menschen, die in meiner unmittelbaren Nähe waren und Kontakt mit mir hielten mitnehmen. Zu Anfang geschah dies sporadisch, plötzlich und unvorhergesehen, ob ich wollte oder nicht. Es dauerte tatsächlich ein bisschen, bis ich meinen ersten, bewusst gesteuerten Sprung machen konnte.«

An dieser Stelle unterbrach ich Diego, da mich meine Neugier übermannte.

»Genau das passiert mir jetzt auch schon zum vierten Mal. Unvorhergesehen, plötzlich und nicht steuerbar, das sind die richtigen Worte. Ich weiß auch nicht, wie lange das anhält oder was ich tun kann. Es kann sein, dass ich plötzlich wieder weg bin. Bitte kannst du mir sagen, wie ich das steuern kann und warum ich das kann und ob das schädlich ist. Werde ich davon krank oder bin ich gar krank?«

Jetzt war es Diego der mich unterbrach.

»Langsam mein Junge. Ich werde versuchen dir zu helfen. Aber wir sollten nichts überstürzen. Dein Einwand, dass du plötzlich verschwinden könntest ist natürlich zu beachten und für mich besonders wichtig. Aber das erzähle ich dir gleich. Wenn es dir nichts ausmacht würde ich dir gerne hier dieses dünne Band um den Arm wickeln und das andere Ende um meinen, damit wir verbunden bleiben.«

Er nahm dabei ein langes schwarzes Band aus seiner Tasche und ich ließ es zu, dass er es um sein und mein Handgelenk band.

»Solltest du jetzt plötzlich verschwinden, werde ich dich begleiten. Es wäre sehr interessant, deine Welt kennen zu lernen«, meinte Diego noch ergänzend.

»Da wirst du dich aber wundern, mit den Kleidern wird dich Lorson in wenigen Minuten verbrannt haben«, meinte ich lächelnd.

»Gut zu wissen, dann werde ich mir wohl als erstes die Kleider vom Leibe reißen.«

Wir lachten beide und Diego erzählte weiter.

»Ich erlebte, wie ich dir bereits erzählte einige Abenteuer und lernte, die Fähigkeit dabei besser einzuschätzen. Mir fiel dabei besonders auf, dass ich jedes Mal vor einem Sprung einen starken, inneren Drang verspürte an einem anderen Ort oder in einer anderen Zeit oder sogar beides auf einmal zu sein. Dort, wo ich dann landete, brauchte auch immer wieder jemand meine oder unsere Hilfe. Meine Freundin und spätere Frau begleitete mich auf vielen dieser Sprünge, wenn sie denn gerade in meiner Nähe war und das war sie oft. Irgendwann merkte ich dann, dass wenn sich irgendeine Gefahr für mein Leben oder das meiner Begleiter ergab, oder ich sogar gestorben wäre, wenn ich die Szene nicht verlassen hätte, ich sofort wieder an den Ausgangspunkt meines Sprungs zurückkehren konnte. Einmal sprang ich sogar absichtlich von einem Hochhaus und landete umgehend wieder an meinem Ausgangsort. Es reichte dabei aber nicht aus, mich nur zu verletzen. Diese Erfahrung musste ich leidvoll ertragen, als ich mir einmal in den Fuß schoss. Nach meiner Rückkehr war zwar alles wieder verheilt, aber dennoch musste ich den Schmerz und die Beeinträchtigung an meinem Zielort erst einmal ertragen. Was ich auch festgestellt habe ist, dass wir irgendwie nicht mehr älter werden. Die Leute in unserem direkten Umfeld profitieren auch davon und werden einfach nicht älter. Die Welt um dich herum bleibt zumeist auch unversehrt und Pflanzen blühen und gedeihen. Meine Frau besitzt die Fähigkeit zu erkennen, ob etwas gesund oder krank, gut oder böse ist. Sie hat mich darauf aufmerksam gemacht, dass alles in meinem Umfeld zur Genesung neigt.«

Ich musste Diego erneut unterbrechen.

»Meinst du ich kann das auch, oder profitiere ich da momentan von deiner Anwesenheit. Ich merke momentan nichts, außer vielleicht, dass ich furchtbaren Durst habe. Eure Luft hier ist so schwer und voller Qualm«, gab ich zu bedenken.

»Oh. Ja richtig. Unsere Umweltverschmutzung ist wohl auch der Grund, dass uns bislang Aliens ihren Besuch ersparten«, meinte er lachend und nahm eine kleine Flasche mit frischem Wasser aus seinem Rucksack, den er bei sich trug.

Auch diese Flasche war, wie der Becher zuvor, aus einem weichen Material, dass sich nicht auflöste und das Wasser gut aufbewahrte. Es war auch ein sehr leichtes Material, sodass Diego auch mehrere dieser Flaschen in seinem Rucksack tragen konnte. Als er meinen fragenden Blick sah meinte er, dass das Material Plastik hieße und Segen und Fluch zugleich sei. Zum einen konnte man durch seine leichte Verarbeitungsmöglichkeit viel damit anfangen zum anderen aber barg die Notwendigkeit der Entsorgung verbrauchter, nicht wieder verwertbarer Gegenstände, große Umweltprobleme. Ich trank trotzdem genüsslich einen großen Schluck aus der Plastikflasche und reichte sie ihm zurück.

»Zu deiner Frage kann ich nur sagen, dass du diese Fähigkeiten selbst haben musst. Meine sind im Moment nicht mehr aktiv. Ich kann nicht mehr springen und auch andere nicht mehr mit meinen Fähigkeiten unterstützen«, fuhr Diego fort.

»Wieso das denn? Besteht die Gefahr, dass ich hier festsitze und meine Fähigkeiten verliere?«, fragte ich sichtlich verängstigt.

»Nein, nein mein Freund. Keine Angst. Man verliert diese Möglichkeiten nur, wenn man in der Zeit gefangen ist und nicht mehr zurück kann«, bemerkte Diego mit leidvoller Miene.

»Wie geht das? Wie kann ich in der Zeit gefangen sein?«

»Zeitreisen sind ein schwieriges Unterfangen. Wenn ich mich in der Zeit rückwärts bewege ändere ich damit eventuell auch bereits geschehene Ereignisse und die Zukunft wird nicht mehr so sein, wie sie war, als du sie verlassen hast. Ein Sprung in die Zukunft gelang mir bislang nie. Irgendwie erscheint mir das sogar plausibel, da wir ja nicht wissen welche Dinge wie in der Zukunft geschehen werden, können wir auch nicht erahnen, in welcher Zukunft wir denn sein möchten. Und selbst, wenn du versuchst, wieder zurück zu reisen, um eventuelle Fehler zu beheben, wird es dir nie in vollem Umfang gelingen. Auch wenn wir Vorgaben genau wieder so herrichten, wie sie zuvor, vor unserer Veränderung waren, schaffen wir es nicht zu hundert Prozent und bei jeder Wiederholung gibt es Abweichungen, weil ein kleiner Parameter anders war und am Ende ist die Abweichung durch die Abweichung so groß, dass die Zukunft eine andere ist. Also pass gut auf, was du tust, wenn du durch die Zeit reist.«

Diego blickte sehr nachdenklich vor sich hin.

»Was ist dir nun passiert? War das eine fehlgeleitete Zeitreise?«, wollte ich wissen.

»Ja und nein. Wir sprangen nur durch den Raum, so glaubte ich zumindest. Einer meiner angeblichen Freunde, genaugenommen war er der Angestellte des Vaters meiner Freundin, begleitete mich bei einem Sprung hier nach New York. Genauer gesagt begleitete ich ihn. Denn wir stellten damals fest, dass auch er diese Fähigkeiten besaß und so sprangen wir oft miteinander und versuchten, wo wir es konnten, hilfreich einzugreifen. Auch er verspürte oft den Drang, zu bestimmten Orten zu springen. Erst später fiel mir auf, dass es in den meisten Fällen nur um seinen eigenen Profit ging und nicht, wie in meinen Fällen, um Hilfseinsätze für andere.«

Diego machte eine kurze Pause und trank einen Schluck Wasser. Auch ich musste erneut etwas trinken, da die Luft hier in New York für mich nicht einfach zu atmen war.

»Ich sehe, dass du Probleme mit dem Atmen hast. Da kann es schon passieren, dass wir plötzlich weg sind und ich mit dir zu deinem Ausgangspunkt transportiert werde. Wo warst du denn gewesen, bevor du hier ankamst?«

Darüber hatte ich mir bislang noch keine Gedanken gemacht. Ich lag ja in der Drachenhöhle neben den anderen unter meiner Decke und schlief, als ich hier erwachte. Das könnte echt ein Problem werden, wenn wir plötzlich dort zu zweit auftauchen würden.

»Das wäre keine gute Idee, da hast du Recht«, gab ich Diego zu verstehen.

»Ich befand mich in einer Höhle, zum Schutz vor den Stürmen und da gibt es wenige Möglichkeiten dich zu verbergen. Dein Erscheinen zu erklären wird auch nicht funktionieren. Die würden mich aus dem Stamm ausstoßen.«

Diego löste sofort das Band von meinem Arm.

»Das Risiko können wir nicht eingehen. Versprich mir einfach zu versuchen, wieder hierher zu kommen, falls du plötzlich wieder weg sein solltest. Ich habe dir ja erzählt, dass wir das trainiert hatten, damit wir auch bestimmte Punkte oder Zeiten erreichen konnten. Das hat nicht immer funktioniert, aber es wurde von Mal zu Mal exakter. Versuche dich einfach voll konzentriert an den Ort und die Begebenheiten zu erinnern und wünsche dir unbedingt dort zu sein und du wirst sehen, das kann funktionieren.«

»Ok, Diego, ich werde es versuchen. Aber warum ist dir das so wichtig und wieso bist du jetzt hier gefangen und kannst nicht selbst agieren?«, wollte ich nun von ihm wissen.

»Ach ja. Wir waren, wie gesagt, wieder einmal unterwegs. Marcos wollte erneut in die Vereinigten Staaten, weil er dort mit einigen Leuten Verabredungen getroffen hatte. Ich begleitete ihn da immer gern, da ich für meinen Teil hier zu den sozialen Einrichtungen gute Kontakte geknüpft hatte und gerne half. Vor allem meine Sprachkenntnisse und die Tatsache, dass ich alles verstand, halfen mir da sehr. Marcos übernahm an diesem Tag den Transport, berührte meine Schulter und in der nächsten Sekunde standen wir mitten im Central Park. Er wollte sich sofort auf den Weg machen und wir kamen überein, dass wir uns in einer Stunde wieder an dem Platz unserer Ankunft treffen würden. Es war wichtig, dass wir auch gemeinsam wieder zurückkehrten, denn im Gegensatz zu ihm, war ich an unserem Ausgangsort verschwunden. Derjenige, der den Transport durchführt verbleibt zumindest optisch für eine Millisekunde an der Stelle an der es begann. Da er genau an diese Stelle wieder zum gleichen Zeitpunkt zurückkehren würde, fiele es einem Außenstehenden nicht einmal auf, dass er kurzzeitig weg war. Natürlich fällt auch das Verschwinden des Mitreisenden nicht weiter auf, wenn dieser denn auch mit zurückkehrt. Und das ist der springende Punkt. Man sollte hier seine Rückreise nicht verpassen, sonst ist man an einem anderen Ort und kommt nicht wieder zurück, außer man reist, wie jeder andere auch mit Bus, Bahn oder Flugzeug.«

Wieder musste ich ihn unterbrechen.

»Ja aber warum springst du denn dann nicht einfach von dort wieder zurück an den Ausgangspunkt?«

»Das haben wir probiert. Zu Anfang versuchten wir jeder für sich zu springen, mussten aber feststellen, dass wir da nie genau den gleichen Punkt, zur gleichen Zeit erreichten. Dann sprangen wir gemeinsam und versuchten dann einzeln zurückzukehren. Ich sprang beim ersten Versuch mal kurz nach Teneriffa und merkte nach meiner Rückkehr, dass Marcos mir einfach nicht gefolgt war. Als er dann nach zwei Stunden mit der Fähre in San Sebastian angekommen war, hatten wir den Beweis, dass das so nicht funktionierte. Wir mussten, wenn wir denn gemeinsam unterwegs waren, einander sehr vertrauen, da sonst der Mitreisende ein Problem bekommen würde. Tja und das wurde mir dann zum Verhängnis. Bei unserem letzten Sprung übernahm Marcos die Führung, da er genau wusste, wohin er wollte und wie lange er da brauchen würde. Ich wollte die Zeit nutzen, um meine Freunde hier etwas zu unterstützen. Wie bereits erzählt, machte er sich sofort auf den Weg. Ich schlenderte eine Weile durch den Central Park und bemerkte nach einiger Zeit, dass irgendwie etwas nicht stimmte. Mir fiel erst verspätet auf, dass die Bäume sehr wenig und auch sehr buntes Laub führten, obwohl wir im Frühjahr unsere Insel verlassen hatten. Ich beeilte mich nun, um schneller zu meinem Ziel zu gelangen und erreichte die Obdachlosenunterkunft auch zügig, aber nur um dann festzustellen, dass die Gebäude alle neuer und unversehrter aussahen als bei meinen letzten Besuchen. Auch fiel mir auf, dass die meisten Leute sehr altmodische Kleidung trugen und meine Befürchtung wurde dann bestätigt, als Greg aus der Tür kam. Er sah viel jünger aus, als ich ihn in Erinnerung hatte. Da wir scheinbar in die Vergangenheit gereist waren, kannte er mich nicht und war sichtlich verwundert, dass ich ihn so seltsam anstarrte. Ich entschuldigte mich bei ihm, stellte mich ihm vor und fragte nach, ob ich ehrenamtlich im Heim mithelfen dürfte. Er freute sich sehr darüber und lud mich auf einen Kaffee ein. Dabei erfuhr ich dann, dass wir dreißig Jahre in die Vergangenheit gesprungen waren. Was wollte Marcos hier? Ich weiß es bis heute nicht. Als ich zum vereinbarten Zeitpunkt am vereinbarten Ort auf Marcos wartete, sah ich ihn am Ende des Weges auf mich zu rennen.

Hinter ihm hörte ich Leute schreien und mehrere Polizisten rannten hinter ihm her. Er trug einen Koffer in der Hand, den er zuvor nicht bei sich trug. Dann hörte ich Schüsse und Marcos war verschwunden, ohne mich. Ich war nun hier gestrandet. In meiner Zeit an meinem Ort einfach verschwunden. Hier stand ich nun mitten in New York mit einem spanischen Pass, der erst in zwanzig Jahren ausgestellt wird mit einem Geburtsdatum, das in der Zukunft lag. Was sollte ich nun tun. Ein Visum fehlte mir auch. Ich wurde zum illegalen Einwanderer. An diesem Tag hatte ich unfassbares Glück. Einer der Obdachlosen hatte seine Papiere verloren und sich neue besorgt. Ich half an diesem Tag, das war vor etwa drei Monaten, in der Küche und fand dann dort die alten Papiere hinter dem Mülleimer. Ich nahm sie an mich und mit etwas Geschick konnte ich mir falsche Papiere erstellen, die ich bislang aber noch nicht benötigt habe.«

Da ich nicht verstand, was Papiere sind, war ich froh, dass Diego eine kurze Redepause machte. Mir wurde erst nach einigen Überlegungen klar, was das denn nun für ihn bedeutete. Er konnte nicht springen, er konnte aber auch nicht einfach zurückreisen, da er sich in der Vergangenheit befand und er selbst noch nicht einmal geboren worden war. Selbst wenn er hätte springen können, war ihm der Sprung in die Zukunft bislang nicht geglückt.

»Und wenn du nun mit mir zu meinem Planeten springst meinst du, dass sich dann daran etwas ändert?«, fragte ich ihn.

»Zumindest ist es einen Versuch wert. Vielleicht werden meine Kräfte wieder aktiv, wenn du mit mir hin und her springst? Oder aber ich habe vielleicht Glück und Albert Einsteins Theorie bewahrheitet sich am Ende.«

Er atmete dabei tief ein, woraus ich schloss, dass er das Ganze nicht gerade optimistisch sah.

»Ich weiß nicht, was euer Herr Einstein da gemeint hat, aber ich kreuze mal die Arme«, versuchte ich ihm Mut zu machen.

Er runzelte die Stirn, da er scheinbar nicht wusste, dass wir immer dann, wenn wir jemandem Glück wünschten, die Arme vor unserem Gesicht kreuzten, was die Abwehr des Unglücks symbolisieren sollte.

»Ah du meinst, du drückst mir die Daumen«, erwiderte er und ich hatte erneut etwas dazu gelernt.

Die einen drücken die Daumen, die anderen kreuzen die Finger, wie mir Diego dann noch erklärte, und wir kreuzen die Arme, auch gut, Hauptsache, die Hoffnung blieb.

»Tja, ich weiß ja nicht wie weit euer Planet da von unserer Erde entfernt ist. Aber einfach erklärt meinte Einstein, dass wenn man auf einen entfernten Planeten reisen würde, die Zeit hier auf der Erde eben schneller verginge, sodass man dann bei der Rückreise irgendwann in der Zukunft ankäme, oder so ähnlich. Auch habe ich keine Ahnung, welchen physikalischen Gesetzen unsere Fähigkeiten folgen. Aber ich hoffe einfach mal. Vielleicht treffe ich ja auch jemand, der aus meiner Zeit unterwegs ist, und mich wieder mitnehmen kann.«

An diesem Punkt konnte ich Diegos Verzweiflung besonders nachvollziehen.

»Ich habe da auch noch eine andere Idee«, meinte er dann plötzlich, als wäre sie ihm gerade erst eingefallen.

»Wenn du mir hilfst, könnten wir deine Fähigkeiten so verfeinern, dass wir kurz nachdem ich hier angekommen bin, hier her reisen und dann Marcos dazu zwingen, mich mitzunehmen. Denn in die Vergangenheit könnten wir ja springen.«

Ich nickte und dachte mir dabei, dass es sicher nicht verkehrt wäre, das ganze etwas kontrollierter zu erleben, vielleicht sogar bewusst gesteuert.

Während unserer Unterhaltung fiel mir das Atmen immer schwerer. Wir vereinbarten für den Fall, dass ich zurück auf meinen Planeten gezogen würde, ich versuchen sollte wieder hier her in den Central Park zu gelangen. Er erklärte mir auch, was hier auf der Erde das Datum bedeutete und wo ich mich über das aktuelle Datum informieren könnte. Unterdessen schien mir das Licht, das die Sonne hier auf die Erde scheinen ließ, etwas zu verblassen. Ich sehnte mich schon nach meinem Zuhause.

Mit dem nächsten schweren Atemzug den ich versuchte, erlosch mit einem Mal das Licht um mich herum. Dunkelheit umschlang mich und langsam kroch eine wohltuende Wärme in mir hoch. Ich lag auf dem Boden und konnte zunächst nichts sehen, aber hören. Um mich herum durchdrangen diverse Atemgeräusche die Stille, aufgrund derer ich schloss, dass ich wohl wieder in unserer Höhle war, in der alle bis auf die Wächter mittlerweile schliefen. Noch während mich diese Erkenntnis beruhigte, geriet ich fast in Panik, als ich bemerkte, dass ich furchtbar anfing zu schwitzen. Ich lag komplett unter meiner Decke, war aber noch immer mit meiner Kleidung aus New York bekleidet. Zuerst riss ich mir die Mütze und die Handschuhe vom Körper und entledigte mich der restlichen Kleidung, nur um dann festzustellen, dass ich nun nur noch eine leichte Unterhose trug, auf deren Rand auch noch in fremden Schriftzügen der Name des Herstellers, wie mir Greg erklärte, prangte. Ich versuchte, unter dem Rand der Decke hindurch zu sehen, wie weit ich denn vom Feuer entfernt lag. Der Raum zwischen meinem Liegeplatz und dem Feuer war frei. Ich gab vor unruhig zu schlafen und rollte mich langsam, in meine Decke eingewickelt, in Richtung Feuer. Ich musste diese Kleider loswerden und eine Erklärung dafür finden, wieso ich denn keine Kleidung trug, denn meine Kleidung ist bereits in New York entsorgt worden. Ich lag dann dicht vor dem Feuer und warf Mütze und Handschuhe ins Feuer. Sie brannten nicht. Sie fingen an zu schrumpfen, zu schmelzen und furchtbar zu stinken. Was sollte ich nur tun. In diesem Moment fing meine Kadudecke Feuer und in wenigen Sekunden spürte ich den Schmerz der beißenden Flammen. Ich griff ins Feuer, nahm Handschuhe und Mütze, beziehungsweise, das was davon übrig geblieben war und rannte schreiend auf den Höhlenausgang zu. Die Wächter sprangen überrascht zur Seite, da sie den Höhlenausgang nach außen beobachteten und keine Intervention von hinten erwarteten. Kaum überwand ich die Schwelle nach draußen, da erfasste mich auch schon eine Windbö und schleuderte mich nach vorne. Der Regen peitschte mir gegen den Rücken und ich ließ alles los, was ich noch in Händen hielt. Alle Kleider und meine Decke waren verschwunden. Der Sturm schob mich über den Boden und der Schmerz der durch die aufgerissene Haut meinen ganzen Körper durchströmte, ließ mich den Atem anhalten. In letzter Sekunde bekam ich die Wurzel eines kleinen Busches zu fassen und klammerte mich daran fest. Der Wind riss weiter an meinem Körper und dieser hing förmlich in der Luft, waagerecht, parallel zum Boden. Der Regen hämmert auf meine Finger und die Kraft schien mir zu schwinden. Mit aller Gewalt zog ich mich an die Wurzel heran, hängte meinen Arm darin ein und umklammerte meine andere Hand. Eng an der Wurzel liegend, mit fliegenden Beinen in Windrichtung flatternd, sah ich dann, wie sich meine Unterhose von mir verabschiedete, von meinen Beinen gerissen wurde und im Wind dahinschwand. So hing ich da nun, splitternackt und glaubte schon, dass mein letztes Stündchen geschlagen hätte, als mich zwei kräftige Arme packten. Lato, Zoltai und die anderen Krieger hatten eine menschliche Kette gebildet und sich miteinander durch dicke Stricke verbunden. Sie legten auch einen Strick um meine Taille, und zogen mich anschließend in den sicheren Teil der Höhle zurück. Mein Freund Zoltai reichte mir seine Decke, sodass ich ein wenig

Würde wiedererlangen konnte. Mein Vater sah mich fragend an.

»Was war das mein Junge. Wieso hast du denn so nah am Feuer geschlafen?«

Ich konnte ihm natürlich nicht die Wahrheit sagen.

»Ich weiß auch nicht Vater. Ich hatte Alpträume und kämpfte mit Sikutas, als ich plötzlich spürte, dass mich eines der Monster biss. Dabei war es das Feuer, das mich verbrannte und so rannte ich noch im Halbschlaf einfach los, da ich immer noch dachte, dass ein Sikuta hinter mir her war. Als ich dann im Sturm ankam, war ich sofort hellwach und klammerte mich an diese Wurzel. Retus sei Dank, dass ihr so schnell reagiert habt.«

Mein Vater umarmte mich und zog mich an sich.

»Ein Glück. Retus sei Tausend Dank«, brach es aus ihm hervor.

»Dein Sohn hat uns schon wieder unnötig in Gefahr gebracht«, war es dann der Zatakus, der sich zu Wort meldete.

Alle intervenierten und meinten, dass dies schließlich jedem passieren könne, der durch einen Albtraum geplagt würde, zumal durch das unverhältnismäßige Urteil solche Träume nur begünstigt werden würden.

Der Zatakus sagte nichts mehr. Namina brachte mir derweil Ersatzkleidung und ich war froh als ich dann wieder voll bekleidet mit den anderen am Feuer sitzen konnte.

Diego saß noch eine Weile auf der Parkbank und sah zu der Stelle, an der eine Sekunde zuvor nach Gadni gesessen hatte. Er betete innerlich, dass alles, was sie besprochen hatten, irgendwann umgesetzt werden könnte. Er wartete noch zwei Stunden an dieser Stelle und ging dann zu seiner Unterkunft.

Yaiza gelangte zu der Vorhalle und bemerkte, dass nicht mehr alle Gäste hier waren.

»Wo sind denn alle hin?«, fragte sie an Pietro gerichtet, der bei den Kindern der Familie Marlonée stand und ihnen gerade erklärte, dass die Bananen an den Bäumen noch nicht reif genug waren zum Verzehr.

»María macht gerade eine Führung durch den Garten und rund ums Haus. Das Essen wird bald fertig sein und die Tafel im Speisesaal wird bereits hergerichtet. Ich werde diesen Kids noch zeigen, wo unser Pool ist, dann können sie dort noch etwas rumtollen, bevor es weiter geht.«

»Haben sich die Fahrer der Gruppe schon gemeldet?«, wollte Yaiza noch wissen.

»Nein, das wird noch eine Zeit lang dauern, du weißt ja, dass auf Marcos und seine Gesellen kein großer Verlass ist.«

Markus und Fabienne verstanden alles, obwohl Pietro spanisch gesprochen hatte, ließen es sich aber nicht anmerken.

»Ok, Pietro, kümmere du dich doch bitte um alles. Ich werde den beiden jungen Leuten hier noch unsere Einrichtungen im hinteren Gebäude und unsere Werkstatt zeigen«, sagte Yaiza und führte Markus und Fabienne an Pietro vorbei in den links gelegenen Flügel des Hauses, eine kleine Treppe hoch und dann einem kleinen Flur folgend, der am Ende nach rechts in einem weiteren Raum endete. An der linken Seite gab es eine Treppe, die sowohl nach unten als auch nach oben führte. Yaiza stieg die Stufen hinab und Markus und Fabienne folgten ihr. Kaum hatten sie zwei Stufen hinter sich gebracht, erleuchteten auch schon, durch Bewegungsmelder aktiviert, mehrere kleine Lampen an der Decke.

»Kommt mit. Ich möchte euch einiges zeigen. Ich habe damals mit Diego eine Werkstatt im unteren Bereich eingerichtet und bewahre da auch einige Erinnerungen auf.«

Die Beiden folgten Yaiza und erreichten dann einen großen wiederum hell erleuchteten Raum. Im oberen Bereich der gegenüberliegenden Wand drang das Licht durch eine Reihe schmaler Fenster ein und durchflutete das vordere Drittel des Raumes. Der Bereich dahinter lag im Dunkeln. »Die Oberlichter bringen hier noch etwas Tageslicht rein und wenn wir erst mal im hinteren Bereich des Raumes sind, werdet ihr merken, dass das für den gesamten Raum voll ausreicht«, meinte Yaiza und sie hatte Recht.

Als sie den Raum durchschritten hatten, konnten Sie einen Tisch erkennen, der direkt vor der Wand stand, an der sich mehrere Regale mit Ordnern, Büchern und allerlei Utensilien befanden. Rechts und links vom Tisch standen jeweils zwei Stühle. Yaiza forderte sie auf, sich zu setzen, nahm aus einem an der rechten Wand stehenden Kühlschrank drei Wasserflaschen und aus dem danebenstehenden Regal drei Gläser und stellte sie vor ihnen auf den Tisch.

»Hier haben wir alles soweit dokumentiert, was wir bislang so erlebt haben. In den Ordnern sind Zeitungsabschnitte und Berichte von Ereignissen auf die wir versuchten Einfluss zu nehmen, beziehungsweise Informationen von Taten, die wir tatsächlich durchgezogen haben. Diego meinte immer, dass wir diese Fähigkeiten wohl von Gott bekommen haben, und daher dazu verpflichtet seien sie auch in seinem Interesse, was für ihn bedeutete im Sinne der Nächstenliebe, einzusetzen.

Wir diskutierten sehr oft darüber, da es meiner Ansicht nach nicht immer wirklich deutlich war, ob wir nun wirklich Gottes Wille oder nicht etwa den der Kirche umsetzten. Aber das ist ein Thema für sich«

Yaiza lud Markus und Fabienne ein, am Tisch Platz zu nehmen und stellte beiden Glas und Wasser an ihren Platz. Danach füllte sie ihr Glas mit Wasser und deutete mit einer Handbewegung an, dass die jungen Leute es ihr gleich tun sollten. Sie trank einen großen Schluck und ging dann zu einem der Regale und entnahm diesem einen großen Ordner, den sie auf den Tisch legte.

»Ihr habt sicher schon gemerkt, dass ich so meine Vorurteile habe, was Marcos betrifft«, begann Yaiza weiter zu erzählen.

»Diego arbeitete früher meist mit ihm zusammen und er war wohl das, was einem Freund von Seiten Diegos nahe kommt. Nur bin ich der Überzeugung, dass das von Marcos Seite aus nur oberflächlich war, so lange es ihm zum Vorteil gereichte. Wie ihr in den Artikeln sehen könnt, hatten wir einfach mal die Zeitungen genommen und geschaut, wo sich denn Dinge ereigneten, die wir direkt beeinflussen konnten. Marcos wollte sofort die Weltordnung ändern und war tatsächlich aufgebrochen in die Vergangenheit und versuchte durch die Einflussnahme auf geschichtliche Großereignisse die Zukunft so zu verändern, dass es für ihn persönlich und finanziell merkbar sein sollte. Er scheiterte jedes Mal. Diego versuchte das Ganze mit der Chaostheorie zu erklären.

Soweit ich das verstanden hatte, war er der Meinung, dass kleine, einzelne Ereignisse sehr wohl das Weltgeschehen und die Situationen einzelner beeinflussen konnten, aber die Summe bestimmter Geschehnisse, auch mit veränderten Parametern, am Ende doch wieder zu dem Gesamtergebnis führte. Egal, wie oft man einen Vorgang wiederholte, auch wenn man alle Parameter versuchte gleich zu bestimmen, war der Faktor Zeit immer die abweichende Komponente und am Ende kam immer ein anderes Ergebnis dabei raus. Daraus folgerten wir dann auch, dass wir bei allen Veränderungen in der Geschichte, nie die Möglichkeit erhalten werden, alles wieder so herzustellen, wie es vor unserer Einflussnahme gewesen war. Für euch zum Beispiel ist momentan die Gegenwart und alles, wie ihr es für eure Vergangenheit recherchieren könnt, so wie es in eurer Zeiterfahrung geschehen ist. Ich für meinen Teil habe da an bestimmte Ereignisse unterschiedliche Erinnerung. Eines stellten wir bei all diesen Abenteuern fest. Es war nicht so einfach wirklich den Ort und die Zeit genau zu bestimmen. Ich selbst konnte auch nicht aktiv an den Unternehmungen teilnehmen, sondern war auf einen der beiden angewiesen. Eine Berührung reichte und nicht nur Diego, sondern auch die Person, die er berührt hatte, befand sich an dem von ihm ausgewählten Ort. Die beiden bekamen immer mehr Sicherheit, schafften es aber nie gemeinsam an einem Ort zur gleichen Zeit anzukommen. Irgendwann sprang dann nur einer von beiden und nahm den andern durch Berührung einfach mit.

Ein Nachteil dabei war, dass man nur zurück konnte, wenn man beim Rücksprung tatsächlich auch wiederum in Kontakt mit der betreffenden Person stand. Diego war mit Marcos gesprungen. Marcos kam an dem Tag alleine zurück und fing an zu weinen. Ob es echte Tränen waren oder nicht, konnte ich nicht feststellen, da ich selbst über seine Erzählung so schockiert war, dass ich nicht mehr klar denken konnte. Laut seiner Erzählung, die er immer wieder mit Heuleinlagen unterbrach, waren sie beide wohl in einen Überfall einer Gang geraten, als sie in New York ankamen. Sie landeten mitten auf einer stark befahrenen Straße und wurden daher voneinander getrennt. Im nächsten Moment kamen die Gangster auch schon aus dem Laden, den sie überfallen hatten, herausgerannt und schossen um sich. Dabei trafen sie Diego wohl an der Schulter und als Marcos eine Kugel streifte, befand er sich im nächsten Augenblick schon wieder in unserer Gegenwart. Diego blieb zurück und Marcos wusste nicht, zu welchem Zeitpunkt sie wirklich in New York angekommen waren. Seither versuchte ich in der Tagespresse der Vergangenheit irgendwelche Hinweise darauf zu finden, wo und wann Diego in New York festsaß. Ich fand nichts. Ihr müsst wissen, dass man, wenn man mit einem anderen gesprungen war, nicht selbst zurückkehren konnte. Ein aktives Springen in die Zukunft ist noch keinem der beiden gelungen und bei gemeinsamen Sprüngen konnte nur der Springer die anderen wieder zurückbringen. Da ich keine Infos fand, ging ich davon aus, dass irgendetwas anderes geschehen sein musste, oder ich etwas übersehen hatte. Ich bin überzeugt davon, dass Diego jede Möglichkeit nutzen würde, mir eine Nachricht zukommen zu lassen.«

Fabiennes Augen weiteten sich bei jedem Satz der Erzählung immer mehr.

»Merde«, entfuhr es ihren süßen Lippen.

»Dann war der Moment als wir, wer weiß wo, in der glühend heißen Wüste standen durchaus gefährlich für mich. Hätte ich mich nicht an Markus festgeklammert, stünde ich jetzt möglicherweise immer noch dort?«

Ihre Stimme zitterte. Markus erblasste derweil sichtlich und schluckte ein paar Mal merklich.

»Diego und ich entwickelten, um dies zu vermeiden, eine Taktik, die er immer liebevoll als ,an die Leine legen' bezeichnete. Er legte ein langes Band um mein und sein Handgelenk und es funktionierte prima. Er nutzte das eigentlich immer. Marcos meinte nur, dass es in ihrem Fall zerrissen sei, was ich nicht so ganz glauben konnte, da es sich um ein wirklich stabiles Band handelte und Marcos gar keine Schürf- oder Verletzungsspuren am Handgelenk aufwies.«

»Ich hab hier noch eins«, erklärte Yaiza und griff in eine Schublade.

In ihrer Hand ruhte ein aufgerolltes blaues, etwa vier Zentimeter breites geflochtenes Band aus Kunstfasern, das ungefähr drei bis vier Meter lang war und an jedem Ende eine Schlaufe aufwies. In diese Schlaufen steckte man die Hände und konnte dann mit einer Schnalle das ganze so fest arretieren, dass die Hand nicht mehr aus der Schlaufe rutschen konnte, es sei den man öffnete die Arretierung. Markus und Fabienne probierten die Sicherungsleine aus und stellten fest, dass das wunderbar funktionierte.

»Ihr seht, dass die ganzen Möglichkeiten, die sich euch da ergeben werden durchaus auch für mich von Bedeutung sein könnten«, meinte Yaiza.

Markus runzelte die Stirn und schien erst so langsam den Rand der weitreichenden Dimensionen zu erkennen.

»Du meinst, dass wir oder vielmehr ich, euch da auf meine Sprünge mitnehmen könnte, um dann deinem Diego irgendwie zu helfen?«, fragte Markus.

»Genau, vielmehr du alleine, da ich nicht mit euch reisen kann und will. Solltest du es tatsächlich schaffen, meinen Diego damals zum Zeitpunkt seines Verschwindens wieder in das Geschehen einzubringen, dann wird die Zukunft, beziehungsweise die jetzige Gegenwart eine andere sein«

Yaiza atmete erleichtert aus, als würde eine große Bürde von ihr abfallen. Sie sah auch von Minute zu Minute besser aus, frischer, jünger.

»Was siehst du mich so verwundert an Fabienne?«, fragte Yaiza.

»Ich weiß nicht so recht, aber es kommt mir vor, als würdest du von Mal zu Mal jünger aussehen«, erwiderte Fabienne. »Welche Farben siehst du denn, mein Kind?«

»Farben? Ach so, du meinst die Farben.«

Fabienne schloss die Augen, konzentrierte sich auf ihre unlängst entdeckte Kraft und öffnete die Augen wieder. »Ich sehe ein helles gelbes Leuchten um dich herum. Markus leuchtet fast weiß«, meinte Fabienne.

Yaiza lächelte und nickte ihr zu.

»Genau das sehe ich auch. Wir profitieren alle von Markus«

Yaiza warf Markus einen Handkuss zu und lächelte ihn fröhlich an.

»Würdest du mir einen Gefallen tun und uns kurz alleine lassen? Ich möchte gerne einmal etwas ausprobieren, wenn ich schon ein so fähiges Mädchen bei mir habe.«

Markus nickte und fragte nach der Toilette als er sich erhob. Yaiza erklärte ihm den Weg und er verließ das Zimmer.

»So Fabienne. Was siehst du jetzt?«, fragte Yaiza und atmete etwas schwerer als zuvor.

Fabienne versuchte erneut, ihre Kraft abzurufen, schaffte es aber nicht.

»Es klappt irgendwie nicht. Ich glaube das funktioniert nur, wenn Markus da ist.«

Yaiza versuchte sie zu beruhigen.

»Nein Mädchen, das hat nichts mit Markus zu tun. Du, du alleine kannst das. Das haben Diego und ich auch herausgefunden. Er stärkt dich, das ist richtig, aber können kannst du das ganz alleine. Du musst nur daran glauben und davon überzeugt sein.«

Fabienne konzentrierte sich erneut und sah Yaiza an. Sie erschrak als sie nun die Veränderung der Farben sehen konnte. Ihr Oberkörper schimmerte in einem leichten lila und ihre Beine waren dunkel violett, fast schwarz. Den Rest ihres Körpers umhüllte ein hell rotes Glimmen. Als sie diese Beobachtung Yaiza beschrieb, nickte sie nur, hob die Schultern und seufzte hörbar.

»Tja mein Kind, das sind zum einen meine Lungen, die trotz der tollen Seeluft, die wir hier haben, nicht mehr so recht wollen und meine Arterien in den Beinen sind auch kaum noch zu gebrauchen. Ich hoffe ihr könnt eine Zeitlang hier sein, und mir damit ein wenig mehr Zeit verschaffen und vielleicht wie ich bereits wagte zu hoffen, helfen meinen Diego wieder zu finden«

»Das ist ja furchtbar.«

»Hat Marcos denn keine Versuche unternommen, Diego zu finden?«, fragte Fabienne.

»Ach, Marcos. Der ist doch nur mit sich selbst beschäftigt und voll davon überzeugt, dass er durch seine Aktionen und seine wirtschaftlichen Unterstützungen, die er uns zu Teil werden lässt, ausreichend helfen würde. Mir erscheint es eher so, dass er lieber nicht möchte, dass Diego zurückkommt.«

Yaiza war sichtlich enttäuscht.

»Was ist mit deinen Enkeln? Wenn das deine Enkel sind, dann haben die vielleicht auch eure Eigenschaften geerbt?«, fragte Fabienne.

»Nein meine Liebe. Du siehst, dass Marcos viel jünger aussieht, als er tatsächlich ist. Das ist wohl eine Nebenwirkung dieser Fähigkeiten. Er versuchte tatsächlich, nach Diegos Verschwinden einen höheren Stellenwert in meinem Leben zu erlangen. Aber wie schon bei seinen früheren Bemühungen erhielt er von mir nur einen Korb. Das frustrierte ihn wohl so sehr, dass er mich immer mehr mied. Das wiederum hatte auch zur Folge, dass ich alterte und er nicht. Die Kinder sind übrigens nicht meine leiblichen Kinder. Sie waren noch Säuglinge, als ich zusammen mit Diego unterwegs war und sie bei einem Verkehrsunfall, bei dem beide Eltern und die Großeltern starben, von uns gerettet wurden. Wir zogen sie auf wie unsere eigenen Kinder. Sie waren gerade mal zwei Jahre alt, als Diego verschwand. Als sie denn älter wurden, erzählte ich ihnen, dass ihre Eltern bei einem Verkehrsunfall ums Leben gekommen seien und ich ihre Großmutter sei. So wuchsen sie denn auf. Aber auch das könnte sich alles ändern, wenn Diego wieder da wäre. Übrigens, egal was wir auch versuchten, wir konnten den Unfall nicht verhindern, bei dem die leiblichen Vorfahren von Pietro und María starben.«

Fabienne stand auf, öffnete die Tür und rief nach Markus, der auch sogleich wieder erschien. Sie erzählte ihm, wie es um Yaiza stand und Markus war nun auch sehr betroffen. »Dann sollten wir doch besser länger hierbleiben. Aber wie sollen wir das unseren Eltern klar machen?«, begann er aufgeregt über eine Lösung nachzudenken.

»Nein, nein mein Junge. Denke einfach nicht über das Jetzt und das was kommt nach. Wir sollten prüfen, was wir in der Vergangenheit machen können. Versuchen wir doch einfach mal einen kleinen Sprung zu imitieren, damit du ein Gefühl dafür bekommst. Denke einmal ganz intensiv an den Moment, als ihr hier vor meinem Haus angekommen seid und wünsche dich unbedingt dort hin, zu dem damaligen Zeitpunkt, mit etwas Abstand hinter eurer Gruppe.«

Markus erinnerte sich an den Zeitpunkt, als er und Fabienne Arm in Arm zum Anwesen von Yaiza schlenderten. Hatte er da nicht jemanden gesehen. Er konzentrierte sich genau auf diese Situation und auf den Moment, als dies geschah und wünschte sich an den Punkt, an dem er den jungen Mann gesehen hatte. Er wollte jetzt unbedingt wissen, wer das denn gewesen war.

Markus saß wieder an dem Tisch in Yaizas Raum und verharrte bewegungslos. Fabienne erschrak bei dem starren Anblick. Durch den Schreck gefördert, schaltete sich sofort auch ihr besonderer Blick ein und sie geriet fast in Panik. Markus schimmerte schwarz.

»Was ist das, wieso ist alles schwarz?«, schrie sie Yaiza an.

»Mache dir keine Sorgen. Er ist tatsächlich weg und auch schon wieder da.«

Fabienne musste ihre Augen mit den Händen schützen, denn in der nächsten Sekunde leuchtete die Aura um Markus wieder gleißend hell.

»Es funktionierte«, erklärte Markus ganz aufgeregt.

»Ich war hinter uns und sah uns tatsächlich den Weg zum Haus hoch gehen. Ich sah mich selbst, und als sich mein vergangenes Ich nach mir umdrehte, flutschte ich vor Schreck wieder zurück. Der junge Mann, den ich da gesehen hatte, war ich selbst gewesen, beziehungsweise mein zweites Ich aus der Zukunft. Mann ist das verrückt.«

Er wirkte sichtlich erregt. Fabienne starrte Ihn mit weit aufgerissenen Augen an.

»Das ist alles so irr«, stammelte sie vor sich hin.
»Ich komme mir vor, wie in einem SciFi Movie. Zwick
mich doch mal. Ich glaube ich träume.«

»Vielleicht wache ich ja gleich auf und liege in meinem
Bett in Ludwigshafen und habe gar keinen Urlaub mit
meinen Eltern gemacht«, meinte Markus.

»Jetzt beruhigt euch mal ihr beiden. Ihr seid heute hier
und jetzt. Aber in Zukunft könnte genau das schwierig
werden zu unterscheiden. Ihr müsst euch eine
Kontrollmöglichkeit ausdenken«

Markus nahm sein Smartphone zur Hand und entsperrte
den Bildschirm. Das Gerät zeigte ihm das Datum und die
Uhrzeit an. Dann geschah es wieder. Er erstarrte, schimmerte
schwarz, wie Yaiza und Fabienne sofort sehen konnten und
im selben Moment erstrahlte er erneut.

»Es klappt«, brachte er freudestrahlend hervor.

»Ich bin noch mal dahin zurück wo ich schon mal war,
aber mein Smartphone zeigte immer noch die Uhrzeit von
Jetzt. Ich muss nur die Einstellungen so ändern, dass die
Uhrzeit und das Datum nicht automatisch auf das
Netzdatum geändert werden.«

Yaiza empfahl ihnen darüber hinaus ein
elektronikunabhängiges Kontrollsystem, wie ein
Fahrtenbuch, oder ein Logbuch mit Eintragungen über
Zeitpunkt, Aktivität und Ergebnisse der einzelnen Sprünge.
Vor allem aber sollten sie nie den Ursprung aus den Augen
verlieren. Markus nahm das Band, das er von Yaiza
bekommen hatte und band es Fabienne um den Unterarm.
Im nächsten Moment sah Yaiza, dass Markus erneut erstarrte
und Fabienne für eine Sekunde verschwand. Einen
Augenschlag später standen beide wieder vor Ihr, nur lag
Fabienne jetzt in den Armen des jungen Mannes und strahlte
ihn an.

»Du solltest die romantischen Einlagen auf das hier und
jetzt begrenzen und ohne Einsatz deiner Fähigkeiten. Ich

weiß nicht, wie lange und in welchen Intervallen man sie einsetzen kann. Daher überlege vorher, was du tust.«

Yaiza lächelte dabei. Sie erinnerte sich an Diego und an den Moment, als er sie zum ersten Mal bewusst mitnahm. Sie standen auf der Golden Gate Bridge in San Francisco, wo sie immer schon einmal hinwollten und er küsste sie innig. Der Kuss endete dann wieder zu Hause auf La Gomera.

Die Esmeralda lag einsam im Atlantik bei 27 Grad und 16 Minuten nördlicher Breite und 16 Grad und 41 Minuten westlicher Länge vor Anker. Sancho und Fernando hantierten mit langen Stangen und versuchten im Wasser treibende Pakete einzufangen und an Bord zu hieven. Rodriguez und Faris halfen ihnen dabei, während Marcos sich an der Reling abstützend am Bug stand und scheinbar auf etwas wartete. Er starrte geistesabwesend ins Meer. Seine Gedanken weilten an einem ganz anderen Ort, während seine Augen dem ständigen auf und ab der Wellen folgten. Er achtete nicht darauf mit welchen Leuten er verhandelte, wenn sein Profit stimmte. Er wusste ja genau, dass ihm normalerweise nichts passieren konnte. Schließlich überlebte er bislang alle Mordversuche, die seine Gegner initiierten. Dabei war er sich durchaus bewusst, dass dies kein Glück gewesen war, sondern dass er es ausschließlich seiner Fähigkeit durch Raum und Zeit springen zu können verdankte.

In Momenten wie diesen plagten ihn immer wieder Selbstzweifel und er hasste sich selbst für diese innere Gier nach Geld und Macht, die ihn packte und nicht mehr los ließ, bis er sie gestillt hatte. Diese Sucht quälte ihn. Die Erinnerungen an die Schäden, die er an anderen und vor allem an seinen Freunden verursacht hatte, trieben ihn immer wieder in die qualvolle Selbstreflexion, die dann in Windeseile durch die doch stärkere Sucht in ihm, der Gier nach Macht und Anerkennung, weggewischt wurde.

Sancho beförderte genau in diesem Moment ein weiteres Paket an Bord, das knallend in Marcos Nähe auf den Holzplanken aufschlug. Dieses unterschied sich von den anderen vor allem durch die Farbe der Ummantelung. Der Knall wies auch darauf hin, dass dieses Paket nicht wie die anderen mit irgendeinem Kunststoff ummantelt war. Nein, den Schutz schien ein festeres Material übernommen zu haben. Da das Paket doch recht leicht war, schlussfolgerte

Marcos, dass es eine Art Alumantel sein musste. Seine Neugier war geweckt. In seinen Anweisungen hieß es zwar ausdrücklich, dass er auf keinen Fall irgendeines der Pakete öffnen sollte und schon gar nicht die dunkelroten Kisten und diese hier war so was von dunkelrot. An allen Kisten hingen noch die Reste der mittlerweile durch das Salzwasser aufgelösten Schwimmballons. Diese konstruierte man extra so, dass die Pakete, sollten sie nicht innerhalb von einer Stunde aufgesammelt werden, versinken mussten und somit nicht mehr als Beweismittel verfügbar waren.

Diese dunkelrote Kiste, umringt von hellen Kunststofffetzen strahlte Marcos nun hier entgegen und seine Neugier wuchs und wuchs. Wie bei einem Kind, dem man versprochen hatte, dass es ein weiteres Überraschungsei bekommt, wenn es dies hier nicht öffnet, schwoll die Gier nach „Schokolade" dermaßen in ihm an, dass er unerwartet und plötzlich mit einer kurzen schnappartigen Bewegung die Kiste an sich drückte. Die Leichtigkeit mit der er diese aufnehmen konnte, fiel ihm zuerst nicht auf. War da überhaupt etwas in dieser Kiste drin? Er schüttelte sie mehrfach und versuchte zu hören, ob entsprechende Geräusche Rückschlüsse auf den Inhalt zulassen würden. Nichts. Hatten sie da leere Kisten eingesammelt?

Jetzt stieg die Neugier ins Unendliche. Rodriguez, Marcos Steuermann und Vertrauter, sah zu ihm rüber und merkte, wie er begann an der Kiste zu hantieren. Er ließ alles was er gerade in den Händen hielt fallen und rannte zu Marcos hin.

»Stopp, du hast mir ausdrücklich gesagt, ich soll dich mit allen Mitteln daran hindern eine der Kisten zu öffnen, besonders die roten Kisten dürfen nicht geöffnet werden.«

Marcos sah Rodriguez an und erinnerte sich nun wirklich nicht daran, wann er ihm das gesagt haben sollte. Im selben Moment, als er Rodriguez noch ansah, hörte er ein leises »klick«. Er hatte wohl den Sperrmechanismus gefunden und die Kiste entriegelt. Mit einem breiten Grinsen im Gesicht wanderten seine Augen langsam von Rodriguez nach unten zu der Kiste, deren Deckel er begann langsam anzuheben. Wie in Zeitlupe sah er aus dem Augenwinkel, wie Rodriguez Lippen ein »NO« formten und er mit beiden Händen wedelnd versuchte, ihn vom Öffnen abzuhalten. Als sein Blick dann bei der Kiste angekommen war, registrierte er den Spalt zwischen Deckel und Kiste und die darunter verlaufenden Drähte. Ein kurzer, kleiner aber sehr heller Blitz deutete auf eine Art Zündung hin.

Im nächsten Moment zerbarst die Kiste mit einem Trommelfell zerreißenden Knall und eine extrem helle Lichtkugel ging einer gewaltigen Druckwelle voraus. Im Umkreis von drei Metern wurde alles pulverisiert. Rodriguez, Faris, Sancho und Fernando hinterließen in Marcos Erinnerung nur noch einen starren Schreckensblick als sie in die Luft geschleudert und zerrissen wurden. Das Deck der Esmeralda zerbarst und die Planken flogen zwei bis drei Meter in die Höhe, bevor dann all die anderen roten Kisten dem Vorbild der ersten folgten und ebenfalls detonierten. Eine riesige Feuerfontäne schoss in die Luft und der Unterdruck beförderte eine noch größere Wasserfontäne in den Himmel. Die Rauchwolke der Explosion wuchs wie ein enormer übergroßer Pilz in den Himmel. Kaum eine Minute später legte sich wieder Stille über das Meer. Die Esmeralda war verschwunden. Die unruhige See ließ nur noch Rückschlüsse darauf zu, dass hier etwas passiert war. Nicht mehr lange und auch diese Unruhe, dieses Chaos würde durch die Stille des Meeres in Vergessenheit abtauchen.

Fabienne strahlte vor Glück. Noch vor einer Minute stand sie mit Markus auf dem Eiffelturm. Sie fühlte jetzt noch das Kribbeln in ihren Gliedern, den stürmischen Wind in ihren Haaren und die warmen, starken Arme von Markus, der sie fest an sich drückte. Sie spürte mehr als nur seine Muskeln und seinen Herzschlag. Die ganze Energie, die durch seinen Körper floss elektrifizierte sie zusätzlich. Sie standen nicht auf der normalen Aussichtsplattform, ja nicht einmal auf der dritten Etage, nein sie standen darüber, auf einer schwer zugänglichen Arbeitsplattform, auf der normalerweise wohl Wartungsarbeiten durchgeführt wurden. Ihr Herz raste. Die schwindelerregende Höhe und das durch ihre Adern pochende Adrenalin verstärkten ihr durch den innigen Kuss von Markus ausgelöstes Glücksgefühl so sehr, dass dies nahezu einem Orgasmus gleich kam. Sie ließ sich mit einem erleichterten Seufzer in seine Arme sinken und sie standen dann auch schon wieder in Yaizas Arbeitszimmer auf La Gomera. Markus hielt sie immer noch in den Armen und sah verträumt an die Decke bis Yaiza sie ermahnte mit ihren neuen Möglichkeiten hauszuhalten.

»Was sollen wir eigentlich tun, wenn wir wieder mit Marcos zusammen treffen?«, wand Fabienne, weiterhin französisch sprechend ein.

»Da müssen wir jetzt darüber reden und ganz ruhig bleiben. Wenn wir das richtig angehen, wird es nicht nötig sein, deinen Eltern etwas zu erklären. Dann werden sich die Dinge alle einfach ändern. Macht euch da keine Sorgen. Wir werden jetzt zunächst einmal nach oben gehen und mit den anderen zusammen etwas essen. In einer Stunde können wir dann genauere Pläne machen und Taten folgen lassen«

Yaiza, stand auf und forderte die beiden auf ihr zu folgen. Markus war so aufgeregt, wie noch nie zuvor in seinem Leben. Der Gedanke, dass dies alles nur ein Traum sein könnte stieg erneut in ihm auf. Als er dann zu Fabienne sah, die sich wieder an ihn schmiegte, und Arm in Arm mit ihm die Treppen hinauf stieg, hoffte er, dass wenn es denn ein Traum war, dieser niemals aufhören sollte.

Marcos stand direkt einen Meter von seinem eigenen Ich entfernt und sah gerade noch, wie Rodriguez versuchte seinen zeitlichen Vorgänger vom Öffnen der Kiste abzuhalten, was ihm nicht gelang. Auch konnte er die Aufmerksamkeit nicht auf sich selbst lenken und so sprang er in dem Moment, als die Explosion erneut startete wieder. Beim ersten Sprung, der instinktiv durch die Explosion verursacht worden war, gelangte er an einen ihm unbekannten Ort. Alles um ihn herum war dunkel und still. Seine Angst wegen der Explosion brachte ihn sofort wieder zurück zu dem Punkt, an dem er gesprungen war, nur ein paar Sekunden früher. Das geschah meist dann, wenn durch den Rücksprung sein Leben in Gefahr war. Aber hier reichte das nicht aus. So versuchte er beim zweiten Mal etwas früher und unter Deck zu landen, was dann auch funktionierte. Er stand hinter Rodriguez und instruierte ihn daraufhin ausdrücklich darauf zu achten, dass niemand, auch er nicht, diese verfluchten, roten Kisten öffnet. Da er es schließlich war, der eine der Kisten geöffnet hatte, konnte er nur versuchen die Geschichte so zu ändern, dass sein zu jenem Zeitpunkt existierendes Selbst durch das nötige Wissen doch noch von der unheilvollen Entscheidung abließe.

Die Panik, die in ihm wuchs, hinderte ihn am vernünftigen Denken. So sprang er fünfmal bis ihm ein erneuter und der wohl auch rettende Gedanke kam. Alle seine Versuche auf dem Schiff waren fehlgeschlagen. Beim letzten Versuch geschah es, dass nicht er selbst, sondern Sancho versehentlich eine Kiste öffnete. Am Ende stand immer wieder die Explosion der Esmeralda. Marcos verfasste einen Brief, den er an sich selbst richtete und schilderte darin einfach alles, was ihm widerfahren war, ab dem Zeitpunkt des Beginns dieser Tour und deponierte ihn bei Angelina zwei Tage davor mit der eindringlichen Bitte, ihn unbedingt am Tag vor der Abfahrt an ihn zurückzugeben. Marcos stand erneut an der Reling und blickte aufs Meer hinaus, jetzt aber mit dem Wissen aus seinem selbst verfassten Brief. Ein Schaudern überlief ihn, als er spürte, dass der Zeitpunkt seines Rücksprungs genau jetzt passiert war. An Bord herrschte Ruhe.

Die Esmeralda lag auch fast eine Meile von den vorgegebenen Koordinaten entfernt ruhig auf See. Marcos hatte einen Kutter organisiert, der die schwimmende Fracht aufnehmen sollte. Der Kutterkapitän freute sich sehr über den Deal, der ihm immerhin tausend Euro brachte. Dabei musste er nur ein paar rote Pakete aus dem Wasser fischen. Dazu brauchte er auch nur einen Helfer, sodass sich seine Kosten auf ein Minimum reduzierten. Nach der Fahrt könnte er damit auch endlich seinen Kutter reparieren lassen. Der Motor stotterte unaufhörlich und verlor immer wieder Öl. Er musste seinen Leuten schon das Rauchen an Bord verbieten, da er ständig Angst hatte, dass Feuer ausbrechen könnte. Sein Gehilfe, den er neu angeheuert hatte, brachte gerade das letzte Paket an Bord und der Kutterkapitän warf den Motor an, der nach dem dritten Versuch dann auch röchelnd und Rauch speiend seine Arbeit aufnahm. Eine der roten Kisten rutschte dabei von dem säuberlich angeordneten Stapel herunter und fiel auf die Planken des Kutters. Das Auf und Ab der Wellen als der Kapitän beschleunigte, verursachte ein ständiges Hin- und Herrutschen des Paketes.

Der Kutterkapitän sah dem Paket zu, wie es einmal hin und wieder zurück schlitterte. Marcos hatte ihn eindringlich darum gebeten, die Pakete vorsichtig zu behandeln, da es sich um zwar stabil verpacktes aber dennoch empfindliches Material handeln würde. Er öffnete das Fenster an der linken Seite seiner Kommandobrücke und schrie seinem Gehilfen zu, er soll das Paket sichern und zu den anderen zurücklegen.

»Ay Captain!«, rief dieser zurück und führte seine rechte Hand zum militärischen Gruß an die rechte Schläfe.

Als er das Paket erreichte, kam es ihm gerade in diesem Moment entgegengerutscht. Mit einem eleganten Schwung fing er das Paket ab und vernahm dabei einen leisen Klickton. Dann endete alles.

Marcos starrte weiter in die Dunkelheit und rieb seine gefalteten Hände auf und ab. Ihm war nicht ganz wohl bei der Sache. Er hoffte, dass der Kutterkapitän und sein Gehilfe die Ware ordentlich aufnehmen und an den Zielort bringen würden. Fast schien es so, als würde er beten. Der laute Knall und die riesige, aus dieser Entfernung noch erkennbare Stichflamme, ließen ihn zusammenfahren und seine Hoffnungen schwinden. Es schien so, als wollten seine Auftraggeber, dass die Fracht mit ihm zusammen explodieren sollte. Im selben Moment herrschte auch schon wieder Stille. Seine Leute spielten unter Deck Karten und hörten dazu laute Musik. Nicht einer von ihnen hatte irgendetwas bemerkt. Marcos machte sich auf den Weg nach unten, um die Weiterfahrt anzuordnen, denn sie mussten ja noch ein paar nicht rote Kisten aufsammeln.

Die Stürme ließen langsam nach. Das Hauptgesprächsthema in unserer Höhle waren natürlich mein nächtlicher Feuerspaziergang und die erfolgreiche Rettungsaktion. Lorson erschien auch schon und erhellte unsere Welt. Zum ersten Mal in meinem Leben wusste ich, dass es da draußen noch andere Welten gab. Alles, was man uns als Kinder erzählt hatte, war ab diesem Moment nur noch märchenhaftes Fehlwissen. Ich entschloss mich ab sofort auch die religiösen Erzählungen über unsere Götter zuerst einmal zu hinterfragen.

Genau genommen versuchten die führenden Personen der einzelnen Stämme, mit Hilfe ihrer Priester und Prediger, alle Stammesmitglieder auf eine Linie zu bringen. Alle sollten den Werten der Götter folgen und sich deren Urteil unterwerfen, was wiederum von den Gelehrten interpretiert und ausgelegt wurde. Bei genauer Betrachtung verfügten wir dadurch über gute Regeln und konnten uns auch in vielen Fällen an diesen Aus- und Aufrichten. Aber nicht alle Regeln waren für alle gleich gut. Und da bemerkte ich, dass viele Dinge, die einfach nur den führenden Stammesmitgliedern zu Gute kamen, erst durch diese von uns allen einfach so akzeptierten Regeln möglich wurden. Die Furcht vor den Konsequenzen in einem zu glaubenden Leben nach dem Tod ermöglichte diese Ungerechtigkeit. Aber auch die Konsequenzen in diesem Leben waren ja nicht ohne, was mich wieder an meine bevorstehende Prüfung erinnerte.

Sicher würden wir heute den ganzen Tag in den Höhlen verbringen. Da wir alle auf diesem Raum kaum einen Moment für uns alleine haben würden, musste ich mein Vorhaben, Diego irgendwie zu helfen, auf einen günstigeren Zeitpunkt verschieben. Wenn ich das richtig Verstanden hatte, war das auch nicht einmal so schlimm, da ich ja, so wie es aussah, alle Zeit beider Welten hatte. In der Höhle herrschte unterdessen reges Treiben. Zoltai gab Anweisungen die Wachen abzulösen, damit sich diese ausruhen konnten und teilte die Anwesenden in Gruppen ein, um die bevorstehenden Aufgaben zu erfüllen. Es galt die Vorräte zu überprüfen, den Wasservorrat zu sichern und vieles mehr. Wir wurden erneut losgeschickt, um Nachschub für das Feuer zu besorgen. Auf unserem Weg zum hinteren Teil der Höhle passierten wir einige Abzweigungen, die ich bei der Ankunft nicht erkannt hatte.

Eine davon führte zu einem kleinen Wasserfall, der sich am Ende des Durchganges in einem kleinen, kugelrunden Raum aus einem Loch mit etwa dreißig Zentimeter Durchmesser in den Raum ergoss. Irgendjemand hatte einen Vorhang am Eingang angebracht, sodass man nun diesen Raum für die persönliche Hygiene nutzen konnte, da das Wasser und alles was man so von sich gab, durch eine weitere Öffnung am linken Rand abfloss. Da diese Öffnung so groß war, dass man sehr leicht hindurchrutschen konnte, hatte jemand eine Holzkonstruktion installiert, die es oberhalb des Abflusses ermöglichte darauf zu stehen. Zoltai grinste, nachdem er hineingesehen hatte und meinte an uns gerichtet:

»Huh, das ist ja äußerst praktisch da kann ich Duschen und gleichzeitig schei…«

»Zoltai!! Lass das. Du bist ordinär«, schrie Namina ihn an.

»Es wird uns aber nichts anderes übrig bleiben, dass wenn wir mal müssen, wir auch gleichzeitig geduscht werden«, sprang ihm dann Lato auch noch zur Seite.

Namina schüttelte nur den Kopf und ging weiter.

Lato hatte uns den Auftrag gegeben zum einen neues Holz in den Hauptraum zu schaffen, aber auch das gestapelte Holz aus dem hinteren Bereich nach vorne zu bringen. Wir bildeten eine Reihe und schafften so den hintersten Haufen Holz, Stück für Stück nach vorne. Ich befand mich am hinteren Ende direkt an der Höhlenwand. Eine Armlänge weiter stand Zoltai, dann Lato und Namina stapelte alles wieder neu. Als wir den letzten Stapel fast vollständig umgeschichtet hatten, glaubte ich hinter der Wand stimmen zu hören. Ich betrachtete mir die Steinwand genauer und erkannte hier einige Löcher im Gestein, durch die Luft hereinströmte. Ich spürte die Luftzüge deutlich, als ich meine Hand an der Wand vorbei bewegte. Die Felswand erschien mir an dieser Stelle auch nicht durchgehend massiv zu sein. An vielen Stellen durchzogen Risse und Kanten die komplette Formation. Ich klopfte hier und da an bestimmten Stellen, konnte aber aufgrund der Größe der Felsen keine Rückschlüsse ziehen und schalt mich selbst einen Narren, da die anderen denken mussten, dass ich nicht mehr ganz richtig im Kopf war.

»He, Gadni, was tust du da? Warum schlägst du die Felsen?«, kam auch schon Zoltais Anmerkung aus dem Hintergrund.

»Ich sehe hier einige Löcher in der Wand und merke auch deutlich die Windzüge. Irgendwie habe ich das Gefühl, dass hier hinter dieser Wand irgendetwas ist«

Zoltai näherte sich mir und fuhr mit seinen Händen über den Felsen.

»Vater sagte uns, dass hier in den Felsen Belüftungsspalten vorhanden seien und wir deshalb auch immer frische Luft haben und auch getrost Feuer innerhalb entfachen können«, meinte er und gab seine Untersuchung der Felsen dann auch auf.

Er zuckte mit den Schultern und ging zurück zu den anderen. Da die Arbeit beendet war, setzten sich alle vor dem vorderen Stapel in einer Runde nieder und unterhielten sich. Ich für meinen Teil wollte diese Wand weiter untersuchen, da ich immer noch dieses Gefühl verspürte, beobachtet zu werden. Ich setzte mich zu Boden mit dem Rücken zur Wand und rief den anderen zu, dass ich mich etwas ausruhen wolle. Sie nickten nur und gaben mir mit ein paar gerufenen OKs zu verstehen, dass das in Ordnung sei.

Ich schloss meine Augen und konzentrierte mich auf die Stimmen, die ich zuvor zu hören glaubte. Es waren keine Stimmen, es waren Gedankenfetzen, Erinnerung und Emotionen von unterschiedlicher Art. Ich kam daher auch zu dem Schluss, dass es sich da um verschiedene Individuen handeln musste. Je mehr ich mich darauf einließ, desto mehr konnte ich tatsächlich verstehen.

»Würmer aus dem Grün, der eine bekannt, Vergangenheit, Vorsicht, verstehen, hören, erkennen, Sicherheit in Höhlen, Fressköpfe töten, Fressköpfe aufhalten, verstehen, helfen, erneuern, gehen, unsicher, finden, verbergen, verbergen.«

Die Worte vermischten sich in meinem Kopf zu einem immer ungenaueren und lauter werdenden Rauschen. Dann kehrte ganz plötzlich Stille ein. Das einzige Rauschen, das ich noch hörte, war das meines eigenen Blutes, das mir durch die Adern schoss. Mein Herzschlag hatte sich zu einem rasenden Rhythmus gesteigert. Das Pochen und Rauschen schwand langsam mit jedem Moment der Stille. Ich atmete mehrfach tief ein und wieder aus. Schließlich erhob ich mich und stützte mich dabei an der Wand ab. An der Stelle, an der ich gesessen hatte, verlief die Decke der Höhle etwas tiefer als an den anderen Stellen, sodass ich mich beim Fortbewegen etwas nach vorne beugen musste. Dabei stieß ich mit meinem linken Fuß an einen kleinen Felsen, der ganz nah an der Wand am Boden herausragte. Mein großer Zeh schien zu explodieren und ich versuchte den höllischen Schmerz durch einen spontan herausgepressten Fluch erträglicher zu machen.

Die Berührung mit dem Stein und der scharfe Windstoß durch meinen Fluch in Richtung Felswand löste eine Reaktion aus, die mir zunächst nur durch ein kaum wahrnehmbares Klicken auffiel. Ich stützte mich immer noch mit meiner Hand an der Felswand ab, die sich ganz langsam, wie von Geisterhand, nach hinten bewegte. Bei genauerem Betrachten erkannte ich, dass sich nicht die ganze Wand bewegte, sondern ein etwa fünfzig Zentimeter breiter und zwei Meter hoher Streifen weggedrückt wurde. Ich stemmte mich mit meinem ganzen Gewicht dagegen. Nach etwa dreißig Zentimetern kam der Wandstreifen zum Stehen und ich konnte rechts und links einen Durchgang erkennen.

In beide Richtungen erstreckte sich ein im Durchmesser etwa ein Meter und sechzig großer Tunnel. Das spärliche Licht unserer Fackeln ließ es nicht zu weiter als zwanzig Zentimeter zu sehen. Mich packte die Neugier und ich schritt ohne nachzudenken in den Tunnel nach rechts. Irgendwie passierte ich dabei eine Schranke am Boden des Tunnels, zumindest spürte ich eine Erhebung direkt unter meinem rechten Fuß, die durch mein Gewicht nach unten gedrückt wurde und im selben Moment war die Steinplatte wieder zurück an ihrem Platz und ich stand in völliger Dunkelheit. Durch die kleinen Löcher und Risse in der Steinwand drang ein wenig Licht in den Tunnel und nach einiger Zeit gewöhnten sich meine Augen an die Dunkelheit.

Die anderen hatten mein Verschwinden bislang noch nicht bemerkt. Durch eines der Windlöcher konnte ich sehen, wie Zoltai an den Holzstapel gelehnt eingenickt war und Namina in seinem Arm, den Kopf auf seine Schulter gebettet, ruhte. Lato war nicht zu sehen. Ich spürte meinen Herzschlag bis zum Hals. Die Aufregung packte mich und ich musste aufpassen nicht zu hyperventilieren. Ich setzte mich zu Boden und versuchte mich erst einmal zu beruhigen. Ich wollte meinem ersten Drang folgen und den Gang erforschen, hielt mich aber zunächst zurück.

Zuerst einmal musste ich den Ausgang wieder finden und den Mechanismus auch von dieser Seite testen und benutzen können, dann brauchte ich unbedingt ein Leuchtmittel, da ich ja nicht wusste, ob jenseits der Tunnelwände immer beleuchtete Höhlen waren. Ich tastete langsam am Boden entlang und fand den Stein, den ich mit meinem Fuß in eine Vertiefung gedrückt hatte und versuchte ihn wieder herauszuziehen. Meine Finger rutschten immer wieder ab. Irgendwie musste es hier irgendwo einen Gegenmechanismus geben. Ich suchte einige Zeit am Boden umher bis ich dann in etwa dreißig Zentimeter Entfernung in Richtung der beweglichen Wand einen weiteren Stein fand, der in Form und Größe dem ersten entsprach. Ich versuchte ihn mit der Hand herunterzudrücken, was mir aber misslang. Ich richtete mich, soweit es in dem kleinen Tunnel möglich war auf und versuchte mit dem rechten Fuß und meinem ganzen Gewicht den Stein herunterzudrücken. Nichts geschah. Wieder fing mein Herz an, schneller zu schlagen. Ich atmete ein paar Mal durch und sah mir alles, soweit es in der Dunkelheit möglich war, an.

Nachdem ich dann das ganze Umfeld gefühlt hundert Mal kontrolliert hatte, bemerkte ich, dass am Boden direkt am Öffnungsmechanismus eine komplette Steinplatte unter dem Sand und dem Bodengeröll verborgen lag. Sobald man auf dieser Platte stand, konnte der Mechanismus nicht betätigt werden. Das ganze machte dann auch Sinn und ich dankte in Gedanken den Konstrukteuren dieses Zugangs für ihre Weitsicht. Hätte der Mechanismus ohne diese Sicherheitsvorkehrung funktioniert, dann hätte man lange nach mir suchen können, denn meine Körperreste hätten sich fein verteilt an der Wand befunden. Zum Glück, Retus sei Dank, wurde ich nicht an die Wand gepresst und als ich mich von der Steinplatte herunter in die andere Richtung bewegte, konnte ich auch den Mechanismus betätigen und die Steinplatte prallte sofort zurück an die gegenüberliegende Tunnelwand. Ich konnte wieder nach draußen.

Ich versuchte es dann noch zwei Mal. Rein, raus, rein, raus. Rein, langsam mit Druck gegen die Wand, raus mit

Schwung. Dann schloss ich den Durchgang wieder von außen, denn auch da hatte ich einen gegenseitigen Mechanismus entdeckt. Das war nun zunächst einmal mein persönliches Geheimnis. Ich wollte den Gang besichtigen, aber nicht jetzt, wo mein Verschwinden sofort bemerkt werden würde. Nein ich wollte bis zur nächsten Schlafperiode warten und begab mich zuerst einmal zu den anderen.

»Na, habt ihr nicht genug geschlafen?«, weckte ich Zoltai und Namina auf.

»Das musst du gerade sagen. Wer hat uns denn durch seine Aktion so früh in Aufruhr versetzt?«

»Ok, entschuldigt. Ihr habt ja Recht. Ruht ruhig noch ein wenig. Ich schaue mal, ob ich die tolle Dusche verwenden kann. Ich fühle mich irgendwie so unsauber«

Ich machte mich auf den Weg zur Duschhöhle, die tatsächlich gerade frei wurde. Lato drückte den Vorhang zur Seite und steckte die Fackel neben dem Eingang in die Halterung auf der anderen Seite. Daran konnte man erkennen, ob die Reinigungshöhle besetzt war, oder nicht. Steckte die Fackel auf der linken Seite, dann war sie frei, steckte sie rechts, dann war besetzt und niemand käme auf den Gedanken auch nur einen Blick hinein zu werfen. Daher war es auch äußerst wichtig auf diese Vorgaben zu achten und diese zu befolgen.

»Hallo Bruder! Diese Höhle ist herrlich. Das Wasser ist kühl, frisch und schmeckt hervorragend. Genieße es."

Er lächelte, gab mir einen kleinen Klaps auf meinen Oberarm, steckte die Fackel wieder auf die linke Seite und verschwand. Ich begab mich in das Innere der kleinen Höhle, schloss den Vorhang und entkleidete mich. Meine Kleider konnte ich in einer kleinen Vertiefung auf der dem Wasserfall gegenüberliegenden Seite der Höhle ablegen, sodass sie nicht nass wurden. An dieser Seite der Höhle bemerkte ich auch einen starken Wind der durch sie hindurch blies, sodass man sich direkt nach der Dusche dort trocknen lassen konnte. So einen Luxus hatten wir selten. Direkt aus der Decke über mir floss ein stetiger, etwa fünfzig Zentimeter breiter Wasserstrahl über einen leicht nach vorne gewölbten Felsvorsprung. Das Wasser war glasklar und lauwarm. Ich streckte mich nach oben und berührte den Felsvorsprung mit meiner rechten Hand. Der Felsen fühlte sich tatsächlich warm an und erwärmte dadurch auch das Wasser. Etwa zwanzig Zentimeter tiefer bemerkte ich eine weitere kleinere Öffnung in der Felswand, aus der auch ein Wasserstrahl austrat. Dieses eiskalte Wasser stillte dann meinen Durst.

Ich glaube ich verweilte gut eine Stunde unter dem Wasserfall. Ich stand einfach nur da und spürte, wie mit jedem Rinnsal, dass über meinen Körper glitt nicht nur der Staub und der Dreck weggespült wurde, sondern auch ein Teil der Ungewissheiten, die mich belasteten. Mir gingen einige Gedanken durch den Kopf, die ich nach und nach durch die wohltuende Entspannung etwas von mir schieben konnte.

Natürlich machte ich mir Gedanken um Diego, den ich ja erst kennengelernt hatte und über diese sonderbare Welt, die ich sehen durfte. Das war alles unfassbar. Selbstfahrende Karren, Licht und Wärme ohne Feuer, spiegelglatte Felsen und riesige Häuser aus Stein und anderen seltsamen Materialien. Und dann diese Gestalten. Menschen, wie Diego sie genannt hatte. So viele waren da in einem begrenzten Raum und keiner kannte oder kümmerte sich um den Anderen. Als ich mich dort aufhielt, blieb mir keine Zeit darüber nachzudenken. Die Leute gehörten wohl alle einem Stamm an, aber es gab keinen Stammesführer. Da waren tatsächlich irgendwelche Krieger, wie der, der mich geweckt hatte, die für Ordnung sorgten, aber dennoch erschien mir alles sehr durcheinander und keiner half dem Andern. Man musste da schon ganz genau hinsehen, um wirklich Menschen zu finden, die etwas miteinander taten.

In dem Haus, in dem ich dann Diego kennen gelernt hatte, war es wiederum ganz anders, da halfen sich fast alle gegenseitig, wie in unserem Stamm. Auch diese Gedanken wischte das frische Wasser davon. Auch die Tatsache, dass meine Prüfung direkt vor mir lag verdrängte diese Grübeleien und ersetzte sie durch andere. Morgen würden die Stürme soweit nachlassen, dass wir uns wieder aus den Höhlen wagen konnten. Die Talatijasus würden weiterziehen und wie der Zatakus es verkündet hatte, am Rande des Sikutagebietes das Lager aufschlagen und feiern. Danach stand auch schon die Wanderung zu den Sommerhöhlen an, wo wir mit anderen Stämmen zusammentreffen und überwintern würden. Bis heute konnte mir noch niemand erklären, warum wir die Höhlen Sommerhöhlen nannten, wenn wir dort überwinterten.

Eine Stimme ließ mich in meinen Überlegungen inne halten. Es wartete bereits jemand vor der Höhle und bat darum diese in absehbarer Zeit auch nutzen zu dürfen. Ich bestätigte durch einen kurzen Zuruf, dass ich in wenigen Augenblicken fertig sei und stellte mich in den warmen Luftstrahl, der meine gesamte Körperoberfläche recht schnell trocknete. Ich zog meine Kleider an und gab die Höhle wieder frei. Auf meinem Weg zur Feuerstelle, wo ich meine Freunde vermutete, machte ich mir schon wieder Gedanken, was ich denn nun mit meinem neuen Geheimnis anfangen sollte, und vor allem, wann ich denn endlich diese Gänge erkunden könnte.

An der Feuerstelle saßen einige Krieger und auch meine Freunde. Zoltai winkte mich zu sich und reichte mir einige Streifen getrocknetes Kadu und feine würzige Kräuter dazu. Namina hatte einen Beutel mit Wasser für mich. Erst jetzt merkte ich, dass ich doch recht hungrig war. Getrunken hatte ich ja reichlich und gut.

Sie unterhielten sich gerade über die bevorstehende Feier und meinen Test, als ich erneut seltsame Stimmen vernahm, beziehungsweise das Gefühl hatte, dass jemand mir unbekannte Bilder in meinen Kopf hinein projizierte. Ich sah die große weite Fläche vor den Höhlen kurz aufblitzen, dann folgte ein Porträt des Drachen, der mich anstarrte, als ich die Tawaren beobachtet hatte. Dann sah ich erneut die Wüste vor unseren Höhlen, jetzt war es aber bereits wieder dunkel geworden und nur noch Paluki spendete Licht. Erneut erschien der Drache. Ich spürte einen leichten Druck in meiner rechten Schläfe und schüttelte ein paar Mal den Kopf, um wieder klarer denken zu können.

»Was ist los Gadni, du bist so unruhig«, wollte Namina wissen, die mir gegenüber, neben Zoltai saß.

»Alles ok. Mein Kopf schmerzt etwas. Das wird vergehen«

Als ich ihr antwortete erschien gleich darauf wieder ein Bild des Bereiches vor den Höhlen vor meinen Augen. Diesmal strahlte Lorson hell vom Himmel, der Wüstensand glitzerte und die warme Luft flimmerte vor sich hin. Je länger dieses Bild in meinem Kopf blieb, desto übler wurde mir. Ich atmete tief ein und sah mich in der Höhle um. Alles war gut. Alle warteten darauf, dass die Stürme nun bald zu Ende sein würden und ruhten sich soweit es ging aus. Die frische, kühle Luft trug dazu bei, dass sich alle wohl fühlten und eine freudige Gelassenheit sich breit machte. Selbst die Wächter am Eingang unterhielten sich und scherzten. Plötzlich schien mir der Schädel zu platzen. Der komplette Sand bestand nur noch aus Sikutas, die allesamt in Richtung der Höhlen rannten. Dann sah ich nur noch rotes, spritzendes Blut und hörte lautes Geschrei. Ich schloss meine Augen und konzentrierte mich auf die Stille in der Höhle und konnte so das Chaos aus meinem Kopf verbannen. Einige Zeit blieb alles ruhig und ich fragte mich immer noch, was das denn nun gewesen war. Ein einziges Bild erschien nun immer wieder vor meinem inneren Auge, der geheime Gang.

Ich musste etwas tun. Ich konnte einfach nicht länger ruhig herumsitzen. Zoltai und Lato reinigten gerade ihre Skulls, sodass ich unbemerkt die Gruppe verließ. Ich murmelte vor mich hin, dass ich mal irgendwo hin müsse, was bei Zoltai und Lato gar keine Reaktion hervorrief und lediglich Namina warf mir ein kurzes »Okay« zu.

Ich ging wieder an unserer Servicehöhle vorbei in den Holzstapelraum und setzte mich in die hintere Ecke auf den Boden und lauschte. Keine besonderen Geräusche, nur das unklare Murmeln und Lachen aus der Höhle drang zu mir. Mit einem Mal knallte die Geheimtür auf und ich dachte schon, dass wohl alle diesen Donnerschlag gehört haben mussten. Aber niemand regte sich oder beachtete mich. Der Lärm manifestierte sich nur in meinem Kopf. Warum öffnete sich diese Tür einfach?

Ich schlenderte zurück zur Höhle, nahm mir ganz unauffällig eine der kleineren Fackeln und gelangte dann wieder unbemerkt zurück zum Geheimgang. Die Öffnung war verschlossen. Hatte ich das vorhin nur geträumt oder war das wieder eines der Bilder, die in meinem Kopf für Chaos sorgten? Ich tastete nach dem Mechanismus, trat auf den kleinen Stein am Rand der Wand, legte mein Körpergewicht gegen die Felsplatte und der Wandausschnitt glitt erneut sanft und geräuschlos nach hinten. Irgendetwas in mir drängte mich nach rechts zu gehen und die Tür zu schließen, was ich denn auch tat. Die kleine Fackel erhellte jetzt den Gang und ich konnte etwas weiter sehen. Ich schritt voran, langsam einen Fuß vor den anderen setzend. Ich wollte keinen unnötigen Lärm verursachen. Wieder waren es Bilder in meinem Kopf und ein euphorisches Gefühl, dass mich meine Vorsicht einfach vergessen ließ. Irgendwie wusste ich, dass mich hier drinnen niemand hören konnte. So schritt ich dann schneller voran. Durch die kleinen Öffnungen in der Felswand konnte ich auch sehr gut beobachten, wo ich mich denn nun befand.

Ich passierte die äußere Höhlenwand neben der Servicehöhle und konnte auch das Rauschen des Wassers oberhalb des Tunnels erkennen. Der Tunnel folgte der Felsformation und bog leicht nach rechts ab. Ich bewegte mich so etwa fünf Minuten weiter fort und folgte dem Tunnelverlauf mal links mal rechts aber stets auf gleicher Ebene. Es gab keine Abzweigungen, sodass ich, wenn ich zurück wollte, einfach umdrehen konnte. Es dauerte noch weitere zwei Minuten, bis der Tunnel dann begann zunächst leicht und dann steiler anzusteigen. Nach drei Minuten schweißtreibendem Aufstieg hörte ich wieder Stimmen.

In der Felswand konnte ich hier auch wieder Luftöffnungen entdecken, durch die ich hindurchschauen konnte. Ich hatte eine der andern Höhlen erreicht. Auch hier hatte sich freudige Unbekümmertheit breit gemacht. Ich begann nun auch langsam den Bildern in meinem Kopf zu vertrauen und nahm sie einfach auf, wie einen zusätzlichen Sinn, der mir geschenkt wurde. Als ich das Bild des Öffnungsmechanismus registrierte, blieb ich sofort abrupt stehen. Es sollte ja niemand durch meine Unachtsamkeit erschreckt, oder mein Geheimnis so einfach entdeckt werden. Auch hier gab es eine Öffnung, die auf die gleiche Weise, wie in meiner Höhle funktionierte. Mein Ausflug dauerte bereits eine halbe Stunde. Ich lief weiter den Gang entlang. Er folgte einigen Biegungen und führte dann auch wieder nach unten, aber niemals gab es irgendeine Abzweigung.

Ich passierte schließlich alle Höhlen, die die Talatijasus belegt hatten und auch noch zwei weitere leer stehende. Am Ende des Tunnels erreichte ich eine massive Wand, wie in einer Sackgasse. Lediglich ein Loch mit einem Durchmesser einer Unterarmlänge führte nach oben an die frische Luft. Ich spürte hier den Luftzug besonders stark. Am Fuß der Felswand gab es auch keinen Öffnungsmechanismus, sodass ich einfach hinnahm, dass hier eben das Ende des Tunnels erreicht war und mich bereits auf den Rückweg machen wollte, als mein neuer Sinn erneut aktiv wurde.

In meinem Kopf wiederholte sich permanent das Wort – SPRING. Ich begann vor dem Felsen auf und ab zu hüpfen und das Wort verschwand. Als ich mit der Hopserei aufhörte wiederholte sich die Penetration des Wortes SPRING in meinem Kopf. Was hatte Diego noch einmal gesagt? Konzentriere dich darauf wo und wann du sein möchtest und dann spring einfach.

Im selben Moment stand ich wieder im Central Park in New York und der Lärm dieses Ortes dröhnte mir in den Ohren. Einen Wimpernschlag später materialisierte ich wieder vor der Wand. Ich versuchte mich zu konzentrieren. Wo wollte ich denn hin? Was war hinter dieser Felswand?

Dieser Gedanke ging mir nicht mehr aus dem Kopf. Was war jenseits dieser Felswand? Jenseits der Felswand! Im nächsten Moment stand ich dann auch dort, jenseits der Felswand. Ich war gesprungen. Mein erster bewusster Sprung. Ich lehnte mit dem Rücken an der kühlen Wand und stand auf einem kleinen, etwa zwei Fuß tiefen und fünf Fuß breiten Vorsprung. Rechts in meinem Blickfeld konnte ich weit über die Ebene sehen bis zum Waldrand und zu meiner Linken sah ich das Gebirge. Aber direkt vor mir öffnete sich ein breiter dunkler Spalt, der so tief in die Erde führte, dass man das Ende nicht sehen konnte.

Jetzt durfte ich keinen falschen Schritt machen. Der Spalt war etwa so breit, wie ein erwachsener Mann einen faustgroßen Stein werfen konnte. Dort, am gegenüberliegenden Rand des Spaltes, dessen Enden rechts und links am Felsen vorbei aus meinem Blickfeld verschwanden, standen drei Drachen, direkt nebeneinander und sahen zu mir rüber.

Ich erschrak und rutschte mit meinem rechten Fuß ab. Ich konnte mich gerade noch abfangen, so glaubte ich zumindest, stand aber plötzlich wieder im Tunnel an dem

Ort, an dem mein erster Sprung begonnen hatte. Ich atmete einige Male tief ein, konzentrierte mich auf den Felsvorsprung und stand im darauffolgenden Moment wieder im Freien. Ich beruhigte mich selbst und redete mir ein, dass der Drache wohl mit mir kommunizieren wollte und ich deshalb diese Bilder gesehen hatte und daher auch kein Grund bestand zur Furcht.

Zudem beruhigte mich auch der Abstand, den wir durch diesen seltsamen Spalt hatten, allerdings nur für eine kleine Weile. Noch während ich da so stand und die Drachen auf der gegenüberliegenden Seite beobachtete, bewegten sich die rechts und links von dem Anführer stehenden beiden Drachen von ihm weg.

Zunächst dachte ich mir nichts dabei, bis ich erkannte, dass sie ihrem Anführer Platz gemacht hatten und in einer Entfernung von etwa dreißig Schritten wieder verharrten. Der Anführer beugte sich leicht nach vorne und ich beobachtete, wie sich in der Mitte seines Rückens ein Spalt öffnete. Langsam aber stetig entfalteten sich da zwei weitere Gliedmaßen, die ich nur als Flügel bezeichnen konnte, denn zwischen den langen fingerartigen Verzweigungen spannte sich eine Art Haut. Nachdem er die Flügel komplett entfaltet hatte, erreichten beide Enden die beiden anderen Drachen. Aus der Spalte stieg permanent warme Luft empor, die die Flügel nun aufblähte und den Drachen leicht nach hinten drängte. Er lehnte sich dagegen und schob seinen massiven Körper nach vorne über den Abgrund. Der Wind wehte ihn sofort nach oben. Er nahm den Schwung auf und glitt in einem weiten Bogen nach rechts über den Abgrund. Nachdem er eine ganze Runde gedreht hatte gelangte er mit einigen kräftigen Schlägen seiner Flügel wieder in meine Richtung. Mit jedem Flügelschlag wehte dieser warme, intensive Wind in mein Gesicht. Im selben Moment, als der Drache wieder auf mich zu steuerte, erreichten mich seine Gedanken.

»Warte, Ruhig, Freund, Springen Nein, tragen, keine Gefahr, Fliegen, Tabaklas tragen Wurm.«

So zumindest setzte meine innere Übersetzungs-fähigkeit diese Geräusche in meinem Kopf um. Zugleich überfluteten mich Gefühle der Freude, der Freundschaft und vor allem Wärme. Ich nahm also an, dass der Drache Tabaklas heißt. Nein ich wusste es. Etwas in mir sagte mir, dass da Tabaklas auf mich zugeflogen kam, dass er keine bösen Absichten hegte und erst recht nicht hungrig war. Zudem spiegelten sich in meinem Kopf immer wieder Bilder von wiederkäuenden Kadus, die friedlich in Herden umherziehen, abwechselnd mit einem Bild von einem grinsenden Tabaklas oder einem seiner Freunde, die ich noch nicht auseinanderhalten konnte.

Egal ob das nun bedeutete, dass sie lieber Kadufleisch essen, oder dass sie Vegetarier sind, es sollte mich wohl beruhigen. Da stand ich nun und wartete, während Tabaklas immer näher kam. Er deutete mir mich festzuhalten, denn im nächsten Moment stoppte er seinen Anflug durch mehrere kurze Flügelschläge in meine Richtung, wodurch er eine Verlangsamung seiner Annährung erreichte, die in einem kurzen Schwebemoment direkt vor meinem kleinen Podest endete. Sofort ergriff er mich mit beiden Händen an meiner Hüfte und strebte mit zwei, drei schnellen Flügelschlägen senkrecht nach oben über den Rand hinaus. Ich nahm immer an, dass die Drachen an ihren Extremitäten Krallen haben mussten. Dem war aber nicht so. Tabaklas Hand wies drei große Finger und einen Daumen auf, der genau gegenüber den Fingern wuchs und ihm einen sicheren Griff ermöglichte. Retus sei Dank, denn aus dieser Höhe wollte ich nun wirklich nicht ohne Flügel zu Boden stürzen. Ich musste Tabaklas vertrauen und versuchte ihm das in meinen Gedanken irgendwie mitzuteilen. Scheinbar funktionierte es, denn er nickte zwei Mal, drehte dann eine weite Kurve nach links und schwebte wieder zurück zu den beiden anderen Drachen.

Ich betrachtete die Sikahil zum ersten Mal aus dieser Perspektive. Wir konnten nicht fliegen, noch hatten wir irgendwelche Maschinen zum Fliegen erfunden, oder kannten fliegende Tiere, die man hätte dazu abrichten können. Ich bin also jetzt der erste und einzige Talatijasus, der jemals geflogen ist. Zu meiner Rechten sah ich vor unserem Schwenk nach links noch den nahegelegenen Wald und dann vor mir die Berge, die sich bis zum Horizont erstreckten. Mich durchströmte im selben Moment eine unbeschreibliche Euphorie.

Ein wunderbares Gefühl der Freiheit und Offenheit, der Freude und Verbundenheit mit dieser Welt und allen Lebewesen erfasste mich tief in meiner Brust. Tabaklas setzte zur Landung an, wobei er durch seinen Flügelschlag sehr viel Sand und Geröll aufwirbelte, sodass ich meine Augen fest schließen musste. Seine beiden Begleiter nahmen mich in Empfang und verhalfen mir zu einem sicheren Stand. Tabaklas faltete bereits seine Flügel wieder ein und stellte sich dann zu uns. Die Drachen umringten mich und ließen ihrer Neugier freien Lauf. Ich schien wohl der erste der „Würmer" zu sein, den sie aus der Nähe betrachteten. Die drei Wesen gaben auch sehr unterschiedliche Laute von sich, die ich wohl eher als klicken und gurgeln bezeichnen würde, denn als Sprache.

Es dauerte nicht lange und die Geräusche gaben für mich Sinn.

»Wurm verstehen klack grubmgr klick, fragen rufen hören, Schrtsrrg klick sroooam Tkibakik.«

So zumindest klang es mal für mich. Je mehr die drei miteinander Sprachen, desto mehr Laute gaben Sinn. Ich begann die Stirn zu runzeln und den Kopf leicht einzuziehen, da es mir schwer fiel mich zu konzentrieren.

Der Anführer hob daraufhin seine Hand und gab den anderen zu verstehen ruhig zu sein. Eher gesagt schien es wohl eine Art Befehl gewesen zu sein, denn der Tonfall und die Kürze des Ausrufs klangen für mich zumindest eher nach Zoltai und seinen Kriegern, ein kurzes „Ruhe!" oder „Schnauze halten!" muss es wohl gewesen sein, denn alle verstummten sofort. Jetzt wandte sich der Anführer alleine direkt an mich und so wie ich es dann empfand, war er auch sehr bemüht, langsam und deutlich zu reden, wie man das so bei einem Sprachfremden tun sollte.

Er zeigte auf sich und sagte mehrfach hintereinander etwas, das wie „Tabaklas" klang. Ich sah ihn an und nickte, um ihm zu verstehen zu geben, dass ich verstanden hatte. Sein Name war wohl Tabaklas. Ich zeigte daraufhin auf meine Brust und wiederholte immer wieder meinen Namen, Gadni. Dann berührte ich seine Brust und sprach seinen Namen aus.

Im Moment der Berührung sprangen beide Begleiter von Tabaklas sofort lautstark nach vorne um mich zurückzuhalten. Tabaklas hielt sie mit einer Handbewegung zurück. Er wiederum legte seine Hand wieder auf seine Brust, nannte seinen Namen und dann tat er das gleiche bei mir.

Tabaklas deutete auf seine Begleiter und gab wieder einen kurzen Befehl. Daraufhin traten beide wieder zurück und dann einzeln, nacheinander wieder vor, wobei jeder an seine Brust fasste, Laute von sich gab und dann meine Brust berührte und dann meinen Namen sagten. Wir hatten uns gerade vorgestellt.

Einer der Begleiter hieß Tschakuk. Er sah eher etwas gedrungener aus als der andere und wirkte insgesamt etwas robuster. Sein Kamerad stellte sich als Fklukarr vor. Er wiederum verfügte eher über schlanke Gliedmaßen und war auch etwas größer als Tschakuk. Ich betrachtete meine neuen Bekannten dann auch etwas genauer. Sie maßen mindestens die doppelte Höhe eines ausgewachsenen Talatijasus und überragten mich somit um fast das zweieinhalb bis dreifache. Tabaklas übertraf Fklukarr um mindestens zwei Armlängen und Tschakuk sogar um zweieinhalb. Allen dreien war ein oval geformter Schädel zu eigen, der am hinteren Ende direkt in einen langen Hals überging und dann über den Rücken geradlinig bis hin zu einem langen Schwanz führte. Der Schädel wurde im unteren Drittel durch ein großes Maul dominiert. Die schuppige Haut lag am Schädel eng an, wodurch alle Drachen so aussahen, als würden sie permanent grinsen. Seitlich an dem Schädel konnte ich auf jeder Seite ein Auge und eine Höröffnung erkennen, wie es auch bei unseren Reittieren den Jaru der Fall ist. Die Jaru haben einen Hörtrichter an der Öffnung, was die Drachen hier nicht hatten. Zudem aber fixierte mich ein weiteres Auge etwas zurückgesetzt auf der Stirn des Drachen permanent, während die anderen beiden das Umfeld beobachteten. Ich glaube, ich habe wohl dann auch zu lange auf das mittlere Auge gestarrt. Tabaklas fragte mich ganz langsam:

»Macht dir mein Auge Angst? Warum starrst du?«

Nun dachte ich mir zunächst einmal nichts dabei und antwortete ihm einfach so, wie ich es auch unter unseresgleichen machte und stellte dabei fest, dass auch er mich verstehen konnte, seine Begleiter aber nicht. Ich hatte wohl ein weiteres Wesen gefunden, das zumindest einen Teil meiner Fähigkeiten teilte.

»Ich habe so etwas noch nicht gesehen, außer bei dir«, antwortete ich ihm.

»Gut, das ist nichts Besonderes. Alle Tkibakik haben dieses Auge. Wir brauchen es um immer und überall die gemeinen Krakali rechtzeitig zu bemerken. Unser Mittelauge kann auch mehr als die Seitenaugen. Die Krakali werden dadurch langsamer und die Würmer, das seid ihr, bleiben sogar stehen«

»Ok, Tabaklas. Wir sind die Talatijasus und wir nennen die Krakali Sikuta. Und es scheint zu stimmen, dass euer Mittelauge uns paralysieren kann«

»Das habe ich schon mal gesehen.", bestätigte ich seine Aussage.

Mit fortschreitender Kommunikation verfügte mein Übersetzungssinn nun scheinbar auch über ausreichend Informationen, sodass tatsächlich ein flüssiges Gespräch zustande kam. Tabaklas erging es wie mir, nur seinen Leuten musste er das ein oder andere übersetzen.

Wie mir Tabaklas erklärte, kämpften er und seine Tkibakik schon seit Generationen gegen die Sikutas. Er erinnerte sich an Erzählungen aus sehr lange vergangenen Zeiten, über die seine Vorfahren berichtet hatten, dass auf Tkibakalo, wie die Tkibakik unseren Planeten Kanto nannten, Tkibakik und Würmer in Frieden und keine Sikutas auf Kanto lebten.

Irgendwann erschienen dann die ersten Sikutas und mit ihnen auch immer mehr Sand. Die Sikahil breitete sich zu dieser Zeit mehr und mehr aus. Sikutas und der Sand der Sikahil standen in direktem Bezug zueinander, wodurch so manches Verhalten der Sikutas nun auch viel mehr Sinn machte. Sie bewegten und jagten immer nur im Sand.

In den Höhlen, auf den Felsen und auch im Wald begegneten uns nie Sikutas. Ich erinnerte mich in diesem Moment an die Geschichte, die mir Diego erzählte. In seiner Welt bewegten sie sich nicht nur durch den Raum, sondern auch durch die Zeit und ich selbst war ja schließlich auch schon zweimal in die Vergangenheit gesprungen. Da fragte ich mich natürlich, ob wir das denn hier nicht auch tun könnten. Tabaklas erzählte mir, dass auch er schon einmal so ganz plötzlich an einem anderen Ort gewesen sei, als er an einem Felsen unachtsam war und abstürzte. Auch er kehrte immer wieder zu seinem Ausgangsort zurück und stürzte und stürzte immer wieder, bis er so weit vor dem Ereignis zurück kam und sein Verhalten ändern und den Absturz vermeiden konnte. Fklukarr unterbrach unser Gespräch mit sichtbarem Unbehagen in seiner Mimik. »Großer Tkibakik, Tabaklas! Die Zeit. Der Auftrag«, grummelte er nur kurz in unsere Richtung.

»Danke Fklukarr, du hast Recht«, lobte er seinen Begleiter. »Gadni, du musst mir genau zuhören«, fuhr er an mich gewandt weiter.

»Alle Talatijasus, die in den Höhlen Schutz gesucht haben sind in Gefahr. Du musst sie retten. Die Höhlen, in denen ihr Schutz vor den Stürmen gesucht habt, sind nicht sicher. Wir verließen sie deshalb schon vor Jahren. Irgendwie schafften es die Sikutas, dass alle Höhlen am Boden mit Sand gefüllt sind. Dadurch ist es ihnen möglich in die Höhlen einzudringen und das werden sie tun. Wenn die Stürme ganz nachgelassen haben, werden die Sikutas zum großen Fressen starten und dann seid ihr des Todes. Sie werden morgen nach Einbruch der Dunkelheit beginnen.«

Tabaklas Mahnung wirkte sehr eindringlich.

»Was soll ich tun?«, fragte ich verzweifelt.

»Wie kann ich so viele Menschen retten, oder sie überhaupt dazu bewegen die so sicher erscheinenden Höhlen zu verlassen?«

»Du musst einen Weg finden. Du hast den geheimen Gang gefunden, der alle Höhlen miteinander verbindet. Wenn ihr von der Höhle, in der du geschlafen hast nach links aufbrecht, werdet ihr eine Höhle finden, in der nur blanker Fels und ein See in der Mitte zu finden sein wird. Am See liegen Baumstämme, die ihr zu Flächen zusammenbinden könnt, mit deren Hilfe ihr dann auf die andere Seite des Sees gelangen werdet. Dort seid ihr in Sicherheit. Ein Ausgang führt direkt in das Gebirge. Nach einem kleinen Aufstieg gibt es ein großes Plateau, auf dem ihr euch sammeln könnt. Wir sollten uns dort treffen und dann deinem Volk alles erklären.«

Tabaklas beendete seine Rede und schubste mich in den Abgrund. Im selben Moment stand ich wieder am Ende des langen Ganges und musste nun schnell handeln. Den Weg hin und zurück laufen würde zu lange dauern. So sprang ich kurzerhand an meinen Ausgangspunkt zurück, öffnete die geheime Tür und rannte an den Holzstapeln vorbei zu Zoltai, dem Vater meines Freundes, meinen Onkel.

# Kapitel 5
## Die Zeit

Markus, Fabienne und Yaiza gelangten in den großen Vorraum, wo Alejandro mit María flirtete, die das auch sichtlich genoss. Als er seine beiden Weggefährten kommen sah, entschuldigte er sich bei María und ging auf Markus und Fabienne zu. Beide warfen sich einen kurzen Blick zu und Fabienne schüttelte sanft den Kopf und deutete damit Markus an, dass sie beide Alejandro nicht weiter einweihen sollten. Sie mussten nun die Situation zuerst einmal alleine analysieren und bewerten.

Zu viel Wissen könnte dazu führen, dass sich zu viel verändert und was dabei passieren kann, hat ihnen Yaiza ja erzählt, die noch heute auf ihren Diego wartet.

»Na, wo wart ihr denn die ganze Zeit?«, fragte Alejandro und zwinkerte ihnen mit einem Auge zu.

»Wie sieht es aus, habt ihr schon was herausgefunden?«

»Wir haben uns mit Yaiza unterhalten, die uns romantische Geschichten und Legenden von La Gomera erzählt hat und wir lauschten den Abenteuern von Gara und Jonay Arm in Arm. Das war ja so schön«, gab ihm Fabienne zur Antwort und legte ihren Kopf zärtlich auf Markus Schulter, der das Ganze nur breit grinsend mit einem kurzen »genau« bestätigte.

Alejandro verdrehte die Augen und meinte nur, dass er sich dann auch erst mal auf die Romantik besinnen wolle und verschwand, María folgend in die Küche des Hauses.

Yaiza führte Markus und Fabienne durch den Vorraum in den Speisesaal, wo Catherine, Fabrice, Lisa und Marco an einer gedeckten Tafel saßen und sich über die allgemeine Lage der Nationen unterhielten. Obwohl die unterschiedlichen Ansichten der beiden Paare durchaus interessant erschienen, hörte Markus nicht genauer hin.

»Setzt euch doch zu euren Eltern, wir werden gleich etwas essen und dann sehen wir weiter«, sagte Yaiza, verließ den Raum und ließ die beiden jungen Leute zurück im Speisesaal.

Lisa bemerkte als erste, dass Markus und Fabienne den Raum betreten hatten.

»Hallo ihr beiden! Hallo Markus! Ich habe vor einer Stunde mit der Betreuerin von Opa Brack gesprochen. Sie meinte, er würde viel schlafen und es ginge ihm soweit ganz gut.«

»Hi, Mom. Das ist ja toll«, gab Markus zurück und machte sich aber automatisch Sorgen um seinen Opa, da der üblicherweise nicht sehr viel schlief.

Normalerweise würde er um diese Zeit seine Quizshows im Fernsehen anschauen, bei denen er immer besser Bescheid wusste, als der Studiospezialist. Markus ergriff ein seltsames Gefühl der Ungewissheit. Oder sollte er es als schlechte Vorahnung bezeichnen. Ihm war auf jeden Fall ab diesem Moment, immer wenn er an seinen Opa dachte, nicht mehr wohl in seiner Haut. Er spürte Fabiennes Hand in der seinen, da sie bis hier Hand in Hand den Saal betreten hatten.

»Entschuldige mich einen Moment«, bat er Fabienne, löste seine Hand aus ihrer und verließ den Raum.

Als er den Vorraum betrat und sich vergewissert hatte, dass sonst niemand im Raum verweilte, konzentrierte er sich auf seinen Opa und stand im nächsten Moment auch schon in seinem Zimmer in Ludwigshafen. Sein Herz pochte wie wild. Es hatte tatsächlich geklappt. Nun musste er äußerst vorsichtig sein. Irgendwie fühlte sich alles etwas seltsam an. Irgendetwas störte ihn enorm. Dann fiel es ihm auf. So ordentlich hatte er sein Zimmer nicht verlassen, als sie ihre Urlaubsreise starteten.

Irgendjemand hatte hier entweder aus Langeweile alles aufgeräumt, oder das Zimmer wurde durchsucht und dann wieder in Ordnung gebracht, damit die Durchsuchungsaktion nicht auffallen sollte. In seinem Bücherregal stand ein englischer Diktionär, der eigentlich keiner war, sondern ein getarnter Tresor. Darin bewahrte er immerhin bis jetzt eintausend und dreihundert Euro auf, die er sich durch Ferien- und Freizeitarbeit erspart hatte. Das Buch stand nicht mehr da, es war verschwunden. Er durchsuchte alle Regale, sah unterm Bett und in allen Schränken und Schubladen nach, nichts. Sein Tresor war weg. Plötzlich drangen seltsame Geräusche an sein Ohr, als würde jemand ersticken.

»He Tante Hedwig. Wach auf«, hörte Markus die laute krächzende Stimme eines Jungen, »Dein Schnarchen weckt ja den Alten. Da kannst du ihm so viel Beruhigungsmittel geben, wie du willst. Bei dem Lärm wachen ja sogar Tote auf.«

»Halts Maul Micky und räum die Küche sauber«, kam als Antwort aus dem Wohnzimmer.

Opa Bracks Zimmer lag, genau wie das von Markus, in der ersten Etage. Markus wusste, dass man von seinem Zimmer zu Opa Bracks etwa acht große Schritte brauchte, wobei man tunlichst darauf achten sollte, dass der Dielenboden bei jedem Schritt hörbar knarrte. Markus verließ sein Zimmer und schlich sich langsam in Richtung Opa Bracks Zimmer über den Flur. Über ein Geländer konnte man in den unteren Bereich der Wohnung blicken, aber er sah nichts. Er hörte, wie jemand mit Geschirr und Besteck in der Küche herumklapperte. Langsam verlagerte er bei jedem Schritt sein Gewicht, sodass er langsam aber lautlos vorwärts kam. An Opa Bracks Tür angelangt, öffnete er diese sehr leise nur so weit, dass er hindurchschlüpfen konnte. Opa Brack lag schwer atmend auf dem Bett. Seine Bettdecke lag am Boden. Langsam hob Markus diese auf und deckte seinen Opa zu. Trotz des Spätsommers war es doch recht kühl in diesem Zimmer. Opa Brack schlief tief und unruhig. Er röchelte, da ihm scheinbar nicht in den vorgegebenen Intervallen frische, mit Sauerstoff angereicherte Luft, gegeben wurde. Markus legte ihm die Atemmaske des Beatmungsgerätes, das neben seinem Bett stand, an und drückte den Knopf für eine Dosis Sauerstoff, so wie es ihm seine Mutter einmal gezeigt hatte. Nach einigen Atemzügen merkte er, dass Opa Brack gleichmäßiger und ruhiger atmete. Markus wartete fünf Minuten, entfernte die Atemmaske und legte sie wieder in den dafür vorgesehenen Ständer. Neben dem Bett stand ein kleiner Sessel. Markus setzte sich kurz hin und fing an zu überlegen. Seine Eltern diskutierten damals, das muss so vor drei bis vier Wochen gewesen sein, dass Opa Brack nicht alleine bleiben könne, wenn sie denn gemeinsam verreisen wollten.

Lisa meinte damals, dass sie eine professionelle Hilfe aus dem Krankenhaus oder von einer mobilen Pflege engagieren sollten in dieser Zeit. Marco wollte da auch private Dienstleister mit in die Auswahl nehmen. Als dann der Tag der Entscheidung nahte und sie eine Familiensitzung einberiefen, war Markus nicht anwesend. Er erinnerte sich daran, dass er damals mit dem Fahrrad zu seinen Freunden gefahren war. Offensichtlich hatten sie sich für den falschen Hilfsdienst entschieden. Er fasste erneut einen Entschluss. Er musste an dieser Entscheidung etwas ändern und befand sich auch sogleich schon nicht mehr in Opa Bracks Zimmer. Er stand vor ihrem Haus, seitlich des Eingangs und konnte gerade noch beobachten, wie er selbst mit dem Fahrrad aus der Garage fuhr, die automatisch begann sich wieder hinter ihm zu schließen. Markus lief zum Garagentor und duckte sich unter dem sich schließenden Tor hindurch in die Garage. Über die Kellertreppe und die Kellertür gelangte er in den Flur des Hauses. Er vernahm Stimmen, die aus dem Wohnzimmer herüberschallten. Das mussten Mama, Papa und Opa sein, während sie den Pflegedienst aussuchten. Markus wollte gerade den Raum betreten und sich eine Ausrede einfallen lassen, als er im Spiegel an der Garderobe im Flur sein Outfit bemerkte. Kurze Hose, T-Shirt. So konnte er da nicht rein. Im Flur stand noch ein Korb mit Wäsche, den seine Mutter neben der Kellertür abgestellt hatte, damit ihn dann Marco oder Markus nach unten in die Waschküche bringen konnten, denn der war ihr zu schwer. Markus nahm eine der ungewaschenen Jeans aus dem Korb und einen Pulli, zog beides über seine momentane Kleidung und betrat dann das Wohnzimmer.

»Hallo Markus, du wolltest doch weg«, fragte Marco, als er das Zimmer betrat.

»Nein, schon gut, ich habe noch zwanzig Minuten Zeit«, gab Markus zur Antwort.

»Ok, dann können wir ja mal kurz abwägen, was wir wegen Opas Pflege unternehmen«, meinte Lisa und zeigte dabei auf eine Ausgabe der Rheinpfalz.

»Opa meint ja, dass er diese private Pflegerin, die sich da in der örtlichen Presse anbietet, bevorzugen würde. Ich bin aber der Meinung, dass sie da zu wenige Referenzen angibt und wir auch niemanden der Personen kennen, die hier namentlich erwähnt sind. Ich fände es immer noch besser, wenn wir die ambulante Pflege aus dem Krankenhaus damit beauftragen.«

Marco brachte dann noch die Kosten ins Spiel, die natürlich bei der privaten Pflege am günstigsten waren. Markus hörte allen beteiligten zu, bis dann Opa Brack meinte:

»Was meinst denn du mein Junge?«

Er sah Markus dabei direkt an. Markus, wohl wissend, dass die private Pflege nicht mehr in der Auswahl vorkommen durfte, erwiderte den Blick seines Opas und mimte den Überlegenden. Sie sollten ja nicht gleich merken, dass er da schon eine vorgefertigte, auf Erfahrung basierende Meinung dazu hatte.

»Mmmh. Also ich wäre auf jeden Fall für den Pflegedienst«, bemerkte Markus zunächst, wusste aber, dass er Marco von seiner günstigen Variante wegbringen musste.

»Wie Mama schon sagte, kennen wir diese Frau nicht und Opa soll doch optimal versorgt sein. Unser Urlaub kostet ja auch einiges. Oder hättest du zugestimmt, wenn wir ein billigeres kleineres Hotel gebucht hätten, dass du noch nie gesehen hast, Papa?«

Markus bemerkte, dass sein Vater seinen Argumenten gefolgt war und nachdenklich nickte.

»Da ist was dran.«

»Aber genau genommen ist es ja Opas Geld und wenn er möchte, dann engagieren wir wen immer er will«, antwortete Marco.

Opa Brack sah seinen Enkel intensiv an. Irgendwie glaubte Markus zu merken, dass er von ihm durchschaut wurde, oder zumindest, dass er etwas wusste oder ahnte. Er lächelte, nickte zufrieden und sagte dann:

»Wenn mein weiser Enkel das empfiehlt, dann werden wir das wohl so machen. Wer weiß schon, was sonst in der Zukunft alles so passiert! Dann ist das abgemacht. Lisa, sag auf deiner Arbeit doch Bescheid, dass ich gerne die nette, jungen Schwester als Betreuung hätte, die dich gelegentlich hier im Haus unterstützte.«

Lisa strahlte und freute sich sichtlich hier eine weitere Sorge weniger zu haben. Markus verließ das Zimmer, und kaum dass er den Augen der anderen entschwunden war, befand er sich auch schon wieder an Ort und Zeit seines Aufbruchs in die Vergangenheit, als er im Zimmer von Opa Brack die Stimmen gehört hatte. Das Bett war leer. Aus dem Wohnzimmer drangen tatsächlich keine Rufe zu ihm hoch, sondern lediglich die Geräusche des Fernsehers.

Markus schlich sich nach unten und spähte durch die Tür zum Wohnzimmer. Die Couch stand mit der Lehne zur Tür direkt vor dem Fernseher, in dem Opas Lieblingsquizshow lief. Er saß auf der Couch und neben ihm die Pflegerin. Sie kontrollierte gerade noch mal seine Sauerstoffmaske, als im TV die Sendung durch einen Werbeblock unterbrochen wurde.

»Ich gehe dann mal in die Küche und mache uns noch einen frischen Tee«, sagte sie an Opa Brack gerichtet und erhob sich von der Couch.

Im selben Moment, bevor sie Markus entdecken konnte, war dieser auch schon wieder zurück auf La Gomera. Er stand im Flur vor dem Speisesaal, von wo aus er in die Vergangenheit aufgebrochen war. Er ging wieder zurück in den Saal, nahm Fabienne an der Hand und führte sie nach draußen, ohne etwas zu sagen.

Vor dem Speisesaal nahm er Fabienne in den Arm und küsste sie, die seinen Kuss überrascht aber gerne erwiderte. Als er seine Lippen dann endlich von ihren löste, fragte er sie sanft:

»Was hatte meine Mutter nochmal wegen Opa Brack gesagt?«

»Sie sagte, dass er angerufen und erzählt habe, dass es ihm gut ginge und er mit Frau Hingerst, der Pflegerin gerade sein Lieblingsquiz sehen würde und er ließ dir besondere Grüße ausrichten und dass alles noch an Ort und Stelle sei. Was immer er auch damit gemeint hatte. Du warst doch dabei gewesen?«

Er hatte die Vergangenheit geändert und da er sich nur noch an seine Vergangenheit bis zu dem Zeitpunkt erinnerte, als er den Speisesaal verließ, wusste er auch nicht, dass sich die Gegenwart dadurch geändert hatte. Er hatte bis dahin eine andere, veraltete Erinnerung. Fabienne sah ihn stirnrunzelnd an.

»Was ist mit dir? Was meinte dein Opa damit? Und wieso hast du plötzlich so eine verdreckte Jeans und diesen übel muffelnden Pulli an?«

Markus sah Fabienne in die Augen, nahm ihre beiden Hände in seine und begann zu erzählen, dass er in der Vergangenheit einiges klargerückt hätte. Seine Erinnerung an das Vergangene und die Erfahrung der Veränderung jetzt, zeigten ihm, wie schwierig und einflussreich ein Spaziergang in die Vergangenheit sein kann.

»Was meinte Opa Brack dann damit, dass alles noch an Ort und Stelle sei?«, wollte Fabienne noch wissen.

»Ich glaube, dass Opa irgendwie weiß, dass wir diese Fähigkeiten haben. Vielleicht meinte er meinen Büchertresor, der ja in der anderen Vergangenheit verschwunden war.«

Dann spürte Markus den steigenden Druck in seinem Kopf. Er fiel einfach um, ohne dass Fabienne etwas dagegen tun konnte. Er fing an zu zucken und seine Augen starrten weit aufgerissen an Fabienne vorbei. Als wollte er laut schreien, riss er seinen Mund auf und begann langsam und gepresst auszuatmen. Zum einen spürte er nur noch den Druck um seinen Kopf, als würde jemand einen an seinen Schläfen angebrachten Schraubstock langsam und stetig weiter zudrehen, zum anderen schwirrten in unglaublicher Geschwindigkeit Bilder durch sein Gehirn, die sein Gleichgewichtsorgan so verwirrten, dass er nicht nur umfiel, sondern eine würgende Übelkeit in ihm aufstieg. Es endete so abrupt, wie es begann. Nachdem das letzte neue Bild in seiner Erinnerung gespeichert war, fühlte er sich wie neu geboren und stand auch sofort freudig strahlend auf.

»Was ist passiert?«, fragte Fabienne, »Geht es dir gut?«.

»Ja, alles gut. Ich habe wohl gerade ein Erinnerungsupdate bekommen. Meine abweichenden Erinnerungen wurden durch die aktuellen ersetzt. Ich kann mich auch nicht mehr ganz genau an die alten Dinge erinnern, nur vage. Oh Mann ist das verrückt.«

Ich stand vor Zoltai, dem Drachentöter und sah ihn mit großen Augen an. Alles wollte aus mir heraussprudeln, aber ich konnte mich gerade noch zurückhalten. Ich konnte doch dem großen Drachentöter nicht erzählen, dass die Drachen keine bösen Wesen, sondern freundliche Mitbewohner auf unserem Planeten sind, die uns helfen wollten.

Dann funktionierte ich irgendwie automatisch und ohne nachzudenken. Ein Sonnenstrahl fand den Weg in unsere Höhle und erhellte den Eingang so sehr, dass alle verwundert auf den hellen Platz starrten. Da alle Blicke von uns weggewandt waren, legte ich meine Hand auf die Schulter Zoltais und wir standen direkt am Abgrund zwischen den Drachen.

Die Tkibakik standen immer noch beisammen und schienen zu beratschlagen, was denn alles zu organisieren sei, wenn so viele Talatijasus ihre Gäste sein werden.

Zoltai sah nach rechts, nach links, nach unten und hielt den Atem an. Ich glaubte, dass er fast erstickt wäre, wenn er nicht lauthals angefangen hätte zu schreien. Seine Augen traten ihm nahezu aus dem Schädel, soweit riss er sie auf und starrte Tabaklas und Tschakuk an. Fklukarr stand direkt hinter den beiden und somit außerhalb seines Blickfeldes. Instinktiv griff Zoltai nach seinem Skull, den er aber leider in der Höhle zum Reinigen vor sich abgelegt hatte. Wie sollte er auch erahnen, dass er so von jetzt auf gleich plötzlich vor drei Drachen stehen würde. Er fiel auf seine Knie und lies die angehaltene Luft mit einem kräftigen Atemstoß aus seinem Körper entweichen, um anschließen wie erstarrt in Tabaklas magisches Auge zu blicken und zu hyperventilieren.

Ich sagte Tabaklas, dass alles in Ordnung sei und dass er mir helfen müsse Zoltai zu überzeugen. Er sei unser Drachenspezialist. Das Wort Jäger oder Töter wollte ich hier nicht verwenden. Tabaklas röchelte plötzlich seltsam. Ich schaute zunächst verwundert, bis ich merkte, dass er lachte.

»Gadni, Gadni du bist schlau mein Junge«, begann Tabaklas das Gespräch

»Den Drachentöter, wie ihr ihn nennt, herzubringen war eine gute Idee, wenn er uns Glauben schenkt, dann werden ihm alle folgen.«

Zoltais Augen weiteten sich noch mehr, sofern das überhaupt möglich war.

»Ga…Ga…Gagagagadni… das sind Dra.. dra. .drachen und du redest mit ihnen«

Zoltai stammelte nur noch.

»Ganz ruhig Zoltai. Ja, das sind Drachen und ja, ich kann mit ihnen reden. Zumindest mit dem einen. Sein Name ist Tabaklas, der andere heißt Tschakuk und der dahinter heißt Fklukarr. Sie sind Freunde und nennen sich selbst die Tkibakik. Sie wollen uns helfen, wir sind in großer Gefahr.«

Zoltai starrte noch immer auf die Tkibakik und wusste nicht, was er sagen sollte.

»Ich, ich«, stotterte er vor sich hin.

»Ich habe bislang erst einmal einen echten lebenden Drachen gesehen. Die meisten Drachenzähne fanden wir bei verendeten Tieren, die wie wir damals glaubten wohl im Kampf mit Artgenossen oder anderen Raubtieren ums Leben gekommen sein mussten. Ich habe noch nie einen getötet. Ehrlich!«

Es sprudelte nur so aus ihm heraus. Er versuchte, sich tatsächlich zu entschuldigen, da er wohl Angst vor Vergeltung hatte.

»Sag deinem Freund, dass er keine Angst haben muss vor uns«, meinte Tabaklas.

»Wir wissen, dass die Wurmleute uns nichts anhaben können. Wir sind auch keine Tiere und hegen auch keinen Groll gegen die Wurmleute. Es sind die Sikutas, die uns und euch Probleme machen.«

»Ok, er heißt übrigens Zoltai«, antwortete ich Tabaklas und begann dann Zoltai alles zu erklären.

Je mehr er von der Geschichte hörte und je mehr ihm bewusst wurde, wie wenig Zeit uns blieb die Talatijasus zu retten, desto mehr kam er auch zur Besinnung und seine professionelle Führungskraft trat wieder in den Vordergrund. Er reichte doch tatsächlich Tabaklas die Hand, der dies erwiderte und gab seiner Freude darüber Ausdruck ihn kennengelernt zu haben.

»Was tun wir nun, um unser Volk zu retten?«, begann Zoltai die Diskussion zur Lösungsfindung.

»Die Stürme sind vorbei und sie werden automatisch durch die Höhleneingänge nach draußen gehen wollen, wenn einer der Führer das ok dafür gibt. Aber selbst wenn sie in den Höhlen bleiben sind sie ja, wie du mir erklärt hast, Gadni, nicht sicher«

Ich erklärte ihm dann ausführlich Tabaklas Plan. Zoltai grübelte immer noch. Er war davon überzeugt, dass die Talatijasus und vor allem auch der Zatakus sich nicht so einfach davon überzeugen ließen, statt nach draußen in die frische Luft, durch enge Tunnel zu flüchten. Da erinnerte ich mich an die panische Angst des Zatakus, als wir die Höhle betraten. Er drängte permanent darauf nicht zu laut zu agieren, weil er Angst vor den Drachen hatte.

»Ich habe da eine Idee.«

»Tabaklas, könntest du nicht einfach einmal eine Runde über die offene Sandfläche fliegen und deinen Schatten durch die Höhleneingänge werfen. Nur kurz für einen winzigen Moment, der ausreichen muss, die Talatijasus vor Schreck in den Höhlen festzuhalten?"

Tabaklas bejahte sofort meine Frage, da er automatisch wusste, was meine Absicht war.

»Das werde ich tun Gadni. Und am Ende eures Fluchtweges werdet ihr allen erklären, wer wir sind, bevor wir uns zeigen. Genauso machen wir es.«

Sprach er und verschwand im Laufschritt mit seinen beiden Begleitern.

»Wie kommen wir jetzt wieder zurück? Und wie sind wir überhaupt hierher…«

Zoltai hatte seinen Satz noch nicht zu Ende gesprochen, da standen wir auch schon wieder an dem Punkt, von dem aus wir gestartet waren und er beendete seinen Satz dann in der Höhle.

»…gekommen? Ok Gadni. Ich frage jetzt nicht, wie das funktionieren kann. Wir haben wichtigeres zu tun. Warten wir auf Tabaklas Auftritt.«

Er sprach ohne Unterbrechung weiter, als sei ein Sprung durch den Raum eine Selbstverständlichkeit.

»Zeig mir den Geheimgang! Da wir zuerst die Leute aus den anderen Höhlen, die weiter entfernt sind von unserem Ziel, abholen müssen, sollten wir auch dort anfangen.«

Ich gehorchte sofort seinem Befehl.

Lato, Namina und sein Sohn erhielten ebenso kurze, strenge Anweisungen ihre Sachen zusammen zu packen und zu folgen. Derweil erklärte ich Zoltai den Schließmechanismus. Wir rannten durch den Geheimgang zur letzten Höhle, in der Talatijasus Zuflucht gefunden hatten. Sie wunderten sich nicht schlecht, als wir plötzlich mitten unter ihnen standen. Zoltai erklärte lautstark, dass es Verbindungstunnel zu den anderen Höhlen gab, die jetzt erst entdeckt worden seien. Einer in der Runde meinte dazu nur, dass das zwar sehr schön sei, sie aber jetzt ja nicht mehr benötigt würden, da die Stürme zu Ende und der Weg nach draußen wieder frei sei. Jetzt, dachte ich für mich, könnte Tabaklas mit seinem Auftritt beginnen.

Die Sonne schien auch hier durch den Höhleneingang und wurde einmal kurzzeitig verdunkelt, als Tabaklas vorbei flog, aber niemand achtete darauf, da alle in unsere Richtung sahen und Zoltai zuhörten. Tabaklas schien auch gemerkt zu haben, dass da nichts geschah und er tat dann etwas, das ich sicher nie mehr vergessen werde. Er stieß einen markerschütternden, klagenden Schrei aus, der sogar die

Felswände leicht erbeben ließ, drehte noch eine Runde über die Ebene und verschwand dann über die Felsen.

»Ein Drache, rette sich wer kann!«, schrien alle durcheinander und drängten nach hinten in die Höhlen. Zoltai führte sie sofort zu dem Geheimgang und gab dem Ersten Anweisungen, bis wohin er laufen sollte und alle Nachfolgenden wies er an ihm zu folgen. Es dauerte nicht lange und die Höhle war leer. Auch die dort hausenden Nutztiere flüchteten durch den Gang. Wir bildeten die Nachhut. Als wir die nächste Höhle erreichten hörten wir schon die angsterfüllten Schreie der Talatijasus und der Tiere in der Höhle. Zoltai öffnete den Geheimgang und es dauerte nicht lange, bis wir auch diese und die nächste Höhle evakuiert hatten. Zuletzt kamen wir zu unserer Höhle. Die Geheimtür hatte Zoltai verschlossen, da er ja nicht wollte, dass alle Flüchtenden aus den anderen Höhlen am Ende diese kleinere Höhle überfluteten und weiter dem Gang entlang nach oben folgen sollten. Nachdem wir in unserer Höhle angelangt waren, standen bereits alle Talatijasus bereit und mit gezückten Waffen am Höhlenausgang. Da hier überwiegend Krieger untergekommen waren, stellten sie sich sofort der Herausforderung.

»Krieger der Talatijasus! Hört mich alle an. Wir müssen diese Höhlen sofort verlassen. Aber nicht durch den Höhleneingang. Das ist der falsche und sicher tödliche Weg. Es ist auch nicht der Drache, von dem die Gefahr ausgeht. Der Sand da draußen ist überfüllt mit Sikutas, die in wenigen Augenblicken diese Höhlen überfluten werden, um alle Talatijasus zu töten!«

Zoltai rief laut in die Höhle hinein.

»Was redest du da für einen Unsinn Zoltai. Wir haben alle den Drachen gesehen."

Es war der Zatakus, der sich unnötigerweise wieder einmal zu Wort meldete.

»Ich weiß, wir haben ihn auch gesehen. Trotzdem müssen wir hier jetzt weg und zwar durch den Geheimgang, den Gadni gefunden hat. Folgt ihm und wir werden alle gerettet werden.«

Ich lief voraus in Richtung Geheimgang. Alle folgten mir. Ich wand mich dann nach links und lief einfach weiter, wohl wissend, dass direkt hinter mir meine Freunde und der Rest meines Volkes folgten. Ich lief nicht sehr lange, denn direkt vor mir gab es einen Stau. Der Gang war vollgestopft mit Talatijasus, Kadus, Jarus und was auch immer und es ging einfach nicht voran. Da fiel mir ein, dass Zoltai den ersten Flüchtenden nicht instruiert hatte, was zu tun sei, wenn sie den See erreichen. Ich versuchte, mich durch die Menge hindurch zu bewegen, was aber nicht gelang. Ich dachte an diesen See und sah in die Richtung, als ich plötzlich von eiskaltem Wasser umringt war. Ich landete nicht am See, sondern mitten darin. Die stechende Kälte raubte mir den Atem. Zu meiner rechten trieb ein Baumstamm im Wasser, den ich sogleich ergriff. Die Arme um den Baumstamm gelegt, paddelte ich mit den Füßen in Richtung des Seeufers, wo sich mittlerweile viele Talatijasus sammelten und von hinten nach vorne gedrängt wurden.

Am Ufer angelangt, half mir einer der dort stehenden Talatijasus aus dem Wasser.

»Hey! Alle mal her hören. Ruhe! Zugehört!«, schrie ich in die Höhle, die meinen Ausruf mehrfach reflektierte und das Echo hallte noch einige Zeit nach.

»Nehmt die Baumstämme, bindet sie zusammen zu Flößen und rudert auf die andere Seite des Sees. Einer auf jedem Floß muss immer wieder zurückkommen, um uns alle sicher hinüber zu bringen. Am Ende des Sees führt ein Weg steil bergauf auf eine sichere Plattform. Dort werden wir uns sammeln und jetzt los. Schnell fangt an.«

Ich gab Anweisungen und alle folgten sofort. Es erstaunte mich sehr, wie schnell wir hier gemeinsam agierten im Angesicht der Lebensgefahr.

Etwa die Hälfte unseres Volkes war übergesetzt, als wir Schreie aus dem Geheimgang hörten, gepaart mit den Geräuschen von geschwungenen Skulls und es dauerte auch nicht lange bis die ersten Todesschreie unseren Verstand quälten. Die Sikutas drängten in die Höhlen und niemand hatte den Geheimgang geschlossen. Der Gang wurde von Sikutas geflutet, die in beide Richtungen strömten. Zoltai befand sich am Ende des Ganges und da musste ich auch hin, denn ich musste ja dahin, wo ich meine Sprünge begonnen hatte.

Kaum dachte ich daran, stand ich auch schon neben Zoltai und hielt mein Skull in der Hand.

»Tabaklas hatte Recht. Sie kommen nur durch den Sand. Es waren plötzlich so viele, dass wir noch bevor alle im Geheimgang waren, uns den Angriffen erwehren mussten. Wir flohen dann nur noch in den Gang. Da die Biester uns folgten, konnten wir ihn nicht mehr verschließen«

Zoltai gab mir eine kurze Beschreibung über die Geschehnisse. Zum Glück befand sich im linken Teil des Geheimganges kein Sand. Erst nach etwa fünfzig Schritten in dieser Richtung war der Gangboden wieder mit Sand gefüllt. Das verschaffte uns etwas Zeit. Es dauerte aber nicht lange, als dann auch in diesem mit Sand gefüllten Bereich einzelne Sikutas erschienen und mit weit aufgerissenem Maul auf uns zustürmten. Der Gestank verbreitete sich bis zu einem unerträglichen Maß, dass ich glaubte, ersticken zu müssen. Wir ließen unsere Skulls kreisen und metzelten die Sikutas nieder. Einige der nachdrängenden Monster verschlangen sofort ihre eigene Art, denn die große Fressjagd vor der Paarungszeit war in vollem Gange. Mit jedem Hieb quellten übel stinkende Säfte, Hirnmasse, Muskelfasern und Hautfetzen aus den Viechern und verschwanden im Sand.

Wir bewegten uns rückwärts und waren äußerst froh, als wir wieder steinigen Boden unter den Füßen spürten.

Schreie drangen aus der Höhle am See zu uns vor. Am See gab es auf der linken Seite, an der ich dem Wasser entstiegen war, nur Felsen, aber an der rechten Seite wurde das Ufer von einem fünf Schritte breiten und fast dreißig Schritte langen Sandstrand gesäumt. Viele Talatijasus trugen Fackeln, sodass der Uferbereich, aber auch der Bereich am anderen Ende des Sees und die Flöße auf dem See entsprechend gut beleuchtet waren und das Grauen sichtbar werden ließen. Die Talatijasus rannten, stürzten sich in den See und schwammen oder wurden von aus dem Sand hervorschnellenden Sikutas in Stücke gerissen und gefressen. Egal ob, Mann, Frau, Kind oder Tier, die Sikutas wüteten. Ich stand mit Zoltai auf dem Felsabschnitt. Vor uns Sand und hinter uns ebenso. Und wo Sand war, da waren auch Sikutas. Wir konnten von unserem Standpunkt aus auch auf das Ufer blicken und sehen, dass alle Talatijasus es verlassen hatten. Zwei Flösse waren voll beladen unterwegs und der Rest schwamm im Wasser oder hielt sich an frei umherschwimmenden Baumstämmen fest und paddelte mit den Füßen weg vom Ufer. Am Ufer wimmelte es von Sikutas, die fraßen und fraßen.

Ob Talatijasus, Jaru, Kadu oder selbst Sikutas, wer ihren Mäulern nicht entkommen konnte wurde vertilgt. Ich stand neben Zoltai und sah mit ihm gemeinsam in Richtung des Sees, während zwei weitere Krieger in unserem Rücken den Weg in den Geheimgang im Auge behielten. Wir standen alle vier fest Rücken an Rücken. Ich konzentrierte mich so gut es ging auf das gegenüberliegende Seeufer und stand dann auch plötzlich gemeinsam mit meinen Kampfgefährten am Rande des Sees.

»Gut gemacht Gadni, wie immer du das auch angestellt hast, gut gemacht«, lobte mich Zoltai und schlug mir dabei anerkennend auf die Schulter.

Mir war in diesem Moment noch nicht bewusst, dass zwar die verbliebenen Talatijasus in Sicherheit waren, ich aber noch lange nicht.

Die Flöße fuhren bereits zurück, um die schwimmenden Gefährten aufzusammeln, als mir bewusst wurde, dass ich auch zurück musste. Zurück zum Ausgangspunkt meines letzten Sprungs und soweit zurück bis zum Anfang. Wo hatte ich nochmal meinen ersten Sprung begonnen? In der Sackgasse am Ende des Geheimgangs. Da müsste es jetzt nur so wimmeln von Sikutas. Dann passierte es.

Plop, Plop, Plop.

Zuerst stand ich wieder auf dem Felssockel, dann in der Höhle, wo ich einem aufgerissenen Sikutamaul gerade noch so entrann, als ich mich bereits wieder auf dem Felsplateau gegenüber der Höhlen befand, wo wir mit den Tkibakik gesprochen hatten. Hier war niemand, sodass ich kurz verweilen konnte.

Ich wusste nun, dass mein Weg zurück im Innern des Geheimganges enden würde mitten unter Sikutas.

Plop.

Wieder stand ich in unserer Höhle und verschwand sofort zu dem Punkt jenseits der Spalte, wo ich mit Tabaklas Kontakt aufgenommen hatte. Er hatte mich ja vom gegenüberliegenden Sims mit Flügelkraft abgeholt, weshalb ich jetzt auch hier und nicht auf dem Sims stand. Was nun? Ein letzter Rücksprung war nötig. Ein Schatten fiel über mich und starke Windstöße ließen mich taumeln. Tabaklas landete neben mir.

»Hallo Gadni. Ich habe dein Problem erkannt und komme helfen«, meinte er in seinen so schwer zu verstehenden Sprachgeräuschen.

»Hallo Tabaklas. Tja ich werde jetzt wohl gleich gefressen werden«, gab ich ihm zur Antwort.

»Wenn du zurück bist sieh nach oben«, ergänzte er und entschwand wieder in die Lüfte.

Ich sah nach oben und folgte seinem Flug, der zum gegenüberliegenden Berg führte. Er schwebte über dem Berg, unter dem sich mein Endpunkt befinden musste. Und dann Plop, stand ich wieder in dem Gang.

Kein Licht, nur Dunkel. Mist, ich vergaß mir eine Lichtquelle mitzunehmen. Dann fiel mir etwas auf den Kopf. Ich schlug um mich und mit meiner Bewegung fing auch der komplette Gang an sich zu bewegen. Der Gestank der Sikutas war schon seit Beginn der Fressjagd allgegenwärtig.

Durch meine Bewegung wurden die durch die Dunkelheit gebremsten Monster wieder aktiv und ich ahnte nur, wie nah ich irgendeinem Maul gerade war.

Dann fühlte ich wieder diese Berührung. Tabaklas sagte, sieh nach oben. Ich tat es und blickte nach oben.

Über mir musste sich die weit nach oben führende Öffnung am Ende des Ganges befinden. Als ich hinaufstarrte sah ich nichts. Dann konnte ich einen kleinen Lichtpunkt ausmachen und schließlich wurde dieser immer größer und größer.

Das Geräusch eines fallenden, brennenden Stocks kam auch immer näher und näher. Jemand hatte tatsächlich eine Fackel in den Schacht geworfen. Je näher mir die Fackel kam, desto heller wurde es. Ich stand auf einem Felsstück und neben mir hing tatsächlich ein Seil. Als es heruntergelassen wurde, hatte es mich wohl berührt, ohne dass ich erkannte, dass es die Rettung war, die sich mir hier bot.

Mit einem lauten Knall landete die Fackel auf dem Boden neben mir, rollte sofort vom Fels runter in den Sand und erhellte den Geheimgang. Der Boden bewegte sich. Aus dem Sand sprangen von zwei Seiten jeweils drei Sikutas in meine Richtung. Das Ganze lief wie in Zeitlupe vor mir ab. Einer der Sikutas biss einem neben ihm springenden Monster ins Bein und beide stürzten daher sofort nach vorne über und landeten auf halber Strecke im Sand. Der dritte flog weiter in meine Richtung und konnte gar nicht mehr sehen, wohin sein Sprung ihn führte, da seine Augen durch das weit aufgerissene Maul eher nach hinten als denn nach vorne sahen.

Die drei anderen Sikutas behinderten sich dermaßen, dass sie am Ende völlig vom Ziel abkamen und an der Wand des Ganges landeten. Ein vierter Sikuta war kurz nach den dreien losgehechtet und befand sich nun auch auf halbem Weg zu mir. Ich ergriff im selben Moment das Seil und spürte einen sofortigen Ruck nach oben, der mich rettete. Millimeter bevor der Biss des einen Sikutas mich erreichen konnte, schwebte ich in der Luft und die beiden zielstrebigen Kreaturen knallten gegeneinander. Da sie beide auf der brennenden Fackel landeten und diese löschten, konnte ich den anschließenden Kampf nicht mehr sehen, sondern nur noch hören, wie Haut und Muskeln zerrissen wurden, Knochen brachen und Schmerzen sich in einer furchtbaren und lauten Tonfolge in den engen Raum entluden.

Zusätzlich wurde ich noch von dem ekelerregenden Gestank der Sikutas, gemischt mit den Geruchsnuancen frischen Blutes und spritzender Körpersäfte überholt und konnte schließlich nicht anders, als mich am Seil hängend nach unten in den Gang zu übergeben, während das Seil stetig nach oben gezogen wurde. Es dauerte eine Ewigkeit. Nach und nach verengte sich der Schacht immer mehr und ich streifte rechts und links am rauen Felsen vorbei. Ich musste schließlich meine Arme weit nach oben strecken und konnte mich gerade noch festhalten ohne abzurutschen. Am Ende verlor ich eine Menge Haut an der Felswand und war total erschöpft als ich das Sonnenlicht erblickte. Zunächst nur ein helles Loch am Ende des Schachtes, begrüßte ich dann die warmen Strahlen Kurons und die heiße, brennende Restwärme des am Horizont verschwindenden Lorsons. Dann entkam ich dem kleinen Höllenloch und der kühle Wind umspielte meinen Körper und linderte meine Schmerzen. Ich griff erneut fest zu und schlang zusätzlich die

Beine um das Seilende, um nicht zu guter Letzt aus schwindelerregender Höhe in die Tiefe zu stürzen. Ich hing am Ende eines sehr langen Seiles, das von Tabaklas, der weit über mir mit gespreizten Schwingen kreiste, geführt wurde. Ich schloss die Augen und genoss die frische Freiheit. Es dauerte nicht sehr lange und ich spürte deutlich, dass es wieder abwärts ging. Ich öffnete die Augen und sah unter mir eine ganze Menge Tkibakik. Große, Kleine, Schlanke, Dicke. Wie auch bei den Talatijasus unterschieden sich diese Wesen doch wesentlich. Auch die Schuppen strahlten in ganz unterschiedlichen Farben und Mustern. Der Anblick verzauberte mich. Ich näherte mich mehr und mehr dem Boden und wurde von vielen helfenden Händen in Empfang genommen. Sie betteten mich zart in ein Tragetuch, da ich doch an vielen Stellen meiner Haut stark blutete. Das Seil fiel unterdessen aus der Höhe herunter und einige der Tkibakik sammelten es auf und brachten es weg. Tabaklas landete elegant zwischen seinen Gefolgsleuten und kam zu mir herüber.

»Gadni hat alles überstanden. Hier ist er in Sicherheit. Unsere Heiler werden ihm schnell helfen können.«

»Ich danke dir mein Freund«, gab ich noch zur Antwort und schlief dann vor Erschöpfung ein.

Zoltai suchte sehr lange, fand Gadni aber nicht. Er machte sich große Sorgen. Trotzdem wusste er, dass er seine Leute weiterführen musste. Während des beschwerlichen Aufstiegs überlegte er intensiv, wie er den Talatijasus und auch dem Zatakus klar machen sollte, dass die Drachen keine mordenden Tiere, sondern intelligente Lebewesen auf Kanto sind. Wieder sah er sich um und suchte nach Gadni. Wo hielt er sich nur auf? Er wollte einfach die Möglichkeit, dass er zu Tode gekommen sein konnte nicht in Betracht ziehen.

»Hallo, Vater! Hast du Gadni gesehen?«, fragte Zoltais Sohn, der sich seinen Weg zusammen mit Lato und Namina zu ihm gebahnt hatte.

»Wir vermissen ihn schon eine geraume Weile. Er war doch zuletzt bei dir gewesen.«

»Hallo Zoltai! Nein ich vermisse ihn auch. Er war plötzlich weg. Ich wage nicht, daran zu denken, was ihm zugestoßen sein kann.«

»Ich glaube nicht, dass ihm was passiert ist. Das kann nicht sein«, meinte Zoltai Junior mit voller Überzeugung. Derweil hatte sich auch Gadnis Vater Lato zu ihnen begeben und fragte Zoltai, was ihn da so sicher mache. Zoltai begann auszuweichen und sie merkten bald, dass er da mehr wusste, als er ihnen sagen wollte.

Die Väter Zoltai und Lato sprachen ab, dass sie am Ende des Aufstiegs auf dem Plateau zunächst eine Rast einlegen und ein kleines Lager aufbauen wollten. Einige Talatijasus hatten tatsächlich Decken und auch etwas zu essen ergriffen und mitgenommen. An den Felsen wuchsen diverse, niedrige Büsche, die in manchen Bereichen vertrocknet waren und für das ein oder andere Feuer gut sein konnten. Sie mussten zu Kräften kommen und dann einen Plan ersinnen, wie sie wieder an ihre Güter in den Höhlen herankommen konnten. Denn ohne das Saatgut und die Werkzeuge war ihr Stamm der Verdammnis anheim gegeben. Latos Stimme schallte die Felswand entlang und seine kurzen und prägnanten Anweisungen hielten alle auf Trab. Noch machte sich keiner weitere Gedanken. Alle waren sie nur noch mit der Flucht und dem rettenden Aufstieg und ihrem Ziel auf dem Felsplateau beschäftigt. Zoltai fand Gadni nicht, aber auch den Zatakus konnte er nirgendwo ausmachen. Er wies mehrere der Jäger und Krieger an, nach dem Stammesführer zu suchen. Alle Talatijasus bemühten sich, die ganz kleinen Kinder und die Alten und Gebrechlichen zu unterstützen. Ebenso wies er einige der

Krieger an Kadakus zu helfen. Kadakus, der sich um alle Nutztiere kümmerte, brauchte einige Hilfe, um die Tiere in überschaubaren Gruppen zu halten. Der Sturm dezimierte den Tierbestand schon unnötig hoch, sodass Kadakus hinter jedem Tier her war, dass auch nur annähernd die falsche Richtung einschlug.

Der größte Teil der Talatijasus erreichte eine grün bewachsene ebene Terrasse unterhalb des großen Plateaus. Einige meinten schon, ihr Ziel bereits erreicht zu haben und ließen sich einfach erschöpft in das hohe Gras fallen.

»Auf auf, wir sind noch nicht am Ziel. Am Ende dieser Fläche geht es noch eine kleine Anhöhe hinauf, dann haben wir vorerst geschafft«, schallte erneut Latos Stimme über die Ebene.

Murrend und erschöpft rafften sich alle wieder auf und folgten Lato, der mit seinem Jaru an allen vorbei ritt und als erster die große Ebene erreichte. Als er den Grat zur Anhöhe überschritt, raubte der Anblick ihm zunächst den Atem. Er blickte auf eine große weite, mit Gras bewachsene, grüne Ebene, die sich scheinbar bis zum Horizont erstreckte. Links sah er, dass die Ebene bis zu den Felsen reichte, die so weit entfernt lagen, dass ein erwachsener Mann einen Stein nicht so weit werfen konnte. Die Ebene wurde immer wieder von Barukal unterbrochen, die in Gruppen von vier bis fünf Bäumen schattige Plätzchen schufen. Lorson und Kuron standen am Himmel und näherten sich langsam dem Horizont. Bei genauerem hinsehen konnte Lato dann auch erkennen, das die Ebene nicht ganz so groß war, wie sie erschien. Es gab da in einiger Entfernung eine Kante, an der es steil nach unten ging. Aber hier war genügend Platz für alle Talatijasus und es gab vor allem keinen Sand. Doch nicht nur der wunderbare Anblick der Natur raubte ihm den Atem, sondern in etwa fünfhundert Schritten Entfernung stand ein Zeltdorf. Aber es waren nicht irgendwelche Zelte, nein es waren ihre Zelte und ihre Sachen, die da ordentlich gelagert und aufgebaut zur Verfügung standen. Er schüttelte immer noch ungläubig den Kopf, als Zoltai sein Jaru neben dem seinen anhielt.

»Uff, das ist ja wunderbar. Lawi sei Dank, aber wie kommen unsere Sachen alle hierher?«, fragte er verwundert. Er vermutete zwar bereits, wer dafür in Frage kam, aber in der kurzen Zeit? Wie konnte man das denn schaffen? Und dann erklommen auch die ersten Talatijasus das Plateau, und alle fingen an sichtlich erfreut zu jubeln. Während sie bereits auf ihre Zelte zueilten, fingen alle gemeinsam an, ein Loblied auf Lawi und Retus zu singen.

Noch während die Talatijasus auf der Flucht durch die Tunnel waren, erreichten jeweils zwischen zwanzig und dreißig Tkibakik die einzelnen, nun verlassenen Höhlen. Die Sikutas verfolgten mit blindem Geifer die Flüchtenden und merkten nicht einmal, dass die Geheimtore hinter ihnen geschlossen wurden. Es dauerte nicht sehr lange und alle Habseligkeiten der Talatijasus waren eingesammelt und auf das Plateau geflogen worden, während die Flüchtenden sich noch auf dem See abmühten. Auf dem Plateau warteten dann wiederum viele hundert fleißige Hände, die die Zelte aufbauten und alles für die neuen Gäste herrichteten. Der erste kommunikative Kontakt zu den Talatijasus sollte ja schließlich erfolgreich ablaufen und dazu sollten sie sich auch wohl fühlen, um ihre Ängste besser in den Griff zu bekommen. Tabaklas meinte, dass die Zeit nun reif sein, dass alle intelligenten Lebewesen von Tkibakalo, oder Kanto, wie die Talatijasus ihren Planeten nannten, sich gemeinsam mit dem globalen Umweltproblem auf ihrem Heimatplaneten beschäftigen. Dieser erste Kontakt sollte mit Gadnis Hilfe nun bald möglich sein.

Faris saß in der Funkkabine der Esmeralda und versuchte nun schon seit mehr als zwei Stunden, Kontakt mit Marcos

Auftraggebern herzustellen. Dieser Mustafa sollte eigentlich schon vor zwei Stunden am Funkgerät sein, damit er und Marcos das Weitere besprechen konnten, er aber auch einen Beweis erhalten sollte, dass es seiner Frau gut ging, obwohl seine Hoffnung schwand. Die letzten fünf Jahre quälte er sich nun schon zusammen mit seiner geliebten Frau Rasja in Sidi Bennour, einer Stadt in der historischen Region Doukkala, dem heutigen Casablanca-Settat. Wehmütig dachte er immer wieder an die schöne Zeit zurück, als er Rasja an der Sarbonne in Paris kennen gelernt hatte. Sie stammen beide aus wohlhabenden aber doch recht konservativen Familien, die es ihnen nicht immer leicht gemacht hatten, ihre Ziele zu erreichen.

Da Faris im muslimischen Glauben erzogen worden war, dauerte es eine ganze Zeit, bis er die doch sehr offene Welt und deren so widersprüchlichen Menschen in sein Leben hineinließ. Dabei passierte es ihm auch immer wieder, dass gerade die Glaubensvorschriften des Koran und die Auslegungen, die er in der Sunna gelesen hatte, ein ganz anderes Ideal vorgaben, als er hier vorfand. Zudem bremsten ihn diese Vorgaben in vielen Fällen auch in seinen Studien und er musste immer mehr Kompromisse eingehen, die er nicht mit jemandem besprechen konnte. Ein muslimischer Kommilitone meinte eines Tages nur, er solle sich nicht so viele Gedanken machen, es seien hier sowieso zumeist Kuffar in seinem Umfeld, sodass Allah ihm verzeihen würde, so lange er sein Ziel in Allahs Sinne verfolge und nicht vergisst zu beten und zu fasten. Die Pilgerfahrt nach Mekka hatte er bereits vor ein paar Jahren mit seinem Vater zusammen absolviert, der sich auch um die Vergabe von Almosen kümmerte. So gesehen erfüllte er die Vorgaben der Grundpfeiler seines Glaubens.

Die Zweifel und die persönlichen Belastungen erwuchsen von Tag zu Tag in dem neuen, fremden Umfeld. Frauen durften hier alles tun, was auch Männer taten, sich frei bewegen und sich auch eigenbestimmt in allen Lebenslagen verhalten. Genaugenommen widersprachen sie damit ihrer Natur, wie es im Koran beschrieben ist. Der Koran beschreibt Mann und Frau als gleich und will der Frau dadurch gerecht werden, dass jeder seiner Natur entsprechend seinen Beitrag innerhalb der Familie leisten kann. Es dauerte einige Zeit, bis er das dem Ganzen zu Grunde liegende Familienkonzept hinterfragte. Die positive Betrachtung der Position der Frau ist nur innerhalb der Familie möglich.

Die Entfaltung ihrer Fähigkeiten immer wieder auf diese Form des Zusammenlebens begrenzt. Auch der Mann wird durch dieses Modell in gewisse Verhaltens- und Bewertungsmuster gezwängt. Er muss der Familie vorstehen und sie versorgen. Was ist aber mit den Männern und Frauen, die genau dies nicht wollen, die keine eigene Familie gründen wollen, die keine Kinder haben möchten? Seine Studien erforderten Praktika und Teamarbeit in Gruppen, denen auch Frauen angehörten. Er erfuhr hier ganz persönlich, dass Mann und Frau, bis auf den körperlichen Unterschied, in vielen Fällen ganz ähnliche Fähigkeiten innehaben und diese auch ganz individuell nutzen konnten und das zum Wohle der ganzen Gruppe. Natürlich wusste er von zuhause, dass dort die Frauen auch ihre Fähigkeiten und Möglichkeiten leben und erleben konnten, nur nicht so selbstbestimmt wie hier. Gerade die immer wieder vorgetragenen Widerreden oder Einsprüche der Frauen gegen die Vorschläge und Ausführungen der Männer gaben ihm am Anfang ein sehr angespanntes Gefühl. Diese offene Art begegnete ihm sonst nur innerhalb der Familie, da wo Mann und Frau als ergänzende Einheit gesehen werden, dort wo der Mann als Versorger und Entscheider auf die Einwände und Ermahnungen seiner Frau aufbauen soll, so zumindest erklärte es ihm damals der Imam bei seinen Studien des Koran und der Hadithen. In der Praxis konnte er leider aber nur zu oft beobachten, dass gerade die Einwände der Ehefrau, die den Partner in seiner Vorstellung einschränken, mit Ablehnung bestraft wurden, auch wenn diese Einwände im Sinne Allahs und des Propheten, Friede sei mit ihm, erfolgten.

Wie oft flehte er Allah in seinen Gebeten an, ihm doch Erkenntnis zu schenken oder zumindest die Zweifel von ihm fernzuhalten. Immer wieder begegneten ihm Menschen, die friedvoll, liebenswürdig und ohne Vorbehalte miteinander umgingen und kommunizierten. Er erfuhr im täglichen Leben, wie wohltuend Zuwendung und Unterstützung sein konnte ohne gleich mit erhobenem Zeigefinger zu unterstellen, dass allein nur durch Äußerlichkeiten, wie die Kleidung, bösartige, triebhafte Handlungen hervorgerufen werden. Faris selbst hatte die Erfahrung gemacht, dass gerade durch die Offenheit im Gespräch, durch Unterstützung der Aussagen durch die Mimik und Gestik eines Menschen die Kommunikation erst wirklich Vollendung fand. Gerade sein Studium der Kommunikationswissenschaften führte immer wieder zu tiefgehenden Erkenntnissen in zwischenmenschlichen Beziehungen und zu Unsicherheiten im Hinblick auf seinen Glauben. Auch die Lehren der anderen Religionen brachten ihn nicht weiter. Sowohl Judentum, als auch Christentum sind patriarchalisch geprägt. Das Christentum erreichte durch seine Reformation einen Punkt, der aus Faris Sicht durchaus zu einer offenen und guten Gesellschaft führte. So las er doch in der Bibel den Satz: „Glaube, Hoffnung, Liebe, diese drei, aber die Liebe ist die größte unter ihnen." Oder zumindest so ähnlich. Sein Glaube ist ihm wichtig und aus der Ausübung der Regeln seines Glaubens soll die Hoffnung erstehen, dass die Menschen in Liebe miteinander umgehen. Nur passen da leider nicht immer die Folgen dazu. So viele der Lehren des Propheten können, da sie in einem ganz anderen Umfeld entstanden sind, nicht auf heutige Situationen angewendet werden. Schließlich sind es auch die vielen Widersprüche der Gelehrten, die einmal die neuen Errungenschaften der Menschheit, wie das Internet, als gut heißen und sie dem Muslim nicht vorenthalten wollen und zum anderen vom nächsten Imam als moralisch verwerflich eingestuft werden mit der Folge sie zu verbieten, damit der Muslim geschützt wird.

Das führt zu Irritationen und am Ende dazu, dass jeder in seiner Unsicherheit alles macht, was der Imam sagt. Faris fühlte sich zerrissen. Sein Verstand, den Allah ihm geschenkt hatte, zeigte ihm klar und deutlich, dass die Auslegungen der Imame ihn als unmündig und triebgesteuert abstempelten, als könnte er selbst diese Dinge niemals einschätzen und eine Frau erst recht nicht. Seine Erfahrungen zeigten genau das Gegenteil. Und jetzt das. Seine Frau wurde entführt. Nicht von Kuffar, nein es waren Muslime, die ihm Gesetzesuntreue vorwarfen und ihn zwangen, diese Aufgabe an Bord der Esmeralda zu übernehmen, damit er und seine Frau gerettet würden. Allein nur die Tatsache, dass seine Frau als Übersetzerin arbeitete, war Grundlage für den Vorwurf. Der wahre Grund erschien ihm aber eher der Tatsache geschuldet, dass er neben Arabisch, Französisch, Deutsch und Englisch auch die spanische Sprache beherrschte und sich auch geografisch sehr gut in dieser Region auskannte. In diesem Moment betrat Marcos das Funkzimmer.

»Na Faris, meldet sich niemand?«, fragte er.

»Nein, niemand, es rührt sich nichts«, gab Faris zur Antwort.

»Da wird wohl auch nichts mehr draus, mein Guter. So wie es aussieht, nehmen die Herren Terroristen wohl an, dass wir durch ihre Lieferung längst explodiert und pulverisiert worden sind.«

»Was? Was willst du damit sagen?«, entfuhr es Faris, der sichtlich erschrocken wirkte und anfing zu zittern.

»Bleib mal ruhig. Ich werde dir jetzt was erzählen, das du für dich behalten musst, und dann sehen wir mal, was wir wegen deiner Frau machen können.«

Marcos versuchte ihn zu beruhigen.

Faris saß niedergeschlagen auf einem Drehstuhl hinter dem Tisch mit dem Funkgerät. Marcos positionierte sich direkt hinter ihm und griff mit seiner linken Hand auf seine rechte Schulter, als wolle er ihn beruhigen. Im nächsten Moment befanden Sie sich in einem grün schimmernden Wald. Faris, der nun keinen Stuhl mehr unter sich hatte, landete mit seinem Hintern direkt auf dem spärlich mit Gras bewachsenen, trockenen Boden. Marcos stand direkt hinter ihm, immer noch seine Hand auf seiner Schulter positioniert.

»Was ist hier los, wo sind wir denn und vor allem wie sind wir hier her gelangt«, flogen die Worte nur so aus Faris in Richtung Marcos, der ihn sofort mit einem zischenden »Psst« und einem vor den Lippen gehaltenen Zeigefinger zur Stille ermahnte und ihm versuchte das ganze flüsternd zu erklären.

»Zuerst einmal sei leise! Wir wissen noch nicht, wo wir sind. Glaube es oder auch nicht, jedenfalls kann ich uns hinbringen, wo immer wir auch hin möchten. Ich muss nur stark genug daran denken. Aber bevor ich dir irgendetwas weiter erkläre, lege dieses Band um deinen Unterarm.«

Markos reichte Faris das Ende eines langen Bandes, dessen anderes Ende bereits an Marcos Arm befestigt war. Faris sah Marcos ungläubig und sichtlich verwirrt an und tat aber trotzdem, worum Marcos ihn gebeten hatte und legte das Band um seinen Arm.

Kaum hatte er die Schnalle des Bandes geschlossen, befanden sie sich auch schon wieder im Funkraum der Esmeralda, nur saß er nun auf dem Boden neben dem Stuhl. Faris Herz raste, es pochte sichtbar bis zum Hals und die rote Färbung seines Gesichtes zeigte Marcos, dass er ihn schleunigst beruhigen musste.

»Du bist ein Dämon, ich bin verdammt, lass mich in Ruhe!«, begann Faris zu schreien und im nächsten Moment begann er auf Arabisch Gebete zu rezitieren.

Marcos packte das Ende des Bandes direkt unterhalb von Faris Handgelenk, zog mit einem kurzen festen Ruck daran und schrie ihm direkt ins Gesicht:

»Ruhe!«

Faris verstummte sofort und starrte Marcos angsterfüllt direkt in die Augen.

»Ich bin kein Dämon! Ich will dir helfen deine Frau zu befreien. Ich traf diesen Mustafa, als ich mit der Esmeralda in Safi in Marokko vor Anker lag. Wir hatten damals einen Job übernommen, Pakete aus Marrakesch, die nach Safi gebracht worden waren, nach Teneriffa zu bringen. Die Papiere und die Einfuhrunterlagen wurden alle mitgeliefert und, da es keine Zollprobleme gab, nahmen wir diesen Job gerne an, da er auch extra gut bezahlt wurde. Wir hatten gerade unsere Ladung aufgenommen, als mich besagter Mustafa ansprach. Er bat mir für einen gesonderten Transport eine Menge Geld an, wenn ich denn nicht nach Inhalt und Zweck fragen würde. Ich lehnte zuerst ab. Nachdem er mir dann sagte, dass wir die Ware nirgendwo abliefern müssten, sondern einfach nur auf See, bei einer genauen Koordinate, über Bord werfen müssten, stimmte ich zu und kassierte auch schon gleich eine zwanzigprozentige Anzahlung. Was war schon dabei? Da schwimmt so viel im Meer rum. Und da er mir versicherte, dass die Pakete von anderen Booten wieder aufgesammelt werden würden, waren meine Bedenken schnell in den Hintergrund getreten. Nach drei erfolgreichen Aufträgen hatten wir richtig Kohle gemacht. Dann kamst du mit ihm an und er wollte dich auf meinem Boot als Verbindungsmann mitschicken. Ich weigerte mich zunächst, aber dann waren sein Angebot und die indirekten Drohungen so drängend, dass ich zum letzten Mal zustimmte, was ich ihm auch ausdrücklich sagte. Das mit deiner Frau erfuhr ich erst, als du mir davon erzähltest. Es sind Terroristen, mit denen ich mich da eingelassen habe. Ich habe tatsächlich Pakete mit Sprengstoff aus dem Meer gefischt, die uns eigentlich hätten zerstören sollen. Warum gerade wir, warum gerade an dem entsprechenden Punkt im Meer ist mir immer noch nicht ganz klar.«

Marcos unterbrach seine Rede und atmete tief ein. Faris begann sich langsam zu beruhigen und sah schon etwas entspannter aber immer noch zweifelnd zu ihm rüber. Marcos fuhr fort.

»Wie du vorhin gesehen hast, kann ich mich von einem Ort zum anderen transportieren. Ich muss nur daran denken, und schon bin ich da. Wenn ich dabei jemanden berühre, dann wird diese Person automatisch mit mir zu dem Zielort teleportiert. Frag nicht, wie das geht, ich weiß es selbst nicht. Ich weiß nur, dass es klappt.«

Faris atmete wieder tief ein und begann erneut seine Augen weit aufzureißen.

»Jetzt beruhige dich mal. Ich will dir nichts Böses.«

Faris begann an der Schnalle seines Bandes zu hantieren. Er wollte weg, nur weg von diesem Dämon, so konnte man es zumindest seiner Mimik entnehmen.

»Nein, hör auf damit! Ok ich zeige es dir! Du musst mir glauben!«, rief Marcos, und versuchte Faris daran zu hindern, das Band zu lösen.

Plötzlich saß Faris nicht mehr am Boden des Funkraumes auf der Esmeralda. Er saß auf einem blauen Teppich. Mitten in einem großen Zimmer, in dem direkt hinter seinem Rücken ein Kingsize-Bett mit blauen Kissen und blauer Decke stand, an das er sich sofort anlehnte. Direkt neben ihm, auf einem kleinen Beistellschränkchen leuchtete eine Stehlampe seinen Sitzbereich und das direkte Umfeld aus, obwohl der Raum mit Tageslicht erfüllt war. Das Zimmer verfügte über eine sehr hohe Decke, die mit sehr schönen filigranen Ornamenten verziert war. Vor ihm öffnete sich der

Raum zu einem durch einen Deckenbogen, der von einer verzierten Säule gestützt wurde, getrennten Sitzbereich. Er sah eine Couch, einen kleinen Tisch und einen Stuhl. Seine Augen erforschten weiter den Raum und gelangten dann zu einem riesigen Fenster. Erneut fing Faris an schwer zu atmen. Er begann zu hyperventilieren.

»Sieh genau hin!«, rief ihm Marcos zu.

»Das ist die Kaaba! Wir sind in Mekka im Hotel Intercontinental Dar Al Tawhid mit direktem Blick zu deinem religiösen Heiligtum.«

Faris stand auf und ging zu dem Fenster. Er konnte es nicht glauben. Auf dem Tisch vor dem Fenster lag ein Prospekt von dem Hotel. Er nahm es auf und blickte noch völlig fassungslos darauf, als er auch schon wieder im Funkraum der Esmeralda stand. Er hatte den Prospekt immer noch in der Hand und legte ihn auf dem Tisch ab. Faris beruhigte sich langsam. Er überlegte und schaltete seinen Verstand ein und seine Ängste und Vorbehalte aus. Das hatte ihm in der Vergangenheit immer wieder geholfen, wenn er knifflige oder gar gefährliche Situationen zu bestehen hatte.

»Ok, Marcos. Ich weiß nicht, ob das hier echt ist, ob ich träume oder was auch immer du da für Dinge tust. Ich weiß nur, dass es passiert ist und ich habe auch die Erfahrung gemacht, dass es Dinge zwischen Himmel und Hölle gibt, die wir nicht erklären können. Es ist mir dann auch egal, aber sage mir ehrlich, kannst du meine Frau retten und uns aus der Gefahr bringen, die uns durch die Marokkaner droht?«

Faris fragte Marcos jetzt sichtlich gefasster aber immer noch sehr unsicher und zweifelnd.

»Ok. Ich werde versuchen alles zu tun, was dir und deiner Frau hilft. Ich kann dir aber nicht versprechen, dass das alles immer so funktioniert, wie ich es mir wünsche. Wir werden da schon gemeinsam und koordiniert vorgehen müssen und du musst mir helfen. Vor allem deine Ortskenntnisse sind hier von elementarer Bedeutung. Auch solltest du die Zeit im Blick haben. Wir müssen nach jedem Sprung prüfen, wo und wann wir sind.«

Marcos gab diese Anweisungen an Faris weiter, der erneut die Stirn runzelte und schwer atmend seine Zweifel und Ängste unterdrückte.

»Ok. Was ist das mit der Zeit? Reisen wir jetzt auch noch durch die Zeit?«, wollte Faris wissen.

»Ja, genau so ist es. Und wir werden dadurch die Zukunft, in der wir uns jetzt befinden, ändern. Wir werden dann Erinnerungen haben, die sich nicht mit den tatsächlichen Ereignissen decken, da wir die Tatsachen durch unser Einwirken in der Vergangenheit verändern werden. Unser Eingreifen muss sich in der Vergangenheit weitgehend auf Beobachten, Informationssammeln und Verschwinden beschränken. Hörst du? Da muss ich ganz sicher gehen, dass du keinen Mist baust, wenn wir deine Frau finden.«

Marcos beschwor Faris und sah ihn dabei mit sehr ernstem und strengem Blick an. Um die Bedeutung seiner Ansprache noch zu vertiefen packte er ihn mit der linken am rechten Oberarm und zog ihn etwas näher an sich heran.

»Faris, wir werden deine Frau in der Vergangenheit finden. Sie darf uns nicht sehen und egal was ihr passiert, du darfst nichts unternehmen. Wir müssen herausfinden, wo sie sie verbergen und sie dann in der Gegenwart befreien. Verstehst du? Keine Aktionen, weder Befreiung noch Hilfe oder Rettung in der Vergangenheit. Schwöre es mir bei allem, das dir heilig ist. Das ist mein Ernst.«

Marcos beendete seine eindringliche Rede und starrte Faris in Erwartung dessen Schwures an.

»Ich weiß nicht, ob ich das kann. Wenn sie ihr nun etwas antun oder sie sogar töten, was dann? Ich bezweifle, dass ich dann einfach ruhig bleiben kann.«

»Ok. Für solche Extremfälle verspreche ich dir, dass wir sofort zurückteleportieren und uns genau überlegen, was zu tun ist, auch wenn wir dann unsere unmittelbare Vergangenheit verändern werden.«

»Gut Marcos, dann schwöre ich dir bei Allah und seinem einzigen und wahren Propheten, dass ich alles tun werde, was du sagst, um meine Frau zu retten.«

Fabienne sah Markus überrascht an.

»Wenn diese Zeitreisen solche weitreichenden Veränderungen hervorrufen können, sollten wir das besser unterlassen?«

Der Klang ihrer Stimme und ihre Mimik zeigten deutlich, dass sie sich fürchtete und die Frage zur Aufforderung mutieren ließ.

»Wir sollten uns vielleicht noch etwas länger mit Yaiza unterhalten«, meinte Markus.

»Ich kann das ganze ja noch nicht so recht steuern. Ich denke, dass ich da einfach auch sehr viel Glück hatte, gerade zur rechten Zeit am rechten Ort gelandet zu sein.«

»Ein Grund mehr es einfach zu lassen.« erwiderte Fabienne.

»Ich weiß, dass das alles sehr beunruhigend ist, Fabienne, aber ich möchte nicht von dieser Kraft benutzt werden, ohne es beeinflussen zu können. Wir müssen üben.«

Markus ergriff Fabiennes Hände und sah ihr direkt in die Augen. Sie zitterte leicht und er streichelte mit beiden Daumen über ihre Handrücken. Sie legte ihren Kopf zur Seite und ließ sich gegen Markus Brust fallen, der sie sofort in den Arm nahm.

»Oh, Markus du hast zwar Recht, aber ich weiß nicht, wie das hier weitergehen wird. In ein paar Stunden werden wir abgeholt und dann sind wir wieder auf Teneriffa und in ein paar Tagen beginnt unser Alltag wieder«

Fabienne schluchzte mit feuchten Augen.

»Wir müssen uns auf das Jetzt konzentrieren und das heißt für mich, Informationen sammeln und üben. Vor allem müssen wir Yaiza weiter befragen.«

Markus sah sich auch schon nach Yaiza um. Er entledigte sich zuerst einmal seiner ungewaschenen Jeans und dem bei seinem Ausflug in die Vergangenheit übergezogenen Pulli und legte sie auf einen Stuhl, der im Gang an der Wand stand, denn es war hier und jetzt um einige Grad wärmer als in Deutschland. Yaiza sah sofort, dass etwas nicht stimmte und fragte nach Markus Befinden. Sie sah eindringlich an und nickte erkennend.

»Du hattest ein „Flash back", wie Diego es nannte. Du hast in der Vergangenheit etwas verändert, das in Widerspruch zu deiner Erinnerung stand.«

Markus bestätigte ihre Vermutung und wollte nun wiederum mehr über diese sonderbaren Fähigkeiten wissen.

»Gut, werden wir tun. Nur müsst ihr etwas essen und wir brauchen eine Erklärung für eure Eltern, die schon mehrfach gefragt haben, wo ihr denn seid.«

Yaiza forderte die beiden jungen Leute mit einer zum Speisesaal gerichteten Handbewegung auf diesen zu betreten. Markus öffnete die Tür und setzte sich gefolgt von Fabienne an den Tisch, wo ihnen seine Mutter und Catherine sofort diverse Speisen zureichten, die sehr gut schmeckten, aber von Markus und Fabienne kaum wahrgenommen wurden. Markus wusste danach nur noch, dass er satt war aber sich nicht mehr erinnerte, was er gegessen hatte. Dabei bemerkte er immer mehr, dass das mit den Erinnerungen durchaus eine nicht gerade eindeutige Angelegenheit ist. Das Gehirn und die Psyche des Menschen verfügen hier über Mechanismen, die unbewusst und automatisch funktionierten. Genau so schätzte er im Moment die Fähigkeiten ein, die ihm seit kurzer Zeit zu Eigen waren. Vielleicht brauchte er da einen Psychologen. Er fragte sich auch, ob Diego, Yaiza und Marcos schon daran gedacht hatten einen Arzt oder Psychologen aufzusuchen. Eine weitere Frage, die er mit der alten Dame besprechen musste. Das momentan anstehende Problem, das es zunächst zu bewältigen galt, erschien sofort nachdem sie ihre Essensaufnahme beendet hatten, denn Fabrice meldete sich mit seiner Ungeduld zu Wort.

»Vielen Dank für das wunderbare Essen und diese phänomenale Erfrischung in ihrem Haus. Aber mich würde brennend interessieren, wie es denn nun weitergehen soll. Ich komme langsam zu der Überzeugung, dass die letzten Schritte unseres Ausflugs in keiner Weise geplant, sondern einfach nur improvisiert waren.«

Catherine sah ihn mit einem mütterlich verständnisvollen Blick an und meinte auf Französisch, dass er doch einfach das Abenteuer genießen solle. María übernahm dann die Aufgabe, Fabrice zu beruhigen. Sie versprach ihm, dass sie versuchen werde Marcos zu erreichen, damit sie die weitere Tour erfahren würden. Geplant sei jedoch auf jeden Fall eine weitere Wanderung vom Valle Gran Rey über Chipude nach Laguna Grande, wo die beiden Fahrzeuge wieder verfügbar sein sollten und die Fahrt dann vorbei an den Los Roques nach Playa Santiago führen werde. Dort gibt es einen Hafen, wo sie auf die Esmeralda warten würden.

Alle nickten zufrieden nach dieser Erklärung. Nur Markus schüttelte den Kopf und war sichtlich nicht zufrieden mit diesem Plan, da er ja dann niemals genügend Zeit finden würde, um mit Yaiza zu reden. Die alte Frau konnte schlecht diese Wandertour auf sich nehmen und dabei auch noch mit ihnen reden, ohne dass irgendjemand der anderen davon Wind bekam. Er sah verzweifelt zu Yaiza hinüber, die ihn verständnisvoll anlächelte und ihm zu pfiff:

»Denk nach! Du hast alle Zeit der Welt.«

Im selben Moment erkannte er, dass sie Recht hatte. Warum sollte er denn nicht mit Ihr und Fabienne einfach kurz an einen schönen Ort in der Vergangenheit springen, wo sie sich in Ruhe unterhalten konnten. Scheinbar brannte diese Erkenntnis ein so eindeutiges Zeichen in sein Gesicht, dass sogar sein Vater ihn fragte, ob er denn von einem besonderen Geistesblitz heimgesucht worden sei. Markus schüttelte den Kopf und winkte an seinen Vater gerichtet ab. Yaiza und Fabienne aber lächelten bereits wissend und verließen den Raum. Markus bemerkte in diesem Moment, dass er immer noch die Leine, die er von Yaiza erhalten hatte, in seiner Hosentasche trug. Er griff in die Tasche, nahm das Band heraus und betrachtete es etwas näher. Es schimmerte immer noch blau, zeigte an manchen Stellen schon einige Abschürfungen und Vertiefungen. Markus hob seinen Blick und vor Schreck fiel ihm das Band aus der Hand. Er starrte direkt in das Gesicht eines auf zwei Beinen stehenden Velociraptors, der unüblicher Weise mit drei Augen zurück starrte und seine langen Zähne hinter einem breiten Grinsen verbarg. Wie in Trance beugte er seine Knie, um das heruntergefallene Band aufzuheben, als wäre genau das seine letzte Rettung vor dem wohl unvermeidlichen Angriff dieses Wesens. Markus starrte weiter auf das Maul des Tieres und verharrte starr in der gebeugten Position. Die sichtbare Erhebung eines Geräusche erzeugenden Organs, wie der Kehlkopf beim Menschen, an seinem Hals bewegte sich synchron zu Klick- und Krächz Lauten die in Intervallen aus dem Maul hervor schallten. Markus glaubte tatsächlich einen überraschten Gesichtsausdruck erkannt zu haben, als das Wesen die Laute erneut ausstieß. Es dauerte eine Zeit lang, aber nach dem dritten Versuch verstand er endlich, was Tabaklas ihm sagen wollte.

»Hallo Fremder. Ich heiße dich willkommen bei den Tkibakik auf Tkibakalo.«

Markus hielt während der ganzen Zeit die Luft an und konnte nun nicht anders, als mit einem langen Seufzer die ganze angehaltene Luft mit einem Mal zu entlassen.

»Ok. Du kannst sprechen und willst mich nicht fressen, wenn ich richtig verstanden habe«, sagte Markus, ohne wirklich zu hoffen, dass er verstanden wurde.

Aber Tabaklas verstand ihn, was Markus umso mehr verwunderte.

»Ja genau, wir sind überwiegend Vegetarier, auch wenn wir wohl nach eurem Empfinden nicht so aussehen. Wie darf ich dich denn nennen, Reisender?«

Tabaklas sah aus als würde er seine Augenbrauen, die er nicht wirklich hatte, in Erwartung einer Antwort hochziehen. Markus erinnerte sich in diesem Moment an sein Erlebnis in der jüngsten Vergangenheit, jedoch hatte dieses Wesen weder etwas Bedrohliches noch den üblen Gestank des Ungeheuers, dass er da erblickt hatte.

»Mein Name ist Markus und ich komme aus Ludwigshafen, das ist in Deutschland auf dem Planeten Erde«, stammelte Markus und streckte unbewusst seine Hand dem Wesen entgegen.

Tabaklas wirkte etwas verwundert, streckte aber als Zeichen des Verstehens seine eigene Hand nach vorne. Markus sah, dass er wohl nicht gewohnt war, Hände zu schütteln, ergriff seine Hand und sagte mit einem kräftigen Händeschütteln unterstützt durch ein freundliches Lächeln: »Sehr erfreut Herr Tabaklas.«

»Wie bin ich hierhergekommen, habt ihr dafür gesorgt?«, wollte Markus wissen.

»Nein, Markus, du standst plötzlich einfach da vor mir. Ich wollte gerade losgehen, um nach einem meiner Freunde zu sehen, der vermisst wird. Er ist schon einige Zeit in der Sikahil unterwegs und hat sich nicht gemeldet. Du gleichst äußerlich den zweibeinigen Wesen, die am Rande der Sikahil leben. Vielleicht wolltest du zu ihnen.«

»Nein, ich bin selbst überrascht und weiß auch nicht, was ich hier soll oder wieso ich hier bin«, meinte Markus und sah sich um. Direkt hinter Tabaklas standen zwei weitere dieser Wesen und um ihn herum war nur Sand und in weiter Ferne die Silhouette hoher Berge zu sehen.

»Du bist hier nicht sicher Markus. In der Sikahil gibt es Wesen, die uns allen nicht wohlgesonnen sind. Sie wollen und werden dich verspeisen, wenn sie können. Achte auf den Geruch und die Bewegungen im Sand. Der Sikuta ist schnell und stinkt ekelhaft.«

Tabaklas setzte sich gefolgt von seinen Gefährten mit dem Gruß »Gute Reise« wieder in Bewegung. Sie rannten recht schnell davon, als wären sie auf einer dringenden Mission. So stand er da noch keine Minute später alleine mitten in der Wüste und fing an entsetzlich zu schwitzen. Die Luft roch frisch aber heiß und drückend zugleich. Er atmete tief ein und beim zweiten Atemzug wurde ihm eiskalt, als er den Gestank warnahm. Er hatte noch nicht ganz ausgeatmet, als er das Monster mit aufgerissenem Maul direkt vor sich sah. Wieder verschwand alles innerhalb einer Millisekunde und er stand im Speisesaal neben Yaiza, die ihn besorgt ansah. Sie nahm ihn, ohne ein Wort zu sagen am Arm und führte ihn nach draußen, wo Fabienne bereits wartete.

»Gehen wir wieder nach unten, er war mal wieder weg und sieht mitgenommen aus«, meinte Yaiza an Fabienne gewandt und führte beide wieder zu den Stufen, die in den unteren Raum führten.

Markus ließ sich ohne Widerstand führen und war froh, als er dann in dem kühlen Raum sitzen konnte und ein frisches Wasser erhielt.

»Erzähle uns doch, was passiert ist«, begann Yaiza das Gespräch.

Markus berichtete artig, was vorgefallen war. Yaiza und Fabienne konnten sich natürlich auch nicht erklären, warum er immer wieder an diesen Ort gelangte, den er nicht kannte, noch in irgendeiner Weise jemals mit ähnlichen Orten oder Beschreibungen über solche Orte in Berührung gekommen war.

»Ich bin zwar ein Star Trek und Star Wars Fan, aber dieser Ort sah nicht einmal aus wie einer der Wüstenplaneten aus den Filmen. Ich weiß nicht, wieso ich da hin gelange und auch nicht wann und wo das ist. Ich erkenne auch nicht, ob ich da eine bestimmte Aufgabe habe. Immer wieder werde ich von diesen Monstern attackiert und bin dann sofort wieder hier«

Markus wirkte sichtlich frustriert.

»Diese und ähnliche Fragen stellten wir uns auch immer wieder. Diego verschwand manchmal an Orte, die wir nicht kannten. Durch unsere Verbindung konnte ich ihn sehr oft begleiten und auch sehen, was er sah. Es war meist alles sehr fremd. Und ob wir den Zweck unseres Daseins dann erfüllten oder nicht, das wussten wir auch nicht. Manchmal schlenderten wir einfach umher und betrachteten die vielen unbekannten Pflanzen und Tiere und manchmal war da nur toter Felsen, Wind und Wasser. Ich kann mich an eine Sache erinnern, die durchaus als schräg bezeichnet werden könnte.

Ich bereitete uns gerade einen Kaffee solo und einen Kaffee con Leche vor, als ich ganz plötzlich mit beiden Tassen in der Hand auf einer Wiese stand, die ringsum mit bunten Blumen bewachsen war. Nur an der Stelle, an der wir beide nun standen, wuchsen keine Blumen, sondern nur Gras. Zumindest meinte Diego, dass diese Pflanzen wohl dem nahe kamen, was wir als Gras bezeichnen würden. Kürzere kleine Stängel, weich, biegsam und in Büscheln nebeneinander gewachsen. Nur grün waren sie nicht. Eher orange mit blauen Streifen. Die Blüten um uns herum zeigten alle möglichen Farben und der Himmel schimmerte golden und nicht blau. Diego hob die Achseln hoch und ließ sie mit einem großen Seufzer wieder fallen und gab damit seiner verzweifelten Unwissenheit Ausdruck. Ich schloss aus dem gleichen Grund die Augen, und ließ auch einen großen Seufzer folgen, bei dem ich meine Augen wieder öffnete und überrascht feststellte, dass sich etwas verändert hatte. Meine Fähigkeit entfaltete sich mit einer Intensität, die mir vorher nie in diesem Ausmaß bewusst geworden war. Einige Blüten schimmerten in einem hellen, weißgelben Schein. Alle anderen und vor allem die Wiese auf der wir standen schimmerten oder leuchteten nicht, sondern waren schwarz, glanzlos, tot.

Ich erzählte Diego von meiner Entdeckung, merkte aber sofort, dass etwas nicht stimmte. Er reagierte nicht auf meine Aussage. Er torkelte vor und zurück und stürzte dann auf seine Knie. Ich konnte ihn leise murmeln hören, dass es ihm furchtbar übel sei und der Gestank daran schuld sei. Ich atmete selbst noch einmal tief ein und konnte nur wohlriechende Düfte erkennen und fühlte mich dabei immer wohler. Diegos Würgegeräusche führten dann dazu, dass ich mich ihm wieder zuwandte. Er hatte sich übergeben und an der Stelle an der sein Erbrochenes landete, schimmerte das Gras auf einmal wieder heller. Es dauerte auch nicht lange und das Gras erholte sich sichtlich. Auch das Blumenfeld um uns herum verlor mehr und mehr die dunklen Flecken. Nachdem sich Diego drei Mal übergeben hatte, erblühte die Wiese und das Blumenfeld in voller Pracht und wir standen wieder in unserer Wohnung. Diego musste sich den ganzen Tag aufgrund seiner totalen Erschöpfung ausruhen. Einen Tag später ging es ihm wieder so gut, als wäre nichts geschehen.«

Markus und Fabienne hörten erstaunt zu.

»Wart ihr denn mal bei einem Arzt gewesen?«, fragte Markus

»Ich meine, solche Geschehnisse könnten ja durchaus aufgrund einer Anomalie oder etwas in der Art entstanden sein.«

Yaiza merkte ihm an, dass er sichtlich besorgt war. Yaiza saß gegenüber der beiden Jugendlichen am Tisch und öffnete eine Schublade, die sich auf ihrer Seite des Tisches direkt unterhalb der Tischplatte befand und förderte ein orangefarbenes Band hervor.

»Markus, würdest du bitte dieses Band an deinem linken Handgelenk befestigen und das andere, dass ich dir bereits gegeben habe an deinem rechten?«, bat Yaiza Markus, der ihrer Bitte folgte und das blaue Band aus seiner Hosentasche nahm und beide dann an seinen Handgelenken befestigte.

Yaiza reichte Fabienne das blaue Ende und legte sich selbst das orange Band um ihr Handgelenk. Sie prüfte noch einmal den korrekten Sitz an ihrem und an Fabiennes Handgelenk und zog dann noch einmal fest an beiden Enden, um zu prüfen, ob auch die Befestigungen auf Markus Seite wirklich fest hielten.

»So nun können wir einen Ausflug in die Vergangenheit wagen, Kinder«, meinte Yaiza an Markus gewandt.

Markus bemerkte, dass Yaiza sehr aufgeregt war und fragte sich, ob das alles nicht zu anstrengend werden könnte.

»Ich weiß, dass das alles sehr aufregend ist und fühle mich auch schon viel besser als zuvor. Seit ihr beide hier angekommen seid, fühle ich mich um Jahre jünger und gesünder.«

Yaiza interpretierte den sorgenden Blick von Markus genauso, wie er es auch empfand.

Fabienne wirkte etwas unruhig, wie ein in der Falle sitzendes, scheues Reh schaute sie sich immer wieder hilfesuchend um. Yaiza nahm ihre Hand und tätschelte beruhigend auf ihren Handrücken.

»Nur ruhig bleiben, meine Liebe. Es wird nichts Schlimmes passieren.«

»Ich weiß, aber ich habe einfach Angst davor, dass wir etwas in der Vergangenheit so verändern, dass die Zukunft dadurch entschieden verändert wird«, antwortete Fabienne Yaiza.

»Markus sollte versuchen uns zu einer Zeit und einen Ort zu bringen, wo einfach nichts passieren kann. Wir benötigen ja nur Zeit zum Reden. Ich musste vor etwa einem Jahr ins Krankenhaus nach Teneriffa und meine Enkel waren zu dieser Zeit an der Uni beschäftigt. Unser Haus hier blieb zu dieser Zeit unbewohnt. Meine Nachbarn kümmerten sich nur alle zwei Tage um das Anwesen und kamen auch nie in diesen Raum. Die optimale Lösung wäre also einfach, hier vor einem Jahr zusammen zu sitzen«

Yaiza sah Markus an und nickte ihm aufmunternd zu. Markus atmete tief ein, schloss die Augen und konzentrierte sich auf die Zeit vor einem Jahr. Er erinnerte sich an das Schulfest vor den Ferien, an die Schulband, die verzweifelt versuchte Lieder von Nirvana zu covern, und in der letzten Woche fast täglich übte. Erst als sie den Bassisten austauschten, kamen sie voran und schafften dann einen tollen Auftritt. Markus öffnete die Augen, sah sich intensiv im Raum um und wünschte sich aus tiefstem Herzen, genau hier zu sein zu der Zeit, als auf seiner Schule das Fest stattfand. Er hoffte zumindest, dass genau das passieren würde. Wie das so ist, wenn man sich selbst beurteilen soll, schätzte er die Intensität seines Wunsches wohl höher ein, als er tatsächlich war. Es passierte nichts weiter. Es flimmerte nichts, es gab keine besonderen Geräusche, nichts geschah. Yaiza lachte leise und deutete mit ihrer rechten Hand an die Wand hinter Markus. Er drehte sich um und sah, dass dort ein Tageskalender des aktuellen Jahres hing. Der angezeigte Tag lag tatsächlich drei Tage in der Vergangenheit.

»Gut. Dann lass mich mal überlegen, was vor drei Tagen geschehen ist«, unterbrach Yaiza die Stille.

Die Uhrzeit blieb unverändert, kurz nach Mittag. Markus wollte von Yaiza wissen, ob sie denn auch jeden Tag den Kalender aktualisieren würde, sodass sie davon ausgehen konnten tatsächlich in der Vergangenheit zu sein.

»Das stimmt schon. Ich achte ganz akribisch darauf, die Kalender in unserem Haus immer wieder zu aktualisieren. Als Diego noch hier war, achtete ich immer auf diese Kleinigkeiten, damit wir auch Gewissheit hatten, ob wir zur rechten Zeit waren. Am rechten Ort waren wir ja hier.«

Yaiza fuhr fort mit ihren Überlegungen.

»Vor drei Tagen kamen Pietro und María mit der Fähre von Teneriffa über San Sebastian und dann weiter bis Vueltas. Sie waren gegen elf Uhr hier. Wir nahmen dann gemeinsam eine Kleinigkeit zu uns und saßen dann draußen im Garten, wo beide von ihrer Zeit auf der Uni erzählten. Genau genommen müssten wir genau da jetzt sitzen«

Markus stand auf und wollte zur Tür, als er durch die beiden Bänder, die er in der Aufregung wohl vergessen hatte, gestoppt wurde, denn die beiden Damen blieben auf ihren Stühlen sitzen.

»Was ist? Ich wollte doch nur mal kurz schauen, um auf Nummer Sicher zu gehen, dass wir auch wirklich in der Vergangenheit sind.«

Markus schaute beide verwundert an.

»Setz dich. Wir wollen doch nichts riskieren hier. Wir wollten nur mit Yaiza reden, damit wir irgendwelche Lösungen finden.«

Fabienne schien wirklich sehr mitgenommen zu sein. Es lag ihr alles schwer auf dem Gemüt. Sie fühlte sich eingeengt, gezwungen, unfrei, unwohl.

»Na dann. Falls wir noch in unserer Zeit sind, wird in nächster Zeit eh dein oder mein Vater aufkreuzt, um uns zur Abfahrt aufzufordern«

Markus versuchte so Fabienne und auch sich selbst zu beruhigen.

»Es ist schon in Ordnung mein Junge. Es ist dieser Tag, da wir vor drei Tagen zu Mittag tatsächlich sehr starken Wind hatten und wenn ihr genau hinhört, hat sich dieser auch noch nicht gelegt.«

Sie lauschten dem Rauschen und mussten Yaiza Recht geben. Markus seufzte noch einmal und begann dann an Yaiza gewandt mit seinen Fragen.

»Ich frage mich schon seit einiger Zeit, ob das was mir da widerfahren ist, von Dauer ist oder irgendwann einfach wieder weggeht. Soll ich das Ganze als etwas Positives sehen, oder doch eher als Krankheit? Ich meine das mit der Sprache ist schon eine tolle Sache, aber dieses unverhoffte Wegdriften zu unbekannten Orten ist schon sehr furchterregend. Hat sich Diego schon einmal deswegen untersuchen lassen? Wenn das keine Krankheit ist, sind wir dann Mutanten?«

Markus fragte mit merklich zunehmender Unsicherheit in seiner Stimme.

»Du erinnerst mich sehr an meinen Diego. Genau diese Fragen hat er sich selbst und mir auch immer wieder gestellt. Tatsächlich suchte er zu Anfang einen Arzt auf, der aber nachdem er gesehen hatte, was Diego da so konnte, gleich die Behörden einschalten wollte. Diego ist dann in die Vergangenheit gereist und hat sich selbst eine schriftliche Nachricht hinterlassen, den Arztbesuch zu vergessen. Das setzte er dann auch um. Keine seiner Recherchen brachten weitergehende Informationen, ob er nun krank oder mutiert ist. Es dauerte zwar eine Zeit lang, aber er nahm es dann schließlich als gegeben hin und übte und übte immer wieder. Trotzdem blieben die ungewollten Transfers nicht aus. Wir führten dann eine ganze Weile lang genau Buch. Was wir aus diesen Aufzeichnungen am Ende erkennen konnten war, dass es keine Regelmäßigkeiten gab. Das einzige, was bei allen ungewollten Aktionen identisch zu sein schien, war die Tatsache, dass keine der Aktionen unseren eigenen Interessen diente, sondern immer für andere oder übergeordnete Interessen dienlich waren. Wir fühlten uns so, als würde uns eine höhere Macht dazu auffordern zu helfen. Diego meinte immer wieder, dass diese Gabe ihm sicher von Gott gegeben sei und verspürte auch daher den Drang uneigennützig, im Sinne der Nächstenliebe aktiv zu werden.«

Markus hörte Yaiza genau zu und dachte bei sich, dass er zwar die christlichen Grundgedanken und Werte in ihrer von Jesus gelebten Form gut fand, nur stieß er immer wieder auf Menschen, die entweder diese Werte für ihre eigenen Interessen ausnutzten oder andere Versuchten wegen ihrer glaubensbasierten Frömmigkeit zu übervorteilen. So nach dem Motto, du bist doch ein Christ, dann musst du doch die andere Wange hinhalten. Das brachte ihn immer wieder an den Rand seiner Selbstbeherrschung. Wenn nun diese Gabe eine von Gott geschenkte ist, dann könnte er daran ja auch nichts ändern, aber er wollte sich nicht genötigt fühlen Hilfe zu leisten nur aufgrund der Tatsache, dass er diese Gabe hatte, sondern seine eigene Entscheidung im Fokus haben. Aber eine Erkenntnis offenbarte sich ihm ganz deutlich. Er musste diese Fähigkeiten mehr testen und üben. Dazu gehörte zuerst einmal mehr zu erfahren, weshalb er begann Yaiza weitere Fragen zu stellen.

»Yaiza, du hast uns erzählt, dass Marcos versucht hat, sich durch Besuche in der Vergangenheit Vorteile für die Gegenwart zu verschaffen. Warum seid ihr eigentlich nicht in die Vergangenheit gereist und habt euch einfach die Lottozahlen der Zukunft überbracht oder die Aktienkurse von bestimmten Unternehmen?«

»Das versuchten wir tatsächlich. Es war auch Marcos, der auf diese Idee kam. Es funktionierte nicht. Einmal spielten wir Lotto mit den Zahlen, die wir uns vorher aufgeschrieben hatten und reisten in die Vergangenheit. Wir tippten die Zahlen, und wollten dann, als wir zurück waren, den Gewinn abholen. Es wurden andere Zahlen gezogen. Warum auch immer, wir hatten die Zukunft irgendwie durch unsere Anwesenheit in der Vergangenheit verändert. Marcos und Diego diskutierten eine ganze Weile über die Chaostheorie und dass darin die Auswirkungen begründet lägen. Diego und ich kamen aber überein, dass wohl genau die Kraft, die euch diese Fähigkeiten verleiht, bestimmte Auswirkungen auf die Zeit unterbindet. Aber das ist natürlich alles nur Spekulation. Du kannst es ja gerne selbst versuchen.«

Yaiza lächelte. Wenn es um den Glauben ging, dann halfen keine Argumente. Das zumindest behauptete Markus' Opa immer wieder. Markus erklärte Yaiza auch, dass er nicht besonders gläubig sei, was eine solche Aufgabe normalerweise erfordert, woraufhin Yaiza nur meinte, dass es meist ausreicht, das Gott an den Menschen glaubt, der seine Bestimmung annehmen oder ablehnen könne. Das ist nun mal der freie Wille eines jeden.

»Ich möchte niemandem schaden, ich möchte aber auch nicht, dass andere den Menschen, die ich kenne, Schaden zufügen«, äußerte Markus.

»Wenn du einmal in das Zeitgefüge eingegriffen hast, wirst du es nicht schaffen, alles wiederherzustellen, wie es zuvor war. Diego pflegte immer zu sagen, dass die Zeit im Fluss ist und wir, wie kleine Papierboote, immer mit der Strömung mitgerissen werden. Es wird immer Dinge geben, die wir nicht ändern können. Nicht jeder hat die Weisheit zu unterscheiden, was er ändern kann und soll und was er als gegeben hinnehmen muss.«

Yaiza flüsterte die letzten Worte und blickte mit Tränen in den Augen in die Ferne. Fabienne nahm sie in den Arm und fragte sichtlich gerührt:

»Was ist los? Warum bist du so traurig?«

Markus ahnte ihr Dilemma und meinte dann auch, dass es durchaus sein kann, dass sie durch ihre Rettungsaktion weitreichende Veränderungen in der Vergangenheit bewirken, die eine Rettung Diegos verhindern oder sogar unmöglich machen könnten. Yaiza nickte nur und sagte weiter nichts mehr dazu.

»Wir wissen auch nicht, was Diego dort wo und wann er gerade ist, bisher unternommen hat. Seine Auswirkungen auf sein Umfeld wären ab dem Moment alle nicht mehr geschehen. Deshalb bin ich davon überzeugt, dass wir ihn zuerst einmal finden müssen, um dann mit ihm gemeinsam eine Lösung zu erarbeiten.«

Während Yaiza antwortete vernahmen sie plötzlich Geräusche vor der Tür. Es hörte sich an, als würde jemand die Stufen nicht normal heruntergehen, sondern leisen Schrittes versuchen das Zimmer heimlich zu betreten. Yaiza stand auf und entnahm einem der Schränke ein großes Tuch und deckte es über den Tisch. Die Decke ragte an allen Seiten fast bis auf den Boden. Sie legte den Finger auf den Mund und deutete damit an ruhig zu bleiben und zeigte mit der anderen Hand unter den Tisch. Sie versteckten sich alle darunter und warteten darauf, zu sehen, wer denn da auf dem Weg zu diesem Raum war.

Feine Stickarbeiten durchzogen die Decke an manchen Stellen, durch die man, wie Markus schließlich merkte, hindurchsehen konnte. Sie starrten zur Tür. Die Klinke wurde langsam heruntergedrückt. Ganz leise glitt die Tür Stück für Stück auf und eine männliche Gestalt betrat rückwärtsgehend den Raum, da er die ganze Zeit nur darauf achtete von niemandem außerhalb des Raumes gesehen zu werden. Als er dann im Raum stand, schloss er leise und vorsichtig die Tür. Noch bevor er sich umdrehte erkannten ihn alle Anwesenden und hielten für einen Moment die Luft an.

# Kapitel 6
## Chaotische Zeiten

Lato und Zoltai organisierten die Unterbringung der Talatijasus auf dem Plateau. Da ausreichende Unterkünfte vorhanden waren, mussten sie nur noch dafür Sorge tragen, dass die einzelnen Gruppen sich nun wiederfanden, die Tiere ordentlich versorgt wurden und die ordnenden Abläufe nach der ganzen Panik wiederhergestellt wurden. Sie spürten den Lebensmut und die Erleichterung ihres Volkes ganz deutlich. Die fröhliche Stimmung gab ihnen beiden Mut und Kraft für das morgen bevorstehende Treffen mit den Tkibakik.

Zoltai erzählte Lato sein Abenteuer mit Gadni und Tabaklas. Zunächst konnte und wollte Lato ihm nicht glauben, dass gerade sein Sohn die Talatijasus gerettet haben sollte und dann auch noch diese unglaubliche Geschichte mit den Drachen. Da sie beide nun schon seit so langer Zeit befreundet waren, konnte Lato nicht an Zoltais Verstand zweifeln, wollte aber auch nicht so einfach die Möglichkeit einer kurzzeitigen, geistigen Verwirrung, bedingt durch den Stress der Gefahr, unbeachtet lassen. Als dann auch noch Gadnis Freunde über sonderbare Dinge zu berichten hatten, bereitete er sich innerlich darauf vor, hier weitreichenden Änderungen auf Kanto entgegenzusehen.

Zoltai bat Lato, nachdem alle Anweisungen getätigt waren, ein Stück mit ihm vom neuen Lager wegzureiten. Beide ritten nebeneinander entlang der Kante des Hochplateaus und ließen das Lager hinter sich. Zoltai wusste nicht genau, wohin er denn reiten sollte, dachte aber für sich, dass sie Tabaklas die Möglichkeit zur Kontaktaufnahme geben sollten, ohne dass gleich alle Talatijasus wieder in Panik verfallen. Und so näherte sich ihnen dann auch aus der entgegengesetzten Richtung eine Gestalt. Zoltai merkte, dass die Jaru leicht nervös wurden und auch Lato mehrfach seinen Skull berührte.

»Ruhig mein Freund«, meinte Zoltai an Lato gerichtet.

»Die Tkibakik sind Pflanzenfresser und haben uns geholfen. Sie haben ganz alleine unsere Sachen hier hochgebracht und uns dieses Plateau zur Verfügung gestellt« »Ok. Ich versuche mein Bestes. Aber das Gefühl einfach abzuhauen lässt sich nicht so leicht verdrängen.«

Lato und Zoltai stiegen von ihren Jaru ab, da diese mittlerweile nicht mehr ruhig gehalten werden konnten und sie nicht wollten, dass sie über die Klippen stürzen. Sie banden die beiden Tiere an einem Busch, der etwa einhundert Schritte von der Klippe entfernt lag an. Die Jaru begannen sofort zu grasen und beachteten ihr Umfeld nicht mehr. Zoltai und Lato gingen nun zu Fuß auf Tabaklas zu. Als sie Ihn erreichten, fiel ihnen erst wieder auf, um wie viel größer dieses Lebewesen war. Tabaklas klickte etwas in ihre Richtung, was sie nicht verstanden. Zoltai aber wusste ja, dass Tabaklas sie verstehen konnte und bat ihn daher ihnen doch einfach durch Nicken und Kopfschütteln ihre Fragen zu beantworten.

Zoltai stellte zunächst Lato vor, der sichtlich mit seinen Fluchtreflexen kämpfen musste und mehrfach tief durchatmete. Zoltai fragte sofort nach Gadni und erfuhr dann, dass dieser bei den Tkibakik gepflegt wurde und auch in Kürze wieder zu den Talatijasus zurückkehren könnte. Sie kamen dann auch überein, dass sie den restlichen Nachmittag und die Nacht abwarten wollten. Gadni sollte bei dem Aufeinandertreffen der beiden Völker unbedingt dabei sein. Er konnte die Tkibakik und Tabaklas die Talatijasus verstehen, sodass ein Informationsaustausch möglich sein sollte, ohne Furcht und Angst, denn es gab durchaus auch Tkibakik, die die Jäger und Krieger der Talatijasus fürchteten. Sie verabschiedeten sich voneinander und kehrten zu Ihren Stämmen zurück. Lato schüttelte, während sie zurückritten, die ganze Zeit über den Kopf und mehr als einmal entglitt ihm ein »unglaublich«, als er sich mit Zoltai unterhielt. Sie besprachen, wie sie denn am besten ihren Leuten die Situation nahebringen sollten und vor allem wie man ihnen am einfachsten die Furcht nehmen könnte. Sie fanden aber keine Lösung. Schlimmstenfalls mussten sie es eben riskieren, dass alle erneut in Panik gerieten. Aber wie Tabaklas auch deutlich machte, sollten sie zuerst einmal auf Gadnis Rückkehr warten und dann mit ihm gemeinsam eine Annäherung planen, die er dann mit Tabaklas abstimmen könnte. Als sie beide im Lager ankamen, sahen sie sich gegenseitig an, und fingen gleichzeitig an, laut zu lachen. Im Lager wurde gefeiert. Die Feuer brannten und Essen wurde zubereitet. Eines würden beide nie wieder in Betracht ziehen - Drachenbraten. Ich weiß nicht welche besonderen Kräuter und Tränke die Tkibakik verwenden. Eines aber weiß ich gewiss, so gut und tief hatte ich noch nie in meinem Leben geschlafen. Ich träumte nicht, ich hörte nichts, ich fühlte nichts. Als ich dann mit dem Aufgang Lorsons erwachte, waren alle Schmerzen nur noch Erinnerungen, alle erlebten Ängste waren verblasst.

Hunger und Durst meldeten sich vehement zu Wort. Als könnten die vielen helfenden Hände dieser Gemeinschaft meine Gedanken lesen, brachten sie mir einen Teller voll mit Früchten, einen feinen, süßen, gebackenen Kuchen und einen Becher voll mit einer weißen Flüssigkeit, die mich an die Milch unserer Kadu erinnerte. Und alle begrüßten mich freundlich und ohne Vorbehalte, als wäre ich einer von Ihnen. Leider vermochte ich ihnen nicht zu antworten, da ich diese Klickgeräusche einfach nicht nachmachen konnte. Ich wollte mich so gerne bei ihnen allen bedanken. Mit Freude sah ich dann, dass Tabaklas zu mir kam, der dann mein Anliegen übersetzte. Ich bildete mir ein auf dem ein oder anderen Gesicht der Tkibakik ein Lächeln erkannt zu haben. Er erzählte mir dann auch, wie denn alles so gelaufen war und dass er sich bereits mit Zoltai und meinem Vater getroffen habe. Ich wäre gerne dabei gewesen, als mein Vater ihm zum ersten Mal begegnete. Tabaklas verstand, was ich meinte und war sichtlich amüsiert.

»Wie wollen wir nun unsere beiden Völker bekannt machen, Gadni?«, fragte Tabaklas.

»Das wird sicher nicht einfach werden. Ich bin davon überzeugt, dass alle meine Stammesmitglieder, vor allem unser Häuptling, sofort wegrennen werden, wenn sie dich auch nur aus der Ferne sehen und unsere Krieger werden sofort nach den Waffen greifen.«

»Bei meinen Leuten ist das auch nicht viel anders. Sie haben Angst vor euren Kriegern und auch vor Krankheiten, die ihr übertragen könntet. Zudem wird ohne uns eine Verständigung nicht möglich sein. Sie werden sich nicht so einfach unterhalten können.«

»Da hast du wohl Recht, Tabaklas. Aber wie gehen wir das Ganze an. Ich meine, deine Leute haben bereits mitbekommen, dass es uns gibt und dass wir uns auf eurem Plateau hier breitgemacht haben. Wir können auch nicht so einfach euer Territorium hier beanspruchen. Es gibt sicher einige bei den Tkibakik, die sich dadurch eingeschränkt und benachteiligt fühlen.«

Ich schaute meinen neuen Freund fragend an.

»Da hast du nicht so Unrecht, Gadni. Auch in meinem Volk gibt es welche, die es nicht gerne sehen, wenn Fremde, die man zuvor noch als Feinde sah, auf einmal zu Partnern werden sollen. Und Angst ist ein schlechter Ratgeber. Wir müssen aber einen Weg finden, wenn wir das Hauptproblem Kantos den Sikuta, besiegen wollen«

Ich konnte Tabaklas nur voll und ganz zustimmen. Wir kamen dann überein, dass ich zunächst einmal zu meinem Volk zurückkehren sollte, um zu erfahren, wie die Stimmung im Stamm ist und um dann mit Lato und Zoltai über die Möglichkeiten zu diskutieren. Wir wollten uns in zwei Tagen wieder auf halber Strecke zwischen den Wohnstätten der Tkibakik und des neuen Lagers der Talatijasus treffen.

Ich machte mich zeitig nach dem Frühstück auf den Weg. Während meiner Wanderung zermarterte ich mir das Hirn, um eine Lösung zu finden, was mir aber irgendwie nicht gelingen wollte. Manchmal geschehen dann unvorhergesehene Ereignisse, die einem ungeahnte Möglichkeiten näher bringen.

Ich schritt am Rand der Klippe, die links von mir verlief, vorbei in Richtung unseres Lagers. Nachdem ich etwa fünfzehn Minuten gewandert war, sah ich auch am Horizont die ein oder andere Spitze der aufgebauten Zelte und konnte schon hier und da das Blöken der Jaru hören. Ich atmete noch einmal tief ein und schloss dabei die Augen. Als ich sie dann wieder öffnete, stand ich mitten in einem Park. Lorson war verschwunden und eine kleine gelbe Sonne strahlte mich an, ohne mich jedoch zu wärmen. Da ich auch nur eine kurze, lederne Tunika und eine lederne Hose trug, merkte ich auch sofort, wie kalt es wieder einmal war, hier in New York.

Diego? Bei all dem Stress hatte ich Diego total vergessen. Ich sah mich um und konnte erkennen, dass ich wieder einmal im Central Park, wie Diego diesen Ort genannt hatte, gelandet war. Stellte sich nur die Frage, wann ich denn hier bin. Direkt vor mir erkannte ich diese Wege und auch die Sitzgelegenheiten, die Diego als Parkbank bezeichnete. Von Diego war leider nichts zu sehen. Da ich nicht wusste, wo sich Diegos Höhle oder sein Zelt befand, ging ich einfach mal in die mir bekannte Richtung zu der Unterkunft, die ich schon einmal aufgesucht hatte. Ich gelangte dann auch tatsächlich zu dem Haus und klopfte an. Greg öffnete die Tür und bat mich herein.

»Hallo! Wen haben wir denn da. Du hast ja schon wieder keine warmen Sachen an. Diese Stadt macht mich noch wahnsinnig. Da beklauen sich die Ärmsten gegenseitig und niemand tut etwas dagegen.«

Greg verschwand wieder in einem der Zimmer und kam mit warmer Bekleidung und festem Schuhwerk zurück. Er gab mir dann auch noch etwas zu essen und bot mir einen Sitzplatz an.

»Wie kann ich dir sonst noch weiterhelfen, mein Junge?«, fragte er mich.

Ich wusste genau, dass er mich leider nicht verstehen würde, und sagte daher nur ein Wort: »Diego?«

»Ok, na gut. Ich werde sehen, ob ich den Spanier auftreiben kann. Ruh dich erst mal aus.«

Greg stand auf und schlurfte in den hinteren Teil der Unterkunft, wo er einem kleinen Jungen ein Stück Papier in die Hand drückte, der sich darüber sehr freute und sogleich davonlief, um Diego zu suchen.

Ich wartete. Es dauerte eine ganze Weile, bis Greg wiedererschien.

»Tut mir leid mein Junge, der kleine Gauner hat wohl mein Geld genommen und beim Ausgeben seinen Auftrag vergessen.«

Ich wusste nicht, was er damit meinte, aber es fühlte sich an, als ob jemand die Aufgabe den Jarustall zu säubern einfach nicht ausgeführt aber beim Abendessen eine Extraportion verlangt hätte. Nach einer gefühlt noch einmal so langen Zeit erschien der kleine Mann wieder bei Greg, der ihn sofort zur Rede stellte. Aber, wie das so oft der Fall ist, lag der Fehler nicht beim Boten. Diego wurde aufgehalten. Ich verstand nicht genau warum, aber es war wohl nicht ungefährlich. Zumindest spürte ich bei den Worten Kontrolle, Papier und Polizei ein unangenehmes Gefühl. Eine weitere Zeit später öffnete sich erneut die Tür und Diego betrat den Raum. Er sah mich an und strahlte über das ganze Gesicht.

»Hallo Gadni. Du hast mich also nicht vergessen.«

Ich fühlte mich ein wenig unwohl, da ich ihn ja doch vergessen hatte, sagte dazu aber zunächst einmal nichts. Ich ging auf ihn zu und umarmte ihn.

»Wie lange wartest du schon auf mich?«, wollte ich dann wissen.

»Du bist vor zwei Monaten verschwunden und ich ging seitdem jeden Tag in den Central Park, damit wir uns nicht verpassen. Gerade heute musste ich dann zum ersten Mal meine Papiere vorzeigen und wurde dadurch aufgehalten. Zum Glück war der Beamte sehr freundlich und hat nicht näher nachgeforscht. Aber egal, nun bist du da und hast mich gefunden.«

Er umarmte mich noch einmal, klopfte mir auf die Schulter und bedankte sich bei Greg, dass er ihn benachrichtigen ließ und auch für die erneute Ausstattung mit Kleidung und Schuhen.

»Wie ist es dir ergangen in den zwei Monaten, erzähl mir deine Geschichte«, forderte mich Diego auf und wir setzten uns an einen Tisch.

Scheinbar hatten sie mittlerweile das Problem mit der Feuerstelle, oder der Heizung wie Greg es genannt hatte, behoben, denn es war sehr warm und gemütlich in dem Raum. Da hier niemand mich verstehen konnte - keiner auf dieser Welt kannte meine Sprache - sah Diego auch keine Veranlassung den warmen Ort zu verlassen, worüber ich mich sehr freute. Greg brachte uns noch zwei dieser seltsamen dünnen Becher mit Wasser drin und ich erzählte Diego, dass ich nur ein paar Tage weg und was so passiert war. Er hörte mir aufmerksam zu und nickte am Ende verstehend, als wüsste er eine Möglichkeit, mir bei meinem Problem der Zusammenführung der Tkibakik und der Talatijasus zu helfen.

»Also Gadni, wir haben hier auf der Erde ähnliche Probleme. Es ist bis heute bei manchen Bevölkerungsgruppen oder Glaubensgemeinschaften nahezu unmöglich sie zumindest einmal so weit zu bringen, dass sie einfach nur zuhören, was der andere zu sagen hat. Ich habe die Erfahrung gemacht, dass eine Annäherung meist einfacher ist, wenn man versucht einzelne Personen aus den jeweiligen Gruppen zu selektieren und diese dann zusammenbringt. Wenn du dann noch ein gemeinsames Ziel der beiden Kontrahenten findest, dann hast du gute Chancen, dass sie sich zuerst einmal gegenseitig zuhören.

Im nächsten Schritt sollte die Überraschung folgen. Wenn jeder so weit überrascht ist, dass er erkennt, dass er von eigenen Vorurteilen beherrscht wird, dann wird sich zeigen, ob die Personen überhaupt selbstkritisch sind und eine Basis für Kompromissbereitschaft gegeben ist. Finde dann mehrere Personen und führe sie zusammen. Es muss ein langsamer, stetiger Prozess sein. Wie bei einer jungen Pflanze braucht man Zeit und viel Pflege. Kommt dann aber ein Rindvieh und zertrampelt sie, ist die ganze lange Mühe umsonst gewesen.«

Diego versuchte mir seinen Standpunkt zu erklären, was ich aber ehrlich gesagt nur teilweise verstand. Das mit der Pflanze leuchtete mir ein. Nur wollte und konnte ich mir nicht so lange Zeit nehmen.

»Ich habe das nicht alles verstanden, Diego. Aber die Idee die Gruppen einzeln oder in kleinen Einheiten zueinander zu führen, hatte ich auch schon. Nur braucht das alles viel Zeit.«

»Na und, Gadni, du hast alle Zeit der Welt. Du bist ein Raum- und Zeitreisender«, meinte Diego und sah mich mit weit geöffneten Augen an, als wollte er mir sagen, dass ich doch mal etwas mehr nachdenken sollte.

»Gut gesprochen. Das ist durchaus eine Möglichkeit, obwohl ich diese Fähigkeit nicht beherrsche, sondern eher von ihr beherrscht werde.«

»Wie sieht es denn nun im Moment aus? Warst du alleine, als du hierher gelangt bist? Ich würde dich gerne begleiten und dir helfen«

»Ja, das war ich tatsächlich. Ich wanderte gerade über die Hochebene in Richtung unseres neuen Lagers, als ich plötzlich im Central Park stand. Ich hatte nicht wirklich versucht, dich zu kontaktieren, ich hatte es ehrlich gesagt aufgrund der Aufregung total vergessen.«

»Mach dir keine Vorwürfe. Das kann ich nachvollziehen. Du musstest dich, deine Sippe und vor allem dein Leben retten, denn ein toter Gadni wäre außer Stande, mir zu helfen.«

Diego grinste mich dabei freundlich an, sodass mein Unbehagen verflog. Wir saßen im hinteren Teil des Raumes an einem Tisch, der nicht direkt vom Eingang aus gesehen werden konnte, als wir hörten und spürten, da ein kühler Luftzug durch den Raum glitt, dass die Eingangstür geöffnet worden war.

»Hallo meine Herren, wie kann ich der Polizei helfen?«, hörten wir Greg laut rufen.

»Hallo! Wir sind auf der Suche nach ein paar Illegalen. Bei diversen Überprüfungen sind uns einige Namen aufgefallen. Es scheinen da ein paar verloren gegangene Pässe im Umlauf zu sein«, antwortete eine tiefe Stimme, die wohl zu einem der Polizisten gehörte.

»Ach so. Im Moment sind nicht sehr viele Besucher hier. Schauen sie sich einfach um und befragen sie die Leute hier. Möchten sie vielleicht zuerst einen heißen Kaffee. Ich habe gerade welchen aufgebrüht. Bei der Kälte draußen macht das Sinn.«

Greg war wohl bemüht, den Untersuchungsdrang der Polizei etwas aufzuhalten.

»Ja gerne«, kam dann die Antwort und wir vernahmen, wie Stühle gerückt wurden und sich scheinbar jemand hinsetzte.

Greg kam mit einem «Bin gleich zurück« um die Ecke und deutete mit einer Kopfbewegung auf die hintere Ausgangstür, als einer der Beamten rief:

»Haben sie hier noch weitere Eingänge?«

Greg winkte jetzt eindringlich mit seinen Händen in Richtung Hinterausgang.

»Ja wir haben zwei Zugänge«, gab Greg Antwort und machte eine kleine Pause.

Diego führte seinen Zeigefinger an den Mund, damit ich mich leise verhielt. Er stand auf und war sichtlich darauf bedacht, keine Geräusche zu verursachen. Er winkte mir zu, ihm zu folgen, immer noch den Finger vor den Mund haltend. Auch ich versuchte mich möglichst leise zu bewegen und folgte ihm. Greg vollendete seine Erklärung an die Polizisten gerichtet:

»Durch den Haupteingang sind sie ja hereingekommen und hier hinten haben wir noch einen Ausgang, der zu unserem Hinterhof führt.«

Greg beendete gerade seinen Satz, als Diego und ich bereits durch die Tür ins Freie traten. Weder Diego noch ich achteten darauf, dass die Tür sich nicht automatisch schloss und ließen sie einfach offenstehen. Im selben Moment öffnete jemand die Haupteingangstür und verursachte dadurch einen Durchzug, in dessen Folge wiederum die Hintertür mit einem Knall zuflog.

Wir sahen uns mit großem Schrecken an, und fingen sofort an zu laufen. Diego übernahm dabei die Führung. Wir liefen Richtung Central Park und sahen nicht mehr zurück. Hinter uns hörten wir unsere Verfolger. Stiefel trommelten auf dem Asphalt und laute Rufe forderten uns auf, stehen zu bleiben.

»Nicht schon wieder!«, hörte ich Diego laut schreien, als er sein Tempo dem meinen anpasste und während wir liefen ein Band um meinen Unterarm wickelte.

»Hier mache das schnell fest, bitte«, rief er mir zu.

Ich unternahm alles, um diese kleine Schnalle so zu öffnen, damit ich das lose Ende hindurchführen könnte, schaffte es aber leider nicht bei dem Tempo, das wir vorlegten. Ich packte das Ende und nahm mir vor, es unter keinen Umständen mehr los zu lassen. Im selben Moment kamen uns weitere Polizisten direkt entgegen, die scheinbar von ihren Kollegen zu Hilfe gerufen worden waren. Diego bog daher abrupt nach links ab und rannte über die grüne Fläche, die er Rasen genannt hatte. Ich folgte ihm sofort. Unser Abstand vergrößerte sich durch diese Richtungsänderung und das Band spannte sich, sodass Diego in seiner Geschwindigkeit etwas gebremst wurde.

Ich versuchte schneller zu laufen, konnte den Abstand aber nicht verringern. Diego verfügt einfach über längere Beine und das Laufen fiel mir sehr viel schwerer auf diesem Planeten. Meine Lungen schmerzten bei jedem Atemzug. Am Rand des Rasens, bevor man wieder diese festen Wege erreicht, errichteten die Menschen Absperrungen, die etwa so hoch waren wie zwei Hände. Sie bestanden aus runden Stangen, die grün oder braun gefärbt waren. Über eine dieser Absperrungen sprang Diego einfach drüber auf den dahinter verlaufenden Weg.

Ich überschätzte wohl meine Sprungkraft, oder setzte zu früh zum Sprung an. Jedenfalls blieb ich an dieser verflixten Stange hängen und versuchte meinen Fall instinktiv mit meinen Händen abzufangen, wobei ich das Band losließ. Der Aufprall war sehr schmerzhaft und ich rollte nach vorne über den Boden. Noch während ich so rollte, wurde es mit einem Mal sehr warm. Ich befand mich wieder auf Kanto, ohne Diego und rollte gerade auf den Abgrund des Felsplateaus zu. Die schwere Kleidung und die schweren Schuhe, die ich mit aller Gewalt gegen den Boden drückte, bremsten mich direkt an der Kante. Ich blieb zuerst einmal schwer atmend und in den Himmel starrend auf dem Rücken liegen. Mein Herz raste und ich traute nicht, mich zu bewegen. Ich fixierte mein Umfeld und drehte mich dann von der Kante weg auf meinen Bauch und kam langsam wieder auf die Beine. Mist. Ich musste Diego irgendwie helfen.

Ich setzte mich auf die Wiese, schloss die Augen und konzentrierte mich auf Diego, auf den Park und auf unser letztes Treffen in dem großen Haus.

Ich wartete eine lange Zeit. Dann verschwand die Stille um mich herum und ich hörte diesen Lärm. Motoren, Stimmen, Quietschen, Brummen und vieles mehr drang in meine Ohren und ich öffnete die Augen. Da ich noch die warme Kleidung trug, fror ich diesmal nicht. Ich saß auf einer der Parkbänke im Central Park. Nur wusste ich wieder nicht, wann ich denn hier angekommen war. Im selben Moment sah ich den jungen Mann, dem Greg dieses Stück Papier gegeben hatte an mir vorbeilaufen.

»Hallo! Du da! Warte mal!«

Leider verstand er mich nicht und lief einfach weiter. Wieder Mist. Ich musste wohl doch irgendwann einmal diese Sprache lernen. Ich stand auf und verfolgte den Jungen. Er lief nicht sehr schnell. Je weiter er sich von dem Gebäude, aus dem er gekommen war, entfernte, desto langsamer wurde er. Am Ende schlenderte er vor sich hin. An einem der noch größeren Gebäude am Ende des Parkweges drückte er auf einige Knöpfe, die an der Laibung einer Tür rechts angebracht waren. Ich vernahm daraufhin eine Stimme, die scheinbar aus dem nichts erschallte.

»Wer ist da?«

Der Junge antwortete auf diese geisterhafte Stimme:

»Hier ist Martin. Ich suche Diego. Ist Diego da?«

»Nein, der ist nicht da. Der musste zum Revier an der 86ten. Er sollte aber bald zurück sein.«

Danach knackte es einmal laut und die Stimme verstummte. Martin setzte sich auf die Stufe vor dem Eingang und wartete. Ich stand auf der gegenüberliegenden Seite immer noch im Park und wartete ebenfalls. Jetzt begriff ich auch, warum ich vorhin bei Greg so lange auf Diego warten musste. Martin stand plötzlich auf, und ging die Straße entlang bis er zu einem weiteren Gebäude gelangte, aus dem mehrere Leute herauskamen und wieder darin verschwanden. Auch er betrat dieses Gebäude. Nach einer kurzen Zeit erschien er wieder und hielt in seiner Hand eine Tüte, die er beim Rausgehen öffnete. Er nahm etwas aus der Tüte, führte es zum Mund und biss hinein. Es gab also etwas zu essen in diesem Gebäude. Da ich ausgiebig gefrühstückt hatte, verspürte ich keinen Hunger, eher Durst.

Martin erreichte unterdessen wieder das Gebäude, vor dem er bereits gewartet hatte und setzte sich erneut auf die Stufen. Er aß zu Ende und warf anschließen die Tüte in einen Behälter, der am Straßenrand an einer Stange befestigt war. Plötzlich drehte er sich um und lief erneut in die Richtung, wie zuvor. Dabei wedelte er mit den Armen und rief etwas, dass ich nicht genau verstehen konnte. Ich folgte mit meinem Blick seinem Weg und sah, dass ihm Diego entgegenkam. Er ging auf den Jungen zu und gab ihm die Hand. Scheinbar erklärte ihm Martin gerade, weshalb er ihn suchte. Diego durchwühlte das Haar des Jungen, verabschiedete sich und überquerte die Straße in Richtung des Parks. Der Hauptweg führte direkt an meiner Position vorbei.

»Hallo, Diego!«, rief ich ihn an.

Er kam sofort mit einem freudigen Lächeln auf mich zu: »Hallo Gadni. Du hast mich also nicht vergessen.«

»Das hast du mir schon einmal gesagt heute, beziehungsweise würdest du es gleich tun, wenn ich jetzt nicht hier wäre.«

Jetzt sah er mich sichtlich verwirrt an.

»Äh, wie meinst du das? Was ist geschehen? «

Ich erzählte ihm meine kurzfristige Vergangenheit, die im Moment gerade erneut ablief.

»Das ist jetzt sehr schwierig. Bin ich jetzt gerade bei Greg und hier? Was tue ich, wenn du nicht kommst, was passiert dann mit uns?«, wollte ich natürlich wissen.

Schließlich verfügte ich noch nicht über Diegos Erfahrung. »Genau genommen müsstest du in diesem Moment an deinem vorherigen Standort verschwinden. Du hast in dem Moment, als du mich angesprochen hast, die Vergangenheit geändert. Für alle Akteure, die sich jetzt im Umfeld deines vorherigen Ich aufhalten, werden die Erinnerungen anders sein, als für dich. Der Einzige, bei dem sich etwas ändert, bist du. Setz dich am besten da auf die Bank.«

Diego deutete auf die Parkbank, die an unserem Weg zu sehen war. Ich setzte mich auch sogleich hin und im selben Moment durchfuhr mich ein furchtbarer Schmerz. Mein Kopf schien zu platzen. Als drängten alle nun nicht mehr relevanten Erinnerungen mit einem Mal aus mir heraus. Ich begann zu zittern, fiel zur Seite und Blut rann aus meiner Nase. Diego hielt mich fest, damit ich mich nicht durch meine unkontrollierten Bewegungen verletzen sollte. Es dauerte nicht lange. Mit einem Mal verflog der Schmerz und machte einer totalen Euphorie Platz.

»Auch das geht vorbei. Wir sollten einen Moment abwarten. Weder übertriebener Schmerz, noch überschwängliche Energie helfen uns weiter. Besonnenheit ist nun gefragt.«

Diego half mir, mich wieder aufrecht auf die Parkbank zu setzten. Er nahm das Band aus seiner Hosentasche und legte es mit Ruhe und Bedacht um mein Handgelenk.

»So, das wäre dann erledigt. Ich habe mir schon gedacht, dass mein Glück von vorhin nicht von Dauer sein konnte. Der Cop war zwar freundlich, hat aber meine Daten notiert. Zum Glück bist du jetzt da, denn bleiben kann ich hier nicht mehr.«

Ich sah Diego in die Augen und erkannte, dass er sichtlich verzweifelt war. Ich legte ihm meine rechte Hand beruhigend auf seine linke Schulter. Dann saßen wir im Gras auf dem Hochplateau und fingen an zu schwitzen.

Diego rieb sich mehrfach die Augen und schirmte diese dann vor den Strahlen des immer höher steigenden Lorsons ab.

»Zieh am besten die dickeren Sachen aus und folge mir. Wir müssen zuerst zurück zu den Tkibakik. Ich möchte dir Tabaklas vorstellen und dir leichtere Kleidung besorgen, bevor wir zu den Talatijasus aufbrechen«

Diego, der staunend die Landschaft betrachtete, folgte mir bereitwillig.

Markus atmete als Erster aus. Langsam und äußerst leise folgten die beiden Damen seinem Vorbild. Marcos stand direkt vor dem großen Regal an der Wand neben der Eingangstür. Er sah aufmerksam nach links und rechts, als prüfe er, dass auch niemand da sei, der ihn beobachten könnte. Als sein Blick den Tisch streifte, hielten alle erneut den Atem an. Marcos nahm einen der Stühle, die am Tisch standen und stellte ihn vor das Regal. Markus hoffte insgeheim, dass er nicht merkt, dass zuvor jemand auf dem Stuhl gesessen hatte. Aber er setzte sich nicht oder berührte die Sitzfläche mit seiner Hand, sondern nutzte den Stuhl, um darauf zu steigen. Er griff an das hintere Ende des Schrankdeckels und fischte dort eine Mappe hervor. Dann stieg er vom Stuhl herunter, stellte ihn wieder an seinen Platz zurück und verließ das Zimmer. Die drei hörten noch, wie er die Stufen hinaufschlich und das Haus verließ.

»Was war denn das?«, fragte Yaiza sichtlich überrascht.

»Ich kann mich daran erinnern, dass Marcos uns vor drei Tagen anrief, um María und Pietro für diese Tour zu engagieren. Dass er hier gewesen war, wusste ich nicht. María erzählte mir noch, dass sie alles mit Marcos telefonisch besprochen hatte und sie und ihr Bruder besorgten dann an diesem Mittag noch einige von diesen medizinischen Notfallpaketen. In der Zeit legte ich mich ein wenig hin, da ich sehr müde war. Das muss genau jetzt gewesen sein«

Yaiza versuchte den Zeitraum möglichst einzugrenzen, zu dem sie sich nun befanden. Markus und Fabienne wollten von Yaiza natürlich wissen, ob sie davon wusste, dass da etwas hinter ihrem Schrank versteckt gewesen war, was diese verneinte.

»Mich würde auch interessieren, was denn da versteckt war. Es muss wohl etwas Wichtiges gewesen sein, das er vor dem Zugriff anderer verbergen wollte, sonst hätte er es doch sicher nicht hiergelassen, wo er keinen direkten Zugriff darauf hatte«

»Aber ich dachte, dass er genau über die Fähigkeiten, die Diego und Markus haben, auch verfügen kann. Dann kann er doch immer und überall hin, oder?«, wollte Fabienne wissen. Warum dann gerade hier und was war das denn nun gewesen? Markus verspürte einen plötzlichen Schwindel und forderte die anderen dazu auf, sich doch wieder an den Tisch zu setzen, da er etwas trinken wollte.

Als sie sich dann setzten fiel Fabienne zuerst auf, dass die Tischdecke und auch die darauf stehenden Getränke verschwunden waren. Markus kniff die Augen zusammen, atmete tief ein und wieder aus.

»Da bin ich wohl wieder unfreiwillig durch die Zeit gedriftet. Nach dem Kalender sind wir jetzt einen Monat früher hier.«

Yaiza und Fabienne sahen auch auf den Kalender und bestätigten Markus Vermutung mit einem Kopfnicken. Alle sahen sich an und dann auf den Schrank. Markus nahm einen der Stühle und wollte nach der Mappe suchen. Yaizas Band hinderte ihn daran. Er griff danach und wollte es gerade abstreifen, als Yaiza mit einem spitzen Schrei ihn davon abhielt.

»Nein, nicht, wir wollen hier nicht gefangen sein. Nicht ablegen!«"

Markus stoppte sofort und bat Yaiza, ihr Band an seinem anderen Arm zu befestigen, an dem sich auch das Band von Fabienne befand. Mit einem befreiten Arm, konnte er auch den Rand des Schrankdeckels abtasten. Da befand sich tatsächlich eine Art Steckvorrichtung, in der sich die besagte Mappe befand. Markus griff zu und beförderte sie hervor. Er stieg vom Stuhl und legte die Mappe auf den Tisch. Yaiza nahm erneut Getränke aus dem Kühlschrank und sie setzten sich wieder.

»Mach auf«, befahl Yaiza und Markus klappte die Mappe auf.

Darin befanden sich einige Zeitungsausschnitte und mehrere Blätter mit handschriftlichen Notizen.

»Das ist Diegos Handschrift«, stellte Yaiza fest. Sie sah sich die Blätter genauer an und erkannte, dass Diego hier Namen und Orte von Personen vermerkt hatte, denen er in der Vergangenheit begegnet war und denen er in irgendeiner Form geholfen hatte. Sie erkannte dabei, dass vor allem die Obdachlosen, die Hilfebedürftigen und die Mitarbeiter aus New York auf den Listen standen, sowie Termine zu denen er dort war oder dort sein wollte. Einige der Daten waren abgehakt, andere wiederum waren ohne Häkchen.

Markus sah sich in der Zwischenzeit die Zeitungsausschnitte an und stellte fest, dass alle auf Englisch verfasst waren und aus der Vergangenheit stammten. In den Berichten erwähnten die Journalisten immer wieder ein bestimmtes Obdachlosenheim und es waren Bilder von einem Greg und von Diego zu sehen. Das waren die Hinweise, nach denen Yaiza so lange gesucht hatte. Da er in einer Zeit agierte, zu der es noch kein Internet gab, war die Zeitung das wichtigste Medium gewesen. Aber wieso waren diese Informationen hier versteckt? Markus las weiter. Der Stapel mit Ausschnitten war nicht gerade klein. Er nahm sein Smartphone zur Hand und googelte nach dem Namen der Zeitung, The Evening World. Diese wurde laut Google von 1887 bis 1931 veröffentlicht. Sollte Diego tatsächlich irgendwo in dieser Zeit gefangen sein? Yaiza und Fabienne hatten unterdessen auch angefangen die Zeitungsanzeigen durchzusehen. Yaiza nahm einen Bericht und las aufmerksam. Dann hielt sie sich die Hand vor den Mund, sichtlich schockiert.

»Was hast du gefunden?«, wollte Markus sogleich wissen.

Er und auch Fabienne beugten sich zu Yaiza über den vor ihr liegenden Bericht.

Da stand in großen Lettern zu lesen, dass die Wall Street explodiert sei. Am 16.09.1920 gab es einen Bombenanschlag auf die Wall Street. Der Autor spekulierte, ob hier ein Raubüberfall auf einen Goldtransport im Wert von neunhundert Millionen Dollar misslungen sei, oder aber ein Anschlag einer anarchischen Gruppe erfolgte, da auch ein Bekennerbrief gefunden wurde. Das erschreckende für Yaiza war, dass die Zahl 900 und das Dollarzeichen in dem Bericht mit einem dicken roten Kreis markiert waren.

Fabienne sprach aus, was Yaiza befürchtete.

»Meinst du, dass Diego da etwas mit zu tun hatte?«

»Das kann ich mir nicht vorstellen, aber ich traute und traue bis heute Marcos nicht, der sicher Argumente fand, um Diego zum Mitreisen zu veranlassen«, gab Yaiza schluchzend zur Antwort.

»Wir sollten die Mappe aber unbedingt wieder zurücklegen, damit er sie in der Zukunft auch findet. Wenn wir an dem Ablauf etwas ändern, wird er es merken«

Yaiza deutete nach oben zum Schrank. Markus verstaute alle Papiere wieder in der Mappe und die Mappe an ihrem vorherigen Platz und setzte sich wieder hin. Er lehnte sich auf seinem Stuhl zurück und begann zu überlegen. Dieser Marcos scheint irgendwie immer in die Abläufe involviert zu sein. Wenn sie es nur schaffen könnten, ihn dazu zu zwingen, die Wahrheit zu sagen, dann erst könnten sie Diego vielleicht retten. Mag sein, dass es jugendlicher Leichtsinn oder gar einer der besonderen Geistesblitze war, die Markus durchfuhr. Er schaffte es nicht einmal, den Gedanken wirklich zu beenden, als er ihn auch schon in die Tat umsetzte. Zumindest erkannte er in dem kurzen Moment, dass er nicht alleine hierher gelangt war, ploppte zurück in die Gegenwart, streifte beide Bänder von seinem Arm und in der folgenden Millisekunde erkannten Yaiza und Fabienne beide, dass seine leuchtend helle Aura auf einmal schwarz wurde. Er war verschwunden, alleine.

Markus saß bewegungslos in dem Bekleidungsschrank auf der Esmeralda. Durch das Loch in der Wand drang immer noch ein leichter Lichtschimmer hindurch, da das eiligst von ihm darin untergebrachte Kleidungsstück es nicht komplett verschlossen hatte. Er bewegte sich langsam, um nicht den Lichtsensor innerhalb des Schrankes zu aktivieren, und zog langsam das Kleidungsstück heraus. Er erkannte Faris, der am Funkgerät saß und versuchte, Kontakt mit Mustafa aufzunehmen, als Marcos ins Zimmer trat. Markus beobachtete, wie Faris verschwand und Marcos erstarrte, nur um einen Augenblick später beide in panischem Geschrei wieder zu sehen. Nachdem Sie dann erneut verschwanden, erstarrten und erneut materialisierten, belauschte Markus die Erklärungen von Marcos und konnte sich nun langsam ein Bild von der momentanen Situation machen. Dabei erkannte er auch sofort sein Problem. Würde er jetzt das umsetzen, was er eigentlich vorhatte, würde er Faris die Möglichkeit nehmen, seine Frau zu retten.

Das wollte er nun wirklich nicht riskieren. Noch während er so über die Situation nachdachte, starrte er weiterhin durch das Loch in der Wand. Faris beteuerte gerade, dass er genau Marcos Anweisungen befolgen würde, so lange er nur seine Frau retten könne, als Markus das Gleichgewicht verlor. Dummerweise positionierte er seinen rechten Fuß auf einer äußerst unstabilen Unterlage, die nun begann in Richtung der gegenüberliegenden Wand zu rutschen. Sein Versuch dagegen zu halten bewirkte lediglich, dass er noch schneller mit den Füßen davon glitt. Da beide Hände an der Wand anlehnten, griff er instinktiv nach einem der rechts von ihm positionierten Regale, um nicht mit dem Kopf gegen die Wand zu schlagen. Das Licht im Schrankzimmer erstrahlte bei seinen schnellen Bewegungen. Geblendet hob er den linken Arm vor seine Augen. Er rutschte endgültig weg und knallte mit dem Ellbogen gegen die Wand. Sein

Arm ragte durch ein riesiges Loch in den Nebenraum und der Knall hallte immer noch im Raum wider, als er von Marcos gepackt und durch die dünne Wand in den Funkraum gezogen wurde. Die Wand mit den Regalen stürzte dadurch komplett ein. Markus lag am Boden bedeckt von Kunststoffteilen. Ein Splitter steckte in seinem Arm und schmerzte sehr. Blut tropfte auf den Boden. Marcos stand breitbeinig über ihm und fegte mit der freien Hand die Trümmerteile davon.

»Wen haben wir denn da?«, stieß er wütend hervor.

Das helle Licht blendete Markus immer noch, sodass er nur Marcos und Faris Silhouetten erkennen konnte. Marcos Verwunderung konnte er nicht sehen aber hören.

»Du? Wie kommst du denn hierher? Du bist doch mit den anderen von Bord gegangen. Ich habe dich genau gesehen.«

Es folgte eine längere Pause und Marcos ließ Markus' Arm auch sofort los, als habe er ein heißes Eisen angefasst.

»Faris, hilf ihm auf und setze ihn auf den Stuhl«, befahl er Faris, der den Befehl sofort in die Tat umsetzte.

Markus blinzelte in das auf ihn gerichtete Licht. Langsam konnte er sein Umfeld besser erkennen.

»Wie bist du hierhergekommen?«, fragte ihn Marcos auf Spanisch.

Markus hielt kurz inne und überlegte, was er dazu sagen sollte.

»Was musst du so lange überlegen? Antworte!«, schrie Marcos nun sichtlich erbost.

Markus wusste, dass wenn er jetzt antworten würde, Marcos sofort wüsste, dass er ihn verstanden hatte. Aber da er auch keine Erklärung für sein Hiersein hatte, konnte er auch gleich mit offenen Karten spielen. Er antwortete ihm daher auf Deutsch:

»Ich soll dir schöne Grüße von Yaiza ausrichten. Ich hätte da ein paar Fragen wegen Diego«

Markus gewöhnte sich langsam an die Lichtverhältnisse und konnte tatsächlich erkennen, wie so langsam die Farbe aus Marcos Gesicht wich. Gehetzt, wie ein in die Enge getriebenes Tier starrte er nach links, rechts, oben, unten, wich langsam zurück und packte Faris am Arm. In der nächsten Millisekunde verschwand dieser. Marcos Gestalt erstarrte kurz, nur um sofort wieder wutentbrannt auf ihn einzureden.

»Wer hat dich wirklich geschickt? Gehörst du auch zu diesen Fanatikern? Bist du auch ein Lightblue Angel? Rede schon. Und komm mir nicht zu nahe.«

Marcos schien genau das zu befürchten, was er eigentlich vorhatte. Er wollte ihn mitnehmen zu Yaiza und Fabienne, sodass er von seinem Transport abhängig geworden wäre.

»Ich weiß nicht, was du damit meinst. Was ist ein Lightblue Angel?«, schrie Markus zurück.

»Lightblue, Dark Intent, Security Ranger? Du hast noch nie davon gehört? Hahaha, dann freu dich drauf«, lachte Marcos ihm ins Gesicht, nahm einen Revolver aus seinem Gürtelbund, den er vor seinem Verschwinden noch nicht hatte, und schoss auf Markus.

Als stünde die Zeit still, sah Markus die Kugel auf sich zu fliegen. Sein erster Gedanke war, wow ich bin in der Matrix, nur um vor dem Einschlag wieder neben Yaiza und Fabienne ins Leben zurückzukehren.

Noch bevor Yaiza und Fabienne sich über Markus Alleingang aufregen konnten, stand er schon wieder mit voller Energie neben ihnen. Markus schnappte sofort Fabiennes Hand und zog sie von Yaiza weg. Yaiza selbst wich sichtlich überrascht einen Schritt zurück.

»Was ist los mit dir mein Junge?«, fragte sie Markus.

»Ok! Jetzt mal Klartext. Was bedeutet Lightblue Angel, Dark Intent oder Security Ranger?«, schrie Markus Yaiza entgegen.

Fabienne riss die Augen auf und legte beruhigend eine Hand auf Markus Brust.

»Was ist los mit dir? Was ist geschehen? Warum schreist du Yaiza so an?«

Markus nahm Fabiennes Hand von seiner Brust und hielt sie fest.

»Das sollten wir Yaiza fragen. Erzähle uns doch bitte einmal etwas, das uns wirklich weiterhilft und nicht nur dumm im Unwissen lässt. Was bedeuten diese Namen?«

Yaiza nahm einen der Stühle und setzte sich, die beiden Jugendlichen fixierend, hin.

»Setzt euch! Markus nimm die Bänder wieder auf und bring uns zurück in der Zeit, damit wir wirklich nicht gestört werden.«

Yaiza blieb ruhig und gelassen. Fabienne nahm die beiden losen Enden zur Hand und reichte sie Markus mit einem bittenden Blick. Kurze Zeit später saßen sie wieder, diesmal eine Woche früher, in dem Raum um den Tisch.

»Na dann! Ich wollte dich nicht verärgern oder verunsichern. Diego weiß über diese Dinge viel besser Bescheid als ich, weshalb mein erster Gedanke war, ihn zurückzuholen und dann weiter zu sehen. Was hast du getan Markus? Wo warst du? Wen hast du getroffen? War es Diego?«

Markus sah ihr an, dass sie tatsächlich unter dem Verlust ihres geliebten Diego litt, so sehr, dass sie nur noch an die Möglichkeit seiner Rückkehr dachte. Er betrachtete Yaiza etwas genauer und konnte dabei feststellen, dass sich einiges an ihr verändert hatte. Markus beugte sich zu Fabienne und flüsterte ihr etwas ins Ohr. Sie schaute ihn überrascht an und nickte dabei.

»Entschuldige bitte Yaiza, aber ich muss zur Toilette«, antwortete er Yaiza, ohne auf deren Fragen einzugehen.

»Ok, dann sollten wir erst zurück in unsere Zeit. Auf ein paar Minuten kommt es ja nun auch nicht mehr an«, erwiderte sie und merkte dann auch sofort, dass sie in der Gegenwart zurück waren.

Markus streifte beide Bänder wieder ab und verschwand alleine durch die Tür.

»Was hat er vor?«, wollte Yaiza von Fabienne wissen, die unterdessen Yaiza genau beobachtete.

»Er muss wirklich zur Toilette. Er hat sich höflich, wie er ist, dafür bei mir entschuldigt«

Yaiza gab sich mit Fabiennes Antwort zufrieden, seufzte kurz und lehnte sich in ihrem Stuhl zurück. Markus begab sich zur Toilette. Dort angekommen dachte er sofort an den Zeitpunkt, als sie hier an diesem Haus ankamen. Er wünschte sich intensiv genau zu diesem Zeitpunkt wieder hier zu sein und stand dann vor dem Haus auf der Straße vor den Stufen, die zum Eingang führten. Es hatte funktioniert. Er schlich sich, hinter den Hecken Deckung suchend, die Stufen hoch. Dort vor dem imposanten Eingangstor standen Yaiza und Fabienne und umarmten sich gerade. Markus nahm sein Smartphone zur Hand zoomte die Szene heran und machte ein Foto. Dann kehrte er wieder zurück, betätigte die Toilettenspülung und ging wieder zu Yaiza und Fabienne. Nachdem er eingetreten war, setzte er sich absichtlich auf die gegenüberliegende Seite des Tisches. Yaiza stand auf, nahm ihr und Fabiennes Band und reichte ihm diese über den Tisch. In diesem Moment bestätigte sich seine Vermutung. Fabienne nahm ihren Stuhl und setzte sich neben Markus.

»Ok. Was ist nun geschehen, da ihr wohl sichtbar auf Distanz geht?«, fuhr Yaiza mit der Unterhaltung fort.

Markus konzentrierte sich zunächst auf die Vergangenheit und wartete einen Moment bis er antwortete.

»So jetzt haben wir wieder alle Zeit der Welt, wie du mir ja schon erklärt hattest, was willst du von mir Yaiza?«, fragte nun Markus seinerseits.

»Mein Junge, was ist nur passiert? Erzähl es mir doch, damit wir weiterkommen und Diego helfen können.«

»Nein! Zuerst will ich einiges wissen.«

»Fabienne? Was hast du gesehen?«, richtete er sich nun an Fabienne.

»Du hattest tatsächlich Recht. Die Farben haben sich total geändert. Da gibt es keine dunklen Farben mehr. Sie hat sich total erholt.«

»Das habe ich mir gedacht. Ich habe ein Foto gemacht als wir hier ankamen. Du standst neben ihr. Sie war gut zehn Zentimeter kleiner als du und sichtbar gebeugt. Auch ihr Gesicht war überzogen mit Falten. Schau.«

Markus reichte Fabienne sein Smartphone mit dem Bild, das er geschossen hatte.

»Unglaublich, was für eine Veränderung«, bemerke Fabienne.

Yaiza blickte nun etwas ernster zu ihnen herüber. Ihre großmütterliche Freundlichkeit schien zu verblassen. »Gut. Scheinbar ist die Zeit des Wohlwollens nun zu Ende. Es ist richtig. Wie ihr bemerkt habt, bin ich auf dem Wege der totalen Genesung. Aber das habe ich dir bereits erklärt. Ich profitiere von deinen Kräften und gesunde daher zunehmend, je länger ich in deinem Umfeld verweile. Ich habe keine bösen Absichten und wirklich nur das Ziel, Diego wieder in seinen Zeitstrom zurückzubringen«

Yaiza machte eine kurze Pause.

»Ich wäre sehr froh, wenn ich euch dabei auf meiner Seite hätte, werde aber auch ohne eure Unterstützung mein Ziel weiterverfolgen. Dass ich hier ohne deine ausdrückliche Erlaubnis von deinen Kräften profitiere liegt an der Natur der Kraft, die einfach da ist und uns Privilegierte nährt.«

»Diese Kraft, die dich nährt, wie du sagst, ist nicht deine eigene, sondern die von Markus, Marcos oder Diego. Ist diese Kraft unendlich oder verlieren diese Personen an Kraft, wenn wir sie nutzen?«, fragte Fabienne.

»Wir sind keine Vampire oder Ähnliches. Es ist eher eine Art Symbiose. Wir erhalten diese Kraft, um wiederum unsererseits Informationen an die Kraftspender weiter zu geben. Markus kann nicht sehen, was wir sehen. Schau dir seine Aura noch einmal ganz genau an. Was siehst du? Beschreibe es ganz genau«

Markus berührte Fabienne am Arm, um ihre Aufmerksamkeit zu erlangen.

»Stopp. Du kannst dir gerne meine Aura anschauen, aber bitte behalte deine Erkenntnisse noch für dich. Ich bin mir nicht mehr sicher, ob wir Yaiza weiterhin einfach so vorbehaltlos vertrauen sollten.«

»Es tut mir leid, Markus, wenn dein Vertrauen dahin ist. Ich weiß immer noch nicht, was passiert ist. Wie soll ich euch da weiterhelfen?«

Yaiza versuchte erneut, zu Markus vorzudringen.

»Tja, dann erzähle mir doch einfach einmal, was du siehst, denn du kannst es ja auch. Und wir können dann ja erfahren, ob Fabienne das genauso sieht. Du hast die Kraft ja auch von mir, also sollte ich wohl auch davon profitieren. Oder?«

»Gut. Wie du meinst. Du strahlst sehr hell. Das anfängliche eher gelbliche Schimmern ist verschwunden. Mein erster Reflex ist tatsächlich wegzuschauen, da die Helligkeit schmerzt. Nach einiger Zeit jedoch gewöhnt sich das Auge an die Strahlen und man erkennt dann die tatsächliche, zusätzliche Färbung direkt am Übergang zu deiner Haut. An diversen Stellen sehe ich hellblaue Streifen, an Anderen schwarze Punkte und an Einigen sind noch gelbe Reste zu sehen. Die unterschiedlichen Farbübergänge sind typisch für Anfänger, wie dich«

Markus hob seine Augenbrauen an und Yaiza merkte, dass sie damit wohl zu viel gesagt hatte.

»Ich bin also ein Anfänger. Du weißt also viel mehr, als du uns bereit warst zu erzählen. Wenn du mich als Anfänger einstufen konntest, musst du ja auch Erfahrungen mit Fortgeschrittenen haben«

Markus fuhr an Fabienne gerichtet fort:

»Stimmt das, was sie sagte? Kannst du das auch so sehen?«

»Ich versuche, mich zu konzentrieren. Es ist tatsächlich so, dass es schmerzt, wenn ich in dieses helle Licht schaue«

Markus konnte Fabienne ansehen, dass sie sich konzentrierte. Sie starrte ihn an und runzelte immer mehr angestrengt die Stirn.

»Hör auf, Fabienne!«, rief Yaiza.

»Du bist auch ein Anfänger. Ich möchte nicht, dass du dir schadest. Dafür seid ihr mir mittlerweile zu sehr ans Herz gewachsen.«

Yaiza hatte Tränen in den Augen.

»Ich wollte euch eigentlich nur schützen. Wenn man am Anfang zu viel weiß, kann auch sehr schnell, sehr viel schiefgehen.«

Fabienne schloss die Augen und klagte über Kopfschmerzen.

»Das passiert am Anfang. Die Kopfschmerzen werden aber sehr schnell wieder vergehen, solange du in Markus Nähe bist«

»Was passiert, wenn wir getrennt werden?«, wollte Markus wissen, »Wird sie darunter leiden, oder gar Schaden nehmen?«

»Nein. Ihre Kräfte werden immer da sein. Nur wird sie schneller ermüden und länger brauchen, bis sie sich wieder regeneriert. So war es zumindest bei mir gewesen«

»Wie ist das nun. Gibt es viele von uns? Gibt es da eine Organisation oder etwas in der Art. Ich nehme nicht an, dass da eine Homepage existiert oder eine Notfall-Telefonnummer«

Yaiza sah Markus direkt an, um wirklich seine Aufmerksamkeit zu erlangen.

»Die Anzahl der Lichtreiter ist nicht bekannt. Es geschieht auch sehr selten, dass jemand Neues mit diesen Kräften entdeckt wird, was nicht heißt, dass es sie nicht gibt. Es kann nur vorkommen, dass die Kräfte dem Einzelnen nicht bewusst werden. Manchmal dauert es eben länger bis der erste unfreiwillige Transfer stattfindet. Wie ich euch bereits erzählte geschah uns das genauso wie euch. Außer Diego und Marcos begegnete uns in den ersten beiden Jahren niemand mit ähnlichen Kräften. Erst als wir anfingen Vorteile aus der Vergangenheit für uns persönlich zu erforschen, trafen wir auf weitere Lichtreiter«

»Ist Lichtreiter die offizielle Bezeichnung für Leute, wie mich?«, wollte Markus wissen.

»Nein, da gibt es nichts Offizielles und es sind auch nicht nur Menschen, die dir da begegnen werden. Wie du schon erfahren musstest, ist wohl das ganze Universum mit seinen tatsächlich existierenden Wesen mit diesen Kräften durchzogen. Und nein, wir konnten bislang keine höheren Wesen oder dafür Verantwortliche finden. Es passiert einfach. Du wirst selbst bald merken, dass je mehr du in diesem Zeitfluss unterwegs bist, du die Wesen, die deine Kräfte teilen, immer eher spüren wirst.«

»Und was sind dann die Lightblue Angels, die Dark Intent oder die Security Ranger?«

»Auch das ist nicht einfach zu erklären. Die Kräfte, die du da anwendest wirken sich direkt auf deine Psyche und deine Physis aus. Je mehr du von deiner Kraft frei gibst, desto erschöpfter wirst du sein. Aber Schlaf und Ruhe werden dich immer wieder regenerieren. Zudem achtet die Kraft selbst darauf, dass du sozusagen nie mit leeren Batterien unterwegs bist.«

Yaiza unterbrach ihre Erklärungen, nahm sich aus dem Kühlschrank eine Flasche Wasser und trank einen großen Schluck daraus.

»Ich habe euch von der sonderbaren Aktion auf dem fremden Planeten erzählt. Damals kotzte Diego tatsächlich nicht den Inhalt seines Magens aus, sondern gab einen Teil seiner Kraft an die Natur des Planeten ab, sodass dieser wieder regenerieren konnte. Und da kommen wir auch schon zu den Dark Intent.«

Markus lauschte immer aufmerksamer, hielt aber seine Neugier zurück, um Yaiza nicht zu unterbrechen.

»Es gibt keine speziellen Gruppen oder besondere Ausbildungseinrichtungen. Die Wesen, die durch diese Kräfte durch das Universum und durch die Zeit getragen werden, weisen keine Besonderheiten oder irgendwelche Kenntnisse auf. Diego zitierte da immer wieder seine ach so geliebte Chaostheorie. Du bist nun einmal einer der Betroffenen. Mit der Zeit werden dir Wesen begegnen, die auch diese Kräfte nutzen können. Einen kennst du ja schon persönlich. Dir ist sicher auch aufgefallen, dass Marcos seine Besonderheiten hat, wie jeder Mensch. Mit dieser Kraft geht nicht automatisch eine charakterliche Veränderung zum Guten einher. Es ist eher so, dass diese Kräfte auf Gut und Böse treffen. Die Intentionen der Leute verändern sich nicht automatisch zum Guten, wenn sie diese Fähigkeiten haben. Der Egoist bleibt auch meist einer, nur, dass er jetzt Möglichkeiten sieht, die ihm ganz andere Alternativen eröffnen. Wir trafen tatsächlich Menschen, wie Diego, die ihre neue Kraft als Geschenk bewerteten, sich veranlasst sahen diese zum Wohle aller einzusetzen und auch entsprechend handelten. Dabei entstand ein kleines Netzwerk mit Gleichgesinnten, die sich gegenseitig unterstützten. Sie selbst nannten sich die Lichtreiter. Zuerst nannten sie sich Ritter des Lichts, dann Lichtritter. Da ihnen das aber doch zu archaisch klang, einigten sie sich dann auf Lichtreiter. Die Gruppe der meist selbstlosen Lichtreiter nutzt den internationalen Begriff Lightblue Angel, da ihre Leuchtaura mit einer hellblauen Verbindung zu ihren

Körpern erscheint, wie ich das auch teilweise bei dir gesehen habe, Markus. Die andere Gruppe sind die Dark Intent. Diesen Namen haben ihnen die Lightblue Angels gegeben. Wie du sicher erraten kannst, liegt dies in der Tatsache begründet, dass die egoistische Ausrichtung der Dark Intent auch als „dunkle Absichten" eingestuft werden. Die Dark Intent sind oft Einzelgänger, wie Marcos. Es kann aber durchaus vorkommen, dass sie sich zu größeren Projekten zusammenfinden. Es gibt keine sich bekämpfenden Gruppen, wie man das so oft in diesen Fantasyfilmen sieht. Ich selbst konnte eine Besonderheit feststellen. Bei den Dark Intent bemerkte ich bei allen, dass der Anteil der hellblauen Übergänge minimal war. Die schwarzen Punkte überwogen tatsächlich, weshalb Dark Intent auch aus einer weiteren Sicht zutreffend ist.«

Yaiza machte wieder eine Pause und trank etwas.

»Und keine staatliche Institution bekam bisher davon Wind, oder irgendeine einflussreiche Person, die dann versucht mehr als nur die eigenen Kräfte zu nutzten? Ich könnte mir vorstellen, dass jemand, der zum Beispiel in einer hohen militärischen Position ist, es begrüßen würde eine Armee von Dark Intent anzuführen.«

Markus wartete auf Yaizas Antwort.

»Das stimmt schon. Wir stellten uns diese Frage auch. Aber bislang trafen wir noch niemanden mit solchen Ambitionen. Diego besitzt ein Notizbuch mit den Lightblue Angels hier auf der Erde, die wir kennen gelernt haben. Leider ist es mit ihm verschwunden. Genaugenommen wuchs diese Liste in einigen Jahren auf eine kleine sehr überschaubare Anzahl. Es gibt nicht sehr viele Lichtreiter auf der Erde, egal von welcher Art. Außerdem stammen auch nicht alle aus der gleichen Zeit. Wir trafen sehr alte, aber immer noch jung aussehende Personen, aber auch Leute aus der Zukunft, die nur kurz hier verweilten. Auf dem fremdartigen Planeten trafen wir tatsächlich auch ein nichtmenschliches Wesen, das mit uns kommunizieren konnte. Nur ist die Kontaktaufnahme mit anderen Welten über ein Telefon schwer möglich. Du wirst feststellen, dass das eine deiner Möglichkeiten ist. Ich hatte die Hoffnung auf Hilfe schon aufgegeben bis du kamst.«

Yaiza lehnte sich auf ihrem Stuhl zurück und atmete einmal kräftig aus. Dann schaute sie mit erneut verzweifelter Mine die beiden Jugendlichen an.

»Wie geht's nun weiter?«, fragte sie.

»Na gut. Wenn du mir noch erzählen kannst, was ein Security Ranger ist, erzähle ich euch, was ich vorhatte und was dann passierte«, erklärte Markus sich bereit.

Yaiza lächelte und sagte einfach nur:

»Ich, ich bin ein Security Ranger. Fabienne wird wohl einer werden, wenn sie ihre Fähigkeiten annimmt und nutzt. Aber auch dieser Name ist ein Begriff, den wir zum besseren Verständnis selbst kreiert haben. Nicht jeder Security Ranger entdeckt seine Fähigkeiten. Vor allem treten sie nur zu Tage, wenn ein Lichtreiter in der Nähe ist. So gesehen, hatte Fabienne Glück. Diego erklärte die Erkenntnis, dass wir meist neben einem Lichtreiter auch einen Security Ranger antrafen, mit seiner speziellen Chaostheorie. Die Kraft steuert nach seiner Überzeugung das Chaos so, dass das Ergebnis wie zufällig bewirkt erscheint, aber sich doch zielführend auswirkt«

»Das klingt alles sehr eigenartig. Als wäre der Highlander ein Jedi, der zurück in der Vergangenheit den Timecop spielt, damit die Zeitlinie nicht kontaminiert wird und Captain Janeway zurück zur Erde kommt«, meinte Markus und schüttelte dabei den Kopf.

»Was meinst du damit? Was ist ein Timecop und wer ist Janeway?«, antwortete Yaiza und Fabienne musste grinsen.

»Ist schon gut, das sind alles nur Fantasyfilme«, sagte Markus abwinkend zu Yaiza, die wiederum nun Markus dazu drängte zu erzählen, was denn vorgefallen sei.

Markus berichtete von seiner Absicht, Marcos zu stellen und darüber, wie das Ganze dann ausgegangen war.

»Er hat wirklich auf dich geschossen? Oh mein Gott, so ein Mistkerl.«

Yaiza war sichtlich erschüttert und Fabienne schüttelte unentwegt den Kopf, als wollte sie ihm klarmachen, dass sie genau so etwas befürchtet hatte.

»Wie machen wir denn nun in unserer Gegenwart weiter?«, wollte Markus wissen.

Im Moment stand dort die Zeit für sie genau genommen still. Aber das sollte und konnte ja kein Dauerzustand werden, zumal Markus sich auch nicht gerne an die Leine legen ließ.

»Ich fühle mich auch nicht sehr wohl dabei für euch beide die Verantwortung zu tragen. Eure Rückkehr in die Echtzeit hängt lediglich an diesen Bändern«, gab Markus zu bedenken, ergriff dabei die beiden Bänder und hob sie leicht an.

»Oh, bitte aufpassen!«, rief Fabienne erschrocken aus, was Markus noch mehr davon überzeugte, hier nicht zu lange zu verweilen.

»Mein Vater wird darauf drängen, dass wir weiterreisen, er war sowieso nicht begeistert von dem Trip. Meine Mutter wandte alle ihre Überredungskünste an, um ihn dazu zu bringen hier mitzufahren. Ich glaube auch, dass er dich nicht so recht mag.«

Fabienne schaute nach ihrer Analyse verlegen zur Seite.

»Ihr solltet, egal wie dieser Urlaub denn zu Ende gehen wird, immer daran denken, euch an alles hier zu erinnern. Vor allem du Markus.«

Yaiza sah Markus dabei sehr eindringlich an.

»Nur, wenn du versuchst dich auf all das hier zu konzentrieren, wirst du auch, wenn du wieder zurück in Deutschland bist, hierher transferieren können. Du wirst mir doch weiter helfen mit Diego?«

»Ja doch. Vielleicht bekommen wir ja noch eine Möglichkeit. Ansonsten werde ich versuchen hierher zurück zu kommen.«

Markus grübelte vor sich hin. Auf seinem Smartphone befanden sich bislang sehr viele Bilder von Teneriffa und einige von La Gomera. Er wird sicherheitshalber nachher, wenn sie wieder in der Echtzeit sein werden, weitere Bilder aufnehmen, damit seine Erinnerungen nicht so schnell verblassen. Was ihm mehr Sorgen machte, war die noch so frische Beziehung zu Fabienne. Er kannte sie jetzt erst so kurze Zeit und wollte doch so viel mehr Zeit mit ihr verbringen, um sie auch näher kennen zu lernen. Genau genommen verblieben ihm auf Teneriffa ja noch fast zehn Tage dazu. Mit einem Mal strahlte er über das ganze Gesicht. Sie landeten ja erst vor fünf Tagen auf Teneriffa und sein Vater meinte ja, dass ein Urlaub mindestens zwei Wochen dauern müsste, um erholsam zu sein. So buchte er eine siebzehntägige Reise. Abflug war an einem Sonntag gewesen und an einem Mittwoch geht es dann zurück nach Frankfurt. Sofort musste er wissen, wie lange denn Fabiennes Urlaub noch dauern würde. Auf seine Frage hin teilte sie ihm mit, dass ihre Eltern zwei Wochen Teneriffa gebucht hätten und sie erst zwei Tage hier seien, weshalb es ja auch so schwierig gewesen war, ihren Vater so früh zu einer Tour zu überreden.

»Wieso bist du auf einmal so strahlend fröhlich?«, wollte Fabienne wissen und lehnte ihren Kopf an Markus Schulter.

»Mathe ist eines meiner Lieblingsfächer«, antwortete er und erntete daraufhin nur unverständliche Blicke.

»Ich meine, nach meinen Berechnungen werden wir beide noch gemeinsam zwölf Tage hier und auf Teneriffa verbringen können, bevor es zurück nach Frankfurt oder Paris geht«

Jetzt strahlte auch Fabienne wieder etwas mehr Freude aus. »Sehr schön für euch beide«, meinte dann Yaiza und zog die Aufmerksamkeit wieder auf sich.

»Ihr habt nur ein großes Problem, Marcos.«

»Das stimmt wohl. Die Frage ist auch, ob er überhaupt wieder hier erscheint, um uns abzuholen. Und dann stellt sich auch die Frage, wie wir das unseren Eltern erklären.«

Markus schüttelte bei seiner Antwort, etwas verzweifelt wirkend, den Kopf.

Dann wiederum lächelte er, ohne zu erklären warum und lehnte sich beruhigt zurück.

»Wir sollten zurück und sehen, was unsere Eltern tun wollen und María fragen, ob sie mit Marcos Kontakt aufnehmen kann.«

Markus wartete Yaizas Erwiderung nicht ab, sondern konzentrierte sich auf die Gegenwart, in der sie dann auch schon im selben Augenblick erschienen.

Sie saßen noch knapp zwei Minuten zusammen, als María in der Tür erschien, um nach ihnen zu sehen.

»Hallo Fabienne, dein Vater sucht nach dir. Er möchte hier weg. Da wir ja eine Wanderung nach Laguna Grande geplant haben, solltet ihr euch gleich fertigmachen«, bemerkte María und war auch schon wieder verschwunden.

Fabienne und Yaiza folgten ihr und Markus entschuldigte sich kurz, da er noch einmal zur Toilette wollte. Nachdem er die Tür hinter sich verschlossen hatte, stand er auch schon wieder ein paar Tage in der Vergangenheit in dem Zimmer. Er schaffte es zeitlich vor ihrem Meeting und vor Marcos Erscheinen erneut in dem Zimmer anzukommen. In der Schublade des Tisches fand er einen Kugelschreiber und ein Stück Papier. Er schrieb in großen Buchstaben auf den Zettel: "MARKUS TU ES NICHT! VERSUCHE NICHT MARCOS ZU TELEPORTIEREN! SCHLECHTE IDEE. VON DIR SELBST!!! PS: Vernichte den Zettel bevor die anderen ihn sehen!"

Dann nahm er sich einen Stuhl, stellte ihn vor den Schrank und fischte die Mappe aus dem Versteck. Er befestigte den Zettel mit einer Büroklammer direkt am Deckel der Mappe und legte sie wieder sorgfältig zurück, legte alle Utensilien wieder dahin, wo sie zuvor waren und stand dann auch schon wieder in der Toilette, wo ihn sofort, wie erwartet, starke Kopfschmerzen plagten. Es dauerte etwa zwei Minuten, dann verschwanden die Schmerzen und er erinnerte sich daran, wie ihm der Zettel, nachdem er ihn gelesen hatte, aus der Hand hinter den Schrank gerutscht war. Yaiza und Fabienne hatten nichts gemerkt und er konnte sich auch nur noch schwach daran erinnern, dass er ein Problem mit Marcos hatte, das dann ja nicht stattgefunden hat und somit auch in Vergessenheit geraten würde.

Yaiza und Fabienne verspürten auch leichte Kopfschmerzen, führten das aber wiederum auf ihre eigene Fähigkeit und die dadurch einhergehenden Belastungen zurück. Nun sollte es mit Marcos keine Probleme geben und Markus wusste nun einige Dinge mehr, auf die er in Zukunft achten sollte.

Yaiza und Fabienne betraten kurz hinter María den Speisesaal. Alle standen hier in kleinen Gruppen beisammen und warteten scheinbar darauf, dass etwas passiert.

»Können wir jetzt bald los, sind endlich alle da?«, wollte Fabrice wissen.

»Wo ist Markus?«, fragte Lisa während Fabrice die Augen verdrehte und zur Decke schaute, als wollte er sagen, dass das ja mal wieder typisch sei.

Bevor sich dann noch irgendjemand weiter aufregen konnte stand Markus auch schon in dem Raum und lächelte verlegen.

»Ok. Da bin ich. Geht es schon los? Hat jemand meinen Rucksack gesehen?«

Fabienne reichte Markus seinen Rucksack und sah ihn etwas verwirrt an, als wollte sie fragen, wo er denn so lang geblieben war. Alle bedankten sich noch einmal bei Yaiza für ihre Gastfreundschaft, die sich von jedem einzeln verabschiedete, sehr zum Unwillen von Fabrice. Sie flüsterte Markus ins Ohr, er solle sie nicht vergessen und sich vor Marcos in Acht nehmen. Markus versprach es und machte noch ein paar Selfies mit ihr und einige Fotos von der Umgebung. Fabrice trieb María und Pietro an, die die Gruppe weiterführen würden. Markus nahm Fabiennes Hand und folgte der Gruppe. Die Gruppe versprühte eine allgemeine, frische Stimmung und alle waren froh, dass es nun weiterging, außer Markus und Fabienne.

Sie folgten der Straße, die sie bereits vor einigen Stunden bergauf gelaufen waren nun wieder in Richtung Valle Gran Rey. Markus erinnerte sich noch an die vielen Stufen, die sie am Ende des Weges zur Straße hinaufsteigen mussten. Als sie genau diese erreichten und ihnen nach unten folgten, rief Fabrice nach Fabienne. Er wollte wohl ein Vater-Tochter Gespräch mit ihr führen, weshalb Markus sie auch zur Unterstützung begleiten wollte. Fabienne hielt ihn zurück und bat ihn zunächst doch einfach einmal abzuwarten, was ihr Vater denn zu sagen hat. Sie lächelte Markus an und lief zu ihrem Vater, der direkt vor María und Pietro die Gruppe anführte, gefolgt von seiner Frau, den Kindern und den Bracks. Markus schlenderte ganz am Ende mit etwas Abstand hinter der Gruppe her. Aus der Ferne konnte er nur sehen, dass die Diskussion der beiden nicht ganz so friedlich verlief, wie man sich das vorstellte. Die Intensität der Unterhaltung steigerte sich sichtbar und die Lautstärke hörbar. Natürlich sprachen sie Französisch. Entweder war es Fabrice egal, dass alle mithörten, oder aber er nahm an, dass außer der Familie niemand verstand, was er zu sagen hatte. María und Pietro, denen die Situation sichtbar Unbehagen bereitete, da sie die französische Sprache auch beherrschten, forcierten ihr Tempo, um etwas Abstand zu gewinnen. Das Gespräch erreichte schließlich eine Vorstufe der Eskalation, die Catherine dazu nötigte sich einzumischen. Fabienne schrie am Ende ihrem Vater ins Gesicht, er solle sie in Ruhe lassen und aufhören ihr Leben zu zerstören und rannte an María und Pietro vorbei, dem Weg folgend davon. Markus wollte sofort hinter ihr herlaufen, wurde aber von Lisa aufgehalten.

»Warte! Lass ihr etwas Zeit. Außerdem sollten wir Fabrice nicht noch mehr aufbringen.«

Markus riss sich von ihr los und meinte nur, dass ihm das völlig egal sei und rannte an allen vorbei, um Fabienne zu folgen. Als er María und Pietro passierte, riefen diese ihm noch nach, dass sie die Abzweigung nach Chipude nehmen müssen. Markus registrierte die Info nebenbei, ließ aber den Weg vor sich nicht aus den Augen. Fabienne hatte schon einen kleinen Vorsprung und lief auch bereits an der angesprochenen Abzweigung vorbei. Markus rannte ihr weiter nach.

Als die Gruppe dann den Weg nach Chipude erreichte, wollte Fabrice den beiden Jugendlichen folgen, wurde aber von seiner Frau zurückgehalten. Catherine versuchte ihm deutlich zu machen, dass er durch seine eifersüchtige Art die Situation verschuldet hatte. Pietro führte die Gruppe den steilen Weg nach oben in Richtung Chipude an, Fabrice folgte mürrisch und der Rest mit Unbehagen, während María Markus und Fabienne folgte. Sie würden, so schnell es möglich sei, folgen. María ließ sich Zeit. Auch sie hatte mit Diego damals die eine oder andere Diskussion, als es um junge Männer ging. Jedoch versuchte ihr Diego damals immer zu helfen, ihre persönlichen Gefühle nicht über- oder unterzubewerten. Manches braucht dabei auch seine Zeit. Markus holte Fabienne derweil ein. Sie bemerkte, dass er und nur er ihr gefolgt war und wartete auf ihn. Sie standen auf dem Weg, Arm in Arm, Markus streichelte ihr sanft über den Kopf und sagte nichts. María setzte sich auf die kleine Mauer am Wegesrand und trank einen Schluck Wasser aus ihrer Feldflasche. Nach etwa fünf Minuten bewegte sie sich langsam auf die beiden zu, die immer noch Arm in Arm auf dem Weg standen. Für einen kurzen Moment glaubte sie, dass Fabienne „flackerte". Als ob sie kurz durch sie hindurchsehen könnte. María schüttelte den Kopf und dachte, dass das wohl an der tiefer stehenden Sonne liegen musste.

Markus hielt Fabienne fest umarmt und streichelte ihr über das Haar. Fabienne schloss die Augen und seufzte, als sie Markus sagte, dass ihr Vater manchmal sehr peinlich sein konnte. Markus lachte und meinte nur, dass das nachvollziehbar sei. Eltern sind oft peinlich. Aber genau genommen tun sie es meist aus Liebe zu ihren Kindern und merkten oft nicht, wenn sie über das Ziel hinausschossen. Fabienne öffnete die Augen, sah Markus an und registrierte, dass dieser sie fragend anlächelte. Erst jetzt merkte sie, dass sie sich nicht mehr auf La Gomera befanden. Die Sonne wurde von einem hellen Strand reflektiert, der im Hintergrund von Palmen gesäumt wurde. Direkt vor ihnen spülten sanfte Wellen nach Salz riechendes klares Wasser an den Strand.

»Wo sind wir hier, das ist sehr romantisch«, wollte Fabienne wissen.

»Keine Ahnung. Ich wollte nur weg. Irgendwohin, wo es romantisch, schön, friedlich, warm und einsam ist. Weg von dem ganzen Trubel. Dann dachte ich an das Wort ‚Südsee' und wir waren hier.«

Markus drückte sie noch etwas enger an sich.

»Es ist schön hier. Ich habe aber immer Angst, dass ich bei diesen Sprüngen durch den Raum und die Zeit irgendwo festsitze, wie Diego, falls du aus irgendeinem Grund zurückkatapultiert wirst.«

Markus hielt sie weiter mit einem Arm umschlungen und nahm mit der freien Hand das blaue Band aus seiner Hosentasche, das ihm Yaiza geschenkt hatte.

»Hier, ich werde dich nicht loslassen. Und zu unserer Sicherheit binden wir uns damit aneinander. Außerdem sind wir nicht in der Zeit gesprungen. Ich spüre das irgendwie. Wir sind nur an einem ruhigeren Ort.«

Fabienne lächelte ihn an, küsste ihn und ließ sich das Band am Arm befestigen. Beide umarmten sich innig und ließen sich auf den Strand nieder, wo sie sich küssten und die körperliche Nähe genossen. Nach einer wunderbaren Unendlichkeit der Liebkosungen löste sich Markus von Fabienne.

»Manche Menschen sehen nur die Widrigkeiten, die unschönen Dinge und vergessen dabei, dass es Wunderbares im Leben zu entdecken gibt. Vor allem mein Vater ist durch seinen Beruf glaube ich so abgestumpft, dass er hinter jeder Ecke nur noch Verbrecher sieht und jedem unlautere Absichten unterstellt.«

Fabienne legte ihren Kopf auf Markus nackten Oberkörper. Sie hatten ihre Kleider, bis auf die Badesachen, die sie trugen, abgelegt, um ihre Verbundenheit näher zu spüren. Markus sprang auf und zog Fabienne mit zum Wasser. Beide genossen die frische Kühle des Salzwassers und bespritzen sich gegenseitig. Lachend und mit im Einklang schlagenden Herzen legten sie sich wieder in den Sand und warteten stumm nebeneinander, bis sie wieder getrocknet waren. Fabienne setzte sich als erste auf und fragte Markus: »Wenn wir wieder zu Hause sind, du in Deutschland, ich in Frankreich, wirst du dann zu mir kommen?«

»Und wenn es das Einzige ist, was ich Tag ein und Tag aus üben werde, ich werde den direkten Weg zu dir finden.«

»Ich bin schließlich ein Lightblue Angel und du ein Security Ranger«, erwiderte er lachend, stand ebenfalls auf und reichte ihr ihre Kleider.

Sie zogen sich an. Markus nahm Fabienne das Band ab und im gleichen Moment standen sie Arm in Arm auf dem Weg in La Gomera. Am Ende des Weges, wo dieser einer leichten Biegung folgte, sahen sie María, die wohl auf sie wartete.

»Oh je? Meinst du sie hat etwas gemerkt?«, fragte Fabienne. »Nein, denn wir waren nur eine Millisekunde weg, zumindest hier an diesem Ort", antwortete Markus, nahm Fabiennes Hand in die seine und folgte dem Weg in Richtung María.

Als sie sie erreichten, sagte diese nichts. Sie gingen einfach nickend an ihr vorbei. María folgte ihnen, als wäre nichts geschehen.

Markus, Fabienne und María forcierten ihren Schritt und erreichten die Gruppe, als diese am oberen Grat der Bergkette ankamen. Von da an verlief der Weg eher sanft ansteigend und nachher in Richtung des Ortes leicht abfallend, sodass sie schnell vorankamen. Fabrice murrte weiter vor sich hin und erntete dabei ermahnende Blicke seiner Frau. Lisa und Marco gingen, genauso wie Markus und Fabienne, Hand in Hand den Weg entlang. Alejandro versuchte unterdessen weiter María anzubaggern und Pietro erklärte den Kids alles, was diese so an Fragen aufbrachten.

Nachdem sie Chipude passiert hatten, durchquerten sie einen Abschnitt des Nationalparks Garajonay, der alle traurig und hoffnungsvoll zugleich stimmte. Zum einen drückte der Anblick der vielen verkohlten Bäume, die den großen Bränden zum Opfer gefallen waren auf das Gemüt, zum andern wuchsen aber auf diesen scheinbar toten Hölzern neue, junge Pflanzen und trugen mit ihrem frischen Grün zur positiven Stimmung bei. Über den höchsten Berg, dem Alto Garajonay, kroch ihnen Nebel entgegen. Der Wald, der nicht den Flammen zum Opfer gefallen war, wurde durch dieses Naturereignis mystifiziert.

Die Temperatur fiel mit der steigenden Luftfeuchtigkeit ab. Mehr als einmal bemühten die Wanderer Vergleiche mit Fangorn oder Düsterwald, um ihrem Staunen Ausdruck zu geben. Fabrice redete nicht viel. Als Markus sich für einen Moment mit Alejandro unterhielt, legte er seinen Arm um die Schulter seiner Tochter und zeigte ihr damit, wie immer, dass es im leidtat. So erreichten alle froh gelaunt Laguna Grande. Ein großer, freier Platz mitten im Wald. Hier traf man sich, hier wurde gegrillt, gespielt und gefeiert. Früher war das der wichtigste Handelstreffpunkt hier auf der Insel, wie Pietro erzählte. Er führte die Gruppe noch zu einer kleinen Informationshalle und dann warteten sie auf die beiden Fahrzeuge, die sie nach Hermigua bringen sollten, wo dann die Esmeralda vor Anker liegen müsste. Die Gebrüder Vendez, Sancho und Fernando, erreichten Laguna Grande kurz nach der Ankunft der Gruppe. Es begann bereits zu dämmern, als sie die Fahrzeuge bestiegen, sich von María und Pietro verabschiedeten und losfuhren. Markus achtete nicht mehr auf den Weg. Die Fahrt führte meist über viele Kurven durch den Wald und für das persönliche Wohlempfinden war es auch nicht unbedingt dienlich, wenn man bei der rasanten Fahrweise nach draußen schaute. Auf den Hauptstraßen La Gomeras fuhren die meisten Touristen nie schneller als vierzig Stundenkilometer, weil es einfach auch fast unmöglich war schneller unterwegs zu sein. Sancho und Fernando bewiesen an diesem Tag, dass sie keine Touristen waren und sich hier auskannten. Für die im Normalfall innerhalb von einer Stunde zurückzulegende Strecke benötigten sie gerade einmal fünfunddreißig Minuten. In Hermigua führte die Straße an großen Bananenfeldern und Aloeplantagen vorbei bis zum felsigen Strand, wo die beiden Ruderboote lagen. Die Wellen schlugen mit enormer Wucht an den Strand und zu ihrer

Rechten sahen sie die Überreste der Grundpfeiler früherer Verladestationen. Mit viel Mühe und völlig durchnässt saßen sie dann in den Booten und waren froh, als sie die Esmeralda erreichten. Alle verschwanden in den ihnen am Anfang der Reise von Captain Marcos zugewiesenen Kabinen. Eine heiße Dusche und frische trockene Kleidung standen bei allen hoch im Kurs. Erst danach trafen sie sich wieder im Speisesaal, wo sie erneut ein reichhaltiges Buffet erwartete. Noch während sie gemeinsam ihr Abendessen genossen, nahm die Esmeralda Fahrt auf. Captain Marcos zeigte sich den ganzen Abend nicht und schließlich gingen auch alle recht kurz nach dem Essen müde und erschöpft zu Bett.

Marcos stand vor dem großen, immer offenstehenden Tor und betrachtete, wie er das immer gerne zelebrierte, die prachtvolle Vegetation in Yaizas Garten. Sein letzter Besuch lag nun schon fast sechs Monate zurück.

»Hallo Marcos, warum bin ich nicht überrascht, dass du gerade heute hier erscheinst?«, vernahm Marcos Yaizas Stimme in seinem Rücken.

Yaiza stieg gerade den Wirtschaftsweg, der an ihrem Haus vorbei zu den Plantagen führte, herab.

»Hallo Yaiza, ich wollte nur mal sehen, wie sehr du genesen bist. Waren die jungen Leute hier? Haben sie denn gehalten, was sie auf den ersten Blick versprachen?«

Marcos setzte sich auf die Bank neben dem Eingangstor.

»Deine Intuition und meine Fähigkeiten ließen uns bislang noch nie im Stich. Der Junge ist erschreckend stark und das Mädchen überdurchschnittlich begabt, nur wissen sie beide noch nicht, wie ihnen geschieht. Seine Kraft reichte aus, mich voll und ganz zu regenerieren. Dazu hättest du mindestens zwei Monate hier verweilen müssen. Auch das Mädchen sieht Farben, die mir teilweise vorborgen sind. Du musst dafür Sorge tragen, dass er nicht mit Diego zusammentrifft. Wenn er nur oft genug seine Kräfte bewusst gebraucht, wird ihn die positive Energie nicht dorthin schicken können, wo er wirklich benötigt wird und wir können weiterhin unsere Ziele verfolgen.«

Yaiza erreichte die Bank und setzte sich neben Marcos. »Wirst du eigentlich Diego nie verzeihen? Genau genommen weiß er nicht einmal, wieso er von dir getrennt wurde. Ich meine, du hast mich nicht erhört, ich habe nichts davon, dass er da in der Vergangenheit festsitzt.«

Es fing langsam an zu dämmern. Die Sonne verabschiedete sich bereits vom Horizont. Marcos sah Yaiza direkt in die Augen, die ihm dann sehr unterkühlt und verbittert antwortete:

»Diego nahm mich nie wirklich ernst. Er beteuerte mir zwar täglich seine Liebe, aber das alleine reicht mir nicht. Ich wollte weg von dieser engen, überalterten Insel. Mit unseren Fähigkeiten können wir doch überall sein, an den schönsten Stränden in den komfortabelsten Häusern und mit etwas Phantasie und ein wenig mehr Egoismus auch den Lauf der Dinge beeinflussen. Leider hast du das auch noch nicht geschafft. Nach all den Jahren sind für mich die Kraft und die Macht wichtiger als die Liebe. Unser Augenmerk sollte ganz und alleine auf neuen Talenten liegen, die wir entweder auf unsere Seite bringen, oder aber so beschäftigen müssen, dass die Lightblue Angels keinen Nutzen davon haben werden. Allein schon diese blöden Namen bringen mich schon wieder in Rage.«

Marcos grinste bei der Bemerkung, da er wusste, dass Diegos unnachahmliche Art, seine menschenliebende Wärme, seine unverblümte Ehrlichkeit und sein unergründlicher Optimismus damals schon Yaiza rasend gemacht hatten, ohne dass Diego das merkte. Als er dann noch Namen für die Personen mit besonderen Fähigkeiten kreierte, konnte Yaiza sich nicht mehr zurückhalten. Marcos erinnerte sich daran, dass Yaiza aus dem Haus lief und im Freien laut los schrie, ohne dass Diego davon Notiz nahm.

Diego überlegte sich derweil schon, wie er seinen Bekannten in New York helfen und besonders schlimme Ereignisse in der jüngsten Vergangenheit abmildern könnte, da sie zu verhindern ja meist zu schlimmeren Ergebnissen geführt hatten. Jedes Mal, wenn Diego ohne Yaiza aufbrach, fühlte sie sich alleine gelassen, abgehängt, wie sie selbst immer sagte. Waren sie gemeinsam unterwegs lief alles ganz genau nach Diegos Vorgabe und sie konnte und durfte nur beobachten. Am schlimmsten aber war für sie, immer wieder an diesen zwar landschaftlich schönen aber total langweiligen Ort zurückzukehren. Irgendwann verschwand das Herzklopfen, dann vermisste sie ihn nicht mehr und schließlich wollte sie ihn nicht mehr sehen. Marcos jedoch liebte Yaiza schon immer und noch immer. Wie ein frisch verliebter Jüngling schmachtete er sie an, wenn er in ihrer Nähe weilte.

Auf der Esmeralda ruhten sich alle aus. Das Abenteuer kostete Kraft. Körperlich als auch intellektuell forderte es beiden Familien einiges ab, sodass die meisten in ihren Kabinen bereits schliefen. Markus schaffte es nicht auch nur ein Auge zu schließen, obwohl er eine tiefe, innere Müdigkeit empfand. Aber trotzdem verspürte er eine ihm eigene Kraft, die aus jeder seiner Zellen hervorzuquellen schien. Nach dem sehr schmackhaften Abendessen und vor allem nach der warmen sehr ausgiebigen Dusche lag er gerade mal fünf Minuten auf seinem Bett und starrte nachdenklich die Decke an, als er auch schon an den Atemgeräuschen Alejandros, der die Kabine mit ihm teilte, merkte, dass dieser eingeschlafen war. Er stieg langsam aus dem Bett, nahm seine Turnschuhe mit und schlich aus der Kabine. Den Flur beleuchteten immer noch die kleinen Notlichter. Das helle Licht, das auf Bewegungen reagierte hatte Rodriguez abgeschaltet, damit niemand in seinem Schlaf gestört wurde. Genaugenommen existierte hier eine Zeitschaltautomatik, der es zu verdanken war, dass morgens ab 06:00 Uhr das Licht automatisch erstrahlte und es abends ab 22:00 Uhr dunkel blieb. Heute programmierte er die Abschaltzeit extra etwas früher.

Markus bewegte sich auf Zehenspitzen bis zu den nach oben führenden Stufen und setzte sich zunächst hin, um seine Schuhe anzuziehen. Auf dem oberen Deck standen immer noch Liegestühle zu denen er sich aufmachte. Er suchte sich einen am rechten Rand aus, legte sich darauf und schaute in den Nachthimmel, der nur so von Sternen übersäht war. Welcher dieser Sterne mag wohl der Planet sein, auf den er da immer wieder verschwand? Welche dieser hellen Punkte sind diese beiden Sonnen? Es kann aber auch durchaus sein, dass diese Welt in einer ganz anderen Galaxis liegt und für ihn von hier aus nicht sichtbar ist. Als er so träumend in die Sterne starrte fielen ihm dann doch die Augen zu. Er sah Bilder dieser fernen Welt, wie er mit Fabienne zusammen Hand in Hand über große Flächen mit hohen, grün-orange gestreiften Gräsern lief und beide freudig lachten. Dann fiel ein Schatten über sie und Markus erschauerte. Ihm war kalt geworden. Als er erwachte glaubte er zuerst, dass wegen der vorgerückten Stunde die Temperaturen gesunken seien und ihn frösteln ließen.

Aber seltsamerweise war auch alles um ihn herum stockdunkel und er lag auf dem Boden und nicht mehr auf einer Liege. Er befand sich tatsächlich in einem dunklen Raum auf dem Boden. Geistesgegenwärtig griff er in seine Hosentasche und beförderte sein Smartphone hervor. Das Display sorgte sofort für ausreichend Licht, um zu erkennen, dass er sich wieder in Yaizas Arbeitszimmer befand, in dem sie vor ein paar Stunden noch zusammengesessen hatten. Es verwunderte ihn doch sehr, dass er so schnell hierher zurückgelangt war. Sollte es tatsächlich so wichtig sein, dass Diego gefunden wird, dass die Kraft ihn automatisch wieder hierher transferierte? Er stand auf, öffnete die Tür und machte sich auf den Weg nach oben. Auch hier verschwand so langsam das Sonnenlicht und erfüllte das Haus mit einer düsteren Aura. Markus spürte sofort, dass etwas nicht stimmte und bremste sich selbst. Eigentlich wollte er nach Yaiza rufen, um sie nicht zu erschrecken, da sie ihn ja sicher nicht erwartete. Trotzdem ging er langsam und leise die Stufen nach oben und starrte angestrengt in die Dunkelheit. Er konnte niemanden sehen, dafür aber jetzt deutlich zwei Stimmen hören. Er wollte zunächst seinen Ohren nicht trauen und schlich sich daher näher an das Fenster vor dem er die Stimmen vernahm. Tatsächlich waren da Yaiza und Marcos vor dem Haus. Rechts und links des Tores brannten zwei Laternen und erleuchteten die Szene. Marcos saß direkt neben Yaiza auf der Bank neben dem Tor und unter dem Fenster. Markus blieb zurück im Schatten des Raumes, sodass er von draußen nicht gesehen werden konnte. Was war hier los? Was wollte Marcos von Yaiza? Er wartete und lauschte.

»Yaiza, warum bist du immer noch so sehr aufgebracht? Habe ich dir nicht alle deine Wünsche erfüllt? Wir könnten doch so ein gutes Team sein, vielleicht sogar ein Paar." Marcos rückte während seiner Ansprache immer näher zu Yaiza, die in zornig anstarrte.

»Noch ein Stück näher und du wünschtest dir nicht hier zu sein«, fauchte Sie ihn an.

»Aber Yaiza, wir sind füreinander bestimmt.«

Marcos hatte den Satz noch nicht beendet, da griff Yaiza mit einer schnellen Bewegung, die ihr Markus nie zugetraut hätte mit einer Hand in Marcos Genick und drückte fest zu. Während sie so seine Halswirbel fest umschlungen hielt, erglühte rings um Marcos Kopf und Hals eine hellblau schimmernde Wolke. Yaiza atmete mehrfach tief ein und mit jedem Atemzug sank Marcos tiefer in sich zusammen. Yaizas Augen starrten in die Ferne und ihr irrer Blick ließ Markus erschaudern. Markus' Herz hämmerte in seiner Brust bis zum Hals. Was tat sie da? Es sah aus, als würde sie Marcos aussaugen. Ihn seiner Kräfte berauben. Mit jedem Atmen sah Yaiza kräftiger und Marcos schwächer aus. Dann ließ sie mit einem Mal los. Marcos wirkte um Jahre gealtert und Yaiza war nicht mehr wieder zu erkennen.

»Warum tust du mir das immer wieder an?«, fragte Marcos.

»Du weißt, dass ich ohne die Kraft altern und sterben werde. Du wirst in drei bis vier Stunden wieder fit sein, jammere also nicht rum. Zudem weißt du auch ganz genau, dass deine Kraft dich schützt und ich mir nie mehr nehmen kann, als du verträgst. Und jetzt geh. Achte darauf, dass die jungen Leute ihre Energie vergeuden und nicht von der Kraft benutzt werden. Sie sollen Diego nicht finden. Nicht mehr lange und ich komme endlich von dieser Insel weg.«

Während Yaiza die Worte mit sehr unterkühltem Ton Marcos entgegenschleuderte schubste sie ihn von sich. Dann verschwand er plötzlich. Yaiza sah sich suchend um, als könnte sie nicht glauben, dass er verschwunden sei. »Marcos, lass die Spielchen. Vergiss nicht, dass ich deine Kraft spüren kann. Also wo bist du?«

Yaiza stand auf und sah angestrengt zum Fenster rein, wo Markus immer noch bewegungslos im Schatten stand. Sie runzelte fragend die Stirn. Markus ahnte was da geschah. Sie nutzte ihre Kräfte, um die Farben seiner Aura zu sehen. Sie sollte ihn hier nicht erwischen. Als er glaubte, dass sie ihm direkt in die Augen sah, verschwand alles um ihn herum und er lag wieder auf seiner Liege auf der Esmeralda. Markus stand vorsichtig auf. Suchend sondierte er sein Umfeld. Nichts und niemand war zu sehen. Das Meer rauschte mit den Motoren der Esmeralda um die Wette. Es gab keine auffälligen Geräusche außer dem monotonen Motorsound. Markus ging langsam über das Deck und sah nach oben zur Brücke. Marcos lag nach vorne gebeugt über das Steuerrad des Schiffes gelehnt. Er schien tatsächlich zu schlafen. Markus bewegte sich ein paar Schritte in seine Richtung, da sein Weg nach unten an den Stufen zur Brücke vorbeiführte. Er hörte deutlich, dass Marcos schnarchte. Er hing da kraftlos über dem Steuer. Markus begab sich zu seiner Kabine, entkleidete sich und legte sich schlafen. Er musste nun Ruhe finden. Er musste diese Informationen verarbeiten. Momentan konnte er es noch nicht glauben und schien das ganze eher als Tagtraum akzeptieren zu können denn als Wahrheit. Jetzt fühlte auch er sich erschöpft, als hätte Yaiza nicht nur Marcos ausgesaugt. Er schlief sofort ein. Ein tiefer, traumloser Schlaf überfiel ihn, als würde sich jemand um ihn sorgen und seine Kraftreserven auffüllen und rekalibrieren.

# Kapitel 7
## Diegos Dilemma

Ich sah mich um, atmete tief ein und genoss die frische der Luft hier auf Kanto. Ich freute mich zum ersten Mal über die Hitze Lorsons. Ich zog Jacke, Pullover und die schweren Hosen aus. Diego tat es mir gleich und so wanderten wir mit Unterhosen und dünnem Unterhemd bekleidet über die Hochfläche der Tkibakik. Diego staunte nicht schlecht, als er das alles hier sah. Wir wichen leicht von unserem direkten Weg ab, da Diego über den Rand der Ebene sehen wollte. Er sah sie dann, die Sikahil, die Berge und den Wald und staunte unentwegt.

Zuerst, sagte er mir, waren alle Farben anders, als er sie von seiner Erde gewohnt war. Er konnte sich auch daran erinnern schon auf anderen Welten dieses Phänomen beobachtet zu haben. Seine Augenrezeptoren konnten das Licht hier nicht so verarbeiten, wie er das auf seinem Planeten gewohnt war, weshalb es eine Zeit dauerte, bis seine innere Kraft diese Arbeit übernahm und die Farben dann annähernd so waren, wie er das gewohnt war. Ich selbst spürte genau das auch bereits, als ich das erste Mal in New York angekommen war. Da ich zur Nacht dort eintraf, fiel mir der Effekt nicht so sehr auf. Aber egal wie man nun die Farben wahrnahm, der Ausblick blieb eben grandios.

Wir bewegten uns von der Kante der Hochebene weg, als Diego plötzlich begann zu wanken. Ich konnte ihn, Retus sei Dank, vom Abgrund wegziehen. Er stürzte zu Boden. Ihm wurde furchtbar übel und in seinen Ohren ertönte ein stetiges Rauschen. Diego begann langsam in kurzen, schnellen Folgen zu atmen und schloss dabei die Augen. Wir warteten einige Zeit ab, bis es ihm wieder besser ging. Diego meinte, dass wohl der höhere Sauerstoffgehalt in der Luft hier auf Kanto, diese Reaktionen ausgelöst haben muss. Die Luft der Erde hat in den letzten hundert Jahren durch die Luftverschmutzung einen großen Anteil Sauerstoff verloren. Ich verstand zwar wieder nicht so genau, was er meinte, konnte aber spüren, dass unsere Luft viel besser war, als die der Erde, woran er sich eben gewöhnen musste. Wir wanderten weiter und sahen auch schon direkt vor uns die Zelte der Tkibakik. Diego blieb abrupt und unvermittelt stehen und kniete sich nieder. »Stopp Gadni, was oder wer ist das?«, fragte er mich und schaute nach oben.

Jetzt sah ich auch, dass über uns ein Tkibakik flog und direkt vor uns zur Landung ansetzte. Tabaklas wollte uns scheinbar begrüßen. Er landete sanft etwa drei Meter von uns entfernt, faltete seine Flügel ein und kam auf uns zu. »Hallo Gadni. Ich dachte du wolltest zu den Talatijasus, um unser Treffen vorzubereiten. Wen hast du denn da bei dir?« Er sprach oder klickte mich eher direkt an. Diego sah verängstigt und verständnislos zu mir rüber.

»Was oder wer ist das, Gadni und hat es oder er gerade geredet?«, wollte Diego wissen.

»Ok. Entschuldigt. Tabaklas, das ist Diego, ein Mensch vom Planeten Erde. Diego, das ist Tabaklas der Anführer der Tkibakik. Neben den Talatijasus, das ist mein Volk, sind die Tkibakik auch Bewohner des Planten Kanto.«

So stellte ich dann beide vor. Tabaklas klickte Diego eine Zeit lang an; bis wir dann merkten, dass Diegos Kräfte begannen zu wirken. Wie auch bei mir, dauerte es nicht sehr lange und Diego konnte Tabaklas und Tabaklas konnte Diego verstehen, dessen Sprache für Tabaklas zu Anfang auch noch unverständlich klang.

»Es freut mich sehr dich kennen zu lernen Diego. Kannst du mir sagen, warum du so voller Furcht bist? Du kommst von einem fernen Planeten und solltest uns nicht kennen und daher auch nicht fürchten.«

»Oh! Entschuldige, ich wollte nicht unhöflich sein. Aber wir hatten in der Frühzeit unseres Planeten Lebewesen, die dir sehr ähnlich waren. Sie hießen Velociraptor und waren gefährliche, intelligente Fleischfresser. Menschen und Velociraptor lebten zwar nicht in derselben Zeitepoche, doch durch Forschung und Wissenschaft lernten wir diese Wesen als gefährlich einzustufen. Solche Erfahrungen kann man nicht direkt abschalten.«

Diego versuchte so sein Verhalten zu erklären.

»Na gut, Diego. Ich habe zwar nicht alles verstanden, aber ich akzeptiere deine Entschuldigung. Du sagtest ihr hattet Velociraptoren. Jetzt nicht mehr? Was ist geschehen?«

»Die Velociraptoren gehörten zu den Dinosauriern, die die Erde über eine sehr lange Zeit beherrschten, bevor der Mensch in Erscheinung trat. Katastrophen von enormem Ausmaß führten dazu, dass alle Dinosaurier ausstarben. Aber auch andere Spezies sind auf unserem Planeten ausgestorben. Der Mensch ist eine der wenigen Spezies, die sich immer wieder an diese Veränderungen und Ereignisse anpassen konnte und dadurch überlebte.«

»Du hast keine Flügel, also können Menschen, wie die Talatijasus, nicht fliegen.«

»Genau genommen nicht. Zumindest nicht eigenständig. Wir haben in unserer Entwicklung sehr viele Kenntnisse und Fähigkeiten erworben. Eine davon nennen wir Technik. Sie ermöglicht es uns Geräte zu bauen, so wie ihr von Tieren gezogene Karren gebaut habt, mit denen wir fliegen können.«

Tabaklas staunte nicht schlecht, als er das alles hörte. Ich erzählte Tabaklas kurz von meiner Begegnung mit Diego und seinem Problem. Auch Tabaklas vertrat die Meinung, dass wir Diego unbedingt helfen sollten wieder in seiner Zeit an seinem Ort zu sein. Aber bis dahin wollte Diego zuerst einmal uns helfen. So begleiteten wir zunächst Tabaklas zu den Tkibakik. Erst jetzt, da ich in Richtung der Siedlung marschierte, fiel mir auf, wie viele und wie unterschiedlich diese Wesen waren. Einige verfügten über große Flügel, die sie auf dem Rücken zusammengefaltet hatten, wie Tabaklas, bei anderen wiederum konnte ich keine Flügel entdecken, dafür aber weit größere und kräftigere Beine. Alle glichen einander, waren aber trotzdem total unterschiedlich. Ich beobachtete Diego, der genauso erstaunt um sich blickte und die Vielfalt bewunderte. Er schien aber die einzelnen Tkibakik länger und intensiver zu beobachten, als ich das tat.

»Ist das nicht wunderbar?«

»Diese Vielfalt, diese so freundlich und liebevoll miteinander agierenden Wesen?«, fragte ich Diego, der mich ansah und lächelte.

»Mit dem ersten Anblick, sicher. Aber Gadni, nimm dir Zeit und schau noch einmal hin. Da siehst du einen kleinen, ich nenne sie jetzt mal der Einfachheit halber Tika, der liebenswürdiger Weise dem erwachsenen Tika beim Tragen hilft. Du hast nicht gesehen, dass er zuvor dazu mit einigen Schubsern genötigt wurde. Wir haben die Erfahrung gemacht, aus den Taten, den Worten und vor allem der Mimik, den Gesten und Gesichtsausdrücken zu den einzelnen Worten und Sätzen unser Gegenüber zu beurteilen. Manche können das sehr gut, manche weniger, sodass es nicht selten zu Missverständnissen führt. Bei den Tika hier kann ich auch nicht einen unterschiedlichen Gesichtsausdruck ausmachen. Wenn du genauer beobachtest kannst du aber sehen, dass sie ihre Arme, ähnlich wie wir das tun, nutzen, wenn sie kommunizieren und dass die Schuppenhaut am Hals sich verändert. Als stünden die Schuppen ab, wie uns die Haare zu Berge stehen. Auch farbliche Veränderungen kannst du erkennen, wie unser Erröten.«

Während Diego mir seine erstaunlichen Erkenntnisse mitteilte, beobachtete Tabaklas ihn und hörte ihm genau zu.

»Du hast Recht, Diego", bemerkte Tabaklas.

»Du bist ein sehr guter Beobachter. Ich habe auch schon gesehen, dass eure Spezies sehr viel mit den Händen redet und eure Gesichter oft etwas Anderes sagen, als eure Worte.«

Ich versuchte nun etwas genauer hinzusehen und musste Diego zustimmen. Auch die Tika interagierten untereinander sehr vielschichtig. Da ich aber keine Möglichkeit fand auch nur ansatzweise durch das Aussehen oder Verhalten zu unterscheiden ob es bei den Tika geschlechtsspezifische Unterschiede gab, fragte ich Tabaklas:

»Wie ist das eigentlich mit euren Kindern? Ich möchte ja nicht unhöflich sein, aber sorgen bei euch auch eure Frauen für die kleinen Kinder?«

Tabaklas sah mich erstaunt an.

»Ich habe nicht alle deine Worte verstanden, Gadni. Was sind Frauen? Wir kümmern uns alle um unsere Brut. Ein jeder von uns wird innerhalb eines Zyklus, den ihr mit fünf Sturmperioden bewerten würdet, ein gelartiges Ei in sich wachsen fühlen. Ist das der Fall, finden sich alle zusammen, die sich in diesem Status befinden. Wir bauen dann einen Alkoven für die Eier. Jeder von uns erbricht nun sein Ei, wenn es die rechte Reife erlangt hat, und entlässt es in den Alkoven. Dort geschieht dann unser Wunder des Lebens. Einige der Eier verschmelzen miteinander. Aus diesen entstehen dann nach etwa sieben Nachtphasen kleine Tkibakik, die sich zunächst von den restlichen, nicht verschmolzenen Eiern ernähren. Nach weiteren dreißig Nächten steigen sie dann selbstständig aus dem Alkoven und werden von uns empfangen. Alle gemeinsam kümmern sich dann um die kleinen, die recht schnell wachsen. Wir sind ihnen Vorbild, was bedeutet, dass sie uns alles versuchen nachzumachen. Dabei werden auch ihre Talente und Vorlieben erkennbar, sodass sie schnell in die Gemeinschaft integriert werden. Erklärt das deine Frage, Gadni?«

Ich bedankte mich bei ihm, woraufhin Diego seine Verwunderung äußerte, der wir auch nicht so ganz folgen konnten: »Das hört sich doch gut an. Keine geschlechtsspezifischen Auseinandersetzungen in Beziehungen.«

»Wie ist das bei euch Gadni?«, wollte nun Tabaklas seinerseits mehr erfahren.

»Bei uns ist das so. Wir unterscheiden zwei Formen der Talatijasus. Bei den anderen Stämmen unserer Spezies, den Tawaren, den Ratangawen und den Hetagen verhält es sich, soweit mir das bekannt ist, genauso.«

Ich begann zu erzählen, doch Tabaklas unterbrach mich. »Die Talatijasus und die Tawaren, wie du sie nennst, haben wir schon kennengelernt. Aber die anderen sind uns unbekannt.«

Ich fuhr fort und erklärte ihnen, dass einmal im Jahr weit hinter dem großen Wald auf einer großen Lichtung am Rande des Gebietes, das im Osten die Tawaren und im Westen die Talatijasus nutzen, eine Zusammenkunft aller Stämme von Kanto, die im Umfeld dieser Lichtung ihren Aktionsradius haben, stattfindet. Dort lernte ich bisher diese Stämme kennen und weiß daher auch, da wir uns alle so ähnlich sind, dass wir zu einer Spezies gehören müssen. Bei diesen Zusammenkünften kommt es auch oft zum Austausch von Stammesmitgliedern. Es ist jedem freigestellt, sich einem anderen Stamm anzuschließen. Meistens geschieht das, wenn Gefährten zusammenfinden. Ich erklärte Tabaklas, dass wir zwei unterschiedlich entwickelte Talatijasus, oder auch, wenn wir alle Stämme mit einbeziehen, Kantoner kennen. Wieder unterbrach mich Tabaklas.

»Wenn du mit Kantoner meinst, dass damit Lebewesen von Kanto gemeint sind, gehören wir wohl auch dazu. Also brauchen wir für euch einen anderen Namen.«

Das leuchtete mir ein. Da meldete sich Diego zu Wort, der laut eigener Aussage auch bei seinem Volk dafür bekannt war, für neue Dinge, seiner Meinung nach, gute Namen zu finden.

»Da ihr humanoide Kantoner seid und ihr ausseht wie Drachen oder Echsen, die bei uns zur Gattung der Reptilien gehören, könntet ihr euch Hukantos und Rekantos nennen", meinte er lächelnd und voller Überzeugung.

Da auch Tabaklas durch ein Schulterzucken dem ganzen nicht widersprach, setzte ich meine Erklärung dann fort. Die Hukantos unterscheiden also Mann und Frau. Äußerlich haben Frauen meist etwas sanftere Gesichtszüge und verfügen während der Kleinkinderbetreuungszeit über zusätzliche Drüsen zum Ernähren der Kinder. Ihre Geschlechtsorgane unterscheiden sich von denen der Männer. Ansonsten gibt es kaum Unterschiede, die speziell männlich oder weiblich wären. Die einzelnen Hukantos unterscheiden sich voneinander.

Auch da gibt es unterschiedliche Einstellungen, was der ein oder andere als schön oder nicht schön empfindet. Normalerweise wachsen junge Hukantos bis sie etwa 15 bis 16 Sturmzyklen erlebt haben, gemeinsam in Lerngruppen auf, die sie auf ihre zukünftigen Aufgaben vorbereiten sollen. Dabei müssen wir zwar viel arbeiten, haben aber auch sehr viel Zeit alle möglichen Dinge auszuprobieren. Wir verspüren etwa viermal innerhalb eines Sturmzyklus, das Verlangen uns zu paaren. Dabei ist das dann nicht so extrem wie bei den Sikutas, macht gerade uns jugendlichen aber sehr viel Spaß, da wir das gemeinsam erleben und Erfahrungen sammeln können. Haben wir dann unsere Reifeprüfung abgelegt, suchen wir uns eine Gefährtin für den Rest unseres Lebens. Gemeinsam zeugen wir dann drei bis vier Kinder, mal mehr, mal weniger, bis dann irgendwann der Fortpflanzungsdrang verschwindet. Das Kind wächst im Körper der Frau heran, die während dieser Zeit auch dann die Ernährungsdrüsen entwickelt. Das Wachstum dauert etwas mehr als drei Fortpflanzungszyklen. Das Kind wächst dabei in einer Reifungsblase am Bauch der Frau heran, die, wenn das Kind die richtige Größe erreicht hat, aufplatzt. Die restliche Haut der Blase fällt in wenigen Tagen einfach ab. Diego fragte mich daraufhin, ob denn dann keine sexuellen Aktivitäten mehr stattfänden. Ich erklärte ihm, dass wir jederzeit und immer zärtlich oder liebevoll miteinander umgehen können, wenn wir das wollen und dabei auch ein unbeschreibliches Wohlgefühl erleben, aber dieser Drang zum Austausch von Körperflüssigkeiten zum Erzeugen neuen Lebens, den haben wir nicht permanent. Auch verfügen wir nicht die ganze Zeit über diese Fähigkeiten. Außerhalb der Paarungszyklen produzieren die Hukanto keine Fortpflanzungsflüssigkeiten und die Frauen auch keine Nahrungsflüssigkeiten für die Neugeborenen. Diego schien etwas erstaunt, wenn nicht sogar verwirrt.

»Du scheinst da etwas verwirrt zu sein«, fragte ich ihn.

»Erzähl mal, wie ist das bei euch?"

»Tja. Wir unterscheiden auch Mann und Frau. Der Mann ist bei uns Menschen in den meisten Fällen durch seinen Körperbau und die Wachstumsmöglichkeiten der Muskulatur den Frauen gegenüber im Vorteil, wenn es um manuelle, schwere Arbeit geht. Dafür hat er so seine Defizite bei der Feinmotorik. Da gibt es zwar auch Ausnahmen, wo Männer eher weibliche und manche Frauen männliche Eigenschaften aufweisen. Zur Fortpflanzung vereinen sich bei uns auch Mann und Frau, tauschen Körperflüssigkeiten aus, wie du das so treffend erklärt hast Gadni, und es entsteht ein neuer Mensch, der im Körper der Frau heranwächst und nach meist neuen Monaten geboren wird. Diese Fähigkeiten haben wir ab einem bestimmten Alter permanent und das ganze Jahr über. Wir sind immer paarungsfähig und müssen, um unsere Tätigkeiten verrichten zu können diesen Drang unterdrücken. So geht es uns in vielen Dingen. Wir sind sehr durch unsere Emotionen gesteuert und erreichen unsere Ziele meist nur dann, wenn wir bestimmte Gefühle, Zwänge und Bedürfnisse unterdrücken, was nicht jedem und nicht immer gelingt. Die Gebärfähigkeit und die Zeugungsfähigkeit geht zwar mit dem Alter verloren, die Gefühle und Triebe aber nicht.«

Das erschien mir tatsächlich sehr rätselhaft. Ich konnte mir kaum vorstellen, wie schwierig das für Diego sein musste mit so vielen Emotionen permanent umzugehen. Unterdessen erreichten wir die Unterkünfte der Tika, die jetzt fast alle ihre aktuellen Tätigkeiten eingestellt hatten und uns beobachteten. Tabaklas führte uns in ein Zelt, wo wir an diversen Stangen Kleidungsstücke vorfanden aus feinem zarten Kaduleder. Daneben stand auf einem kleinen Tisch eine Karaffe mit Wasser und eine Schüssel mit Nüssen und einigen Früchten. Als Diego zum ersten Mal unser Wasser trank und unsere Früchte kostete, war er hin und weg vom intensiven Geschmack und der Frische. Ich erzählte Diego nun die Geschichte der Talatijasus und der Tkibakik. Am Ende meinte er dann zusammenfassend:»Also ihr glaubtet zunächst, dass die Tkibakik Drachen seien, die euch fressen wollen und machtet daher lieber Jagd auf sie, was aber nie oder selten mit Erfolg gekrönt war. Und ihr dachtet immer, dass diese Würmchen nicht beachtet werden sollten, fürchteten aber doch ihre Jäger. Und mit dir und Gadni kam es dann zur Verständigung und ihr konntet endlich erkennen, dass beide Spezies intelligent sind und nur die Kommunikation nicht funktionierte. Ganz schön prekär.«

Diego rieb sich mit der rechten Hand an seinem Kinn, während er scheinbar nachdachte.

»Gut! Ich denke, dass allein die Talatijasus ein Problem haben. Die Tkibakik haben euch schon gesehen und euch bei der Flucht geholfen. So sollten von der Seite zuerst mal keine überraschenden Reaktionen folgen. Gadni! Du musst die Talatijasus vorbereiten.«

Ich stimmte Diego zu und ergänzte noch, dass Zoltai und mein Vater bereits durch ihren Kontakt zu Tabaklas einen ersten Schritt gewagt hatten. Diego bewertete das auch als äußerst positiv, meinte aber, dass dadurch nur ein kleiner Schritt gemacht sei. Sein Vorschlag war dann sehr einleuchtend. Wir sollten zuerst die Jäger und Krieger in kleinen Gruppen zu zwei oder drei mit Zoltai, Lato und Gadni zusammen zu einem freien Feld bringen, wo sie dann zuerst Tabaklas begegnen würden, bevor sie dann ins Dorf der Tkibakik eingeladen werden. Wir machten einen Zeitplan und legten fest, dass wir acht Jäger und Krieger benennen wollten, die nach ihrer ersten Begegnung dann ihrerseits jeder einen weiteren Talatijasus aus dem Dorf mitnehmen sollten, um ihnen auf dem Weg zu den Tkibakik die Situation zu beschreiben. So zumindest war der Plan.

Wir saßen im Zelt auf dem Boden und genossen unsere Früchte, als von draußen ein aufgeregtes Klicken zu uns hereindrang.

»Da sind scheinbar ein paar deiner Artgenossen nicht ganz damit einverstanden, dass du uns Ungeziefer hier in euer heiliges Heim gebracht hast", sagte Diego zu Tabaklas, der wortlos aufstand und vor das Zelt trat.

Was jetzt zu hören war kann ich nicht einfach nur als ein Klicken beschreiben. Laute, helle, in meinen Ohren stechende Töne erfüllten die gesamte Umgebung. Tabaklas ließ dem Ärger über seine Enttäuschung freien Lauf. Er bezeichnete sie alle als undankbare Egoisten, die es nicht verdient hätten zu einer sanften, frei denkenden und friedvollen Spezies zu gehören. Seine Ansprache verfehlte nicht ihre Wirkung. Fast alle gingen sofort mit gesenktem Haupt wieder ihrer Arbeit nach. Ein paar junge Raufbolde verließen in einer kleinen Gruppe raunend den Platz.

»Die werden sich beruhigen. Wir müssen ihnen nur klarmachen, dass ihr intelligente Wesen und keine Tiere seid, dann werden sie es schon verstehen.«

Tabaklas war völlig entspannt und gelassen und setzte sich wieder zu uns. Er lud uns zu einem kleinen Rundgang durch sein Dorf ein, zeigte uns einige Unterkünfte, die sich unter der Erde in kleinen, fein ausgearbeiteten Höhlen befanden und weitere in Felsen gehauene Behausungen seiner Freunde. Neben den Wohnbereichen gab es Zelte für Besucher und aus Steinen erstellte Gebäude und

Vorrichtungen zum Arbeiten. Nahrung wurde haltbar gemacht, Wasser wurde aufbereitet und aufbewahrt, Werkzeuge für die Feldarbeit und zur Herstellung von Bewässerungsrohren wurden hier gefertigt. Alle Tika trugen zwar keine Kleidung, dafür aber filigran gefertigte Halterungen für ihre Werkzeuge oder zum Transport von Früchten, Gemüse und anderen Utensilien. Es gab auch einige geflügelte Tika, die andere nicht geflügelte in einer Art Sitzvorrichtung, die an einem langen Tragegurt befestigt war, der um Ihre Schulter führte, durch die Luft flogen. Diego meinte, das sähe aus wie ein Einmanntaxi, was immer er auch damit gemeint hatte. Tabaklas stellte uns einige Tika persönlich vor. Wir konnten alle gut verstehen, nur musste Tabaklas unsere Antworten übersetzen. Anhand der Laute und der sich auf und ab bewegenden Hautschuppen an den Hälsen der Tika erkannten wir, dass sie sich sichtlich amüsierten und langsam keine Bedrohung mehr in uns sahen.

»Meine Freunde! Wir haben leider nicht mehr so viel Zeit. Das Sikutaproblem kann nicht warten und wir brauchen alle Spezies dieses Planeten und darüber hinaus, um das Problem zu lösen. Ich könnte euch einen Flugtransport zu eurem Volk anbieten, aber das würden die sicher nicht verstehen. Macht euch bald auf den Weg und wir treffen uns auf halber Entfernung zwischen unseren Siedlungen, wie Diego es vorgeschlagen hatte.«

Tabaklas brachte uns zum Rand des Dorfes. Wir winkten ihm noch einmal zu und schritten dann mit viel Enthusiasmus voran.

Wir erreichten das Zeltlager der Talatijasus recht schnell. Sie richteten sich ein, wie sie das immer taten. Krieger bewachten den Zugang und die sanitären Vorhänge konnte ich am Rand der Siedlung auch ausmachen. Wobei ich mich echt fragte, ob sie jetzt hier vor dem Abgrund oder über den Abgrund ihre „Geschäfte" entsorgten. Lato und Zoltai kamen uns entgegen, nahmen uns in die Mitte und führten uns ins Zentrum zum Versammlungsplatz. Dort hatte der Zatakus seinen Wagen, mit einem großen Stuhl bestückt, aufgestellt und thronte nun über allen.

»Da ist ja unser Retter!«, rief er überschwänglich, aber mit einem sarkastischen Unterton in die Menge, die sich hier versammelt hatte. Alle riefen lauthals meinen Namen immer und immer wieder, bis der Zatakus die Hand in den Himmel reckte und für Ruhe sorgte.

»Scheinbar sind wir hier vorerst sicher! Der Sikuta ist weit entfernt im Sand der Sikahil, aber die Drachen. Wo sind die Drachen, diese gefährlichen Monster, denen wir nicht begegnen möchten. Hüten wir uns vor den Drachen.«

Er schrie über den Platz hinaus. Ich sah Diego an, der meine verzweifelt gerunzelte Stirn richtig interpretierte.

»Das wird ein harter Brocken«, meinte er dann zu mir und alle verstummten, da sie eine solche Stimme und Sprache noch nie gehört hatten.

Ich schritt etwas vor und begann mit meiner Ansprache: »Hallo meine Talatijasus, hallo großer Zatakus. Ich bringe hier einen neuen Freund aus einem fernen Land, der mir sehr viel geholfen hat, damit wir und unsere neuen Freunde euch helfen konnten diesen sicheren Ort zu finden. Unsere Freunde teilen diesen Ort mit uns und wollen euch nach und nach kennen lernen, damit wir dann gemeinsam gegen die Sikutas vorgehen können. Mein Freund hier heißt Diego und er wird uns helfen. Lato und Zoltai haben unsere neuen Freunde auch bereits kennengelernt. Wir werden jetzt nacheinander kleine Gruppen von acht Leuten mitnehmen und sie unseren neuen Freunden vorstellen, damit ein schrittweises Kennenlernen möglich wird.«

Der Zatakus sah mich wieder einmal misstrauisch an und rief laut: »Wir sollten sofort ein großes Fest feiern und deine Freunde einladen. Ihnen gebührt all unser Dank. Wir wollen mit ihnen tanzen und singen.«

Ich dachte zunächst für mich, dass er das sicher nicht wolle, wenn er wüsste, wer unsere neuen Freunde sind. Tatsächlich sagte ich jedoch, dass es nicht nur meine, sondern unser aller Freunde sind, die etwas schüchtern und zurückhaltend seien und eine schrittweise Annäherung bevorzugen würden. So stimmten dann alle, gegen den Wunsch des Zatakus, meinem Vorschlag zu und übertönten die Einwände des Zatakus einfach damit, dass sie immer wieder laut meinen Namen riefen.

Der Zatakus zog sich in sein Zelt zurück und Zoltai und Lato übernahmen die Leitung der Versammlung. Lato las laut und deutlich die Namen von acht Kriegern vor, die als erstes mit uns zu Tabaklas aufbrechen würden. Alle anderen sollten sich dann in Gruppen zu acht sammeln, um dann nach und nach zum Treffen mit den Tkibakik abgeholt werden.

Während unseres Vortrags standen meine Freunde ungeduldig am Rande der Versammlung. Zoltai, Namina und Lato wedelten wie wild mit ihren Armen und riefen meinen Namen, als unsere Eltern sich mit den Kriegern unterhielten. Ich lief sofort zu ihnen hin. Uns blieb nicht viel Zeit. Ich erzählte den dreien in Kurzform, was passiert war, nachdem wir uns in den Höhlen verloren hatten.

»Wenn wir die ersten Krieger zu Tabaklas gebracht haben, werde ich mit euch zu den Tkibakik gehen und euch alles zeigen. Dann können wir auch ausführlich über alles reden, vor allem auch über die Sikutas.«

»Ok, Gadni, das ist alles sehr verwirrend und aufregend. Endlich passiert mal etwas anderes, etwas Unvorhergesehenes«, meinte mein Bruder Lato.

Zoltai und Namina ergänzten noch, dass wir uns auch noch wegen der Prüfung absprechen müssten, da der Zatakus, trotz meiner Rettungsaktion, immer noch darauf bestehen würde. Ich verdrehte die Augen und winkte ab.

»Ich denke, das werden wir dann sehen, wenn er mal realisiert hat, wer unsere neuen Freunde sind.«

Wir lachten alle und ich verabschiedete mich, um Lato, Zoltai, und Diego zu folgen. Lato und Zoltai gingen vorweg, gefolgt von den Kriegern. Diego und ich gingen am Ende.

»Wie geht es dir Diego? Ist das alles nicht sehr sonderbar für dich?«, fragte ich ihn, während er grübelnd neben mir her schritt.

»Danke Gadni. Ich bin froh, dass du mich mitgenommen hast hier nach Kanto. Ich habe lange nicht so frische Luft geatmet und so sauberes und frisches Wasser getrunken. Aber unsere Aufgabe hier ist nicht gerade sehr einfach. Wenn ich mir eure Krieger so ansehe, mit ihren Speeren, Bögen und Messern, wage ich zu bezweifeln, dass das zu einem freundschaftlichen Treffen werden wird. Ich meine, was wird Tabaklas wohl denken, wenn ihr bis an die Zähne bewaffnet vor ihm erscheint?«

Ich blieb sofort stehen und rief im gleichen Moment den anderen zu stehenzubleiben. Ich erklärte Zoltai und Lato Diegos Einwand. Beide sahen sich überrascht an und griffen sich beide simultan mit der rechten Hand an die Stirn.

»Solche Unachtsamkeit führt immer wieder zu Missverständnissen. Ich sagte dir vorhin noch, dass ich mich bei all dieser Hektik nicht sehr wohl fühle. Nur gut, dass Diego uns darauf aufmerksam gemacht hat.«

Nach dieser Selbsterkenntnis befahl Lato den Kriegern, ihre Waffen an einem Felsen neben einem großen Busch am Rande des Plateaus zurückzulassen. Es gab zwar einige Einwände, da sich die Krieger ohne ihre Waffen nackt fühlten, aber schließlich schafften wir es, nur noch mit unseren Skulls bewaffnet, weiter zu marschieren. Wir näherten uns dem Treffpunkt, wo Tabaklas bereits auf einem Felsen sitzend wartete. Die Krieger sahen sich verwirrt gegenseitig an und wurden sehr nervös. Die ersten beiden rissen ihre Skulls aus der Halterung und stellten sich sofort

Rücken an Rücken in Kampfposition und riefen den anderen laut »Drache! Drache!« zu, die sofort ihrem Beispiel folgten.

Lato und Zoltai erhoben ihre Hände und versuchten sie zu beruhigen.

»Bleibt ruhig. Das sind unsere neuen Freunde. Sie haben uns gerettet. Es gibt keine Drachen. Das dort ist Tabaklas und er ist ein Tkibakik. So nennen sich diese Wesen.«

Lato versuchte die Krieger damit zu beruhigen, was ihm nicht gerade leicht viel. Sie blickten sich verunsichert und verwirrt um.

»Steckt eure Skulls zurück und kommt mit zu Tabaklas«, beruhigte sie Zoltai und legte eine Hand auf den Skull führenden Arm des ersten Kriegers.

Langsam entspannte sich die Situation und sie steckten alle ihre Waffen wieder weg. Tabaklas kam langsam auf sie zu und verbeugte sich mit einer kurzen Begrüßung. Ich übersetzte seinen Gruß und die anderen starrten ihn nur mit offenem Mund an. Tabaklas setzte sich auf den Boden und wir folgten seinem Beispiel.

»Mein Name ist Tabaklas. Ich bin das Oberhaupt der Tkibakik. Wir sind sehr friedliche Wesen. Wir essen nur Pflanzen und leben schon lange hier auf dieser Ebene. Wir haben einen gemeinsamen Feind, der nicht nur euch, sondern auch uns immer mehr Probleme bereitet, der Sikuta.«

Tabaklas klickte so vor sich hin, während ich seine Rede simultan übersetzte. Die Krieger hatten allerlei Fragen. Wieso haben die Drachen nie zuvor Kontakt aufgenommen, wie leben sie, haben sie Familien, gibt es auch Krieger und Medizinmänner und und und.

Ich mühte mich redlich, stellte aber bald fest, dass es sehr schwer ist, wenn man als einziger die Sprache versteht und für alle anderen übersetzen muss. Im selben Moment wurde mir auch klar, dass genau das unser Problem sein wird, die Verständigung. Ich werde nicht bei jeder Begegnung als

Dolmetscher dabei sein können. Und die Verständigung mit Mimik und Händen müssen die beiden Arten erst einmal lernen. Zoltai schien zu merken, dass ich durch die vielen Fragen sehr stark beansprucht wurde und bat um eine kleine Pause. Unsere Krieger unterhielten sich aufgeregt miteinander über die neuen so unglaublichen Erkenntnisse. Drachen sind nun intelligente Wesen wie sie selbst und keine Tiere, die man jagen kann. Ich freute mich über die kurze Pause, in der auch Tabaklas kaum etwas sagte.

»Es wird schwer werden, meinst du nicht auch Gadni?«, fragte er mich dann nach einer längeren Pause.

»Auf jeden Fall anstrengend, denn das, was ich gerade mit meinen Leuten durchgemacht habe, wird dir auch bevorstehen.«

Erst nickte er, dann zog er die Schultern hoch und meinte, dass wir es eben versuchen müssen.

»Ihr müsst in Zukunft ja keine Wohngemeinschaften gründen. Es wird ausreichen, wenn ihr euch gegenseitig respektiert und bei dem Kampf gegen die Sikutas unterstützt.«

Als Diego dies äußerte wussten wir zwar nicht, was er mit Wohngemeinschaft meinte, aber wie hatten zumindest das Gefühl ihn verstanden zu haben. Lato reichte gerade einen Wasserbeutel weiter, als uns plötzlich ein starker Windstoß erfasste und in Richtung der Klippen drängte.

Wir versuchten uns instinktiv, woran auch immer, festzuhalten. Die Windböen folgten in kurzen Intervallen und wurden immer stärker. Dann sahen wir sie. Die fünf jungen Tkibakik, die während unseres Aufenthalts in ihrem Lager randaliert hatten, flogen über uns und erzeugten diesen starken Wind. Egal ob sie nun wirklich vorhatten uns über die Klippen zu treiben oder uns nur erschrecken wollten, einige unserer Krieger schafften es jedenfalls sich von der Gruppe zu entfernen und rannten zu ihren unweit zurückgelassenen Waffen. Zwei der jungen Tkibakik sahen die bewaffneten Krieger und flogen im Sturzflug auf sie zu. Während ich mich noch an einem der Büsche am Rande der Klippe festhielt, sah ich aus dem Augenwinkel, dass zwei unserer Krieger von den Tkibakik gepackt und in die Lüfte gehoben wurden, um dann über dem Rand der Klippe wieder losgelassen in die Tiefe zu stürzen. Einer der Tkibakik stürzte ihm nach, nachdem ein Pfeil direkt aus seinem Kopf ragte. Genau in diesem Moment wurde Diego über den Rand geweht. Tabaklas schrie seinen Leuten schrill entgegen, damit aufzuhören und bemerkte es nicht. Ich sprang sofort über die Klippe und erreichte Diego kurz bevor er am Boden ankam und teleportierte mit ihm zurück auf die Ebene, weit weg von dem Geschehen.

»Mist. Ich hatte genau so etwas befürchtet.«

»Was tun wir nun?", fragte mich Diego.

»Ich weiß es nicht.«

»Ich weiß nur, dass wenn ich wieder zurückspringen muss, lande ich wohl unsanft auf dem Talboden«, erwiderte ich ängstlich.

»Das muss nicht unbedingt sein, Gadni. Wir müssen zurück und die Vergangenheit einfach ändern, damit das, was da geschehen ist, nicht passiert. Wir sollten uns aber genau überlegen, wo und zu welchem Zeitpunkt wir hier eingreifen sollten.«

»Aber ich werde doch immer wieder zu dem Ausgangspunkt zurückgeschleudert. So war es bei den letzten Ereignissen immer wieder gewesen. Dann werde ich doch da auf dem Boden aufschlagen und zerplatzen.«

Meine Erklärungsversuche entlockten Diego nur ein Lächeln. Er klopfte mir beruhigend auf die Schulter:

»Mein Junge. Ich dachte dein Name bedeutet, der der denkt. Überlege einmal. Wenn wir in die Vergangenheit reisen und das Treffen verhindern, wird das alles nicht geschehen. Du wirst dann nicht abstürzen und dann wird der aktuelle Zeitpunkt und Ort, an dem die Veränderung durch uns initiiert wird, dein neuer Echtzeitfixpunkt werden. Du hast wohl noch keine bewusste Zeitreise auf dich genommen. Die Erinnerung daran wäre dir sicher nicht entfallen.«

Ich fixierte Diego verwirrt und wusste zuerst nicht, wie ich das alles verstehen sollte.

»Dass ich durch eine Reise in die Vergangenheit etwas an dem Geschehenen verändern kann ist schwer zu verstehen, aber durchaus einleuchtend. Aber was passiert noch, dass man das nicht so schnell vergisst?«

Ich wollte es genau wissen. Diego erklärte mir ausführlich, dass durch die Veränderung meiner Erinnerungen, die ich ja an eine dann nicht mehr existente Zukunft habe, diese in meinem Hirn sozusagen überschrieben werden muss. Dieser Vorgang kann, wenn es einen längeren Zeitraum betrifft, sehr schmerzhaft werden.

Ich dachte mir in diesem Moment, dass es wohl besser wäre ein paar Schmerzen auszuhalten, als am Boden zu zerschellen und willigte in den Plan ein. Wir entschieden uns schnell, dass wir Tabaklas zu dem Zeitpunkt treffen sollten, als wir ihn verließen, um zu unserem Stamm zurückzukehren. Diego legte seine Hand auf meine Schulter und meinte nur kurz, »Ok, tun wir es«, als wir auch schon wieder vor Tabaklas standen.

»Ups, das ging nun wirklich schnell und scheinbar auch noch punktgenau.«

»Hallo Tabaklas nicht wundern«, bemerkte Diego und sah zu Tabaklas auf.

Man konnte seinem Gesicht die Verwunderung nicht ansehen. Seine Schuppen am Hals zeigten eine dunklere Färbung als sonst und er zeigte über uns hinweg in die Ferne. Wir drehten uns um und sahen tatsächlich zwei sich entfernende Gestalten.

Diego blickte zu mir, zog Schultern und Augenbrauen hoch und meinte nur: »Siehst du, schon ändert sich die Zukunft.«

Wir schauten den Gestalten weiter nach, die aber plötzlich einfach verschwanden.

Diego atmete mehrfach tief ein und wandte sich sofort an Tabaklas:

»Unsere Erinnerungen werden bald verblasst sein. Sie wurden mehr oder weniger gerade zum Löschen markiert. Es wird etwas passieren, dass wir unbedingt verhindern müssen. Bitte höre einfach zu, da ich in kurzer Zeit nicht mehr alles wissen werde.«

Diego erzählte Tabaklas kurz, was bei den Talatijasus und unserer Zusammenkunft geschah. Ich hörte ihm zu und konnte mich noch genau an Alles erinnern.

Dann ganz plötzlich schrie Diego auf und krümmte sich mit beiden Händen am Kopf nach vorne. Ich selbst wollte mich gerade um ihn kümmern, als auch mein Kopf scheinbar explodierte. Ich hörte einen schrillen, hell klirrenden Ton, als kratze jemand mit einem Skull über einen Stein. Mein Kopf fühlte sich an, als schrumpfe der Schädel und das Gehirn wollte raus, da nicht mehr genügend Platz für alle Informationen vorhanden zu sein schien. Der Schmerz steigerte sich und trieb mir Tränen in die Augen. Tabaklas sagte mir später, dass auch ich geschrien habe, ohne dass ich mich daran erinnern konnte. Dann endete der Schmerz, und eine wohltuende Freiheit machte sich in mir breit. Ich wollte losrennen und fliegen. Auch Diego strahlte vor Wohlempfinden, sagte aber sofort zu Tabaklas:

»Ok. Jetzt weiß ich auch nicht mehr was wirklich geschehen ist. Ich hoffe aber, dass du durch meine Erzählung mit deiner Erinnerung an diese Geschichte, uns berichten kannst, was denn nun war.«

Ich wusste zuerst gar nicht, was Diego meinte, wir hatten uns doch gerade von Tabaklas verabschiedet und wollten weiter zu unserem Lager, um die Talatijasus dort abzuholen. Tabaklas hielt uns zurück, forderte uns auf, uns hinzusetzten und begann Diegos Geschichte zu erzählen. Es fiel uns tatsächlich schwer es zu glauben. Diego jedoch nickte und meinte, dass er genau diese Erfahrung bei Reisen in die Vergangenheit schon öfter gemacht hatte. Immer die Personen, die zurückgereist waren und somit ihre eigenen Erinnerungen durch die Veränderung einfach als nicht erlebt disqualifiziert hatten, durchlebten eine Phase unbeschreiblichen Schmerzes, gefolgt von totaler Euphorie, wie gerade jetzt. Tabaklas Erinnerungen wurden nicht verändert, da er ja Diegos und Gadnis Zukunft, die diese erlebt hatten, ja nicht miterlebte, sodass bei ihm auch keine Erinnerungskorrektur stattgefunden hat.

»Aber auch du wirst das erleben, wenn du in die Vergangenheit reisen solltest«, ergänzte Diego an Tabaklas gerichtet.

»Ich erlebte das bereits«, meinte Tabaklas.

»Vor einigen Jahren reiste ich in die Vergangenheit, da ich in Erfahrung bringen wollte, wieso unsere Welt sich so sehr geändert hatte. Unseren Geschichten erzählen von einer blühenden Welt mit weitaus weniger Sand. Leider reiste ich wohl nicht weit genug zurück Die Sikahil schien mir zwar nicht ganz so groß wie heute, aber sie war da. Als ich zurückkam verfügte ich über eine Erinnerung, die ich vorher ja nicht hatte, da ich zu dieser Zeit noch nicht geboren war. Schmerzen musste ich da keine ertragen. Danach wusste ich aber, dass Reisen in die Vergangenheit möglich waren. Eines unserer jungen Tkibakik stürzte von der Plattform und wir kamen zu spät, um es, trotz unserer Flugkünste, zu retten. Ich sprang kurzerhand in die Vergangenheit und rettete es vor dem Sturz. Der Schmerz der folgte ließ mich taumeln und zu Boden fallen. Danach reiste ich nie wieder zurück, um etwas zu ändern. Dinge geschehen und man kann sie nicht immer wieder korrigieren.«

Diego nickte voller Verständnis. Trotzdem mussten wir etwas unternehmen, damit wir die drohenden Gefahren möglichst schon im Voraus berücksichtigten.

Tabaklas schlug dann eine Vorgehensweise vor, die wir nur befürworten konnten. Er meinte, dass er jetzt zurück zu seinem Volk gehen würde und alle, vor allem auch die ganz jungen Tkibakik zusammenrufen wollte, um sie bei einer Versammlung anzuhören und ihre Bedenken ernst zu nehmen. Danach musste er ihnen klarmachen, dass wir uns nicht zu einem Stamm vereinen wollten, sondern jeder sein Leben weiterleben und dabei einer den anderen als intelligente Spezies achten sollte. Es galt nur einen gemeinsamen Schlachtplan gegen die Sikutas zu ersinnen. Talatijasus und Tkibakik mussten sich nicht alle persönlich kennen lernen, sollten aber voneinander wissen, damit eine gegenseitige Achtung aufgebaut würden könnte, zumal laut Diegos Erzählung die Kommunikation durchaus schwierig sein würde. Aber die wahre Geschichte der Tkibakik musste ihnen erzählt werden. Tabaklas maß dabei einem Treffen der Anführer beider Spezies eine besonders wichtige Bedeutung zu. Genau genommen würde er als Anführer seines Volkes darauf bestehen, Fremde zuerst kennen zu lernen, bevor er zuließ, dass diese sich mit seinem Volk treffen. Unsere Mission bestand nun darin, den Zatakus davon zu überzeugen uns auf die Ebene zu begleiten und Tabaklas musste sein Volk informieren und beruhigen. So trennten wir uns wieder auf der Ebene, ohne dass uns bewusst war, dass wir das schon einmal getan hatten.

Markus spürte einen sanften, warmen Hauch an seiner Wange. Ein sanfter Druck auf seiner Brust zog ihn langsam aus seinem Tiefschlaf. Das durch die Kabinenluke hereinfallende Licht verhinderte, dass er die Augen sofort öffnen konnte. Blinzelnd schaute er in Fabiennes Augen. Sie beugte sich mit einer Hand auf seiner Brust über ihn, und hauchte ihm einen zarten Kuss auf die Wange.

»Na, auch schon wach?«, fragte sie ihn leise flüsternd.

»Ja, jetzt schon. Wie spät ist es überhaupt? Sind wir alleine?«

Er reckte und streckte sich, während er auf ihre Antwort wartete.

»Alejandro ist schon recht früh weg. Wir sind in San Sebastian im Hafen. Die anderen sind noch beim Frühstück, während Marcos noch einiges im Ort zu erledigen hat. Er kann uns leider nicht nach Teneriffa zurückbringen und organisiert gerade unsere Überfahrt mit der Fred Ohlsen Fähre nach Los Christianos, wo wir dann mit dem Taxi zum Hotel gebracht werden sollen.«

Fabienne legte ihren Kopf auf Markus Brust. Er streichelte ihr sanft über die langen Haare und genoss die körperliche Nähe. Als sie dann auch noch mit ihrer rechten Hand begann ihn am Bauch zu streicheln, erinnerte ihn die Reaktionen seines Körper daran, dass er lange geschlafen hatte und bestimmte Bedürfnisse zeitnah erfüllt werden mussten. Sanft nahm er ihren Kopf in beide Hände, hob ihn an, küsste sie intensiv und stand dabei langsam auf.

»Entschuldige mich bitte. Ich muss mal.«

Fabienne lächelte und entließ ihn aus dem Zimmer. Er packte seine auf dem Stuhl bereitgelegten Kleider und verschwand im Badezimmer. Nach zehn Minuten kehrte er zu Fabienne zurück, die es sich auf seinem Bett gemütlich gemacht hatte.

»Wann können wir denn einmal etwas länger alleine sein?«, fragte Fabienne mit leuchtenden Augen und einem atemberaubenden Lächeln.

»Wann immer wir dazu bereit sind. Die Zeit dazu können wir uns ja einrichten, wie wir es brauchen. Im Moment habe ich aber eher Redebedarf, denn du weißt ja noch gar nicht, was ich letzte Nacht erlebt habe.«

Markus nahm Fabienne an der Hand und zog sie aus der Kabine.

»Komm mit, ich bin hungrig.«

Beide erklommen die Stufen zum Speisesaal und Markus bediente sich am Buffet, nahm sich eine Tasse Tee und ein Glas Orangensaft. Fabienne nahm sich noch eine Tasse Kaffee und beide setzten sich an den großen Tisch. Der Speisesaal war leer. Scheinbar erkundeten die anderen den Hafen. Markus erzählte Fabienne genau, was er erlebt hatte und registrierte an ihren immer größer werdenden Augen, dass sie richtig betroffen war.

»Diese liebe, alte Frau soll so berechnend und gemein sein? Ich kann das fast nicht glauben.«

Sie war sichtlich empört.

»Du solltest sie jetzt auch mal sehen, sie sieht nicht viel älter aus als ihre Enkel. Ich weiß auch nicht, wie sie es ihnen erklären kann. Je länger ich darüber nachdenke, desto mehr verwirrt es mich. Übrigens solltest du dir das genau merken.«

Markus lächelte ihr entgegen.

»Wie meinst du das?«

»Meine Liebe, du verfügst auch über diese Fähigkeiten. Solltest du dich einmal schlapp oder alt fühlen, dann solltest du wissen, wo du mich finden kannst.«

Fabienne sah Markus erschrocken an. Sie vergaß immer wieder, dass sie über diese Begabung verfügte. Sie blickte nach unten, legte ihre Hand auf die Stirn und fing an zu weinen.

»Was ist los? Das ist doch gut. Warum weinst du? Habe ich etwas Falsches gesagt?«

Markus setzte sich auf einen Stuhl neben ihr und legte seinen Arm über ihre Schulter. Er zog sie tröstend an sich heran und hörte einfach zu.

»Ist schon ok. Ich habe mich nur noch nicht genau mit der ganzen Situation befasst. Es ging alles so schnell. Immer wieder erhalte ich neue Informationen und Hinweise auf meine ach so tollen Möglichkeiten. Genau genommen haben wir die aber nicht. Wir sind von unseren Eltern abhängig und werden in spätestens zwei Wochen wieder in unseren Alltag eingebunden sein und du wirst mich vielleicht vergessen oder bist einfach „schwubs" mal weg. In irgendeiner Zeit, an irgendeinem Ort und rettest irgendwelche Lebewesen und findest nicht mehr zurück. Ich weiß auch nicht, ob ich das wirklich will. Ich liebe dich. Ich möchte ein normales Leben mit dir führen. Das alles macht mich irgendwie traurig. Aber zusätzlich frage ich mich auch, ob wir hier nicht auch eine Chance haben, etwas Besonderes aus unserem Leben zu machen. Irgendwie scheint es auch so zu sein, dass wir gemeinsam mehr bewirken können. Nur wird mein Vater alles tun, um dem entgegen zu wirken.«

Fabienne bedeckte ihr Gesicht mit beiden Händen und wischte sich kopfschüttelnd die Tränen weg.

»Was sollen wir tun?«, fragte sie Markus, während sie ihren Kopf hob und ihn flehentlich ansah.

»Ich fühle die ganze Zeit schon, dass ich mich irgendwie an einem Wendepunkt befinde oder eher einer Abzweigung des Weges den wir gehen. Ich muss mir langsam eingestehen, dass ich mich immer wieder selbst davon überzeugen will, dass ich hier entscheide, wo entlang es denn nun weitergehen soll. Genaugenommen belüge ich mich da wohl selbst, denn ich kann diese Kraft nicht beherrschen, allenfalls beeinflussen. Ich nutze nicht meine Fähigkeiten, sondern sie benutzen mich. Auch ich verspüre Angst. Angst davor manipuliert zu werden, Angst davor Dinge tun zu müssen, die ich verabscheue aber vor allem auch Angst davor dich zu verlieren. Und trotzdem fühle ich mich irgendwie gut und verspüre immer wieder diese Gewissheit, dass mich nichts aufhalten kann. Als wollte jemand oder etwas mir sagen, dass ich mich dieser Macht hingeben soll, damit alles gut wird. So wie bei Obi-Wan und Luke.«

Fabienne umarmte Markus mit beiden Armen und sie hielten sich lange aneinander geklammert fest.

Markus atmete tief ein, löste sich von Fabienne und meinte dann lächelnd:

»Dann wollen wir mal sehen, dass wir nicht der dunklen Seite der Macht verfallen.«

Ein lautes Poltern auf dem Deck veranlasste dann beide ihr Frühstück zu beenden. Sie stiegen nach oben und sahen, dass mittlerweile alle von Bord gegangen waren. Markus schaute der Person, die den Pier entlanglief hinterher. Irgendwie erschien ihm der Mann bekannt, aber wirklich zuordnen konnte er die Gestalt nicht. Was hatte er auf der Esmeralda getan? War es vielleicht ein neuer Mitarbeiter oder gar ein neuer Kunde von Marcos? Gerade in dem Moment, als Markus sich schulterzuckend abwenden wollte, drehte sich der Mann in seine Richtung. Markus erkannte ihn. Es war dieser Faris. Markus hatte diese Episode seiner kurzen Rückkehr völlig vergessen, denn er ist ja durch seine an ihn selbst gerichtete Nachricht nicht zurück in die Vergangenheit gereist, um Marcos zu kompromittieren. Somit war diese Erinnerung aus seinem Gedächtnis gelöscht worden, da sie ja nie passierte. Fabienne schaute Markus verwirrt an.

»Kennst Du den Mann?«, wollte sie wissen.

»Ja. Das ist Faris. Ich habe ihn durch das Loch in der Kabine gesehen. Er funkte damals mit einem Mustafa oder so ähnlich. Irgendetwas stimmt nicht mit seiner Frau. Marcos wollte ihm da soweit ich das mitbekommen habe, helfen.«

»Meinst Du wir sollten Marcos oder den anderen davon berichten?«

Fabienne schaute Markus an, der sie nur anstarrte und für eine Sekunde nicht reagierte. Einen Wimpernschlag später, taumelte er nach vorne und fing sich bei ihr ab, um nicht gegen die Reling zu knallen. Er sog die Luft tief ein und atmete lautstark wieder aus.

»Was ist mit dir?«, fragte Fabienne erschrocken.

»Ich habe Diego gefunden.«

Diego schlenderte neben mir her und schien sich recht wohl zu fühlen.

»Vermisst du deine Welt?«, fragte ich ihn, woraufhin er kurz in den Himmel blickte, den Kopf nachdenklich auf und ab bewegte und mich dann ansah.

»Tja Gadni, die Welt in der ich normalerweise lebe, habe ich nun schon seit einiger Zeit nicht mehr gesehen. Ich befand mich zwar auf der richtigen Welt, aber in der falschen Zeit. Ich weiß nicht genau ob und wie ich meine Frau oder mich selbst in dieser Zeit kontaktieren soll, oder ob ich überhaupt etwas tun soll, da durchaus die Gefahr besteht, dadurch Dinge und mein eigenes Schicksal schwerwiegend zu verändern. Du hast ja jetzt gesehen und gehört, wie das mit den Zeitreisen so sein kann.«

Ich stimmte Diego zu.

»Ich vermisse meine Frau, ich vermisse meine Insel und ich vermisse meine Welt. Aber trotzdem fühle ich mich hier wohl. Ich fühle auch ganz deutlich, dass ich hier sein muss, dass hier meine momentane Bestimmung liegt.«

Wir gingen weiter schweigend nebeneinander in Richtung der Lagerstätte der Talatijasus.

»Sag mal Gadni, Ihr diskutiert immer wieder über dieses Wesen, den Sikuta, und erzählt, dass er in einer Sandwüste, der Sikahil lebt, die sich weiter auszudehnen scheint«, unterbrach Diego erneut die Stille.

»Ich habe diese Wüste noch nicht aus der Nähe gesehen. Von hier oben haben wir ja einen schönen Ausblick, aber den Sand sehen und fühlen kann ich von hier nicht.«

»Das stimmt. Möchtest du die Sikahil einmal sehen? Wir könnten kurz nach unten springen und sind dann auch schnell wieder zurück?«

Auf seine Antwort wartend schaute ich ihn mit hochgezogenen Augenbrauen an. Er stimmte sofort zu. Ich legte meine Hand auf seine Schulter und dachte an den Waldrand direkt vor der großen Wüste, der hinter den

Höhlen lag und im selben Augenblick standen wir dort. Diego trug neue Kleidung, die den Verhältnissen hier auf Kanto viel besser gerecht wurde. Wir mussten ihm lediglich die Ärmel etwas kürzen. Da wir wegen des warmen Wetters hier nur einen Lendenschutz trugen, mussten wir immerhin keine Hosen kürzen, da Diego im Vergleich zu den Talatijasus wirklich sehr lange Beine hatte.

»Das ist also die Sikahil. Müssen wir hier auf Sikutas achten?«, wollte Diego wissen.

»Wir lernen von Anbeginn an immer auf der Hut zu sein vor dem Sikuta und den Skull immer griffbereit zu haben. Aber mir ist nicht bekannt, dass ein Sikuta sich jemals außerhalb des Sandes gezeigt hat.«

Die Information reichte Diego aus und er nickte mir scheinbar zufrieden zu.

»Es ist ganz schön heiß hier.«

»Richtig. Lorson steht noch ziemlich hoch am Horizont und Kuron ist auch schon zu sehen. Zu dieser Zeit ist es hier unten immer am heißesten, weshalb wir da auch immer rasten. Wir sollten uns auch nicht so lange aufhalten. Auf dem Plateau ist es viel angenehmer und man weiß ja nie, wann und wie ein Sikuta hier erscheint.«

Während meiner Antwort ließ Diego seinen Blick immer noch über die Sikahil schweifen. Ich folgte seiner Blickrichtung und sah plötzlich mitten im Sand etwa achthundert Schritte entfernt eine Gestalt. Niedergekauert in der Hocke drehte sie sich im Kreis und sondierte scheinbar die Umgebung.

»Wer ist das und was macht der da?«, fragte Diego mehr zu sich selbst, als an mich gerichtet.

»Der trägt tatsächlich eine Sonnenbrille, Hosen und Shirt, wie bei mir zu Hause.«

Diego wollte gerade in seine Richtung laufen, als ich ihn am Arm zurückhielt und begann den Fremden mit wedelnden Armen auf uns aufmerksam zu machen. Ich schrie, so laut ich konnte:

»Komm her! Du bist in Gefahr! Sikutas! Monster! Lauf! Lauf!«

Diego war derweil in meine Warnrufe eingefallen und wedelte mit mir um die Wette. Die Gestalt blickte in unsere Richtung, sprang auf und begann zu laufen. Noch in dem Moment sprangen zwei Sikutas aus dem Sand. Diego hielt den Atem an, denn es war das erste Mal, dass er einen Sikuta sah und roch.

»Oh mein Gott?«, spie er die Worte sichtlich erschüttert aus.

»Was sind das für Bestien? Das ist ja ekelhaft!«

Die Sikutas sprangen ab und wollten ihr Opfer gerade zerreißen, als dieses plötzlich verschwunden war.

»Das war ein Lightblue Angel"«, meinte Diego, wobei ich nicht so recht wusste, was er damit meinte.

»Einer von uns«, ergänzte er, als er meinen fragenden Blick sah.

Ich zuckte mit den Schultern, griff nach der Diegos und schon standen wir wieder auf dem Plateau.

»Jetzt hast du beides gesehen. Die Sikahill und die bestialischen Sikutas.«

»Das ist übel mein Freund. Vor allem der Gestank! Aber ich frage mich natürlich, wer diese Gestalt war, die da plötzlich zu sehen war. Vielleicht sucht ja jemand nach mir, oder vielleicht soll uns jemand helfen bei dem Problem, das hier auf Kanto besteht, dem Sikuta.«

Da wir beide keine Antwort parat hatten, setzten wir unseren Weg in Richtung des Lagers der Talatijasus fort. Unser Problem mit den Sikutas schien ja nicht gerade einfach zu sein, da tatsächlich immer mehr Personen damit konfrontiert wurden. Tabaklas, Diego, ich und diese fremde

Gestalt, sollten tatsächlich so viele Personen mit der Rettung unseres Planeten beschäftigt sein? Ich hatte mich ja mittlerweile mit all den neuen Dingen, mit Planeten, Zeitreisen und fremden Sprachen abgefunden. Verstehen konnte ich das alles immer noch nicht, aber es war nun einmal so und da konnte ich wohl auch nichts daran ändern. Diego sah wohl, dass ich vor mich hin grübelte und sprach mich daher an:

»Das muss alles sehr verwirrend für dich sein. Ihr habt hier auf eurem Planeten keine großen technologischen Errungenschaften. Es spricht schon sehr für deine Aufgeschlossenheit und deinen offenen Geist, dass du das alles so bereitwillig hinnimmst.«

»Ich weiß nicht, was ich dazu sagen soll. Manchmal denke ich, dass ich vielleicht träume, aber dafür ist alles zu real und ich sehe diese Dinge ja nicht nur, ich rieche, ich schmecke und höre all dies. Ich verstehe die Klänge aus deinem Mund und du die meinen, obwohl es sich falsch anhört. Es funktioniert und es scheint einen bestimmten Grund zu haben. Bisher habe ich damit meinem Volk und mir nur geholfen und daher nehme ich es einfach so, als Geschenk. Vielleicht erklärst du mir irgendwann einmal, was Technik überhaupt ist, dann wird es vielleicht nicht nur ein fremdes Wort für mich sein.«

Diego lächelte mich an, klopfte mir auf die Schulter und meinte nur:»Das wird schon mein Junge.«

Wir kamen in Sichtweite unseres Lagers. Lato positionierte, wie er das immer tat, an allen Zugangsbereichen Wachen, die uns bereits entdeckt hatten. Einer der Wachen kam mit gesenktem Speer auf uns zu. Als er mich erkannte, begann er zu lachen und rief seinem Kameraden zu:

»Es ist Gadni, Gadni unser Retter kehrt endlich zurück.«

Jubelnd reckte er den Speer in die Höhe und fing ein Jubelgegröle an, in das die zweite Wache dann einfiel. Beide hüpften und tanzten um uns herum und aus dem Lager kamen weiter Leute. Alte, Junge, Kinder, Erwachsene. Sie alle freuten sich, mich wiederzusehen. Sie reichten mir Hände, klopften auf meine Schulter und mit Diego taten sie es gleich. Da er mich begleitete, konnte er nur jemand sein, der mich unterstützt hat und mich vor allem nach Hause brachte. Wir erreichten den Hauptplatz in der Mitte des Zeltdorfes, wo sich unterdessen alle Stammesmitglieder tummelten. Auch meine Freunde waren da. Zoltai, Namina und Lato rannten auch mich zu und umarmten mich. Wir alle lachten freudig.

»So, so, da ist er ja endlich, unser Held«, klang eine mir wohl bekannte Stimme über den Platz.

Der Zatakus stand wie immer auf seinem Wagen und überblickte die ganze Runde.

»Gut, dass du endlich kommst. Die Zeit zur Durchführung deiner Prüfung ist bald abgelaufen.«

Plötzlich verstummten alle. Der ganze Stamm, ja wirklich alle starrten den Zatakus grimmig und empört an.

»Ist ja schon gut. Das war nur ein Scherz. Nach dieser Rettungsaktion gilt die Prüfung als bestanden. Wer unser Volk mit solch einem Einsatz vor so vielen Sikutas retten konnte, dem muss keine weitere Prüfung auferlegt werden. Lasst uns feiern und Gadni hochleben.«

»Hoch, Gadni lebe hoch!«, rief er laut und alle folgten seinem Beispiel.

Die Jubelrufe dauerten eine Zeit lang und der Zatakus wollte sich schon abwenden.

»Oh, großer Zatakus, ich danke dir für deine Begrüßung und für deine weise Entscheidung. Ich brauche aber deinen Rat. Mein Freund hier und ich, wir haben einige Informationen, die lebenswichtig sein werden für unseren Stamm. Deine Weisheit und deine Entscheidungen sind hier gefragt, zum Wohle unseres Volkes. Würdest du uns heute

Abend die Ehre erweisen, mit dir gemeinsam in deinem Zelt eine Besprechung abzuhalten?«

Ich fragte den Zatakus, bevor er sich aus dem Staub machen konnte, wie er das so oft tat, wenn gesellschaftliche Zusammenkünfte gefeiert wurden.

»Gut, Gadni, kommt in mein Zelt, sobald Paluki erscheint.«

Er wand sich ab und ich mich den Dorfbewohnern zu. Zunächst stellte ich allen Diego vor, der sie herzlich begrüßte. Leider verstand niemand, was er sagte.

»Es ist nett euch kennenzulernen, ich verstehe auch eure Sprache, aber leider kann ich die eure nicht sprechen.«

Er versuchte immerzu es ihnen verständlich zu machen, scheiterte aber und irgendwann gab ich es dann auch auf zu übersetzen. Wir warteten den ersten Ansturm ab und ließen uns zum Zelt meines Vaters bringen. Vater umarmte mich und klopfte mir auf die Schulter.

»Gut gemacht, mein Sohn«, konnte er gerade noch sagen, als meine Mutter aus dem Zelt stürzte und mich schluchzend in die Arme nahm.

»Endlich bist du wieder da. Ich hatte ja solche Angst um dich.«

»Ist gut Mama. Es ist alles gut gegangen. Ich bin wieder hier.«

Ich wand mich an alle Umstehenden, Namina, Zoltai - mein Freund -, Lato - mein Bruder -, Lato - mein Vater, meine Mutter, und Zoltai − mein Onkel-, die alle in unserem Familienzelt beisammen waren. Ich stellte ihnen zunächst einmal Diego vor und erklärte ihnen, dass er uns alle wohl verstehen konnte, aber selbst unsere Sprache nicht sprechen könne. Alle starrten mich verwundert an, als sie erkannten, dass ich diese fremde Sprache tatsächlich verstand und dazu fähig war als Dolmetscher zu fungieren. Wir hatten viel zu erzählen. Wir ließen aber bewusst unsere Abenteuer in New York aus, da ich sie nicht überfordern wollte. Ich erklärte ihnen einfach nur, dass Diego von weit her kommt, um uns mit unserem Problem mit den Sikutas zu helfen. Dann erzählten wir ihnen von Tabaklas und den Tkibakik. Zoltai und Lato hatten Tabaklas ja bereits kennengelernt und meinen Freunden erzählte ich auch bereits von meinen Fähigkeiten. So waren alle nicht überrascht, aber dennoch verwundert. Schließlich und endlich glaubten sie alle unsere Erzählung und erkannten, wie wichtig unsere Unterredung mit dem Zatakus sein würde.

»Ich hoffe nur, dass ihn seine ihm wohl angeborene Furcht vor den Drachen nicht dazu bringt einfach Reißaus zu nehmen«, meinte mein Vater.

»Er muss sich mit Tabaklas treffen und mit ihm gemeinsam besprechen, wie wir gegen die Sikutas vorgehen. Eine andere Lösung gibt es nicht. Wir haben auch keine Zeit, einen anderen Anführer zu erwählen. Das Ritual dauert viel zu lange. Ich werde zuerst mit dem Zatakus alleine reden.«

Alle nickten mir zustimmend zu. Unterdessen war Lorson verschwunden und Kuron folgte ihm dicht auf. Paluki würde in Kürze erscheinen. Ich konnte mir noch nicht so ganz vorstellen, wie ich den Zatakus überzeugen konnte, hatte da aber so eine Idee. Manchmal können Taten mehr ausrichten, als Worte. Nur musste ich hier auch darauf achten, ihn nicht zu überfordern, sondern erklärend und einleuchtend agieren.

»Ihr solltet jetzt alle erst mal etwas essen und trinken, denn mit leerem Magen arbeitet es sich nicht gut", meinte meine Mutter und brachte uns allen Schalen mit Früchten und Trockenfleisch und Becher mit feiner Milch.

Wir aßen und tranken gemeinsam, ohne viel zu reden. Diego schaute sich interessiert um und begutachtete unsere Leute.

»Na Diego, was ist dir aufgefallen? Was denkst du über meine Freunde?«

»Gadni, du kannst dich glücklich schätzen, so gute Freunde zu haben. Sie sind alle freundlich und stehen voll hinter dir, vertraue ihnen, es wird sich lohnen. Ich habe mir eure Physis mal etwas genauer angesehen. Wir unterscheiden uns schon in einigen Dingen sehr. Aber trotzdem sind wir beide eine, wie wir auf der Erde sagen, humanoide Spezies. Das ist sehr beruhigend für mich. Entschuldige mein etwas aufdringliches Beäugen deiner Leute.«

»Das ist schon in Ordnung, Diego. Mich überraschte der Anblick all der mir so fremden Dinge auf deiner Erde noch mehr und ich weiß nicht, wie lange ich da gestarrt habe.«

Wir lachten beide und beendeten unsere Mahlzeit, während Paluki den Horizont erklomm.

»Gehen wir zum Zatakus«, forderte ich die anderen auf, mir zu folgen.

Diego hielt mich am Arm zurück:

»Warte Gadni, du solltest ihn nicht mit der ganzen Mannschaft überfallen.«

»Was meinst du? Wir wollen ihn nicht überfallen, nur reden.«

Diego lachte und meinte, dass ich ihn wohl falsch verstanden habe. Zu viele Leute würden das Reden nicht einfacher machen. Das leuchtete mir ein und ich verstand dann auch seinen Einwand.

»Ok, ihr solltet alle zunächst hierbleiben. Ich werde mit Diego zuerst einmal alleine zum Zatakus gehen. Wenn Paluki zwei Handbreit über dem Horizont steht, sollten Zoltai und Lato uns folgen. Ihr, meine Freunde bleibt hier. Ich werde euch ausführlich berichten.«

Ich wartete ihre Zustimmung erst gar nicht ab und verließ das Zelt, gefolgt von Diego.

Der Zatakus saß vor seinem Zelt auf einem Stuhl und erwartete uns bereits. Bei ihm saßen drei Älteste des Stammes.

»Hallo Gadni, da bist du ja, wer ist da bei dir?«, sprach er mich an.

»Zatakus, das ist mein Freund und Helfer, Diego. Er stand mir die ganze Zeit zur Seite und kann all das, was ich dir zu erzählen habe bestätigen. Er kommt aus einer weit entfernten Region und kann unsere Sprache nicht sprechen aber verstehen.«

Während ich Diego vorstellte hatte einer der Alten einen weiteren Stuhl zu dem bereits neben ihnen stehenden hinzugestellt, sodass wir beide uns setzen konnten. Ein junger Diener des Zatakus brachte uns zwei Becher mit Kadumilch.

»Dann erzähle uns einmal deine Geschichte, Gadni«, begann der Zatakus das Gespräch.

»Na gut. Also großer Zatakus…«

Während ich die Worte aussprach, beugte ich mich nach vorne und legte meine Hand auf das Knie des Zatakus, der dann im selben Augenblick mit mir verschwand. Wir saßen am Rand des Plateaus und konnten im Schein Palukis über die Sikahil schauen. Ich spürte sofort seine Verwirrung und seinen Drang aufzuspringen und davon zu rennen. Ich drückte ihn an der Schulter nach unten.

»Bleib einfach sitzen und schau dich um", sprach ich beruhigend zum Zatakus.

"Hör einfach zu, ich versuche dir alles zu erklären."

Er schaute mich mit seinen leidvollen Augen an. Da war er wieder dieser Blick, den ich schon einmal gesehen hatte.

»Gut mein Junge, dann fang mal an.«

»Wie du bemerkt hast, sind wir hier am Rande des Hochplateaus und das ohne, dass wir unsere Beine dazu benutzt haben, hierher zu gelangen. Ich habe wohl von Retus oder wem auch immer eine besondere Gabe bekommen. Ich kann an einen Ort denken und im selben Augenblick bin ich auch dann schon dort. Berühre ich dabei Jemanden, dann reist derjenige mit mir, so wie du jetzt gerade. Das ist nicht schlimm und wir können auch jederzeit ganz schnell wieder zurück. Die Zeit, die wir hier verbringen, wird an unserem

Ausgangsort nicht vergehen, sodass unsere Abwesenheit dort nicht auffallen wird.«

»Und das soll ich dir glauben Gadni?«

»Ob du das glaubst oder nicht ist nicht die Frage. Es ist einfach so, oder wie sonst sind wir hierhergekommen? Möchtest du lieber an einen anderen Ort? Dann sag es einfach - wir können auch dahin, wo immer du sein möchtest.«

»Ok. Ich möchte gerne zu unserem Lagerort, wo wir immer überwintern«, gab er mir zur Antwort.

Ich berührte seine Schulter und wir befanden uns dort, wo er gerne sein wollte. Ich schaute mich um und sah jetzt auch zum ersten Mal, dass das hier ein besonderer Ort für ihn war. Genau hier am Waldrand hatte ich ihn damals mit seiner Frau und meinen Großeltern beobachtet.

»Kannst du nur von Ort zu Ort reisen?«, fragte mich der Zatakus, während er sich auf einen Grünstreifen am Rande des Waldes niederließ.

»Warum fragst du mich das?«

»Ich glaube mich daran zu erinnern, dass ich dich vor vielen Jahren hier schon einmal gesehen habe. Ich war damals sehr überrascht, da ich dich nur kurz sah und du plötzlich verschwunden warst. Außerdem kannte ich dich da ja auch noch nicht. Erst als du dann herangewachsen warst, kamst du mir bekannt vor und erinnertest mich an diese Erscheinung.«

»Das war ich tatsächlich gewesen. Ich kann auch durch die Zeit reisen.«

In den Gedanken des Zatakus erklomm plötzlich ein Hoffnungsschimmer und seine Augen strahlten.

»Dann kannst du sie retten. Du kannst sie vor den Sikutas warnen und alle retten.«

Der Zatakus hatte meinen Arm ergriffen und krallte seine Hände darin fest.

»Kannst du das tun, Gadni?«, fragte er flehend.

»Das weiß ich leider nicht. Ich habe das noch nie bewusst versucht. Diese Gabe hat mich immer automatisch zu den Orten transferiert. Ich wollte da nicht hin, ich war plötzlich einfach da und auch schon wieder weg. Mein Freund Diego hat da schon mehr Erfahrungen gemacht. Dabei berichtete er aber immer wieder davon, dass Änderungen in der Zeit sehr schwerwiegende Folgen haben und manchmal ein Ereignis, auch wenn man es ändert, am Ende doch nicht zu dem Ergebnis führt, das man sich vorgestellt hat.«

»Gadni! Meine Frau, mein Sohn, deine Großeltern, du könntest sie alle retten!«, schrie er mich an.

»Beruhige dich. Wir müssen genau nachdenken, wenn ich das tue, was ich dann tue und wann ich das probieren soll. Wir sollten das auch unbedingt zuvor mit Diego besprechen. Wir haben außerdem generell ein großes Problem, das ist der Sikuta. Wenn wir das Problem lösen, lösen wir vielleicht auch unser anderes Problem.«

Der Zatakus sah mich sichtlich verwirrt an. Ich konnte ihm ansehen, dass für ihn nur der eine Gedanke, seine Lieben vielleicht retten zu können, vorherrschte.

»Na gut Gadni. Was immer du da für richtig hältst, sollten wir tun, wenn ich am Ende meine Frau und mein Kind wieder in den Armen halten werde, soll mir alles Recht sein.«

Ich wagte in diesem Moment nicht ihm darzulegen, dass es auch sein kann, dass wir zwar einen Rettungsversuch starten könnten, der aber durchaus auch fehlschlagen kann.

»Zatakus, ich muss dir erzählen, wie wir gerettet wurden und vor allem, wer uns dabei geholfen hat. Es ist sehr wichtig, dass wir unser weiteres Vorgehen mit gerade diesen Wesen abstimmen, damit wir am Ende erfolgreich sein können.«

Der Zatakus sah mich abschätzend an.

»Was meinst du mit Wesen? War es ein anderer Stamm, oder waren es Leute, die so ähnlich verunstaltet sind, wie dein Freund mit den langen Beinen?«

»Nein! Auf Kanto leben noch andere intelligente Wesen, die keine Talatijasus sind, oder einem anderen Stamm angehören. Es sind Wesen, von denen wir bis heute dachten, dass es nur Tiere seien. Es sind die Drachen. Genau genommen sind es keine Drachen, sie nennen sich Tkibakik.« Der Zatakus hielt den Atem an. Ich befürchtete schon, aufgrund der langen Unterbrechung, er könnte ersticken. Schließlich atmete er mit einem langen Seufzer aus, um sogleich erneut tief einzuatmen.

»Was, die Drachen? Das sind doch Monster, die uns schon seit ich denken kann bedrohen", meinte er empört.

»Nein. Ich habe mit Zoltai und Lato gesprochen. Sie sind in ihrem Leben bis vor kurzem noch nie lebenden Drachen begegnet. Alle Drachenzähne oder sonstigen Trophäen stammten immer von Kadavern, die sie zufällig fanden. Ich habe mit dem Anführer der Tkibakik gesprochen. Er heißt Tabaklas und er will dich kennenlernen.«

Der Zatakus riss beide Augen weit auf.

»Ich? Ich soll mit einem Drachen reden? Und wenn ich etwas Falsches sage, verspeist er mich dann? Wie reden die überhaupt?«

»Da musst du keine Bedenken haben. Die Tkibakik essen kein Fleisch. Sie sähen und pflanzen, backen und kochen ähnlich, wie wir das auch tun. Sie haben eher Angst, dass unsere Jäger ihnen nachstellen und wir sie aufessen.«

Jetzt erreichte die Verwirrung des Zatakus ihren Höhepunkt. Sein ganzes Weltbild hing nicht nur schief, es war total umgestürzt. Ich erklärte ihm, dass die Tkibakik, genauso wie die Talatijasus, immer wieder Stammesmitglieder wegen der Sikutas verloren. Wegen solcher Angriffe konnten unsere Drachenjäger überhaupt Leichen von Tkibakik finden.

»Und du meinst nun, dass wir mit diesen Tkibakik-Drachen reden sollten, um die Sikutas zu bekämpfen?«

»Nur Tkibakik. Es sind keine Drachen. Tabaklas verfügt übrigens über genau die gleichen Fähigkeiten wie Diego und ich. Wir sind Ort- und Zeitreisende und verstehen fremde Sprachen ohne sie reden zu können.« Der Zatakus kratzte sich mit seiner rechten Hand am Kopf. »Ok, es ist jetzt auch egal. Wir müssen sowieso sehen wie es weiter geht. Ich nehme mal an, dass wir hier oben auch nicht so einfach bleiben können. Ich meine, das ist doch sicher deren Territorium, sonst wären uns doch sicher schon früher lebende Versionen von ihnen begegnet.«

»Dein Scharfsinn ehrt dich. Genau das müssen wir auch besprechen, denn auch Tabaklas muss seinem Volk erklären, warum und vor allem wie lange wir hier verweilen. Zudem solltest du auch wissen, dass die Tkibakik fliegen können.«

Der Zatakus befand sich mittlerweile in einem Status der Gleichgültigkeit. Er nahm alles gerade mal so hin, wie ich es ihm vortrug. Eine Lösung musste nun Schritt für Schritt erarbeitet werden. Ich wusste aber genau, dass für ihn neben seinem Volk nur eine Sache von Bedeutung war, nicht der Frieden, nicht der Sikuta, nein, die Hoffnung auf die Möglichkeit seinen Verlust in der Vergangenheit zu korrigieren hatte seinen Verstand besetzt. Er blickte gedankenverloren an mir vorbei auf den Horizont, wo Paluki es sich gemütlich gemacht hatte und die Szene in ein dämmriges Licht tauchte. Ich berührte den Zatakus und wir konnten beobachten, wie Diego gerade den Becher mit der Kadumilch entgegennahm. Diego grinste mir entgegen. »Na, hast du eurem Anführer alles erklärt?«, fragte er mich frei heraus, da er ja wusste, dass niemand außer mir ihn verstehen konnte.

»Ist es so sehr aufgefallen, dass wir kurz ‚weg' waren?«, wollte ich von ihm wissen.

»Außer mir hat niemand etwas bemerkt. Normalerweise registriert dein Umfeld diese leichten Schwingungen und dieses Flimmern, das uns umgibt nicht. Aber du wirst mit der Zeit merken, wenn Wesen mit diesen Besonderheiten in deiner Nähe sind und vor allem auch wenn sie aktiv werden.«

Der Zatakus schaute stumm in die Runde und man merkte ihm deutlich an, dass er sein Hirn marterte. Eine Lösung musste her, die alles zum Guten wenden sollte.

Ein Schrei durchschnitt die Nacht. Es war kein normaler Schrei, den ein humanoides Wesen mit seinen Stimmbändern produzieren konnte. Dieser Schrei verursachte ein schrilles Piepsen in meinem Ohr. Diego meinte, dass man das auf seiner Welt Tinnitus nennt. Auf jeden Fall fuhren wir alle zusammen und duckten uns, als würde etwas durch die Luft über unsere Köpfe hinwegfliegen. Der Ton war so laut und so schrill, dass einer der anwesenden Alten aus einem Ohr blutete. Wir versuchten alle automatisch unsere Ohren zu schützen, indem wir sie mit beiden Händen bedeckten. Wir krümmten uns vor Schmerz bis der Ton plötzlich verstummte. Langsam lösten wir die schützenden Hände und schauten uns alle verwundert an.

»Was war das?«, fragte Diego, der mit seinem rechten Zeigefinger an seinem Ohr drückte und den Kopf dabei in Richtung seiner Hand bewegte.

Als ich ihn verwundert ansah, meinte er nur, dass er versuche den Druck im Ohr so auszugleichen, dass das Piepsen wieder aufhöre. Scheinbar klappte das bei ihm. Wir konnten noch nicht einmal darüber reden, als ein weiteres Geschrei losging. Diesmal erreichten uns aber ganz bekannte Schreie aus unserem Lager. Die Talatijasus schrien vor Angst und rannten alle durcheinander. Auch wir blickten von unserem Platz vor dem Zelt nach oben und sahen sie dort. Hunderte von Tkibakik. Sie trugen alle etwas in den Händen. Als einer von ihnen sich uns näherte, sah ich auch was es war. Sie trugen Steine. Unterschiedlich große und schwere, massive Steine, die sie auf uns herunterfallen ließen.

»Was ist denn in die gefahren?«, schrie Diego.

Als die Tkibakik uns überflogen mussten auch wir den fallenden Steinen ausweichen. Da stimmte etwas nicht. Ich griff nach Diegos Schulter und im nächsten Moment standen wir mitten im verlassenen Lager der Tkibakik. Tabaklas saß alleine auf einem Felsen und schüttelte nur den Kopf.

»Was ist los mein Freund«, rief ich ihm zu.

»Oh, Gadni, wir haben wohl einen Fehler gemacht. Die Tkibakik sind nicht bereit für eine Zusammenarbeit. Sie haben mich tatsächlich getötet und die Macht an sich gerissen.«

»Du bist aber schon noch lebendig? Zumindest siehst du so aus.«

»Ja. Sicher. Nachdem ich alle informiert hatte, ging ein heftiger Streit los und am Ende, wie das so üblich ist bei uns, forderten die jungen Tkibakik mich heraus. Sie schossen mit Pfeilen auf mich. Meine besonderen Fähigkeiten retteten mich zwar, aber für die Tkibakik war ich sozusagen tot. Zumindest sah es so aus für alle die drum herum standen. Ich habe es übrigens mehr als einmal versucht. Egal wie ich meine Rede anpasste, am Ende waren alle immer dagegen. Was sollen wir nur tun?«

Diego blickte Tabaklas sehr ernst an.

»Du springst jetzt wieder zurück und sagst nichts. Wir werden dich informieren und mit dem Zatakus absprechen, wann und wo ihr euch treffen werdet, ohne dass eure Völker näheres voneinander wissen. Beide Seiten sind wohl noch nicht für eine Annäherung bereit.«

Tabaklas erwiderte seinen Blick und seine Schuppenfärbung zeigte eine ganz neue Farbe. Scheinbar war das sein Ausdruck für Bedauern.

»Ich muss mir wohl eingestehen, dass ich mein Volk falsch eingeschätzt habe. Du hast Recht. Nur so können wir das machen. Wir werden aber dann alle unsere Erinnerungen an diesen Vorgang vergessen. Auch mein simulierter Todesschrei wird nie erschallen.«

»Habt ihr so etwas wie eine Schrift?«, wollte Diego wissen.

Wir wussten beide nicht, was er meinte. Diego nickte vor sich hin und nahm dann einen kleinen Stock aus seiner Tasche. Damit brachte er Zeichen auf seiner Hand an.

»Ok, das muss reichen. Diese Zeichen sagen mir kurz, was vorgefallen war, damit ich dann weiß, warum die Dinge sind, wie sie sind.«

Tabaklas Erscheinung flackerte kurz. Ich spürte es, genauso wie Diego es mir erklärt hatte. Einen Augenblick später saßen wir selbst auch schon wieder vor dem Zelt des Zatakus. Dann kam der Schmerz. Wir versuchten beide, soweit es uns möglich war, den Schmerz zu unterdrücken.

»Ist euch nicht gut? Wollt ihr etwas anderes trinken oder essen?«, wollte der Zatakus wissen.

Wir verneinten und die Erinnerung an das Geschehene verblasste recht schnell. Diego schüttelte sich einmal, hob seine Schultern und meinte nur kurz »weg«. Ich wusste auch nicht mehr, was denn nun gewesen war. Die Unterredung mit dem Zatakus stellte die letzte meiner Erinnerungen dar.

Diego starrte derweil auf seine Hand, auf der einige schwarze Zeichen zu erkennen waren.

»Was ist los?«, fragte ich ihn.

»Das werden wir wohl später genauer bereden müssen. Du solltest aber den Zatakus einfach nur dazu überreden, dass er uns zu einem Treffen mit Tabaklas begleitet, mehr nicht. Es ist doch schwieriger, als wir uns das dachten.«

Er antwortete ohne auf die anderen zu achten, die ihn ja sowieso nicht verstanden.

»Großer Zatakus, wir werden also planen müssen, wann und wie wir denn unser Volk in unseren Winteraufenthalt geleiten, damit wir dann mit den anderen Stämmen zusammentreffen können.«

Ich wandte mich an den Zatakus, der sogleich bemerkte, dass ich dies vor allem auch wegen der anwesenden Alten zu ihm sagte.

»Gut, Gadni, wir sollten uns dann nachher noch einmal treffen und die Einzelheiten besprechen. Ich werde dich nach dem Essen mit den Ältesten aufsuchen.«

Der Zatakus stand auf und ging, gefolgt von den Alten, in sein Zelt. Auch Diego erhob sich und wir gingen wieder zurück zu unseren Zelten.

»Was ist passiert?«, wollte ich wissen.

»Ich habe eine Nachricht auf meine Hand geschrieben. Da steht – klappt nicht – Tkibakik Aufstand – Tabaklas kontaktieren sonst Mord und Totschlag.«

Diego schaute mich genauso überrascht an, wie ich ihn. Aufgrund der kürzlich erlebten Schmerzen konnten wir uns denken, dass wohl etwas unvorhergesehenes Geschehen war, dass wir wieder geändert hatten. Da wir scheinbar aber alle davon betroffen waren, würde keiner von uns das tatsächlich Geschehene nachvollziehen können. Nur gut, dass Diego dieses ‚Schreiben‘, wie er es nannte, beherrschte, sodass wir zumindest erahnen konnten, dass wir anders vorgehen mussten.

Wir trafen uns unmittelbar danach mit Tabaklas. Ich teleportierte uns einfach zu dem Treffpunkt, den wir zuvor verlassen hatten. Wir mussten nicht lange warten, da erschien er auch schon. Diesmal flog er nicht, sondern nutzte auch seine besonderen Fähigkeiten.

»Es war seltsam. Ich erinnere mich noch an viele Kopfschmerzen, woraus ich folgere, dass ich wohl sehr viele Versuche unternommen habe, die zu keinem Erfolg führten. Am Ende transportierte mich das blaue Licht hierher, obwohl ich eigentlich mein Volk überzeugen wollte.«

Es sprudelte nur so aus Tabaklas hervor, was für ihn wirklich untypisch war.

»Beruhige dich zuerst einmal. Uns ging es da nicht anders. Ich konnte mir aber selbst eine Nachricht hinterlassen. Es funktioniert nicht, wie wir uns das dachten. Deine Leute wollen nicht mit den Talatijasus und die Talatijasus nicht mir den Tkibakik arbeiten. Zumindest sind die Ängste größer als die Vernunft. Da hört auch niemand mehr richtig zu und am Ende stehen immer Aufruhr, Mord und Totschlag.«

Nach Diegos Erklärung kamen wir überein, dass wir einfach nur die Anführer zusammenbringen, die sich dann miteinander absprechen und ihre Völker entsprechend leiten sollten, damit dann doch ein gemeinsames Vorgehen gegen den Sikuta möglich würde.

Wir saßen noch eine Weile stumm beieinander und schauten auf die spärlich durch Paluki beleuchtete Sikahil. Seit ich diese Welt betrat und schon lange davor, wanderten wir von einem Ende zum anderen, nur um im Sommer im nördlichen Teil kühlere und wasserreichere Regionen und im Winter wieder die Wälder in den wärmeren Regionen als Treffpunkt mit anderen Clans nutzen zu können. Niemand siedelte sich, obwohl es nahe lag, direkt in den Wäldern an. Auch im Winter konnte man es hier durchaus gut aushalten. Nein die Fläche reichte nicht für alle Stämme aus und die Kämpfe um Territorien, die es früher einmal gab sind den Treffen der Stämme im Winter gewichen. Wir trafen uns nur noch, um Waren, Dienste und Personen auszutauschen und gemeinsam dabei Spaß zu haben. Unsere Völker liebten den Frieden, weshalb auch unsere meisten Krieger mittlerweile zusammen mit den Jägern arbeiteten. Es gab da fast keinen Unterschied mehr. Wegen der Namen entstanden schon mal Verwechslungen, aber das konnten wir gut verkraften. Nur der Sikuta, der brachte immer wieder Trauer und Verzweiflung. Tabaklas schaute plötzlich auf und fixierte einen Punkt neben einem Busch kurz vor dem Abgrund.

»Ist da jemand?«, fragte er leise an uns gerichtet.

Wir folgten seinem Blick und tatsächlich kauerte da jemand neben dem Busch. Die Gestalt sah genauso aus, wie die, die wir vor kurzem am Rande der Sikahil sahen. Und wieder kauerte er auf dem Boden und drehte sich um seine Achse, um die Umgebung zu sondieren. Dann sah er uns, erhob sich und kam auf uns zu.

# Kapitel 8
## Licht im Dunkel

Markus sah Faris noch kurz hinterher. Als er sich wieder Fabienne zuwenden wollte, verschwand sein Umfeld und machte einer totalen Finsternis Platz. Wie schon zuvor, beugte er sich auch dieses Mal sofort nieder auf ein Knie und versuchte die Dunkelheit zu durchdringen. Aber hier war nichts. Er kramte sein Smartphone aus der Tasche und schaltete es ein. Der kleine Lichtkegel leuchtete nicht sehr weit und es war nichts weiter zu sehen, als ein schwarzer, glänzender, glatter Boden. Sein Telefon zeigte immer noch die aktuelle Uhrzeit und das Datum an, aber keinen Empfang. Er tastete sich langsam vor und nuzte sein Handy als Taschenlampe. Zum Glück zeigte wenigstens seine Batterie volle Kapazität an. Nach etwa zehn Minuten, die ihm eher wie eine Stunde vorkamen, erreichte er eine Wand. Auch hier reichte das Licht nicht aus, um bis zur Decke zu leuchten. Er nahm zumindest an, dass es hier eine Decke geben musste, da sein Blick nach oben ihm keine Lichtquelle, keinen Stern, nichts außer Dunkelheit zeigte.

Er setzte sich auf den Boden und lehnte sich mit dem Rücken an die Wand, die ebenfalls aus diesem schwarzen, sehr glatten Material bestand. Es fühlte sich an, wie ein gummiartiger Kunststoff, war aber kalt wie Metall. Die Luft in diesem Raum empfand er als kühl und frisch, aber nicht so kalt, dass sich Nebelschwaden durch seinen Atem bildeten.

Er lauschte in die Stille. Neben seinen eigenen Geräuschen, seinem Atmen und seinem Herzschlag, war hier nichts zu hören. Oder doch? Er konzentrierte sich und bemerkte dann ein tiefes, leises Brummen im Hintergrund. Was war das? Er wollte nicht hier sein. Aber so sehr er sich auch anstrengte von hier weg zu kommen, es gelang einfach nicht. Seine Kraft zwang ihn dazu genau hier zu sein, also wartete er einfach ab. Er verstaute sein Smartphone sicher in der Hosentasche und schloss die Augen, da es in der Dunkelheit keinen Sinn machte, sie aufzuhalten. Ob er nun eingedöst war oder sogar geschlafen hatte und wie lange, war ihm nicht bewusst, als der ganze Raum anfing zu vibrieren. Das Brummen wurde lauter und die Tonfrequenz erhöhte sich. Der Klang veränderte sich zu einem unangenehmen Kratzen. Dann geschah etwas. Ein plötzlicher Ruck bewegte die Wand, an der er noch anlehnte, von ihm weg und über ihm öffnete sich ein hell leuchtender Spalt, der etwa zwei Meter rechts von seiner Position begann und sich nach links über acht bis zehn Meter erstreckte. Genau konnte er das nicht abschätzen.

Da er nicht wusste, was das für ein Leuchten war, dass nun auch den Boden erhellte, wich er von der Wand weg in den dunklen Bereich aus. Wieder gab es einen Ruck und der Spalt verbreiterte sich. Wieder wich er zurück. Jetzt konnte er auch an der rechten Seite eine Wand erkennen, da das Licht den Raum im ganzen vorderen Bereich erhellte. Er starrte nochmal nach rechts, dann nach links und nach oben. Wieder gab es einen Ruck. Jetzt konnte er eine helle, gelb leuchtende Decke sehen, an der riesige, weiße Lichtstrahler hingen, die auch die Lichtquelle für seinen Raum darstellten. Wieder gab es einen Ruck und der Spalt wurde immer breiter. Markus rannte, sich immer noch im Schatten haltend, auf die rechte Wand zu.

Es mussten ungefähr zwei Meter sein bis zum oberen Rand dieses jetzt im vorderen Bereich offenen Raumes. Fast kam es ihm so vor, als stünde er in einer übergroßen Schublade. Noch ein Ruck, und noch einer. Jetzt konnte er im Hintergrund das Ende des Raumes erkennen. Er steckte hier scheinbar wirklich in einer Schublade. Dann hörte das Rucken auf. Erneut kauerte er sich nieder auf sein Knie und versuchte sich an das helle Licht zu gewöhnen, um genauer sehen zu können, was denn da draußen zu erkennen war.

Da er nun an der äußeren, rechten Wand der Schublade im noch nicht offen einsehbaren Bereich stand, bemerkte er auch erst recht spät, dass sich da etwas näherte. Wie in Zeitlupe bewegte sich eine riesige Masse auf ihn zu und über ihn hinweg. Ganz langsam bewegte sich diese Masse und tauchte den vorderen Bereich wieder in einen Schatten. Die Masse war aber begrenzt und nachdem sie sich von ihm weg bewegt hatte, wurde auch der Bereich vor seinem Standpunkt wieder beleuchtet. Die Masse senkte sich in seinen Raum, also in seine Schublade und dann erkannte er, was da passierte. Er steckte wirklich in einer Schublade und eine riesige Hand war gerade dabei hier etwas abzulegen. Diese Hand maß gut und gerne zwei bis drei Meter in der Länge und war sicher auch mindestens einen Meter breit. Sie verfügte über drei Finger, wobei er tatsächlich trotz der großen Aufregung registrieren konnte, dass einer der Finger, ähnlich wie bei der menschlichen Hand, gegenüber den beiden anderen angebracht war. Genau zwischen diesen Fingern hielt diese Hand eine Anzahl von verschiedenen Platten, die er auf seine Größe reduziert vielleicht als Papierblätter interpretierten könnte.

Als er erneut in den hinteren Bereich der Schublade schaute, sah er dort auch weitere Utensilien, die er wegen ihrer Größe und ihrer ungewöhnlichen Form nicht einer ihm bekannten Sache zuordnen konnte. Dann begann die Schublade sich erneut zu bewegen. Diesmal ruckte sie genau in die andere Richtung. Sie wurde wieder geschlossen. Markus überlegte nicht lange und spurtete sofort los. Nach dem ersten Schritt flog er fast durch die Luft. Ein weiterer Sprung brachte ihn direkt vor die abgelegten Stapel und mit dem nächsten Hüpfer war er auch schon oben auf. Er stand nun voll im Licht und musste sein Umfeld schnell abchecken. In Sekundenbruchteilen erkannte er die mit einem weiteren Ruck näher kommende Abdeckung dieser Schublade, eine große weiße Fläche, die er in normaler Dimension wohl als Schreibtischplatte bezeichnet hätte.

Auf dieser Oberfläche registrierte er einen schwarzen, etwa zwei Meter hohen Zylinder. Er sprang in Richtung der Schreibtischplatte und landete nicht weit von dem Zylinder entfernt. Markus raffte sich schnell auf und tauchte hinter dem Zylinder im Schatten unter.

Er versuchte seinen schnellen Atem zu beruhigen. Hier erschien ihm alles sehr seltsam. Neben den überdimensionalen Größenverhältnissen lief hier alles in Zeitlupe ab und die Schwerkraft schien es hier auch gut mit ihm zu meinen. Ein leichter Sprung reichte aus und er konnte schweben. Langsam versuchte er sich zu orientieren. Hinter seinem Versteck erkannte er eine weiße Wand, die bis zu dieser gelben Decke ragte. Etwas rechts von ihm schimmerten unterschiedliche Leuchten auf einer großen Fläche. Er beugte sich leicht nach vorne und konnte dann erkennen, dass es sich hier wohl um einen Monitor handeln musste. Sein Blick um den Zylinder herum in den Raum hinein raubte ihm dann fast den Atem.

Da saß tatsächlich eine Gestalt vor dieser Schublade und war immer noch damit beschäftigt diese zu schließen. Dann war der Spalt verschwunden und die Schublade geschlossen. Zum Glück hatte er schnell und rechtzeitig gehandelt. War er nun geschrumpft, oder war dies einer der vielen Welten von denen Yaiza ihm erzählt hatte. Dann manifestierte sich auch ganz allmählich die Frage in ihm, was er denn hier solle und wann das wohl zu Ende sei.

Er starrte weiter in Richtung der Gestalt. Irgendwie schien diese sich immer schneller zu bewegen und auch die Klänge in diesem Raum wurden von Mal zu Mal höher und schriller. Es dauerte wieder eine Zeit lang, bis Markus merkte, dass nicht seine Umgebung sich veränderte, sondern er. Er musste sich den Gegebenheiten anpassen. Er war einfach zu schnell für diese Welt und seine Kraft schien ihn an diese Umgebung anzupassen, so wie sie dies schon auf dem wundersamen Planeten mit den zwei Sonnen gemacht hatte. Markus war total aufgeregt. Er freute sich ungemein, dass ihm so etwas passierte. Aber trotzdem schlug sein Herz bis zum Hals. Er hoffte zwar, dass auch hier seine Kraft ihn schützen würde, konnte aber eine Restangst nicht vertreiben. Er kauerte sich hinter den Zylinder und wartete. Sein Puls beruhigte sich langsam und die Klänge um ihn herum wurden vertrauter. Da waren Piepser, Klacken von Tasten und Schaltern zu hören und dann auch so etwas wie Stimmen. Zuerst noch sehr tief und langsam, dann aber in einem normalen Tempo. Die Worte ergaben noch keinen Sinn. Er wartete noch etwas und dann machte es klick. Er begann zu verstehen.

»--- zehn—ghjschu – acht – sieben – Zwergsch – fünf—vier – count down erreicht in hfugtsch Fgurtschu die kritische Grenze.«

Markus lauschte weiter und nach und nach verschwanden die unverständlichen Laute in den Sätzen und er konnte verstehen, was da zu hören war. Die Gestalt an diesem Steuerpult, so zumindest bezeichnete es die Stimme auf der Gegenseite einer Sprechanlage diese Einrichtung, die mit dieser Gestalt hier kommunizierte. Ja wie soll man diese Gestalt nennen. Markus sah, dass es sich hier wohl um ein intelligentes Wesen handeln musste, denn es kommunizierte und verrichtete komplexe Arbeitsprozesse, an einem Gerät, das wir bei uns wohl als Computer bezeichnen würden. Vom Grunde her sah diese Gestalt auch eher einem Menschen ähnlich, denn einem Tier. Sie verfügte über zwei Beine und den aufrechten Gang, denn er konnte beobachten, wie sie aufstand und im hinteren Bereich des Raumes eine Tafel aufnahm und direkt vor sich, neben dem Zylinder ablegte. Anhand der dort aufgemalten Striche, schloss der, dass es sich hier um eine dieser Spezies vertraute Schrift handeln musste. Dann waren da noch die extremen Unterschiede zum Menschen. Es verfügte tatsächlich über vier Hände. Beide Handpaare befanden sich an Armen, wie beim Menschen symmetrisch rechts und links an einer Schulter angebracht, am Oberkörper des Wesens. Es verfügte über zwei starke Oberarme, die nach einem Drittel der Länge in jeweils zwei Mittelteile übergingen, um dann am Ende nochmal über ein Gelenk in die Hände zu enden, die dann derer vier waren. Eine Hand je Paar verfügte über jeweils drei Finger, die andere über nur zwei.

Der Hals des Wesens maß gut das Doppelte eines normalen Menschen und der darauf schwebende Kopf konnte sich komplett drehen und wenden. Dieser Kopf ruhte auf einer Art Scheibe und war daher komplett frei in seiner Bewegung. Die Augen waren innerhalb des ellipsoiden Kopfes eingebettet und scheinbar mit einer Schutzschicht bedeckt. Sie veränderten bei jeder Bewegung des Kopfes ihre Position, auch wenn sie über diese Scheibe hinwegglitten. Als würde ein buntes Osterei auf einer Stange tanzen. Die Augen selbst richteten sich innerhalb dieses seltsamen Kopfes immer wieder in Richtung des gewünschten Blickfeldes aus. Unterhalb der Schutzschicht konnte man auch so was Ähnliches wie Augenlieder ausmachen. Das Wesen blinzelte. Dann folgte Markus der Konversation.

»Wie war es denn nun letzte Woche mit Zrikata. Ist sie so toll, wie sie aussieht?«, fragte die Stimme in der Sprechanlage.

»Es war toll. Sie ist wirklich nett und wir hatten wunderbare Gespräche«, antwortete das Wesen direkt vor Markus.

»Gespräche? Was Besseres als Reden ist dir nicht eingefallen? Wie willst du da mal Beziehungen aufbauen, wenn du immer nur redest?«

»Ach lass mich doch in Ruhe. Es muss ja nicht jeder so viele Kopulationen haben wie du.«

Scheinbar gab es auch in dieser Sprache Worte, die nicht direkt übersetzt werden konnten. Zumindest konnte Markus verstehen, über was die beiden redeten. Die Stimme am Funkgerät wollte gerade etwas erwidern, als eine Tür am Ende des Raumes aufglitt. Sie verschwand eher, als dass sie glitt. Auf jeden Fall stand da plötzlich ein weiteres dieser Wesen im Raum. Markus sah, dass sie sich glichen, aber dennoch unterschiedlich aussahen. Sie trugen beide Kleidung, die man nun im Vergleich durchaus als Uniform bezeichnen konnte. Ach ja, und sie waren einfach riesig. So wie Markus das sah, passte er locker zwei Mal in die Handflächen dieser Wesen.

»Kommandeur Hutschka! Stellen sie die Privatgespräche ein und fliegen sie uns näher zu dem dritten Planeten in diesem Zweisternsystem. Wir brauchen noch mindestens einen weiteren Planeten für eine Installation. Die Tscharkut-Produktion muss für diese Epoche um mindestens vier bis fünf Planeten erweitert werden.«

Der militärische, scharfe Ton trieb das am Steuerpult sitzende Wesen sofort dazu an, seine Sitzposition neu auszurichteten und mit einem »Jawohl Kapitän« zu antworteten. Zumindest übersetzte Markus Fähigkeit diese Laute so, die dann auch zu den Handlungen passten.

»Kapitän, darf ich ihnen eine Frage stellen?«

»Nur zu Kommandeur.«

»Ich habe in den Anweisungsvorgaben gelesen, dass wir für die Tscharkut-Produktion die Installation der Kwarty nur dann durchführen sollen, wenn wir keine oder nur gering intelligente Spezies vorfinden. Können sie mir sagen, warum diese Vorgabe in den Anweisungen vorhanden ist? Wir haben bereits vier Planeten installiert, hätten aber gut und gerne schon zehn installieren können, wenn es diese Vorgabe nicht gäbe.«

Markus sah, das Hutschka brennend auf eine Erklärung wartete.

»Hutschka! Haben sie keine biologische Ausbildung gemacht? Wohl nur einer dieser digitalen Superflieger?«, gab der Kapitän zurück.

»Oh nein Kapitän Morzka. Ich besuchte die Akademie bis zum ersten biologischen Examen. Nur musste ich leider, bevor wir dann näher auf die Planeteninstallation eingingen, die Akademie verlassen. Mein Vater hatte einen Unfall und meine Mutter brauchte, da wir nur sehr junge Setzlinge hatten, meine Hilfe. Nachdem dann alle soweit waren, dass sie auch zur Schule konnten, habe ich diesen Job als Pilot erhalten.«

Markus überlegte, was er denn mit Setzlingen meinte, musste dann aber erkennen, dass es wohl auch hier an der Übersetzung hing. Die Wesen wiesen tatsächlich eine Struktur in ihrem Körperbau auf, der einem großen Baum glich. Vielleicht ergab sich deshalb diese Deutung der Worte. Morzka antwortete Hutschka nur zögerlich.

»Das tut mir leid für sie. Sie sind ein guter Pilot und wären sicher ein hervorragender Installateur geworden. Ich versuche es ihnen zu erklären. Wie sie wissen sind alle Lebewesen, die in unserer bekannten Galaxie miteinander interagieren, auf Kohlenstoffbasis entstandene Lebensformen. Für unsere Welt benötigen wir eine Menge siliziumbasierte Energie. Wir haben die Kwarty erschaffen, die in einer sauerstoffbasierten Umwelt leben können und sich schnell vermehren. Dabei wandeln sie biologisches, kohlenstoffbasiertes Material in siliziumbasierten Staub um. Sozusagen scheißen sie Energie für uns. Wir müssen dabei besonders darauf achten, da sie alles fressen, was ihnen vor die Augen kommt, dass das Ökosystem davon nicht zu schnell zerstört wird. Kleinere biologisch nicht weit fortgeschrittene Planeten werden dabei meist zerstört und in einen Wüstenplanten verwandelt. Die Kwarty fressen sich dann gegenseitig auf und der Planet hat dann die Chance seine Flora wieder zu regenerieren. Bei empfindlichen Systemen, wo Flora und Fauna eng zusammen agieren, funktioniert das meistens nicht. Wenn wir den Staub von diesen Planeten abgetragen haben, beginnen dann, wenn es sich denn lohnt, die Erzabbauarbeiten oder aber das Ansiedeln neuer Organismen, die für unsere Spezies im Besonderen wichtig sind. Die Kwarty werden ausgerottet. Es ist günstiger neue herzustellen, als die alten zu sanieren.«

»Und das Zerstören von nicht intelligenten Biomassen ist nicht verwerflich, aber das Ausrotten einer intelligenten Spezies führt zu Klagen und schlechter Publicity bei allen Ruthschkalilas.«

»Genau, Hutschka, sie haben es erkannt. Sie schauen etwas bedrückt. Sind sie ein Verfechter der Allesbiothese oder folgen sie eher der Allgemeinheit?«

Markus konnte nicht erkennen, inwieweit sich Hutschkas Mine verändert hatte, um daraus zu lesen, ob er bedrückt erschien oder nicht. Die Wesen nennen sich selbst also Ruthschkalilas und beuten Planeten aus, die kein intelligentes Leben aufweisen, wobei sie eine eigene Definition von Intelligenz haben müssen, die bislang im Gespräch noch nicht näher definiert wurde. Markus lauschte weiter.

»Oh nein, Kapitän. Ich bin da noch etwas gespalten und habe mir noch keine abschließende Meinung gebildet. Es ist zwar richtig, dass alles was für das Wohlergehen unserer Bevölkerung nötig ist getan werden muss, aber manchmal sollte man einfach lernen auf Dinge zu verzichten, die nicht unbedingt notwendig sind.«

»Das mag sein, aber unser Entscheidungsrat bestimmt, welche Biomassen verwendbar sind und ab wann eine biologische Einheit als intelligent und erhaltenswürdig einzustufen ist. Die Entscheidungen und Vorgaben des Rates sind die unumstößlichen Eckpfeiler unserer Gesellschaft, die auch die Allesbiothese nicht ins Wanken bringen wird.«

»Ich verstehe, Kapitän. Wir nähern uns dem Planeten und sind schon dabei, nach Biomasse zu scannen. Die Flora ist sehr üppig, aber nur dreistufig flexibel. Eine Wiederaufbereitung ist mit minimalem Aufwand möglich. Die Oberfläche bietet genügend Platz für die Ansiedlung der Kwarty. Der Sauerstoffgehalt ist im oberen Bereich und Wasser ist ausreichend vorhanden. Also steht einer

Installation nichts im Wege. Der Scan nach intelligenten Wesen ist noch im Gange.«

»Gut, Hutschka. Machen sie weiter und melden sie mir, wenn der Scan abgeschlossen ist. Sollte es länger als einen üblichen Zyklus dauern, dann heben wir uns das Objekt für später auf. Ich möchte rechtzeitig zurückfliegen.«

»Jawohl Kapitän«, beendete Hutschka die Kommunikation und der Kapitän verließ den Raum.

Die Tür verschwand wieder und erschien erneut, nachdem er hindurchgegangen war.

Hutschka ließ seine vier Hände über den Monitor fliegen. Er stellte scheinbar verschiedene Dinge ein, lehnte sich dann in seinem Sitz zurück und wartete. Nach ein paar Sekunden piepste es neben dem Monitor und einige Zeichen auf demselben fingen an zu blinken.

»Kwarty – Standardinstallationsgruppe – abgeschlossen«, erklang mehrfach hintereinander aus dem Steuerpult, solange bis Hutschka eine Eingabe machte und sich direkt neben der Schublade, aus der Markus gestiegen war, eine weitere Lade öffnete und mit einem Zischen einen Behälter hervorschob.

Hutschka entnahm den Behälter und stellte ihn direkt neben den Zylinder, genau in Markus Blickfeld. Der Behälter überragte den Zylinder um das Doppelte und er war transparent. Im Innern konnte Markus eine Art Nebel sehen. Innerhalb des Nebels schien sich etwas zu bewegen. Oben auf dem Behälter konnte Markus eine Art Verschluss oder Ventil erkennen, an dem Hutschka zu drehen begann. Erneut ertönte ein Zischen und der Nebel wurde aus dem Behälter gedrückt. Markus starrte in die transparente Box.

Darin lagen mindestens zwanzig dieser seltsamen Monster, denen er schon mehrfach auf dem Doppelsonnenplaneten entkommen war. Markus wich weiter zurück und begann zu grübeln. Was passierte hier? Lange Zeit zum Nachdenken blieb ihm nicht. Erneut verschwand die Tür, oder was immer dieser Durchgang darstellte. Eine Öffnung, die mal undurchsichtig, mal transparent wurde. Immer dann wenn man hindurchsehen konnte, stand da eine Gestalt, die dann den Raum betrat. Genauso wie jetzt. »Hallo, Gratschaka, schön dich zu sehen, deine wunderschönen Augen leuchten erfrischend", begrüßte Hutschka die Person.

Gratschaka wirkte größer als Hutschka, obwohl er, da Hutschka saß, dies nicht so recht einschätzen konnte. Aufgrund von Hutschkas Äußerung und seiner Bewegungen, schloss Markus, dass dies wohl eine weibliche Form dieser Spezies war. Sie unterschied sich nicht nur durch die körperliche Länge, auch ihre Körperform erschien schlanker, dafür der seltsame Kopf aber etwas umfangreicher. Auch leuchteten die Farben der Körperoberfläche unterschiedlich. Die Farben des Weibchens strahlten satter und bunter, als die der männlichen Varianten.

»Rede nicht so unnützes Zeug Hutschka. Hier hast du die Bioproben von XF323FG. So wie wir feststellen konnten gibt es zwei dominierende Klassen auf diesem Planeten. Beide haben eine innere Skelettstruktur und atmen die sauerstoffreiche Luft. Beide leben in Rudeln mit leichtem Schwarmverhalten. Sie scheinen miteinander durch Laute zu kommunizieren, aber nur innerhalb der eigenen Gruppen. Eine klassenübergreifende Kommunikation konnte nicht festgestellt werden. Ob sie gegenseitig als Fressopfer fungieren, konnten wir auch noch nicht ausmachen. Die eine Klasse gleicht formal Reptilien oder Amphibien, die zweite sieht aus, wie kleine affenähnliche Gestalten mit spärlichem Fellwuchs. Technische Errungenschaften konnten wir keine entdecken. Die Affenart benutzt kleinere Werkzeuge und Waffen. Beide Klassen sind handwerklich aktiv. Eine schriftliche Kommunikation oder irgendwelche Piktogramme oder Zeichnungen konnten wir nicht ausmachen. Es scheint, dass die Entwicklung zu einer intelligenten Spezies bei beiden noch lange nicht zu erwarten ist, wenn überhaupt.

Sie haben zwar die eine oder andere Art der Unterklassen des Planeten begonnen zu domestizieren, das geht aber kaum über die Verwendung als Nahrungsquelle hinaus. Sollten wir keine weiteren Informationen für eine positivere Entwicklung finden, werden wir wohl die Installation empfehlen, da die Biomasse sehr vielversprechend ist. Der Lebenszyklus läuft dreißig zu eins. Wir erleben also in einer Stunde den Wandel von dreißig Tagen. In drei bis vier Stunden sollten wir die Entwicklung eines Vierteljahres vorliegen haben. Wenn wir dann die Installation fünf Tage laufen lassen, haben wir bei 28 Stunden pro Tag insgesamt eine Installationslaufzeit von 4200 Tagen. Der Planet benötigt 420 Tage für eine Umlaufbahn um die Sonnen. Also werden dort 10 Jahre vergangen sein. Wenn wir dann ernten, sollte zumindest zwei Drittel der Fläche erntebereit sein und die Biomasse die kritische Phase erreicht haben. Wir können jetzt noch nicht einschätzen, wie resistent oder abwehraktiv die Klassen gegenüber den Kwarty auftreten werden. Wir empfehlen, dass wir nach der Installation eine weitere Stunde die Abwehrmechanismen beobachten sollten. Bei einer Ausgangspopulation in einer Region von tausend Kwarty, sollten wir in zwei Stunden eine deutliche Reduzierung der Unterklassen verzeichnen, sodass auch die Nahrungsgrundlage der Primärklassen schwindet. Zudem sollten uns dann auch bewertbare Reaktionen der Primärklassen vorliegen.«

»Du meinst ich soll dem Kapitän sagen, dass wir noch mindestens drei Stunden bis zur Installation und eine weitere Stunde zur Beobachtung warten sollen?«

»Genau das werden die Installateure empfehlen«, sagte Gratschaka und stellte einen weiteren dieser transparenten Behälter auf den Schreibtisch neben den mit den Kwarty.

Markus konnte in diesem Behälter, der für ihn die Größe eines Frachtcontainers hatte, mehrere Lebewesen erkennen, die am Boden lagen. Einige davon sahen aus wie Menschen. Sie glichen den Personen, die er auf dem Doppelsonnenplaneten gesehen hatte. Dann erkannte er noch einige kleinere, wie übergroße Ratten gestaltete Tiere. Das größte Tier, wenn es denn eins war, glich am ehesten einem Velociraptor, nur ohne die Krallen. Stattdessen hatte es Hände. Also diese Ruthschaklilas sahen in diesen, aus ihrer Sicht wirklich kleinen Lebewesen, nur Biomasse. Sollten diese innerhalb einer gewissen Zeit keine Anstalten machen, sich zu einer laut ihrer Definition intelligenten Spezies zu entwickeln, dann würden sie sie einfach zerstören lassen, um dann ihren wirtschaftlichen Kunststoff zu erzeugen und dann später zu ernten. Jetzt konnte Markus sich durchaus vorstellen, warum er gerade hier gelandet war. Da seine Kraft ihn ja auf das Zeitdauerniveau dieser Lebewesen angepasst hatte, musste er sich auch merken, falls es ihm denn gelang die Leute auf dem Planeten zu warnen, welche Zeitverschiebung zu berücksichtigen war. Dreißig zu eins.

Markus wiederholte diese Information in seinen Gedanken, als plötzlich wieder alles dunkel wurde. Erneut kauerte er sich nieder und wartete. Seine ganze Haut brannte, als hätte er in einem Brennnesselfeld gelegen. Er unterdrückte sein Verlangen sich zu kratzen, atmete mehrfach langsam ein und aus und wartete einfach mit geschlossenen Augen. Dann verschwand das Klingeln in seinen Ohren und er konnte Stimmen und das Rauschen von Wind hören. Er öffnete langsam die Augen und erblickte sein Umfeld. Rechts neben ihm wuchs ein etwa brusthoher Busch mit dunkelgrünen, fleischigen Blättern. Durch eine Drehung nach links konnte er, immer noch in der Hocke, an dem Busch vorbei sehen und der Anblick ließ ihn zunächst das Atmen einstellen. Es ging da etliche Meter steil nach unten. Zum Glück schien momentan ein kleiner Mond am Himmel, sodass er einigermaßen weit sehen konnte. Er atmete weiter, drehte sich nach links und sah sie dann. Drei Gestalten saßen nicht mal einhundert Meter entfernt auf kleinen Felsen und unterhielten sich. Ein Mensch, ein menschliches Wesen mit kurzen Beinen und ein Velociraptor. Eine wirklich seltsame Gruppe. Der Velociraptor verfügte, soweit er das aus dieser Entfernung sehen konnte, über drei Augen, wobei das mittlere ihn fixierte und die anderen Anwesenden sich zu ihm umdrehten. Sie hatten ihn bemerkt. Sie waren eindeutig Wesen, ähnlich denen aus dem transparenten Container. Außer einer, der war eindeutig ein Mensch.

Markus erhob sich und ging auf die Gruppe zu.

Ich sah Diego an, dessen Gesicht auf einmal durch ein sehr breites, freudiges Grinsen erhellt wurde.

»Kennst du den jungen Mann?«, fragte ich ihn.

»Nein, aber er ist eindeutig ein Mensch von der Erde und er trägt Kleidung, die darauf schließen lässt, dass er nicht aus einer vergangenen Epoche stammt.«

Diego ging auf den jungen Mann zu.

»Hallo! Du musst auch ein Lightblue Angel sein«, sprach er ihn an und streckte ihm seine Hand entgegen.

»Wir sahen dich gestern in der Sikahil verschwinden.«

Der junge Mann ergriff sie und antwortete in einer mir zunächst unverständlichen Sprache. Als er unsere Blicke sah, die ihm zeigten, dass wir ihn nicht verstanden hatten, fing er an vor sich hin zu reden. Wir brauchten nicht lange. »… da bin ich mal gespannt, wie lange es bei euch dauert, bis ihr mich versteht. Ah, ja. Sieht so aus als ob es nun funktioniert.«

Das waren die ersten Worte, die wir alle verstanden, was wir ihm mit unserem Kopfnicken signalisierten.

»Na dann noch einmal! Hallo! Mein Name ist Markus. Ich komme von der Erde. Mein Heimatland ist Deutschland und momentan bin ich auf den Kanarischen Inseln in Urlaub. Und du musst Diego sein.«

Er sprach Diego direkt an und schüttelte ihm weiter die Hand.

»Das ist richtig. Woher kennst du mich, denn ich habe von dir noch nie etwas gehört. Aber lass mich dir zunächst alle hier vorstellen. Wie du schon richtig bemerkt hast, bin ich Diego. Das ist Gadni, ein Einheimischer von dem Stamm der Talatijasus.«

Diego zeigte auf mich. Markus reichte und schüttelte auch mir die Hand.

»Das ist Tabaklas vom Stamm der Tkibakik. Auch ein Bewohner dieses Planeten, den Gadni als Kanto bezeichnet.«

Tabaklas streckte Markus auch die Hand entgegen und sagte sofort, dass er keine Angst zu haben brauche, er sei reiner Vegetarier und nicht das Monster, dass er von seinem Planeten kenne. Markus nahm und schüttelte auch seine Hand.

»Ich habe dich schon einmal gesehen. Hast du denn den gefunden, den ihr damals suchtet?«, wollte Markus wissen. Tabaklas erinnerte sich und meinte, dass sie ihren Freund leider nur noch tot aufgefunden hatten.

»Ich bin der Überzeugung, dass mich die Kraft, wie ich sie nenne, hierher gebracht hat, um euch über ein Ereignis zu unterrichten, das mir widerfahren ist.«

Markus wollte sein Gespräch fortsetzen, wurde aber von Diego unterbrochen, der ihn bat, sich erst einmal in ihrem Kreis auf einen der Felsen hinzusetzen.

»Aus welcher Zeit kommst du?«, fragte Diego zuerst.

»Ich glaube, das ist eine lange Geschichte, deren Lösung wir später diskutieren sollten. Ich bin aus deiner Zukunft, was bedeutet, dass ich dich nicht einfach mit zurück nehmen kann. Aber wir haben hier momentan ein weitaus schwerwiegenderes Problem zu lösen.«

Markus zog dabei entschuldigend die Schultern hoch.

»Gibt es hier auf eurer Welt diese übel riechenden Monster, die immer wieder versuchen, dich zu fressen, diese Kwarty?«, stellte Markus stirnrunzelnd seine nächste Frage.

Ich atmete tief ein und antwortete ihm:

»Hallo Markus. Du meinst den Sikuta. Ja den gibt es. Meiner Meinung nach viel zu viele davon und jedes Jahr immer mehr.«

»Das habe ich befürchtet. Seit wann gibt es diese Viecher schon auf eurem Planeten?«

Jetzt meldete sich Tabaklas zu Wort:

»Gefühlt sind sie schon immer da gewesen. Mein Urgroßvater erzählte noch von einer Zeit, in der die Sikahil nur sehr klein und die Ebenen alle grün und bewachsen waren. Das ist mindestens einhundert Winterzyklen her.«

Markus grübelte vor sich hin und fing nach einer kurzen Pause an, seine sonderbare Geschichte von einem Raumschiff, was immer auch das ist, zu erzählen. Diego verstand ihn da schon viel besser, als Tabaklas und ich, da wir uns nur schwer vorstellen konnten in den luftleeren Raum zu fliegen. Aber auch das nahm ich mal so hin. Wenn man durch Raum und Zeit teleportieren kann, ist das fliegen durch den Raum mit Maschinen auch nicht unvorstellbar. Am Ende der Geschichte wurde uns allen klar, dass diese „Installation", wie Markus das gehört hatte, bereits lange im Gange war. Wir fragten uns nun, was wir tun könnten, um das zu vermeiden. Diegos Idee lief darauf hinaus, in die Vergangenheit zu reisen und den Eroberern zu zeigen, dass es sich auf Kanto um intelligente Lebewesen handelt, sodass sie von der Installation absehen. Die Schwierigkeiten dabei ergaben sich zum einen in der Zeitverzerrung und zum anderen in der Kontaktaufnahme mit unseren Vorfahren. Wir würden zwar über einige Monate verfügen, aber dabei eine so große Entwicklung, wie eine Schrift oder überzeugendes, soziales Verhalten zu etablieren, dass es von diesen Wesen registriert wird, erschien uns allen sehr schwer und zeitaufwendig. Markus bemerkte dabei auch noch, dass für mich und Tabaklas eine solche Veränderung auch zu gravierenden Änderungen unserer Vergangenheit führen würde, die dann wiederum Erinnerungsveränderungen und -verluste bei uns bewirken könnten. Markus überzeugte uns trotzdem davon, dass nur eine Reise in die Vergangenheit eine Lösung eröffnete.

»So wie ich diese Leute verstanden habe, werden sie nachdem eine Installationsprobephase zu Ende ist, diesen Vorgang nicht mehr unterbrechen und bis zur totalen Ausbeutung durchziehen. Es gibt da dieses kleine Fenster der Testphase, wenn der Kapitän den Vorschlag der Installateure überhaupt annimmt.«

Markus stand auf und ging im Kreis um die Gruppe herum. »Entschuldigt, aber ich kann einfach besser nachdenken, wenn ich mich bewege«, sagte er und ging, die Hände hinter seinem Rücken verschränkt, weiter.

Tabaklas schaute ihm verwirrt hinterher, stand auf und folgte ihm. Es sah schon etwas grotesk aus, wie er ihn imitierend hinter ihm her stapfte. Markus blieb stehen und blickte ihm direkt in sein mittleres Auge.

»Ich wollte das nur mal ausprobieren. Es scheint bei mir aber nicht zu wirken. Mir fällt nichts Besonderes ein.«

Tabaklas klickte in Markus Richtung, der an ihm vorbei direkt in den Sternenhimmel und auf Paluki starrte.

»Ich glaube, wir machen da einen entscheidenden Fehler. Ich muss noch einmal zurück auf dieses Raumschiff. Ich muss prüfen, ob dieser zur Installation vorgesehene Planet überhaupt Kanto ist. Vielleicht seid ihr ja schon längst installiert worden und die haben über einen anderen Planeten geredet, der zufällig von den gleichen Wesen bewohnt wird.«

Diego sprang auf und stellte sich vor Markus. Tabaklas hatte sich derweil wieder hingesetzt.

»Ich komme mit dir«, stellte er an Markus gerichtet fest, mit der Absicht keinen Einwand zuzulassen.

»Das geht nicht. Ich kann niemanden mitnehmen, wegen der zeitlichen Verzerrung. Ich verspreche, dass ich auf jeden Fall wieder zurückkehren werde. Außerdem ist es äußerst wichtig, dass du hier bist, falls ich irgendetwas erreichen kann und die Vergangenheit dadurch geändert wird. Du Diego hattest mit der Vergangenheit von Kanto nichts zu tun, außer die letzten paar Tage. Du wirst dich an diese allen momentan bekannte Vergangenheit erinnern. Gadni und Tabaklas nicht.«

Wir sahen uns alle gegenseitig an und begannen langsam Markus Überlegungen zu verstehen. Tabaklas und ich hatten eine gemeinsame Geschichte, sowie Diego und Markus die

Vergangenheit der Erde gemeinsam hatten. »Ich bin bald zurück.«

Kaum hatte er den Satz ausgesprochen, da war er auch schon verschwunden, nur um in der nächsten Sekunde schwer atmend wieder unter uns zu stehen.

»Ups«, stieß er hervor und setzte sich erst einmal hin.

Diego reichte ihm einen Trinkschlauch und er nahm erst mal einen großen Schluck kaltes Wasser.

»Was ist geschehen?«, wollte ich wissen, denn unsere Erinnerungen hatten sich nicht verändert, zumindest noch nicht.

»Ok. Also ich habe gesehen, dass es euer Planet ist, um den es geht. Der Kapitän akzeptierte die Vorgaben der Installateure, die dann in eurer Vergangenheit mit der Installation begonnen hatten. Mir kam dann eine besonders blöde Idee. Ich beobachtete Hutschka eine Zeit lang und glaubte die Zeichen irgendwie interpretieren zu können. Ich fertigte mir mit Hilfe meines Smartphones eine Liste und wollte dann den ersten Kontakt herstellen. Es sollte doch möglich sein mit diesen Wesen zu kommunizieren und ihnen klar zu machen, dass ihr intelligent seid und in Ruhe gelassen werden solltet. Ich vergaß dabei den körperlichen Nachteil. Es wäre genau so, als würde auf der Erde eine Maus über meine Computertastatur laufen. Sollte sie dabei zufällig etwas Plausibles auf den Monitor zaubern, könnte ich das wohl auch nicht glauben und nur als Zufall abtun. So in etwa erklärte ich mir zumindest Hutschkas Reaktion. Auf jeden Fall schaffte ich es bestimmte Zeichen auf den Monitor zu bringen, indem ich von Taste zu Taste hüpfte und versuchte mit Wucht darauf zu landen. Hutschka starrte auf den Monitor und konnte scheinbar damit was anfangen, denn er blickte sehr verwundert auf den Text. Dann sah er mich hüpfen und stieß einen spitzen Schrei aus.

»Ahhh. Dieses Ungeziefer macht mich noch verrückt.«

Noch während er schrie, nahm er einen Stapel Papier von seiner Ablage und schlug nach mir. Meine Kraft rettete mich. Und jetzt bin ich wieder bei euch. Ich konnte aber etwas erkennen. Die Konstellation der Sterne auf dem Monitor zeigte, dass die Sterne hinter eurem Mond weiter links standen. Betrachtet man die Konstellationen der gesamten Sterne, so müssen, nach den Aufzeichnungen auf dem Raumschiff auf Kanto fast achtzig Jahre vergangen sein. Das Raumschiff befindet sich also in eurer Vergangenheit. Dort müssen wir den Installateuren und dem Kapitän zeigen, dass es sich nicht lohnt weiterzumachen. Ich habe da auch so eine Idee.«

Markus unterbrach seine Erzählung und nahm noch einen Schluck Wasser. Ich sagte ihm, dass ich, bis auf die Attacke von Hutschka, leider nichts verstanden habe, außer, dass achtzig Jahre vergangen sind und wir in unserer Vergangenheit aktiv werden müssten. Markus nickte und trank weiter.

»Ich habe da einen Plan. Wie sehr gleicht ihr euren Eltern oder besser noch euren Großeltern?«, wollte Markus wissen.

Die Ähnlichkeit der Familienmitglieder der Talatijasus ist nicht von der Hand zu weisen und Tabaklas informierte uns auch, dass es eindeutige Ähnlichkeiten bei direkt Verwandten der Tkibakik gäbe. Erneut grübelte Markus. Da meldete sich Diego zu Wort.

»Vielleicht ist es nicht anders möglich, als mehrere Kämpfer mit Sikutaerfahrung in die Vergangenheit zu bringen. Sollten wir unser Ziel erreichen, wird sich wohl niemand mehr daran erinnern. Bringt doch einfach so viele Leute in die Vergangenheit, wie es euch in einem bestimmten Zeitraum möglich ist. Trefft euch alle an einem Punkt und startet euren Kampf gegen die Sikutas. Solltet ihr es schaffen, die Erstinstallation der Sikutas vernichten zu können, werden die Installateure eine weitere Installation nicht empfehlen.«

Markus stimmte Diego kopfnickend zu.

»Die Schwierigkeit dabei ist, den Zeitpunkt und den Ort so zu wählen, dass ihr nicht noch Wochen und Monate warten müsst, bis ihr auf die Installation trefft.«

Dieser Hinweis von Markus machte uns erneut sehr nachdenklich. Auch die Frage, wie wir es unseren Kriegern erklären sollten. Markus drehte bereits wieder seine Runden um unsere Gruppe, als Diego aufsprang und eine Idee präsentieren konnte.

»Ich glaube so könnte es gehen.«

Wir sahen ihn alle an und warteten bis Markus sich wieder hingesetzt hatte. Ich verteilte derweil ein wenig Kadumilch, die ich besorgt hatte und alle warteten auf Diegos Ausführung.

»Zunächst einmal gilt es, den Zeitpunkt korrekt zu ermitteln. Es wird dafür unumgänglich sein, dass du, Markus, erneut auf das Raumschiff teleportierst. Es muss vor dem Zeitpunkt der Installation sein. Gadni und Tabaklas müssen in die Vergangenheit reisen und dort eine Aktion auslösen, die vom Raumschiff aus registriert werden kann. Dann könntest du, Markus, von diesem Zeitpunkt aus die Differenz zum Installationsbeginn ausmachen.«

Diego beendete voller Enthusiasmus seine Rede.

»Guter Plan, nur was können Tabaklas und Gadni hier auf Kanto ausrichten, das eine entsprechende Aufmerksamkeit im Raumschiff bewirkt?«, wollte Markus wissen.

Tabaklas und ich pflichteten ihm bei, da wir uns allein schon damit schwer taten, das alles zu verstehen. Diego ließ sich nicht beirren und strotzte nur so vor Energie und Ideen.

»Hat hier bei euch in der Vergangenheit die Erde mal gebebt. Gab es Berge, die heißes Gestein ausspien. Gab es große Brände in der Vergangenheit. Hat euer Wald mal großflächig gebrannt. Stürme habt ihr ja zur Genüge. Da muss es doch auch Blitz, Donner und Feuer geben oder? «

Er richtete sich beharrlich an mich und Tabaklas.

Tabaklas überlegte lange.

»Mein Ururgroßonkel erzählte einmal davon, dass wir zu der Zeit als noch die meisten Tkibakik keine Flügel hatten, diese sehr oft weglaufen mussten. Aus den Bergen lief damals tatsächlich flüssiges Gestein, das uns sofort verbrannte. Aber das ist schon lange, lange her und war auch viel weiter im Süden in den großen Bergen.«

Ich für meinen Teil habe noch nie davon gehört, dass es so etwas wie flüssige, brennende Steine überhaupt gibt.

»Wie wäre es, wenn ihr, Gadni und Tabaklas, einfach mal versucht in die Vergangenheit von Kanto zu springen, um dort zu erfahren, ob es Vulkane gegeben hat. Sollte das der Fall sein brauchen wir nur einen Sprengstoff, der eine Vulkaneruption simuliert und das sollte man auch aus dem All sehen. Oder?«

Es sprudelte nur so aus Diego hervor. Jetzt war es an Markus dazu etwas zu sagen, denn ich hatte nun wirklich nichts mehr verstanden und nach Tabaklas Hautfärbung zu urteilen, wusste er auch nicht mehr, was die beiden meinten.

»Ok. Das könnten wir natürlich probieren, aber wo sollen wir Sprengstoff in dieser nötigen Menge herbekommen und ihn dann auch noch aus der Ferne zünden. Oder wie hast du dir das vorgestellt. Ich bin nicht gerade ein großer Sprengstoffexperte.«

»Das stimmt, und zudem ist es auch gefährlich obwohl dich die Kraft ja schützt«, meinte er grinsend.

»So lustig finde ich das jetzt nicht«, meinte Markus und fuhr dann fort.

»Aber die Idee mit dem Feuer finde ich jetzt schon besser. Warum nicht einfach eine große Fläche Wald abbrennen. Irgendwo weit weg von den Bewohnern. Ich könnte mit Tabaklas in diese Regionen springen und er könnte uns über die Wälder fliegen, um zu sehen, ob dort auch keine Siedlungen sind. Du sagtest doch, dass du fliegen kannst.«

»Das ist eine machbare Vorgabe«, gab Tabaklas seine Einschätzung wieder.

»Nur kannst du mich nicht begleiten. Du musst auf diesem Raumschiff sein. Wie willst du sonst sehen, wann und wo das Feuer brennt?«

»Gut. Dann springt Markus wieder auf das Raumschiff und Tabaklas in die Vergangenheit, um da ein großes Feuer zu legen. Gadni springt in den Süden und hält Ausschau nach den Vulkanen. Vielleicht findet Markus ja in diesen Computern auf dem Raumschiff irgendwelche Informationen über vulkanische Aktivitäten auf Kanto. Ich warte dann hier auf euch. Was anderes bleibt mir ja nicht zu tun. Ich hoffe nur, dass niemand hier vorbeikommt und mich etwas fragen möchte. Wenn ihr alle weg seid, versteht mich wohl niemand mehr.«

Wir stimmten Diegos Zusammenfassung soweit zu.

»Ok! Dann sollten wir es am besten sofort tun. Egal wie lange es dauern wird, wir finden uns im nächsten Augenblick wieder hier ein. Also los.«

Mit dem letzten Satz war Markus auch schon verschwunden. Tabaklas tat sich etwas schwerer. Er konzentrierte sich, war kurz verschwunden und gleich darauf wieder hier.

»Irgendwie funktioniert das nicht so recht«, meinte er dann sichtlich verwirrt.

»Ich lande immer wieder in unserem Lager, in meinem Zelt und zwar heute Morgen.«

Diego meinte, er solle seinen Kopf leeren. Alle Erinnerungen an das vergangene Geschehen ausblenden. Schritt für Schritt einfach alles löschen. Das ist einfacher gesagt, als getan. Auch ich hatte so meine Probleme, da ich mir nur schwer die Region vorstellen konnte zu der ich aufbrechen wollte. Wir versuchten es dann und begannen auf Diegos Anweisung unsere Köpfe zu leeren. Zuerst wollte er, dass wir an die unmittelbar vergangenen Ereignisse dachten. Dann sollten wir uns einen riesigen Eimer gefüllt mit Wasser vorstellen.

»Nehmt die Erinnerungen und werft sie in den Eimer. Seht wie sie versinken. Dann denkt an das, was gestern war. Nehmt die Erinnerung und werft sie in den Eimer. So, alles weg.«

Schritt für Schritt konzentrierten wir uns auf Diegos Stimme und seine Anweisungen und dann auf unsere Ziele in Raum und Zeit. Und dann stand ich da. Lorson brannte auf mich herunter, aber dennoch fror ich. Die Gebirgskette, die ich von meinem Standpunkt aus sehen konnte war enorm. Die Bergspitzen glänzten schimmernd durch Lorsons Strahlen. Sie waren mit einem weißen Puder bedeckt. Es war Schnee, wie mir Diego einmal in New York erklärt hatte. Festes Wasser. Ich stand auch auf diesem weißen Pulver. Als ich mich in die andere Richtung drehte, konnte ich eine weite Ebene überblicken, die zuerst weiß schimmerte und am Ende des Horizonts langsam begann in ein zartes Grün überzugehen. Ich sah keine Feuer speienden Berge, kein flüssiges Gestein. Nur ein eisiger Wind ließ mich zittern. Ich kehrte zurück. Alle saßen noch am Feuer, aber nur Diego bewegte sich. Für einen kurzen Moment konnte ich bemerken, dass wir alle unterwegs waren. Nur Markus war verschwunden, da er ja vorher von einem anderen Ort gekommen war. Tabaklas und ich wiederum waren ja von unserem Ursprung aus gestartet. Auch Tabaklas regte sich wieder.

»Hallo ihr zwei! Habt ihr etwas entdeckt? Wie war euer Ausflug in die Vergangenheit?«

Diego wollte natürlich sofort alles wissen.

»Bei mir war das Ganze ein kurzes Schauspiel«, informierte ich ihn.

»Alles ist furchtbar kalt und die riesigen Berge waren mit Schnee bedeckt.«

Auch Tabaklas berichtete, dass er wohl in der Vergangenheit gewesen sei und auch eine Region ausmachen konnte, die nicht bewohnt war. Nur schaffte er es nicht ein Feuer zu entfachen. Er fand einfach keine ihm bekannte Pflanzenart oder Steine, die er wie üblich zum Feuermachen verwenden konnte.

»Ich bin doch wirklich blöd. Das war nachlässig von mir. Natürlich habt ihr keine Streichhölzer oder gar ein Feuerzeug.«

Diego kramte in seiner Umhängetasche, die er aus New York mitgebracht hatte, herum. Er förderte einen kleinen schwarzen Stock mit glänzender Spitze hervor.

»Schau dir das an Tabaklas. Das ist ein Feuerzeug. Ich zeige dir jetzt, wie das funktioniert. Damit kannst du dann zuerst einmal ein paar trockene Blätter entfachen und dann nach und nach den Brand erweitern. Habt ihr hier Flüssigkeiten, die schnell und intensiv brennen?«

Diego wand sich an Tabaklas, der kurz flackerte und dann einen Behälter mit einer braunen Flüssigkeit in den Händen hielt. Tabaklas hatte sich etwas Kadufett besorgt, das wirklich gut brannte. Wir waren sehr verwundert, wie einfach es war, mit diesem Feuerzeug tatsächlich Feuer zu machen. Tabaklas brauchte auch nicht lange und es funktionierte vortrefflich.

»Na dann! Versuche es erneut, mein Freund. Nimm das Feuerzeug mit, achte aber darauf, es wieder mitzubringen.«

Mir empfahl er einfach noch weiter in die Vergangenheit vorzudringen, was ich denn auch versuchte. Erneut stand ich auf einem sehr hohen Berg und Lorson brannte auf meiner Haut. Es war heiß, sehr heiß. Die Erde unter meinen Füßen bewegte sich. Ich fiel auf meine Knie. In der Ferne konnte ich tatsächlich weitere, sehr hohe Berge erkennen. Aber keiner von ihnen spie irgendetwas aus. Ich setzte mich auf die Erde und wartete eine Zeit lang. Die Bewegungen ließen langsam nach und das laute Grollen und Donnern, das mit der

Bewegung einherging, verebbte auch. Dann hielt ich die Hitze nicht mehr aus und saß wieder an unserem Treffpunkt, wo Diego ein kleines Feuer innerhalb des Steinrings entfacht hatte. Er röstete ein paar der Früchte, die wir dabei hatten und reichte mir den Wasserschlauch.

»Hier, Gadni, du siehst durstig aus. Na, was entdeckt?«, fragte er mich.

»Nein, keine speienden Berge oder flüssigen Steine, nur hohe Berge und die von Lorson verursachte, alles verbrennende Hitze«, gab ich zur Antwort.

# Kapitel 9
## Alles wird neu

Markus saß wieder hinter dem schwarzen Zylinder. Es dauerte erneut einige Zeit, bis er sich an die Geschwindigkeit auf dem Raumschiff angepasst hatte. Hutschka saß immer noch vor seinem Monitor blickte aber geistesabwesend daran vorbei, als denke er über etwas Besonderes nach. Markus hörte plötzlich ein Klicken und Klacken und sah sich dann selbst, wie er wild auf der Tastatur herumhüpfte. Hutschka hörte es auch, sah aber zuerst auf den Monitor. Soweit Markus das bei dem fremdartigen Gesicht sagen konnte, wirkte er auf jeden Fall sehr verwirrt. Dann holte er mit dem Stapel Papier aus und Markus vorheriges Ich war verschwunden. Der Knall des Aufpralls auf der Tastatur ließ diese kurz in die Luft springen und verursachte in Markus Ohr ein leichtes Piepsen. Er kauerte sich hinter den Zylinder und wartete ab bis das Piepsen weg war und Hutschka sich beruhigt hatte. »So ein Unsinn. Springt das Ungeziefer da auf meiner Tastatur auf und ab und schreibt dann auch noch so ein Zeugs. Nein – Nein – nicht töten. Das kann nur Zufall sein. Diese kleinen Wesen können das doch gar nicht.«

Er brummelte weiter vor sich hin. Markus fühlte sich bestätigt. Seine Beobachtungen waren also doch erfolgreich gewesen. Jetzt muss er nur noch ein paar weitere Infos aus diesem Computer herausholen.

»Hutschka!!«, plärrte es durch den Lautsprecher neben dem Monitor.

Hutschka drückte eine Taste und plärrte zurück.

»Ja? Kapitän!«

»Kommen sie zur Brücke. Wir sollten den Installationsplan durchgehen. Sind die Kwarty einsatzbereit?«

»Jawohl, Kapitän. Sind fertig. Das Ventil ist noch geschlossen. Sobald sie es wünschen kann der Prozess beginnen. Ich bin auf dem Weg.«

Der Lautsprecher klackte kurz und ließ Hutschka dadurch erkennen, dass das Gespräch beendet war. Er stand auf, schaute noch einmal nach der transparenten Kiste mit den Kwarty und schritt dann durch diese verschwindende Öffnung. Markus stand nun ganz allein gelassen hinter dem Zylinder. Er wagte sich hervor, nahm sein Smartphone zur Hand und versuchte noch einmal diese Zeichen zu erkennen. Er hoffte auch hier eine Taste zu finden, ähnlich wie bei seinem PC auf der Erde, die ihm eine Hilfe oder Erklärung auf den Monitor brachte. Es dauerte eine Zeit lang, dann passierte tatsächlich etwas. Der Monitor schaltete sich ab. Nach etwa drei Sekunden flackerte das Bild und es erschien eine lange Liste auf dem Monitor. Er konnte einen Teil davon sogar entziffern. Es handelte sich um eine Liste der bislang ausgeführten Aufgaben. Eine Aufgabe davon hieß tatsächlich ‚Planeteninfo'.

Markus versuchte über die Tastatur den Cursor auf dem Bildschirm zu bewegen, was ihm aber nicht gelang. Er musste zu diesem Monitor. Da die Schwerkraft in diesem Raumschiff weitaus geringer war, als auf der Erde, konnte Markus weit und hoch springen. Er stieß sich einfach mit aller Kraft ab und schwebte tatsächlich auf den Monitor zu. Dabei verfehlter er den Punkt, den er eigentlich berühren wollte und knallte mit der Brust an den Bildschirm. Die Oberfläche gab etwas nach. Sie bestand aus einer weichen, gallertartigen aber sehr glatten Masse. Er konnte sich nirgendwo festhalten und glitt, der geringen Schwerkraft sei Dank, langsam nach unten. Als er an dem Auswahlpunkt vorbeiglitt. Schlug er geistesgegenwärtig mit voller Kraft und beiden Fäusten auf die Zeichen. Der Monitor flackerte und zeigte eine neue Liste. Es funktionierte. Nur erschien die falsche Liste. Markus versuchte es noch vier Mal bis dann ein Verzeichnis mit Zeichen erschien, die den Planetenbezeichnungen entsprachen. Er glaubte zumindest, dass das so war. XF323FG musste Kanto sein. Zum ersten stand die Bezeichnung ganz oben und leuchtete in einer anderen Farbe und er glaubte sich daran zu erinnern, dass die Installateurin dieses Kürzel benutzt hatte, als sie mit Hutschka sprach. Hinter der Bezeichnung waren auch mehrere Zahlen zu sehen, die sich in bestimmten Intervallen veränderten. Es war ein Countdown. Die erste Zahl stand für „Zeit bis zur Installation", die zweite Stand für „Beginn der Probephase" und die dritte für „Einsatzzeit".

Jetzt brauchte er nur noch einen Bezugspunkt. Ein Ereignis, eine Information, die ihnen nutzen konnte, um den genauen Zeitpunkt der Installation zu ermitteln. Er stand immer noch auf der Tastatur, als er Schritte hörte. Schnell versteckte er sich erneut hinter dem Zylinder und sah in Richtung des Eingangs. Und wie schon zuvor war da auf einmal eine Öffnung durch die Hutschka und die Installateurin eintraten.

»Was meinst du, Gratschaka, hat der Kapitän Zweifel an diesem Planeten?«, fragte Hutschka, als sie eintraten.

»Warum fragst du? Mir kam es nicht so vor. Er gab eindeutig den Befehl nach unserem Ermessen und aufgrund unserer Vorgaben vorzugehen. Das scheint für mich nicht zweifelhaft.«

»Aber er wollte noch nicht den genauen Ort für die Installation festlegen. Sonst gibt er den genau vor.«

»Das mag daran liegen, dass wir da noch keine Empfehlung ausgesprochen haben. Wir warten noch auf einige Auswertungen. Die Bereiche in denen die Kwarty am besten agieren können, sollten eine Siliziumbasis aufweisen. Die Sandflächen auf dem Planeten sind etwas rar und da wo wir größere Bereiche entdeckt haben, gibt es nicht sehr viel Biomasse. Aber Kraklak ist im Moment dabei einige Werte der letzten Zeitsonde, die in der vergangenen Stunde Echtzeit Vorortaufnahmen gemacht hatte, auszuwerten. Es gab da vor einer Stunde ein Aufflackern in der nördlichen Hemisphäre. Es könnte ein großer Brand, ein Vulkanausbruch oder dergleichen gewesen sein. Kraklak meinte, das die seismischen Aktivitäten sehr gering sind, sodass wohl eher ein Brand in Frage kommt. Bei den großen Stürmen sind Blitzeinschläge an der Tagesordnung.«

»Warum ist das von Bedeutung?«, wollte Hutschka wissen. »Ein großer Brand zerstört meist irgendein Gehölz, in dem Kleinlebewesen und andere Biomasse sich aufhält. Diese flüchten zumeist. Das Feuer macht dann wiederum in Bereichen, in denen vor allem Sand vorliegt halt. Sollten wir da die Kwarty zur rechten Zeit einsetzen läuft ihnen die Biomasse geradezu ins Maul. Zudem können sich die Kwarty nur in Bereichen mit wenig oder keiner Biomasse wirklich fortbewegen. Da kommt so ein verkohlter Waldboden gerade recht.«

Markus hörte genau hin. Das könnte die Lösung sein. War es Tabaklas gelungen einen Brand von so enormer Größe zu entfachen, dass er hier gesehen worden war? Die Raumöffnung verschwand wieder und ein weiteres dieser Wesen erschien im Raum. Das musste der besagte Kraklak sein.

»Hallo Kraklak, du hier, was ist so wichtig?«, fragte Gratschaka.

»Wir haben ein sehr, sehr enges Zeitfenster. Wir haben tatsächlich vor etwa zehn Minuten einen Großbrand ausgemacht. Da ist wohl ein ganzer Wald abgefackelt. Die Lichtquelle war vor zehn Minuten am hellsten gewesen. Es sind bis jetzt fünf Tage vergangen. Der Brand wird verloschen sein und das Umfeld wird sich abgekühlt haben. Wir sollten innerhalb der nächsten zehn Minuten starten. In mehr als fünf Tagen ist der Vorteil der flüchtenden Biomasse dahin. Direkt vor dem Brandareal gibt es eine große Sandfläche und nicht weit davon ein mittelgroßes Gebirge. Genau dazwischen sollten wir die Kwarty aussetzen.«

Kraklak sprach und verschwand wieder aus der Zauberöffnung. Hutschka ging sofort zu der transparenten Kiste und öffnete das Ventil. Markus konnte gerade noch sehen, dass die Sikutas darin begannen sich zu bewegen. Sie waren aktiviert worden. Als Hutschka und Gratschaka den Raum verließen, konnte Markus gerade noch hören, wie Gratschaka meinte, dass der Transporter zum Glück die Zeitverzerrung kompensieren würde. Markus hatte genug gehört. Er konzentrierte sich und stand dann auch schon wieder in dem Kreis seiner neuen Bekannten auf Kanto. Diego saß am Rand des Kreises auf einem Stein mit dem Rücken zu einem kleinen Feuer, das jemand entfacht hatte. Auf dem Stein daneben lagen einige frittierte Früchte.

»Hallo, Markus. Da bist du ja wieder. Hattest du Erfolg?«

Diego wartete gespannt auf Markus Antwort.

»Ja das hatte ich. Wo sind die anderen?«, fragte jetzt Markus.

»Tabaklas hatte sich bei seiner Aktion mit dem Feuer den Schwanz verbrannt und ist kurz ins Lager um eine Medizin zu holen und Gadni müsste da unten hinter einem der Büsche sein, um sich zu erleichtern, wenn du weißt, was ich meine.«

»Ok. Dann warten wir besser bis beide wieder da sind. Es kommt jetzt auf genaue Zeitplanung an und darauf, dass wir die erforderliche Aktion genau koordinieren.«

Markus, setzte sich hin und bediente sich an den Früchten, die vorzüglich schmeckten. Beide verspürten einen leichten Windzug und sahen, dass Tabaklas in einiger Entfernung von ihnen gelandet war. Er wählte den herkömmlichen, normalen Weg und nicht seine besondere Gabe. Auch Gadni kam von der rechten Seite auf die Gruppe zu. Beide erkannten, dass Markus wieder zurück war und beschleunigten sofort ihren Gang.

»Du bist wieder da. Hast du gute Neuigkeiten?«, fragte Gadni.

Alle setzten sich wieder zusammen und hörten genau zu, wie Markus seine Geschichte erzählte. Tabaklas jubelte sichtlich.

»Dann war ich erfolgreich und meine Brandschmerzen nicht umsonst«, sagte er und ballte dabei die Faust.

»So wollen wir doch hoffen. Weißt du denn, wo genau du gewesen bist, als du das Feuer angezündet hast und auch wann, damit wir wieder dahin zurück können?«

Tabaklas antwortete Markus etwas brüskiert:

»Die Region habe ich bewusst gewählt. Mein Vater berichtete einst davon, dass hinter dem großen Wald und vor den Bergen eine Senke sei, in der sich kaum ein Wesen hinein wagte. Es war dort zu heiß und der Sand verbrannte die Haut an Füssen und Beinen. Auch lebten in dem Wald nicht viele Tiere, die sich zur Jagd eigneten und vor allem auch keine Tkibakik oder Würmervolk, wie wir euch damals nannten. Ja ich weiß genau, wo das ist.«

»Sehr gut. Und ich bin davon überzeugt, dass wir alle, die wir teleportieren können, diesen Ort finden, wenn du ihn uns genau beschreibst. Dann müssen wir uns nur noch an diesen Ort wünschen, genau zu dem Zeitpunkt, nach dem großen Feuer. Also denken wir alle an den Ort und an verkohlten Wald hinter der heißen Wüste. Wir sollten es jetzt probieren und gleich auch wieder zurückkommen.«

Markus beendete den Satz und verschwand. Gadni und Tabaklas überforderte diese spontane Aktivität. So saßen sie denn immer noch verwirrt an ihrem Platz, als Markus auch schon wieder zurück war.

»Ok. Ich war dort. Sieht übel aus und stinkt ganz schön verkohlt. Ich habe noch keine Sikutas gesehen. Ich habe mir folgendes gedacht. Du Tabaklas solltest in deinem Dorf einige deiner besten Kämpfer auswählen und ihnen erklären, dass ihr auf einen Großangriff auf die Sikutas aufbrechen wollt. Damit der Angriff gelingt, sollten sich alle Kämpfer mit einem langen Seil miteinander verbinden. Mach ihnen klar, dass das elementar wichtig ist für den Erfolg der Mission. Sag ihnen von mir aus, dass du erfahren hast, dass der Sikuta dadurch getäuscht wird und daher einfacher zu besiegen sei. Sobald alle verbunden sind springst du an diesen Ort und in die Zeit nach dem Brand. Suche eine Region weit im Norden und wandere dann mit Ihnen in Richtung der Wüste nach Süden am Rand der Brandzone vorbei. Gadni wird das gleiche mit seinen Leuten tun und von Süden in Richtung Norden ziehen. Ich werde versuchen zwischen euch zu vermitteln, indem ich immer wieder mal hier und mal da erscheine. So sollten eure Leute nicht merken, dass sie in der Vergangenheit sind und der, der die ersten Sikutas sieht, beginnt sofort mit dem Angriff. Ich werde dann die andere Gruppe informieren, sodass ihr sofort von der anderen Seite in den Kampf eingreifen könnt.«

So erklärte Markus seinen Schlachtplan. Diego schaute etwas grimmig drein. Markus sah ihm an, dass er wohl darüber verärgert war, dass sein Name in diesem Plan nicht erwähnt worden war.

»Diego, ich würde dich ja bitten hier zu warten, aber ich sehe dir an, dass dich das quält. Es ist zwar gefährlich, aber ich denke du kommst einfach mit mir. Wir beobachten und informieren die beiden Gruppen.«

Diegos Miene hellte sich wieder auf. Tabaklas bestand noch darauf, genügend Nahrung und Trinkschläuche mitzunehmen, da sie in der unwirtlichen Region keine Möglichkeiten haben würden, danach zu suchen. Es war auch nicht ganz klar, wie viele Tage sie denn wandern und warten mussten. Markus rechnete mit fünf bis zu fünfzehn Tagen. Sie entschieden, dass Lato und Zoltai als Anführer der Krieger und Jäger in den Plan involviert werden sollten. Beide wussten bereits um die besonderen Fähigkeiten der Gruppe und waren auch mit der historisch gewachsenen Befehlsgewalt, die hier unbedingt erforderlich war, ausgestattet. Tabaklas meinte dahingegen nur, dass er seine Gruppenanführer über den Einsatz zur Vernichtung der Sikutas informieren würde, aber keine Informationen über Raum- und Zeitsprünge weitergeben wollte.

»Ich werde mit meinen Kämpfern direkt vor das Gebirge fliegen. Dort werden wir uns miteinander verbinden und dann die Wüste gemeinsam durchschreiten. Da wir miteinander verbunden sein werden, können wir auch nicht fliegen. Während der Wanderung durch die Wüste wird niemandem auffallen, dass wir dann durch die Zeit reisen.«

»Das ist eine gute Idee. Wir sollten auch Gadni, Lato und Zoltai darauf hinweisen, dass sie ihre Annäherung an den verbrannten Wald am besten durch die Wüste vornehmen, damit der zeitliche Unterschied nicht erkennbar wird. Der Zeitsprung sollte aber am besten zu Beginn der Wanderung erfolgen. Ihr wisst nicht, wie viele Sikutas sich heute dort befinden. In der Vergangenheit sollten noch keine da sein, da ist das nicht so schlimm.«

Gadni hatte sich bereits von der Gruppe entfernt und war auf dem Weg zu seinem Vater und zu Zoltai, um sie zu dieser Versammlung zu bringen. Paluki erreichte bereits das letzte Drittel seiner Bahn am Firmament. Sie konnten sich so viel Zeit lassen, wie sie wollten. Die entscheidende Aktion fand sowieso in der Vergangenheit statt. Gadni ging deshalb zu Fuß, um, wie er selbst meinte, darüber nachdenken zu können, welche Veränderungen das für ihre Gegenwart haben würde.

Sie begeben sich auf eine Reise in die Vergangenheit. Dort angekommen wird ihre jetzige Gegenwart die Zukunft sein und die Vergangenheit wird zur Gegenwart. Ab dem Zeitpunkt, ab dem sie etwas in der Vergangenheit ändern, werden sich auch alle nachfolgenden Möglichkeiten ändern. Somit ändert sich die Zukunft, die jetzt noch ihre Gegenwart ist. Das wiederum ist erforderlich, damit sie von heute aus gesehen überhaupt eine Zukunft haben. Alle, die durch die Zeit reisen und eine persönliche Erinnerung an den Ort und dessen Vergangenheit haben, werden, wenn sie denn wieder in ihrer originären Gegenwart angelangt sind, eine neue Gegenwart vorfinden, die nicht mehr mit diesen

Erinnerungen und Erfahrungen übereinstimmen wird. Sie haben aber diese Zeit durchlebt. Sie befanden sich auf dieser Welt, seit ihrer Geburt und bis zu dem Zeitpunkt, als sie die Gegenwart verließen, um in der Vergangenheit die Zukunft zu ändern. Alle Erfahrungen und Erkenntnisse dieser Zeit müssen erst einmal etabliert werden. Gadni befürchtete, dass das nicht so einfach funktionieren würde. Eine weitere Frage eröffnete sich dabei. Was wird mit all den Leuten sein, die innerhalb dieser Zeitspanne von den Sikutas getötet wurden? Was wird mit den Leuten sein, die zum Zeitpunkt der Rückreise lebten, aber durch die Veränderung in der Zeit und den damit einhergehenden Handlungsänderung vielleicht ums Leben gekommen sind, wo sie bei der jetzigen Vergangenheit in ihrer aktuellen Gegenwart noch gelebt hatten. Würden die einfach verschwinden? Ein wenig Angst kam auch bei Gadni und Tabaklas auf, da sie ja nicht wussten, ob sie in dieser neuen Zukunft überhaupt überlebt hatten. Diese Ungewissheit stellte wohl das Opfer dar, das sie für ihre Welt bringen mussten. Mit der nächsten Überlegung merkten beide aber sofort, dass sie sich eigentliche keine Sorgen machen mussten. Die Kraft schützte sie in der Gegenwart, sie wird dies auch in der Vergangenheit und in der neuen Zukunft tun. Wenn Sie das Problem in der Vergangenheit gelöst hatten, würde es in der Zukunft keine Notwendigkeit mehr geben in die Vergangenheit zu reisen?

Gadni erreichte das Lager, in dem noch ein reges Treiben herrschte. Die Feier dauerte immer noch an. Der Angriff der Tkibakik hatte nie stattgefunden und auch Gadni erinnerte sich nicht daran, da es ja nichts zu erinnern gab. Er fand Lato und Zoltai an einem kleinen Feuer sitzend. Die diskutierten darüber, wann und wie sie denn nun in Zukunft mit den Drachen beziehungsweise Tkibakik interagieren sollten.

»Hallo Vater, Hallo Zoltai. Ich bringe euch neue Nachrichten, die eure Planung unnötig machen wird.«

Gadni begrüßte die beiden Männer.

»Hallo Gadni. Da bist du ja wieder. Wie war es beim Zatakus und wo ist dein neuer Freund?«

Lato stimmte ihm nickend zu und beide warteten auf eine Antwort. Gadni erzählte ihnen, was beim Zatakus geschehen war und dass sie dann eine Vergangenheitsänderung erlebt hatten, die ihnen vor allem die Erkenntnis brachte, dass Tkibakik und Talatijasus für eine allgemeine Begegnung einfach noch nicht bereit seien. Gadni bat beide, ihm einfach zu den anderen zu folgen, damit sie dort die nötigen Informationen erhalten und gemeinsam die neue Zukunft Kantos planen konnten. Tabaklas kehrte wieder zu dem Treffpunkt zurück und berichtete, dass alles vorbereitet sei. Die Kämpfer der Tkibakik waren eingewiesen und bereiteten ihre Ausrüstung vor, damit sie jederzeit aufbrechen könnten. Die Gruppe saß stumm um das Feuer und wartete. Markus probierte einige der gerösteten Früchte, die sehr süß und auch sehr gut schmeckten. Gadni, Lato und Zoltai brachen zum Treffpunkt auf. Lato und Zoltai staunten nicht schlecht, als Gadni ihnen von Markus und dem Plan berichtete. Als sie schließlich alle am Treffpunkt ankamen, waren Lato und Zoltai soweit unterrichtet, dass sie noch weitere Details besprechen konnten. Nach eingehenden Diskussionen über den Weg, die Vorgehensweise und die Informationsweitergabe saßen nun alle um das kleine Feuer und verharrten stumm. Gadni brach dann die Stille: »Es ist dann wohl alles besprochen und wir müssen nur noch Taten folgen lassen.«

Alle nickten ihm zu und erhoben sich.

»Dann auf ein gutes Gelingen«, sagte Diego und reichte jedem zum Abschied noch einmal die Hand.

Sie hatten vereinbart, dass alle, sobald Lorson und Kuron gemeinsam am Firmament erscheinen, am Rande des Gebirges sein wollten, um dann die Wanderung in Richtung des Waldes und in die Vergangenheit zu beginnen. Die größte Herausforderung hatten dabei die Talatijasus zu bewältigen, da sie zunächst einmal wieder vom Plateau herunter mussten und dann noch den langen Weg durch die Wüste vor sich hatten. Tabaklas zeigte Gadni einen weiteren Pfad, der durch die Berge und an der Sikahil vorbei führte.

Der folgende Weg durch die Sikahil würde einfach zu lange dauern, weshalb Gadni hier bereits alle Kämpfer einem Ort zu Ort Transport unterziehen musste, ohne dass es bemerkt werden würde. Alle brachen auf.

Ich spürte zum einen eine gewisse Erleichterung, da nun endlich alles geklärt und besprochen war, zum anderen aber lastete ein Druck auf mir, diese große Aufgabe auch zu bewältigen, ohne dass Diego und jetzt auch Markus mir dabei halfen. Ich sah meinem Vater an, dass er stolz auf mich war und Zoltai nicht minder. Anstatt durch die Unterstützung der beiden, mehr Gelassenheit zu empfinden, baute ich mir noch mehr Druck auf.

»Gadni, entspann dich. Es hilft nichts immer wieder tief ein- und auszuatmen. Es ist alles gesagt und jetzt werden wir es tun. Wir werden das gemeinsam hinbekommen.«

Zoltai klopfte mir dabei auf die Schulter. Meine Anspannung blieb. Als wir unser Lager erreichten warteten auch mein Bruder und meine Freunde auf mich. Ich weihte sie in unseren Plan ein, da ich sie nicht davon abhalten konnte, mich zu begleiten. Lato, mein Bruder und Zoltai und Namina erhielten den Auftrag eine ausreichende Anzahl von Stricken zu besorgen. Vater und Zoltai riefen unterdessen die ausgewählten Krieger und Jäger zusammen. Zoltai hielt eine motivierende Rede und unterrichtete alle ausführlich über die Notwendigkeit und die Verwendung der Stricke, die dann von meinen Freunden ausgeteilt wurden. Das ganze Dorf war versammelt, als wir aufbrachen. Alle jubelten uns zu und schrien uns Glückwünsche hinterher. Der Zatakus begleitete mich noch eine Zeit lang schweigend. Als er dann stehen blieb, um zum Lager zurückzukehren, reichte er mir die Hand mit den Worten: »Ich hoffe auf dich, bring uns unsere Lieben zurück.«

Er drehte sich um und ging schnellen Schrittes von dannen. Ich sah ihm noch einen Augenblick nach und hoffte insgeheim, dass alles gut werden würde. Wir wanderten fast drei Stunden über das Plateau bis wir die Stelle erreichten, an der ein schmaler Weg abwärts zur Sikahil führte. Insgesamt waren wir einhundertsechsundfünfzig Talatijasus. Einhundert und fünfzig Krieger, die Anführer Lato und

Zoltai, meine Freunde und ich. Auf dem schmalen Weg passten maximal vier Personen nebeneinander, weshalb es auch etwas dauerte, bis wir unten ankamen. Mein Herz pochte immer schneller. Bald würden wir die Sikahil erreichen und dann musste ich alle in die Vergangenheit transportieren. Wir wollten nicht zu lange in der Sikahil von heute unterwegs sein, denn die Population der Sikutas erreichte in der Gegenwart eine fast unbezwingbare Menge. Lato schritt voran und bat mich denn auch zu sich an die Spitze der Kolonne. Ich sollte, sobald wir am Fuße des Berges angekommen waren, mit der Verbindung der einzelnen Personen beginnen. Sie wussten ja nicht, dass ich unbedingt ein Teil der Kette sein musste. Noch während des Abstieges verbanden sich einige der Krieger miteinander, sodass es am Fuß des Gebirges nicht lange dauerte, bis wir alle eine sehr lange Kette bildeten. Zoltai richtete nun alle Kämpfer so aus, dass wir nebeneinander mit Blick in Richtung der Sikahil standen.

»Wir werden jetzt, als eine lange Reihe hier durch die Sikahil ziehen und hoffen die Sikutas vor uns her zu treiben. Am Ende werden wir sie vor dem Wald, den die Sikutas ja nicht betreten, stellen und niedermetzeln.«

Zoltai rief den Kämpfern zu: »Seid ihr bereit?«

Alle antworteten im Einklang mit einem lauten »Ahu!«

Zoltai schritt los und alle folgten. Mit jedem Schritt schlugen die Talatijasus mit ihren Skulls gegen den Schild, den jeder trug. Schritt und Schlag, Schritt und Schlag. Es war ein berauschendes Erlebnis, ein Teil dieser Gemeinschaft zu sein. Das ganze drohte mich zu überwältigen. Zum Glück ging mein Freund Zoltai direkt neben mir und schubste mich leicht an, was mich aus meiner Überschwänglichkeit in die Konzentration zurück brachte. Ich dachte einfach ganz intensiv und mit beängstigender Notwendigkeit an die Berge in unserem Plan und an die Zeit, in der der Wald verbrannt war. Ich schloss dabei die Augen. Der Klang der Schritte und der Schläge half mir durch den gleichbleibenden Rhythmus dabei. So marschierten wir gut und gerne eine Stunde. Mir war nicht ganz klar, ab wann wir tatsächlich unser Ziel erreicht hatten, aber am Horizont erschien jetzt ein dunkler Streifen. Zudem konnten wir riechen, dass vor nicht allzu langer Zeit in der Nähe etwas Großes verbrannt sein musste. Ich schaute zurück und sah, dass sich das Gelände verändert hatte. Wir verließen die Senke in Richtung des Waldes und im Hintergrund sah man die Berge. Ich hatte es geschafft. Wir waren alle angekommen. Auch Lato und Zoltai erkannten die Zeichen und ordneten eine Rast an.

»Halt, alle Mann zusammenkommen und ein Kampflager einrichten!«, rief Lato den Kämpfern zu.

Sofort nahmen einige Ihre Stricke ab und nahmen ihre Wachposten ein, ständig nach Sikutas ausschauend. Ich konnte ihnen ja nicht sagen, dass es hier und jetzt noch keine gab. Alle mussten bereit sein, um im richtigen Augenblick zuschlagen zu können.

»Wir rasten jetzt hier bis Lorson verschwunden ist. Danach werden wir bis zum Aufgang Palukis versuchen, den Wald zu erreichen.«

Alle Kämpfer fügten sich Zoltais Anweisungen. Jeder für sich trank oder aß eine Kleinigkeit. Hier und da unterhielt man sich in kleinen Gruppen. Einige wunderten sich über den seltsamen Geruch, andere konnten es nicht abwarten, endlich einen massiven Schlag gegen die Sikutas durchzuführen. Zoltai, Lato und Namina standen auch beieinander, als ich zu ihnen ging.

»Na Gadni, hat es geklappt, sind wir echt in der Vergangenheit?«, fragte mein Bruder.

»Sind wir. Du siehst und riechst den verbrannten Wald. Wir sind richtig«, gab ich ihm zur Antwort.

»Oh Mann, was für ein Abenteuer«, entwich es dem sichtlich aufgeregten Zoltai, der seinen Arm um Namina gelegt hatte.

»Wenn das alles erledigt ist, werden wir einiges zu feiern haben«, ergänzte er an uns alle gerichtet.

Ich für meinen Teil dachte mir, dass das noch gar nicht so sicher sein wird. Wir verändern hier gerade die Geschichte. Wer weiß, ob in der neuen Zukunft Zoltai und Namina zusammenkommen, ja wer weiß, ob sie überhaupt geboren werden. Wir hörten dann meinen Vater laut rufen und erneute Anweisungen erteilen:

»Achtet alle darauf eure Stricke bei euch zu behalten. Wenn wir weiter marschieren tun wir das wieder in einer Reihe. Am Ende sollten wir alle Sikutas vor uns haben.«

Rechts von uns erschienen plötzlich zwei Gestalten. Die Wachen sahen sofort, dass es Diego und ein weiterer ihnen noch unbekannter Mensch waren. Markus und Diego kamen zu uns. Da keiner der Anwesenden sie verstehen konnte, wandten sie sich direkt an mich.

»Hallo Gadni, es läuft alles, wie geplant. Tabaklas und die Tkibakik sind im Norden gelandet und auch schon in die Vergangenheit marschiert und wie ich sehe, hat das bei euch ja auch geklappt.

Es war Markus, der diese Feststellung machte.

»Das stimmt, wie sieht es nun aus?«, wollte ich von ihm wissen.

»Weißt du schon, wann es denn nun los geht mit den Sikutas?«

»Noch kann ich es dir nicht sagen. Ich werde jetzt Diego bei dir lassen und versuchen noch einmal auf dem Raumschiff mehr Informationen zu erhalten.«

Markus sah sich um und kauerte sich nieder. Da er in unserem Kreis stand, konnte niemand beobachten, wie er plötzlich verschwand nur um im nächsten Augenblick wieder zu erscheinen. Er grinste, als er mich ansah.

»Und?«

»Es geht los. Die Kwarty wurden auf Kanto installiert. Bis wir hier davon betroffen sein werden, wird es wohl noch ein oder zwei Tage dauern.«

Diego und Markus verließen uns dann in Richtung der Berge. Als sie unser Blickfeld verlassen hatten, verschwanden sie auch komplett. Sie wollten Tabaklas informieren. Alles lief also nach Plan. Wir marschierten weiter und konnten dann am nächsten Tag den verbrannten Wald sehen und riechen. Der ein oder andere Vogel überquerte das tote Land, auf der Suche nach irgendwelchen Essens- oder Kadaverresten. Der erste Kämpfer ging am Rand des verkohlten Waldes und der letzte in der Sikahil etwa zweihundertfünfzig Schritte entfernt und alle waren mit Stricken verbunden. Zwischen den einzelnen Talatijasus taten sich Lücken von maximal zwei Armlängen auf. Die Stricke hingen leicht durch, streiften aber nicht über den Sand. Dann sahen wir es. In einiger Entfernung schimmerte es direkt über dem Boden. In einem rechteckigen Areal unterhalb dieses Schimmers materialisierten sich eine Menge Sikutas. Aus der Ferne konnte man nicht genau sehen, wie viele es waren, aber man konnte erkennen, dass es welche waren.

»Sikuta!«, erklang es aus mehreren Kehlen und alle griffen nach ihren Skulls.

Die Stricke wurden gelöst und Gruppen gebildet, um sich gegenseitig den Rücken zu schützen. Die Sikutas verschwanden. Sie gruben sich in den Sand und verschwanden einfach.

»Wo wollen die hin, was ist da los?«, fragte Namina.

Keiner konnte einschätzen, was hier geschah. Angespannt warteten alle auf den Angriff, aber es geschah nichts. Dann gab es ein erneutes Schimmern etwas weiter entfernt und wieder erschienen Sikutas und verschwanden im Sand. Ich schaute meinen Vater an und wollte gerade vorschlagen, mich auf den Weg zu Diego und Markus zu machen, als sie sich uns wieder aus Richtung der Berge näherten.

»Es hat angefangen. Die Sikutas sind größer und schwerer als die, die ihr kennt. Scheinbar sind sie so zu Beginn und verlieren mit der Zeit an Substanz. Sie verkriechen sich auch alle sofort im Sand. Ich habe in Erfahrung gebracht, dass die erste Generation sich zuerst drei Mal teilt, bevor die geschlechterspezifische Trennung erfolgt. Dabei werden sie auch kleiner. Im Moment sind sie also vier Mal so groß und aus jedem einzelnen entstehen am Ende acht. Da sie hier insgesamt zwei Behälter mit jeweils fünfundzwanzig Urkwarty abgesetzt haben, werden wir in ein paar Stunden schon zweihundert und am Ende gar achthundert Sikutas haben.«

Zoltai konnte Markus Beschreibung nicht ganz folgen und fragte deshalb nach: »Wieso zweihundert? Wenn fünfundzwanzig kommen und aus jedem vier werden, dann sind das doch nur hundert.«

»Das stimmt, aber jede Kopie verdoppelt sich wieder. Also werden aus einem erst mal zwei, dann aus zwei vier und aus vier dann acht. Das geschieht mit fünfzig dieser Monster.«

Noch während Zoltai nach Diegos Erklärung nickte, brach das Chaos los. Wir hatten uns an den verbrannten Geruch des Waldes schon langsam gewöhnt, aber der nun aufkommende, frische Gestank des Sikutas, ließ uns allen die Haare zu Berge steigen. Die Sikutas griffen an. An der linken Flanke unserer Linie mühte sich eine Gruppe von fünf Kriegern mit schleudernden Skulls. Drei Sikutas umkreisten sie und versuchten immer wieder mit ihren großen Mäulern vorzustoßen. Eine weitere Gruppe von Kämpfern erlegte drei Sikutas. Einige der Monster sprangen einfach in die Skulls, ohne auf die Waffe zu achten. In dem Moment wurde mir klar, dass dies das erste Mal war, das die Sikutas auf Talatijasus trafen. Sie hatten noch keine Erfahrungen mit sich wehrender Biomasse. Ich hoffte, dass dieser Vorteil länger anhalten würde. Leider war meine Hoffnung verfrüht. Es lagen bereits einige tote Sikutas im Sand und das fließende und geronnen Blut verstärkte den Gestank um ein vielfaches, als einer der Krieger über einen Sikutakadaver stolperte und noch bevor er den Boden berührte von einem der riesigen Mäuler erfasst wurde. Der Sikuta schleuderte ihn in die Luft. Der Körper drehte sich in der Luft und das Blut spritzte aus einer riesigen Öffnung an der Seite des Kämpfers. Ein weiterer Sikuta sprang nach dem fliegenden Körper und riss ihm mit einem Biss den Kopf ab, der knackend zerplatzte. Aber auch der kopflose Körper erreichte nie den Boden. Weitere Sikutas zerrten ihn noch während des Fallens auseinander. Ein Wutschrei ging durch die ganze Truppe und entfachte eine noch massivere Angriffswelle. Dann war auf einmal alles still.

Die Sikutas waren verschwunden. Drei Krieger starben während des ersten Angriffs. Die Sikahil flimmerte blutdurchtränkt und über zwanzig Sikutakadaver stanken vor sich hin. Da auch ich und meine Freunde im Kreis stehend uns einigen Sikutas erwehrt hatten, bemerkte ich erst recht spät, dass Paluki bereits aufgegangen und Lorson verschwunden war. Die Sikutas vergruben sich im Sand, sobald es kühler wurde. Eine weitere Information, die uns bislang nicht bekannt war.

Mein Vater und Zoltai wiesen die Kämpfer an, Wachen aufzustellen und die toten Talatijasus, zumindest das, was von ihnen übrig geblieben war, im toten Waldboden zu begraben. Lato sprach einige Erinnerungsworte und bat Retus um Beistand für die Hinterbliebenen. Da ja keiner hier wusste, dass die Angehörigen genau genommen zu diesem Zeitpunkt noch nicht auf dieser Welt weilten, machte sich eine deprimierende Stimmung breit. Wir zogen uns alle auf den Waldboden zurück und saßen stumm in kleinen

Gruppen an mehreren Feuerstellen. Lato und Zoltai sahen starr ins Feuer und grübelten vor sich hin.

»Vater, Zoltai«, wand ich mich fragend an die Beiden.

»Was ist los Gadni?«, fragte Zoltai.

»Ich wollte euch nur daran erinnern, dass ihr genau genommen noch nicht verzagen solltet. Das alles hier findet in unserer Vergangenheit statt und wir müssen siegen. Alle gestorbenen Kämpfer werden in der Zukunft wieder geboren. Und wenn wir erfolgreich sind, werden sie niemals hierher reisen müssen.«

Ich versuchte ihnen so dieses Zeitreisephänomen zu erklären. Da wir den Kämpfern ja nichts von der Zeitreise erzählen wollten, blieb die Stimmung bedrückend.

»Wenn wir weiterhin mir so vielen Sikutas kämpfen müssen und diese sich auch noch in dieser kurzen Zeit vervielfältigen, dann befürchte ich, dass unser Ziel ohne weitere Hilfe nicht erreicht werden kann.«

Zoltai, der normalerweise eher für seinen Optimismus bekannt war, wirkte deprimiert. Diego und Markus traten zu uns. Ich hatte sie komplett vergessen. Markus erklärte uns, dass sie, da sie über keine vernünftigen Waffen verfügten, zum Wald gerannt waren und dort alles beobachtet hatten. Ihnen entging nicht, dass die Monster größer, fressgieriger und unbekümmerter agierten, als das von anderen Begegnungen berichtet worden war. Markus wies darauf hin, dass wir beim nächsten Angriff wohl eine größere Anzahl treffen würden, die aber im Einzelnen kleiner gewachsen sein müssten. So zumindest hatte er das auf dem Raumschiff verstanden. Markus und Diego berichteten auch von einem Besuch bei Tabaklas, die auch einen Angriff abwehren mussten. Durch ihre Flugfähigkeiten bevorteilt hatten sie keine Verluste zu beklagen. Die Tkibakik sicherten den nördlichen Bereich und die Talatijasus den südlichen. Trotzdem konnte niemand sicher sagen, ob die Sikutas nicht den Bereich jenseits ihrer Kampflinien erreicht hatten, denn sie bewegten sich tief unter dem Sand. Ich dachte nach. Schließlich war das ja auch mein Name. Was sollten wir tun, wenn wir tatsächlich zu wenige sind, um das Problem zu lösen. Sollten wir weitere Krieger aus der Zukunft hierher bringen.

»Was grübelst du so Gadni?«, fragte mich Diego, der sich neben mich gesetzt hatte.

Ich erklärte ihm, was Zoltai befürchtete.

»Da hat Zoltai nicht ganz Unrecht. Gibt es denn hier zu diesem Zeitpunkt keine Leute von eurem Stamm, oder von den Tkibakik? Vielleicht wäre es durchaus empfehlenswert, wenn diese involviert werden. Schließlich ist es ihre Gegenwart und in der Zukunft könnte man dann von glorreichen Taten der Ahnen berichten.«

Als ich seine Antwort für Zoltai und Lato übersetzt hatte, schwebte bei beiden ein Hoffnungsschimmer in ihre Mienen ein.

»Wir brauchen jemanden, der die Stämme findet, ihnen berichtet und sie überzeugt, uns zu helfen. Aber wir kennen niemanden, wir wissen nicht, wo sie lagern und auch nicht, wie wir ihnen die Gefahr erklären sollen, denn sie wissen ja noch nichts von den Monstern.«

Durch meine Bedenken verschwand die Hoffnung in ihren Blicken wieder. Ich hatte den Satz noch nicht beendet, da saß ich plötzlich ganz alleine auf einer Grasfläche umgeben von Bäumen.

Ich blieb zunächst einfach sitzen, lauschte den Geräuschen und wartete ab. Lorson stand alleine am Himmel und ich konnte Geräusche hören. Spielende Kinder, blökende Jaru, schreiende Kadu und allerlei Lärm, den ein Stamm so verursachte. Ich ging, immer Deckung suchend, zum Rand des Waldes und sah in der Ferne tatsächlich Zelte und viele Hukantos, wie Diego unsere humanoide Spezies einmal genannt hatte. Am Eingang des Lagers, oder Dorfes, was immer es auch war, standen mehrere Wachen mit Langen

Stöcken, die am vorderen Ende zugespitzt waren. Ein Skull trugen die Männer nicht. Ich konnte mich nicht mehr genau an die Erzählungen erinnern, die von dem Beginn der Fertigung der Skulls berichteten, sodass ich annahm, dass ich hier tatsächlich in einer Ära vor der Skullproduktion gelandet war. Genau genommen machte das auch durchaus Sinn. Mit dem Erscheinen der Sikutas wurde damals die Anfertigung dieser Waffe erst nötig. Es würde sich einiges ändern, wenn wir erfolgreich sein würden. Ich erhob mich und ging geradewegs auf die Wächter zu, die sofort ihre Speere senkten und auf mich zukamen. Fünf Schritte von mir entfernt hielten sie an und forderten mich mit einem lauten Ruf dazu auf, stehen zu bleiben:

»Halt! Wer bist du? Was willst du hier?«

»Mein Name ist Gadni. Ich komme von einem Stamm jenseits der großen Wälder. Wir werden dort von einer großen Gefahr bedroht. Ich möchte euren Zatakus um Hilfe bitten. Könnt ihr mich zu ihm bringen?«

Sie schätzten mich intensiv ab, betrachteten mich von oben bis unten.

»Was hast du da auf deinem Rücken?«, wollten sie wissen. Mist. Ich hatte meinen Skull vergessen. Plötzlich stand ich wieder in dem Wald. Ich nahm meinen Skull ab, versteckte ihn unter einem Busch und bedeckte ihn mit herumliegenden Zweigen. Ich prägte mir den Standort genau ein und machte mich erneut auf den Weg. Dieses Mal führten mich die beiden Wachen zum Zatakus in das Lager. Ich schaute mich, während wir uns dem Zentrum näherten, genauer um und musste am Ende erkennen, dass es wohl eher ein Dorf war, denn es gab kaum Transportwagen oder Jaru. Nur ein paar Jaru, die von ein paar Hukantos gerade zugeritten wurden. Zudem sah ich weniger Zelte, sondern eher kleine Hütten, die für die dauerhafte Nutzung erstellt worden waren. In der Mitte des Dorfes stand dann auch ein etwas größeres Gebäude mit einem sehr großen Vorplatz. Das musste das

Haus des Zatakus sein, der direkt vor seiner Hütte dann auch Versammlungen und Kundgebungen abgeben konnte.

»Warte hier«, hielt mich einer der Wachen auf, während der andere die große Hütte, die wir nun erreicht hatten, betrat. Unterdessen erreichten immer mehr der Leute dieses Dorfes, von ihrer Neugier getrieben den Vorplatz. Sie sahen alle aus, wie Talatijasus. Nur ihre Kleidung schien anders gefertigt worden zu sein, als das bei uns üblich war. Dann trat eine für einen Hukanto sehr große Gestalt aus der Hütte. Er stützte sich auf einen langen Stab, der am oberen Ende eine Verdickung mit einer feinen Schnitzerei aufwies.

»Wer bist du Fremder, warum störst du den Tageslauf der Tawaren?«, fragte mich der Zatakus der Tawaren.

Also waren das die Urahnen der Tawaren, die ich bereits kennen gelernt hatte.

»Mein Name ist Gadni und ich komme von den Talatijasus jenseits des Großen Waldes, der verbrannt ist. Ich muss euch warnen. Wir mussten und müssen immer noch einer großen Gefahr gegenübertreten, die wir wohl alleine nicht besiegen können.«

Ich hielt kurz inne und atmete tief durch.

»Gadni von den Talatijasus. Berichte uns von der Gefahr. Wir werden dann sehen, ob wir euch helfen können, denn die Stämme der tiefen Ebenen müssen in Gefahren zusammenstehen.«

»Wir sind zum großen Wald marschiert, um zu sehen, welchen Schaden der Brand angerichtet hat. Wir erreichten das Ende des langen Sandes und wurden plötzlich von riesigen Monstern angegriffen. Sie kamen aus dem Sand und vergruben sich auch wieder in dem Sand. Wir haben hart gekämpft und einige Kämpfer verloren, aber auch sehr viele der Monster erledigt. Ihr habt solche Wesen hier noch nie gesehen, aber sie sind auf dem Vormarsch. Auch euer Dorf ist in Gefahr. Wir konnten sehen, dass die Bestien, die wir jetzt Sikuta nennen, sich rasch vermehren. Die Sandflächen werden auch immer größer, da diese Monster Sand ausscheiden. Wir brauchen eure Hilfe, wenn wir dieses Problem von unserer Welt schaffen wollen.«

Der Zatakus der Tawaren sah mich stumm an und runzelte die Stirn. Dann fing er an zu grummeln und lief vor seiner Hütte auf und ab, wobei bei jedem Schritt der große Stab auf den Boden knallte.

»Könnt ihr einen der Kadaver hierher bringen? Ich möchte sehen, womit wir es zu tun haben, wenn wir das Leben unserer Kämpfer in Gefahr bringen.«

Die tiefe, raue Stimme des Zatakus ertönte über den Platz. Ich überlegte, wie ich das anstellen sollte.

»Ich werde tun, was ich kann. Habt ihr einen Wagen zum Transport der Bestie? Sie ist sehr groß und schwer und wir haben keinen Wagen bei uns.«

Ich wartete auf seine Reaktion. Er flüsterte der Wache, die ihn gerufen hatte, etwas zu, woraufhin dieser verschwand. Wir warteten. Es dauerte auch nicht lange und die Wache lenkte einen großen Karren, der von zwei Jaru gezogen wurde, auf den Vorplatz.

»Gadni von den Talatijasus. Dies ist Ratjaka, der dich begleiten wird. Bring uns einen Kadaver her und wir werden sehen.«

Daraufhin verschwand der Zatakus wieder in seiner Hütte. Ich sprang auf den Wagen, setzte mich neben Ratjaka und gab ihm mit einer Handbewegung zu verstehen, dass er losfahren sollte. Kaum hatten wir das Dorf verlassen, teleportierte ich kurzerhand zu meinem Skull und war auch schon wieder auf dem Wagen zurück, bevor Ratjaka etwas merken konnte. Er achtete nicht einmal darauf, dass ich nun meinen Skull auf dem Rücken trug. Wir würden für die Reise etwas zwei Stunden brauchen. Bis dahin wäre Lorson verschwunden. Erst jetzt fiel mir auf, dass ich bei Tageslicht bei den Tawaren angekommen war. Das bedeutete aber auch, dass gerade in diesem Moment die Talatijasus und auch ich, jenseits des verbrannten Waldes um unsere Leben kämpften und die Kadaver der Sikutas gerade erst entstehen. Ich musste mir also keine Gedanken machen, denn ich wusste bereits, wie der Kampf endete. »Du siehst sehr müde aus Gadni von den Talatijasus. Hattet ihr einen schweren Kampf? Wenn du möchtest kannst du dich gerne hinten in den Wagen legen. Da sind einige Decken, um den Kadaver nachher abzudecken. Die kannst du als Unterlage verwenden.«

Ich bejahte Ratjakas Frage nach dem schweren Kampf und beschrieb ihm die Sikutas und deren unkoordiniertes Fressverhalten. Er sah nicht gerade sehr erfreut aus, das zu hören. Da ich die anderen meiner Gruppe über unser Annähern informieren musste, nahm ich sein Angebot an und legte mich in den Wagen. Nun konnte ich weg, ohne dass Ratjaka etwas merkte. Ich konnte nicht so einfach zurückspringen, denn dann wäre ich nicht mehr hier auf dem Wagen präsent. Also sprang ich zu unserem Lager und musste mich an den Anblick meiner eigenen Gestalt erst einmal gewöhnen. Diego erkannte als erster, was hier passierte und forderte Zoltai und Lato auf, sich vor meinen erstarrten Körper zu stellen, damit niemand sehen konnte, dass ich eigentlich zweimal anwesend war. Er kam sofort auf mich zu und wollte wissen, was denn los sei. Ich erklärte ihm die Situation und sprang auch schon wieder zurück. Ratjaka schaute immer noch nach vorne und spornte die Jaru an, da auch er nun unbedingt wissen wollte, ob an meiner Geschichte etwas Wahres dran war. Diego hatte meinen Ausführungen ohne Kommentar gelauscht und auch nur mit einem Nicken bestätigt, was sie zu organisieren hatten. Sie wollten einen Kadaver am Rande des Lagers bereitlegen und möglichst wenige Kämpfer zum Aufladen bereitstellen. Ich wusste nicht, ob und in wie weit der Kontakt mit dem Tawaren hier zu Schwierigkeiten führen könnte. Ich musste dann tatsächlich eingeschlafen sein, denn Ratjaka klopfte mir auf die Schulter. Er hatte den Wagen angehalten. »Gadni von den Talatijasus wache auf. Vor uns sind Lichter zu sehen. Das muss wohl euer Lager sein.« Ich rieb mir die Augen und sah tatsächlich ein Schimmern am Horizont. Wir standen auf verkohltem Waldboden und konnten immer noch riechen, dass der Brand noch nicht so lange her war.

»Gut gemacht Ratjaka. Warte hier, ich werde zuerst einmal voraus gehen und den anderen erklären, dass du hier bist, um einen Kadaver mitzunehmen.«

Ich sprang vom Wagen und rannte davon. Als ich ihn nicht mehr sehen konnte, poppte ich sofort zurück. Ich sah mich um und erkannte, dass der Kadaver bereits an den Rand geschleppt worden war. Zoltai, Lato, meine Freunde und Diego hatten das ganz alleine geschafft, sodass keiner der Kämpfer bemerkte, dass wir hier Kontakt zu den Tawaren aufgenommen hatten.

»Er ist wieder zurück«, hörte ich Namina rufen und alle sahen mich fragend an.

»Der Taware Ratjaka wartet im Wald. Ich werde ihm entgegeneilen und dann mit dem Wagen am Rande anhalten, sodass wir den Kadaver aufladen können.«

Nach meiner kurzen Information rannte ich auch schon wieder los. Ratjaka schaute mich sehr erstaunt an, als er mich kommen sah.

»Hallo Gadni von den Talatijasus. Du bist ein sehr schneller Läufer. Ich dachte, dass das etwas länger dauern würde.«

Er sah mich fragend an.

»Das stimmt Ratjaka, ich kann wirklich sehr schnell laufen und es ist auch nicht mehr sehr weit.«

Ich stieg in den Wagen und wir machten uns auf in Richtung der Lichter. Wir erreichten den Platz an dem der Sikuta lag und ich konnte auch im faden Licht Palukis erkennen, wie Ratjaka beim Anblick und dem Gestank des Sikutas die Farbe aus dem Gesicht schwand.

»Wenn das der Zatakus sieht wird er nicht erfreut sein. Wir sollten schnell los, Gadni, um es ihm zu zeigen.«

Ratjaka war sichtlich erschrocken und wollte gerne alles schnell hinter sich bringen. Ich schaute auf Paluki und musste feststellen, dass es fast zu spät sein könnte, bis wir wieder zurück wären. Ich blickte Ratjaka eindringlich an und erklärte ihm, dass er alleine zurückfahren und den Zatakus überzeugen müsse, mit so vielen Kriegern und Stämmen an der Bekämpfung dieser Gefahr teilzunehmen, wie es irgendwie möglich wäre. Wir deckten den Kadaver mit den Decken ab und Ratjaka trieb seine Jaru sofort an. Er konnte sehen, wie viele Kadaver hier noch herum lagen und verstand sofort, dass jede kämpfende Hand hier benötigt werden würde und ich ihn daher nicht begleiten konnte.

Meine Freunde sahen mich verwundert an. Diego sprach es schließlich aus:

»Was hast du nun wieder für einen Geistesblitz gehabt? Wer war das jetzt und wie geht das weiter?«

Ich forderte alle auf zum Lagerfeuer zurück zu gehen und sich hin zu setzen.

»Wir brauchen unbedingt Hilfe. Wenn Markus' Berechnungen stimmen, werden wir das hier nicht aufhalten können. Wir werden, auch wenn wir hier sterben sollten, in der Zukunft wieder geboren werden. Das Sikutaproblem aber wird dann trotzdem bestehen. Es muss jetzt und hier enden.«

Alle nickten mir verstehend zu und ich fuhr fort: »Ich fand mich plötzlich am Rand des Lagers der Tawaren wieder und entschied spontan, deren Zatakus um Hilfe zu bitten. Er forderte einen Beweis und den bekommt er jetzt. Ob sie uns helfen werden, müssen wir abwarten.«

Über das Lager legte sich eine angespannte Ruhe. Es herrschte Stille, aber trotzdem merkte man, dass wirklich nur wenige schlafen konnten. Auch wir legten uns etwas zur Ruhe. Obwohl ich bereits auf dem Wagen etwas geschlafen hatte, nickte ich wieder ein. Ich schlief kurz und tief. Jemand schüttelte mehrfach an meiner Schulter, bis ich schließlich erwachte. Es war Markus.

»Hallo Gadni, die anderen haben mir bereits erzählt, dass du eine Hilfsaktion gestartet hast«, sprach er mich an und zeigte auf unsere Gruppe, die wieder am Feuer saß.

Lorson war noch nicht erschienen, aber Paluki beendete sein Erscheinen bald.

Ich stand auf und setzte mich zu ihnen. Diego übernahm das Wort:»Markus hat uns berichtet, dass die Angriffe bei den Tkibakik genauso heftig verliefen. Es gab einige tote Sikutas aber zum Glück haben es alle Tkibakik überlebt, wenn auch mit schweren Verletzungen. Tabaklas hatte eine ähnlich Erfahrung wie du gemacht. Auch ihn brachte die Kraft zu den Vorfahren der Tkibakik, nur konnte er bislang nichts erreichen, um von dort Hilfe zu erlangen.«

Lato reichte mir einen Trinkschlauch mit Wasser und Zoltai einige Früchte, die ich dankend annahm. Wir frühstückten schweigend und warteten auf Lorson. Und dann brachen seine Strahlen über den Horizont. Alle Kämpfer standen am Rande des abgebrannten Waldes bereit. Aber zunächst geschah nichts. Ich fragte mich, worauf diese Viecher denn warteten. Zoltai und Lato gaben sofort ihre Kommandos und errichteten wieder eine lange Kette in die Sikahil hinein. Sie mussten unbedingt verhindern, dass die Sikutas in Richtung Süden vordrangen, obwohl das längst hätte geschehen sein können. Markus verabschiedete sich wieder, um Tabaklas von meiner Begegnung mit den Tawaren zu berichten. Tabaklas wollte auf jeden Fall einen neuen Versuch starten, um weitere Hilfe zu erlangen und die Idee einen Kadaver als abschreckendes Beispiel vorzulegen, könnte ihm da vielleicht weiter helfen. Gerade als ich Markus am Rande des verbrannten Waldes verschwinden sah, brach das Chaos los. Es hörte sich an, als würde aus allen Kehlen gleichzeitig der Warnruf »Sikuta« erklingen.

Bevor der Hall des Wortes verklang, übertönten die Geräusche von brechenden Knochen, spritzendem Blut und den Schwingungen der Skulls alle Töne in meinem Umfeld. Der Brandgeruch des Waldes, die Körpergerüche aller Anwesenden und die frische Brise des Morgens wurden sofort und überwältigend durch den brutalen Gestank der Sikutas begraben, sodass ich Mühe hatte, mich nicht zu übergeben. In wenigen Bruchteilen einer Sekunde rissen wir alle unsere Skulls hervor, sofern wir sie nicht schon parat hatten und schleuderten uns gegenseitig Rücken an Rücken deckend wie wild um uns. Schon die ersten kurzen Schwünge endeten in dickem, festem Fleisch und rissen enorme Wunden, die die Monster aber nur kurz zurückweichen ließen. Die Fressgier gerade am Morgen regierte die Aktionen der Bestien. Neben den Beiß- und Skullgeräuschen schrillten Wut-, Angst- und Schmerzensschreie in meinen Ohren. Es blieb keine Zeit auch nur einen Augenblick nach links oder rechts zu schauen. Ich wusste nicht einmal wer meinen Rücken schützte. Wir kämpften alle um unser Leben. Die Linie in der Sikahil, die die Sikutas vor dem Vordringen nach Süden aufhalten sollte hielt stand.

Immer wieder wichen kleine Gruppen auf den verbrannten Waldboden zurück, wohin ihnen die Sikutas nicht folgten. Langsam aber sicher wurde eine Strategie erkennbar. Lato wies immer wieder die eine oder andere Gruppe an dorthin zurückzuweichen, damit sie sich Ruhepausen gönnen konnten, denn die Sikutas unterbrachen ihren Angriff nie. Auch ich gönnte mir eine Ruhepause und merkte dann auch, dass Zoltai und Namina in meinem Rücken gekämpft hatten.

»Oh großer Retus, es scheint mir, als würden es immer mehr werden«, flehte Zoltai, der sich erschöpft auf den

Waldboden fallen ließ und einen riesigen Schluck aus einem dort bereit liegenden Wasserschlauch nahm. Was mir auffiel und uns alle bestätigte war, dass sie kleiner geworden waren. Also hatte Markus mit seiner Information Recht behalten. Sie hatten sich geteilt. Die Szene wurde immer grotesker. Im äußeren Bereich der Verteidigungslinie lagen sehr viele Sikutakadaver oder auch verletzte Tiere, die sofort von ihren eigenen Artgenossen aufgefressen wurden. Sikutas, die nicht in die vorderste Reihe zum fressen gelangen konnten fingen an miteinander zu kopulieren. Unterdessen zeigten sich, trotz der kleinen Pausen, die ersten Ermüdungserscheinungen und wir hatten auch die ersten Opfer zu beklagen. Zerrissen, zerstückelt und zerquetscht landeten alle Überreste der toten Talatijasus in irgendeinem Sikutamagen, oder dem für dieses Wesen entsprechenden Pendant. Je höher Lorson den Horizont erklomm, desto heißer wurde es und desto wilder wurden diese Fressmaschinen. Mein Vater und mein Bruder kämpften Rücken an Rücken und türmten die Sikutakadaver nur so um sich. Auch wir griffen wieder ein und entlasteten die beiden, damit sie sich auch ausruhen konnten. Mein nächster Hieb landete direkt im Schädel eines Sikutas und mein Skull blieb stecken. In letzter Sekunde konnte ich ihn wieder herausziehen, um dem nächsten heranfliegenden Vieh den Kopf abzuschlagen. Sowohl Sikutablut als auch unser eigenes, aus vielen kleinen Wunden sickerndes Blut, bedeckte unsere Körper. Wir spürten keinen Schmerz sondern nur Wut. Der Schweiß rann meine Stirn herunter und brannte in meinen Augen. Ich wischte mir mit dem Unterarm über die Stirn und dann passierte es. Alle Sikutas verschwanden innerhalb weniger Sekunden und alles wurde still. Lorsons Strahlen glitzerten auf der weiten Sandfläche und die heiße Luft flimmerte darüber. Wir atmeten alle erst einmal richtig durch und waren froh über diese Unterbrechung. Gleichzeitig sorgten wir uns aber über den

Grund. Warum nur endete dieser Angriff wieder so plötzlich? Da ich ja von Markus wusste, dass diese Lebewesen keine normalen Tiere sind, sondern von einer fremden Spezies speziell für diesen Einsatz gezüchtet worden waren, vermutete ich, dass sie vielleicht auch entsprechend trainiert waren. Alle Kämpfer saßen oder lagen erschöpft am Boden oder tranken und aßen etwas. Niemand bemerkte, dass Markus plötzlich mitten unter uns stand. Er kam auch direkt auf mich zu und begann sofort zu reden.

»Hallo Gadni. Wir haben keine Zeit für lange Erklärungen. Die Tkibakik brauchen eure Hilfe. Tabaklas braucht euch alle. Die Kwarty haben sich auf den Norden konzentriert und erheblichen Schaden angerichtet. Trotz der Vorteile durch das Fliegen, ist schon nahezu die Hälfte der Tkibakik gefallen. Hier im Süden attackierte euch nur etwa ein Viertel der Kwarty, während im Norden der große Angriff im Gange ist. Das schlimmste daran ist aber, dass sie es geschafft haben, einen großen Bereich des nördlichen, abgebrannten Waldes mit Sand zu bedecken, sodass sie nun einem Durchbruch zu den Wohngebieten der Hukantos und Rekantos sehr nahe sind.«

Ich sah Markus völlig verwirrt an. Dann sah auch ich das Problem deutlicher. Die Kwarty, das ist der Name der Sikutas in der Sprache der Ausbeuter, führten tatsächlich einen gezielten Angriff nach Norden und lenkten uns im Süden nur ab.

Ich übersetzte sofort an Zoltai und Lato, was Markus mir berichtet hatte. Beide schrien sofort Kommandos über die Ebene und nur wenige Minuten später rannten wir alle in Richtung Norden. Latos Warnung, dass die Monster im Norden durchbrechen wollen und deshalb verschwunden waren, spornte alle an und ließ die Wut noch mehr ansteigen, da alle um ihre Familien fürchteten, sollte den Sikutas ein Durchbruch gelingen. Der Rand des Waldes verlief nicht in einer geraden Linie, sodass wir nach etwa zehn Minuten

Dauerlauf dem nach rechts abknickenden Verlauf folgten. Das abgebrannte und verkohlte Gehölz verbarg bislang den Blick auf die dahinter verlaufende Sikahil. Dann sahen und hörten wir den erbitterten Kampf von Drachen und Sikutas. Einige blieben erstarrt stehen, andere liefen einfach weiter. Es war Lato der die Männer weiter anfeuerte und lauthals verkündete, dass die Drachen unsere Verbündeten seien. Mit dem letzten Mut der Verzweiflung stürzten sich alle in den Kampf. Die Tkibakik schrien ihre Freude über die Verstärkung laut hinaus und drängten umso intensiver die Sikutas zurück. Aber keines der Monster machte sich etwas daraus. Sie bissen, fraßen und zerstörten. Mehr als einmal rettete ein Tkibakik einen Talatijasus, indem er ihn aus dem Gefahrenbereich hinausflog. Genauso schützten die Talatijasus die Tkibakik, die durch eine Verletzung ihrer Flügel am Boden kämpfen mussten. Jetzt waren wirklich Verbündete aus beiden Spezies geworden. Aber auch unsere Reihen lichteten sich immer mehr. Immer und immer wieder stürmten die Kreaturen auf uns ein. Ich roch den Gestank nicht mehr. Das viele Blut rann über meinen Kopf und meinen Körper, sodass ich alles in einem rosaroten Schleier sah. Ich hörte keine differenzierbaren Gebräusche mehr, alles war nur noch ein Brei von schrecklichen Klängen und Geschrei. Selbst die unerträgliche Hitze spürte ich nicht mehr und auch nicht die Luftstöße der Schwingen der Tkibakik. Was ich dann im Augenwinkel sehen konnte ließ mir einen grausigen Schauer über den Rücken laufen und mich einen Moment zu lange inne halten.

Markus und Diego erschienen plötzlich am Waldrand. In einem für mich unerträglich lange dauernden Moment sah ich drei Sikutas gleichzeitig durch die Luft fliegen, direkt auf die beiden zu. Mit weit aufgerissenen Mäulern flogen sie direkt über den beiden. Diego schubste Markus instinktiv zur Seite, sodass der Sikuta ihn verfehlte. Aber Diego, der nicht mit Markus verbunden war, verschwand im Maul des

Sikutas, während Markus benommen am Boden lag. Im selben Moment, als ich Diego verschwinden sah, spürte ich den schrecklichen Schmerz in meinem Arm. Mein Skull entglitt mir und auch mein Bewusstsein.

Plötzlich war alles nur noch schwarz, still und kalt. Markus lehnte lange an der Reling und atmete weiter tief ein und aus. Fabienne rieb über seinen Rücken.

»Was ist los mit dir? Was meinst du damit, dass du Diego gefunden hast?«

Sie war sichtlich beunruhigt. Markus begann immer schneller zu atmen und musste sich hinsetzen. Seinen Kopf zwischen seinen angewinkelten Beinen und die Arme auf den Knien abgestützt versuchte er sich zu beruhigen. Fabienne wartete einfach ruhig neben ihm, aber ihr Herzschlag vibrierte in ihrer Halsschlagader und ihre Sorge war nicht mehr zu verbergen. Markus erhob sich, nahm Fabienne an der Hand und eilte mit ihr zurück auf das Schiff in seine Kabine. Dann begann er seine Geschichte zu erzählen. Fabienne unterbrach ihn bis auf ein paar Aaaahs und Ohhhs nicht. Am Ende schlug sie ihre Hand vor den Mund und starrte Markus mit weit aufgerissenen Augen an.

Dann fiel sie ihm um den Hals und schluchzte:

»Oh mein Gott. Du hättest sterben können. Oh mein Gott, Diego ist tot?«

»Ich war eigentlich nie in Gefahr, denn meine Kraft schützte mich die ganze Zeit. Ich habe das irgendwie gespürt und daher auch gewusst. Was mit Diego ist, weiß ich nicht. Ich sah nur noch, wie er im Maul des Viehs verschwand.«

Markus rang sichtlich mit seinen Tränen. Beide umarmten sich erneut und schlossen die Augen. Es dauerte eine ganze Zeit lang, bis sie sie wieder öffnen konnten. Fabienne rümpfte als erstes die Nase und fragte:

»Warum riecht das hier so verbrannt und so ekelhaft nach schlechtem Fleisch?«

Markus umklammerte sofort seine Freundin und schaute sich um. Sie waren nun beide auf Kanto. Mitten im verkohlten Wald und direkt vor ihnen wüteten die Kämpfe. Markus beruhigte sich wieder, als er sah, dass sie sich außerhalb der Reichweite der Sikutas befanden. Fabienne schüttelte permanent den Kopf und wimmerte vor sich hin. »Oh nein, Oh Gott, wie grausam. Oh Nein.« Sie konnte nicht länger hinsehen und wand sich ab. Markus wagte sich einige Schritte weiter in Richtung Sikahil und sah, dass nur noch wenige Tkibakik am Himmel waren und auch die Talatijasus fast verschwunden waren. Die Sikutakadaver bedeckten den Sand. Das Blut konnte nicht so schnell im Sand versickern und bildete Pfützen zwischen den Leichen. An anderen Stellen gab es immer noch überlebende Sikutas, die ihre eigenen Artgenossen und die Reste der Gefallenen verspeisten. Der Versuch war gescheitert. Markus setzte sich resigniert auf den Waldboden und fing an zu heulen. Kopfschüttelnd sagte er nur immer wieder:

»Was soll ich nur machen?«

Fabienne schüttelte ihn leicht an der Schulter.

»Markus, was ist das da drüben?«

Dabei zeigte sie auf eine dunkle Linie am Horizont hinter dem Wald. Markus stand auf und musste zweimal hinsehen. Da kamen sie tatsächlich. Die Tawaren liefen schreiend, ihre Speere schwingend auf den Wald zu, brachen hindurch und stürzten sich in den Kampf. Als die ersten Speere in die Sikutaleiber eindrangen, fiel der letzte Talatijasus. Lato stand mit schmerzverzerrtem Gesicht über den Leichen seiner Freunde und schleuderte seinen Skull. Seine Kraft verließ ihn und ein Sikuta riss ihm den Kopf vom Körper. Markus musste sich übergeben. Tabaklas, der letzte der Tkibakik schrie laut klagend über die Sikahil hinweg. Als wären seine Klagen erhört worden waren da plötzlich weitere Tkibakik am Himmel und die Erde bebte vom Getrampel der heraneilenden nicht beflügelten Tkibakik. Fabienne kauerte sich neben Markus und beobachtete das Schauspiel völlig geschockt. Nach einer Stunde war dann alles vorbei. Alle Sikutas waren vernichtet. Die Tawaren und die Tkibakik sprangen umher und jubelten. Markus und Fabienne saßen verborgen hinter verkohlten Bäumen abseits und beobachteten die Szene. Als sie einen starken Windstoß merkten, sahen sie nach hinten und erkannten Tabaklas. Er faltete seine Flügel zusammen und kam auf sie zu. Fabienne krallte ihre Fingernägel in Markus Arm.

»Hab keine Angst, das ist Tabaklas, mein Velociraptor-Freund«, meinte er lächelnd.

Tabaklas sah ihn an und begann zu reden. Durch die Verbundenheit mit Markus konnte auch Fabienne ihn verstehen.

»Gadni und Diego sind verschwunden. Ich konnte ihre Körper aber nicht finden. Entweder wurden sie völlig aufgefressen oder die blaue Kraft hat sie gerettet.«

An Fabienne gerichtet fragte er, ob sie auch eine Kämpferin des blauen Lichtes sei.

»Nein. Ich bin eine Betreuerin und eine Seherin der Kämpfer des blauen Lichtes. Ich sehe, dass du schwere Verletzungen hast und Ruhe benötigst, genauso, wie Markus.«

Fabienne nahm Tabaklas Hand in ihre linke und Markus Hand in ihre rechte Hand. Ein intensiver blauer Schimmer umgab alle drei und dann waren sie verschwunden.


Markus und Tabaklas schlossen die Augen vor dem hellen, blauen Licht. Als sie beide spürten, dass das Glühen vorüber war, öffneten sie ihre Augen wieder, nur um zu sehen, dass sie nichts sehen. Alles war stockdunkel, einfach nur schwarz. Trotzdem fühlten sie die Nähe anderer Personen. Sie hielten beide immer noch die Hand Fabiennes und darüber hinaus hörten sie nicht nur ihre Atemgeräusche. Ein leises Summen erfüllte die Dunkelheit. Dann erklang ein

Klicken und Klacken, wie bei sich einschalteńden Neonleuchten.

Es wurde hell. Alles um sie herum war nun weiß. Sie sahen keine Wände, keinen Boden, keine Decke. Sie schauten sich gegenseitig an, denn sie drei waren die einzigen Punkte in dieser Leere, die man fixieren konnte. Einen Wimpernschlag später manifestierte sich eine paradiesische Landschaft mit frisch duftenden, bunten Blüten und frischem fließendem Wasser um sie herum. Direkt neben ihnen erschienen hölzerne Sitzgelegenheiten und auf einem Tisch standen frische Speisen für alle. Sie setzten sich hin und tranken und aßen.

Tabaklas blieb trotzdem wachsam und sprang sofort auf, als er ein Rascheln in den Büschen rechts von ihrem Standort bemerkte. Zeitgleich mit dem Rascheln erklang ein lautes Platschen, als wäre jemand in den Bach gefallen, der vor ihnen vorbei floss. Wild um sich schlagend, paddelte da jemand im Wasser herum, obwohl er wegen der geringen Tiefe eigentlich nicht ertrinken konnte. Er schien genau das zu erkennen und blieb bewegungslos im Wasser sitzen. Es war Gadni. Alle freuten sich und Tabaklas sprang sofort zu ihm hin, um ihn aus dem Wasser zu ziehen. Im selben Moment stolperte Diego aus dem Gestrüpp mitten in die Runde. Alle jubelten und umarmten sich.

»Sind wir jetzt alle tot?«, fragte Gadni ganz nebenbei und alle verstummten betroffen.

»Das ist eine berechtigte Frage«, meinte Diego.

»Setzten wir uns doch alle hin und klären wir ab, was uns denn im Einzelnen wiederfahren ist, bevor wir hierher kamen«, meinte Markus und setzte sich schon einmal hin.

Alle erzählten nun ihre letzten Minuten vor diesem Zusammentreffen. Tatsächlich sahen Gadni und Diego dem Tod direkt ins Auge. Nur Markus, Fabienne und Tabaklas nicht.

»Also hat uns das blaue Licht hierher gebracht«, versuchte Gadni die Lage zu erklären.

»Und auch dich Diego, obwohl du die Kraft nicht mehr direkt nutzen konntest.«

»Vielleicht habe ich es nur nicht richtig gewollt und mich zu schnell in meine Situation ergeben«, ergänzte Diego.

»Auf jeden Fall sind wir hier jetzt mal sicher, wissen aber nicht wo wir sind und wie wir in unsere Ausgangssituationen zurückkehren werden.«

Diego sah Fabienne direkt an.

»Du bist also Markus' Security Ranger, wie steht es denn um uns?«, fragte er sie.

»Ihr seht alle gut aus. Ihr strahlt schon fast zu viel Energie ab, sodass ich mich, was meine Fähigkeiten betrifft, zurückhalten muss.«

Fabienne lächelte alle zufrieden an und lehnte ihren Kopf an Markus Schulter. Alle saßen stumm in der Runde, sahen einander an und zuckten mit den Schultern. Da waren sie nun und wussten nicht, was sie hier sollten und wie es denn weitergehen wird. Das Paradies verschwand ohne Vorwarnung von einem Augenblick zum anderen und alles um sie herum war wieder weiß. Sie saßen in bequemen Stühlen und warteten. Direkt vor ihnen erschienen bewegte Bilder. Markus, Fabienne und Diego glaubten sich in einem Kino zu befinden und Tabaklas und Gadni, die ja nicht wussten, was ein Kino ist, kamen sich vor, als würden sie mit fremden Augen auf ihre Welt, Kanto, sehen.

»So habe ich das auch in Erinnerung, wenn ich über die Ebenen kreise und alles überblicken konnte«, meinte Tabaklas und Gadni freute sich über diesen fantastischen Überblick.

Wie ein Vogel, der über die Ebenen schwebte, konnten sie alles beobachten. Zu dem wunderbaren Anblick wurden aber auch ihre anderen Sinne aktiv. Sie spürten den Wind und rochen die Düfte die sie umschwebten. Frische, bunte Blüten und üppig wachsendes Gras und riesige Wälder überzogen die Oberfläche Kantos. Sie umkreisten einen kleinen Bereich, der mit Sand übersät war, sahen und rochen noch einige Sikutakadaver, konnten aber in einer schnellen zeitlichen Abfolge beobachten, wie sich Hukantos und Rekantos einander näherten und gemeinsam den Sieg bejubelten und feierten.

Dann änderte sich die Perspektive und sie schauten in den Himmel von Kanto. Mit rasender Geschwindigkeit flogen sie ins All und sahen dann in das Raumschiff der Wesen, die Kanto ausbeuten wollten. Hutschka erfasste da gerade etwas an seinem Computer. Markus übersetzte die Zeichen, die auf dem Monitor zu sehen waren.

»Ernte auf XF323FG eingestellt. Kwartyinstallation erfolglos. Intelligente Spezies entdeckt. Planet für zukünftige Ernten gesperrt.«

Ihr Einsatz war also doch erfolgreich gewesen. Das Raumschiff begann zu beschleunigen und sie konnten ihm von ihrem Standpunkt aus, über dem Planeten nachschauen, wie es endgültig verschwand. Im Sturzflug ging es zurück zur Planetenoberfläche. Sie sahen nun in vielen schnellen Sequenzen, was alles so geschah, denn die ihnen bekannte Vergangenheit hatte aufgehört zu existieren. Eine neue wurde geschaffen. Sie sahen, wie ihre Vorfahren geboren wurden. Sie sahen aber auch, wie beide Spezies gemeinsam eine neue Welt aufbauten. Sie meisterten die Umweltprobleme gemeinsam und halfen sich in vielen Bereichen. Es entstand eine völlige andere Gesellschaft. Tawaren und Talatijasus lebten zunächst in kleinen Orten und bauten diese nach und nach in größere Siedlungen aus. Auch die Tkibakik breiteten sich gemeinsam mit allen anderen Stämmen und Völkern auf Kanto aus. Es entstand ein reger Austausch von Waren und Diensten. Eine moderne Zivilisation entstand.

Es wurden sogar Denkmäler und Statuen zum Gedenken an den großen, gemeinsamen Kampf aufgestellt. Gadnis Großeltern sind nicht gestorben und auch der Zatakus, der kein Zatakus mehr war, lebte glücklich und zufrieden mit seiner Frau und seinem Sohn. Mit Staunen und freudigen Erwartungen nahmen vor allem Tabaklas und Gadni all diese Informationen in sich auf.

Schritt für Schritt pflanzten sich die Erinnerungen an die nun neuen Geschehnisse in ihrem Gehirn ein. Am Ende konnten sie sich an die alte Version ihrer Vergangenheit nur noch vage erinnern.

Markus, Fabienne und Diego hingegen blieb alles in Erinnerung. Die Bilder verschwanden und alle standen am Rande einer großen Siedlung, die man schon als Stadt bezeichnen konnte.

»Das ist Diegostadt. Ich erinnere mich daran, dass ich in unserem Rat diesen Namen vorgeschlagen hatte, und er angenommen wurde. Ich gehöre wohl zum Rat dieser Stadt.«

Gadni lächelte.

»Ich denke, dass wir hier Abschied nehmen werden«, erklärte Tabaklas.

»Auch ich erinnere mich, dass tatsächlich eine gemeinsame Stadt entstanden ist, in der wir beide viel bewirkt haben. Ich kann jetzt sogar Gadnis Sprache und er die meine.« Tabaklas sprach tatsächlich in der gleichen Sprache, wie Gadni, der plötzlich vor sich hin klickte und sagte: »Tatsächlich. Da haben wir uns ja was Schönes eingebrockt.«

Beide lachten und reichten den anderen nacheinander die Hände.

»Besucht uns einmal, wenn ihr Zeit habt oder unsere Hilfe benötigt. Wir können euch gar nicht genug für eure Hilfe danken.«

Mit dem letzten Satz verschwand Gadni.

»Auch ich bedanke mich. Macht es gut und gute Heimreise.«

Dann war auch Tabaklas verschwunden.

Markus, Diego und Fabienne standen nun wieder in der Leere. Erneut erschien das Paradies und sie setzten sich hin. »Das ist einfach unglaublich, wir haben diese Welt gerettet«, meinte Markus und Diego ergänzte, dass das nicht seine erste Rettung war, aber wohl die spektakulärste, die er je erlebt hatte.

»Und jetzt warten wir hier? Ich weiß ehrlich gesagt nicht worauf wir hier warten. Was gibt es zu bedenken, warum poppen wir nicht auch in unsere Lebenssituationen zurück?«

Markus kratzte sich bei Diegos Frage mit der rechten Hand am Kinn und meinte:

»Tja, Diego. Das wird wohl nicht so einfach funktionieren. Wir stammen nun mal nicht aus der gleichen Zeit. Durch dein Verschwinden in unserer Vergangenheit, wird sich deine Rückkehr auf unsere Zeitlinie auswirken. Dann kann es durchaus sein, dass alles etwas durcheinander gerät und wir am Ende Kanto doch nicht retten.«

Markus sah Diego an, der sichtlich betrübt schien.

»So hat das aber noch nie funktioniert«, meinte Diego.

» Wenn wir einmal eine Welt gerettet hatten, dann blieb das dann auch so. Aber es ist schon richtig, dass alles was ihr da unternommen habt in eurer Vergangenheit und meiner Zukunft sich verändern kann, genauso wie sich eure Möglichkeiten in eurer Zeit verändern werden, wenn ich in meiner Gegenwart und eurer Vergangenheit etwas unternehme.«

Alle blickten stumm vor sich hin und überlegten. Es geschah nichts. Fabienne hatte dann eine Idee.

»Vielleicht sollten wir einfach einmal erzählen, was wir so erlebt haben, damit Diego sich ein Bild machen kann, was denn nun alles nach seinem Verschwinden passiert ist. Nur dann können wir eventuell eine Lösung finden.«

Markus nickte nachdenklich und begann dann zu erzählen.

Er ließ auch nichts aus. Die Urlaubsplanung, die von ihm bewirkte Veränderung der Betreuung seines Großvaters, Marcos, Yaiza und die Tour auf La Gomera. Je mehr er erzählte, desto betrübter sah Diego aus.

»Wie konnte ich das alles nur übersehen? Wieso war ich so sehr auf mich selbst fokussiert, dass ich die Belange meiner besten Freunde übersehen habe. Ich werde mich um Yaiza und Marcos kümmern müssen. Ich liebe Yaiza und möchte nicht, dass sie das, was du mir da erzählt hast, erleben muss. Ich muss mich auch um Marcos kümmern. Ich hatte bei meiner Ankunft in der Vergangenheit in New York schon solche Befürchtungen.«

Diego war sichtlich bedrückt und schwer atmend erklärte er an die beiden jungen Leute gerichtet, dass er das unbedingt ändern müsse und verschwand.

Markus und Fabienne sahen sich an. Markus umarmte Fabienne und küsste sie innig mit geschlossenen Augen.

Als er seine Augen wieder öffnete stand er alleine am Strand von Teneriffa. Direkt vor ihm ging Alejandro und verabschiedete sich gerade von ihm. Das war schon einmal vor einigen Tagen geschehen. Er erinnerte sich aber an alles, was danach passiert war. Sie mussten mit der Esmeralda nach La Gomera, da lernte er Fabienne kennen und entdeckte seine Fähigkeiten. Aber er fühlte sich nicht wie damals und verfügte über alle seine Sinne, auch die neuen. Als eine Gruppe junger Japaner an ihm vorbei ging, hörte und verstand er auch, was sie sagten. Er verließ gerade den Strand in Richtung Hotel, als eine Person auf ihn zugerannt kam. Er erkannte sie sofort, Fabienne. Er rannte ihr entgegen und sie fielen sich in die Arme. Markus wirbelte sie einmal um die eigene Achse und setzte sie wieder sanft ab.

»Du erinnerst dich auch an alles?«, fragte er sie.

Sie antwortete sofort nickend: »Ja, ja an alles, Lightblue Angel, Security Ranger, Yaiza, Diego, Gadni, Tabaklas, Kanto! Einfach alles.«

Markus umarmte sie erneut und sie küssten sich wieder. »Aber alle um uns herum haben keine Ahnung von alledem. Wir sollten jetzt zuerst einmal abchecken, wie es um unsere Eltern und den Ausflug morgen steht. Ich erinnere mich daran, dass wir erst heute Abend kurzfristig die Tour gebucht hatten und ihr schon auf der Liste standet. Wir treffen uns hier wieder in zwei Stunden.«

Fabienne stimmte Markus zu und sie gingen beide Hand in Hand zurück zum Hotel. Markus konnte sich noch daran erinnern, dass er seine Eltern in der Lobby getroffen hatte und sie anschließend die Fahrt mit der Esmeralda gebucht hatten, noch nicht wissend, wo die Reise sie hinführen würde.

»Meine Eltern sollten jetzt in der Poolbar beim Kaffeetrinken sein, zumindest waren sie das beim letzten Mal, nur saß ich da noch bei ihnen«, flüsterte Fabienne Markus ins Ohr, der sich dabei an den Unfall seiner Mutter mit dem Ohr seines Vaters am Abend zuvor erinnerte.

»Dann solltest du vielleicht zu ihnen gehen und mal nachhören, wie es denn morgen mit dem Ausflug steht und ich müsste meine Eltern normalerweise gleich die Treppen runterkommen sehen«, erwiderte Markus und ließ Fabiennes Hand los.

Sie ging rechts am Empfang vorbei und entschwand seinem Blick. Lächelnd schaute er ihr noch einige Sekunden hinterher, bis er bemerkte, dass es irgendwie ruhiger zuging, als zuvor. Als er diesen Tag zum ersten Mal erlebte waren alle angespannt und irgendwie unruhig, wegen dem Feuerwerk und den verschwundenen Unterlagen. Aber jetzt war das alles anders. Irgendetwas hatte sich verändert. Er wartete einige Minuten nur um festzustellen, dass seine Eltern diesmal nicht die Treppen herunterkamen. Er durchschritt die Halle und ging weiter bis zum Pool. Dort lagen sie beide total entspannt auf Liegestühlen in Badekleidung und ließen sich die Sonne auf den Bauch scheinen. Beide trugen dunkle Sonnenbrillen, sodass er nicht bemerkte, dass sie ihn beobachteten. Als er in Hörweite angelangt war, grinste ihn Marco, während er seine Brille abnahm, an und fragte ihn sofort nach der jungen Dame von gestern. Er lächelte zurück, konnte aber seine Mutter mit dem Lächeln nicht überzeugen.

»Was ist los Markus, du bist so still und zurückhaltend, stimmt etwas nicht?«, fragte Lisa.

»Nein, Mam' alles gut. Sie heißt Fabienne und wir waren spazieren, sie ist toll. Was macht eigentlich dein Ohr Dad?«

Markus wollte damit etwas ablenken.

»Mein Ohr, was soll damit sein?«, bemerkte Marco sehr überrascht.

»Mam hatte dir doch vor Schreck, wegen dem Feuerwerk von gestern Abend, reingebissen.«

»Welches Feuerwerk, Markus? Geht es dir wirklich gut?«, fragte Lisa und Marco meinte noch: »Vielleicht warst du etwas zu lange in der Sonne?«

Markus überlegte, wie er denn aus der Situation entkommen könnte, um schnellstens den Stand der tatsächlichen Begebenheiten zu erlangen, als er plötzlich einen stechenden Schmerz im Kopf spürte und mit der Hand fest auf die Stelle drückte.

»Hast du Kopfschmerzen? Vielleicht warst du wirklich zu lange in der Sonne.«, sagte Lisa sehr besorgt und sprang sofort auf und wollte nach ihrem Sohn sehen.

»Nein, ist gut Mam, das war nur ein kurzer Schmerz, ich habe wohl beim Flagfootball etwas zu wenig getrunken«, antwortete er spontan und Marco bestellte sofort eine große Flasche Mineralwasser für ihn.

Beide gaben keine Ruhe, bis er die Hälfte der Flasche geleert hatte.

»Mit Dehydrierung sollte man vorsichtig sein«, meinte Lisa und setzte sich wieder auf ihre Liege.

»Wolltet ihr nicht zu Angelina, um den Bootsausflug zu buchen?«, wollte Markus wissen, was wiederum fragende Gesichter bei seinen Eltern hervorrief.

»Vielleicht sollten wir doch mal bei einem Arzt vorbeischauen? Du könntest auch einen Sonnenstich haben?« Diesmal klang Marco sichtlich besorgt.

»Nein, ist schon gut, das Wasser war gut, es geht mir schon viel besser. Ich gehe kurz in mein Zimmer und ziehe mich um. Wir sehen uns dann später.«

Markus verschwand sofort in Richtung Rezeption. Lisa und Marco schauten ihm noch einen Moment erstaunt nach, ließen die Sache aber auf sich beruhen. Markus fand Angelina auf Anhieb und fragte sie nach dem Ausflugsangebot ihres Onkels.

»Mein Onkel hatte bis vor fünf Jahren eine Yacht, die er auch für Ausflüge eingesetzt hatte, aber seit er mit seinen besten Freunden, der Familie Deriva, unterwegs ist, bietet er keine Ausflüge mehr an. Woher weißt du davon?«

»Emm, Internet! Habe ich irgendwo bei Google gelesen«, gab er zurück und hielt dabei sein Smartphone hoch. Angelina konnte natürlich nicht sehen, dass sein Akku schon seit einiger Zeit total leer war und auch seine Powerbank in seinem Rucksack hatte längst ihren Saft verloren.

»Könnte ich bitte meinen Zimmerschlüssel haben«, bat er Angelina, die ihm diesen aushändigte, ihn anlächelte und ohne weitere Fragen ihrer Arbeit nachging. Markus lief die Treppen hoch, in sein Zimmer und schloss zunächst einmal seine elektronischen Komponenten an das Stromnetz an. Da sein Ladekabel für das Smartphone etwas kurz geraten war, setzte er sich vor sein Bett auf den Boden, damit er sein Smartphone nutzen konnte, während es geladen wurde. Nach den stechenden Kopfschmerzen am Pool, sind Erinnerungen in ihm aufgepoppt, die er so vorher nicht hatte. Sein Treffen mit Alejandro war so verlaufen, wie er es in Erinnerung hatte. Aber die Erinnerung an den Tag davor veränderte sich fließend. Da gab es kein Feuerwerk mehr, keine Infoveranstaltung, keine Panik Lisas, keinen Eistee in der Kaffeebar und auch keine Visitenkarte von Angelina. Dann fiel es ihm plötzlich wieder ein, das Namensschild am Aufgang zu Yaizas Haus auf La Gomera: „Yaiza Idaria Deriva". Die Familie Deriva, das sind Diego und Yaiza. Also musste Diego in seine Zeit zurückgekehrt sein und damit nahm die Zeit einen anderen Verlauf, der sich auf das Leben der Menschen in ihrem Umfeld ausgewirkt zu haben schien. Markus überlegte, wie er denn nun am besten mit Diego Kontakt aufnehmen sollte, um zu erfahren, was denn passiert war, da sie ja wohl keinen Ausflug nach La Gomera machen würden. Die Geräte zeigten einen Ladezustand von gerade mal 4%. Markus zuckte mit den Schultern, stand auf und verließ sein Zimmer. Er ging an der Rezeption vorbei und durch die Kaffeebar, wo er die Familie Marlonnée an einem der größeren, runden Tische entdeckte. Fabienne sagte etwas zu den am Tisch sitzenden Personen, erhob sich und kam zu ihm herüber.

»Hallo. Irgendwie ist alles anders. Es gibt keinen Ausflug mehr und meine Eltern, vor allem mein Vater, wollen keine Ausflüge machen. Gehen wir am Strand spazieren?«

Fabienne ließ sich von Markus an der Hand nehmen und nach draußen führen. Aus dem Augenwinkel heraus konnte er die grimmige Miene von Fabrice sehen, dessen Blick ihnen folgte, bis sie seinem Sichtfeld entkommen waren.

»Ich sprach gerade mit Angelina. Marcos, Diego und Yaiza scheinen nach Diegos Rückkehr ein ganz anderes Leben geführt zu haben, als wir in Erinnerung haben. Sie sind auf jeden Fall befreundet und seit fünf Jahren gibt es auch keine Ausflugsfahrten mehr.«

Markus brachte Fabienne auf den Stand seines Wissens. Beide erreichten den Strand und wanderten Hand in Hand durch das sanft angespülte Salzwasser. Kleine weiße Kronen schäumten den Rand der kleinen Wellen. Markus fühlte sich wohl. Die Erinnerungen an das Abenteuer erfüllten ihn immer noch mit unglaublicher Verwunderung und er fragte sich, ob er das wirklich erlebt hatte. Fabienne sah ihn lächelnd an und nickte ihm zu.

»Es ist wohl alles wirklich geschehen. Ich mache mir ähnliche Gedanken und Zweifel kommen dabei auch immer wieder hoch. Aber das, was ich nun kann und fühle, diese Kraft, die nun in mir drinnen ist, das ist real und ich will das auch nicht mehr hergeben, auch wenn wir dafür tausend Welten retten müssen.«

Sie lachte und begann zu rennen. Markus rannte hinter ihr her, fing sie ein und beide fielen zu Boden. Sie wälzten sich durch den Sand und das Wasser. Markus blieb über Fabienne liegen und küsste sie. Es war ein langer, intensiver und erregender Kuss.

»Na das muss ja wahre Liebe sein«, hörten beide eine ihnen vertraute Stimme, die sie auf Spanisch angesprochen hatte. Da stand eine Gestalt direkt neben ihnen. Markus schaute auf, konnte aber, da die Sonne direkt im Rücken des Fremden stand, dessen Gesicht nicht erkennen. Auch Fabienne schaute nun in seine Richtung, als sich zwei weitere Personen näherten. Markus und Fabienne standen auf und schirmten ihre Augen mit den Händen vor der Sonne ab. Jetzt erkannten sie das breite, strahlende Lächeln. Es war Diego. Eine gutaussehende Frau lehnte sich an ihn und begrüßte sie. Es war Yaiza und der dritte im Bunde war tatsächlich Marcos.

»Diego, Yaiza, was ist geschehen?«, stammelte Markus und Diego umarmte beide.

»Meine Freunde. Ich kann euch gar nicht genug danken. Wir haben lange gewartet bis zu diesem Zeitpunkt, denn wir wussten ja, dass ihr irgendwo vor den Geschehnissen auf La Gomera zurückgebracht worden sein musstet. Nur wann und wo. Als wir dann noch merkten, dass wir nach meiner Rückkehr auch einige Veränderungen bewirkt hatten, die sich auch auf eure Zeit ausgewirkt hatten, beschlossen wir einfach mit der Esmeralda vor der Küste zu kreuzen und nach euch Ausschau zu halten. Wir sahen euch schon früher, aber jeden nur einzeln und mit euren Familien. Aber heute und gerade eben, konnten wir sehen, wie ihr hier Hand in Hand entlang gelaufen seid. Da wurde uns klar, dass ihr euch kennt und versteht. Das wiederum konnte nur funktionieren, wenn ihr nach unserem Abenteuer zurückgekehrt seid.«

Die Worte sprühten nur so aus Diego hervor. Markus sah über Diegos Schulter hinweg und erkannte in einiger Entfernung die Esmeralda und das kleine Ruderboot direkt am Strand. Fabienne umarmte derweil Yaiza und Marcos reichte ihr die Hand. Auch Markus begrüßte Yaiza und Marcos und alle begaben sich zu einer kleinen Strandbar in der Nähe. Diegos Bericht fiel natürlich am längsten aus, denn Fabienne und Markus waren genau genommen gerade eben erst angekommen. Diego kehrte zu dem Zeitpunkt zurück, bevor Marcos ihn nach New York mitnehmen wollte. Er berichtete dann von einer heftigen Auseinandersetzung von beiden, die Yaiza eher als Schlägerei interpretierte. Dem Ganzen folgte eine lange Aussprache und Marcos erzählte von all seinen Versuchen sich in der Zeit zu bereichern. Letztendlich waren alle nicht erfolgreich. Nach dem Überfall in New York verlor er seine Beute auf der Flucht und die Aktion mit dem Feuerwerk auf Teneriffa brachte auch nicht den gewünschten Reichtum. Die Gefahr mit den Islamisten wollte er dann auch nicht weiter vertiefen, denn alles musste nun nicht mehr passieren. Sie bauten sich gemeinsam ein gut laufendes Reiseunternehmen für Individualreisen auf. Marcos übernahm die Verantwortung für ihre drei Yachten und Diego und Yaiza bereisten die Welt, um in den schönsten Regionen Arrangements für ihre Kunden zu treffen. Sie schafften es sogar ein kleines Büro in New York zu etablieren, wobei Diego seine Bekannten aus dem Wohnheim nicht vergaß und einigen Arbeit beschaffen konnte. Ihr Haus auf La Gomera ist nun ihr Rückzugsort geworden. Dort erholten sie sich und sammelten ihre Kräfte.

»Das freut mich sehr. Aber wie geht das denn nun weiter mit den Lightblue Angel? Was wird da von uns erwartet?«

Markus nickte Fabienne zustimmend zu, da auch er gerne wissen wollte, wie es denn nun weitergeht.

»Wir hatten bislang keine besonderen Vorkommnisse. Wir sind weder gewollt noch ungewollt durch Raum und Zeit gesprungen. Ich denke, dass wir es erfahren werden, wenn es so weit ist. Zudem habe ich gemerkt, dass wir manchmal, wenn wir eine schlimme Sache korrigieren, dadurch ein anderes, vorher nicht da gewesenes Ereignis auslösen. Irgendwie fehlt uns da meistens der Gesamtüberblick. Ich würde mir wünschen, es gäbe eine Möglichkeit, das zu erkennen und zu bewerten. Aber bislang ist das nicht gegeben. Es gab auch keine weiteren Kontaktaufnahmen oder Informationen von anderen Menschen mit diesen Begabungen. Vielleicht wird sich da etwas ändern, jetzt wo wir alle wieder zusammen sind.«

Diego zuckte mit den Schultern und trank einen Schluck Kaffee. Sie unterhielten sich noch gut zwei Stunden und es wurde langsam dunkel. Diego bemerkte als erster, dass es nun Zeit war, Abschied zu nehmen.

»Ihr müsst zurück. Eure Eltern machen sich sicher Sorgen. Ihr seid noch minderjährig und müsst nun wieder zurück in eure Leben. Ich kann euch nur empfehlen, einfach normal weiter zu machen. Alles andere kommt sowieso so wie es kommt und muss spontan entschieden werden. Solltet ihr aber einmal Sehnsucht nach uns haben, Markus weiß ja wie es geht.«

Sie umarmten sich alle, sogar Marcos. Markus und Fabienne sahen den Dreien noch nach, als sie mit dem kleinen Boot gegen die Brandung anruderten, bis sie nicht mehr zu erkennen waren.

»Was machen wir denn nun?«, fragte Markus.

»Unseren Urlaub gemeinsam genießen. Und wenn wir dann zurück sind in unseren Heimatorten wirst du sicher einen Weg finden mich immer wieder zu besuchen, oder?«

Fabienne lächelte ihn an, während sie ihre rechte Hand in die seine legte.

»Wie wäre es mit der Südsee?«, fragte Markus.

Die Gäste in der Strandbar bemerkten nicht, dass beide für den Bruchteil einer Sekunde verschwunden waren und sich nun erschöpft aber zufrieden in den Armen lagen.

Faris lernte Marcos nie kennen. Die Geschäfte der Bruderschaft des sichelförmigen Schwertes wurden nun von anderen abgewickelt, die auf seine Sprachkünste zurückgreifen wollten. So blieb Faris die Sorge um seine entführte Frau nicht erspart. Ob das eine Aufgabe für die Lightblue Angel werden wird, muss sich erst noch zeigen.

Links:

http://www.islamisches-zentrum-muenchen.de/html/islam_-_frau_und_familie.html#01
http://www.spiegel.de/kultur/gesellschaft/marokko-die-frau-ist-kein-selbststaendiges-wesen-a-1076170-2.html

Personen und Begriffe:

Familie Brack –
    Markus, Marco, Lisa, Opa
Familie Marlonnée –
    Fabienne, Catherine, Fabrice, Marie, Pierre
Familie Deriva/Banot
    Yaiza Idaria, Diego, María, Pietro

Personal Hotel Bahia Playa, Santa Cruz Teneriffa

| | |
|---|---|
| José | Sicherheitsbeauftragter, Assistent |
| Angelina | Rezeptionistin, Assistentin GL |
| Alejandro Martinez | Sportanimateur |
| Senor Cavallia | Polizeichef |

Crew der Esmeralda

| | |
|---|---|
| Marcos García Álvarez | Kapitän |
| Sancho und Fernando Vendez | Diener |
| Rodriguez Carrez | Steuermann und Bordingenieur |
| Faris Ben Nasser | geheimer Passagier, Helfer, Dolmetscher |

Diego in New York

| | |
|---|---|
| Mike und Greg | Mitarbeiter im Obdachlosenheim |

## Kanto – (Tkibakalo)  Exoplanet

| | |
|---|---|
| Gadni | Hauptperson – der der denkt |
| Baku | Name des Häuptlings, Freund von Gadnis Großvater |
| Tanjala | Bakus Frau |
| Lato | der, der die Krieger führt, Gadnis Vater und sein Bruder |
| Zoltai | der der den Drachen tötet, Gadnis Freund und dessen Vater |
| Labanka | Gadnis Großmutter, Latos Frau |
| Namina | Zoltais Freundin |
| Sokotalis | der Sterndeuter |
| Jasote | der Heiler |
| Lukatos | der Medizinmann |
| Kadu | dickbäuchiges Nutztier mit Wolle |
| Taktak | Krieger der Tawaren |
| Tawaren | weiterer Stamm der Hukantos auf Kanto |
| Tabaklas | Anführer der Tkibakik |
| Tkibakik | Drachen, Intelligente Reptilien (Velociraptor) |
| Tschakuk | Drache, Begleiter von Tabaklas |
| Fklukarr | Drache, Begleiter von Tabaklas |
| Lorson | Große Sonne von Kanto |
| Kuron | Kleine Sonne von Kanto |
| Paluki | Mond von Kanto |
| Sikahil | Wüste auf Kanto |
| Wadrusus | ausgetrocknetes Flussbett in der Sikahil |
| Barukal | großblättriger Baum |
| Raku | Strauch mit berauschenden Beeren |
| Kali | kleines beißendes Insekt, Mücke |
| Sikuta(Krakali) | Raubtier der Sikahil |
| Talatijasus | Gadnis Stamm |
| Zatakus | Häuptling der Talatijasus |
| Jaru | Reittier mit zwei Höckern |
| Skull | Waffe mit gebogener Klinge |
| Lawi | Stammesgott der Talatijasus |
| Retus | Göttervater der Talatijasus |

(In Klammern die Bezeichnung bei den Tkibakik)

Printed in Poland
by Amazon Fulfillment
Poland Sp. z o.o., Wrocław

93488592R00301